KB103526

추사 김정희

산은 높고 바다는 깊네

일러두기

1. 이 책에 사용된 기호는 다음과 같다.
   〈 〉: 그림과 글씨 등의 작품 제목
   「 」: 글과 시 등의 제목
   『 』: 책 제목
   ' '(작은따옴표): 서술에서 간접인용과 강조
   " "(큰따옴표): 직접인용과 대화

2. 그림과 글씨 등의 작품 제목은 통용되는 것을 따르되, 두루 통용되는 제목이 없는 경우 필자의 명명에 따랐다.

3. 도판 설명은 작가 이름, 작품 이름, 시대, 재질, 크기, 소장처, 문화재 지정 현황 등의 순서로 표기했다. 크기는 높이×길이 순이며, 초상화의 경우에는 대개 작가 이름보다 작품 이름을 먼저 표시했다.

유홍준 지음

추사 김정희

산은 높고 바다는 깊네

秋史

深海崇山

창비

차 례

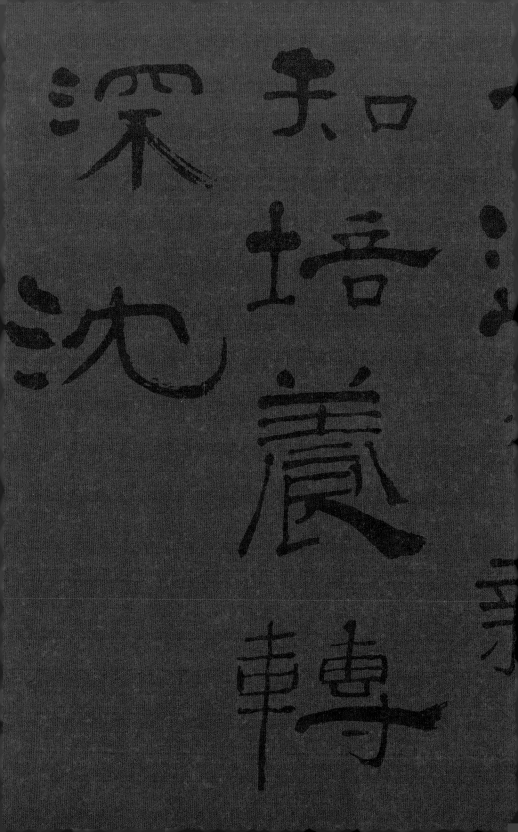

“ 추사를 모르는 사람도 없지만
아는 사람도 없다 ”

추사체라는 개성적인 글씨

추사(秋史) 김정희(金正喜, 1786~1856)는 한국문화사의 위인 중 위인이다. 한국인이라면 누구나 알고 있는 대표적인 서예가로 신라의 김생, 고려의 탄연, 조선의 안평대군과 함께 우리나라 4대 명필 중 한 분으로 꼽힌다. 어떤 면―작가적 개성, 작품의 양, 그리고 대중적 인지도―에서 보면 단군 이래 최고의 서예가라 할 만한 분이다.

그런데 추사체에 대해서는 당대부터 논란이 많았다. 1986년 추사 탄신 200주년을 맞이하여 국립중앙박물관에서 열린 기념 강연회에서 청명 임창순 선생이 하신 첫마디는 아주 인상적이다.

추사체, 추사체 하지만 추사체가 별것이 아니고 여러분이 자기 멋대로 쓰고 있는 글씨가 다 추사체라고 해도 틀린 말이 아닙니다. 대단히 개성적인 글씨인 것이죠.

예를 들어 추사가 〈초의에게 주는 글〉을 보면 글자 모양이 독특하고 크기가 제각각이어서 얼핏 보면 어지럽지만 바로 그런 변화 때문에 개성적이고 멋지다는 느낌을 받게 된다. 이 점에 대해 추사와 동시대 문인인 유최진은 이렇게 말했다.

추사의 글씨에 대하여 잘 알지 못하는 자들은 괴기(怪奇)한 글씨라 할 것이요, 알긴 알아도 대충 아는 자들은 황홀하여 그 실마리를 종잡을 수

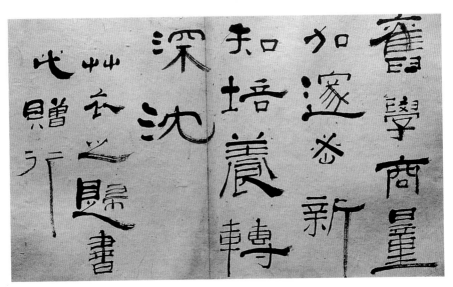

김정희, 〈초의에게 주는 글〉 20.8×38.0cm, 소치연구회 소장 ┃ 추사가 초의와 이별하면서 써준 글로 "옛것을 생각하며 새로운 지식을 배양하라"는 '입고출신'의 정신이 담겨 있는데 글자의 크기와 모양이 제각각이어서 어지러운 듯하나 묘하게도 변화의 울림이 일어나 오히려 멋스럽다.

없을 것이다. 원래 글씨의 묘(妙)를 참으로 깨달은 서예가란 법도를 떠나지 않으면서 또한 법도에 구속받지 않는 법이다.

이처럼 추사의 글씨는 대단히 괴기한 글씨로되 법도(서법)에 근거한 파격이고 개성이었다. 추사가 사용한 문자도장 중에는 '불계공졸(不計工拙)'이라는 것이 있다. 잘되고 못되고가 가름되지 않는다는 뜻이다.

게다가 추사의 작품에는 항시 위작(僞作) 시비가 따른다. 추사 작품을 모방한 가짜는 일찍부터 많았다. 그래서 추사 위작에 대한 감정은 대단히 어렵다.

근 40년 전의 일이다. 한번은 국립중앙박물관 특별전에 나온 추사

김정희의 인장 '불계공졸' 2.9×1.7cm | 추사의 200여 개 인장 중 하나로 "잘되고 못되고가 가려지지 않는다"는 뜻이다. 그가 추구한 무심한 예술 경지를 나타낸 것이다.

작품의 진위를 감정하기 위하여 외부 전문가들의 의견을 들은 일이 있었다. 추사를 감정하는 데 빼놓을 수 없는 세 분에게 감정을 받았다. 금석학의 대가 청명 임창순 선생, 『국역 완당전집』(전4권, 솔출판사 1986~96)의 번역자 중 한 분으로 한시에 정통한 우전 신호열 선생, 초서의 대가 일창 유치웅 선생이었다.

세 분께 따로 감정을 받으니 한 분은 진짜라 하고 한 분은 가짜라 했다. 그런데 또 한 분은 이렇게 감정했다.

이 작품을 진짜라고 감정한 사람은 추사를 잘 모르는 사람이거나, 아니면 추사를 아주 잘 아는 사람입니다.

추사로서는 매우 예외적인 작품이라는 것이다. 이처럼 고수들도 의견이 엇갈리는 것이 추사의 글씨이다. 그래서 추사의 글씨는 일찍부터 함부로 논할 수 없는 대상이 되었다.

추사의 높고 넓은 학문과 예술

더욱이 추사는 글씨만 잘 쓴 서예가가 아니었다. 추사는 한 사람의 사대부로 당대의 문인이자 학자였으며 벼슬이 병조참판에 이른 분이다. 정옥자 교수는 조선시대 사대부들의 지적 활동을 오늘날의 대학문화에 비교하여 문·사·철(文史哲)을 전공필수로 하고 시·서·화(詩書畫)를 교양필수로 삼았다고 했는데, 추사는 이 모든 분야에서 '에이플러스'를 받고도 남음이 있는 분이었다.

추사는 시와 문장에서도 대가였다. 그가 세상을 떠나고 10여 년 후에 편찬된 시집인 『담연재시고(覃擘齋詩藁)』 서문에서 당대 시인 신석희는 이렇게 말했다.

추사는 본디 시와 문장의 대가였으나 글씨를 잘 쓴다는 명성을 천하에 떨치게 됨으로써 그것이 가려지게 되었다.

또한 추사의 학문으로 말할 것 같으면 누구도 부인할 수 없는 금석학과 고증학의 대가이다. 그런데 추사의 5촌 조카이자 제자인 민규호는 「완당 김공 소전(阮堂金公小傳)」을 쓰면서 "추사 선생이 진심으로 공부한 것은 13경(經), 그중에서도 주역이었다"라고 증언했다. 그리고 위당 정인보는 1933년에 새로 편찬된 『완당선생전집』의 서문에서 이렇게 말했다.

대체로 학문의 본원을 깊이 터득한 공(公)에 대하여 한갓 서예와 고증학만을 중시하는 것은 또한 얕은 생각이다.

실제로 추사가 쓴 「실사구시설(實事求是說)」 같은 논설이나 중국의 옹방강, 다산 정약용 등과 주역에 대해 깊이 토론한 서찰들은 경학자로서 추사의 모습을 잘 보여준다.

그런가 하면 불교학자 김약슬은 「추사의 선학변(禪學辨)」이라는 장문의 논문을 쓰면서 추사의 학문과 예술은 그 핵심이 모두 불교에 있다고 주장했다. 실제로 추사는 당시 '해동의 유마거사'라 불릴 정도로 불교 교리에 밝았고, 백파선사와 선(禪)에 대해 대논쟁을 벌이기도 했다. 그래서 김약슬은 추사는 "유(儒)를 학(學)하고 석(釋)에 입문한 진실한 애불(愛佛)의 제일인자였다"라면서 다음과 같이 말했다.

> 진정으로 추사를 인식하려면 불교를 통해서 있을 것이니 불교와 추사는 불가분의 논제인 동시에 선림(禪林)에 일대 공안(公案)이 될 수 있는 진리가 많이 있다.(「추사의 선학변」『백성욱 박사 송수기념 불교학논문집』, 동국대학교 1959)

그 뿐만 아니라 추사는 차(茶)의 대가로 다산, 초의와 함께 조선시대 3대 다성(茶聖)으로 추앙받고 있다.

추사의 회화로 말할 것 같으면 조선시대 미술사에서 말할 수 없이 드높은 위상을 차지하고 있다. 18세기 영·정조시대는 참으로 문예부흥기라 일컬을 만하다. 겸재 정선, 현재 심사정, 능호관 이인상 같은 준봉들이 이어지면서 단원 김홍도와 혜원 신윤복에서 절정에 이른다. 그러나 그 절정에 다다른 순간 저 멀리 안개 너머로 추사 김정희라는 거봉이 나타난다. 우러러보자니 아득하고 오르자니 막막하기만 한 천인절벽이다. 누군가 러시아 문학사를 말하면서 톨스토이라는 거대한 봉우리를 정상으로 삼고 거기에 올라 산마루에 다다르면, 그 순간 저 멀리 도스토옙스키라는 거봉이 나타나게 된다고 했는데 추사 김정희가 정녕 그런 모습이다.

그러니 누가 어느 한 분야에서 추사를 연구했다고 감히 그를 안다고 할 수 있겠는가. 그리하여 세상엔 추사를 모르는 사람도 없지만 아는 사람도 없다는 말이 나온 것이다.

　지금 내가 감히 추사 김정희의 전기를 펴내는 것도 추사를 잘 알아서가 아니라 추사에 대한 각 분야의 연구를 연구해서 그의 삶과 학문과 예술의 궤적을 이야기한 것일 뿐이다.

일대기로 따라가보는 추사 김정희

　추사 김정희는 이처럼 여러 분야에서 높은 경지를 이루었지만 그가 역사적인 위인으로 존숭받는 이유는 역시 그의 개성적인 글씨인 추사체에 있다. 그런데 그 추사체는 단순히 글씨 쓰는 기예로 이루어진 것이 아니다. 2006년 추사 서거 150주년을 맞이하여 국립중앙박물관에서 열린 회고전의 부제는 '학예(學藝) 일치의 경지'였다. 확실히 추사의 서화(書畵)는 학문과 예술이 어우러진 것이었고 추사 자신도 서화엔 문자향(文字香)과 서권기(書卷氣)가 들어 있어야 한다고 누누이 강조했다.

　실제로 추사는 동시대 청나라의 학예가 추구한 고증학과 금석학에 입각하여 입고출신(入古出新)의 미학을 추구했다. 옛것으로 들어가 새것으로 나온다는 뜻이다. 그래서 추사는 역대 서예가를 열심히 본받았고 그 본원으로 거슬러 올라가 한나라 예서를 깊이 탐구하는 입고(入古)의 과정을 밟으면서 비로소 개성적인 글씨로 출신(出新)했던 것이다. 그의 긴 귀양살이는 이 입고출신을 심화시키는 계기가 되었다. 그래서 추사체가 제주도 귀양살이 이후에 성립되었다는 것은 하나의 정설이 되었다. 이에 대해서 환재 박규수는 일찍이 이렇게 말했다.

추사의 글씨는 어려서부터 늙을 때까지 그 서법이 여러 차례 바뀌었다. 어렸을 적에는 오직 동기창에 뜻을 두었고, 중세에는 옹방강을 좇아 노닐면서 열심히 그의 글씨를 본받아 너무 기름지고 획이 두껍고 골기가 적다는 흠이 있었다. 그러고 나서 소동파와 미불을 따르면서 더욱 굳세고 힘차지더니 (…) 드디어는 구양순의 신수를 얻게 되었다.

만년에 (제주도 귀양살이로) 바다를 건너갔다 돌아온 다음부터는 구속받고 본뜨는 경향이 다시는 없게 되고 (…) 대가들의 장점을 모아서 스스로 일가를 이루게 되니 신(神)이 오는 듯, 기(氣)가 오는 듯, 바다의 조수가 밀려오는 듯했다. (…)

그런데 (추사의 글씨를) 혹은 호방하고 제멋대로 방자하다고 생각하며 그것이 근엄의 극치임을 모르더라. 그래서 나는 후생 소년들에게 추사의 글씨를 가볍고 쉽게 배워서는 안 된다고 한 것이다.

그뿐만 아니라 추사의 학예는 동시대 청나라 학예인들과의 긴밀한 교류 속에 이루어졌다. 그들로부터 유례없는 상찬을 받았다는 점에서 추사가 이룬 높은 성취는 그 어떤 학예인들이 이룬 것과도 차원을 달리한다. 일찍이 일본인 동양철학자 후지쓰카 지카시(藤塚鄰)는 조선의 북학파 학자들이 청나라 학예인들과 얼마나 열정적으로 교류했는가를 상세하게 고증하고서 다음과 같은 결론을 내렸다.

청조학(淸朝學) 연구의 제일인자는 추사 김정희이다.

2017년 2월 23일 예술의전당 서예박물관에서 열린 「동아시아 필묵의 힘」 국제학술포럼에서 중국국가개방대학 서화교육원 연구원 우리구(吳笠谷)는 '청나라 시대 서예의 대가인 등석여, 이병수 등은 전서와 예서를 추구하는데 머물렀지만 추사는 고전적인 각체를 두루 섞어 쓰면서 학예가 일치하고 서가의 마음을 담아내는 경지로까지 나아갔다며, 만약 추사가 중국인이었다면 아마도 청나라를 대표하는 서예가로 꼽혔을 것'이라고 했다. 이처럼 추사의 글씨는 동아시아 서예사 전체에서 볼 때 그 위상이 더욱 두드러진다.

그런 의미에서 추사는 한국인으로서 드물게 자기 분야에서 세계를 무대로 활약한 국제적인 위인이라 할 수 있다. 추사의 이러한 모습은 무엇보다도 그의 일대기에 잘 드러난다. 그가 청나라 학예인들과 서신을 주고받으며 쌓은 왕성한 교류, 당대 문인들과의 학문적·예술적 교감, 고비(古碑)·고문(古文)을 찾아나서는 열정적인 답사, 스님들과의 폭넓은 교유, 제자를 아끼며 지도하는 모습, 10년간 두 차례의 귀양살이 끝에 인생관의 대반전을 이루며 종국에는 평범성의 가치로 회귀하는 모습, 그리고 그런 삶의 기복 속에서 자신의 예술을 완성해가는 과정은 한 편의 대하드라마를 연상케 한다. 진실로 한국 문화사의 위인 중 위인이다.

추사의 전기를 쓰는 동안 줄곧 내 머릿속에서 떠나지 않는 한 구절이 있어 이를 이 책의 부제로 삼았다.

산숭해심(山崇海深) ― 산은 높고 바다는 깊네.

己日熱如此伏問伏閣令弟

幼妹亦好在否餘不備伏惟

下鑒　上白是

癸丑流月初十日子正喜

제 1 장

월성위 집안의 봉사손

추사 김정희

추사 김정희는 1786년(정조 10) 6월 3일, 충청도 예산 용궁리(龍宮里)에서 태어났다. 본관은 경주이고, 아버지는 훗날 판서를 지낸 김노경(金魯敬, 1766~1837), 어머니는 김제군수를 지낸 유준주(兪駿柱)의 딸인 기계 유씨(杞溪兪氏, 1766~1801)이다.

추사 김정희의 모습은 희원 이한철이 그린 관복을 입은 전신상도 있고, 제자인 소치 허련이 그린 반신 학자상도 있어서 능히 추측해볼 수 있다. 봉의 눈에 넓은 미간, 후덕한 귓밥을 보면 귀티가 역력하고 옅은 미소에서는 원만한 인품과 은은한 권위가 느껴진다. 가히 표준 한국인상으로 삼아도 좋을 듯한 넉넉한 인상이지만 인생은 대단히 기복이 심했고 말년은 불우했다.

족손인 김승렬이 쓴 「완당 김정희 선생 묘비문」을 보면 그의 평소 모습에 대해 다음과 같이 증언한 구절이 있다.

　풍채가 뛰어나고 도량이 화평해서 사람과 마주 말할 때면 화기애애하여 모두 기뻐함을 얻었다. 그러나 무릇 의리냐 이욕이냐 하는 데 이르러서는 그 논조가 우레나 창끝 같아서 감히 막을 자가 없었다.

이런 성격의 추사였기에 그를 좋아하는 사람은 더없이 존경했고 싫어하는 사람은 아주 싫어했다.

阮堂先生肖像 小像許鍊寫本

先生詩餘阮仝十六年甲子夏吳世昌卷題

院翁小歌為許小癡筆
屬識人永載藏之 先生遺眞盖堂公
無卅青可已藏者一 先生風骨石海内千秋雖
觶香盖止為七条之獨的已
池平汮善水朴觀

《완당선생 초상》, 허련 종이에 담채, 36.5×26.3cm, 손창근 소장 | 소치 허련은 추사 초상을 여러 폭 그렸는데 그중 전신(傳神)이 가장 잘된 작품으로 손꼽힌다. '봉'의 눈에 넓은 미간과 반백의 수염이 인자한 인상을 풍기지만 그의 삶은 평온하지 않았다.

추사고택의 솟을대문 | 예산 용궁리에 있는 추사고택은 추사의 증조부 김한신이 영조의 사위가 되면서
하사받은 저택으로 조선 양반집의 한 범본을 보여준다.

명문 경주 김씨 월성위 집안

추사의 집안인 경주 김씨는 조선 후기의 내로라하는 가문으로, 순
조가 어린 나이로 즉위하게 되었을 때 수렴청정을 했던 영조의 계비
정순왕후(貞純王后)가 추사의 12촌 대고모이다. 정순왕후의 오빠로
호조참판을 지낸 김구주(金龜柱), 사촌오빠로 우의정을 지낸 김관주
(金觀柱) 등은 추사의 할아버지인 김이주(金頤柱)와 같은 항렬 10촌
간이다.

경주 김씨는 순조 연간의 이른바 세도정치 시절에 안동 김씨, 풍양
조씨, 풍산 홍씨 등과 자웅을 겨루는 가세를 자랑했다. 그것은 추사의
출세에 밑거름이 된 복겨운 환경이었지만 나중에는 가화(家禍)를 입
는 굴레가 되기도 했다.

경주 김씨 한다리〔大橋里〕 김문 약보

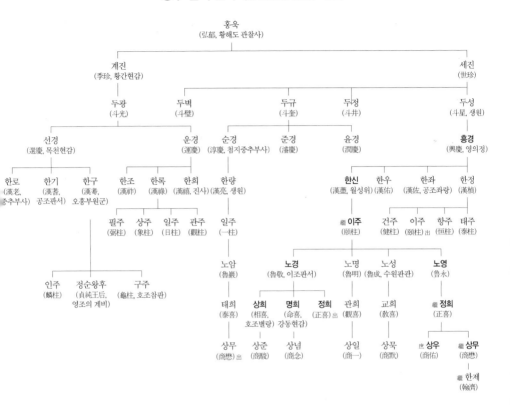

홍욱
(弘郁, 황해도 관찰사)

계진
(季珍, 황간현감)

세진
(世珍)

두광
(斗光)

두벽
(斗璧)

두규
(斗奎)

두정
(斗井)

두성
(斗星, 생원)

선경
(選慶, 목천현감)

운경
(運慶)

순경
(淳慶, 첨지중추부사)

준경
(濬慶)

윤경
(潤慶)

흥경
(興慶, 영의정)

한로
(漢老,
중추부사)

한기
(漢耆,
공조판서)

한구
(漢耈,
오흥부원군)

한조
(漢祚)

한록
(漢祿)

한희
(漢禧, 진사)

한량
(漢亮, 생원)

한신
(漢藎, 월성위)

한우
(漢佑)

한좌
(漢佐, 공조좌랑)

한정
(漢楨)

필주
(弼柱)

상주
(象柱)

일주
(日柱)

관주
(觀柱)

일주
(一柱)

繼 이주
(頤柱)

건주
(健柱)

이주
(頤柱) 出

항주
(恒柱)

태주
(泰柱)

인주
(麟柱)

정순왕후
(貞純王后,
영조의 계비)

구주
(龜柱, 호조참관)

노암
(魯巖)

노경
(魯敬, 이조판서)

노명
(魯明)

노성
(魯成, 수원판관)

노영
(魯永)

태희
(泰喜)

상희
(相喜,
호조별랑)

명희
(命喜, 강동현감)

정희
(正喜) 出

관희
(觀喜)

교희
(敎喜)

정희
(正喜)

상무
(商懋) 出

상준
(商駿)

상념
(商念)

상일
(商一)

상묵
(商默)

庶 상우
(商佑)

繼 상무
(商懋)

繼 한제
(翰齊)

이 경주 김씨 집안은 본래 충청도 서산 개심사 아랫동네인 대교리
(大橋里), 속칭 한다리에 자리 잡아 '한다리 김문(金門)'으로 통한다.
그런데 추사의 고조할아버지 김흥경(金興慶, 1677~1750)의 벼슬이 영
의정에 이르고 증조할아버지 김한신(金漢藎, 1720~58)이 영조대왕의
둘째 딸인 화순옹주와 결혼하여 월성위(月城尉)에 봉해지면서 따로
새 가문을 열었다.

영조는 김한신을 사위로 맞아들이면서 예산 용궁리 일대의 토지
를 하사하고 충청도 53개 군현마다 한 칸씩 건립 비용을 분담케 하여

추사고택 사랑채 | 추사고택은 사랑채와 안채 그리고 추사영실로 구성되었는데 사랑채와 안채의 구조가 아주 명쾌해 밝은 느낌을 준다.

53칸짜리 집을 짓게 했다. 여기가 오늘날 추사고택이라 불리는 월성위 집안의 예산 향저이다.

예산의 추사고택

현재의 추사고택은 1970년대에 53칸 집을 반으로 줄여 복원한 것으로 안채와 사랑채, 그리고 사당인 추사영실(秋史影室)로 구성된 전형적인 충청도 양반 가옥이다. 모란이 많이 심겨 있는 사랑채 안마당 화단 한가운데 해시계를 올려놓던 네모난 돌기둥에는 추사의 아들 김상우(金商佑)가 쓴 '석년(石年)'이라는 글자가 새겨져 있다.

추사고택 주위에는 추사의 묘소와 함께 고조할아버지와 증조할아버지의 묘소가 있다. 고택 안쪽으로 약간 들어가면 고조할아버지인 김흥경의 묘소가 있는데, 묘소 입구에는 추사가 24세에 연경에 다녀오면서 가져다 심은 백송나무(천연기념물 제106호)가 한 그루 서 있다.

고조할아버지 묘소와 추사고택 사이에는 증조할아버지인 월성위 김한신의 묘소와 화순옹주의 정려문이 있다. 김한신은 인물이 준수한 데다 총명하여 장인인 영조의 사랑을 받아 오위도총부 도총관 등의 높은 관직에 봉해졌다. 또 글씨도 잘 썼다.

추사고택의 해시계 받침대 〈석년〉 | 사랑채 화단 한가운데에 해시계를 얹어놓던 화강암 받침대가 있는데 여기에는 추사의 아들 상우가 쓴 '석년(石年)'이라는 글씨가 새겨져 있다.

그러나 김한신은 불과 39세의 나이에 후사도 없이 세상을 떠나고 말았다. 그러자 화순옹주는 남편을 따라 죽기를 결심하고 단식을 했다. 이에 영조가 친히 거동하여 미음을 들라고 권하자 명령을 받들어 한 번 마셨다가 곧 토해버리니 영조는 옹주의 뜻을 돌이킬 수 없음을 알고 안타까워하면서 탄식하며 돌아갔다. 결국 화순옹주는 14일을 굶어 남편을 따라 세상을 떠났다.(『조선왕조실록』 영조 34년 1월 17일자, 「화순옹주 졸기(卒記)」)

그때까지 조선왕조 400년 역사에 처음 나온 왕실 열녀였다. 그러나 화순옹주의 정려각은 영조가 세워준 것이 아니다. 영조는 "네가 따라간 그 정절을 아름답게 여기노라"라며 장문의 애도문을 썼지만 아비 말을 듣지 않은 것을 괘씸하게 생각하여 정려각을 내려주지 않았다.

추사의 고조부 김흥경의 묘소 | 묘소 입구에는 추사가 연경에 다녀오면서 가져다 심은 백송이 지금까지 잘 자라고 있어 천연기념물(제106호)로 지정되었다.

그후 화순옹주의 조카인 정조가 비로소 정려각을 세워주었다.

오늘날 그 정려각은 허물어져 주춧돌만 남아 있지만 제법 규모 있는 정려문이 여전히 왕실 열녀를 기리고 있다. 월성위 묘소 앞에는 영조대왕이 친필로 써서 내려준 묘표(墓表)와 추사의 외가 쪽 어른인 지수재(知守齋) 유척기(兪拓基)가 비문을 쓴 묘비가 있다.

월성위 타계 후 이 집안은 조카 김이주(金頤柱, 1730~97)를 양자로 들여 집안을 이어가게 했으니 그가 곧 추사의 할아버지이다. 김이주는 외할아버지인 영조의 비호 아래 출세를 거듭하여 대사헌·형조판서 등 높은 벼슬을 지냈으며, 아들 넷을 낳아 집안을 안팎으로 크게 일으켰다. 그의 장남이 김노영(金魯永, 1747~97)으로 추사의 양아버지이고, 막내인 넷째 아들 김노경이 추사의 생아버지이다.

화순옹주 정려문 | 남편 김한신이 죽자 열나흘을 굶어 자결한 화순옹주를 기린 열녀각으로 본채인 정려각은 주춧돌만 남았고 정려문이 그 규모를 알려준다.

김노영과 김노경은 모두 과거에 급제하여 남부럽지 않은 출세를 했다. 추사는 이런 가문에서 태어나 귀공자로 곱게 자랐다. 추사의 예술세계에 어딘지 귀티가 있는 것은 이런 출신 배경과 무관치 않을 것이다.

추사의 출생 설화와 외가

추사의 출생과 관련해서는 천재의 탄생다운 신기한 얘기가 전해진다. 『완당선생전집』 머리글로 실려 있는 「완당 김공 소전」에서는 어머니 유씨가 회임한 지 24개월 만에 추사를 낳았다고 한다. 나는 평소이 말 같지도 않은 얘기가 추사를 신비화하는 과정에서 나온 것이려니 생각해왔는데, 홍한주의 『지수염필(智水拈筆)』을 보니 추사의 어머니는 본래 회임 기간이 비정상적이었던 듯, 추사의 아우인 명희는

〈지수재 유척기 초상〉 비단에 채색, 37.0×29.1cm, 일본 덴리대 도서관 소장 ㅣ 추사의 외가인 기계 유씨의 상징적 인물이다.

18개월 만에 낳았고, 막냇동생 상희는 약간 빨라서 12개월 만에 낳았다고 한다.

추사의 탄생에는 이런 이야기도 있다. 추사가 태어날 무렵에는 집 뒤편 우물물이 줄어들고 뒷산 나무들이 시들시들했는데 그가 태어나자 샘이 솟고 나무도 되살아났다는 것이다. 결국 추사의 천재성은 '예산 정기'를 받았다는 이야기이다.

추사는 어려서 천연두를 앓았다. 희원 이한철이 그린 초상화를 보면 추사의 양 볼에 옅은 마맛자국이 표현되어 있어 이를 알 수 있다. 그가 태어난 해에는 역병이 유행했다고 하는데, '신동(神童)' 추사도 이 유행병만은 피하지 못했던 모양이다.(신동원의 『조선의약생활사』, 들녘 2014)

추사의 외가인 기계 유씨는 노론계 명문으로 영조 때 영의정을 지낸 지수재 유척기가 이 집안의 간판 명사이며, 외증조할아버지 유한소(兪漢蕭)는 문과에 급제하여 함경도 관찰사를 지낸 분이고, 정조 때 문장으로 이름을 날린 저암(著菴) 유한준(兪漢雋), 서예가로 예서에 능했던 기원(綺園) 유한지(兪漢芝) 등과는 4촌, 6촌 형제간이다. 그래서 기계 유씨 쪽 사람들은 반은 농으로 추사가 '외탁'한 덕에 글씨를 잘 썼다고 말하곤 한다.

서울 통의동 백송 | 이 백송 근처에 월성위궁이 있었다고 한다. 일제강점기 이 일대에는 동양척식주식회사 관사들이 들어섰다. 1990년 강풍으로 쓰러져 지금은 밑동만 남았다.

입춘첩 신화

서울의 월성위궁은 경복궁 서쪽 통의동 백송나무가 있던 곳에 있었다. 전하는 말에 의하면 이 백송나무는 월성위궁의 정원수였다고 한다. 이래저래 추사의 일생에는 고고한 백송이 따라다닌다.

추사는 신동답게 어려서부터 기억력이 뛰어났고 일찍 글을 깨쳤다. 여섯 살 때는 벌써 '입춘대길(立春大吉)'이라는 글자를 써서 대문에 붙일 정도였다. 묘비문에 의하면 여섯 살 때 추사가 쓴 입춘첩을 대문에 붙였는데, 당시 북학파의 대가인 초정(楚亭) 박제가(朴齊家, 1750~1805)가 지나가다가 이 글씨를 보고 추사의 부친을 찾아와서는 "이 아이는 앞으로 학문과 예술로 세상에 이름을 날릴 만하니 제가 가르쳐서 성취시키겠습니다"라고 말했다고 한다.

실제로 추사의 스승은 박제가였다. 박제가는 비록 서출이었지만 노

〈채제공 초상〉 비단에 채색, 56.1×41.2cm, 일본 덴리대 도서관 소장 | 채제공은 추사가 명필이 되면 인생이 험난할 거라는 예언을 했다고 한다.

론은 서얼에 관대했다. 게다가 추사의 양아버지 김노영은 실학자인 담헌 홍대용의 재당질서(9촌 사위)로, 연암 박지원과 교유가 있었고, 1790년 사은사로 연경에 갈 때 박제가와 동행한 바 있다.

추사의 입춘첩에는 또 하나의 전설이 있다. 그것은 추사의 천재성에 관한 유명한 일화로, 『대동기문(大東奇聞)』에 이렇게 전해진다.

일곱 살 때 입춘첩을 써서 대문에 붙였다. (남인의 재상인) 번암(樊巖) 채제공(蔡濟恭)이 지나가다 이것을 보고 들어와 누구 집이냐고 물으니 김노경의 집이라고 했다. 본래 채제공과 김노경 집안은 세혐(世嫌, 남인과 노론 간의 질시)이 있어서 만나지 않는 사이였다.

그런데도 특별히 방문하니 김노경은 크게 놀라 "각하, 어이해서 소인의 집을 찾아주셨습니까" 하니 채제공이 "대문에 붙인 글씨는 누가 쓴 것이오?" 하고 묻는 것이었다.

김노경이 우리 집 아이의 글씨라고 대답하자, 채제공이 말하기를 "이 아이는 필시 명필로 세상에 이름을 떨칠 것이오. 그러나 만약 글씨를 잘 쓰게 되면 반드시 운명이 기구할 것이니 절대로 붓을 잡게 하지 마시오. 그러나 만약 문장으로 세상을 울리게 하면 크게 귀하게 되리라" 했다고 한다.

결국 채제공의 예언은 들어맞는다. 신기로운 사람의 신기한 얘기이다. 그러나 이것은 한갓 기이한 얘기로 그치지 않는다. 본래 예언이나 신탁이라는 것은 사실을 알아맞힌 것보다 행간에 서려 있는 의미가 더 중요하다. 추사가 글씨를 잘 쓰게 되면 운명이 기구할 것이나 문장으로 나아가면 크게 귀하게 될 것이라는 예언의 속뜻은 과연 무엇일까? 그것은 추사의 두 차례 귀양살이를 이야기할 때 다시 한번 생각해 볼 일이다.

월성위 집안의 봉사손

추사는 여덟 살 무렵 백부 김노영의 양자로 들어갔다. 월성위 집안 종가의 뒤를 이을 아들이 없어 막냇동생인 김노경의 아들을 입양한 것이다. 이로써 추사는 월성위 집안의 종손이 되었다.

그런데 참으로 귀하게도, 추사가 여덟 살 때 생아버지에게 보낸 편지 한 통이 세상에 전한다.

굽어살피지 못하는 한여름에 어떻게 지내셨습니까. 사모하는 마음이 절절합니다. 소자는 (어른을) 모시고 책 읽기에 한결같이 편안하오니 걱정 마십시오. 백부께서는 이제 곧 행차하시려고 하는데 장마가 아직도 그치질 않았고 더위도 이와 같으니 염려되고 또 염려됩니다. 아우 명희와 어린 여동생은 잘 있는지요. 제대로 갖추질 못합니다. 굽어살펴주시옵소서. 이와 같이 사룁니다. 계축년(1793) 유월 초열흘 아들 정희가 아룁니다.

추사의 편지를 받은 생아버지 김노경은 그 여백에 모두 잘 있다는 안부를 답신으로 적어 보냈는데 글씨가 행서의 흘림체로 되어 있다.

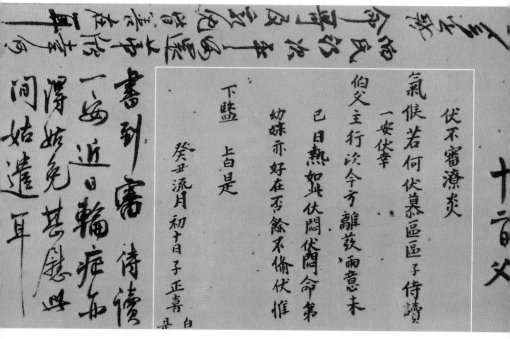

김정희, 〈부친에게 보내는 편지〉 1793년(8세), 24.0×44.6cm, 개인 소장 ┃ 추사가 생부에게 보낸 안부 편지이다. 여덟 살의 글치고는 내용도 또렷하고 글씨도 틀이 잡혀 역시 신동이었던 듯싶다. 편지 여백에는 아버지 김노경이 이틀 뒤에 보낸 답장이 쓰여 있다.

아버지 김노경은 추사가 능히 읽을 수 있을 거라고 생각해서 그렇게 썼을 것이다.

추사에겐 남동생이 둘 있었다. 바로 아래 아우인 산천(山泉) 김명희 (金命喜, 1788~1857)와는 두 살 차이이고, 막내아우 금미(琴糜) 김상 희(金相喜, 1794~1861)와는 여덟 살 차이였다. 두 아우는 부친과 형님 이 연이어 유배되는 가화에 시달리며 모두 대과에 급제하지 못해 높은 벼슬을 하지 못하고 명희는 강동현감, 상희는 교관(敎官)에 그쳤지만 모두 시와 글씨에 뛰어났다. 누이도 두 명 있었는데 모두 서녀(庶女)였다.

겹치는 애경사

귀한 집 종손으로 신동이라는 촉망과 귀여움을 받던 추사는 갓 열살을 넘기면서 어린아이로서 견디기 힘든 시련을 겪게 된다. 추사 나이 열두 살 때인 1797년에 양아버지 김노영이 갑자기 세상을 떠났고 뒤이어 할아버지 김이주마저 타계했다. 추사로서는 날벼락 같은 일이었다. 할아버지와 양아버지의 서거로 추사는 월성위 집안의 주손이 되어 그 큰 가문을 맡게 되었다. 이로 인해 추사는 어려서부터 애늙은이 같은 진중함이 있었다고 한다.

양아버지의 타계로 인해 추사는 다시 생부 김노경을 아버지로 모시고 살아가게 되었으니, 당시에도 훗날에도 '추사 부자'라 함은 곧 추사와 김노경을 가리키는 것이었다.

어린 추사에게 흉사는 계속되었다. 할머니와 사촌 형의 타계로 집안이 초상 치르기에 정신없었다. 어느 정도 안정을 되찾은 1800년, 열다섯 살 된 추사는 한산 이씨(韓山李氏)를 아내로 맞이했다. 장인 이희민(李羲民)은 벼슬이 없었지만 증조부가 청백리 이태중(李台重)으로 아내는 명문 집안 따님이었다. 추사는 이후 스승 박제가를 모시고 문인 교육을 받으며 성장하게 된다.

스승 박제가

추사가 박제가에게 배울 때 어땠는지 알려주는 특별한 기록은 없지만 박제가의 『정유각전집(貞蕤閣全集)』에 실린 「김정희에게 보내는 답장」은 사제 간의 온정을 느끼게 한다. 이 편지를 보면 어디론가 은거해버린 스승을 찾고자 하는 청년 추사의 모습이 눈에 선하다. 박제가가 스승이기는 해도 서출이었기 때문에 대갓집 자제인 추사를 매우 정중히 대했던 것이 행간에 서려 있다.

땅거미가 질 무렵 편지를 받자오니 마치 천막 속에서 바라보는 것 같아 심히 기이합니다. 양근 땅 구석에 은거하고 있는 것을 그대께서는 어떻게 이렇게 소식을 빨리 들으셨는지요. (…) 나그네 신세라 나귀를 끌고 갈 사람이 없으니, 만일 어린 종놈이라도 구하게 되면 구태여 앞서 인도할 것도 없이 뒤만 따르게 할 것입니다. 다만 봄날 아침 추위가 위세를 떨치고 있어서 승경을 찾아가는 길이 이롭지 못해 안타까울 따름입니다.

박제가는 영민한 추사에게 자신이 추구하는 북학을 성심으로 가르쳤을 것이다. 박제가는 연경에 모두 네 차례나 다녀왔고 유명한 『북학의(北學議)』(1778)도 펴낸 바 있다. 그런 북학파의 석학에게 글을 배우면서, 추사는 꿈 많은 소년시절부터 청나라 연경의 발달한 문물과 그곳 학자들의 왕성한 학예활동에 대해 듣고 이를 동경해 마지않았을 것임을 충분히 상상할 수 있다. 추사는 언젠가 꼭 한 번 연경에 다녀오고 싶다는 마음을 이렇게 시로 읊었다.

개연히 각별한 생각이 일어나니	慨然起別想
넓은 세상에서 지기를 맺고 싶어라.	四海結知己
마음 맞는 사람을 얻기만 하면	如得契心人
그를 위해 한 차례 죽을 수 있네.	可以爲一死
연경〔日下〕엔 명사가 많기도 하다니	日下多名士
부러운 마음 저절로 끝이 없구나.	艷羨不自己

〈박제가 초상〉, 나빙 1790년, 10.4×12.2cm, 사진 자료 ┃ 청나라 양주팔괴의 한 사람인 나빙이 그린 초상으로 후지쓰카가 소장했으나 이후 다른 일본 수장가를 거쳐 몇 해 전 중국 수장가의 소장이 되었다.

박제가는 추사가 이처럼 북학에 뜻을 세운 것을 기특해하며, 1801년 유득공과 함께 연경에 갔을 때 그곳의 젊은 학자인 조강(曹江)에게 자신은 요즘 이런 청년을 가르치고 있다고 자랑하며 이 시를 보여주었다. 그후 1809년 마침내 추사가 연경에 갔을 때 처음 만난 중국학자가 바로 조강이었는데, 그때 조강은 이 시를 기억하고 있었다고 한다.

어머니와 스승의 타계

추사는 이처럼 스승에게 학문을 배우며 행복한 젊은 날을 보냈다. 그러나 추사의 행복은 아주 잠깐뿐, 이내 시련의 바람이 해마다 불어

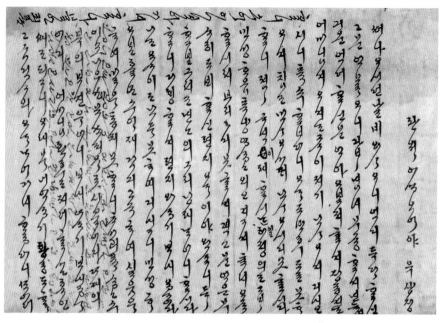

추사 어머니 기계 유씨가 남편에게 보내는 편지 1791년, 24.2×28.3cm, 개인 소장 ㅣ 추사의 어머니인 기계 유씨가 남편 김노경에게 부친 편지이다. 아름다운 한글 궁체는 과연 추사의 어머니답다.

왔다. 추사 나이 16세 되던 1801년, 친어머니 유씨가 불과 36세의 젊은 나이에 갑자기 세상을 떠났다.

추사의 어머니는 남편과 자식에게 정성과 애정을 다하는 전형적인 조선 여인이었다고 한다. 추사의 어머니는 글씨도 잘 썼다. 추사 나이 여섯 살 때인 1791년, 남편 김노경이 아직 대과에 급제하지 못한 채 지방관으로 전전하고 있을 때 남편에게 옷과 함께 보낸 한글 편지에서 그 면면을 살필 수 있다. 아름다운 내간체 흘림필로 곱고 단정하게 써내려간 필치에서는 부인의 단아한 기품이 넘쳐흐르는데, 내리긋는 필획에 강한 힘이 들어가 글씨에서 힘과 울림이 일어난다. 훗날 추사 글씨의 한 연원을 여기에서도 감지할 수 있다.

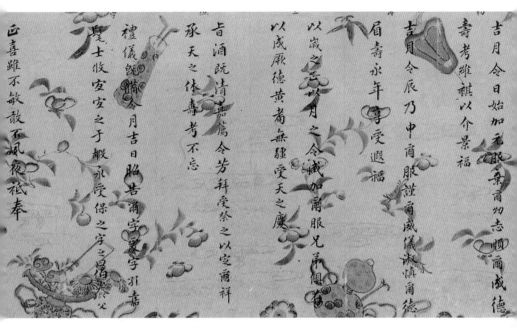

추사의 《관례문》 소장처 미상 ┃ 추사 나이 스무 살 때 관습에 따라 관례를 올리면서 받은 글이다. 칠보무늬의 중국제 고급 시전지에 아버지 김노경이 쓴 것으로 추정된다.

　추사가 어린 나이에 자애로운 어머니를 잃은 아픔과 슬픔은 다른 설명 없이도 짐작이 가는데, 바로 그해에 스승 박제가마저 신유박해에 연루되어 모진 고문 끝에 함경도 종성으로 유배를 가게 되었다.

　그리고 4년이 지나 추사 나이 20세 되는 1805년에는 집안의 애경사가 겹쳤다. 먼저 부친 김노경이 대과에 급제하는 큰 경사가 생겼다. 이때 순조는 영조대왕의 사위인 월성위의 손자가 과거에 급제한 것을 축하하여 월성위 묘에 제사를 올리도록 해주었다.

　그해에 추사는 당시의 풍습에 따라 관례를 올렸다. 김영호 교수가 「추사의 붓을 따라 천리를……」(『문학사상』 제50호, 1976. 11)에서 소개한 관례문 도판을 보면 화려한 중국제 시전지(詩箋紙)에 품위 있게 쓰여 있어 대갓집 자제의 관례문답다.

이 관례문에는 이때 추사에게 백양(伯養)이라는 자가 내려진 것으로 되어 있는데 추사의 자는 원춘(元春)으로 알려져 있으니 언젠가 백양에서 원춘으로 바꾼 것 같다.

호사다마라더니 추사에게 이내 불행이 겹쳐 일어났다. 바로 그해 추사의 부인인 한산 이씨가 나이 스물에 갑자기 세상을 떠난 것이다. 추사의 불행은 여기에 그치지 않았다. 같은 해 종성에 유배 갔던 박제가가 풀려나 이제 다시 스승을 찾는가 했더니 이내 세상을 떠나고 말았다.

그 아픔이 채 가시기도 전인 이듬해(1806) 양어머니인 남양 홍씨마저 서거했다. 이제 추사 주위에 남은 일가친척이라곤 친아버지와 명희, 상희 두 동생밖에 없었다. 추사의 십대는 가정적으로 매우 불우했다고 말할 수밖에 없다.

생원시에 합격하고 부친 따라 연경으로

1808년 추사 나이 23세 때, 갈 사람은 가고 남을 사람만 남아 월성위궁이 쓸쓸히 느껴질 무렵, 추사는 예안 이씨(禮安李氏)와 결혼했다. 장인 이병현(李秉鉉)은 벼슬이 없었으나 처고조부가 당대의 대학자인 외암(巍巖) 이간(李柬)이었다. 예산 추사고택에서 멀지 않은 아산의 외암 민속마을이 처갓집이었다.

산 자의 복이었는지 죽은 자의 음덕이었는지 추사 집안에는 영광과 기쁨이 연속해서 일어난다. 1809년 11월 9일, 추사는 24세의 나이로 사마시에 합격하여 생원이 되었다. 출세할 수 있는 사회적 토대를 스스로 마련한 것이다. 추사의 생원시 합격을 알려주는 교지가 용케도 추사고택에 전해져 이 위대한 예술가의 생애를 확인해주는 좋은 기념 유물이 되었다.

추사가 생원에 합격한 바로 그 해, 호조참판이던 아버지 김노경은 동지사(冬至使)의 부사(副使)로 선임되어 연경에 가게 되었다. 이에 추사는 자제군관(子弟軍官) 자격으로 아버지를 따라 연경에 갈 기회를 얻었다.

동지사는 해마다 달력을 받으러 가는 역행(曆行)과 함께 동지를 전후하여 정례적으로 중국에 가던 외교사절을 말하며, 자제군관

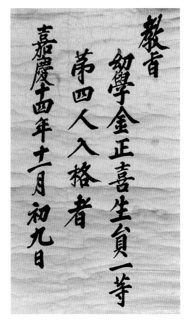

〈교지(敎旨)〉 충남 예산군 소장 | 1809년 11월 9일, 추사의 생원시 입격을 알리는 합격증이다.

이란 정사·부사·서장관 등 고급 외교관으로 하여금 그 직급에 따라 아들·동생·조카(8촌 이내) 중 한 명을 데리고 가서 외국 견문을 익히게 하는 제도이다.

자제군관은 공식 수행이 아닌 만큼 자유롭게 학예인들을 만나고 그곳 문물을 접할 수 있었다. 노가재 김창업, 담헌 홍대용, 연암 박지원 등 18세기의 연행(燕行) 학자들 대부분이 자제군관 자격으로 간 것이었다. 이리하여 추사는 대망의 연경에 가게 되었다.

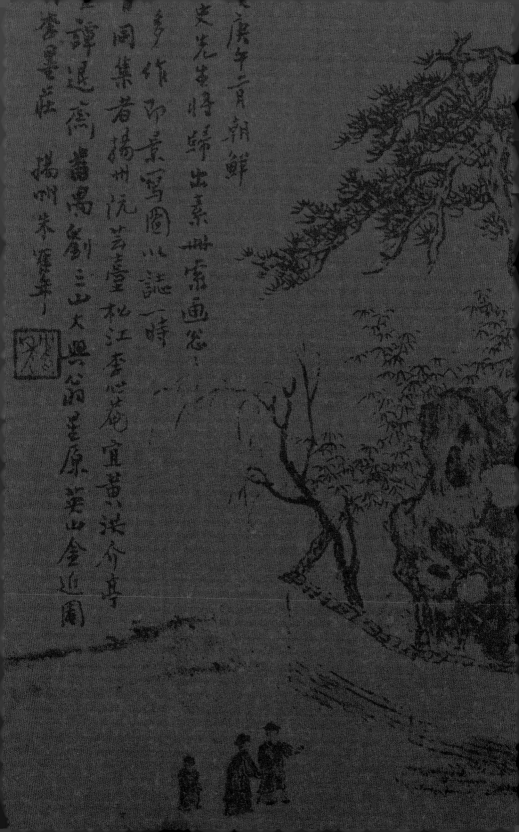

庚午貢朝鮮
史先生將歸出景冊索畫笘
多作即景寫圖以誌一時
同集者揚州沉芸臺松江金心庵宜黃洪介亭
譚退齋畫馬劉三山大興翁星原萬山金延圍
參墨莊
揚州朱琰年

제 2 장

감격의 연경 60일

조선 북학파에 대한 후지쓰카의 연구

추사가 연경에 가서 벌인 활동과 귀국 후 연경의 학예인들과 끊임없이 교유하면서 펴나간 학예활동은 우리나라 지성사에서 가장 찬란한 국제활동이었다. 이는 통일신라의 원측·혜초·최치원·김교각과 고려의 이제현, 나아가서는 20세기의 윤이상·백남준 같은 이가 국제적 명성을 획득한 것보다도 더 크고 지속적인 활동으로, 가히 영광이자 자랑으로 삼을 만하다. 우리에게 이런 국제적 영광의 인물이 있었다는 사실, 그리고 추사의 학문과 예술이 바로 그런 국제적 교류 속에서 성숙되고 완성되었다는 사실을 우리는 오랫동안 잊고 있었다.

조선 후기 북학파 학자들이 청나라와 교류한 실상과 추사가 연경에서 벌인 활약상을 치밀한 고증으로 밝혀낸 사람은 후지쓰카 지카시(藤塚鄰, 1879~1948)라는 일본인이었다.

후지쓰카는 『논어총설(論語總說)』 등의 저서를 남긴 일본의 대표적인 동양철학자로, 특히 청나라 경학과 고증학에 정통했다. 후지쓰카는 청나라 학술을 연구하기 위해 1921년 북경에 건너가 2년간 머물면서 유리창(琉璃廠) 서점가에 살다시피 하며 자료를 수집했는데 그 양이 수만 권이나 되었다고 한다. 이때 그는 청나라 자료를 보면서 박제가라는 조선학자와 청나라 유학자들의 교유가 무척 깊었다는 사실을 알고 신기하게 생각했다고 한다.

후지쓰카는 1926년에 경성제국대학 중국철학 교수로 임명되어 서울에 온 후, 고서점가를 뒤지며 열심히 자료를 찾아다녔다. 그러던 어느 날 한남서림에서 무심코 들여다본『사가시집(四家詩集)』이라는 책에서 박제가란 이름 석 자를 발견한 후지쓰카는 그제야 비로소 박제가가 이덕무·유득공·이서구 등과 함께 '사가(四家)'로 불린 규장각의 사검서(四檢書)임을 알게 되었다고 한다. 그는 이『사가시집』에 청나라 명현(明賢)인 이조원(李調元)과 반정균(潘庭筠)의 서문이 실린 것을 보고 청나라 학자와 조선 북학파 학자 사이의 교유에 더욱 흥미를 갖게 됐다고 한다.

후지쓰카의 추사 글씨 수집

이후 후지쓰카는 인사동 서점가를 무시로 드나들면서 한중 학자들 간에 오간 편지와 서예 작품은 물론 탁본과 그림까지도 보는 대로 구입하여 나중에는 책이 1,000권, 서간과 탁본이 1,000점에 달했다고 한다. 그의 수집품 중에는 청나라 양주팔괴의 한 명인 양봉(兩峯) 나빙(羅聘)이 그린 〈박제가 초상〉, 청나라 주학년(朱鶴年)이 추사에게 보내준 그림, 심지어는 저 유명한 추사의 〈세한도〉까지 포함되어 있었다.

1932년 10월, 서울 미쓰코시 백화점 갤러리에서 '완당 김정희 선생 유묵·유품 전람회'라는 추사 사후 최초의 대규모 전시회가 열렸다. 여기에는 장택상·손재형·김승렬·이한복·오세창·김용진·박영철 등 우리나라 애호가와 아유카이 후사노신(鮎貝房之進)·이나바 이와요시(稻葉岩吉) 등 일본인 고서화 수집가들이 소장하고 있던 추사 관계 명품 83점이 출품되었다. 이때 후지쓰카가 출품한 것만 무려 16점이었다.

이쯤 되면 그가 추사 관계 자료를 얼마나 심도 있게 열정적으로 수집했는지 알 수 있을 것이다. 지금도 인사동 고서점가에는 추사의 간찰 값을 올려놓은 사람은 후지쓰카라는 말이 남아 있다.

청조 고증학 연구의 제일인자, 추사 김정희

후지쓰카는 북경의 유리창과 서울의 인사동에서 수집한 수천 권의 책과 서예, 탁본 자료들을 읽고 분석하고 정리하며 필생의 과업으로 삼은 청조학의 한 지맥으로 조선 북학파 연구에 전념했다. 그 결과 이덕무·박제가·유득공·이서구 등 사검서의 활약은 물론 이들의 선배인 홍대용이 북학파의 길을 터놓은 과정, 그리고 추사 김정희, 자하 신위, 해거 홍현주 등 추사의 주변 인물들이 청나라 학자들과 교유한 구체적인 내용을 소상히 규명한 논문을 계속 발표했다.

후지쓰카는 이 연구를 통해 엄청난 양의 서적·서화·금석 자료가 북경과 서울을 오가며 실로 '존경스러운' 학예의 교류가 이루어졌다는 사실이 신기하고 놀라웠다고 했다. 그중 추사의 활약은 가장 눈부셔서 후지쓰카는 추사가 선배들이 뿌린 씨를 거두듯 청조 고증학과 경학의 업적을 집대성해놓았다며 이렇게 말했다.

특히 박제가의 제자로 조선 500년 역사상 보기 드문 영재 완당 김정희가 출현하여 연경에 가서 옹방강과 완원, 두 경사(經師)를 알게 되고 여러 명현과 왕래하여 청조 학문의 핵심을 잡아 귀국하자 조선의 학계는 실사구시의 학문으로 500년 내로 보지 못했던 진전을 보게 되었다.

후지쓰카는 이 집념의 연구를 계속하여 1936년에는 그 연구 결과를 동경제국대학 박사학위 청구논문으로 제출했다. 논문 제목은 '조선조(朝鮮朝)에서 청조 문화의 이입(移入)과 김완당'이었다. 이는 그가

후지쓰카 지카시와 그의 아들 아키나오(1936) | 후지쓰카 지카시는 청나라 학예인과 북학파의 긴밀한 교류를 고증하고 추사를 청조학 연구의 제일인자라고 평했다. 아들 아키나오는 부친의 논문을 출간하고 추사 관련 자료 일체를 과천문화원에 기증하였다.

20여 년간 꾸준히 연구해온 근 10편의 논문을 바탕으로 한 것이었다.

그는 본래 청나라 경학을 연구하던 학자였지만 결국은 청나라 학술의 정수를 훤히 꿰뚫은 추사 연구에 일생을 바친 셈이었다. 일본의 동료 학자들은 이 점이 불만이었던 듯 "후지쓰카는 청조 경학의 연구자였지, 결코 추사 김정희라는 조선학자의 연구자로 생각해서는 안 된다"라며 투덜거리기도 했다. 그러나 후지쓰카가 평생을 바친 청조 학술 연구의 결과로 내린 결론은 아주 단호한 것이었다.

청조학 연구의 제일인자는 추사 김정희이다.

이후에도 후지쓰카는 조선 북학파와 추사에 관한 연구를 계속하여

6, 7편의 논문을 발표했다. 다만 연암 박지원과 자하 신위에 대한 연구는 애석하게도 이미 모든 자료를 준비해놓은 상태에서 끝내 탈고하지 못했다. 그는 1940년에 경성제대를 퇴임하고 해방 후에는 일본 대동문화학원 학장으로 재직하다 1948년에 세상을 떠났다.

그가 죽고 27년이 지난 1975년, 그의 추사 관계 논문들은 역시 동양철학자인 아들 후지쓰카 아키나오(藤塚明直)에 의해 편집되어 『청조 문화 동전의 연구(淸朝文化東傳の硏究)』(國書刊行會)라는 제목으로 출간되었다. (1994년에는 아카데미하우스에서 박희영의 번역본 『추사 김정희 또 다른 얼굴』이 나왔으며, 2009년에는 과천문화원에서 윤철규·이충구·김규선 공역의 『추사 김정희 연구』라는 정교한 번역본을 펴냈다.)

그런 분이 추사 김정희이고 그것이 추사 학문과 예술의 배경이었다. 나는 이국(異國)의, 그것도 일본인 학자가 조선의 옛 학예에 이토록 절절한 존경을 보내면서 진실되고 열정적으로 그리고 철저한 고증학적 연구로 일생을 살아간 것에 깊은 존경과 함께 놀라움과 고마움과 두려움을 느낀다.

아들 아키나오의 추사 자료 기증

후지쓰카 지카시가 죽고 반세기가 더 지난 2006년, 당시 과천문화원의 최종수 원장이 후지쓰카의 아들 아키나오에게 추사 학술대회 참가를 부탁하러 일본에 갔다. 당시 아키나오는 94세의 노령인지라 참석할 수 없었지만 대신 부친이 남긴 추사 관련 유물과 책 모두를 과천문화원에 기증하겠다고 했다. 그때 아키나오는 이렇게 말했다.

그동안 나는 부친이 남기신 이 자료들을 처리하지 못하여 죽지 못했습니다. 이제는 죽어도 여한이 없습니다. 그러니까 추사 관련 자료가 지금까지 나를 살게 한 셈입니다. 일찍이 동경대학 도서관에서 기증을 원했으나 먼지 속에 묻히는 것보다 한국인이 계속 추사를 연구하는 데 이용해주기를 바랍니다.

아키나오가 기증한 자료는 1차로 서적이 2,750점, 2차로 추사의 간찰 및 관련 유물 자료가 상자 118개 분량이었다. 총 1만 5,000여 점에 달했다. 거기에는 추사 김정희의 친필 서간 23점을 비롯하여 청나라와 조선 문인들의 서화 70여 점,『황청경해(皇淸經解)』1,408권 400책을 포함한 선장본 고서 약 2,500책, 근대 양장본 약 1,500책, 후지쓰카 지카시의 원고 자료와 사진 자료 약 1,000점이 포함되어 있었다.

당시 나는 문화재청장으로서 즉시 후지쓰카 아키나오에게 국민훈장 목련장을, 최종수 원장에게 포장을 수여할 것을 상신했고 2006년 5월 18일, 아키나오는 병상에서 이 훈장을 받았다. 그리고 두 달 뒤 후지쓰카 아키나오는 향년 94세로 세상을 떠났다.

이 기증 유물을 토대로 건립된 것이 오늘날 과천 과지초당의 추사박물관이며 추사 김정희의 친필 서간 23점은 경기도 유형문화재 제244호로 지정되었다.

북학파 이전의 한중 문화 교류

추사가 어떻게 해서 청조학 연구의 제일인자라는 평가를 받게 되었는가를 얘기하자면 먼저 그 사상적·문화적 배경에 대해 이해하지 않으면 안 된다. 잘 알다시피 조선시대 성리학은 주로 송나라 성리학을 벗어나지 않는 범위에서 발전했다. 명나라 양명학에 대해서는 일부

학자들이 받아들였을 뿐 적극 수용하기는커녕 오히려 배격했다.

게다가 청나라에 대해서는 오랑캐라는 멸시와 그들에게 당했다는 적개심 때문에 북벌론(北伐論)과 소중화사상(小中華思想) 같은 민족주의적 움직임이 일어났다. 그것은 조선 후기 진경산수가 상징하는 바와 같이 나름대로 민족적인 문화를 이루는 성과를 낳았다.

그러나 조선의 지식인들은 100년이 지나도록 국제적인 흐름에 너무나 어두웠다. 그간 청조 문화는 18세기 강희·옹정·건륭 연간에 크게 발전했고 고증학이라는 신사조가 일어나고 있었지만, 이에 대해 아는 바도 없고 별 관심도 없었던 것이다.

한 예로 '실사구시(實事求是)'를 캐치프레이즈로 내걸고 고증학을 일으킨 청조학의 개조 고염무(顧炎武)의 『일지록(日知錄)』(1695)이 출간된 지 80년이 넘도록 조선의 학자들은 그에 대해 잘 모르고 있었다. 그런 상황은 1778년 이덕무가 연경에서 이 책을 처음 보고는 감격하여 이서구에게 보낸 편지에 잘 드러나 있다.

> 『일지록』을 고심고심 끝에 구했다. 3년이 지나서야 이제 남이 비장한 것을 꺼내 읽고 있는데, 육예(六藝)의 문(文)과 백왕(百王)의 전(典)과 당세(當世)의 일을 빈틈없는 근거로 명쾌하게 분석했다. 오호라! 고염무는 진실로 굉유(宏儒, 굉장한 학자)로다. 먼저 보내주노니 보배롭게 완상함이 어떨까.(『아정유고(雅亭遺稿)』 권6)

이덕무가 고염무의 『일지록』을 읽고 이처럼 감탄한 것은 이 책에서 말할 수 없이 신선한 충격을 받았기 때문이다. 그런데도 조선사회는 여전히 성리학의 매너리즘에 빠져 공리공론(空理空論)으로 겉돌고 있었다. 이를 극복하려는 노력이 곧 조선 후기에 나타난 실학사상의 한 줄기였다.

조선 후기 실학은 학문적 발생 과정과 계보가 조금은 애매해서 그 사상의 갈래와 핵심을 단순화하여 말하기 힘들다. 오늘날 우리는 조선 후기에 나타난 매우 실질적이고 현실주의적인 사상을 실학이라고 부르지만 당시에는 실학이라는 용어 대신 "학문에 실득(實得)이 있었다" 정도의 표현만 있었다.

또 조선 후기 실학은 반계 유형원, 성호 이익, 다산 정약용으로 이어지는 경세치용(經世致用)·이용후생(利用厚生)의 대단히 실질적이고 현실적인 사상으로, 중국과 관계없이 자생적으로 일어난 학문의 신경향이었다. 그런데 그런 사상적 기류가 청나라에서도 똑같이 일어나 고증학이라는 이름으로 상당히 체계화되어 있었음을 뒤늦게 알게 된 것이다.

그렇기 때문에 이덕무를 비롯한 조선의 실학자들은 청나라 고증학에서 사상적 동질성을 발견하고 깊은 자극을 받았다. 박제가는 이런 사상적 경향을 스스로 '북학(北學)'이라고 했다. 북학이란 『맹자』에 나오는 표현으로, 이상보다는 현실, 관념보다는 사실을 더 중요시한다는 뜻이다. 그 북학파의 선봉에 담헌 홍대용과 연암 박지원이 있었고 그 뒤를 초정 박제가를 비롯한 사검서가 이어가고 있었으며, 이것을 청나라와의 긴밀한 교류 속에서 더 높은 차원으로 완성한 분이 바로 추사 김정희였던 것이다.

북학의 길을 연 담헌 홍대용

나는 독자들을 위하여 이제부터 북학파 학자들이 학문을 개척해가는 과정을 후지쓰카의 연구 성과에 의지해 요약하고자 하는데, 그 모든 것이 하나의 장편 드라마 같다. 북학파 학자들 이전에도 청나라에 간 조선학자들이 있었다. 그러나 그들은 고염무의『일지록』같은 책이나 고증학 같은 학문에 대해 알지 못했고 관심도 없었다. 비근한 예로 노가재 김창업이 1712년 연경에 다녀온 뒤 쓴『노가재연행록(老稼齋燕行錄)』을 보면 그가 연경에서 사온 책이라는 것도『주자어류』『본초강목』등 대개 상식적인 개론서 범위를 넘지 않았다.

이렇게 꽉 막혀 있던 한중 문화 교류가 활짝 열린 것은 담헌 홍대용의 1765년 연행 때부터이다. 홍대용은 조선 후기의 대표적인 실학자이자 과학자로, 성호 이익이 적극 받아들인 서양과학을 체계적으로 이해하고 정리하여 지구가 태양을 돈다는 지전설(地轉說)을 주장한 분이다. 그는 인간도 다른 생명과 마찬가지로 대자연의 일부라는 생각 아래 전통적인 화이론(華夷論)을 부정하면서 민족적 주체성을 펼친 진보적 지식인이었다.

홍대용은 동시대의 실학자 연암 박지원 등과 교유했고, 화순에 은거하던 실학자 나경적(羅景績)을 찾아가 혼천의(渾天儀)를 만들어 고향인 충청도 수촌에 사설 천문대라 할 농수각(籠水閣)을 세웠다. 그것이 홍대용 30대의 일이다.

홍대용은 35세 되던 1765년, 동지사의 서장관이 된 숙부 홍억(洪檍)을 따라 자제군관 자격으로 연경에 갔다. 홍대용의 연행에 대해서는 그의『담헌연기(湛軒燕記)』와『을병연행록(乙丙燕行錄)』에 자세하고, 후지쓰카의 연구와 김태준 교수의『홍대용 평전』(민음사 1987)에도 자세히 소개되었다.

홍대용은 연경에서 한국 문화사와 지성사에서 잊을 수 없는 두 가

북경의 남천주당 | 조선의 연행학자들이 줄곧 방문하던 곳으로, 지금은 소실되었지만 서양화법으로 그린 〈수태고지〉 벽화가 있어 박지원을 비롯한 여러 문인들의 기행문에 소개되었다.

지 경험을 하게 된다. 하나는 연경에 도착하자마자 이탈리아 선교사 마테오 리치가 세운 남(南)천주당을 방문한 것이다. 여기서 그는 청나라 조정의 흠천감정(欽天監正)을 맡고 있던 독일인 신부 유송령(劉松齡, A. von Hallerstein)과 부책임자 포우관(鮑友管, A. Gogeisl)을 만나 서양 천문과 역법(曆法, 달력 만드는 법)에 관해 의견을 나누었다. 여기서 그들은 "무릇 책력을 정하는 일은 황제의 고유 권한이기 때문에 알려줄 수 없다"고 했다.

또한 홍대용은 천주당에 있는 파이프오르간을 보고 매우 신기해했다. 오르간 소리를 들은 홍대용은 그 구조에 대해 자세히 물어 설명을 듣고는 자신이 한번 연주해보겠다고 했다. 홍대용은 본래 거문고의 명수로 음악에 조예가 깊었다. 실제로 그는 연경에 가면서도 거문고를 어깨에 메고 갔을 정도로 음악광이었다.

북경의 유리창 거리 | '유리창'은 청나라 이래로 서화 전적을 매매하는 점포가 즐비한 거리로 이름 높다. 조선 학자들의 단골 서점은 도정상이라는 주인이 운영한 '오류서점'이었다.

신부의 허락을 얻은 홍대용은 이내 파이프오르간으로 조선의 풍류한 곡조를 비슷하게 연주하고는 독일인 신부에게 "이것이 조선의 음악이랍니다"라고 했다고 한다. 이처럼 왕성한 지식욕과 호기심, 그리고 투철한 과학정신을 갖고 있던 홍대용은 이 연경 방문에서 중국의 학자들과 운명적으로 만났고, 이 만남은 조선 북학의 길을 활짝 연 계기가 되었다.

홍대용과 엄성·반정균의 만남

홍대용은 연경에서 우연히 '강남의 천재'라고 불리던 엄성(嚴誠)·반정균(潘庭筠)·육비(陸飛) 등과 만나 교유하게 되었다. 함께 연경에 온 비장(裨將) 이기성(李基成)이 안경을 사러 유리창의 한 만물상에

〈엄성 초상〉(부분), 나감 1770년, 종이에 수묵, 22.3×28.5cm, 과천 추사박물관 소장 ㅣ 엄성이 죽자 형 엄과는 나감이라는 화가에게 동생의 초상을 그리게 하여 추모첩을 만들었다.

갔다가 그들과 인연을 맺은 것이다. 이기성은 마침 가게 안으로 들어 오는 멋쟁이 차림의 두 신사가 모두 좋은 안경을 끼고 있는 것을 부러 운 눈으로 바라보다가 불쑥 "저는 지금 안경을 사려고 하는데 시중엔 진품이 없으니 원컨대 귀하가 끼고 있는 안경을 살 수 없습니까?"라고 물었다. 그러자 그 신사가 자초지종을 묻더니 "그렇다면 그냥 드리겠 습니다" 하고는 끼고 있던 안경을 벗어주었다.

이기성은 엉겁결에 안경을 받아들고 사례하고자 했으나 그들은 한 사코 뿌리쳤다. 이기성이 주소를 묻자 "우리는 절강성 항주에서 온 과 거 응시생으로 성 남쪽에 있는 여관에 기거하고 있소"라고 했다. 이들 이 바로 엄성과 반정균이었다. 반정균은 훗날 큰 학자가 되어 규장각 사 검서의 시집인 『사가시집(四家詩集)』(원명 韓客巾衍集)의 서문을 쓴다.

이에 이기성은 그들의 숙소로 찾아가 사례하고자 했으나 역시 사양하고, 오히려 자신들이 연경에 과거시험을 보러 오면서 고향에서 치렀던 향시 답안지를 여러 부 만들어 왔으니 이를 조선 사신들에게 전해달라고 주었다. 엄성과 반정균의 향시 답안지를 본 홍대용은 한번 만나볼 인재라고 생각하여 그들을 찾아갔다. 이것이 아득히 떨어져 있지만 서로의 마음을 알아주는 각별한 사이라는 '천애지기(天涯知己)'의 시작이었다.

엄성은 홍대용보다 한 살 어린 34세였고 반정균은 24세였다. 그다음 만남부터는 47세의 학자 육비도 함께 어울렸다. 이들은 나이와 국적을 잊고 시와 학문을 깊게 나누었다. 주자학과 양명학, 급기야는 조선 역사에 대해 끝없는 대화를 나누었고 또 무수한 시문을 주고받았다.

2월 한 달 동안 일곱 번이나 만났고 만나지 못한 날은 편지를 주고받았다. 이 편지들은 모두 홍대용의 『회우록(會友錄)』에 기록되어 있다. 홍대용은 그때의 만남을 두고 "한두 번 만나자 곧 옛 친구를 만난 듯이 마음이 기울고 창자라도 내줄 듯 형님 동생 했다"라고 표현했다.

엄성은 홍대용과 이기성의 초상화도 그려주었다. 엄성은 특히 선으로만 그리는 백묘(白描) 인물화에 능하여 백묘로 자화상을 그린 일도 있었는데 그가 그린 홍대용의 초상 또한 백묘화였다. 반정균은 홍대용을 「담헌기문(湛軒記文)」이라는 글에서 이렇게 칭송했다.

홍대용은 기상이 높고 견문이 넓으니 중국 서적 중에 보지 않은 것이 (…) 없다. 또한 시문으로부터 산수(算數)에 이르기까지 능치 못함이 없고 이론을 들으매 옛사람을 일컫고 의리를 근본으로 삼으니 짐짓 유학자의 기상이 있다. 이는 중국에서도 쉽지 않은 인품이거늘 어찌 조선에서 얻을 줄을 뜻했을 것인가?

그렇게 만난 지 한 달 뒤 동지사들이 바야흐로 귀국할 때가 되자 홍대용과 강남의 학자들은 다시 만날 날을 기약하지 못하고 이별하게 되었다. 엄성은 헤어지면서 홍대용에게 보낸 글에서 두 사람의 만남을 '천애지기'라고 했다.

《홍대용 초상》 12.5×9.0cm, 북경대 도서관 소장 | 강남의 학자 엄성이 연경에 온 홍대용을 그린 것이다.

엄성의 죽음과 홍대용의 추도사

홍대용과 헤어진 엄성은 어느 날 홍대용이 "군자가 자신을 드러내는 것과 감추는 것은 때에 따른다"라고 한 말에 크게 깨닫고 고향으로 내려갈 결심을 하고 남쪽으로 떠났다. 그러다 도중에 아버지의 뜻에 따라 광동 지역의 학관에 학생들을 가르치러 갔다가 뜻하지 않게 학질에 걸려 끝내는 숨을 거두고 말았다. 참으로 허망한 일이었다. 그러나 그의 갑작스러운 죽음이 한중 학예 교류에 결정적인 계기가 될 줄은 누구도 몰랐다.

엄성은 죽는 순간까지도 홍대용에게 받은 글을 가슴에 얹고 홍대용이 선물로 준 먹의 향기를 맡으며 숨을 거두었다. 그의 형인 엄과(嚴果)

는 엄성의 이런 임종 장면을 자세히 적어 수천 리 떨어진 연경의 반정 균을 거쳐 또 수천 리 떨어진 서울의 홍대용에게 보냈다. 뜻밖의 비보 를 접한 홍대용은 놀라움과 슬픔을 이기지 못하여 통곡을 하고는 엄 성의 위패를 모셔놓고 향을 피우고 촛불을 밝혔다. 그러고는 피눈물을 흘리며 절절한 애사를 써서 죽은 이국의 벗 엄성의 영혼을 애도했다.

홍대용은 이 애사를 중국 친구에게 부탁하여 8,000리 밖에 있는 엄 성의 유족에게 보냈다. 그런데 공교롭게도 이 편지가 도착한 날이 엄 성의 2주기 되는 대상날 저녁인지라 유족과 조문객들이 모두 영혼이 통했나 보다며 신기하게 생각했다. 형 엄과가 사람들 앞에서 홍대용의 애사를 낭독하니 이를 듣고 감동하지 않는 사람이 없었고, 모두들 앞 다투어 홍대용과 엄성의 교우를 칭송하는 시를 지었다. 이 사실은 점 점 세상에 퍼져 아름다운 우정 이야기로 인구에 회자되었으며 그후로 도 오래도록 우리 사신들이 연경에 가면 중국학자들은 이 이야기를 꺼내 옷소매를 적셨다고 한다.

엄과는 동생을 추모하며 그의 호를 따서 『철교집(鐵橋集)』을 펴내 고, 그중 한 부를 홍대용에게 보내주었는데 그 속에는 엄성이 그린 홍 대용의 초상화가 들어 있었다. 엄성이 그린 홍대용 초상은 김태준 교 수가 북경대 도서관에서 발견하여 세상에 알려지게 되었다. 현재 홍 대용의 초상은 모두 6점 알려져 있는데 모두 모사본이라고 한다.(박 현규 「담헌 홍대용 화상의 종류와 정본 선정에 관한 고찰」 『한국실학연구』 제 33호, 2017) 엄과는 또 친구인 나감(蘿龕)에게 엄성의 초상화를 그리 게 하고 여기에 지인들의 추모시를 받아 기념첩을 만들었다. 엄과가 만든 『엄성 추모첩』은 내가 『완당평전』(학고재 2002)을 쓸 때 인사동 고서점에서 발견했고 지금은 과천 추사박물관에 소장되어 있다.

사검서의 연경행

고국에 돌아온 홍대용은 연경에서의 일을 『을병연행록』과 『회우록』에 소상히 기록했다. 『회우록』은 홍대용이 엄성·반정균·육비 등과 필담한 것을 세 권으로 묶고 연암 박지원의 서문을 받아 펴낸 책이다. 이 외에 한글본 『을병연행록』과 한문본 『담헌연기』가 따로 있는데, 『을병연행록』은 김태준 교수가 『산해관 잠긴 문을 한 손으로 밀치도다』(공역, 돌베개 2001)라는 책으로 번역 출간한 바 있다.

홍대용의 『회우록』은 신진학자들에게 대단한 감동과 충격을 주었다. 박제가는 이 『회우록』이 "밥 먹던 숟가락질을 잊기도 했고 먹던 밥알이 튀어나오도록" 흥미로웠다고 했다. 또 이덕무는 『회우록』을 읽고서 「천애지기서(天涯知己書)」라는 글을 지었다. 이렇게 홍대용은 박지원과 그의 제자 박제가·이덕무·서상수·유득공 등이 북학파를 형성하는 길을 열어놓았다.

홍대용의 연행 후 13년이 지난 1778년에는 박제가가 이덕무와 연경에 갔고, 2년 뒤인 1780년엔 연암 박지원이 연행을 마치고 『열하일기』를 저술했다. 그로부터 10년 뒤인 1790년엔 유득공과 박제가의 2차 연행이 있었고, 박제가는 귀국길에 다시 3차 연행길에 올랐다.

박제가의 4차 연행은 그로부터 11년 뒤인 1801년에 있었다. 이때 박제가는 중국학자들에게 자신이 추사라는 영민한 제자를 가르치고 있다고 자랑삼아 소개했다. 이렇게 학자들이 연경에 드나드는 일이 자못 빈번해지면서 청나라 학예인들과의 교유 범위가 넓어지고 그곳 학계의 동향에 대한 정보도 많아졌다. 북학파 학자들은 지식도 넓었지만 시문과 글씨에 뛰어났다. 박제가 같은 이는 그림에도 능하여 그곳 학예인들에게 극진한 대접과 존경을 받았다.

『사고전서』 편찬과 조선의 북학파 학자들

특히 이들이 연경을 드나들 때는 연경의 유리창이 최고로 번성할 때였다. 홍대용이 귀국한 지 8년이 되는 1773년(건륭 38)부터 중국에서는 『사고전서(四庫全書)』 편찬이라는 경이적인 대사업이 시작됐다. 이 사업은 건륭제가 필생의 힘을 기울인 군신(君臣) 공동의 문화사업이었다. 10년간 361명의 석학을 동원하여 총 3만 6,000책을 4질 제작하여 네 곳의 서고에 보관하게 했다.

『사고전서』의 편찬은 하나의 아이러니였다. 본래 건륭제가 이 편찬사업을 벌인 목적은 금서(禁書)를 색출하기 위해서였다. 그러나 결과적으로는 미증유의 학술사업이 되어 전국의 학자들이 연경에 모여 학술을 번창시킨 것이었다.

북학파 학자들이 만난 연경의 학예인들은 대개 『사고전서』 편찬위원들이었다. 박제가와 친했던 기윤(紀昀)은 『사고전서』 편찬의 총책임을 맡은 학계의 거물이었으며, 추사의 스승이 된 옹방강도 이 편찬사업의 담당자였다.

『사고전서』 편찬사업이 진행되는 동안 자연히 전국의 책들이 연경의 유리창 고서점가로 쏟아져 들어왔다. 엄청난 양의 책들이 배에 실려 들어오면서 유리창은 성시를 이루었다. 유리창에는 수십 개의 서점들이 어깨를 맞대고 있었는데, 그중 조선학자들의 단골서점은 오류서점(五柳居)으로 이 집 주인 도정상(陶正祥)은 조선학자들에게 많은 책을 구해주고 정보도 제공해주었다. 그래서 후지쓰카는 조선 북학파의 성장에는 오류서점 도씨를 마땅히 은인으로 기록해야 할 것이라고 말하기도 했다.

『사고전서』 편찬으로 연경에 학예의 열풍이 불던 바로 그 시점에 조선학자들은 속속 연경에 가서 그곳 학자들을 만나고 책을 사오곤했다. 자연히 북학파 학자들과 연경 학자·예술가들의 접촉도 전에 없이 많아졌다.

이를테면 박제가가 알고 지낸 청조 문인만 100명이 넘었다. 게다가 박제가가 연경 학계에서 유명해진 덕분에 만나지 않고 서신으로만교유하는 인사도 생겨, 훗날 박제가의 아들인 박장암(朴長馣)이 아버지가 중국 문인들과 교유한 시와 편지 등 시문을 두 책으로 엮어 펴낸『호저집(縞紵集)』에는 청조 문인이 무려 172명이나 나온다.

더욱이 이덕무·유득공·박제가·이서구 등 사검서가 만난 청조 문인들은 당대 최고의 인사들이었다. 예를 들어 당시 『사고전서』 간행의책임을 맡은 기윤을 비롯해 이정원과 옹방강, 양주팔괴의 한 사람인나빙, 연경의 화가 주학년, 강남의 학자 완원, 그리고 오숭량, 섭지선, 왕희손 등 이루 다 열거할 수 없다.

청나라 문인들의 조선 학인에 대한 평가도 상당히 높았다. 시·서·화·학술·문장 모두에서 조선의 수준을 높이 치기 시작했다. 사검서의『사가시집』, 박제가의 『정유고략(貞蕤藁略)』 같은 책들이 조선보다 중국에서 먼저 출간된 것은 지금 생각해도 대단한 일이 아닐 수 없다.

유득공의 『21도 회고시』

그런 중 유득공의 『21도 회고시(二十一都懷古詩)』에 얽힌 얘기에는가슴 벅찬 민족적 자랑이 서려 있다. 『21도 회고시』는 유득공이 31세때 『동국지지(東國地志)』를 읽으면서 단군조선의 왕검성, 가야의 김해, 마한의 금마, 백제의 부여 등 부족국가 이래로 수도였던 곳들을43수로 읊은 역사회고시이다.

유득공의 『21도 회고시』 표지 목판본 | 유득공이 단군 이래 21개 왕도(王都)를 43수의 시로 노래한 역사회고시이다.

이 시는 선후배들이 모두 감동한 명작으로 박제가와 이덕무가 연경에 갈 때 일종의 민족적 긍지의 징표로 가져가 청조 문인들에게 자랑하며 보여주고 상찬을 받았다. 그뒤 유득공이 연경에 갔을 때 이 시로 인해 도처에서 많은 문사의 환영을 받았다고 한다. 이때 유득공은 직접 쓴 수고본(手稿本)을 기윤에게 선물했는데, 나빙이 이걸 탐내서 자기도 한 부 달라고 졸라댔다. 그러나 유득공은 가진 것이 없어 줄 수 없었다.

그로부터 11년 뒤 박제가가 다시 연경에 갔을 때 나빙의 책상에 바로 그 『21도 회고시』가 놓여 있는 것을 보고 놀라서 그 경위를 물었더니, 나빙 자신이 기윤의 것을 빌려 정성껏 베껴서 책으로 꾸며 애장하게 됐다고 했다는 것이다. 참으로 대단한 교유였다.

기윤이 갖고 있던 유득공의 수고본 『21도 회고시』 원첩은 옹방강의 소유가 되었다가 그가 죽고 제자인 섭지선에게 넘어갔다. 청말에는 조지겸의 소유가 되어 그가 『학재총서(鶴齋叢書)』를 출간할 때 이 시집도 함께 간행했다. 우리나라에서는 1934년 한남서림에서 출간된 『역주 이십일도 회고시』 이후에야 널리 알려지게 되었다. 이런 분위기가 18세기 후반 조선사회에 하나의 신풍(新風)으로 일었다.

정조대왕과 『고금도서집성』 1만 권 구입 과정

북학파의 조선 문인들이 이처럼 열정적으로 연경 학계와 교류하고 그곳의 학풍을 받아들이게 된 데에는 정조대왕의 후원이 매우 큰 역할을 했다. 1776년 정조가 즉위하자마자 규장각을 세워 학술자료를 모으게 하고 그 자료를 수집·조사하는 검서 자리에 박제가·이덕무·유득공 등 비록 서출이지만 능력 있는 북학파 학자들을 채용한 것부터가 말할 수 없이 큰 학예 진흥정책이었다.

정조는 학문의 연찬과 문화의 진흥을 위해 무엇을 어떻게 해야 하는지를 잘 알고 있었다. 그는 학술의 기본 자료를 모아 연구하는 일을 무한대로 지원했다. 그 대표적인 예를 『흠정고금도서집성(欽定古今圖書集成)』 전집을 구하는 과정에서 볼 수 있다.

『사고전서』가 편찬되고 있다는 소식을 들은 정조는 1776년 사은부사로 떠나는 서호수(徐浩修)에게 이를 구해 오라고 명했다. 정조의 명을 받은 서호수가 『사고전서』를 구하려고 백방으로 노력해보니 아직 출간되지 않았다는 것이었다. 서호수는 그 대신 『고금도서집성』 1만 권(5,020책)을 구했다. 이 책은 『사고전서』 이전에 강희제 때 시작하여 옹정 연간까지 50여 년에 걸쳐 완성된 '미증유의 총서(叢書)'로 대단한 귀중본이었다. 그 과정이 『조선왕조실록』에 이렇게 쓰여 있다.

> 『사고전서』를 구득하지 못할 바에는 먼저 『고금도서집성』을 사오고 나서 다시 공역이 끝나기를 기다려 『사고전서』를 구입하여 오는 것도 불가할 것이 없을 것 같기에, 서반(序班, 홍려시의 관원)들에게 문의하여 『고금도서집성』을 찾아냈는데 모두 5,020권에 502갑(匣)이었습니다. 그 값으로 은자(銀子) 2,150냥을 지급했는데, 지금 막 실려 오고 있습니다.(『조

정조는 너무 기뻐서 이 책의 장정을 새로 잘 고쳐서 창덕궁 규장각의 개유와(皆有窩)에 보관케 했다. 개유와는 열고관(閱古觀) 북쪽에 딸린 건물로 중국 책을 보관한 서고였다. 개유와란 '모든 게 다 있는 집'이라는 뜻이니 그 문에 진흥의 기상을 알 만하다. 이 책은 현재까지도 서울대 규장각 도서실에 잘 보존되어 있다.(정민 『18세기 한중 지식인의 문예공화국』, 문학동네 2014)

스승 박제가의 당괴

이처럼 조선 지식인 사회는 점점 청조 문화와 활발히 교류하고 있었고 청나라 학문과 예술의 신경향은 조선사회에 충격을 주어 종래의 고답적인 사상과 학문과 예술을 일변케 하는 기류를 형성했다. 이 신사조를 누구보다 적극적으로 앞장서서 받아들인 이가 박제가였다.

박제가는 네 차례나 연경에 다녀와 지인도 많았던 데다 그들에게 아주 높이 평가되었다. 일례로 72세의 노인이던 『사고전서』 편찬의 총책임자 기윤은 박제가가 함경도 종성에 귀양 갔다는 소식을 듣고 시를 지어 변방의 귀양지까지 소식을 전했다고 한다. 또 박제가는 양주팔괴의 한 사람인 나빙과 아주 친하여 주고받은 시가 헤아릴 수 없이 많았다. 특히 박제가는 글씨뿐만 아니라 그림에도 능하여, 수많은 그림과 제화시(題畵詩)를 교환했다. 박제가는 나빙에게 초상화까지 받았다. 당시 나빙은 불교에 귀의하여 강남을 떠나 연경 유리창의 법원사에 기거하고 있었기 때문에 교유가 더욱 잦았다.

박제가는 이처럼 연경의 거장, 홍유(鴻儒)들과 교유하고 그들에게 인정받고 대접받으면서 더욱 청조 문화에 심취했다. 그래서 걸핏하면 중국과 연경을 찾고 노래하듯 중국을 말하는 바람에 주변에서 곧잘 핀잔을 받았다고 한다.

한 예로 선배인 이덕무는 박제가에게 보내는 편지에서 "형은 당벽(唐癖)이 있어 당학(唐學)·당한(唐漢)·당괴(唐魁)만을 찾고 있는데 자기 스스로에 대해서도 알아야 할 것"이라는 따끔한 충고를 내리기도 했다.(『아정유고』 권7, 「박제가에게 주는 글」)

이런 분이 바로 추사의 스승이었다. 박제가가 세 번째 연행에서 돌아왔을 때 추사는 16세였으니, 추사는 스승으로부터 연경의 학예에 대한 수많은 얘기를 듣고 또 들으며 동경에 동경을 더하게 되었을 것이다. 그래서 언젠가는 연경에 꼭 가리라 마음먹고 "연경엔 명사가 많기도 해서 부러운 맘 저절로 끝이 없구나" 같은 시를 지었던 것이다.

산해관을 넘으며

마침내 추사는 아버지를 따라 그토록 꿈에 그리던 중국에 가게 되었다. 1809년 10월 추사는 24세, 아버지 유당 김노경은 44세 되던 때였다.

추사가 아버지를 따라 연경으로 출발한 것은 1809년 10월 28일이었고, 동지 무렵 연경에 도착하여 두 달 동안 머물렀다. 그리고 이듬해 3월 돌아왔으니 왕복 두 달에 연경에 체류한 기간이 두 달 남짓 되는 4개월의 긴 여정이었다.

조선 사신들이 연경으로 가는 길은 서울에서 의주까지 1,000리, 의주에서 연경까지 2,000리, 대략 한 달의 일정이었다. 의주에서 압록강을 건너면 봉황성→요동 들판→심양→대릉하→산해관→연경에 이르는 것이 일반적인 코스였다.

　연경으로 가는 도중 추사는 역사책이나 옛 시인의 글귀에서 들어본 곳을 지날 때마다 그 감회를 시로 읊었다. 요동의 봉황성에 다다랐을 때는 양만춘이 당 태종을 물리쳤던 일을 회상하며 감회 어린 시를 읊었다.(전집 권10, 안시성) 당시 실학자들은 모두가 이 봉황성을 고구려의 안시성으로 비정하고 있었다.

　추사는 심양에서 대륙의 드넓은 지평선을 바라보며 '우주의 대기는 돌고 돈다'는 지동설을 떠올리고 이렇게 읊었다.(전집 권9, 요동 들판)

산은 석령 이르러 끝이 나더니	山到石嶺盡
만 리 벌판 내 앞에 가로놓였네 (…)	萬里橫襟前
하늘 끝 어디로 들어갔을까?	乾端入何處
땅이 실로 둥긂을 알 수 있겠네 (…)	地體信覺圓

　연행길에 만난 지평선은 조선 사신 누구에게나 충격이었다. 오죽했으면 연암 박지원이 요동 들판을 보면서 "사나이로서 한번 울 만한 곳이다"라고 했겠는가. 추사는 심양의 백탑(白塔)을 보고는 마치 "하늘을 고이는 기둥 같다"고 했다.

　동지사 일행은 드디어 산해관에 도착했다. 산과 바다를 모두 아우른다는 이 유명한 관문의 남쪽 10리에는 나성(羅城)이 있고 나성에는 징해루(澄海樓)라는 정자가 있다. 징해루에는 중국의 천자들이 신하들과 읊은 시가 즐비하게 걸려 있다. 이곳은 앞 시대 연행 학자들 대부분이 감회를 노래한 명소이기도 하다. 여기서 추사는 장대한 경관과 그리운 고국을 이렇게 노래했다.(전집 권9, 징해루)

산해관 | 조선의 사신들은 요동 들판을 거쳐 만리장성이 시작되는 산해관을 지나 연경으로 들어갔다. 웅장한 규모의 산해관에는 '천하제일관'이라는 현판이 걸려 있다.

이 바다 커다란 해자와 같고	此海是大濠
장성은 높은 산을 내닫는구나. (…)	秦城走峻曾
우리의 서해에 해당하지만	却憐吾西海
여기서는 동해라니 사랑스럽다. (…)	來此爲東溟
해와 달 우리가 먼저 얻으니	日月吾先得
이곳에선 남은 이슬 적실 뿐이지.	此地沾餘零
바다 끝이 바로 나의 고향이거니	海窮卽家鄕
바지 걷고 건너갈 수 있을 듯해라. (…)	褰裳如可憑

연경 학자와의 첫 만남, 조강

이리하여 동지사 일행은 마침내 연경에 도착했다. 추사가 연경에 가서 제일 먼저 만난 학예인은 조강이었다. 스승 박제가와 친했던 기

산해관의 노룡두 | 만리장성의 동쪽 끝인 산해관은 발해만에 맞닿아 있고, 그 끝은 '노룡두(老龍頭)'라 불리며 그 옆으로 '징해루'라는 정자가 있다.

윤과 나빙은 이미 타계했고, 그 대신 박제가가 4차 연행 때 만나 깊은 정을 나누었던 조강과 연락이 닿은 것이다. 당시 조강은 29세였다. 그 것은 조강이 추사가 연경에 온다는 소식을 전해 듣고 쓴 글에서 확인할 수 있다.

동쪽 나라에 추사 김정희 선생이 있는데 나이는 24세이며 세계로 넓게 지기를 찾을 의지가 있어 일찍이 "사해(四海)에서 널리 지기를 맺고 싶네"라는 시를 지었다고 했으니, 그 숭상하는 바와 취향을 알겠다.

세상과는 잘 어울리지 않으며 출세하려는 글은 짓지 않고 세속 밖에서 노닐었는데 시를 잘 짓고 술도 잘한다. 중국을 심히 사모하며 조선엔 사귈

만한 인사가 없다고 스스로 생각해왔는데 이번에 사신을 따라 청국에 들
어오게 됨에 장차 천하의 명사들과 교분을 맺으며 우정을 위하여 죽음도
마다 않는 옛사람들의 의리를 본받으려고 한다.(후지쓰카 지카시 『청조 문화
동전의 연구』)

조강은 상해 사람으로 집안이 대단한 명문이었다. 그는 일찍부터
시와 글씨로 명성을 얻어 1801년 박제가와 유득공이 연경에 갔을 때
20대의 젊은 나이로 그들과 시를 주고받으며 교유했고 헤어질 때는
예쁜 부채에 글씨를 써서 유득공에게 선물하기도 했다. 금릉(金陵) 남
공철(南公轍)은 1807년 동지정사로 연경에 갔을 때 자신의 저서 『금
릉거사문집(金陵居士文集)』의 서문을 조강에게 부탁하여 문집 앞에
싣기도 했다.

조강은 이렇듯 조선학자들과 잘 알고 지낸 지한파(知韓派) 학자였
기 때문에 추사의 입연(入燕)을 축하하는 그런 글도 썼던 것이다. 후
지쓰카는 이들이 만난 곳을 유리창의 오류서점과 나빙이 있던 법원사
중 한 곳으로 추정했다.

추사는 조강을 통해 다섯 살 많은 서송(徐松)을 만났다. 서송은 과
거에 급제한 수재로 특히 지리학에 밝은 학자였는데, 당시 옹방강과
자주 만나고 있었다. 추사는 서송을 통해 연경의 여러 학예인을 만날
수 있었을 뿐 아니라 평생 가슴에서 떠나지 않은 두 분 선생과 조우하
게 된다.

한 분은 담계(覃溪) 옹방강(翁方綱, 1733~1818)이고 또 한 분은 운
대(芸臺) 완원(阮元, 1764~1849)이다. 추사는 옹방강과의 만남으로 보
담재(寶覃齋)라는 당호를, 완원과의 만남으로 완당(阮堂)이라는 아호

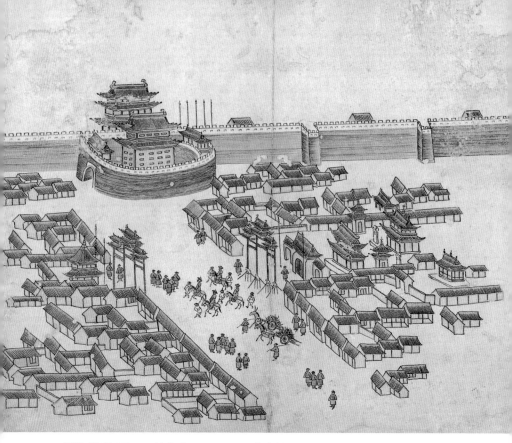

〈연행도〉(화첩 부분) 1790년경, 각 34.9×44.8cm, 숭실대학교 한국기독교박물관 소장 ┃ 조선의 사신들이 연경에 도착하여 조양문을 향해 들어가는 모습이다. 추사 또한 이런 행렬과 함께 연경에 도착했다.

를 갖게 되었다. 뒷날 추사는 제주도 유배시절에 자신의 초상화에 스스로 제(題)하여 두 선생을 회상하며 이렇게 말했다.

> 담계는 "옛 경전을 즐긴다"라고 말했고 운대는 "남이 그렇다고 말해도 나 또한 그렇다고 말하지 않는다"라고 했으니 두 분의 말씀이 나의 평생을 다한 것이다.(전집 권6, 다시 소조에 자제하다)

완원과의 만남

추사가 연경에서 완원을 만날 수 있었던 것은 행운 중의 행운이었다. "청조 문화를 완성하고 선양함에 있어 절대적 공로자이자 당시 제일인자"였다는 평을 받는 완원은 본래 강남 항주에 있었는데, 때마침 일이 있어 연경에 올라와 후실인 공씨 집안의 저택에 머물고 있었다. 바로 그 짧은 기간에 추사는 서울에서, 완원은 강남에서 올라와 연경에서 만난 것이니 이는 운명적인 만남이라고 할 만하다.

완원은 일찍부터 조선학자에게 호감이 있었다. 1790년 유득공이 박제가와 함께 연경에 갔을 때 완원을 만나 그의 「거제고(車制考)」라는 글을 칭찬한 적이 있다. 그때 유득공은 42세, 완원은 27세였다. 그런데 이제 완원이 46세, 추사가 24세로 만나게 된 것이다. 추사는 스승 박제가의 책상에서 완원의 초상을 본 바 있어 그를 바로 알아볼 수 있었다. 완원 역시 대번에 추사가 비범한 인물임을 알아보고 반가워서 신을 거꾸로 신고 나왔다고 한다.

완원은 추사를 자신의 서재로 데려가 추사에게 희대의 명차라는 용단승설(龍團勝雪)을 달여서 접대했다. 추사는 이 잊을 수 없는 승설차를 추억하며 훗날 승설노인(勝雪老人)과 승련노인(勝蓮老人)이라는 호를 사용했다.

완원은 추사를 만나보고는 그의 총명함과 박식함에 놀랐다. 한 예로 완원이 『사고전서』에 수록되지 않은 책 가운데 원나라 주세걸의 『산학계몽(算學啓蒙)』이라는 책을 좀처럼 구할 수 없다는 얘기를 하니, 추사는 그 책은 일찍이 조선에서도 간행되었으니 쉽게 구할 수 있다며 귀국하면 구해 보내주겠다고 했다. 완원은 크게 기뻐했고, 추사는 귀국 후 완원에게 그 책을 보냈다. 이에 완원은 주세걸의 『사원옥

『경학사선생상첩』에 실린 〈완원 초상〉

감(四元玉鑑)』으로 사례했다. 이런 식이었으니 완원이 추사에게 반하지 않을 수 없었다.

완원은 추사에게 여러 금석문을 보여주었다. 추사를 향한 완원의 애정은 자신의 저서를 선물할 때 확연히 드러난다. 완원은 자신의 시문집을 펴내면서 양주(揚州)에 있던 서재 별실인 연경실(擘經室)의 이름을 따 『연경실집』이라고 했다. 전6권으로 아직 1권의 교정도 끝내지 않은 상태였지만 완원은 그 중 『논어』를 논한 책 한 권을 추사에게 주었다. 이는 자각원본(自刻原本)으로 완원이 친필로 교정한 것이었다. 추사는 감격스레 받아 "이 『연경실집』은 내가 연경에서…" 하는 제(題)를 달아 소중히 간직했다.

완원은 또 추사에게 물경 245권으로 된 『13경 주소 교감기(十三經注疏校勘記)』 한 질을 주었다. 이 책은 한나라부터 당·송·원·명에 걸쳐 유명한 학자들이 저술한 13경 주석 총집합으로 '경전 연구의 일대 보고(寶庫)'라고 불리는 책이다. 완원은 바로 이 방대한 편저의 책임자로 각권 책머리마다 그의 서문을 실었다. 완원은 그런 학자였고, 그가 추사를 아낌이 그러했다.

추사는 그의 뛰어난 이론을 많이 필사하여 가지고 와서 평생 그것을 외우고 익히며 간직했다. 「남북서파론(南北書派論)」 「북비남첩론(北碑南帖論)」 같은 완원의 유명한 글이 추사의 글로 오인되어 『완당집』에 잘못 끼어든 것은 이런 연유에서였다.

그리하여 추사는 완원을 스승으로 모시겠다는 뜻을 세워 자신의 아호를 완당(阮堂)이라 했고, 연행 후 중년으로 들어서면서 추사보다 완당이라는 호를 더 많이 사용했다. 사람들도 즐겨 완당이라고 불렀다.

옹방강과의 만남

옹방강은 당대의 금석학자이자 서예가이며 스스로 경학의 대가로 자부하는 연경 학계의 원로였다. 일찍이 『사고전서』 편찬에 참여했고 국자감(國子監) 사업(司業)을 비롯한 관직을 두루 거친 뒤 75세에 삼품함(三品銜)을 하사받고 은퇴하여 보안사가(保安寺街) 석묵서루(石墨書樓)에서 경전을 연마하며 지내고 있었다. 그는 건륭 당시 4대 명필로 유용·양동서·왕문치 등과 함께 '옹·유·양·왕(翁劉梁王)'이라고 불릴 정도로 서예의 대가였으며 그의 문하에는 많은 제자가 있었다.

옹방강은 고서화·탁본·전적 수집에 열성을 다하여 이 분야의 최대 컬렉터이기도 했다. 그 때문에 옹방강을 낮춰 보는 사람들은 그를 학자가 아닌 수집가라고 비아냥거리기도 했다. 그러나 정확히 말해서 그는 당대 최고의 감식가였다.

일찍이 박제가는 석묵서루에서 직접 옹방강을 만난 적이 있고 귀국 후 종종 편지로 생각을 전하며 존경의 염을 보냈으니 추사는 스승의 가르침으로 옹방강의 높은 학예를 익히 알고 있었다. 그리하여 1810년 정월 29일, 추사는 옹방강의 문하생 이임송(李林松)의 안내를 받아 석묵서루로 찾아갔다.

당시 옹방강은 78세였다. 그는 소동파를 좋아하여 서재 이름을 '소동파를 보배롭게 받드는 서재'라는 뜻으로 보소재(寶蘇齋)라 했다. 추

『중국 명현 500인 도록』에 실린 〈옹방강 초상〉

사는 이를 본받아 귀국 후 자신의 서재를 '담계 옹방강을 보배롭게 받드는 서재'라고 해서 보담재(寶覃齋)라고 했다.

옹방강은 외모 또한 소동파를 닮았는데, 심지어는 왼쪽 목 뒤에 혹이 있는 것까지 닮았다고 한다. 그는 막내아들 옹수곤이 소동파 생일 하루 전날인 12월 18일에 태어나자 소동파의 화신이라며 총애했다.

그는 지독한 근시로 가운데가 오목한 안경을 썼으나 시력이 밝아 매년 정월 초하룻날이면 이른 아침 참깨알에 '천하태평(天下太平)' 네 글자를 쓰곤 했다. 옹방강이 그해 정월 참깨에 쓴 글씨를 추사에게 보여주자 그는 아연실색했다.(전집 권8, 잡지)

옹방강은 추사와 마주 앉아 필담을 하는데 대화를 나누면 나눌수록 추사의 박식과 총명함에 놀라 그를 '경술문장 해동제일(經術文章海東第一)'이라고 칭찬했다.

옹방강이 추사의 박학에 놀란 것에는 나름대로 이유가 있었다. 옹방강은 청대의 다른 학자들처럼 한대 경학에 치중하는 것이 아니라 한송불분론(漢宋不分論)의 입장에서 송대 경학에 큰 비중을 두고 있었다. 그런데 추사를 비롯한 조선 유학자들에게 익숙한 것은 송대 철학이었으니 옹방강의 입장에서는 조선 청년 김정희의 학식이 마음에 들 수밖에 없었던 것이다.

만약 추사가 옹방강을 찾아가지 않고 다른 경학자, 예를 들어 단옥재(段玉裁)나 손성연(孫星衍) 같은 한나라 경학 연구자를 찾아갔다면 고루한 송대 지식에 얽매여 있다고 박대를 받았을지도 모를 일이다. 이렇듯 옹방강은 늙음을 잊고 추사는 젊음을 잊은 채 마음과 마음이 통했으니, 후지쓰카는 이 만남이야말로 한중 문화 교류사에서 특별히 기록할 만한 일이라고 했다.

옹방강은 둘째 부인이 낳은 아들을 포함하여 모두 칠형제를 두었는데 모두 일찍 죽고 옹수배와 옹수곤 둘만 남아 있었다. 옹방강은 두 아들을 불러 추사와 인사시키고 자신의 서고인 석묵서루를 두루 보여주게 했다.

옹방강의 석묵서루

석묵서루는 희귀 금석문과 진적(眞蹟)으로 가득하여 그 수장품이 8만 점이라고 했다. 조선에서는 감히 볼 수 없는 원전을 여기에서 직접 보게 된 것이다. 추사는 감격하고 또 감격했다. 그래서 귀국 후 무슨 논거를 댈 때면 "내가 연경의 석묵서루에서 진본을 보았는데 그 진본에 의하면 이렇지 않았다"라는 등 혼자만의 경험과 감동으로 재단 비평을 일삼아 남들을 많이 속상하게 했다.

한동안 우리 사회에서도 미국 갔다 온 지식인들이 말끝마다 "미국은 그렇지 않다"며 남을 면박 주며 잘난 체하곤 했는데, 그런 오만과 치기가 추사에게도 있었던 것이다. 알고 했든 모르고 했든 추사는 그런 식으로 남에게 상처를 많이 주었고, 간혹 그것이 심하여 사람들로부터 미움도 받았다.

어쨌거나 추사로서는 석묵서루에 감동하지 않을 수 없었다. 우선

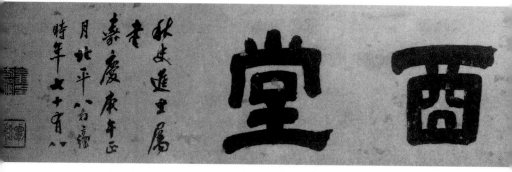

옹방강, 《유당(酉堂)》 크기·소장처 미상 ┃ 1810년 1월. 옹방강이 추사의 부친 김노경의 당호인 '유당'을 현판으로 써준 글씨이다.

구양순 글씨의 정수로 일컬어지는 화도사비(化度寺碑)의 오래된 탁본이 있었다. 또 옹방강이 소중히 간직하고 있던 소동파의 『천제오운첩(天際烏雲帖)』, 속칭 숭양첩(崇陽帖)의 진본도 보았다. "하늘가 검은 구름은 비를 뿌릴 듯(天際烏雲含雨重)"으로 시작되는 송나라 채양(蔡襄)의 몽중시(夢中詩)를 소동파가 특유의 개성적인 행서로 쓴 이 서첩은 하도 유명하여 자하 신위 등 수많은 문인이 방작하고 또 화제(話題)로 삼기도 했다. 이외에도 추사는 석묵서루에서 옹방강이 해마다 모시고 제사 지낸다는 3본의 소동파 초상을 보았다.

옹방강은 추사에게 많은 책과 글씨, 귀중한 탁본을 선물로 주었다. 추사가 떠날 때는 부친 김노경의 당호인 유당(酉堂)을 친필로 써서 선물하기도 했다.

석묵서루에서 꿈같이 보낸 이 행운의 진본·진적 배관은 이후 추사가 금석학과 고증학에 전념하는 중요한 계기가 됐을 뿐만 아니라, 그 학식의 정확한 토대가 되었다. 그러나 그보다 더 귀한 것은 귀국 후에도 자료와 편지로 끊임없이 주고받은 가르침이었다.

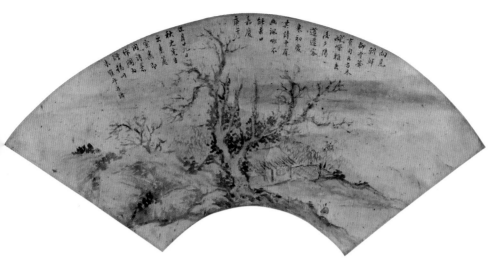

주학년, 〈고목한아도〉 1810년, 종이에 담채, 23.5×46.5cm, 개인 소장 ❙ 주학년이 추사와 이별하면서 그린 산수도에 유득공의 시를 써서 선물한 그림인데 추사 귀국 직전인 1810년 1월 29일자로 되어 있다.

주학년의 〈추사전별연도〉

그렇게 연경의 문인들과 교유하며 견문과 학식을 넓혀가던 추사는 옹방강·완원 같은 스승 외에 이정원·서송·조강·주학년 등 친구와 선배도 많이 사귀었다. 이들은 모두 나빙이나 기윤 같은 대가의 뒤를 이은 빼어난 차세대 학예인들이었다.

그중 뛰어난 화가는 호를 야운(野雲)이라고 하는 주학년이었다. 주학년은 추사를 무척 좋아하여 부채에 〈고목한아도(古木寒鴉圖)〉를 그리고 거기에 유득공의 시를 화제로 적어주었는데, 그 날짜가 추사 귀국 직전인 1월 29일로 되어 있다.

주학년은 추사에게 그의 생일인 6월 3일이 되면 반드시 술을 따라 허공에 뿌리면서 축하하겠다고 약속했다. 그래서 추사는 자기 생일날이면 주학년이 생각나 그를 기리는 시를 짓기도 했다.

주학년은 자신이 추사를 그리는 모습을 그림으로 그려 보내준 적도 있고, 또 소동파가 혜주에서 귀양 살 때 나막신 신은 모습을 그린 〈동 파입극도(東坡笠屐圖)〉를 보내주기도 했다. 주학년의 그림세계는 곧 추사와 그 제자들의 회화에 깊은 영향을 주었다.

꿈같은 연경의 60일이 그렇게 지나고 추사는 귀국길에 올랐다. 1810년 2월 1일, 추사의 전별연이 연경 법원사에서 열렸다. 노령의 옹 방강은 함께하지 못했지만 완원·이정원·조강·주학년·이임송 등이 모여 잔치를 베풀었다.

주학년은 전별연 장면을 즉석에서 그리고 거기에 참석자 이름을 모 두 기록해놓았다. 이것이 그 유명한 주학년의 〈추사전별연도(秋史餞 別宴圖)〉이다. 이 그림은 지금 어느 개인이 깊숙이 소장하고 있어 실 물을 볼 수 없으나 낡은 사진이나마 전하고 있어 그때의 아쉽고도 감 격스러운 정경을 엿볼 수 있다.

그림을 보면 괴석과 노송이 고풍을 자아내는 운치 있는 별채에서 몇 사람이 석별의 이야기를 나누고 있다. 탁상 가운데 무관 복식으로 모자를 쓰고 앞을 꼿꼿이 바라보고 있는 이는 분명 추사일 것이다. 당 시 자제군관으로 연경에 간 사람은 문인일지라도 군관 자격이었기 때 문에 무관 복장을 해야 했다. 담장 밖에서 서로 먼저 들어가라고 손짓 하는 두 사람은 필시 이 전별 파티의 지각생일 것이다.

한편 1940년에 무호(無號) 이한복(李漢福)이 이 전별도를 포함한 『전별시권』 전체를 임모한 것이 있어 후지쓰카가 소장했던바, 지금은 과천 추사박물관에 보관되어 있다.

추사의 이별시

전별연에서는 당연히 전별시들이 지어졌고, 이때 쓰인 전별시는 책

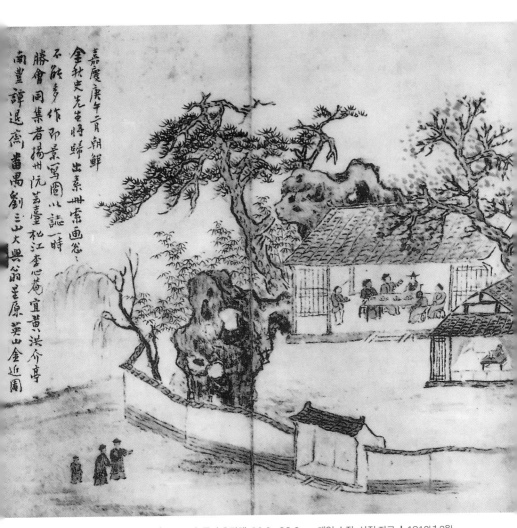

嘉慶庚午二月朝鮮
金秋史先生將歸出素冊索畫惣
石館多作即景寫圖以誌一時
勝會同集者揚州沈芸臺松江李心菴宜黃黃介亭
南豐譚退齋番禺劉三山大興翁星原英山金近園

주학년, 〈추사전별연도〉 1810년, 종이에 담채, 30.0×26.0cm, 개인 소장, 사진 자료 ┃ 1810년 2월
1일, 60일간의 연경 일정을 마치고 귀국하는 추사를 위해 8명의 학예인들이 법원사에 모여 베푼 송별회
모습을 그린 그림이다. 개인 소장으로 알려져 있으나 오랫동안 공개되지 않아 사진 자료만 전한다. 다만
일찍이 무호 이한복이 이 『전별시권』 전체를 임모한 것이 과천 추사박물관에 소장되어 있어 그 전모를
알 수 있다.

으로 엮여 추사에게 보내졌다. 추사는 그 모든 것에 감사하는 긴 이별 시를 읊었다.(전집 권9, 내가 북경에 들어가서…) 그 처음은 이렇게 시작한다.

나는 변방에서 태어나 참으로 비루해서	我生九夷眞可鄙
중원 선비 사귐 맺음 너무도 부끄럽다.	多媿結交中原士

이것이 진심에서 나온 말일까, 외교적 발언일까? 동주 이용희 선생은 「완당바람」에서 "설령 외교의 투가 있다 할지라도 오늘날 보면 심히 맹랑한" 말이라고 했다.(『우리나라의 옛 그림』, 박영사 1975)

실제로 귀국 후 추사는 이런 태도로 남의 눈 밖에 나는 일이 적지 않았다. 그러나 추사로서는 그럴 만도 했다. 이 전별연에 모인 사람들이 누구던가. 중국에서도 최고가는 인사들이니 당시로서는 세계 정상급 학예인들과 어울리고 있는 것 아니던가. 나이 25세의 젊음에 그런 오만은, 비록 권장할 수는 없다 해도 용서할 수는 있는 일이 아닐까.

추사는 이별시를 읊으면서 연경에서 만난 학자들을 일일이 거론하며 모두에게 시로써 감사했다.

옹방강 문하에서 향을 바쳐 제자 되고 (…)	蘇齋門下瓣香呈
완원 선생 또렷이 그림에서 보았다네. (…)	芸臺宛是畫中覿
경적의 바다에다 금석의 총부(叢府)러니 (…)	經籍之海金石府
화도사비 이임송의 서재에서 처음 봤지. (…)	化度始自鹽蜉齋
주학년의 묘한 그림 천하에 알려졌고 (…)	野雲墨妙天下聞
옹씨 집안 형제들은 쌍벽으로 나란하다. (…)	翁家兄弟聯雙璧

조강은 이름난 가문의 후예로서 (…)	名家子弟曹玉水
맨 처음 만나던 날 돌이켜 생각하니 (…)	却憶當初相逢日
만남 있고 이별은 없을 줄만 알았건만	但知有逢不有別
아득히 애 녹이는 이별일 따름일세. (…)	黯然銷魂別而已

　영광과 감격으로 가득한 추사의 연경 60일은 이렇게 끝났다. 그는 벅찬 감동과 학예에 대한 뜨거운 의욕을 안고 귀국길에 올랐다. 정확한 귀국 날짜는 알 수 없지만 연경의 학예인들이 베푼 전별연은 1810년 2월 1일에 있었고, 동지사들이 귀국하여 입조한 것은 3월 17일이었다.

如此共妙於藏者多作意用石物（去字）
之相通与憑字相通石物共若子相通
又與憑字相通皆斯篇辭詩分傳又作
慈章明言起讀曰折如此之類不可以
一二枚舉矣馨藏碑果是弦福里於
此集字如辭有辨矣金陵淵之新雅
未嘗之人而碑之年代之不可考矣辭
那絡古淳可怪敢革補書則謝氏
敬耳而逆又浮葉東竹操筆一幅之意

제 3 장

학예의 연찬

추사에서 완당으로

연경에서 돌아오면서 추사는 자신이 앞으로 추구할 학예의 길이 경학과 더불어 고증학과 금석학에 있다는 확신을 세웠다. 추사는 더 이상 지난날의 추사가 아니었다. 추사는 연경 학계와 학문과 예술을 긴밀히 교류했다. 엄청난 양의 책과 탁본과 서화가 연경에서 추사에게 들어왔고, 추사는 추사대로 조선의 자료와 선물을 보냈다.

추사는 신사조의 도입에서 오늘날에도 귀감이 되는 자기화·토착화 작업을 게을리하지 않았다. 그는 외국에서 배운 지식을 앵무새처럼 되풀이하는 요즘의 천류 해외파와는 차원이 달랐다. 고증학의 정신과 방법을 우리 현실에 적용했고, 거기서 이룩한 성과를 연경 학계에 전했다. 이런 식으로 추사는 조선 학계는 물론이고 중국 학계(국제사회)에도 기여했다.

추사가 열어놓은 길로 수많은 학예인이 뒤를 따랐다. 자하 신위, 이재 권돈인, 동리 김경연, 황산 김유근, 운석 조인영, 운경 조용진, 육교 이조묵, 산천 김명희 등은 추사 못지않게 청나라 학자들과 교유하고 추사가 미처 만나지 못한 학자들을 만나며 교유의 넓이와 깊이를 더해갔다. 또 우선 이상적, 추재 조수삼, 대산 오창렬, 소당 김석준, 역매 오경석 등 연경에 갈 기회가 많은 역관들이 추사의 애제자가 되어 추사가 연경 학계와 계속 교류할 수 있도록 해주었다.

한편 추사는 매너리즘에 빠져 있던 조선 서화계에 새 바람을 불어넣었다. 우봉 조희룡, 소치 허련, 고람 전기 같은 중인 출신 서화가들

옹방강, 〈시암〉 1812년, 30.8×116.0cm, 소장처 미상, 사진 자료 | 귀국 2년 후인 1812년 봄에 옹방강이 추사에게 보내준 현판이다. 추사에 대한 옹방강의 애정이 물씬 밴 작품이다.

에게 고차원의 문인적 이상이 담긴 글씨와 그림을 지도하며 예림을 이끌었다. 이리하여 조선 지식인 사회 한쪽에서는 고증학과 금석학에 기반을 둔 신선한 학풍과 예술사조가 생겨났다. 동주 이용희 선생은 이를 '완당바람'이라 불렀다. 이렇게 일어난 완당바람은 날로 그 세를 더하여 가히 일세를 풍미하게 된다.

이때부터 김정희는 노년으로 갈수록 추사보다 완당이라는 호를 더 많이 사용했다. 그리하여 유고집 이름도 『완당집』이고, 편지 모음집도 『완당척독(阮堂尺牘)』이며, 묘비도 「완당 김공…」이다. 따라서 이 시기 이후로는 완당으로 부르는 것이 그의 행적에 더 어울리는 면이 있지만 여기서는 좀더 널리 알려진 대로 계속 추사라고 칭하겠다.

옹방강의 지극한 추사 사랑

추사의 학예 연찬은 주로 옹방강과 완원을 중심으로 이루어졌다. 옹방강과 그의 아들 옹수곤, 완원과 그의 아들 완상생은 물론이고, 옹방강의 석묵서루 문인으로 서신으로 친교를 맺은 섭지선과 오숭량, 산동의 명문 출신으로 훗날 우리나라 금석문집인 『해동금석원(海東

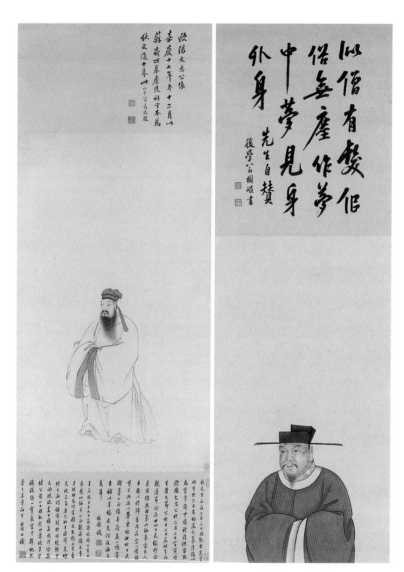

〈구양수 초상〉(왼쪽), 전 주학년 1812년, 종이에 담채, 169.5×62.2cm, 간송미술관 소장

〈황정견 초상〉(오른쪽), 주학년 1812년, 종이에 채색, 93.2×31.8cm, 간송미술관 소장

옹방강이 주학년에게 추사와 생월이 같은 구양수와 황정견의 초상을 그리게 하여 선물로 보낸 것이다. 특히 황정견 초상의 상단에는 옹수곤이 황정견의 유명한 자찬(自贊)을 써놓았다. "스님 같지만 머리카락이 있고, 세속사람 같지만 티끌이 없네. 꿈속의 꿈을 꾸어 몸 밖의 몸을 보네(似僧有髮 似俗無塵 作夢中夢 見身外身)."

金石苑)』을 편찬한 유희해, 양주의 학자인 왕희손 등 추사의 교유 범위는 넓고도 넓다.

귀국 후 처음 5, 6년간은 주로 옹방강·옹수곤 부자와 교류했다. 귀국한 이듬해 추사는 옹방강의 80수(壽)를 축하하며 〈무량수경(無量壽經)〉 한 축과 〈남극수성(南極壽星)〉 한 축을 선물로 보냈다. 이에 옹방강은 행서 대련과 〈시암(詩盦)〉이라는 편액으로 답례했고, 또 주학년에게 송나라 구양수와 황정견, 그리고 자신의 초상화를 그려 보내게 하여 사제의 의를 다졌다. 옹방강이 특별히 구양수와 황정견의 초상을 선물한 것은 역대로 유명한 문인 가운데 이들이 추사와 같은 6월에 태어난 분들이었기 때문이란다. 세상에 이런 지극정성의 관심도 있단 말인가.

옹방강과 추사의 교류는 선물로 교환한 책과 자료만 보아도 엄청나다. 한 예로 1816년, 추사 나이 31세 때 옹방강은 장문의 편지와 함께 자신의 『복초재시집(復初齋詩集)』 12책을 비롯한 수많은 책과 금석탁본을 선물로 보내왔다. 이에 추사가 감사하며 『퇴계집』 『율곡집』 등 각종 서적과 탁본, 그리고 인삼 묘품(妙品)을 답례로 보냈다.

시기를 확정할 수는 없지만 옹방강이 추사에게 보낸 선물의 좋은 예로 〈석옥동 각자(石屋洞刻字)〉 탁본이 있다. 이 작품은 1073년(희령 6년) 2월 21일 임안(臨安, 항주의 옛 지명)의 석옥동에서 소동파가 진양(陳襄) 등 여러 벗들과 함께 어울린 것을 기념하여 새긴 각자 탁본으로, 옹방강 자신이 소장하고 있던 소동파의 『천제오운첩』과 비교하여 고증한 내용과 찬시를 써넣어 족자로 꾸민 것이다.

이 족자에는 옹방강의 여러 도장과 함께 '추사진장(秋史珍藏)' '추사심정(秋史審正)'이라는 도인이 찍혀 있다. 특히 이 작품에는 역매 오

〈석옥동 각자〉 탁본 1073년, 87.8×49.0cm, 개인 소장 | 절강성 임안에 있는 석옥동에서 소동파가 여러 벗들과 함께 어울린 것을 기념하여 새긴 각자의 탁본으로 옹방강은 그 내력과 함께 찬시를 붙였다. 추사는 이 탁본에 '추사진장'이라는 소장인을 찍어 간직했으며, 후대의 감식가들도 감상인을 찍어 기념하였다.

김정희, 〈실사구시 제찬〉 1817년(32세), 후지쓰카 사진 자료 ┃ 추사가 옹방강에게 받은 편지(제2봉) 끝
에 써넣은 실사구시에 대한 풀이글이다.

경석, 위창 오세창, 소전 손재형 등 후대 감식가들의 소장인이 들어 있
어 그 가치를 드높여준다.

옹방강은 젊은 나이에 연이어 세상을 떠난 아들 옹수배와 옹수곤에
게 못다 준 정을 추사에게 내렸다는 말을 들을 정도로 추사에 대한 애
정이 지극했다.

옹방강의 경학 지도

추사가 귀국 후 편지로 옹방강에게 학문을 지도받은 내용은 후지쓰
카가 『청조 문화 동전의 연구』에서 '옹담계의 연경(硏經) 지도'라는 별
도의 장을 설정하여 상세히 소개한 바 있다. 후지쓰카는 옹방강이 추
사에게 보낸 장문의 편지 묶음 3봉(封)의 내용을 일일이 소개했는데,

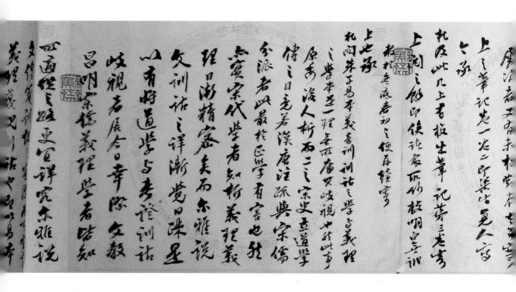

제1봉은 1815년 10월 11일자와 14일자 두 통의 편지이며 옹방강의
『복초재문집(復初齋文集)』제22권에 '답김추사(答金秋史)'라는 제목
으로 실려 있다.

　제2봉은 1816년 1월 25일 84세의 옹방강이 31세의 추사에게 보낸
편지로 1,800자에 달하는 장문의 서찰이다. 추사는 이 노(老) 은사의
편지를 감격스레 읽고 나서 곱게 표구한 다음 옹방강이 실사구시의
정신을 4구 16자로 제찬한 다음의 글귀를 써붙였다.

사실 밝힘 책에 있고	攷實在書
이치 따짐 마음속에.	窮理在心
고금을 고증하니	攷古證今
산은 높고 바다는 깊네.	山海崇深

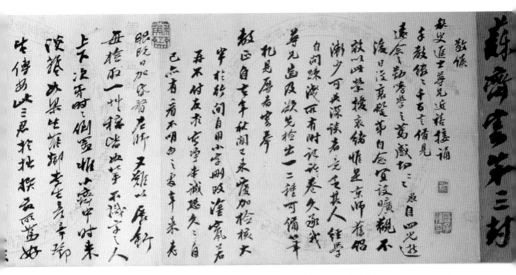

옹방강이 추사에게 보낸 편지(부분) 1817년, 23.6×304.0cm(전체), 개인 소장 ┃ 제3봉은 1817년 10월 28일, 옹방강이 추사에게 보낸 장문의 편지로, 장마다 옹방강의 '소재' 도인이 찍혀 있다.

이 기념비적 편지는 훗날 추사의 제자인 고람 전기가 간직하게 되어 '전기사인(田琦私印)'이라는 도장이 찍혀 있다.

제3봉은 1817년 10월 28일, 85세의 옹방강이 32세의 추사에게 보낸 장문의 편지로, 장마다 옹방강의 '소재' 도인이 찍혀 있다. 옹방강의 편지는 추사의 질문에 하나씩 친절하게 답한 것으로, 그 내용 중 경학에 관한 논의 등은 전공자가 아니면 알아들을 수 없을 정도로 심오하고 난해하다.

보내온 편지에서 『의례』에 대하여 몇 조목을 물으시니 정밀한 마음으로 자세하게 살피신 것을 알 수 있습니다. 제 생각에 『의례』 17편은 가장 오래되고 알찬 것이어서 『주관(周官)』이나 예와 역사에 비해서 근거가 있습니다. 오직 「상복편(喪服篇)」 한 편은 복씨(卜氏)에게서 나오지 않은 듯합니다. 이전 사람 중에도 의심한 이가 있었습니다.

편지에는 이처럼 옛 경전을 정밀하게 논증한 본격적인 고증학적 탐구가 많다. 그런 고차원의 논의를 여기에 소개하는 것은 불가능하다. 다만 마지막에 옹방강이 추사에게 사적인 부탁을 한 대목에서 우리는 사제 간의 인간적 대화를 듣게 된다.

보내주신 두 뿌리의 인삼은 아주 정미해서 현재 저의 몸은 이 약의 도움을 깊게 입고 있습니다. 의사가 이 인삼은 지금까지 보지 못한 묘품이라고 합니다. 고맙습니다. 저는 날마다 이 약의 도움을 크게 받고 있습니다. 매일 저녁잠을 이루지 못할 때 이것을 먹으면 잠을 잘 수 있습니다. 연경에 있는 것은 진품이 아닌 것이 많다고 합니다. 그 때문에 의사들은 제가 받은 이 몇 뿌리의 인삼을 보고 모두 찬탄하며 구하기 쉽지 않은 것이라고 했습니다. 보낼 때마다 수십 뿌리를 보내주시어 늙은이가 항상 원기를 배양하기 편하게 해주시기 바랍니다.

그러나 고려인삼도 그를 노환에서 구하지는 못했다. 옹방강은 이 편지를 쓴 이듬해인 1818년, 86세로 세상을 떠났다. 추사로서는 더할 수 없는 아픔이었을 것이다. 아마도 애절한 조사와 애도시를 지어 연경의 석묵서루 궤연에 보냈을 것인데 지금은 그 글의 행방을 알지 못한다.

옹수곤, 〈홍두산장〉 크기 미상 | 1812년 1월 24일, 옹수곤이 추사를 위해 썼다는 관지(款識)가 있다. 옹수곤은 본래 자신의 호를 홍두산인(紅荳山人)이라 했다.

다만 『초의선집』(임종욱 역주, 동문선 1993)에 실린 「초의선사 연보」에는 옹방강의 부음을 들은 추사가 남산에 올라 서쪽을 향해 스승을 기리며 통곡했다고 기록되어 있다.

옹수곤

옹방강은 자식 복이 많기도 했고 또 없기도 했다. 그는 첫째 부인에게서 5남 3녀를 낳고 첩을 들여 2남 3녀를 두었는데, 아들들이 모두 일찍 죽어 추사가 옹방강을 방문했을 때는 옹수배(翁樹培, 1764~1811)·옹수곤(翁樹崑, 1786~1815) 형제와 딸 하나만 있었다. 그중 추사에게 석묵서루를 두루 안내해준 옹수배는 추사가 귀국한 이듬해인 1811년에 죽었다.

추사는 옹방강의 외아들이나 마찬가지였던 옹수곤과 더할 수 없이 깊은 친교를 맺었다. 옹수곤은 추사와 동갑으로 호를 홍두산인(紅荳山人) 또는 성원(星原)이라고 했다. 둘은 만나자마자 의기투합했고 옹수곤은 추사의 추(秋) 자를 따서 자신의 아호를 성추(星秋)라고 했다.

추사가 귀국한 지 3년째 되는 1812년 옹수곤은 추사에게 '홍두산장

雨天披雲曾無奈熱慶招風亦不能雖
未閒憍進禮蚊寧教扠劍怒微蠅濾竹
纖涼稍可喜射窓斜陽苦相仍知是君
来當辟暑神若秋水眸如水
七月六日次杜七月六日苦炎熱韻此詩本
係古詩〔庱〕註杜律誤編今正之 蘭庱居

김정희, 〈시고〉 36.0×14.0cm, 개인 소장 ┃ 추사가 두보의 시를 쓰면서 그 내용을 고증한 것인데 낙관을 난미(蘭麋)거사라고 했다. 이 글씨를 보면 옹수곤의 글씨와 구별할 수 없을 정도로 비슷하다.

(紅豆山莊)'이라는 편액을 써서 선물했고, 이 무렵 추사도 아호를 홍두로 썼다. 바로 그 해 추사가 옹수곤에게 보낸 편지의 잔편이 전하는데 그 글씨를 보면 옹방강·옹수곤·섭지선 등의 글씨와 구별되지 않을 정도로 비슷하다.

옹수곤은 추사에게 조선의 금석 탁본들을 보내달라고 했다. 일례로 그는 『삼국유사』를 쓴 일연스님의 비인 인각사 보각국존 정조탑비의 탁본을 부탁했다. 이 비는 1295년에 왕희지 글씨를 집자하여 비문을 새긴 것으로, 중국에서도 왕희지 글씨 연구에서 아주 귀하게 생각하던 것이다. 이런 식으로 두 사람은 금석을 교환하고 이를 함께 연구하며 더없이 친하게 지냈다.

추사는 서재에 걸린 옹수곤의 초상화를 보며 그를 그리워하는 시를 짓기도 했다.

또 추사는 옹수곤에게 중국으로 떠나는 조선학자들을 여럿 소개했다. 이로써 자하 신위, 정벽 유최관 등이 옹수곤과 금석지교를 맺었다. 그리하여 옹수곤은 성원·추사·자하·정벽에서 한 글자씩 따서 자신의 당호를 '성추하벽지관(星秋霞碧之館)'이라고 했다. 이 밖에도 심상규·이조묵·홍현주·김경림 등이 추사의 소개로 옹수곤과 친교를 맺었다.

옹수곤은 조선의 명사들과 교유하며 조선의 금석자료를 모으고 거기에 심혈을 기울였다. 그러나 불행히도 옹수곤 역시 1815년, 나이 30세에 갑자기 세상을 떠나고 말았다. 옹방강은 아들 옹수곤의 부음을 1,000여 자의 장찰을 통해 추사에게 알렸다. 마지막 남은 아들마저 저세상에 보낸 옹방강은 아들을 일곱이나 두었음에도 옹수곤의 아들인 어린 손자 인달과 그 큰 석묵서루를 쓸쓸히 지키는 신세가 되고 말았다.

그리하여 자식에게 못다 한 옹방강의 애정이 추사에게 내렸고, 옹방강의 손자 인달도 추사를 의부(義父)로 삼았다. 그러나 훗날 옹방강이 죽고 인달이 도박과 마약에 빠져 그 방대한 석묵서루의 수장품을 다 날려버릴 줄은 옹방강도, 추사도, 저승의 옹수곤도 알지 못했다.

섭지선과의 교유

추사가 귀국 후 서신으로 친교를 맺은 이들 가운데, 섭지선(葉志詵, 1779~1863)과의 교유는 만남 이상으로 긴밀했다. 섭지선은 자를 동경(東卿)이라 했다. 대학자 집안의 아들로 장서가 8만여 권이나 되었다고 한다.

섭지선은 옹방강 문하에서 금석학의 제일인자로 손꼽혀 스승의 총애를 받았고 옹수곤과도 굳은 우정으로 친교를 맺었다. 옹수곤이 죽

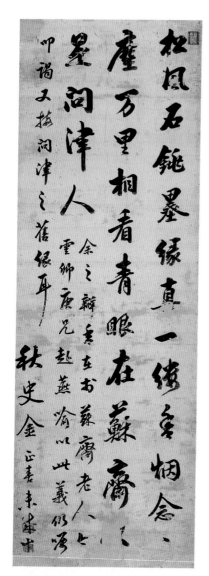

김정희, 〈조용진 입연 전별시〉 1811년(26세), 111.8×30.6cm, 국립중앙박물관 소장 | 조용진이 자제군관 자격으로 연경에 가는 것을 축하하면서 옹방강을 만나보라는 소개의 뜻을 담아 쓴 송별시이다.

은 후 옹방강이 추사에게 편지로 섭지선을 소개했고, 이후 이들 두 학자 사이에 무수한 자료가 오갔다. 추사를 좋아했던 헌종이 기거하던 창덕궁 낙선재에 옹방강 글씨의 주련과 섭지선이 쓴 현판이 걸린 데에는 이런 인연이 있다.

1818년 1월, 섭지선이 추사에게 보낸 금석자료를 보면 〈공자견노자상 석각(孔子見老子像石刻)〉〈희평비(熹平碑)〉 등 연경에서도 구하기 힘든 것이 많았다. 이런 고비(古碑)의 연구는 결국 추사의 금석학과 추사체 완성에 결정적인 밑거름이 되었다.

한편 섭지선은 조선의 금석문에도 관심이 깊어서 추사에게 끊임없이 고비 탁본을 보내달라고 요청했다. 그는 집이 부유하여 옛날 기윤이 살던 집을 사서 기거했다고 하는데, 추사에게 보낸 편지에서 "값에 구애받지 말고 경비가 얼마나 드는지만 알려달라"라고 하는 등 조선의 책과 고비 탁본을 열정적으로 수집하고 연구했다. 이에 추사는 섭지선에게 법천사 지광국사 현묘탑비명 등을 보내주었다.

연경에 간 조용진과 신위

청나라 학자들과의 교유는 추사 주위 문인들 사이에도 급속히 퍼져나갔다. 추사의 뒤를 이어 연경에 간 학예인들이 추사의 소개로 연경 학계와 묵연을 맺고 돌아오니 연경과 한양은 날로 가까워졌다.

이를테면 1811년 조용진(曺龍振)이 자제군관으로 연경에 가게 되었을 때, 추사는 그의 입연을 축하하는 시를 짓고 옹방강을 찾아뵙도록 소개의 글을 써주었다.(전집 권10, 연경에 들어가는 조용진을 보내며)

솔바람 돌 주전자 묵연이 참되었고	松風石銚墨緣眞
한 오리의 향연은 생각할수록 티끌이라.	一縷香烟念念塵
만 리 길 서로 보면 반갑게 맞으리니	萬里相看靑眼在
소재 선생 바로 길을 물을 사람일세.	蘇齋又是問津人

조용진은 이때 옹방강을 만나고 돌아오면서 옹방강이 추사에게 보내는 선물 심부름을 해주었다. 또 추사는 그해(1812) 서장관으로 가게 된 자하 신위에게도 옹방강을 소개해주었다.

신위는 시·서·화 모두에서 빼어난 삼절로 글씨는 동기창체에 정통했고, 대나무 그림은 수운 유덕장 이래 최고였으며, 시는 훗날 김택영이 '조선 500년 이래의 대가'라고 칭송할 정도로 당대의 일인자로 꼽혔다. 모든 면에서 신위는 추사의 선배로 추사보다 위에 있어야 했으

김정희, 〈자하선생 입연 송별시〉 1812년(27세), 55.0×71.0cm, 과천 추사박물관 소장 ┃ 자하 신위가 연경에 가게 되자 추사는 무려 10수의 송별시를 지어 축하하면서 연경에서 수천 백억의 경관을 보는 것보다도 옹방강 한 분을 뵙는 것이 더 나을 것이라고 했다.

나, 그가 늘 '추사 일파'로 분류되는 것은 연행 이후로 추사와 같은 길을 걸으며 시·서·화의 세계에 천착했기 때문이다.

　　자하 선배가 만 리를 지나 중국에 들어가게 되었다. 나는 기이한 경치와 장엄한 풍광이 수천 백억도 더 될 줄 알지만 그 모든 것이 옹방강 한 분 뵙는 것보다 못하다고 여겨진다. 옛날에 어떤 사람이 게(偈)를 설(說)하기를, 세계에 있는 것을 나는 모두 보았으나 그 모두가 부처님 한 분보다 못하다고 했는데, 나 또한 이와 같이 말하고 싶다.(김정희 〈자하선생 입연 송별시〉)

그리고 추사는 옹방강이 소장하고 있던 『천제오운첩』의 시에서 운을 따 무려 10수의 송별시를 읊었다. 이 시의 원본은 과천 추사박물관에 소장되어 있다.

그리하여 신위가 옹방강을 만났을 때, 옹방강은 "만나보니 듣던 바보다 아름답다"라고 했단다. 이후 옹방강과 자하의 교유는 추사 못지않게 긴밀하고 빈번했다.

자하는 옹방강의 초상화를 그려 선물하기도 했고 석묵서루에서 본 『천제오운첩』의 시를 베껴 쓰며 산수를 그리기도 했다. 이처럼 자하는 뒤늦게 연경의 학예와 접하고 여기에 심취하여 그때까지 40여 년 동안 지은 시를 모두 불태워버리고 새로운 각오로 자신의 예술을 더욱 발전시켰으니 자연히 추사 일파로 분류될 수밖에 없었다.

자하는 옹방강 외에 옹수곤·섭지선·오숭량 등과도 많은 시·서·화를 교류했다. 자하가 그들과 주고받은 학예의 내용은 별도의 장이 필요할 정도이다. 훗날 옹방강의 부음을 들은 자하는 다섯 수의 시를 지어 그를 애도했다.(『자하전집』 권1, 254면)

조인영의 입연

조용진과 신위 이후에도 연경으로 가는 행렬은 끊이지 않았다. 1815년에는 운석 조인영이 자제군관 자격으로 연경에 가서 유희해와

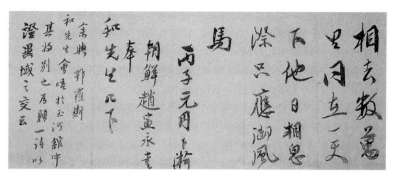

조인영, 〈비추린 신부 송별시〉 크기 미상. 명지대 LG연암문고 소장. 사진 자료 ❙ 연경에 간 조인영이 러시아 공관에서 만난 비추린 신부와 헤어질 때 지은 송별시이다.

금석지교를 맺고 돌아왔다. 조인영은 추사의 과거시험 동방(同榜)으로 추사와 북한산 순수비를 함께 조사했던 벗이다. 귀국 후 조인영은 유희해에게 북한산 진흥왕 순수비 탁본과 자신이 조선의 고비 97점에 대해 정리한 『해동금석존고(海東金石存攷)』 등을 보내주어 훗날 유희해가 『해동금석원』이라는 대저를 편찬하는 기초를 제공했다.

조인영의 연행에서 특기할 일은 뜻밖에도 그가 악라사(鄂羅斯, 러시아) 정교회의 중국 전도단장인 비추린 신부(N. Y. Bichurin, 1777~1853)를 만나 친교를 맺고 돌아온 것이다.

러시아의 동양학 대가인 비추린 신부는 1727년부터 연경에 상주하기 시작한 전도단의 제9차 단장으로, 당시 연경에 있었다. 조인영은 비추린 신부를 러시아 공관인 옥하관(玉河館)에서 만났는데 헤어질 때 그에게 '이역 친교의 징표'로 절구 한 수를 써주었다.

결국 조인영과 비추린 신부의 만남은 한러 문화 교류의 첫 장을 장식하는 것이었다.(박태근 「북경에서 꽃핀 동서 우정」 『시사월간 WIN』, 1996. 3) 비추린 신부는 조인영이 써준 이 글을 고이 간직하여 현재 그 원본은 러시아 과학아카데미 동방학연구소에 소장되어 있으며, 그 복사본 하나가 명지대 LG연암문고에 소장되어 있다.

조인영의 연행에 이어 1819년에는 추사의 절친한 벗 권돈인이 서장관으로 연경에 가서 학예인들과 두루 교유하고 돌아왔다. 1822년에는 부친 김노경이 동지정사로 연경에 가면서 추사의 아우 김명희를 자제군관으로 데려갔다. 이때 김노경·김명희 부자는 오승량과 깊은 친교를 맺고 돌아온다.

이런 식으로 한중 문화 교류는 계속 넓어져갔으며 그때마다 무수한 책과 서화 작품, 금석 탁본 등이 오갔다. 이후로 청나라 학예계와의 교류는 추사뿐만 아니라 조선 지식인 사회 전체로 퍼져나갔으니 가히 '일세를 풍미하는 완당바람'이라 할 만했다.

북한산 진흥왕 순수비 고증

추사는 귀국 후 우리나라의 옛 비문을 조사하기 시작했다. 1816년 7월 한여름, 31세의 추사는 벗 동리 김경연과 함께 북한산 비봉에 올랐다. 무학대사가 한양도읍 터를 물색하기 위해 북한산에 올라오니 한 비석에 '무학이 잘못 찾아 여기에 오리라(無學誤尋到此)'라고 쓰여 있어 깜짝 놀랐다는 전설이 전해지는 곳이었다. 무학대사를 놀라게 한 글자는 비바람에 깎여 보이지 않게 됐다고 했다.

추사는 그 전설의 비를 탁본하여 돌아와 읽어보고는 다시 더 정밀하게 탁본할 필요를 느껴 이듬해 6월, 이번에는 조인영과 함께 탁본 기술자(擢工)까지 데리고 가서 탁본해 68자를 읽어냈다. 거듭 조사해보던 추사는 놀랍게도 이 비가 신라 진흥왕 순수비라는 사실을 알게 되어 자신이 검토한 내용을 조인영에게 편지로 써 보냈다.

북한산 진흥왕 순수비(왼쪽)와 측면의 추사 글씨 탁본(오른쪽) | 추사는 북한산 진흥왕 순수비를 두 차례에 걸쳐 조사한 뒤 비석 측면에 고증했던 날짜를 새겨놓았다. 이 비는 현재 국립중앙박물관에 보관(국보3호)되어 있고 현장엔 그 복제비가 세워져 있다.

비바람 몰아치는 가운데 사람을 생각하니 그리운 정을 풀 수가 없습니다. (…) 재차 비봉의 옛 비를 가져다가 반복하여 자세히 훑어보니 제1행 진흥태왕(眞興太王) 아래 두 글자를 처음에는 구년(九年)으로 보았는데 구년이 아니고 바로 순수(巡狩) 두 글자였습니다. 또 그 아래 신(臣) 자같이 생긴 것은 신 자가 아니고 바로 관(管) 자였습니다. 그리고 관 자 밑에 희미하게 보인 것은 바로 경(境) 자이니, 이것을 전부 통합해보면 곧 진흥태왕순수관경(眞興太王巡狩管境) 여덟 자가 됩니다. 이 예는 이미 함흥 초방원의 북순비에 있습니다.(전집 권2, 조인영에게)

추사는 황초령 순수비와 비교해보며 그 내용을 하나씩 고증하고, 순수비에 나오는 남천(南川)이라는 지명의 유래를 역사적으로 검토함으로써 이 비는 진흥왕의 아들인 진지왕 때 세워진 것임을 밝혀냈다. 추사는 이 감격적인 발견을 기념하여 비석 측면에 자신이 두 차례 다녀간 사실을 이렇게 새겨놓았다.

이것은 신라 진흥대왕 순수비이다. 병자년 7월 김정희·김경연이 오다.

정축년 6월 8일 김정희·조인영이 함께 와서 남아 있는 글자 68개를 면밀히 살펴보았다.

이리하여 북한산 진흥왕 순수비는 추사에 의해 새로 발견되었다. 이 비는 마모가 심해 현재는 국립중앙박물관에 보관되어 있고 그 자리에는 복제비가 세워져 있다.

무장사비 파편을 찾아서

1817년 4월, 32세의 추사는 또 다른 명비를 찾아 경주 암곡동에 있는 무장사(鍪藏寺)로 답사를 떠났다.『삼국유사』에 의하면 무장사는 태종 무열왕이 전쟁을 끝내는 상징으로 투구를 묻고 세운 절이기 때문에 투구 무(鍪) 자에 감출 장(藏) 자를 써서 무장사라 했다고 한다.

무장사에는 계화왕후가 재위 1년 만에 세상을 떠난 소성왕의 명복을 빌기 위해 아미타불을 봉헌하면서 세운 조성비가 있다고 알려져 있었다. 이 비는 김생이 비문을 쓴 명비였으나 세월이 흘러 절이 폐사되면서 자취를 감추었다.

그러다 정조 때 금석문에 관심이 많았던 이계(耳溪) 홍양호(洪良浩)

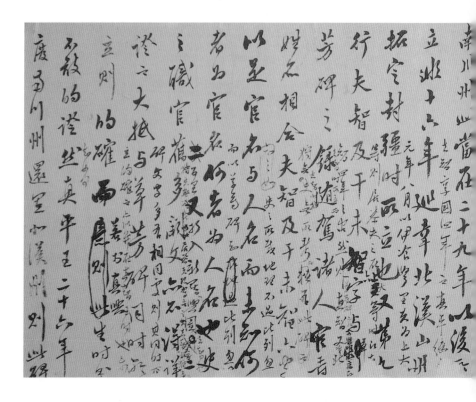

가 경주부윤이 되면서 관리를 보내 이 비를 조사하게 했다. 그러자 그
관리가 돌아와 보고하기를, 절집 뒤에 콩 가는 맷돌이 범상치 않아서
뒤집어보았더니 옛 비석의 반 동강이라는 것이었다. 이에 홍양호가
탁본을 해서 그 문장을 살펴보고 이 비문은 김생이 아니라 김육진(金
陸珍)이 왕희지체로 쓴 것이라고 고증했다.

일찍이 추사는 이 무장사비 탁본을 옹방강에게 보냈다. 당시 옹방
강은 이 비문 글씨는 김육진이 직접 쓴 것이 아니라 왕희지의 글씨를
집자한 것이라고 고증하고 "동방의 훌륭한 비문"이라는 평을 내렸다.

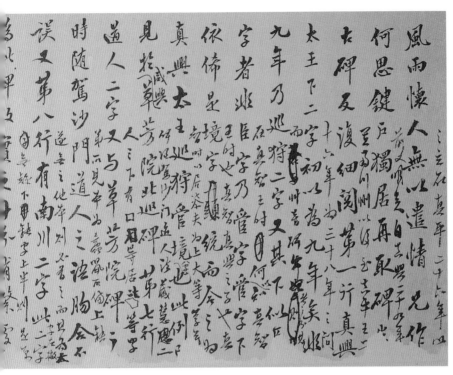

김정희, 〈조인영에게 보내는 편지〉 1817년(32세), 25.0×67.5cm, 과천 추사박물관 소장 ┃ 추사가 조인영과 함께 북한산 순수비를 고증하고 그 소견을 조인영에게 써서 보낸 편지이다.

옹수곤 역시 "왕희지의 좋은 글씨 283자와 반(半) 자를 얻었다"라는 글을 남길 정도로 무장사비를 높이 평가했다. 그래서 추사는 혹 비편이 더 남아 있나 조사하기 위해 무장사로 답사를 떠난 것이다.

무장사는 말이 경주 암곡동이지 캄캄한 계곡 속에 파묻혀 있다. 오죽했으면 동네 이름을 어두운 계곡이라는 뜻의 암곡동(暗谷洞)이라고 했을까. 『삼국유사』에서는 무장사를 '골짜기가 아주 험준해서 마치 깎아 세운 듯하며, 깊고 어두워 저절로 마음이 닦일 것 같은 절'이라고 했다.

경주 무장사터 | 신라시대 사찰인 무장사는 암곡동 깊은 산중에 있는 폐사지로 삼층석탑과 깨진 비석받침만 남아 있다. 오른쪽에 삼층석탑이 보인다.

지금은 보문단지에서 암곡동 왕산마을까지 차로 들어간 다음 여기서 2.5킬로미터가량 계곡을 따라 혹은 계곡을 건너 걷다 보면 오른쪽으로 낮은 둔덕이 나오는데, 거기가 무장사터이다. 아무런 이정표가 없어 길을 안내할 방법이 없다. 25년 전 처음 여기를 찾아갈 때, 동네 아주머니에게 무장사터가 어디에 있느냐고 물으니 골짜기 안쪽을 손가락으로 가리키며 "이자뿌리고 가이소(잊어버리고 가십시오)"라고 했다. 최근엔 무장사터까지 찾길이 생겼다.

차도 없던 조선시대에 추사는 그런 심심산골로 답사를 갔던 것이다. 당시 추사는 주위를 살피다가 풀숲에서 깨진 비편 하나를 발견하고는 너무 기뻐서 자기도 모르게 외마디 비명을 질렀다고 한다. 그리하여 추사는 새로 발견한 깨진 비석 옆에 이렇게 글을 새겨넣었다.

무장사 〈아미타불 조성기 비문〉 탁본과 추사의 비석 부기 1817년(32세) | 무장사에는 아미타불을 봉안하고 세운 비석의 파편만 전하는데 추사는 현장에서 또 하나의 비편을 발견하고 그 기쁨을 새겨놓았다.

이 비문 글씨의 품격은 당연히 (김생 글씨로 집자한) 낭공대사 백월서운비(朗空大師白月栖雲碑)보다도 위에 있다 할 것이며,『난정첩』에 나오는 숭(崇) 자 머리가 점 3개로 쓰인 것이 오직 이 비석에서만 완전하다. 옹방강 선생은 이 비를 고증하기를 중국에서도 이 비만 한 것이 없다고 하셨다. 나는 두세 번 다시 쓰다듬어보면서 (저승에 간) 옹수곤에게 (이번에 새로 발견한) 이 글씨를 보여주지 못하는 것이 더욱 안타까웠다. 정축년(1817) 4월 29일 김정희 쓰다.

홍양호와 김정희가 발견한 무장사비의 두 잔편은 지금 국립경주박물관에 소장되어 있다.

진흥왕릉 고증

무장사에서 돌아오는 길에 추사는 경주 서악산 기슭을 답사하며 기초적인 고고학 조사를 했다. 오늘날 태종 무열왕릉 위쪽에 있는 서악동 고분군은 당시에는 비바람에 깎이고 씻겨 그저 큰 언덕을 이루고 있을 뿐이었다. 그러나 추사는 이것이 왕릉임에 틀림없다고 확신했다. 추사는 4개의 왕릉 중 하나를 진흥왕릉으로 판단하고 다음과 같이 논증했다.(전집 권1, 신라 진흥왕의 능에 대하여 상고하다)

태종 무열왕릉 위에 4대릉(四大陵)이라는 것이 있는데 읍 사람들은 이를 조산(造山)이라고 한다. 그러나 이른바 조산이라는 것은 모두 다 능이다. 봉황대 동서편에 조산이 가장 많았던바 연전에 하나가 무너졌는데 그 속에는 깊이가 한 길 남짓 되는 검푸른 빛의 공동(空洞)이 모두 석축으로 되어 있었으니, 이는 대체로 옛날의 왕릉이지 조산이 아니다.

추사는 문헌 기록을 검토하여 무열왕릉 위편의 언덕들이 이른바 '4대릉'임을 역사적으로 고증했다. 오늘날 진흥왕릉은 추사의 고증과는 달리 서악동 고분군 오른쪽 날개 자락에 있는 작은 무덤으로 추정되고 있다. 그러나 봉분이 무너져 당시 사람들은 그저 조산이라고 생각하던 것을 추사가 당시의 자료에 비추어 왕릉에 비정한 것은 그 자체로 충실한 문화재 지표 조사였다고 볼 수 있다. 그런 의미에서 추사는 근대적인 의미의 고고학자이자 미술사가였다.

「실사구시설」

추사는 이렇게 잊혀져가던 옛 비를 찾으며 실사구시의 정신으로 학

옹방강, 〈실사구시〉 편액 | 옹방강이 쓴 〈실사구시〉 현판 끝에는 실사구시 정신을 4자 8구로 풀이한 글씨가 곁들여 있다.

예를 연찬해가고 있었다. 그렇다고 추사의 고증학이 역사고증학에만 국한되어 있었던 것은 아니다. 그는 경학에도 고증학적 입장을 취했다.

추사의 학문세계는 그가 쓴 글의 제목인 '실사구시설'로 요약된다. 사람들은 흔히 실사구시를 조선 후기 실학자들이 내건 명구로 생각한다. 그러나 실사구시라는 구호는 청나라 고증학의 개조인 고염무가 주창한 캐치프레이즈로, 추사의 「실사구시설」 첫 문장에 나오듯 그 연원이 『한서(漢書)』에 나오는 "사실에 의거하여 사물의 진리를 찾는다"라는 표현에 있다.

1816년 추사가 31세에 지은 이 「실사구시설」은 "무릎을 치며 감탄하게 하는" 탁견으로 학문적 견실성을 아주 명쾌히 보여준다. 추사는 단호히 말한다. "학문하는 방도는 굳이 한나라, 송나라로 나눌 필요 없이, 심기(心氣)를 고르게 하고 널리 배우고 독실하게 실천하면서 사실에 의거하여 진리를 찾는 자세로 나아감이 옳다."

흔히 한나라 유학은 훈고학이고 송나라 유학은 성리학이라 하여 그 정신과 방법이 다른 것처럼 이야기하지만 깊이 따져보면 다를 것이 없다는 주장이다. 한나라 유학자들은 스승에게 아주 정밀한 가르침을 받아서 당시 사람들이 다 아는 것은 굳이 설명하거나 주석을 달지 않아도 됐지만, 후대를 거치는 동안 노장·불가·선가의 인식이 혼합되어 실사구시 정신이 혼탁해졌다는 것이다. 이것이 그가 견지한 경학의 한송불분론(漢宋不分論)이다. 그는 한나라 훈고학을 저택의 문간에 비유하여 이렇게 말했다.

성현의 도는 비유하자면 큰 저택과 같아서 주인은 항상 안방에 거처하는데 그 안방은 문간을 거치지 않고는 들어갈 수가 없다. 훈고란 이 문간에 해당하는 것이다. 그러나 일생 동안 문간만 왔다 갔다 하고 안방에 들어가지 못한다면 이는 끝내 하인이 되고 마는 것이다. 그러므로 학문을 하는 데서 반드시 훈고를 정밀히 탐구하는 것은 안방에 들어가는 데 그릇되지 않게 하기 위함이요, 훈고만 하면 일이 다 끝난 것으로 여긴 것이 아니었다. 그런데 한나라 유학자들이 안방에 대하여 논하지 않았던 것은 그때의 문간이 그릇되지 않았고 안방도 본디 그릇되지 않았기 때문이었다.

추사는 오직 이 실사구시 하나로 학문의 길을 바로잡을 수 있다고 주장했다. 이것이 추사 「실사구시설」의 핵심이다. 일찍이 1811년에 옹방강이 추사에게 '실사구시'라고 써서 보내준 편액이 있는데 지금은 국립고궁박물관에 소장되어 있다.

민노행의 「실사구시설」 후기

『완당선생전집』의 「실사구시설」 뒤에는 기원(杞園) 민노행(閔魯行)이 쓴 「후기」가 실려 있다. 민노행은 여흥 민씨로 1822년에 생원이 되어 음직으로 군수까지 지냈다고 알려졌으나, 출생 연도가 1777년 또는 1782년으로 달리 알려질 정도로 그 밖의 행적에 대해서는 아직 밝혀진 것이 없다. 다만 그는 재야의 이단으로 여겨졌던 듯, 개화사상가 강위(姜瑋)가 그에게 배움을 구하러 갈 때 친구인 정건조가 극구 만류했다고 한다.

그럼에도 강위는 민노행을 찾아가 배웠는데, 어느 날 민노행이 병을 얻어 죽음을 앞두고 강위에게 "너는 추사를 찾아가 배움을 이어가라"라고 유언했다고 한다. 이에 강위는 제주에서 귀양살이하고 있던 추사를 찾아가 제자가 되었다. 그런 민노행이 추사의 「실사구시설」을 읽고는 다음과 같은 후기를 남겼다.

> 완당이 논한 고금 학술의 변천 내력, 대문 안의 마당과 안방의 비유, (…) 한나라 유학자들의 훈고란 스승으로부터 가르침을 받은 것이 있어 정실(精實)함을 잘 갖추었다고 한 말에 대해서 나 또한 무릎을 치며 이렇게 감탄하는 바이다. (…) 훗날 의당 완당과 함께 다시 의논하기로 하고 우선 이렇게 기록하여 「실사구시설」의 후서(後敍)로 삼는 바이다. 병자년(1816) 계동(季冬)에 쓰다.

민노행은 확실히 재야의 고수였다. 세상은 이런 숨은 고수들이 있을 때 희망을 얻는다. 마치 흙탕물 속 한 줄기 생명수 덕에 연못이 썩지 않고 아름다운 연꽃을 피워내는 것과 같다.

추사의 벗들

추사의 주위에는 일찍부터 훌륭한 벗들이 있었다. 그들은 학예의 동인(同人)이자 인생의 동반자들이었다. 혹자는 추사의 파란 많은 인생 역정을 염두에 두고 그가 교유한 인사들이 편벽하다고도 하고, 혹자는 그를 따른 서화가들이 대부분 중인임을 들어 사대부 친구는 별로 없었다고도 한다. 그러나 추사의 교우관계는 누구보다도 폭넓고 긴밀하고 다양했다. 사대부 벗만 해도 당대의 명사들이다.

자하(紫霞) 신위(申緯, 1769~1845)
동리(東籬) 김경연(金敬淵, 1778~1820)
운석(雲石) 조인영(趙寅永, 1782~1850)
이재(彛齋) 권돈인(權敦仁, 1783~1859)
황산(黃山) 김유근(金逌根, 1785~1840)
침계(梣溪) 윤정현(尹定鉉, 1793~1874)

추사가 중인층의 서화 제자를 거느린 것은 노년의 일이고 장년까지는 주로 이들과 널리 교유했다. 그중 자하 신위는 예외적으로 나이가 많았다.

추사의 그림자 같은 벗은 권돈인이었다. 권돈인은 추사보다 세 살 위였지만 가장 막역하게 지낸 벗으로, 무수한 편지와 시·서·화를 주고받으며 화답하고 합작하고 합평(合評)했다. 만년에 함께 귀양을 떠나 유배에서 풀린 다음에는 서로 말년의 외로움을 의지했으며 글씨 또한 비슷했다. 학예로 말하면 추사가 항시 권돈인에게 베푸는 입장이었지만, 세상사와 인간적인 일에서는 추사가 권돈인에게 도움을 받으며 감사하는 처지였다. 권돈인과는 중년 이후, 특히 노년에 가까웠고 장년 시절엔 특별한 교유의 흔적이 보이지 않는다.

운석 조인영은 추사를 죽음에서 구해준 은인이자, 과거시험에 함께

신위, 〈천제오운 시화 합벽〉 종이에 수묵, 21.5×51.8cm, 개인 소장 | 소동파의 〈천제오운〉을 옮겨 쓰면서 시에 맞춰 담백한 산수화를 그린 자하의 아담한 시화 합벽이다.

급제한 동방이며, 북한산 진흥왕 순수비를 함께 조사한 금석학의 동학이다. 특히 추사 외가 쪽 큰 어른인 지수재 유척기가 조인영의 외외증조부다. 외외증조부라면 퍽 먼 촌수 같지만 실은 그렇지도 않다. 쉽게 말해 지수재 딸의 외손자가 조인영이다. 그래서 추사와 조인영은 서로를 더욱 가깝게 느낀 듯하다.

황산 김유근

추사보다 한 살 많은 황산 김유근은 안동 김씨의 핵심인사로 세도 정치의 상징인 김조순의 아들이며, 순조의 정비이자 효명세자의 어머니로 헌종 때 수렴청정한 순원왕후의 친오빠이다. 그는 정치적으로는 다른 길을 걸었지만 추사와 항시 우정을 나누는 사이였다. 김유근은 1810년 과거에 급제하여 성균관 대사성, 이조참판, 대사헌 등 높은 벼

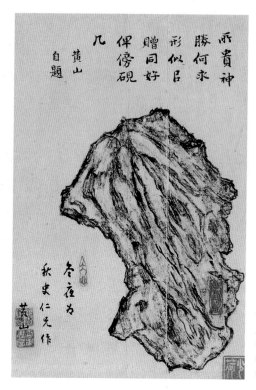

所貴神
勝何求
形似呂
贈同好
俾傍硯
几
自題
黃山

김유근, 〈괴석〉 종이에 수묵, 24.5 ×16.5cm, 간송미술관 소장 ┃ 돌 그림으로 이름을 떨쳤던 김유근이 추사를 위해 그렸다는 관기를 써넣은 아담한 소품이다. 김유근은 이 그림에서 형태가 아니라 신운을 지향했다고 화제를 적어놓았다.

슬에 오른 안동 김씨의 차세대 주자였다.

김유근은 특히 돌을 잘 그려 서화에서 추사 일파로 분류되기도 한다. 그래서인지 김유근의 돌 그림·대나무 그림에 추사가 화제를 쓴 경우가 많다. 김유근의 돌 그림 가운데 "겨울밤 추사 인형을 위해 그리다(冬夜爲秋史仁兄作)"라는 쌍낙관이 찍힌 작품이 있어 둘 사이의 깊은 우정을 엿보게 하는데, 그 화제는 더욱 간절하다.

귀한 바는 신운(神韻)이 빼어남이니 어찌 형사(形似, 외형적 사실)를 구하리까. 함께 좋아할 수 있는 이에게 드리노니 벼루상 곁에 놓아두소서.

이처럼 김유근은 화격도 알고 그림도 잘 그렸기 때문에 추사와는 더욱 가까울 수밖에 없었다. 그런데 1827년 김유근이 평안감사에 임명되어 부임지로 가는 도중, 황해도 서흥에서 면회를 거절당한 퇴임 관리 장씨가 앙심을 품고 습격하여 권속 4명을 죽이고 3명에게 중상을 입힌 "흉악한 봉변"을 당하여 간신히 목숨만 건졌다. 그래서 부임하지 않고 돌아왔다. 세도가였기 때문에 당한 화였다.(『조선왕조실록』 순조 27년 4월 27일자)

그러나 그는 이내 병조판서, 이조판서를 지냈고 아버지가 죽은 뒤 군사 실권을 잡고 판돈령부사에 올랐으며, 만년에는 중풍에 걸려 4년간 실어증으로 고생하다 56세에 세상을 떠났다. 훗날 추사가 안동 김씨의 정치적 공격을 받아 죽을 위기에 처했을 때 그를 구해줄 이가 바로 황산 김유근이었으나, 다른 병도 아니고 실어증에 걸려 있었던 터라 아무 도움도 주지 못했다.

동리 김경연과 『동리우담』

동리 김경연은 추사 젊은 시절의 가장 가까운 벗으로, 순수비를 조사하러 추사와 함께 북한산에 오르고 함께 책을 펴내기도 했다. 그는 1819년 서장관으로 연경에 가서 섭지선과 만나 서화·탁본 자료를 교환하기도 했는데 불행히도 추사 35세 때 세상을 떠났다.

『완당선생전집』에 동리 김경연에게 보낸 편지가 3통 실려 있는데 그중 첫 번째 편지는 마침 원본도 전해져 그 진지한 분위기를 더욱 실감할 수 있다.

그저께 제사가 있어 종갓집에 갔다가 비에 막혀 돌아오지 못하고 어제

김정희, 〈김경연에게 보내는 편지〉 23.5×50.1cm, 개인 소장 ┃ 추사가 김경연과 한창 교유하며 학문을 연구할 때 보낸 편지로, 글씨와 시에 대한 자신의 생각을 피력했다.

늦게야 비로소 돌아오니 보내주신 편지가 놓여 있어 놀랍고도 섭섭했소. (…) 전서(篆書) 족자와 비도(碑圖)는 원본과 아울러 삼가 잘 받았소. (…) 마침 또 섭지선의 예서 한 폭을 얻었기에 이것을 부쳐 올리는데 자못 볼만하나 그 대련에 비한다면 조금 손색이 있으니 아마도 그 대련은 섭지선의 득의작이었던가 봅니다. 우리가 선입견이 있어 그런 건지 모르겠으니 보고 말해주심이 어떠한지요.(김정희 〈김경연에게 보낸 편지〉)

추사가 동리 김경연, 황산 김유근과 한창 어울려 공부하던 1817년, 이들은 우리나라 역대 명기행문들을 모아 『동리우담(東籬藕談)』이라는 책을 펴냈다. 이 책은 이중환의 『택리지(擇里志)』를 비롯하여 김창협·김창흡 등 선대 문인들이 쓴 금강산·단양·화양동·설악산·지리산 화엄사·경포대 등의 기행문을 엮어낸 것이다. 김경연은 이 책의 서문에 그 경위를 이렇게 적었다.

> 정축년(1817) 가을날에 황산 김유근, 추사 김정희가 내 동리서당을 방
> 문했다. 『주역』과 『시경』 '의리(義理)' 몇 조를 논했고 금석문 1,000자를
> 읽었으며, 소장하고 있는 탁본들을 꺼내어 품평했다. (…) 우리나라 산수
> 는 빼어남이 많으나 해설이 상세하지 못하고 고금 인사들의 기행문이 산
> 재하여 읽기가 어려우니 이를 전부 모아서 산을 위한 책을 만들려고 했
> 다. 그러나 애석하게도 끝내 이루지 못했다. 다만 평소에 읊었던 바를 근
> 거로 각기 수십 조를 얻어 기록하여 이 책을 만들었다.

이 책은 한때 추사의 저서로 오해되기도 했다. 그 이유는 이 책이
우리나라에는 전하는 것이 없고 중국에서 간행된 총서류 속에 '동리
우담' '동국명승기(東國名勝記)' '조선산수기(朝鮮山水記)'라는 이름으
로 실려 있는데, 이 책들의 저자 이름이 혹은 김경연, 혹은 김정희, 혹
은 김경연·김정희 공저로 제각기 다르게 기록되어 있기 때문이다.(박
현규 「『동리우담』의 편저자 문제」, 『대동한문학』 제12집, 2000)『동리우담』
을 통해 우리는 추사가 우리나라 지리에 해박했고 기행문이나 답사기
에도 관심을 두었음을 알 수 있다.

『동고문존』

역사에 대한 추사의 관심은 중국에서 간행된 『동고문존(東古文存)』
이라는 소책자가 말해준다. 이 책은 갑골문을 발견한 것으로 유명한
청나라 말기 금석학자 왕의영(王懿榮)이 펴낸 『천양각총서(天壤閣叢
書)』 19권에 포함되어 있으며, 간행 연도는 광서 기묘년(1879)으로, 편

김정희 편, 『동고문존』 표지 | 청나라 왕의영이 펴낸 『천양각총서』에는 김정희가 편찬한 『동고문존』이 들어 있다. 고대 한중 교류의 중요한 역사적 기록을 모아놓은 책이다. 1971년 대만에서 『백부총서』의 한 권으로 재출간된 바 있다.

저자는 "조선 병조참판 김정희 집(輯)"으로 쓰여 있다.

이 책은 「고구려 유리왕이 한나라에 보내는 글」 「양나라 고조가 백제 무령왕에게 내린 조서」 등 고구려·백제·신라가 중국과 주고받은 외교 기록 13개 항목을 뽑아 편집한 일종의 '고대 한중 외교관계 문헌초록'이다.

『천양각총서』의 서문을 보면 이 『동고문존』은 섭지선이 추사에게 받은 것으로 그가 죽고 돌고 돌아 조지겸의 소유가 되었다가 1879년 왕의영이 『천양각총서』에 넣어 간행한 것이다. 『동고문존』은 1971년 대만에서, 송나라부터 청나라까지의 주요 역사·사상·언어 관계서적 100부를 영인한 『백부총서집성(百部叢書集成)』에 실린 바 있지만 우리나라에서는 아직까지 영인 출판된 적이 없다.

자문밖 백석동천

30대의 추사는 황산 김유근, 동리 김경연 등과 역사·지리를 탐구하고 시를 읊으며 자주 어울렸다. 『완당선생전집』에 「황산·동리 등 여럿이 동령에서 폭포를 구경하다」 「황산·동리와 더불어 석경루에서 자다」 등의 시가 실려 있는데 여기서 동령폭포는 자문밖 세검정 가까이

백석동천 | 추사는 서울 자하문 밖에 있는 백석동천에 대해 "한양 북쪽에 있는 별장인 북서는 선인이 살던 백석정을 예전에 사 들인 것"이라고 했는데 백석동의 별서를 언제 구입했는지는 확실치 않다.

에 있는 가느다란 실폭포이다.

　추사는 「금헌(琴軒)과 함께 읊은 시 10수」에서 "한양 북쪽에 있는 별장인 북서(北墅)는 선인(仙人)이 살던 백석정을 예전에 사들인 것"이라고 했다. 이 선인이란 연객(烟客) 허필(許佖)을 말한다. 또 추사가 김유근에게 보낸 편지에 이런 구절이 나온다.

　노친(아버지)께서는 엊그제 잠깐 북서로 나가셔서 며칠 동안 서늘한 바람을 쐬실 생각이었습니다. 일기가 이와 같으니 산속의 누대는 도리어 너무 서늘할까 마음이 놓이지 않습니다.

추사가 백석동의 별서를 언제 구입했는지는 확실치 않으나 1820년, 환재 박규수가 외종조인 유화를 따라 자문밖을 유람할 때만 해도 '허도사'가 살고 있었다고 하니 그후 어느 때인 것 같다.(김명호『환재 박규수 연구』, 창비 2008)

추사가 이 무렵에 쓴 시를 보면 만년의 작품과는 달리 대단히 맑고 고귀하여 전아하다는 느낌이 드는데, 특히 「황산·동리와 더불어 석경루에서 자다」라는 시에 그런 분위기가 짙다.

단양과 금강산 유람

추사는 누구 못지않게 답사와 여행을 좋아했다. 일찍이 20대에 옥순봉·북벽·한벽루·하선암·도담·구담 등 단양 일대를 유람하면서 명승지마다 읊은 시가『완당선생전집』에 실린 것만도 20수 가까이 된다. 그러나 이 시들이 언제 쓰였는지는 밝혀지지 않았는데, 근래에 소개된『계당서첩(溪堂書帖)』을 보면 29세(1814) 무렵으로 추정된다.

추사는 30세 무렵 금강산에 다녀왔다. 추사의 금강산행은 추가령을 넘어 외금강 신계사로 들어가 안문재 넘어 내금강으로 넘어가서 마하연을 거쳐 수미탑 등을 둘러보는 코스였다. 추사는 추가령을 넘으며 아름다운 기행문을 한 편 지었고, 내금강 마하연에서는 율봉(栗峯)스님을 만났다. 몇 해 뒤 그 율봉스님이 홀연히 입적했다는 소식을 듣고는 다음과 같은 「율사 시적게(栗師示寂偈)」를 지어 절 한쪽에 새기게도 했다.

꽃이 져야 열매 맺고　　　　　　花落有實

달은 가도 흔적 없네.　　　　　　月去無痕

그 누가 꽃 있다 하고	誰以花有
달이 없다고 증명하리. (…)	證此月無
묘길상은 우뚝 높고	妙吉祥屹
법기봉은 푸르도다.	法起峯青

그런데 이상하게도 『완당선생전집』에는 금강산 기행에 관한 글이 거의 보이지 않고 금강산 시도 「신계사」 한 수만 실려 있다. 아마도 그의 금강산 시들은 어딘가 한 권의 시첩으로 따로 있는데 아직 찾지 못한 것이 아닐까 생각된다. 왜냐하면 홍한주가 『지수염필』에서 역대의 금강산 시를 말하는 가운데 "추사 김정희는 평소에 즐겨 금강산을 읊으며 논하는 것을 좋아했다"면서 "추사의 금강산 시는 아주 괴기했다"고 평하고 그중 한 수를 소개한 바 있기 때문이다.

우뚝우뚝 뾰족뾰족 괴괴하고 기이하니	矗矗尖尖怪怪奇
인간세계의 신불인가 모두들 의심하네.	人天神佛摠堪疑
평생 시를 금강 위해 아껴두었건만	平生詩爲金剛惜
금강산 오고 보니 감히 시를 못 짓겠다.	及到金剛不敢詩

그런데 이 시는 김삿갓의 시로 알려져 있고 신좌모(申佐模)의 문집에도 실려 있어 과연 누구의 시인지는 아직 확정짓지 못하겠다.

남한산성 〈이위정기〉

추사는 불과 서른 나이에 문인사회에서 문장과 글씨로 이름을 얻었다. 많은 사람이 추사의 글씨를 구했고 그에게 글을 지어 받기를 원

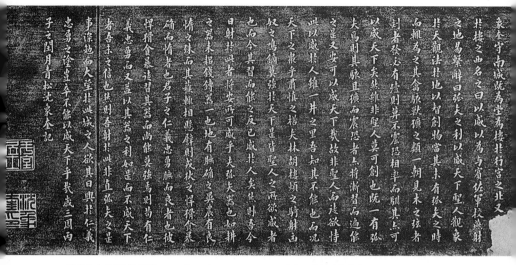

김정희, 〈이위정기〉 탁본 1816년(31세), 38.5×83.8cm, 개인 소장 | 남한산성 수어사 심상규가 이위
정이라는 정자를 세우고 자신이 지은 기문을 추사에게 써달라고 해 현판으로 걸었다.

했다. 서예가로서 추사의 면모가 잘 드러나는 글로는 추사가 31세 때
(1816) 쓴 남한산성의 〈이위정기(以威亭記)〉가 있다.

이위정은 홍경래의 난(1811) 때 병조판서로 난을 수습한 심상규(沈
象奎)가 1816년, 남한산성 수어사로 있으면서 활쏘기 할 때 사용하고
자 행궁 북쪽에 지은 정자의 이름이다. 심상규는 스스로 그 정자의 기
문(記文)을 짓고 이를 현판으로 새기기 위해 추사에게 글씨를 부탁했
다. 그는 1812년 사신으로 연경에 갈 때 옹방강을 만나기 위해 추사에
게 소개장을 받은 인연이 있다.

추사가 쓴 현판은 한국전쟁 때 이위정과 함께 불타 소실되었는데 다
행히도 그 탁본이 전하고 있어 추사의 31세 때 글씨를 엿볼 수 있게 해
준다. 이 글씨를 보면 옹방강·섭지선·옹수곤의 글씨와 비슷한 가운데
전체적으로 방정하며, 약간 살지고 획에 강약이 있어 힘이 느껴진다.

김정희, 〈송석원〉 바위 글씨 1817년(32세) | 옥인동 인왕산 골짜기에 있던 천수경의 송석원 바위에 새긴 이 예서체 글씨는 추사의 30대 명작으로 꼽히나 지금 이 바위는 축대 속에 묻혀 있다.

송석원의 바위 글씨와 추재 조수삼

〈이위정기〉를 쓴 이듬해인 1817년, 32세의 추사는 장년 최고의 명작이라고 할 〈송석원(松石園)〉 암각 글씨를 남겼다. 송석원은 당대 최고 가는 중인 시인 천수경(千壽慶)의 저택 이름으로 그를 비롯하여 장혼(張混)·조수삼 등 중인 문인들이 결성한 송석원시사(松石園詩社)의 현장이다. 조선 후기 여항문학사의 꽃으로 칭송되던 송석원시사는 1791년 『옥계청유첩(玉溪淸遊帖)』을 만들면서 당대 최고의 화가인 단원 김홍도와 고송 이인문의 그림을 곁들일 정도로 왕성한 활동을 벌였다.

추사는 이 송석원 벼랑에 새길 암각 글씨를 부탁받고 대자(大字)의 예서체로 '송석원'이라 휘호했다. 참으로 장중한 멋과 웅혼한 힘이 살아 있는 명작이라 할 만하다. 송석원에는 훗날 '뾰족당'이라는 화려한

양옥 건물로 유명한 윤덕영의 '벽수산장'이 들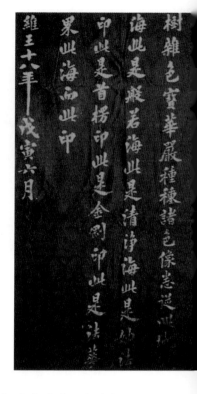
어섰는데, 1960년대에 화재로 불타 없어졌다.
이후 주택들이 들어서면서 바위가 축대에 묻
혀버려 〈송석원〉 글씨는 희미한 옛 사진으로
만 확인할 수 있다.

추사는 〈송석원〉 글씨 옆에 잔글씨로 낙관
하기를 '정축(丁丑) 청화(淸和) 소봉래서(小蓬
萊書)'라 했다. 정축년은 1817년, 추사 나이
32세 때로 천수경이 타계하기 바로 전해이고,
청화는 음력 4월을 말하며, 소봉래는 추사의
또 다른 아호이다.

추사와 천수경 사이에 다리를 놓은 이는 송
석원시사의 핵심 멤버였던 추재(秋齋) 조수
삼(趙秀三, 1762~1849)이 아니었을까 추정된
다. 추사는 조수삼과 퍽 가까웠다.『완당선생전집』에 추사가 조수삼을
위해 지은 시가 3편이나 실려 있을 정도이다. 조수삼은 역관으로, 당
시의 대표적인 여항시인이었다. 그는 1789년 처음 연경에 다녀온 이
래 모두 여섯 차례 입연했고, 오숭량·유희해 같은 문인들과 긴밀하게
교유했다. 조수삼은 또 조인영·김명희 등과도 가깝게 지냈다.

〈가야산 해인사 중건 상량문〉

1818년, 33세의 추사는 또 하나의 기념비적인 글씨를 남긴다. 추
사 장년의 최고 명작이자 생애 최대의 대작이라 할 〈가야산 해인사 중
건 상량문〉이다. 1816년 11월 8일 추사의 아버지 김노경은 경상감사

김정희, 〈가야산 해인사 중건 상량문〉(첫면과 끝면) 1818년(33세), 95.0×483.0cm, 해인사 성보박물관 소장 ┃ 추사 30대의 최대 작품이자 최고의 해서체 명작이라 할 기념비적 유물이다. 부친 김노경이 시주하여 해인사를 중건하고 추사가 그 상량문을 대신 짓고 썼다.

가 되어 대구로 내려갔다. 이에 추사도 부친을 뵈러 대구로 갔는데 그때가 1818년 2월이었다. 추사가 대구에서 서울 장동 월성위궁에 있는 부인에게 보낸 다정한 한글 편지로 이를 알 수 있다.(『한글서예변천전』, 예술의전당 1991)

지난번 가는 도중에 보낸 편지는 보시었는지요. 그 사이 인편이 있었으나 답장을 못 보았습니다. 부끄러워 아니하셨나요! 나는 마음이 심히 섭섭했다오. (…) 나는 오래간만에 (아버님) 뵈시고 지내니 든든하고 기쁘

기를 어찌 다 적겠습니까. (…) 무인 2월 11일 남편으로부터

부부간의 애정이 듬뿍 느껴진다. 이때 김노경은 경상감사의 관할구역인 해인사의 대적광전이 허물어진 것을 보고 이를 중수하도록 시주했다. 그러면서 추사에게 상량문을 쓰게 한 것이다.

중국산 고급 감지(紺紙)에 금물로 쓴 이 상량문은 높이 90센티미터에 길이가 4.8미터나 되는 장축으로 낙성식 때 대적광전 대들보에 넣어둔 것이다. 그 포장에는 "가경 23년 무인(1818) 대시주 경상감사 병술(1766)생 김노경이 스스로 시주하고 스스로 글을 짓다"라고 쓰여 있다. 포장의 기록과는 달리 『완당집』에 실려 있는 상량문 말미에는 김정희가 썼다고 되어 있고 글씨체도 완연히 추사의 것이다.

추사의 장년 문장은 화려하고 대단히 자신만만하며 현학적이다. 이 상량문의 내용 또한 추사의 젊은 시절 문장들이 그래 왔듯 어려운 불교 얘기가 종횡으로 구사되어 주석이 있다 해도 도저히 읽을 수 없기에 여기서는 소개하지 않는다.

그러나 그 내용과 관계없이 글씨 자체의 조형미만 보면 그렇게 장려하고 아름다울 수가 없다. 추사의 이 상량문은 1971년 대적광전 보수 때 대들보에서 발견되어, 원본은 해인사 성보박물관에 보관하고 이를 그대로 베낀 부본과 보수 과정을 쓴 글은 본래 자리에 넣어두었다고 한다. 20여 년 전 해인사 주지실에서 이 상량문이 처음 공개되었을 때 나는 잠시 넋을 잃고 아무 말도 할 수 없었다. 본래 명작 앞에서는 다른 말이 필요 없는 법이다. 다만 속으로 '이래서 장년의 추사도 추사구나' 하는 감탄만 했을 뿐이다. 추사 해서체의 최고 명작이자 기준작이라 할 작품이다.

초의스님과의 인연

추사는 일찍부터 불교, 특히 선(禪)에 심취해 있었다. 그래서 혹자는 추사의 예술을 선 사상으로 이해하기도 한다. 〈가야산 해인사 중건 상량문〉에 보이는 해박한 불교 지식, 묘향산에 들어갈 때 『금강경』을 호신부로 갖고 간 것, 노년에 백파선사(白坡禪師)와 선에 대해 크게 논쟁한 것 등을 생각하면 과연 추사를 '해동의 유마거사'라 부를 만했다.

1815년 서른 살의 추사는 서울 북쪽 수락산의 학림암에서 해붕대사(海鵬大師)와 '공(空)'에 대해 논하며 묵어간 적이 있다. 그때 두 선지식이 벌인 공의 본질에 대한 불꽃 튀는 논쟁은 추사가 훗날 해붕대사 영정에 부친 「해붕대사 화상찬」에 잘 나타나 있다.

이때 추사는 '비어 있음'의 가치에 대해 다시 한번 생각하게 되었는데 이보다도 더 보람된 일은 해붕대사를 모시고 있던 초의(草衣) 의순(意恂, 1786~1866)스님을 만나게 된 것이었다. 동갑내기인 두 사람은 이때부터 떨어질 수 없는 벗이 되었다. 『완당선생전집』에 권돈인에게 보낸 편지(35통)보다 초의에게 보낸 편지(38통)가 더 많을 정도이다.

특히 추사는 초의가 보내주는 차를 좋아했다. 이는 추사가 훗날 초의의 차에 답하여 써준 〈명선(茗禪)〉이라는 작품과 초의의 차를 기다리는 추사의 간절한 편지에서 확연히 드러난다.

이런 우정으로 초의는 추사의 유배시절 제주도로 직접 찾아와 6개월 동안이나 벗해주기도 했고, 추사가 유배에서 풀려난 뒤에는 또 강상(江上)에서 해를 넘기며 함께 지내기도 했다. 그리하여 훗날 추사가 먼저 세상을 떠났을 때 초의가 추사에게 바친 제문은 애절하기 그지없다.

초의는 추사와 추사의 동생 김명희, 다산 정약용과 그의 아들 유산 정학연, 해거 홍현주, 자하 신위, 위당 신헌 등 추사와 다산 주변 인사들

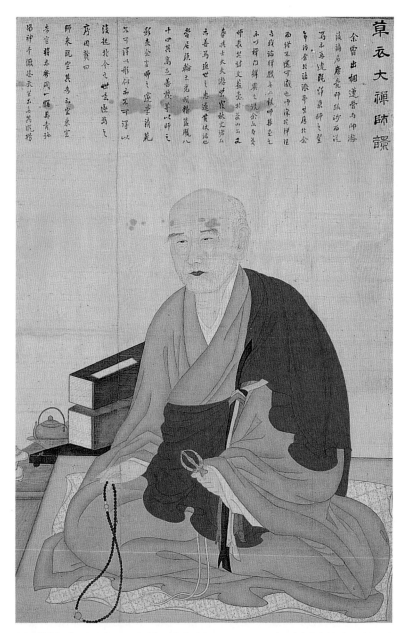

〈초의선사 초상〉, 전 허련 1886년 이후, 비단에 채색, 87.0×54.0cm, 아모레퍼시픽미술관 소장 ┃ 소치가 훗날 초의선사를 생각하며 그린 것으로 전하는 초상화로 조선시대 초상화의 명작 중 하나이다.

과 학연·묵연·시연을 맺었다. 당대의 명사들과 친교를 맺으며 높은 학식과 시·서·화로 교유했던 것이다. 하지만 당시 스님의 사회적 지위는 천민인지라 초의는 한양에 와서도 도성 안으로 들어가지 않고 동대문 밖 청량사에서 추사와 만나거나 편지로 연락하곤 했다.(『소치실록』)

오석산 화암사의 시경루

추사는 고향 예산을 좋아했다. 그는 「예산(禮山)」이라는 시를 지어 이렇게 읊었다.

예산은 손을 맞잡은 듯 의젓도 하고	禮山儼若拱
어진 산은 고요해서 자는 것 같네. (…)	仁山靜如眠
너른 들 참으로 사랑스럽고	廣原固可喜
착한 풍속 그 또한 흐뭇하다네. (…)	善風亦欣然
어지러이 그림 모습 갖추었으니	紛紛具畫意
저녁 풍경 먼 하늘에 말쑥하구나.	夕景澹遠天

추사의 예산 집 뒷산인 오석산에는 증조부 김한신이 1752년에 경주 김씨의 원찰로 지은 화암사(華巖寺)라는 작은 절이 있다. 이 절의 현판은 월성위 김한신의 친필이다.

화암사 뒤편으로는 추사가 새긴 3개의 암각글씨가 있다. 첫 번째는 화암사 대웅전 뒤편 긴 병풍바위에 새겨진〈천축고선생댁(天竺古先生宅)〉이라는 각자이다. 천축고선생은 천축나라(인도)의 옛 선생, 즉 석가모니를 뜻하는 것으로 이는 당나라 왕유의 시에 나오는 "엄연 천축고선생(儼然天竺古先生)"이라는 구절에서 따온 것이다. 여기에다 댁

예산 〈화암사〉 현판(위) ┃ 추사의 증조부 김한신이 경주 김씨 원당사찰인 화암사를 지으며 쓴 현판이다.

화암사의 시경루(가운데) ┃ 추사는 화암사 누마루를 시경루(詩境樓)라고 이름지었다.

화암사 병풍바위(아래) ┃ 화암사 뒤뜰의 병풍바위에는 〈시경〉 〈천축고선생댁〉이라는 각자가 새겨져 있다.

이라는 글자를 붙였으니 천축 고선생댁은 석가모니집, 다시 말해 절집이 된다. 이처럼 추사는 집구(集句) 솜씨도 참으로 뛰어났다.

두 번째 암각글씨는 〈시경 (詩境)〉이라는 장중한 예서체의 명작이다. 이 〈시경〉 글씨는 한동안 송나라의 애국시인 육유(陸游)의 글씨 탁본을 그대로 새긴 것으로 알려져 있었다. 이는 후지쓰카가 '광동에 재임하던 시절 옹방강이 명나라 방신유가 새겨놓은 이 〈시경〉 글씨의 탁본을 얻어 새긴 것'이라고 했기 때문이다.

그러나 고(故) 고재식은 「추사 김정희 글씨의 조형분석 시론」(『추사연구』 제6호, 2008)에서 이는 육유의 글씨를 그대로 옮겨 새긴 것이 아니라 추사가

김정희, 〈소봉래〉 탁본(왼쪽) 177.5×43.6cm | 추사가 옹방강의 서재에서 보았다는 〈소봉래각(小蓬萊閣)〉을 본받아 화암사 뒷산 역시 신선이 사는 '작은 봉래산'이라는 뜻으로 새긴 암각 글씨의 탁본이다.
김정희, 〈천축고선생댁〉 탁본(오른쪽) 136.0×30.4cm | 추사가 화암사 병풍바위에 이 절집을 '천축 나라의 옛 선생댁'이라고 풀어서 '천축고선생댁'이라고 새겨놓았다.

육유의 시경 글씨를 장중한 전한 예서체로 다시 쓴 것임을 고증했다.

실제로 육유의 〈시경〉 글씨는 중국 여러 곳에 새겨져 있는데, 절강성 소흥의 심씨 정원 태호석에 새겨진 글씨나 섭지선의 소장인이 찍

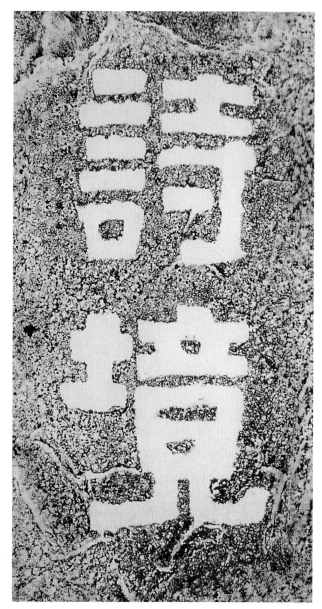

김정희, 〈시경〉 탁본 110.0×52.0cm, 부여문화원 소장 ㅣ 추사는 육유의 〈시경〉이라는 예서 탁본을 방(倣)하여 화암사 병풍바위에 새겨놓았다. 아마도 제주 귀양 후 강상시절에 새긴 것이 아닌가 생각된다.

육유, 〈시경〉 탁본 소장처 미상 ㅣ 육유의 〈시경〉 글씨는 중국 여러 곳에 새겨져 있어 탁본으로 전하는 것이 많은데, 그중 섭지선의 소장인이 찍힌 탁본첩에 있는 것이다. 몇 해 전 일본의 중국미술품 경매에 나온바 있다.

혀 있는 『시경 탁본첩』을 보아도 육유의 글씨는 크기나 서체가 추사의 그것과는 사뭇 다르다. 추사의 〈시경〉 글씨는 육유의 행서체를 따르면서 여기에 예서의 맛을 가미하여 중후한 멋이 일어난다. 제주도 유배 이후의 것으로 보이는데 아마도 강상시절의 작품이 아닐까 생각된다.

아무튼 추사는 이곳 화암사에 묻혀 지내는 것에 퍽 만족했던 모양이다. 그리하여 화암사 요사채의 누마루를 '시경루(詩境樓)'라 이름 짓고, 여기에서 책을 읽고 글씨를 쓰고 시를 짓곤 하면서 과거시험 공부를 했다.

세 번째 암각 글씨는 추사가 화암사 뒷산 큰 바위에 큰 글씨로 '소봉래(小蓬萊)'라고 새기고 그 아래에 '추사 제(題)'라고 쓴 것이다. 소봉래는 신선이 사는 봉래산에 비긴 것으로 이 또한 일찍이 옹방강이 자신의 집에 〈소봉래각(小蓬萊閣)〉이라는 현판을 걸어놓은 것을 본받은 것이다.(박철상 해설 『추사를 보는 열 개의 눈』, 화봉문고 2010)

아암 혜장스님

1818년 가을, 33세의 추사는 화암사 시경루에서 아암(兒庵) 혜장

(惠藏, 1772~1811)스님의 초상을 족자로 표구하고 정중하게 제(題)를 달았다. 이 초상화는 일찍이 김약슬의 「추사의 선학변」에 그 내용이 소개되어 다산·추사·아암·초의를 이어주는 한국 지성사의 아름다운 유물로 생각되고 있으나, 여태껏 그 소재를 알 수 없고 흐릿한 사진 한 장만 전한다.

혜장스님은 어려서 출가하여 해남 대둔사(오늘날의 대흥사)에서 구족계를 받았으며 불교는 물론 유교 경전에까지 통달했다. 30세에 100명이 모이는 두륜산 승려대회의 주맹(主盟)을 맡았을 정도였다.(『다산집』) 혜장스님은 1805년, 강진 만덕사(오늘날의 백련사)의 주지가 되었는데 이때는 다산 정약용이 강진으로 유배 온 지 5년째 되는 해였다. 그때 다산은 강진 읍내 밥 파는 노파의 주막집에 '사의재(四宜齋)'라는 당호를 붙이고 거기서 아전의 아들들을 가르치고 있었다.

만덕사에 온 혜장은 다산을 만나고 싶어 안달이 났다. 그 소문을 들은 다산은 몰래 제자 황상을 보내 그의 근량을 헤아려본 뒤 신분을 감춘 채 만덕사로 찾아가 시치미를 떼고 그와 대화를 나누었다. 뒤늦게 다산을 알아본 혜장은 그를 붙들고 밤새 이야기하며 함께 잠을 잤다.

다산은 「아암 장공 탑명(塔銘)」에서 "내가 『역학계몽(易學啓蒙)』 수십 장에 대하여 그 의미를 물어보았더니 아암은 한 번에 수십 수백 마디까지 외워 술 부대에서 술 쏟아지듯 도도하게 토해내는 데 막힘이 없어 깜짝 놀라 이 사람이 과연 숙유(宿儒)임을 알았다"라고 했다.

그렇게 만난 두 사람은 더없이 친해져 그로부터 4년 뒤 정약용은 마침내 만덕사 안쪽 산자락 다산에 초당을 짓고 옮겨 앉았다. 이때부터 정약용은 다산으로 불렸다. 다산이 초당으로 온 뒤에 둘의 만남은 더욱 잦아졌고 혜장의 학문은 더욱 넓어져 "미묘한 말과 오묘한 뜻을

넓고 크게 얻어내게 되었다."(「아암
장공 탑명」)

혜장은 고집이 세고 남에게 굽히
지 않는 성격이어서, 어느 날 다산
이 말하기를 "자네도 영아(嬰兒)처
럼 유순할 수는 없겠나"라고 한 후
로 자기 호를 아암(兒庵)이라 했다.

아암은 불과 35세에 제자에게 가
사를 넘겨주고 대둔사로 돌아가 시
를 짓고 『주역』을 공부하며 술에 취
해 소요하면서 누웠다 일어났다 하
는 세월을 보냈다. 그런 지 5년이
지난 가을, 병이 들어 마침내 대둔
사 북암(北庵)에서 입적했다. 그때
나이 불과 40세였다.

아암은 그렇듯 허망하게 세상을
떠났지만 『아암집』 3권을 남겼고,
무엇보다 초의스님으로 하여금 초
당으로 찾아가 다산과 교유하며 시
와 학문과 차를 배우도록 함으로써

작자 미상, 〈아암장공완역소상〉 크기·소장처 미상 |
'아암 혜장스님이 『주역』을 음미하는 초상'이라는 설
명 그대로 아암스님이 『주역』을 들고 있는 모습을 그
린 작은 초상이다. 위쪽에 추사와 김경연이 아암스님
을 찬미한 시를 써놓았다.

위대한 선사와 유학자가 만나는 다리를 놓아주었다.

추사는 이 전설적인 스님 아암을 만날 기회가 없었다. 그럼에도 추사는 아암의 초상화를 단정히 꾸미고 정중하게 표제를 달아 화상찬을 붙인 것이다. 내용을 보면 "그가 유학자인지 불자인지 모르겠으나 500년 이래로 이런 품격의 인물은 없으리"라고 쓰여 있고 중간의 관기에는 "무인년(1818) 가을에 추사가 써서 아무개들에게 보여주었다"라고 적혀 있다. 축(祝) 가운데 제시(題詩)는 보이지 않으나 마지막 글씨를 보면 "동리 김경연이 완당의 서재에 왔다가 썼다"라고 되어 있다.

초상화는 동그란 원창 안에 아암스님이 『주역』을 읽고 있는 모습이다. 그래서 그림의 표제가 '아암 장공이 『주역』을 음미하는 작은 초상(兒庵藏公玩易小像)'이다. 이 그림을 누가 그렸고, 또 어떤 연유로 이 그림이 추사에게 들어오게 되었는지는 알 수 없으나 우선 초의스님이 전해주었을 가능성을 생각해볼 수 있다.

한편 추사가 이 제를 쓴 1818년 가을은 다산 정약용이 유배에서 풀려난 때라는 점에서 다산이 추사에게 이 그림을 준 것이 아닌가 하는 생각도 든다. 아무튼 이 초상화는 한국 지성사의 많은 이야기와 선현들의 체취를 담은 안타까운 '망실(亡失) 문화재'이다.

〈소영은〉

추사와 아암스님, 초의스님, 그리고 해남 대둔사와 관련해서 〈소영은(小靈隱)〉이라는 편액 작품이 있다. 소영은은 '작은 영은사(靈隱寺)'라는 뜻인데 그 유래는 아주 깊다.

옛날 당나라 시인 백거이는 자신의 시집을 동림사(東林寺)에 영구 보존하여 유가와 불가의 학연을 갖고자 했다. 옹방강도 이 고사를 본

김정희, 〈소영은〉 36.0×95.0cm, 개인 소장 ┃ 추사는 해남 대둔사에 『복초재시집』을 영구 보관케 하고, 〈소영은〉이라는 편액을 써주었다. 지금 대흥사에는 이를 나무에 새긴 현판이 전한다.

받아 자신의 시집을 항주의 영은사에 소장케 했다.

이에 추사 또한 연경에서 귀국한 뒤 옹방강의 『복초재시집』을 해남 대둔사에 보관하여 스승의 뜻을 남기면서 〈소영은〉이라는 편액을 써서 함께 보관하도록 했다. 이 현판에는 다음과 같은 제발이 쓰여 있다.

옹방강 선생께서 백거이의 동림고사(東林故事)를 본받아 『복초재시집』을 항주의 영은사에 소장케 했다. 나 또한 『복초재시집』을 대둔사에 보내 소장케 하고 소영은 3자를 써서 자홍(慈弘), 색성(賾性) 두 스님께 보낸다. 소봉래(小蓬萊) 학인(學人).

'소봉래'는 추사가 예산 화암사 뒷산에 새겨놓은 암각 글자이자 화암사에서 공부하던 시절에 사용한 아호이다. 연경에서 막 귀국했을 당시 추사는 아직 초의를 만난 적이 없었고 아암 혜장스님은 강진 만덕사에 있다가 대둔사로 돌아와 곧 생을 마친지라 아암의 제자인 자

홍과 색성에게 보낸 것이다.

한편 추사는 훗날 막역한 사이가 된 대둔사의 초의에게 옹방강의 〈죽재화서(竹齋花嶼)〉라는 글씨 대련을 선물했다.

> 대나무 숲 집에는 약 달이는 부엌이요   竹齋燒藥竈
> 꽃 핀 동산에는 글 읽는 책상이라.   花嶼讀書牀

이것은 내 서재 벽에 걸어두었던 것이다. 일찍이 『복초재시집』을 두륜산의 불감(佛龕)에 보관했는데, 또 이것을 초의에게 전해주어 옹방강과 맺은 학예의 인연이 특별히 두륜산중에 모여서 영원히 없어지지 않음을 증명코자 한다. 김정희는 기록한다. 때는 기축년 초파일이다.

추사가 대둔사에 보낸 대련은 옹방강의 친필이 아니고 추사가 글자 테두리를 정교하게 임모한 쌍구전묵본(雙鉤塡墨本)이다. 모양은 옹방강의 글씨로되 쓰기는 추사가 쓴 것이다.

그러나 세월이 흐르면서 〈소영은〉 편액, 『복초재시집』, 〈죽재화서〉 대련 등이 어디론지 사라졌고 오늘날 해남 대흥사에는 〈소영은〉을 나무에 새긴 현판만이 전해져올 뿐이다.

그러다 2010년 7월에 문을 연 '옥션 단' 첫 경매에 뿔뿔이 흩어졌던 이 세 작품이 모두 출품되어 학계를 놀라게 했다. 정민 교수는 이 작품들의 유래를 「만덕사지」의 기록과 다산이 유배시절 제자인 이강회의 이름으로 추사에게 보낸 편지를 고증하여 다산과 추사의 관계를 새롭게 조명한 논문을 발표한 바 있다.(정민 『다산의 재발견』, 휴머니스트 2011)

김정희, 〈죽재화서〉 1829년(44세), 각 114.0×27.5cm, 개인 소장 ┃ 추사
가 대둔사에 옹방강의 『복초재시집』을 보관케 한 뒤 훗날 막역한 벗이 된 초
의에게 옹방강의 글씨를 임모한 이 대련을 선물하였다.

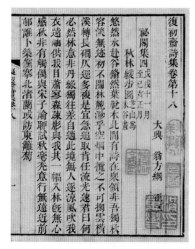

경매에 나온 『복초재시집』에는 옹방강의 아들 옹수곤의 인장인 '성추(星秋)' '홍두산인(紅豆山人)'이 찍혀 있고, 추사의 도장도 찍혀 있으며, 훗날 이를 소장한 소전 손재형의 장서인도 들어 있다.

이 책은 후지쓰카 지카시가 『청조 문화 동전의 연구』에서 언급한 『복초재시집』 3종 중의 하나이다.

옹방강, 「복초재시집」(전6책) 제18권 첫면 | 이 『복초재시집』의 매권 첫면에는 옹수곤과 추사의 소장인이 찍혀 있다.

추사의 장년 글씨

추사가 연경에 다녀온 25세부터 과거에 합격하여 출사하는 34세까지를 그의 장년이라고 한다면 추사체의 시작은 바로 이때부터라고 할 수 있다. 추사의 장년 글씨로 확실한 연대를 알 수 있는 작품과 간찰은 20여 점 정도이다. 추사가 고급 중국 색종이에 쓴 〈두소릉절구(杜少陵絕句)〉 역시 이 시절의 대표작이라 할 만한 것으로, 특히 '추사'라고 낙관한 글씨가 아주 멋지다.

추사의 장년 글씨는 어느 작품을 보아도 말년 글씨와는 말할 것도 없고 40대 중년 글씨와도 다른, 매우 매끄럽고 윤기 나는 글씨이다. 훗날 추사체는 방정한 방필(方筆)을 기본으로 금석기를 보이며 획의 굵기에 변화가 많지만, 장년의 글씨들은 오히려 유려한 원필(圓筆)이 많고 리듬이 다채롭다.

박규수의 증언에 의하면 추사는 장년에 동기창체를 썼다고 하는데 당시 동기창체는 일종의 신풍(新風)으로 스승 박제가, 아버지 김노경, 선배인 신위 등이 모두 따르고 있었기에 이를 본받은 것이었다. 그러나 연경에 다녀온 뒤로는 연경 학예인들 사이에 유행하는 윤기 나는 필체로 서서히 바뀌는 것을 볼 수 있다. 추사 스스로도 그렇게 고백한 바 있다.

본격적인 추사의 장년 서예 작품으로는 옹방강의 석묵서루에서 본 것을 본받아 썼다고 밝힌 행서 대련이 몇 폭 전한다. 그중 대표적인 것이 〈상견엄연(想見儼然)〉이다.

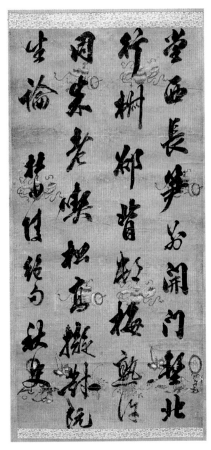

김정희, 〈두소릉 절구〉 행서 114.0×55.0cm, 순천제일대학 임옥미술관 소장 | 장년의 대표적인 행서로 고급 중국제 종이에 좋은 먹으로 쓴 작품이다.

동파의 옛 거사를 떠올려보노라면　　　　想見東坡舊居士
간 데 없는 천축 땅 옛 선생이시라네.　　儼然天竺古先生

일찍이 소재(옹방강)가 모신 (소동파가 삿갓 쓰고 나막신 신은) 입극상(笠

김정희, 〈상견엄연〉 각 125.5×28.5cm | 추사가 옹방강의 석묵서루에서 본 작품을 본받아 쓴 대련으로 '웅혼한 필치를 따르려니 진땀이 흘렀다'고 했다.

展像)을 보았는데, 좌우에 이 대련이 걸려 있었다. 이는 심운초가 집구한 것을 옹방강 자신이 쓴 것이다. 글씨가 웅혼하고 기이한 것이 마치 고목이 푸르게 얽혀 있고 푸른 절벽에 서린 것 같았다. 지금 그 필의를 따라 써보려고 하니 땀이 흐르고 엎어질 것 같아 더욱 추하고 졸함을 느낀다.

협서에서 말한 심운초(沈雲椒)는 청나라 문신 학자로 이름은 초(初)이고, 운초는 호이다. 심운초가 집구했다는 이 대구의 앞구절은 황정견의 시에 나오고, 뒷구절은 왕유의 시에 나온다.

이 작품은 옹방강의 석묵서루에서 본 것을 기억으로 쓴 것인 만큼 옹방강의 서체를 떠올리게 하며, 추사가 장년에 그를 열심히 본받았음을 여실히 보여준다.

장년 시절 산수화와 난초 그림

추사는 장년에 그림도 간혹 그렸다. 그것은 백간(白澗) 이회연(李晦淵)이라는 분이 지방으로 내려가게 되자 추사가 부채에 전별시와 함께 그려준 〈황한산수도(荒寒山水圖)〉를 통해 알 수 있다. 이회연은 훗날 여주목사를 지낸 분으로 조인영과 사돈지간이었다고 하니 추사와도 친분이 있었던 모양이다.(『여주군지』 1989) 추사 스스로 화제에서 밝히고 있듯이 이 그림은 원나라 문인화가, 특히 예찬(倪瓚)의 그림을 본받아 그린 것이다. 스산한 필치로 고담하면서도 품격과 문기가 느껴지며 아담한 분위기가 살아 있다.

화제의 글씨는 여지없이 추사 20대의 글씨이며 글 뒤에는 황산 김유근이 "그림의 뜻은 아주 맑고 시의 기법은 청신하다"라는 평을 썼다. 추사 일파는 이런 고아한 분위기를 즐기면서 서화의 새로운 기풍

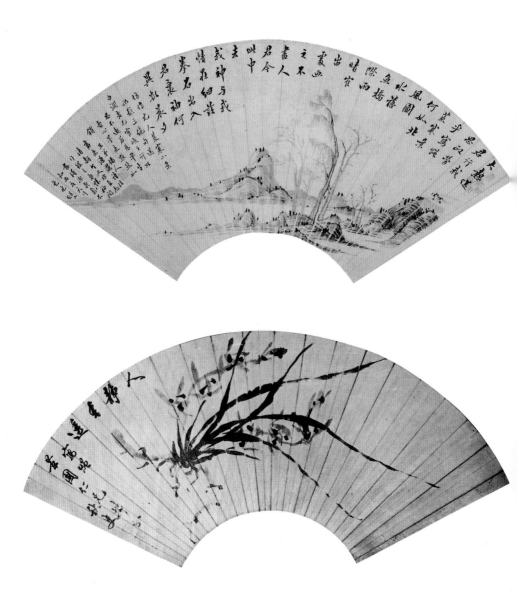

김정희, 〈황한산수도〉(위) 종이에 수묵, 13.3×61.0cm, 선문대학교 박물관 소장 ┃ 추사 장년의 산수화
로 원나라 예찬과 황공망의 필의가 엿보인다. 백간이라는 분이 지방관으로 내려가는 것을 전별하면서 그
린 것인데 추사의 화제 뒤에 김유근이 화평을 곁들였다.

김정희, 〈선면묵란〉(아래) 크기·소장처 미상 ┃ 추사의 장년시절 난초 그림으로 매우 아담하다. 화제는
"인적이 고요한데 향기가 스며드네"이며 경원(景園)이라는 분을 위해 그렸다고 쓰여 있다.

을 만들어갔던 것이다.

이와 같은 전아한 화풍은 추사의 난초 그림에도 그대로 나타나 그의 장년 필치로 생각되는 〈선면묵란(扇面墨蘭)〉에서 엿볼 수 있다. "경원(景園) 인형(仁兄)에게 그려드린다"라고 한 이 부채 그림에는 "인적이 고요한데 향기가 스며드네(人靜香透)"라는 화제가 들어 있어 운치를 더한다.

난초의 잎이 멋들어지게 뻗으면서 짙은 여운을 주고, 담묵으로 표현된 꽃송이들은 탐스럽기만 하다. 훗날 그가 보여준 야취 있는 난초 그림과는 달리 귀티가 역력하며 잎과 꽃과 뿌리가 모두 사랑스럽고 아름답게 표현되었다. 사실상 추사의 장년은 이 난초 그림처럼 고아했다는 생각이 드니 이 그림은 추사의 장년을 대변하는 작품이라 해도 큰 잘못이 없을 것이다.

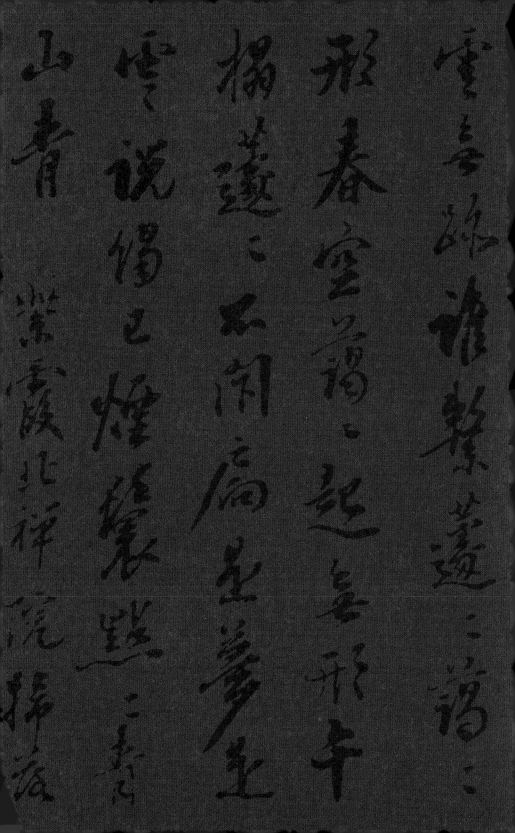

제 4 장

출세와 가화

家禍

추사 부자의 출세

1819년 4월 25일, 34세의 추사는 드디어 과거시험 대과에 당당히 합격했다. 이제 출셋길로 들어선 것이며 이때부터 추사는 또 다른 인생을 살아가게 된다. 추사의 과거 급제는 개인의 영광이자 가문의 영예이기도 했다. 윤4월 초하룻날 순조는 왕실의 친척이 과거에 급제했음을 축하하여 음악을 내려주고 승지를 보내 예산 월성위묘에 제사케 했다. 영조의 계비인 정순왕후는 추사의 12촌 대고모가 되는데, 추사는 이런 가문의 음덕에 힘입어 평탄한 출셋길을 걸었으나 나중에는 그런 이유로 가화(家禍)도 입게 된다.

과거 급제 후 추사의 관직 이동을 일별해보면, 38세에 규장각 대교(待敎)로 출발해, 41세에는 충청우도 암행어사로 내려가게 되어 그야말로 금의환향했다. 이때 추사는 비인현감 김우명(金遇明)의 비리를 보고하여 그를 봉고파직하는 조치를 내리게 하였는데, 김우명은 이에 원한을 품고 이후 추사와 부친 김노경이 당하는 두 차례의 가화 때 공격에 앞장서는 저승사자가 된다.

또 추사는 42세 때 의정부 검상을 거쳐 예조참의에 임명되었고 44세 때는 규장각의 검교대교 겸 세자를 가르치는 시강원의 보덕이 되었다. 사실 추사의 이런 출세는 빠른 것도 아니었다. 추사가 예조참의를 지낼 때 그의 벗 권돈인과 동방 조인영은 벌써 예조참판이 되었으니 오히려 한 직급 낮았던 셈이다.

그러나 추사의 아버지 김노경은 사정이 달랐다. 그는 나이 40세에

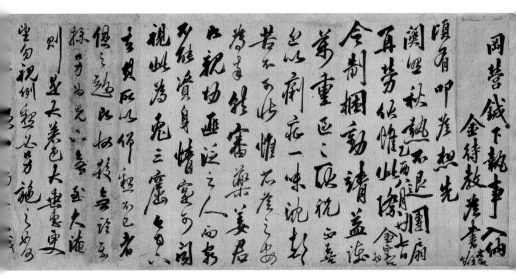

김정희, 〈간찰〉 1825년(40세), 36.9×78.7cm | 추사가 규장각 대교시절에 황해도 병마사에게 보낸 편지로 추사의 40대 서체를 잘 보여준다.

대과에 합격하여 늦게 출사하기는 했지만 장기간 요직에 있었다. 추사가 자제군관으로 연경에 갈 때 김노경은 호조참판으로 동지부사 자격이었으며, 이후 예조참판·비변사 제조·경상감사·이조참판·예문관 제학 등을 거쳐 추사가 과거에 급제할 무렵에는 벼슬이 예조판서에 이르렀다. 그리고 다시 홍문관 제학·이조판서·대사헌·형조판서·예문관 제학 등을 역임했고 동지정사로 한 번 더 연경에 다녀왔다.

귀국 후 회갑을 맞은 김노경은 공조판서·형조판서·대사헌·예조판서·병조판서·판의금부사·평안감사에 이르기까지 6조의 판서, 양관의 제학, 양도의 감사 등 무려 20년간 요직 중의 요직만 지내는 특권을 누린다. 요즘으로 치면 장·차관, 도지사만 두루 지낸 셈이다. 세도가가 아니고서는 받기 힘든 특혜였는데, 결국 또 다른 세도가인 안동 김씨의 공격으로 추사 부자의 출세에 제동이 걸린다.

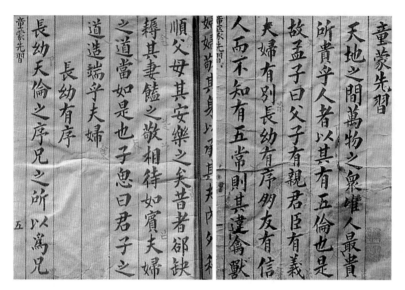

김정희, 『동몽선습』 1820년(35세), 각 25.0×14.0cm, 통문관 소장 ┃ 추사가 아들 상우를 위하여 직접 쓰고 발문까지 지은, 어린이 교과서 『동몽선습』의 필사본이다. 이제 겨우 네 살인 아들을 위해 정성 들여 쓴 아비의 애정이 한껏 느껴지며, 추사 해서체의 한 기준작이다.

아들을 위한 『동몽선습』

추사는 어느 때인지 소실을 두었다. 예안 이씨에게 자식이 없어 첩을 들인 것이었다. 그 서자가 김상우(金商佑)이다. 상우가 태어난 것은 1817년 7월 12일이었다. 「완당선생 묘비문」에 의하면 소실은 딸도 둘 낳았다고 한다.

추사는 상우에게 아비로서 각별한 정을 쏟았다. 1820년 35세 때 추사는 상우를 위하여 『동몽선습(童蒙先習)』을 직접 필사하고 보기 좋게 장정하여 한 권의 책으로 제본했다. 『동몽선습』은 중종 때 박세무(朴世茂)가 지은 책으로, 이름 그대로 어린아이가 몽매함을 깨치기 위해 서당에 들어가 처음 배우는 책이다. 내용은 부자유친부터 붕우유신까지 오륜을 해설한 것이다. 『동몽선습』은 이런 어린이 교과서였기 때문에 목판본 책이 아주 흔하다. 그런데도 추사는 아들을 위하여 손수 필사해 책으로 묶었다. 그리고 책 끝에 이렇게 적어놓았다.

　　너는 열심히 읽고 가르침에 따르고 정밀하게 생각하고 힘껏 실천한즉 사람의 도에 이를 것이니 열심히 공부할지어다. 때는 경진년(1820) 5월 초승달이 뜬 지 사흘이 지난 날(6일) 아비가 쓰다.

자식에게 줄 교과서로 쓴 것이기 때문에 그 글씨를 보면 아주 모범적인 해서체로, 필획마다 강철을 오려놓은 것 같은 굳센 힘이 느껴진다. 자신은 개성을 추구하지만 자식은 정도로 가기를 희망하는 아비의 마음이 그렇게 서려 있다.

부친 김노경과 동생 명희의 연행

1822년(순조 22년), 추사 나이 37세 때 부친 김노경은 동지정사가 되어 다시 연경에 가게 되었다. 이번에는 동생 명희가 자제군관 자격으로 동행했다. 수행원 중에는 의술에 밝았던 대산(大山) 오창렬(吳昌烈)이 함께했다. 오창렬은 훗날 추사에게 약을 지어준 의사이고, 그의 아들 오규일은 추사의 도장을 새겨준 전각가이다.

연경으로 가면서 이들은 지나는 곳마다 시를 짓고 읊어 평안도 정주에 도달했을 때는 이미 800장이 넘었다고 한다. 김노경은 성품이 자상하여 공사 간의 일을 꼼꼼히 챙겼다고 하는데, 이번 연행에서도 압록강을 건너기 전에 작은 며느리(김명희의 처)에게 보낸 한글 편지가 남아 있어서 그의 자애로운 면을 다시금 엿보게 한다.

이리하여 이들 일행은 마침내 연경에 도착했다. 김노경은 13년 전

김명희, 〈행서 시고〉(부분) 24.5×82.7cm, 부국문화재단 소장 | 추사의 아우 김명희는 시와 글씨 모두에서 명성을 얻었다. 김명희의 이 행서 시고를 보면 추사의 글씨와 거의 구별할 수 없을 정도로 비슷하다.

큰아들 추사와 함께 온 이래 두 번째 행차인데 그 사이 연경의 사정도 많이 바뀌었다. 옹방강은 세상을 떠난 지 이미 4년이 넘었고, 완원은 연경을 떠나 광동성에서 경서 연구와 후학 양성에 매진하고 있었다. 김노경으로서는 다소 적막한 감이 없지 않았을 것이다.

그러나 김노경은 추사와 서신으로 깊이 사귀던 섭지선·유희해를 비롯하여 오숭량·등전밀 등과 만나며 열정적인 학예 교류를 이룬다. 결국 부친의 2차 입연을 계기로 추사와 청나라 학예인들 간의 교류 또한 더욱 긴밀하고 깊어지게 되었다.

오숭량과 매감

특히 추사 삼부자와 오숭량(吳嵩梁, 1766~1834)의 교류는 낭만 그 자체였다. 오숭량은 국자박사를 지낸 당대의 시인으로 옹방강의 제자였다. 추사가 연경에 갔을 때는 그가 강남에 있어 만나지 못했다가 이때 김노경·김명희를 맞이하여 묵연을 맺고 이들의 귀국 후에도 끊임없이 시·서·화를 교류했다. 오숭량과 김노경은 동갑이었다.(김상기

「김추사의 일문과 오난설과의 문학적 교환에 대하여」, 『두계이병도박사화갑기념논총』, 일조각 1956)

오숭량은 김노경·김정희·김명희 삼부자를 소동파 삼부자에 비기며 이들의 시와 글씨를 높이 평가했다. 그래서 귀국 후 김노경이 이조판서에 봉해졌을 때, 오숭량은 이를 축하하여 글씨 대련을 선물로 보내면서 이렇게 칭송했다.

동파 부자 가학을 이어받았고　　　　　　眉山父子承家學
사마광의 높은 이름 사재(史才)이시네.　　　凍水勳名卽史才

김노경에게는 소동파 부자 같은 가학이 있고, 사마광 같은 역사적 재능도 있었기에 이조판서가 되었다는 의미이다. 이에 추사는 아버지를 대신하여 오숭량에게 시를 지어 보내기도 하고(전집 권9, 차운하여 오숭량에게 부치다), 그의 자인 난설(蘭雪)에 맞추어 〈난설도(蘭雪圖)〉를 그려 보내기도 했다.

추사는 또 그가 국자박사였던 것에 착안하여 〈연화박사(蓮花博士) 매은중서(梅隱中書)〉라는 대련을 써 보내기도 했다. 이를 받은 오숭량은 추사의 집구하는 문장력은 이미 절묘한 경지에 올랐고 글씨는 가히 입신에 다다랐다고 극찬을 아끼지 않았다.

오숭량은 특히 매화를 좋아했다. 이에 추사 삼부자는 그의 육순을 기념하면서 중국 풍습에 따라 매감(梅龕)을 하나 만들어 거기에 매화에 관한 시를 담아놓고 그 옆에 분매를 놓아 흥취를 돋웠다. 이 주인 없는 축하연 자리에는 자하 신위도 동참했다. 이 사실을 듣고 오숭량은 또 감사하는 시를 지어 보냈다.

오숭량은 육순을 자축하기 위해 자신이 평생 유람한 곳 중 열여섯 곳의 명승지를 그려 〈기유16도(紀遊十六圖)〉라는 화첩으로 만들고 그 중 제16도 〈부춘매은(富春梅隱)〉에 대해서는 추사와 김명희에게 제시를 부탁했다. 이에 추사는 그림과 제화시로 답했으며 아울러 〈기유16도〉 전체를 시로 읊었다. 그것이 『완당선생전집』에 실려 있는 「오난설의 기유16도에 제하다」이다.

오숭량, 〈미산속수〉 행서 대련 1824년, 각 125.5× 60.0cm, 개인 소장 | 김노경이 이조판서에 오른 것을 축하하여 오숭량이 보낸 행서 대련이다.

이처럼 국경을 뛰어넘은 이들의 예술적 교류는 뭇 사람들의 부러움과 칭송의 대상이 되어 『청대학자상(淸代學者像)』「오숭량조」에 이 사실이 자세히 기록되어 있고, 또 『청사고(淸史稿)』 열전 「오숭량전」에도 오숭량을 평가하는 하나의 전거로 추사 삼부자가 만든 매감 이야기가 실려 있다.

한편 오숭량의 부인 장금추는 매화를 잘 그렸고 애첩 악녹춘도 그림과 차를 잘하여 사람들이 무척 부러워했다. 이 때문인지 오숭량은 추사와 학문보다 예술, 특히 난초 그림을 주로 교류했다. 실로 아름다운 '만 리의 묵연'이라 하겠다.

고순과 반증수를 위한 글

추사와 청나라 학자의 교류는 날로 깊어갔다. 만남 없이도 글로 뜻을 전하며 교분을 더했다. 그 예는 일일이 열거할 수 없을 정도로 많다. 그중 확실한 유품이 있는 두 가지 중요한 사례를 들어본다.

먼저 추사는 35세 되던 1820년, 청나라 고순(顧純, 1765~1832)이라는 분에게 글씨 대련을 정성스레 써 보냈다.

곧은 명성 대궐 아래 머물렀어도	直聲留闕下
빼어난 시 조선까지 가득하다네.	秀句滿天東

자가 남아(南雅)인 고순은 과거 급제 후 높은 벼슬에 이른 분으로, 직언을 잘했고 시문과 서화에 능하여 『청사열전(淸士列傳)』「송균(松筠)조」에 그 일화가 소개되어 있다. 내용인즉 청렴하고 정직하며 엄격하기로 유명한 송균이 지방관에 임명되자 고순이 "송균 같은 이는 마땅히 곁에 두고 중용하셔야 합니다"라고 상소했다가 그만 황제의 마음을 상하게 하여 자리에서 물러나게 되었다는 것이다. 〈직성수구〉의 내용이 바로 그것이다. 추사는 협서에서 이 대련을 집구했다고 했는데 앞구절은 당나라 주경여(朱慶餘)의 시에서, 뒷구절은 이백의 시에서 따온 것이다.

이런 명확한 내력이 있기 때문에 〈직성수구〉 대련은 추사 30대 후반 글씨의 기준작이 된다. 중국에 보내는 것이어서 더욱 그곳의 풍을 따랐는지 글씨가 살지고 윤기가 흐른다. 그러나 글씨에 서려 있는 자신감과 웅장한 필치에서는 대가의 중년 시절 기개가 엿보인다. 이 글씨 대련은 일제강점기에 박석윤이라는 수집가가 북경에서 구입해 들

김정희, 〈직성수구〉 행서 대련 1822년(37세), 각 122.1×28.0cm, 간송미술관 소장 ┃ 황제에게 당당히 직언하다가 관직에서 물러나게 된 청나라 사람 고순의 곧은 정신을 기리며 추사가 써서 보낸 대련이다.

여온 것으로 지금은 간송미술관에 소장되어 있다.

박석윤에 대해서는 잘 알려지지 않았는데, 정민 교수의 가르침으로 그가 당대의 멋쟁이였음을 알게 되었다. 육당 최남선의 매부인 그는 우리나라에 근대 야구를 도입한 스포츠맨으로, 일본 고시엔 야구대회에 출전하고 일본 야구잡지의 표지 모델도 했으며, 후에 미국 보스턴에서 한미 친선 야구시합을 주도하기도 했다. 그런 터인지라 중국에 있는 추사의 작품을 구입해 국내로 들여올 수

김정희, 「해란서옥 2집」 표제 글씨 22.4×14.3cm, 통문관 소장 | 청나라 반증수가 자신의 시집인 「해란서옥 2집」을 출간하면서 표제 글씨를 추사에게 부탁하여 목판으로 인쇄한 것이다.

있었던 것이다. 이 밖에도 하버드대 옌칭도서관에 있는 후지쓰카의 인보(印譜) 속에는 박석윤의 수장인이 다수 찍혀 있다.

이처럼 추사가 연경의 학자들과 교류하다 보니 그들 중에 추사에게 글을 청하는 사람들이 생겼다. 과거 급제 후 내각 시독관을 지낸 연경의 시인 반증수(潘曾綬)는 일찍부터 시와 문장으로 이름을 날렸다. 그는 자신의 시집인 『해란서옥집(陔蘭書屋集)』 제2집을 펴내면서 그 표제를 추사에게 부탁했다. 이에 추사가 표제 글씨를 써주었고, 반증수는 책이 간행되자 추사에게 보내 사례했다. 이 책은 추사의 장서목록에 들어 있었고, 훗날 근대 서예가 성당 김돈희가 규장각에 기증했다.

등석여의 아들 등전밀

추사는 부친의 입연을 통해 등전밀(鄧傳密, 1795~1870)과 뜻깊은 교유를 맺게 된다. 등전밀은 청나라 서예사에서 전서와 예서의 제일인자로 꼽히는 등석여(鄧石如, 1743~1805)의 아들이다.

등전밀은 섭지선과 오숭량을 통해 김노경을 만나보고는 그 인품에 감복하여 부친 등석여의 묘지명을 써달라고 부탁했다. 이는 보통 영광이 아니었다. 김노경의 귀국 후에도 등전밀은 계속 부친의 묘지명을 독촉했고 이렇게 추사의 글씨까지 요구했다.

등전밀, 예서 대련 크기·소장처 미상 ┃ 등석여의 아들인 등전밀은 부친의 글씨를 본받아 예서를 잘 썼다. 그의 글씨는 얌전해서 조용한 느낌을 준다.

아드님 추사 학사를 이미 흠모하고 우러른 지 오래되나 아직 만나 뵐 기회가 없었습니다. 망령되게도 직접 쓴 글씨를 얻고 싶으니 시 한 수, 글 하나를 보내주실 수 있는지 모르겠습니다. 황공하고 또 황공할 뿐입니다.

등전밀의 편지를 받은 김노경은 부모님을 여읜 슬픔을 빨리 잊고 입신양명하여 아버님의 뒤를 따르라는 답장을 쓰면서 요즘 자신은 늙고 바쁘고 게을러 아직 묘지명을 쓰지 못했다고 했다. 김노경은 끝내 이 묘지명을 못 썼는지, 『등석여 서예집』에 실려 있는 그의 묘지명은 청나라 이조락(李兆洛) 찬(撰), 하소기(何紹其) 서(書)로 되어 있다.

이처럼 중국의 학예인들이 추사를 존경하며 그의 글을 구하고 서신을 통해 친교를 원하는 일은 그의 말년까지 계속된다.

금석 탁본을 구하며

추사는 중년에도 금석 연구에 변함없는 열정을 바쳤다. 주위 인사가 외직으로 나가면 추사는 곧 그곳의 고비 탁본을 부탁했다. 일례로 충청도 직산현감으로 떠나는 이에게 고려 최충(崔沖)이 쓴 봉선사 홍경비의 탁본을 부탁하기도 했다.(전집 권9, 직산사군을 보내며)

또 이두신(李斗臣)이라는 이가 경상도 하양의 원님으로 떠나게 되자 추사는 송별시를 지으면서, 고려 때 이 고을을 폐현시키면서 세운 비가 최해(崔瀣)의 글로 쓰여 있다고 하니 그것을 찾아 탁본해달라고 이렇게 부탁했다.(전집 권9, 하양 고을 원이 되어 나가는 황정 이두신을 보내며)

비석 글씨 영남이 가장 많은데	石墨擅嶺南
대부분 절집 탑에 남아 있다네.	多是寺塔遺
이 비만은 유독 그렇잖으니 (…)	此碑獨不然
탁본하는 비용을 아끼지 마소.	莫惜費氈椎

그렇게 열심히 금석을 찾던 추사는 43세 때인 1828년, 경주 남산

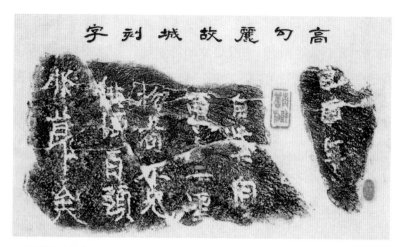

고구려 성벽 각자 탁본 | 추사 나이 44세 때 홍수로 무너진 평양성에서 흐릿한 글씨가 남은 성벽 돌이 발견되었고, 추사는 이것이 장수왕 때의 글씨임을 고증하였다.

기슭의 창림사(昌林寺)터에서 발견된 『무구정광대다라니경』의 앞부분과 「무구정탑원기(無垢淨塔願記)」를 모사하고 이를 고증하는 글을 지었다.

이듬해 대홍수로 평양성이 무너졌을 때에는 성벽 돌에서 흐릿하게 남은 글자가 발견되었다. 추사는 그 탁본을 얻어 연경의 유희해에게 보내 함께 고증했는데, 흐릿하여 거의 보이지 않는 글씨를 고구려 장수왕 때인 기유년(己酉年, 469)이라고 해석했다. 이는 훗날 병술(丙戌, 446)이라 새겨진 각자가 나옴으로써 기축년(己丑年, 449)으로 정정되었지만, 금석에 대한 추사의 열정이 어떠했는지를 보여준다.

이 기축명 평양성벽 돌은 오경석이 입수하여 그의 아들 오세창이 소장해왔는데 지금은 이화여대 박물관에 있다. 그리고 해방 후 북한에서 연도가 적힌 평양성벽 돌 대여섯 점이 더 발견되었다.

추사는 백제 금석문에도 관심이 많았다. 추사가 제주도 귀양 후 용산에 살 때, 부여에 살던 문인 치간(稚簡) 이진수(李璡秀, 1784~1847)에게 백제 와당과 정림사 오층석탑 탑신에 새겨진 평백제비 탁본을 부탁하여 그가 이를 갖고 찾아왔다.

〈평백제비〉는 7세기에 쓰인 저수량체여서 금석학자들 사이에 이름이 높았다. 추사가 이에 크게 감사하며 이진수가 돌아갈 때 지어준 5수의 시가 『완당선생전집』에 실려 있다.

그리고 이진수가 추사의 시에 화답한 시가 그의 시문집 『청하자운관유고(靑霞紫雲館遺稿)』에 실려 있는데, 부기에서 말하기를 "추사가 백제 와당과 저수량 비문 글씨를 구하여 이를 읊는다"라고 했다. 이진수가 읊은 마지막 수는 다음과 같다.

정림사 오층석탑의 평백제비 탁본
| 소정방이 백제를 정벌했음을 자랑하며 새긴 비문으로 글씨체가 저수량체여서 유명하다.

남겨진 비의 빠진 글씨는 인연이 없고	殘碑缺字覿無緣
이끼 낀 두드린 흔적은 샘물로 씻어내네.	苔上敲痕滌用泉
백제 와당 저수량 글씨 어디에서 구할까	濟瓦褚書何處覓
땅속에 들어간 지 1천 년 된 게 분명하네.	分明入土一千年

권돈인의 『허천기적 시권』에 부쳐

추사는 금석학뿐만 아니라 역사지리학에도 여전히 관심이 많았고

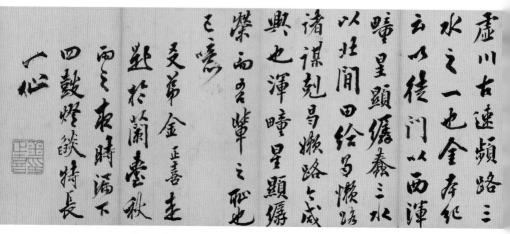

김정희, 「허천기적 시권」 발문(부분) 1822년(37세), 각 23.8×38.0cm, 간송미술관 소장 ┃ 권돈인이 허천 강이 있는 갑산에 유배되었을 때 그곳의 역사를 시로 써서 엮은 첩에 추사가 쓴 장문의 발문이다.

상당히 박식했다. 이는 두 학문이 불가분의 관계여서이기도 했다. 권 돈인의 『허천기적 시권(虛川記蹟詩卷)』에 붙인 발문에서 추사가 역사 지리학에 대해 피력한 소견을 보면 그의 학식이 어디까지인지 모를 정도다.

1822년 추사 나이 37세 때 홍문관 부수찬을 지내고 있던 벗 권돈인 이 그해 12월 16일에 세상을 떠난 순조의 생모 수빈 박씨의 관을 모실 빈궁(殯宮)을 창경궁 환경전으로 하는 것은 예법에 어긋난다고 상소 를 올렸다가 그만 함경도 갑산으로 유배되었다.

요즘도 삼수와 갑산이라면 아득하고 궁벽진 곳으로 본다. 바둑 두 는 사람들이 과감한 수를 둘 때 '삼수갑산을 가더라도 끊고 본다'고 할 정도다. 권돈인은 바로 그런 곳에 귀양 가서 이듬해 4월에 풀려났다. 권돈인은 귀양 시절 읊은 시를 책으로 묶어 『허천기적 시권』이라고 했다. 갑산에 허천강이 있기 때문에 그렇게 이름 지은 것이다. 추사는 이 시권을 읽은 소감을 발문으로 썼는데 여기서 삼수갑산의 허천을 논한 대목은 지금 읽어봐도 더없이 상세하다.

허천은 옛날의 속빈로인데 삼수의 하나이다. 금나라 본기에 이르기를 "도문수의 서쪽 혼동·성현·잔준 이북의 땅을 갈뢰로의 여러 모극(謀剋)에게 주다"라 했는데 여기서 갈뢰로는 지금의 함흥이며 혼동·성현·잔준이 바로 삼수이다.

이제 와서 상고해보면 삼수의 위치는 압록강이 북쪽으로 지나가고 허천은 동쪽에 있고 장진은 서쪽에 있는데 명칭만 지금과 같지 않은 것이다. 고려시대에는 단지 갑산만 있고 삼수에는 설치한 부(府)가 없었는데 둘로 나눈 것은 우리 조선에 들어와서이다. 고구려 때는 졸본에 속했고 (…) 발해에 들어가서는 솔빈부가 되었다.

아무리 생각해도 추사가 이 많은 지식을 다 어디서 구했는지 놀라지 않을 수 없다. 옛날에 이덕무가 고염무의 『일지록』을 읽고 '굉유(宏儒)'라고 감탄했는데 나 역시 추사를 굉유라고 칭송하지 않을 수 없다.

이어서 추사는 권돈인이 유배객 처지에도 그곳의 역사적 사실을 하나씩 들추어낸 것을 이렇게 칭송했다.

권돈인은 먼 변방 동떨어진 지역 밖에서 초췌한 몸으로 있으면서도 (…) 그 땅과 만나 감촉한 것과 정을 기탁한 것이 이처럼 봄철의 새와 가을철의 벌레처럼 끊으려야 끊을 수 없는 것은 어찌해서인가. (…) 이는 거의 권돈인의 영광인 동시에 우리들의 부끄럼이 될 따름이다. 아아!

평양에서 다산에게 수선화를 보내며

추사가 41세 되던 1826년, 12월 17일은 부친 김노경의 회갑이었다. 김노경은 한성판윤을 거쳐 판의금부사로 재직하고 있었고 추사는 충청우도 암행어사가 되어 금의환향했으니 당시 경주 김씨 월성위 집안은 권세의 절정에 달해 있었다. 그때 추사가 주위에 보낸 초청 편지가 현재까지 전하고 있으나 이 자리에 분명히 있었을 『송수시화첩(頌壽詩畫帖)』에 대해서는 아직껏 알려진 것이 없어 안타깝다.

추사의 부친 김노경은 회갑을 지내고 2년이 지난 1828년 7월 평안 감사로 임명되었다. 이때 추사는 마침 예조참의에서 물러나 잠시 관직에 있지 않을 때여서 아버님을 뵙기 위해 평양으로 갔다.

평양에 머물던 추사는 중국에서 돌아오는 사신에게 수선화를 얻어 유배에서 풀려나 남양주 여유당에 있던 다산 정약용에게 보냈다. 이에 다산이 수선화를 받고 지은 시 한 수가 『여유당전서』 권18에 전한다.(정해렴·박석무 편역 『다산시정선』, 현대실학사 2001)

신선의 풍채에다 도골 갖춘 수선화 (…)	仙風道骨水仙花
추사가 평양의 관아에서 옮겨왔네.	秋史今移浿水衙
외진 마을 깊은 골엔 보기 드문 것이어서 (…)	窮村絶峽少所見
어린 손자 처음엔 부추인가 여기더니	穉孫初擬薤勁拔
계집종은 마늘 싹이 일찍 났다 놀라누나.	小婢翻驚蒜早芽
흰옷에 푸른 치마 서로 마주 서 있으니	縞衣靑帔相對立
옥골의 향그런 살 혼자서 맡아보네. (…)	玉骨香肌猶自吸

그리고 다음과 같은 부기를 덧붙여놓았다.

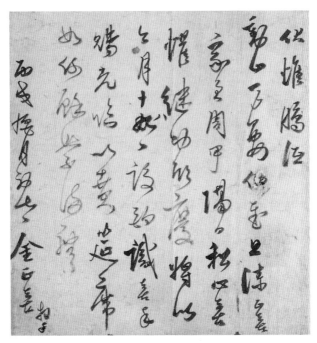

김정희, 〈간찰〉 1826년(41세), 30.4×31.1cm, 제주 추사관 소장 ┃ 추사 41세 때 부친 김노경의 회갑연을 맞아 친지들에게 보낸 초청 편지 중 하나이다. 청첩 편지인지라 수신인만 다른 똑같은 편지가 전한다.

늦가을에 벗 김정희가 향각(평양)에서 수선화 한 그루를 부쳐왔는데 그 화분이 고려자기(高麗古器)였다.

추사는 다산을 이렇게 존경하고 좋아했다. 그리고 그 화분이 고려자기였던 걸 보면 추사는 고려청자의 아름다움을 분명히 알고 있었던 것 같다. 또 추사가 제주도 유배시절 수선화를 그렇게 좋아한 데에는 이런 연유가 있었음을 여기서 알 수 있다.

추사가 다산 정약용에게 배움을 구하며 자신의 학문세계를 넓혀갔다는 사실은 『완당선생전집』에 실린 다산에게 보낸 편지에도 나타나 있다. 추사 집안은 노론의 골수이고 다산은 남인의 간판 격인데 두 석학이 당색을 뛰어넘어 이렇게 학문의 깊은 곳을 논하는 장면을 가만히 떠올려보면 실로 위대하다는 생각이 든다. 한편 추사가 다산에게 편지로 경학을 논한 부분은 당돌하게 대들었다는 인상을 주기도 해서 기고만장하던 시절 추사의 모습이 엿보이기도 한다.

평양 기생 죽향

추사는 평양에서 평생 잊을 수 없는 두 사람을 만났다. 그중 한 사람은 평양 기생 죽향(竹香)이었다. 죽향은 당대의 명기로, 호를 낭간(琅玕)이라 했다. 그녀는 시를 잘 지어 자작시 한 수가 『풍요속선(風謠續選)』에 실릴 정도였다.

웅어 시절 돌아와 누에치는 때가 되니	魛魚時節養蠶天
원근의 봄산들이 온통 안개에 잠겨 있다.	遠近春山摠似烟
앓고 나서 봄이 하마 저문 줄도 몰랐는데	病起不知春已暮
작은 창 바로 앞의 복사꽃도 죄다 졌네.	桃花落盡小窓前

죽향은 난초와 대나무 그림을 잘 그려 그 이름이 오세창의 『근역서화징(槿域書畵徵)』에도 올라 있고, 국립중앙박물관에는 그녀의 화사한 〈풀꽃〉 그림 한 폭이 소장되어 있다.

일찍이 자하 신위가 평양에서 죽향과 논 일이 있었다. 아마도 그가 용강현령으로 있을 때 같다. 자하는 본래 기생과 잘 어울렸는데 나중에는 이것이 화근이 되어 윤상도 옥사에 얽히기도 했다. 아무튼 그때 자하는 죽향의 『묵죽첩(墨竹帖)』에 제시를 짓고 이렇게 서문도 써주었다.

죽향, 〈풀꽃〉 비단에 채색, 24.9×25.5cm, 국립중앙박물관 소장 | 평양 기생 죽향은 당대의 명기로 시와 난초 그림으로 이름을 날렸다. 이 그림을 보면 맵시 있는 화사한 색감을 느낄 수 있다.

죽향은 평양의 기생으로 예전에 평양부윤 이두포에게 귀여움을 받아 그를 따라 서울에 왔다. 성품이 대 그리기를 좋아해서 나에게 여러 번 가르침을 받기를 원했으나 내가 산중에 있어서 그러지 못했다. 지금은 이미 이별하여 다른 사람과 인연을 맺었다고 한다.

자하 신위만이 아니었다. 풍류를 아는 시인들은 다투어 죽향의 시와 묵죽을 노래했다. 벽오당(碧梧堂) 나기(羅岐)는 죽향의 시집에 시를 부치면서 "반지고 노리개고 모두 이 세상 물건이 아니구나"라고 했다.

추사가 평양에 와서 그런 죽향을 만나지 않으면 누구를 만나겠는가. 추사 역시 죽향에게 반했던 모양이다. 추사는 죽향에게 시를 두 수 지어주었는데 그중 하나는 짙은 사랑을 나누어보자는 뜻을 담은 은유적인 구애가였다.(전집 권10, 평양 기생 죽향에게 희롱조로 주다)

대 하나 꼿꼿하다 집으면 향기 나고	一竹亭亭一捻香
노래 가락 뽑아내자 푸른 맘 아득해라.	歌聲抽出綠心長
벌통 벌은 꽃 훔치잔 약속을 지키려 하나	衙蜂欲覓偸花約
높은 절개 어이 능히 다른 마음 있을쏘냐.	高節那能有別腸

추사가 죽향과 그날 밤을 즐겼는지 아닌지는 알려지지 않았다.

눌인 조광진

추사가 평양에서 만난 또 한 사람은 눌인(訥人) 조광진(曺匡振, 1772~1840)이다. 조광진은 본디 평양 사람으로 부벽루와 연광정 등의 현판을 쓴 당대의 명필이었다. 본래 말더듬이였기 때문에 어눌할 눌(訥) 자를 써서 호를 눌인이라 했다.

정확한 행적은 알려지지 않았으나 출신이 한미한 데다 집안이 가난하여 사방으로 떠돌이 생활을 하면서 글씨를 배웠는데, 처음에는 원교 이광사의 글씨를 본받아 배웠고 나중에는 필획에 뼛골이 강한 안진경체에 심취했다가 추사를 만나고 나서야 비로소 독창적인 서풍을 갖게 되었다.

당시 그의 글씨 획은 마치 "쇠를 구부리고 철을 녹인 듯"하여 세간의 글씨 같지 않다는 평을 받았다. 바로 이런 개성적인 맛이 눌인 글씨의 특징인데, 추사도 나중에는 "창아(蒼雅)하고 기발함이 압록강 동쪽에서는 일찍이 보지 못한 바"라고 상찬할 정도였다. 그는 특히 큰 글씨를 잘 썼다. 그의 명작인 부벽루 현판 글씨를 보면 그 강렬한 개성도 개성이지만 글자 크기가 김장독만 하여 더욱 감동적이다.

이런 필재를 가진 조광진이 추사를 만나 그 기량을 더욱 높은 차원으로 끌어올릴 수 있었던 것은 두 사람 모두를 위해 정말로 다행한 일이었다. 추사와 눌인은 이후에도 편지로 글씨에 대해 의견을 나누며 긴밀하게 지냈는데, 『완당선생전집』에는 추사가 조광진에게 보낸 편지가 8통 실려 있고 내가 따로 본 것만도 10통 가까이 된다. 그중 두 사람의 정과 의가 듬뿍 들어 있는 편지 한 통을 여기에 소개한다.

바로 쪽지를 본바 임서한 글자가 비록 많지는 않으나 평정하고 타당하여 차근차근 신묘의 경지로 들어가고 있으니 다른 사람들로는 추측할 바가 아니요 오직 그대와 내가 알 뿐인데, 한스러운 것은 자리를 마주하여 등불을 돋우고 한바탕 극론을 벌일 수가 없으니 말이외다. (…)

추신: 필체가 이와 같이 괴괴하여 남의 비웃음을 살까 두려우니 곧 찢어 없애는 게 좋을 거요.(전집 권4, 조광진에게, 제1신)

묘향산 보현사 상원암에서

추사는 평양에 간 김에 묘향산을 유람했다. 추사는 일찍부터 명산을 두루 돌아다니며 산수를 읊은 기행시를 많이 지었으니 당연한 행차였다. 명산도 명산이지만 이곳 보현사에 있는 〈묘향산보현사지기〉라는 명비를 보고 싶은 마음이 더했을 것이다.

조광진, 〈부벽루〉현판 | 평양의 서예가 놀인 조광진은 추사를 만난 후 자신의 예서체를 더욱 개성적으로 발전시켜 추사 일파의 대표적 서예가가 되었다. 이 현판은 지금도 평양 부벽루에 걸려 있다.

이 비는 김부식이 찬하고 문공유(文公裕)가 글씨를 쓴 대표적인 고려시대 금석문이다. 추사는 1831년 홍석주가 사은정사로 갈 때 그를 수행한 이상적을 통해 유희해에게 이 비의 탁본을 한 부 보내주어 그것이 유희해의『해동금석원』에 실렸다.

추사는 또 묘향산 용연폭포 위쪽에 위치한 상원암(上元庵)에 들러 현판 글씨를 써주었다. 나는 1997년 가을 방북 때 그것이 지금도 묘향산 상원암에 걸려 있는 것을 보고 탁본 하나를 구해 돌아왔다. 추사는 훗날 이런 인연으로 1838년 보현사에서 도교 서적인『옥추보경(玉樞寶經)』판각본을 중간(重刊)할 때 이 책의 서문을 써주었다. 여기서 우리는 추사의 박식함이 도교에까지 뻗쳐 있었음을 알 수 있다.

『운외몽중첩』 조성기

평양에서 돌아온 추사는 다시 서울에서 벗들과 교유하며 지냈다. 추사가 가장 추사다울 때는 역시 장안의 문사들과 어울릴 때이다. 그는 여전히 황산 김유근, 이재 권돈인, 운석 조인영, 자하 신위, 초의스님 같은 명류들과 시·서·화로 교유하며 학문과 예술의 경지를 더 높

김정희, 〈상원암〉 현판 | 묘향산 용연폭포 위쪽에 위치한 암자인 상원암 현판 글씨이다. 필치가 힘차고 글자 구성에 기백이 넘치지만 획이 너무 굵고 기름지다는 인상을 준다.

은 차원으로 끌어올렸다.

추사 나이 42세 된 1827년 늦가을에 쓴 것으로 추정되는 『운외몽중첩(雲外夢中帖)』이 그 좋은 예이다. 이 첩은 정조대왕의 사위로 『해거시집(海居詩集)』 등을 남긴 해거 홍현주가 어느 날 꿈에 멋진 선게(禪偈)를 지었는데 꿈에서 깨어보니 단지 10자밖에 기억나지 않았다는 이야기에서 시작된다.

> 한 점의 푸른 산 　　　　　　　　一點靑山
>
> 구름 밖의 구름이요 꿈속의 꿈이네. 　雲外雲夢中夢

'운외운 몽중몽'은 정말로 멋진 게송이다. 모든 명구는 다 고전에 근거를 두고 있는데, 옛날 송나라 황정견이 자신의 초상화에 찬을 쓰면서 '몽중몽 신외신(夢中夢身外身)'이라고 한 구절이 이와 통한다. 추사 또한 「소당 이재관의 작은 초상화에 제하다」라는 글 첫머리에 이 구절을 인용한 바 있다. 그러나 이를 '운외운 몽중몽'으로 바꾸어 아련한 서정성을 더한 것은 해거 홍현주의 창작이다.

홍현주는 잊어버린 나머지 게송이 안타까워 꿈에서 얻은 글귀를 자하에게 얘기하고 이를 대련으로 써달라고 부탁했다. 자하는 기꺼이 대련 글씨를 써주고 아울러 그 게송을 완성한 시 4수를 지어 보냈다.

이에 홍현주는 기쁜 마음으로 이 4수의 시에 차운하여 화답하니, 자하는 또 이 시를 받고서 다시 한 수를 지어 보냈다. 홍현주는 자하의 이 시에 화답하여 또 한 수를 지었다. 이리하여 홍현주의 『몽게시첩(夢偈詩帖)』에는 모두 10수의 시가 실리게 되었는데, 이를 읽어본 추사도 3수의 시를 지어 뒤에 붙였다.

이렇게 모인 시 13수를 모두 추사가 필사하고 그 첩의 머리에 '운외몽중' 넉 자를 대자로 써서 『운외몽중첩』을 완성했다. 그때 지은 추사의 시 한 수를 소개하면 다음과 같다.

가운데와 바깥 둘레 하나하나 형상 이뤄	中底外邊一一形
산 빛마저 여닫히며 현관을 두드린다.	山光開闔叩玄扃
꿈 깨고 구름 흩으면 어디인지 알리오만	夢醒雲散知何處
그래도 푸른 산 한 점이 푸르다네.	還有靑山一點靑

이후 홍현주는 운외거사(雲外居士)라고 자호했다. 앞뒤 사정과, 다른 이의 문집을 고증해보면 추사가 이 『운외몽중첩』을 쓴 때는 대개 42세 무렵인 듯하다. 이 작품은 40대 추사 글씨의 최고 명작으로 대자 예서체 글씨의 진수를 보여준다. 흔히 보아온 추사의 예서 글씨에는 디자인적 변형이 많다. 그러나 '운외몽중' 넉 자는 예서체의 골격에 해서체의 방정함이 곁들여져 글자 자체의 울림과 무게가 동시에 느껴진다. 추사의 글씨에 괴(怪)가 들어가지 않을 경우에는 이처럼 단아하

김정희, 「운외몽중첩」(부분) 1827년(42세) 무렵, 27.0×89.8cm, 개인 소장 ┃ 해거 홍현주의 「운외몽중첩」 앞장에 쓰인 표제 글씨로 추사 중년의 대표적인 예서이다. 글자의 구성은 예서체를 따랐지만 필획의 운용에는 해서법이 들어 있어 정중한 가운데 멋스러움이 있다.

면서도 굳센 멋을 풍긴다.

한편 힘차고 유려한 행서로 써내려간 작은 글씨들을 보면 추사는 이 무렵부터 획의 굵기에서 아주 능숙한 변화를 보이고 있음을 알 수 있다. 50대에 들어서면 이 글씨가 더욱 발전하여 글자의 기본 틀에 구양순체의 방정함이 더해져 이른바 추사체에 가까워진다. 추사의 글씨는 이렇게 발전해가고 있었다.

가화, 김우명의 상소

1830년 45세 때 추사는 규장각 대교를 거쳐 동부승지직을 맡았고, 부친 김노경은 65세로 평안감사에서 막 물러나 있었다. 바로 그해 8월 27일, 부사과 김우명이 김노경을 탄핵하고 나섰다. 김우명은 비인현감 때 추사에게 파직당한 원한을 앙갚음하듯 상소를 올렸는데, 그 내용은 대부분 모함에 지나지 않았다.

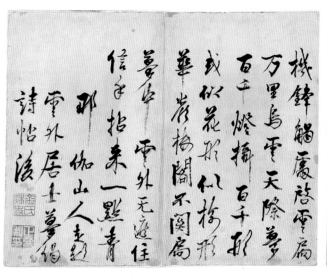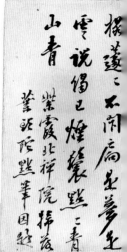

아! 전 감사 김노경의 죄를 어찌 이루 다 주벌할 수 있겠습니까. 그는 남이 손댈 수 없는 위치(왕실의 외예 外裔)에서 실제로는 남보다 한 치의 장점도 없는데 화직(華職)과 요직에 두루 올라 가세가 엄청났습니다. (…)

그렇다면 감격하고 보답하는 마음이 다른 사람의 갑절은 되어야 마땅한데 탐욕스럽고 비루한 성격으로, 벼슬을 얻지 못했을 때는 얻기를 근심했고 얻은 뒤에는 벼슬을 잃을까 근심하여 내직이나 외직의 벼슬살이를 하면서 사사로움을 따르고 사나운 짓을 멋대로 했습니다.

그러다 정해년(1827) 대리청정 때 (…) 지위를 튼튼히 하려고 종의 얼굴과 종의 행각으로 김로(金鏴)에게 동정을 구하면서 "수십 년 동안 생사를 마음대로 할 수 없어 감정을 누르고 벼슬을 살았습니다"라는 말을 남의 잔칫집 사람 많은 자리에서 했습니다. (…)

또 그의 요사스러운 자식은 항상 반론(反論)을 가지고서 교활하게 세

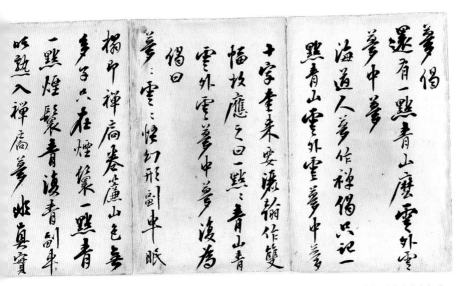

김정희, 「운외몽중첩」(앞 4면과 마지막 2면) 1827년(42세) 무렵, 개인 소장 ┃ 3미터 74센티미터나 되는 장폭의 행서첩으로 홍현주·신위·추사의 시 13수가 쓰여 있다.

상을 살아가면서 인륜이 허물어지는 것을 두려워하지 않았습니다.(『조선왕조실록』 순조 30년 8월 27일자)

김우명의 상소에는 뚜렷한 죄목이 보이지 않는다. 누가 보아도 이는 말꼬리를 물고 늘어지는 사감에 지나지 않았다. 임금 역시 그렇게 생각하여 김우명에게 오히려 벌을 내렸다.

전 평안감사의 일을 그대가 나열했는데 과연 모두 그대가 듣고 본 것인가? 중신(重臣)의 처지란 스스로 분별이 있는 것인데 어찌 이럴 수 있으며 심지어 자식과 조카까지 논급했는데 어떻게 미워하기를 이렇게 심하게 하는가.

대체로 보아 시각을 다투어 상소할 일도 아닌데 이렇게 올린 것이 오

늘의 풍습이라면 이런 풍습은 자라게 할 수 없다. 따라서 그대를 삭직게
한다.(같은 글)

순조의 어진 판단으로 김노경과 추사는 화를 면할 수 있었다. 그러
나 김우명의 상소문 행간에서는 20여 년간 요직만 옮겨 다닌 김노경
의 화려한 출세에 대한 질시와, 추사의 거만하고 고집스러운 처세의
일면도 엿볼 수 있다. 특히 추사를 "요사스러운 자식"이라고 하면서
"항상 반론을 가지고서" 세상을 살아간다고 한 말은, 말끝마다 '그건
그렇지 않다'라며 남을 사갈시하고 궁지로 몰아붙였던 추사의 독선적
인 태도에 대한 증오심이었는지도 모른다.

윤상도 옥사

당시 정국은 대단히 어지러웠다. 탄핵받는 자, 상소하는 자들이 상처
를 주고받는 정쟁이 격렬하게 일어났다. 김우명이 김노경을 몰아붙이
다 삭직당한 다음날 사간원 정언 신윤록이 대호군 김로를 탄핵하다가
종성으로 귀양 갔고, 그 이튿날 탄핵받은 김로가 남해현에 위리안치되
면서 정국이 가라앉는가 했으나 정쟁은 좀처럼 수그러들지 않았다.

같은 날 부사과 윤상도가 호조판서 박종훈, 전 유수 신위, 어영대장
유상량 등을 탄핵했다가 되레 자신이 추자도로 귀양 가게 됐다. 이때
윤상도가 올린 탄핵 상소의 내용은 정말로 유치했다. 그중 신위에 대
한 탄핵 내용을 보면 이렇다.

아! 저 신위는 교묘한 말과 보기 좋게 꾸미는 얼굴로 오로지 남에게 잘
보이고 즐겁게 하기를 일삼는 기량은 창가(娼家)의 묘동(妙童) 같고 (…)

타고난 모습이 경박하고 타고난 성질이 음탕하고 간사하여 춘천에 지방
관으로 나가서는 백성들에게 사납게 굴고 여색을 탐하여 원망하는 소리
가 길에 가득했습니다. (…) 신위는 술자리를 크게 마련하고는 창기를 끼
고 앉게 하여 (…) 해가 지도록 음탕하게 농지거리를 했습니다.(『조선왕조
실록』 순조 30년 8월 28일자)

이런 식으로 여성관계까지 들먹이는 맹랑한 모함이 이어지자 분개
한 순조는 반드시 저의가 있고 사주하는 자가 따로 있을 것이라고 여
겨 엄한 비답을 내렸다.

인심이 아무리 몰락했다 해도 일 분의 반 푼이라도 두려워하며 꺼리
는 마음이 있어야 마땅하다. 그런데 저 윤상도라는 자는 조선의 신하 된
자가 아니더냐. (…) 윤상도를 추자도에 정배하게 하라.(같은 글)

사건은 이렇게 마무리되는가 싶었으나 9월 들어 다시 정국이 요동
쳤다. 사헌부에서 윤상도를 끌어올려 국문을 실시할 것을 상소하고
여기에 사간원이 동조하고 나선 것이다.

김노경의 유배

김우명의 상소로 시작된 이 정쟁은 보름이 지나도록 좀처럼 그치지
않았다. 9월 11일, 대사헌 김양순과 대사간 안광직은 사헌부와 사간원
양사의 합계를 올려 김노경을 다시 탄핵했다. 탄핵 내용에는 김로에
게 아부했다는 것 말고도 1819년 왕세자 가례 때 국혼을 저주했다는
죄목이 하나 더 추가되었다.

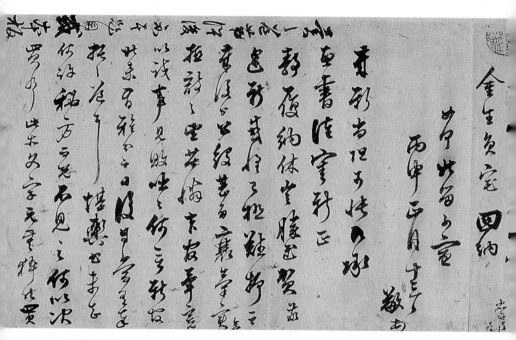

김노경, 〈간찰〉 1836년, 27.5×42.3cm, 제주 추사관 소장 ┃ 김노경의 글씨를 보면 추사의 젊은 시절 글씨를 연상케 한다. 추사의 글씨와 삶에 가장 큰 영향을 준 사람은 역시 부친 김노경이었다.

김노경은 (…) 거칠고 외람된 습관을 돌아보거나 꺼려함이 전혀 없어 숭질(崇秩)과 현직(顯職)에 차례를 뛰어넘어 올랐지만 조급하게 승진하려는 마음은 그만두지 않았으며, 주요하고 풍족한 관아의 일을 포괄적으로 처리하면서 오직 이익만을 추구하였고, 조카와 사위를 의지하여 성세(聲勢)를 만들고 권간(權奸)과 체결하여 오로지 아첨하며 붙좇기를 일삼으며, 많은 사람이 모인 연석(宴席) 가운데서 제멋대로 사리에 어긋나는 말을 하여 김로(金鏴)에게 아첨을 바치는 계책을 삼았습니다.

그리고 그가 이른바 생사를 마음대로 하지 못하여 감정을 억제하며 벼슬살이한 지 수십 년이라고 말한 것은 불쌍히 여겨주기를 바라는 의도에서 나온 것이지만, 죄가 반역에 관계됩니다. (…)

더욱더 몹시 가슴 아프고 한탄스러운 것은 지난 기묘년(1819) 여름에 명문에서 간택하여 대례(大禮)를 정해 온 나라의 신민이 경축하지 않는 이가 없었는데, 그가 혼자서 무슨 마음에서인지 크게 불만을 품고 앞장서서 흉측한 말을 하여 (…) 많은 사람들의 분노가 더욱 격렬했는데 지금에 와서 다시 생각해보면 모골이 송연합니다.(『조선왕조실록』순조 30년 9월 11일자)

또 다시 김노경의 말꼬리를 물고 늘어져 반역으로 몰고, 10년도 더 지난 얘기를 약점으로 잡아 헐뜯고 있다. 그러나 순조는 여전히 단호하게 대처하며 받아들이지 않았다.

그로부터 보름도 지나지 않은 9월 24일, 이번에는 홍문관까지 삼사의 신하 14명이 벌떼처럼 합계를 올려 다시 김노경을 탄핵했다. 이에 순조는 할 수 없이 "내 깊이 헤아리는 바가 있으니 마땅한 처분을 내리겠다"라고 한발 물러섰다.

그런데도 이튿날 영의정 남공철, 좌의정 이상황, 우의정 정만석 등 삼정승이 삼사가 요구한 김노경의 처벌을 시행할 것을 촉구하고, 9월 28일에 다시 연명하여 김노경을 국문하여 조사하기를 청했다. 이에 순조는 결국 대신들에게 굴복하고 다음과 같은 비답을 내렸다.

내가 신중한 것은 세신을 보호한다는 보세신(保世臣) 세 글자의 뜻에 있었으나 이제 경들과 삼사의 뜻에 따르는 조치를 내리겠다. 지돈령부사 김노경을 먼 섬에다 위리안치시켜라. (『조선왕조실록』순조 30년 9월 28일자)

이리하여 김노경은 1830년 10월 8일, 강진현 고금도(古今島, 오늘날의 완도군)에 위리안치되었다. 이때 김노경은 65세, 추사는 45세였다.

추사의 꽹과리 치는 호소

부친이 고금도에서 귀양살이하는 동안 추사는 줄곧 관직에서 물러나 있었다. 이때 추사는 고금도에 위리안치된 부친을 찾아가 얼마간 모시고 지냈다. 그리고 다시 서울로 올라왔지만 추사에게는 하루빨리 부친이 억울한 귀양살이에서 풀려나기를 바라는 마음만 가득했다.

부친 김노경이 귀양살이한 지 1년 반쯤 됐는데도 좀처럼 풀려날 기미가 보이지 않자 추사는 1832년(순조 32) 2월 19일 임금 행차에서 꽹과리 치는 격쟁(擊錚)으로 순조에게 직접 호소했다.

저의 아비 김노경은 재작년에 김우명이 터무니없는 사실을 꾸며어 모함하는 추악한 욕설을 참혹하게 당했습니다. (…)

더욱이 기묘년 흉언 사건은 너무나 허황하고 원통합니다. (…) 이 일이 얼마나 중요한 사안인데, 왜 10여 년이 지난 뒤에야 드러났겠습니까? (…)

제가 사람의 자식이 되어 아비가 이러한 오명을 안고 있는 것을 보고 아비를 위해 억울함을 호소하기 급하여 이렇게 만 번 죽음을 무릅쓰고 원통함을 호소합니다.(『승정원일기』 순조 32년 2월 26일자)

그러나 추사의 이 애절한 호소는 받아들여지지 않았다. 추사는 반년이 지난 9월 6일(또는 7일), 다시 한번 꽹과리를 치면서 격쟁으로 소원했다. 『조선 후기 사회와 소원제도』(일조각 1996)의 저자 한상권에 의하면 사대부가, 더욱이 추사 같은 명사가 꽹과리를 치며 소원하는 것은 참으로 드문 일이라고 한다. 추사의 효심은 그렇게 지극했다.

　그러나 이를 보고받은 순조는 "알겠다"라고만 하고 끝내 추사의 호소를 들어주지 않았다.(『승정원일기』 순조 32년 9월 10일자)

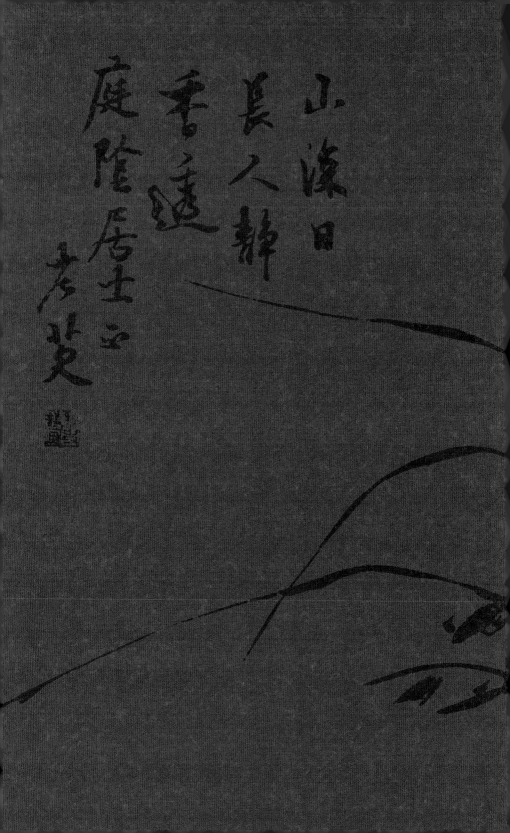

山深日
長人靜
香遠
庭陰居士正
寿芡

제 5 장

일세를 풍미하는 완당바람

연경 학계와의 끊임없는 교류

추사는 부친이 유배된 아픔 속에서도 끊임없이 연경 학계와 교류했다. 연경으로 떠나는 사절과 역관들은 다투어 추사의 소개장을 받아갔다. 그들은 추사가 연경의 학예인들에게 보내는 서신·탁본·종이·인삼 등을 전해주고, 돌아올 때는 또 그들이 보내는 책·서화·붓·먹 등의 선물을 추사에게 전해주었다.

연경으로 가는 사절로는 매년 파견되는 동지사가 있고, 때때로 황실의 경사를 축하해주러 가는 진하사, 조선 왕실의 일을 전하는 주청사가 있어 해마다 반드시 한 번, 많게는 세 차례나 있었다.

1829년 진하사가 떠날 때는 제자인 유장환(兪章煥)이 서장관으로 연경에 들어갔고, 같은 해 동지사가 떠날 때는 제자인 역관 김검(金檢)이 수행원으로 가면서 심부름을 해주었다. 1831년 사은정사로 지인 홍석주가 떠날 때는 이상적이 역관으로 수행했고, 1835년에는 권돈인이 사은 겸 진하사로 떠났으며, 이듬해 동지사가 갈 때 또 이상적이 수행했다. 권돈인이 두 번째로 연경에 가게 되었을 때 추사는 그 부러움을 이렇게 노래했다.

설령 백 번 사신 가도 싫증 나지 않을 텐데	縱使百廻猶不厭
이제 두 번 가게 되니 어이 수고롭다 하리. (…)	如今重到詎云勞
주학년과 완상생이 내 안부 물을 테니	朱老阮生應問我
반평생 다 늙어서 터럭 온통 세었다 하오.	頹唐半世雪盈毛

추사가 교유한 연경 학계의 가장 중요한 채널은 여전히 섭지선이었다. 섭지선은 옹방강 사후에 쓸쓸한 석묵서루를 홀로 지키며 스승의 정과 인연을 변함없이 이어갔다. 그리하여 추사의 부친 김노경, 아우 김명희, 벗 권돈인 등이 연경에 갈 때마다 섭지선의 환대를 받고 깊은 학연을 맺었다. 훗날 섭지선은 추사를 비롯한 지우들에게서 조선의 금석 자료를 구해『고려비전문(高麗碑全文)』이라는 저서를 남기기도 했다.

『황청경해』의 입수 경로

1832년 이상적이 마침내 완원의『황청경해(皇淸經解)』1,408권을 가져왔다. 그 과정을 보면 추사의 집념이 어떠했는지를 여실히 볼 수 있다. 완원은 오늘날 광동과 광서를 모두 다스리는 양광(兩廣) 총독으로 있을 때 광주에 학해당(學海堂)을 짓고 1825년부터 제자들과 청나라 경학에 관한 저술을 집대성하여 3년 뒤인 1828년『황청경해』의 판각을 완성했다.

이 소식을 들은 추사는 1829년 동지사를 수행한 김검을 통해 연경에서 병마사로 근무하던 완원의 아들 완상생에게『황청경해』한 질을 구해달라는 편지를 보냈다. 이에 완상생은 장문의 답신을 보냈다.

『황청경해』는 180여 종으로 모두 1,408권이나 됩니다. 책의 권질이 아주 복잡하고 인쇄하는 것도 쉽지 않습니다. 또 판이 광주에 있으니 연경에서 5,000리나 떨어져 있는 것입니다. 이것을 연경으로 갖고 온다는 것은 더더욱 쉬운 일이 아닙니다. 이에 우선 목록 1책을 보내오니 각하께서 이를 살펴보시면 곧 그 대략을 알 수 있을 것입니다. 책이 장래에 연경에 도착하면 보내드리는 것이 가능할 것입니다.

그러면서 완상생은 추사가 『황청경해』에 스승 옹방강의 저서는 무엇이 들어 있을까 궁금해할 것을 짐작하여 편지 끝에 이렇게 말했다.

담계 옹방강 선생은 금석학에 조예가 깊어 근래에 제일인자라 하겠지만 경학을 해설하는 데 이르러서는 그렇지가 못했습니다. 그래서 『황청경해』에 수록되지 않았습니다.

이 점에 대하여 후지쓰카는 당시 경학자들 사이에 이런 견해가 있었던 것은 사실이라고 했다. 임창순 선생은 사감도 없지 않았을 것이라고 했다. 일찍이 완원이 편찬한 『13경 주소 교감기』를 옹방강이 호되게 비판한 일이 있었기 때문이다.

경전 연구의 평실정상

이듬해인 1830년 가을 『황청경해』가 광주에서 연경의 완상생 손에 도착했다. 그러나 그해 10월 완상생은 산동성 직례의 영평부지사로 임명받아, 유희해에게 추사의 책을 보내줄 것을 부탁하고 떠났다. 유희해는 곧바로 추사의 동생 김명희에게 편지를 보내 자신이 『황청경해』를 보관하고 있음을 알렸다. 그래서 추사는 이듬해 10월 연경에 가는 이상적에게 책을 받아오라고 부탁했다.

1831년 10월 22일 유희해가 추사에게 보낸 편지를 보면 이상적 편에 책을 보냈다는 내용이 적혀 있다. 그러므로 『황청경해』 1,408권 400책은 그 이듬해(1832) 봄쯤 추사의 손에 들어왔을 것이다. 광주에

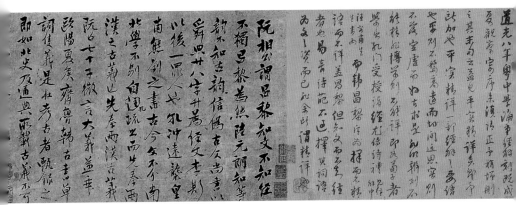

완원의 〈황청경해서〉와 왕희손의 〈경설(經說)〉 합벽 26.0×72.0cm, 과천 추사박물관 소장 ┃ 완원의 글 (오른쪽)과 왕희손의 글(왼쪽)을 함께 표구하여 권돈인이 소장하고 있던 것으로 완원의 글에 경전 해석은 '평이하고 실질적이며 정밀하고 상세하게' 해야 한다는 구절이 들어 있다.

서 서울까지 1만 리 길을 3년에 걸쳐 실어온 것이다. 그 모든 과정이 감탄스럽고 존경스럽고 엄청날 뿐이다.

『황청경해』는 청나라 문인·학자들 사이에 큰 반향을 일으켰다. 그 들은 앞다투어 책을 기념하고 논하는 글을 주고받았다. 왕희손이 완 원에게 『황청경해』에 관한 글 한 편을 지어달라고 부탁했을 때, 완원 은 그 글머리를 이렇게 시작했다.

학해당에서 『황청경해』의 판각이 이미 완성되어 관찰사 하수서가 서 문을 써서 내게 보내며 바로잡아주길 청하므로 약간 첨삭하면서 그 마지 막 구절에 "더욱 평실정상(平實精詳)함을 본다"라는 말을 덧붙였다.

평실정상, '평이하고 실질적이며 정밀하고 상세하게' 하는 것이 경 전 해설의 요체라는 것이다. 이후 왕희손은 완원의 글과 자신이 쓴 글 을 합쳐 합벽으로 표구하여 권돈인에게 보냈다. 놀라운 일이 아닌가.

이 작품은 후지쓰카가 소장했다가 한때는 내가 소장했고 현재는 과천 추사박물관에 있다.

유희해의 『해동금석원』

추사를 중심으로 한 경학·금석학·고증학의 교류는 청에서 일방적으로 받기만 한 것은 아니었다. 우리의 문물 역시 청으로 전해졌고 거기에 감동받은 청나라 학예인들은 또 그 나름의 업적을 낳았다. 그 대표적인 예가 유희해가 펴낸 『해동금석원(海東金石苑)』(전8권)이다.

이 책은 진흥왕 순수비, 평백제비, 성덕대왕신종 명문, 무장사비 단편 등 우리나라 고비·고종(古鍾)의 금석 탁본 중 유명하고 오래된 것은 거의 다 망라한 기념비적 편찬이다. 한 번도 조선 땅을 밟아본 적 없는 유희해가 조선에서도 발간하지 못한 이런 책을 펴냈다는 것은 당시 조청 간의 학예 교류가 얼마나 긴밀했는가를 방증한다.

유희해(劉喜海, 1793~1852)는 산동성 명문 출신으로 당시 서예계의 4대가인 '옹·유·양·왕' 중 한 분인 유용의 손자이다. 그는 금석문을 좋아하여 서가에 둔 탁본이 물경 4,000여 점이었다고 한다. 유희해가 조선의 금석을 접한 것은 조인영에게 빚진 바가 컸다. 조인영은 금석에 매료되어 추사와 함께 북한산 비봉에 오르기도 했던 인물이다.

조인영은 1815년에 자제군관으로 연경에 갔을 때 유희해와 사귀면서 갖고 있던 조선 금석 탁본 수십 종을 선물하여 깊은 인연을 맺었고, 그후 이미 준비해둔 『해동금석존고(海東金石存攷)』를 유희해에게 보내주었다.

유희해는 1822년 연경에 온 김노경, 김명희와 친교를 맺고 조선 금석 탁본을 기증받았으며, 추사와도 서신으로 학예를 교류했다. 1830년 완상생에게서『황청경해』를 넘겨받았다는 편지를 보낼 때는 추사에게 신라 문무왕릉비를 비롯한 조선 금석 탁본 수십 종을 사서 보내줄 것을 요청하기도 했다.

이 편지에서 유희해는 추사에게 선봉사 대각국사비가 좋다고 칭찬하면서 평백제비는 새로 정탁(精拓)한 것을 원하며, 원주 법천사 지광국사비도 구해달라고 부탁했다. 또 추사의 글씨와 그림이 모두 최상이라고 칭찬했다.

이런 정성으로 유희해는 조선의 금석 탁본을 모으고, 모르는 글자는 편지로 묻고,『고려사』『해동역사』등 문헌자료를 사서 보내줄 것을 부탁하고, 가야산 최치원의 시를 새긴 글씨 옆에 있는 우암 송시열이 누구냐고 질문도 하고, 조인영이 일본 미농지에 동해 척주비를 정탁해 보내주었다는 식으로 기록도 남기면서 조선 금석문을 치밀하게 조사하고 수집했다.

유희해는 이렇게 수집한 조선의 비문 탁본을 정리하여 마침내 책으로 편찬할 뜻을 세웠다. 그는 1830년 10월 29일 김명희에게 보낸 편지에서 그 같은 뜻을 밝히고 비문 탁본을 추가로 요구하는 한편 추사에게 이 책의 제사(題辭)를 써달라고 부탁했다. 그러나 당시 추사는 부친이 유배 중이었기 때문에 그 청을 들어주지 못했다. 그 대신 유희해의『해동금석원』책머리에는 1831년 1월 23일자로 우선 이상적의 제시가 실려 있다.

그리하여 유희해는『해동금석원』의 편찬을 마쳤다. 어떤 면에서 유희해의『해동금석원』은 조인영의『해동금석존고』의 중국 증보판이라고 할 수 있다. 그러나 유희해는 이토록 열심히 편집한『해동금석원』의 출간을 보지 못한 채 1852년 향년 60세로 세상을 떠났다.

유희해의『해동금석원』원본은 이후 남의 손에 들어갔고 1860년 북경의 병화(兵火)로 불타버렸다는 소문과 함께 유희해가 쓴 발문과 목록만이 1873년에 출판되었다. 그런데 나중에 알고 보니 그것은 소장자가 출판할 힘이 없어 거짓말한 것이었다.

이후『해동금석원』은 이내 책으로 발간되어 1881년에 제4권까지 나온 다음 1922년에 유승간이 여기저기 흩어진 초고본을 바탕으로 보유(補遺) 6권, 부록 2권까지 펴냈다. 그리고 1937년 이 책의 가장 완전한 판본인 정고본(定藁本)이 공개되었다.(박현규「청 유희해『해동금석원』의 판본 종류」,『서지학보』, 1999) 이것이 희대의 명저『해동금석원』의 발간 조성기이다.

황초령비 재발견 시말기

추사 나이 47세 되는 1832년, 벗 권돈인이 함경감사로 나가게 됐다. 이에 추사는 권돈인에게 함흥에 가거든 황초령 진흥왕 순수비를 찾아봐달라고 다음과 같이 간곡히 부탁했다.

진흥왕비는 하나가 낭선군(朗善君) 시대(숙종 연간)에 나타났고 하나는 지수재 시대(영조 연간)에 나타났는데, (…) 그후에 관(官)에서 자주 탁본을 해오라고 시키니 그곳 백성들이 마침내 이 비를 파묻어버림으로써 형체도 그림자도 없어진 지가 이미 40여 년이 되었습니다.

아우는 이 비에 대해서 고심한 것이 있어 매양 북쪽에 가는 사람이 있으면 널리 찾아보도록 요구했으나 끝내 한 사람도 그 말에 응해준 자가 없었습니다.(전집 권3, 권돈인에게, 제32신)

이 황초령비에 대해 육당 최남선이 고증한 바를 더듬어보면 다음과 같다. 우선 한백겸의 『동국지리지(東國地理志)』에 "진흥왕비가 황초령과 단천(端川, 마운령비)에 있다"라고 했고 차천로의 『오산설림(五山說林)』에는 "갑산에서 닷새 거리에 있는 의춘령 풀 속에는 작은 비석이 감추어져 있는데 신립 장군이 북병사로 있을 때 탁본해온 것을 얻어본바, 높이가 5척, 폭이 2척 정도였다"라고 했다.

이후 선조의 손자로 당시 최고가는 금석학자이자 서예가인 낭선군 이우(李俁)가 『대동금석첩(大東金石帖)』을 편찬하면서 삼한의 고비로 황초령비를 언급했다.

이런 기록을 보면 17세기 학자들은 황초령비의 존재를 확실히 알고 있었던 것 같다. 그후 이 비에 대한 소식이 뚝 끊어졌다가 18세기에 들어와 1790년 이계 홍양호가 함흥통판으로 가게 된 유한돈(俞漢敦)에게 이를 찾아보라고 부탁했고, 몇 해 뒤 유한돈이 탁본과 함께 다음과 같은 편지를 보내왔다.

조정에서는 새로 장진부를 신설했는데 그곳은 함흥과 갑산 사이이며 그 중간에 황초령이 있는데, 거리가 함흥에서 200리입니다. 그 고개 위에 비가 있었는데 산 아래로 굴러떨어져 아래위로 두 동강이 났습니다. 지금은 그 반쪽만 남아 있어 글을 읽어보니 진흥왕 북순비(北巡碑)입니다. 이를 한 부 탁본해 보내드립니다.

이후 이 비의 소식은 또 사라졌는데, 마침 권돈인이 함경감사로 가게 되어 추사가 이를 찾아봐달라고 단단히 부탁한 것이었다.

권돈인이 찾아낸 황초령비

마침내 권돈인이 황초령비를 다시 찾았다고 소식을 알려왔다. 이에 추사는 권돈인에게 이 비를 소중히 보관해달라고 신신당부하는 편지를 보내며 이렇게 말했다.

지금 이 비를 이렇게 찾으셨는데 이것을 우거진 잡초 사이에 그대로 버려둔다면 대감께서 돌아오신 뒤에는 반드시 또 매몰되고 말 것입니다. 진흥왕의 위대한 공적이 담긴 한 조각의 빗돌이 세간에 남아 존재해온 지가 이미 천 년이 지났고, 비안개가 반드시 바뀌고 사라지듯 세월 속에 사라질지도 모를 일이니, 후세 사람들이 이를 높이 기리는 일에 조금이라도 소홀해서는 안 될 것입니다.(전집 권3, 권돈인에게, 제32신)

그러면서 추사는 이 비가 지니고 있는 금석학적·역사적 의의를 이렇게 강조했다.

대개 이 비는 우리나라 금석의 시조가 될 뿐만이 아닙니다. 신라의 강역에 대해 국사(國史)를 가지고 상고해보면 겨우 비열홀(比列忽), 즉 안변(安邊)까지만 미쳤으니 이 비를 통해서 보지 않으면 어떻게 신라의 영토가 멀리 황초령까지 미쳤던 것을 알 수 있겠습니까. 금석이 국사책보다

황초령 진흥왕 순수비(탁본) 신라 568년, 높이 115.0cm, 서울대 박물관 소장 | 이 탁본에는 많은 찬문이 들어 있다. 1869년 김유연(金有淵)은 연경에 가면서 이를 동문찬(董文燦)에게 선물하였는데 동문찬은 이를 주위에 자랑하여 왕헌(王軒)은 전서로 '신라왕 정계비'라고 제목을 써주었고 번빈(樊彬)은 찬시를 써주었다. 그리고 1872년 박규수가 연경에서 이 탁본을 보자 감회가 일어 배관기를 써넣었다. 세월이 지나 1938년 다산 박영철이 북경 유리창 고서점에서 구입해 오자 위창 오세창은 이 탁본의 내력을 아래쪽 여백에 적어놓았다. 조선과 청나라 금석 교류의 징표가 되는 유물이다.

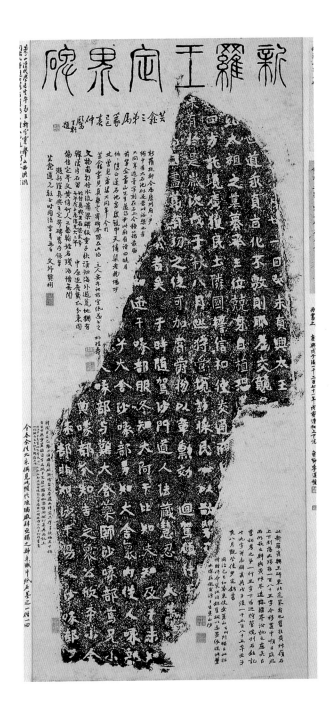

나은 점이 이와 같으니, 옛사람들이 금석을 귀중하게 여긴 까닭이 어찌 하나의 고물(古物)이라는 것에만 그칠 뿐이겠습니까.(같은 글)

추사는 권돈인에게 받은 이 황초령비 탁본을 첩으로 만들고 「북수비문 뒤에 제하다(題北狩碑文後)」라는 글을 지었다. 이후 추사는 그의 대표적인 논고인 「진흥2비고(眞興二碑考)」에서 북한산비와 황초령비 비문을 상세히 고증했다.

부친 김노경의 해배와 다산 정약용의 서거

추사는 이렇게 학예의 연찬에 여념이 없으면서도 자나 깨나 아버지의 해배만을 온 마음으로 기다렸다. 추사의 두 번째 격쟁이 있고 1년이 지난 1833년 9월 22일, 김노경은 보름 모자라는 만 3년간의 귀양살이를 끝내고 유배에서 풀려났다. 그 무렵 추사는 『황청경해』도 손에 쥐게 되었고 권돈인이 찾은 황초령 진흥왕 순수비의 탁본까지 얻게 되어 시운이 그에게 다시 돌아오는 것만 같았다.

그러나 김노경이 유배에서 풀려난 뒤에도 한동안 추사 부자는 벼슬에 오르지 못했다. 다시 관직의 길이 열린 것은 그로부터 2년 뒤였다. 1835년(헌종 1년) 7월 19일 김노경이 판의금부사에 오르고, 이듬해 4월 6일 추사도 성균관 대사성에 제수됨으로써 비로소 집안에 다시 평온과 영광이 오는 듯했다. 그러나 이러한 화평은 채 2년도 못 되어 무너지고 말았으니, 1837년 3월 30일 부친 김노경이 72세의 나이로 세상을 떠나고 만 것이다.

김노경이 세상을 떠나기 1년 전인 1836년 2월 22일, 다산 정약용이 세상을 떠났다. 강진 귀양살이에서 돌아온 지 18년 되는 해로 향년

75세였다. 다산과 부친이 서거하면서 추사는 가정에서나 사회에서나, 예술에서나 학문에서나 어른의 위치에 오르게 되었다.

왕희손이 펴낸 『해외묵연』

50대의 추사는 학문과 예술 모두에서 대가의 위치에 있었다. 국내뿐 아니라 청나라에서도 크게 이름을 떨친, 빛나는 학예의 성취였다. 추사가 청나라의 학술과 예술을 얼마만큼 이해하고 있었는가는 『완당선생전집』에 실린 청나라 학자에게 보낸 유일한 편지인 「이월정(李月汀)에게 보내는 편지」에 구체적으로 나와 있다. 그 내용은 전해종 선생이 「청대 학술과 완당: 완당의 경학에 대한 시론적 검토」(『대동문화연구』 제1집, 1963)라는 글에서 상세하게 분석해놓았는데 너무도 전문적이고 자세한 논의인지라 여기에는 옮기지 않는다.

그보다는 왕희손(汪喜孫, 1786~1848)이 권돈인의 글을 책자로 엮은 『해외묵연(海外墨緣)』이 더 실감난다. 왕희손은 개명하여 이름을 희순(喜荀)이라 했고, 자는 맹자(孟慈)라 했다. 당대의 석학이던 왕중(汪中)의 아들로 아홉 살 때 부친을 여읜 그는 부친의 장서를 읽고 부친의 친구인 서예가 이병수(伊秉綬), 경학자 단옥재(段玉裁)·손성연(孫星衍)·완원 등을 따라다니며 사사하여 큰 학자가 되었다.

왕희손은 추사와 동갑내기로 직접 만난 일은 없으나 서신을 통해 친교를 맺었다. 추사의 동생 김명희와 벗 권돈인은 그와 직접 만난 일이 있어 더욱 긴밀하게 지내며 무수한 편지를 주고받았다. 경전의 해석은 '평실정상'해야 한다는 말이 들어 있는 『황청경해』에 관한 완원의 글과 자신의 글을 묶어 권돈인에게 보내주었던 이가 바로 왕희손이다. 왕희손은 일찍이 추사의 서찰을 받고 이렇게 말한 적이 있다.

문장이 아름답고 학문이 탁월해서 천 리 밖에서 만난 사람처럼 매우 기뻤다. 『역경』을 논하고 『서경』을 평한 것이 매우 정확하여 고름에 침을 놓아 마비를 일으켜 세웠으니 통달한 이의 말을 떠받들어 마지않는다.(후지쓰카 지카시 「왕희손과 김정희」, 『청조 문화 동전의 연구』)

그러던 1838년, 왕희손은 권돈인으로부터 마치 연경 학예계를 손바닥처럼 들여다본 듯한 논설로 가득 찬 장문의 편지를 받고는 깜짝 놀랐다. 왕희손은 이 글을 책자로 묶고 여기에 '해외묵연'이라는 제목을 붙였다. '해외묵연'이란 '해외에서 학술과 예술을 접하며'라는 뜻이다.

왕희손은 이 책자를 주위 학자들에게 보여주며 제발을 구하기도 하고 비평을 청하기도 했다. 그러던 중 이조망(李祖望)이 이 긴 논설을 16조로 나누어 일일이 평하고 답을 달아 자신의 저서에 '왕맹자 선생 해외묵연 책자의 16문답에 대하여'라는 제목으로 실었다.

그런데 왕희손이 받은 긴 편지는 사실 추사가 권돈인 이름으로 보낸 것이었다. 이런 사실은 후지쓰카가 추사가 직접 쓴 이 글의 원본을 찾아냄으로써 밝혀졌다. 그래서 이 글은 1934년에 편찬된 『완당선생전집』에는 실리지 않았고, 1988년에 간행된 『국역 완당전집』에 '권이재를 대신하여 왕맹자에게 주다'라는 제목으로 실렸다.

추사의 청나라 학예계 평가

『해외묵연』에 실린 추사의 글은 참으로 사람을 놀라게 하는 굉장히 해박한 글이다. 여기서 추사는 음운학·천문·경학부터 시·문장·서예·전각 등에 이르기까지 열여섯 분야에 걸쳐 자신의 견해를 소신 있게 펼치고 있다. 먼저 고전 학설을 두루 언급하고 나아가 청나라 학자들의 견해에 대한 자신의 소견을 당당하게 말했다. 그중『상서(尙書)』(『서경』)의 금문(今文)과 고문(古文) 논쟁의 핵심만을 보면 다음과 같다.

『상서』의 학문에 대하여는 매번 금문과 고문을 들어 확정하고 있지만 아마도 그렇지 않은 듯합니다. 공벽(孔壁)의『서경』에도 고문이 있는 동시에 금문이 있고 부벽(扶壁)의『서경』에도 역시 금문이 있는 동시에 고문이 있습니다.『상서』를 전공하는 이들이 고문을 가짜로 삼고 금문을 진짜로 삼는 것은 정밀하지 않은 것 같습니다. 오늘날 통용하는『상서』는 고문도 아니요, 금문도 아니니 (…) 단옥재 선생의 견해가 고문과 금문을 통괄하는 탁견입니다. 위묵심, 유익남 같은 금문을 전공하는 분들이 (…) 따로 밝혀낸 것이 혹 있습니까?

말의 깊이를 다는 모르지만 추사가 마치 위에서 내려다본 것처럼 연경의 학예계를 훤히 파악하고 있다는 것만은 확실히 알 수 있다. 추사는 이어『주역』의 연구 실태 등에 대해서도 일침을 가한다. 추사는 이런 식으로 장장 16항목의 연원을 따지고, 여러 학설을 논하고, 현재의 연구 성과를 비평하고 평가했던 것이다. 게다가 글씨에 이르러서는 더 적극적으로 소견을 피력했다.

등석여 선생의 전서·예서는 천하가 표준으로 받들어 거의 다른 말이 없었으며 (…) 비단 전서·예서만이 아니라 그 해서·초서 역시 몹시도 기굴(奇崛)하여 금농(金農)·정섭(鄭燮)과 더불어 서로 오르내립니다. 장고문 형제가 그 전서·예서의 진수를 체득하여 역시 우리나라 사람이 깊이 흠모하는 대상이 되었는데 지금 장씨 일문(一門)을 보니 전세(篆勢)와 예법(隷法)이 모두 앞시대의 업적을 떨어뜨리지 아니하여 흠앙하고 칭송함을 이기지 못하겠습니다.

추사가 이 글을 쓴 때는 1838년 8월 20일로 되어 있다. 53세 때의 일이다. 이런 글을 통해 우리는 추사야말로 '굉유'이고 진정한 의미에서 국제적인 학자였다는 사실을 확인할 수 있으며, 후지쓰카가 "추사야말로 청조학 연구의 제일인자"라 칭송한 것이 빈말도 아니고 무리도 아니었음을 알 수 있다.

등석여와 이병수

추사가 『해외묵연』에서 언급한 등석여는 이병수와 함께 고증학과 금석학에 뿌리를 둔 청대 비학파(碑學派) 글씨의 대가였다. 중국 서예사를 체계적으로 집대성한 청말의 강유위는 『광예주쌍집(廣藝舟雙楫)』에서 그들에 대해 다음과 같이 말했다.

건륭시대에 금농과 정섭 같은 사람은 예서의 필의를 섞어 썼으나 옛날의 배움을 싫어하여 괴상한 데로 빠지게 되었으니, 이는 변화하려고 했으나 변화라는 것을 알지 못했기 때문이다. 이병수는 예서를 진짜 글씨라고 여겼으며 그 글씨는 파리하고 굳센 것으로 뛰어났다.

등석여는 실로 이런 모임의 우두머리로 이미 전서와 예서로 크게 성공했다. 그의 예서와 해서는 전적으로 육조시대의 비를 법으로 삼아 고졸하고 질박하여 이병수의 예서와 함께 비학파의 문을 열어준 사람이라 하겠다. 그래서 이 분야의 시조로는 단연코 이 두 사람을 들 수 있다.

등석여는 안휘성 사람으로 호를 완백(完白)이라 했다. 집이 가난했으나 아버지가 서당 훈장이어서 글씨만은 열심히 배울 수 있었다. 그는 20세 무렵부터 글씨와 전각을 팔면서 전국을 돌아다녔다. 그러다가 『평서첩(評書帖)』을 쓴 서예의 대가 양헌(梁巘)을 만나면서 인생이 완전히 바뀌었다.

양헌은 등석여의 범상치 않은 서예 솜씨를 보고 그를 큰 부자이자 서화 수장가인 매류(梅鏐)에게 소개했고, 매류는 등석여가 창작에 몰두할 수 있게 도와주었다. 이때부터 등석여는 8년간 매류가 소장한 명품·진적들을 임모하면서 보냈다. 그는 매일 새벽에 일어나 먹물을 한 대야 갈아놓고 그것이 다 떨어져야 글씨 쓰기를 그쳤으니 마치 목마름에 지친 사람이 물을 만난 것과 같았다.

이후 등석여는 매류를 떠나 떠돌아다니며 작품을 팔았고 양주에서 나빙·유용 같은 대가들과 교유했다. 그러나 그가 연경에 왔을 때 연경 학예계의 우두머리 노릇을 하던 옹방강이 '등석여의 글씨는 서권기가 없고 장인의 기술만 있다'고 비판하는 바람에 실망을 느끼고 발길을 돌려 다시 유랑생활을 했다.

이병수는 복건성 사람으로 호를 묵경(墨卿)이라 했다. 그는 광동 혜주의 지사(知事)로 있으면서 선정을 베푼 것으로도 유명하다. 혜주에서 그는 소동파가 귀양살이한 집을 복원하고 비를 세웠다. 이후 양주 팔괴의 고향인 양주로 부임해 여기서도 백성들의 신망과 존경을 받았다. 그래서 그가 부친상을 당해 장례를 지내니 수천 명이 울면서 따라왔다고 한다.

청렴한 관리로 이름 높았던 이병수는 시와 문장뿐 아니라 학문에도 뛰어났으며, 조용하고 고고한 정신으로 글씨를 썼다. 그는 당시 갓

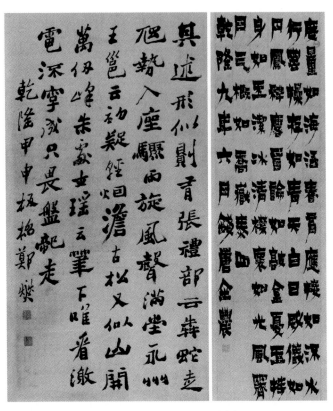

정섭, 행서(왼쪽) | 정섭의 글씨는 괴(怪)가 드러나는 개성으로 유명하다.
금농, 해서(오른쪽) | 금농의 글씨는 마치 목판을 새긴 것처럼 각이 드러나는 것이 특징이다.

나온 양털붓의 탄력을 이용해 견실하면서도 두껍고 굳센 필치로 예서체의 새로운 경지를 보여주었다. 그래서 사람들은 '이병수는 한나라 예서를 직접 접하고 지냈으며 글자가 크면 클수록 더욱 웅장했다'라고 했다.

추사가 등석여와 이병수를 높이 평가한 것은 추사의 유명한 대련 〈호고연경(好古硏經)〉의 협서에 잘 나타나 있다.

이병수, 예서 오언 대련(왼쪽) ㅣ 이병수의 예서는 문자의 조형이 기발하다.
등석여, 전서 병풍(부분, 오른쪽) ㅣ 등석여의 전서는 정연하면서 엄격하여 단정한 것이 특징이다.

옛것 좋아 때때로 깨진 빗돌 찾았고	好古有時搜斷碣
경전 연구 여러 날에 쉴 때는 시 읊었지.	研經婁日罷吟詩

　근래에 모두들 예서로 등석여를 으뜸으로 생각하나 사실 그의 글씨는
전서가 대표적이다. 그의 전서는 태산과 낭야에 새겨져 있는 진나라의 전
서법을 그대로 재생해서 변화를 가늠할 수 없는 묘를 얻었고 예서는 오

김정희, 〈호고연경〉 각 124.7×28.5cm, 삼성미술관 리움 소장, 보물 제1685-2호 ┃ 추사 노년의 명작
으로 작품 내용이 그의 서론(書論)과 연결되어 있으며 협서에 등석여와 이병수의 글씨에 대한 언급이 있
어 추사의 서예세계를 이해하는 데 중요한 작품이다.

히려 그다음이다. 이병수와 같이 기이하면서도 예스러운 면은 있으나 역시 옛 법에 푹 젖어 있다. 그래서 전한(西漢)의 (…) 문자를 따르고 촉비(蜀碑)를 참작해야만 실마리를 찾게 될 것이다.

추사는 이렇게 등석여와 이병수의 서예를 높이 평가하면서도 그 한계를 지적했다. 추사는 한나라 예서 중에서도 전한시대 예서로 거슬러 올라가 촉 지방의 옛 비문을 참고해야만 그 한계를 뛰어넘어 글씨의 진수를 얻어낼 수 있다고 생각했다. 이것은 추사의 예술적 소신이자 탁견이었다. 실제로 추사는 훗날 제주도 귀양살이에 들어가서는 전한시대 예서를 열심히 임모하면서 새로운 경지로 들어섰다. 말년 과천시절에 쓴 것으로 보이는 이 작품이 바로 그런 경지를 보여주는 예이다.

옹방강과 유용의 입고출신

등석여와 이병수가 옛 비문에 의지해 금석기 있는 글씨를 썼지만 옛것에 너무 몰입하여 새로운 글씨로 나아가지 못했다는 것은 서예사의 정평이다. 이는 양주팔괴가 고전을 무시하고 개성만 추구한 것과는 정반대되는 병통이었다. 그러면 진정한 변화는 어떻게 이룰 수 있다는 것인가. 옛것을 본받아 새것으로 창출하는 것이다. 건륭시대 사람들은 이를 입고출신(入古出新)이라고 했다.

입고출신! 사실 이것은 고증학의 기본정신이라 할 만한 것이다. 연암 박지원이 주창한 법고창신(法古創新)도 같은 맥락이었다. 입고출신의 정신에서 새로운 글씨를 추구한 이들은 이른바 '건륭 4대가'로 꼽히는 옹·유·양·왕(翁劉梁王)이었다.

담계(覃溪) 옹방강(翁方綱, 1733~1818)

석암(石菴) 유용(劉墉, 1719~1805)

산주(山舟) 양동서(梁同書, 1723~1815)

몽루(夢樓) 왕문치(王文治, 1730~1802)

이들은 비학뿐만 아니라 첩학(帖學)도 고증학적 입장에서 탐구하고 그것을 본받으면서 새로운 서체를 시도했다. 이들 가운데 옹방강은 대단히 신중해서 옛것에 많이 치우쳤고, 유용은 반대로 진취적 기상이 강했다. 이들이 입고출신의 정신에 따라 얼마나 진지하게 옛것을 익혔고 얼마나 신중하게 새것을 원했는가는 과선주(戈仙舟)의 이야기에서 엿볼 수 있다.

과선주는 옹방강의 사위이자 유용의 제자였다. 어느 날 과선주가 스승 유용의 작품을 들고 와서 장인인 옹방강에게 "우리 선생님 글씨를 어떻게 생각하십니까?" 하고 물었다. 이에 옹방강은 "너의 스승에게 가서 그 글씨의 어디에 입고(入古)가 있느냐고 물어보아라"라고 했다. 과선주가 돌아가 유용에게 "우리 장인께서 선생님 글씨에는 입고가 없다고 하셨습니다"라고 전했다. 그러자 유용이 웃으면서 대답하기를 "그러면 너의 장인에게 가서 당신 글씨 중 어디가 출신(出新)이냐고 물어보아라"라고 했다는 것이다.

완원의 「북비남첩론」

청나라 서예가 입고출신의 자세를 견지한 것은 고증학과 금석학에 입각한 서예 이론과 다름없으며, 이는 완원의 「북비남첩론(北碑南帖論)」으로 체계화되었다.

옹·유·양·왕(翁劉梁王), 행서 대련(부분) | 입고출신의 정신에서 새로운 글씨를 추구한, 이른바 건륭시대 4대가는 옹·유·양·왕이었다. 왼쪽부터 옹방강, 유용, 양동서, 왕문치의 글씨이다.

　『평서첩』을 쓴 청나라 서예가 양헌은 중국 서예사 2천 년의 흐름을 단 13글자로 다음과 같이 간명히 요약한 바 있다.

진나라는 운을 숭상하고	晉尙韻
당나라는 법을 숭상하고	唐尙法
송나라는 의를 숭상하고	宋尙意
원나라·명나라는 태를 숭상했다.	元明尙態

진나라 왕희지 시대 글씨에는 신운(神韻)이 감돌고, 당나라 구양순 시대 글씨에는 법도가 있고, 송나라 소동파 시대 글씨에는 작가의 의취(意趣)가 있고, 원나라 조맹부와 명나라 동기창 시대 글씨는 자태가 아름답다는 것이다.

그러면 청나라 사람은 무엇을 숭상했는가. 청나라 초기의 글씨는 명나라 말기 동기창 시대의 아름다운 글씨를 모방하는 데 급급하여 새로운 창조를 이루지 못했다. 그리하여 "중국 서예 2천 년 역사가 청나라 초에 와서는 길이 막혀 더 나아가지 못했다"라는 오명을 남겼다. 이는 회화에서 '청나라 초기 6대가'라는 사왕오운(四王吳惲) 모두가 동기창이 주장한 문인화풍에 빠져 헤어나지 못한 것과 마찬가지였다.

이 답답함을 돌파한 것이 양주팔괴라는 개성적인 서화가들이었다. 이들은 근대정신의 하나라 할 개성의 구현으로 매너리즘에 빠진 청나라 서화에 활력을 불어넣었다. 양주팔괴란 금농, 정판교(鄭板橋)로 더 잘 알려진 정섭, 박제가의 친구 양봉 나빙 등이었다. 그러나 이들은 개성이 십인십색(十人十色)으로, 강유위가 『광예주쌍집』에서 말했듯이 '변화를 구하려고만 했지 진정한 변화의 의미를 몰라서 괴이한 데로 빠지고 말았다.'

그러다 고증학의 정신에 입각해 고비를 연구하는 금석학이 크게 일어나고 급기야 완원의 「북비남첩론」까지 나오며 입고출신의 글씨를 지향하게 되었던 것이다. 추사가 완원의 이 「북비남첩론」을 얼마나 강조했던지 후학들이 이것을 추사의 글로 오인하고 『완당집』을 편집할 때 싣기도 했다. 결국 금석학에 기초한 입고출신, 그것이 바로 추사체의 본질이었던 것이다.

추사의 『원교필결』 비판

추사는 「북비남첩론」에 입각하여 당시 조선 서예계를 지배하고 있던 원교(員嶠) 이광사(李匡師, 1705~77)를 호되게 비판하고 나섰다. 이광사는 서예의 명가 출신으로 종고조부 이경석(李景奭), 증조부 이정영(李正英), 부친 이진검(李眞儉) 등이 모두 명필이었다.

원교는 양명학을 받아들인 진보적인 학자였으며 인품도 높았고 명필로 이름도 얻었다. 그런데 1755년 이른바 '나주 벽서 사건'으로 큰아버지 이진유(李眞儒)가 처형될 때 원교도 연좌되어 함경도 회령으로 유배되었다. 영조시대 명사들의 이야기를 담은 『병세재언록(幷世才彦錄)』 「서가록(書家錄)」에 따르면 당시 의금부에 끌려온 원교가 하늘에 대고 통곡하며 "내게 뛰어난 글씨 재주가 있으니 목숨만은 빼앗지 말아주십시오"라고 부르짖어 영조가 그를 불쌍히 여겨 귀양 보내는 정도로 마무리 지었다고 한다.

이때 수많은 제자가 원교의 유배지인 회령에 모여들었고, 조정에서는 이것을 문제 삼아 원교를 다시 전라도 신지도로 이배했다. 원교는 거기에서 22년간 귀양살이를 하다가 끝내 풀려나지 못하고 세상을 떠났다.

원교는 귀양살이 동안 정말로 많은 글씨를 썼다. 그리고 당시 사람들은 그의 글씨를 무척 사랑했다. 귀양지에서도 그의 글씨를 얻으려는 사람들이 문전성시를 이루어 할 수 없이 아들딸에게 대필까지 시켰다고 한다. 오늘날 해남 대흥사, 구례 천은사 등 전라도 일대 사찰의 현판에 그의 글씨가 많은 것은 이 때문이다.

그는 스승인 백하 윤순의 뒤를 이어 개성적인 '원교체'를 완성했다. 이것은 겸재 정선이 동국진경 산수를 창출한 것과 성격을 같이하는

〈이광사 초상〉(부분), 신한평 1775년, 비단에 채색, 66.8×53.7cm, 국립중앙박물관 소장, 보물 제1486호 | 원교 이광사는 동국진체를 이룩한 서예가로 추사 이전의 서예는 그의 글씨가 지배하였다. 추사는 그런 원교를 비판하면서 새로운 서풍을 주장했다.

것이었다. 원교는 서예의 역사와 이론을 『원교필결(員嶠筆訣)』이라는 책으로 정리했고 그의 글씨는 『화동서법(華東書法)』이라는 목판본 책으로 간행되어 후대에 막대한 영향을 끼쳤다.

추사는 이 『원교필결』에 후기를 쓰면서, 원교가 법첩(法帖)의 원조격인 왕희지 글씨를 바탕으로 하지만 왕희지의 『황정경(黃庭經)』『악

의론(樂毅論)』같은 글씨는 오래전에 없어졌고 판각에 판각을 거듭하면서 변질되어 사실상 다 가짜에 가까운데 그것조차 모르고 있다며 이렇게 질타했다.

요사이 우리나라에서 서예가라고 일컬어지는 사람들이 이르는 진체(晉體, 왕희지체)니 촉체(蜀體, 조맹부체)니 하는 것은 모두 이런 것이 있다고 여겨 표준으로 받들고 있는 것이니 마치 썩은 쥐를 가지고 봉황새를 으르려고 하는 것 같아 가소롭다.

그리고 추사는 원교 글씨 자체를 호되게 비판하면서 그를 일방적으로 몰아붙였다.

원교는 『필결』에서 이렇게 말했다. "우리나라는 고려 말엽 이래로 다 언필(偃筆, 붓을 뉘어서 쓰는 것)의 서(書)이다. 그래서 획의 위와 왼편은 붓끝이 발라가기 때문에 먹이 짙고 미끄러우며, 아래와 바른편은 붓의 중심이 지나가기 때문에 먹이 묽고 깔끄러운 동시에 획은 치우쳐 완전하지 못하다."
이 설(說)은 하나의 가로획을 네 가지로 나누어 말하므로 미세한 데까지 분석한 것 같으나 가장 말이 안 된다. 위에는 단지 왼편만 있고 바른편이 없으며, 아래에는 단지 바른편만 있고 왼편이 없단 말인가? 붓 끝이 발라가는 것이 아래에 미치지 못하고, 붓 중심이 지나가는 것이 위에는 미치지 못한단 말인가?

원교는 추사의 「원교필결후」로 인하여 치명상을 입었다. 그러나 여기서 우리가 분명히 알아야 할 것은, 추사는 원교가 죽고 9년이나 지난 뒤에 태어난 인물이었다는 사실이다. 당연히 역사적 비평으로 임해야 할 것을 추사는 마치 동시대적 비평인 양 논한 것이다. 이는 그만큼 원교의 영향력이 컸음을 방증한다. 추사 역시 100년 전에 태어났다면 북비남첩론을 주장하지는 못했을 것이다. 그런 점에서 추사는 역사를 너무 쉽게 생각했고 원교에게 잘못한 것이 많았다.

추사의 중년 글씨

추사의 중년 글씨에는 동시대 청나라 서예 사조가 그대로 나타난다. 스승인 옹방강과 완원은 물론이고 등석여와 이병수, 그리고 건륭 4대가인 옹·유·양·왕의 글씨를 열심히 본받아 썼다. 추사는 양동서의 서첩을 소장하고 있었고 유용의 『청애당첩(淸愛堂帖)』에 발문을 쓰기도 했다.(전집 권8, 잡지)

추사의 대표적인 중년 행서 대련으로는 〈문학금석(文學金石)〉과 〈오악육경(五岳六經)〉이 있다.

문장과 학술을 종횡으로 추구함은 각인의 천성이나　文學縱橫各天性
금석과 그림 새기는 일은 신이 능히 할 수 있습니다.　金石刻畫臣能爲

오악의 구석과 모퉁이는 강물이 세를 이루는 줄기요　五岳圭楞河勢慨
육경의 뿌리에는 역사의 파도가 물결치네.　六經根柢史波瀾

그런데 이 두 대련에는 다음과 같은 협서가 똑같이 쓰여 있다.

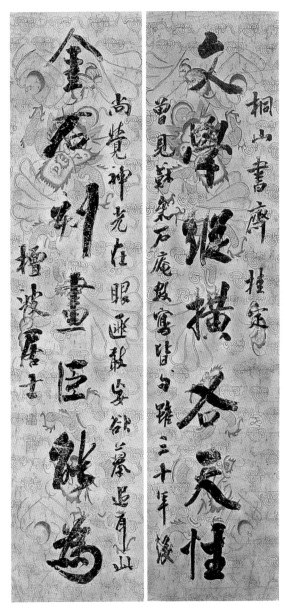

김정희, 〈문학금석〉 행서 대련 각 130.8×30.8cm, 부산시립박물관 소장
┃ 추사가 30년 전 연경에서 본 것을 기억을 되살려서 써본 것이라고 밝힌
작품이다. 추사 서체의 파격이 서서히 드러나고 있다.

김정희, 〈오악육경〉 행서 대련 126.5×29.8cm, 삼성미술관 리움 소장 | 추사가 30년 전 연경 옹방강의 서재에서 본 것을 염두에 두고 썼다고 했는데 금석기 있는 획의 맛이 잘 살아 있다.

五嶽圭稜河海氣象
福岡王元屬書
六經根底文史波瀾
頤性老人阮元

완원, 〈오악육경〉 | 추사는 이런 작품을 창작의 본으로 삼았다.

일찍이 소재(옹방강)·석암(유용)의 여러 글씨를 보았는데 모두 이 구절이었다. 비록 30년이 지났지만 아직도 신광(神光)이 눈에 남아 있음을 느낀다. 감히 망령되이 모방하여 좇아가려는 것만은 아니다.

30년 전에 보았던 글씨가 아직도 뇌리와 안광에 살아 있다니 그 충격이 얼마나 컸던 것일까. 이 〈오악육경〉은 자구를 달리한 완원의 작품이 전하고 있어 청나라 서예에 대한 추사의 지식과 정보가 상당했음을 보여준다.

한편 추사가 주학년에게 준 〈고목석양(古木夕陽)〉이라는 대련에는 다음과 같은 협서가 쓰여 있다.

까마귀 날아간 뒤 고목이 더욱 우뚝하고　　　古木曾嶸雅去後
석양 빛 아련한데 손님이 막 찾아오네.　　　夕陽迢遞客來初

야운 선생은 이 시의 뜻을 사랑하여 여러 번 그림의 화제로 삼았다. 인하여 그 글을 써서 주며 함추각 기둥 주련으로 삼게 했다. 뒤이어 그 뜻을 마땅히 여겨 절구 한 수를 지어 보내며 잘못된 것을 지적받고자 한다.

김정희, 〈고목석양〉 각 135.0×32.5cm, 개인 소장(국립중앙박물관 기탁) ▎추사가 주학년의 함추각 기둥 주련으로 써준 작품으로 필획의 변화에서 멋을 찾았다. 주학년이 1834년 타계했으므로 추사 49세 이전의 작품임을 알 수 있다.

김정희, 〈옥산서원〉 현판 1839년(54세), 79.0×180.0cm, 경주 옥산서원 **|** 경주 옥산서원이 화재로 소실되자 헌종이 추사에게 새로 현판을 쓰게 하여 내려주었다. 추사 중년의 대표적인 현판 글씨이다.

주학년은 1834년에 타계했으니 이 작품은 추사 나이 49세 이전 작품임에 틀림없다.

옥산서원 현판

추사의 행서 대련은 행서가 갖는 성격 때문에 글자의 획에 변화가 많다. 그러나 전서나 예서에 기반을 둔 글씨는 가지런한 구성미가 살아 있다. 42세 때 쓴 〈운외몽중(雲外夢中)〉이 그 좋은 예이며, 54세 때 쓴 〈옥산서원(玉山書院)〉 현판 글씨에서는 추사의 글씨가 무르익어가고 있음을 보게 된다.

〈운외몽중〉으로부터 10여 년 뒤에 쓴 이 〈옥산서원〉 현판 글씨에는 그야말로 "솜으로 감싼 쇳덩이" "송곳으로 철판을 꿰뚫는 힘으로 쓴 글씨" 같은 힘이 서려 있다. 옥산서원은 회재 이언적을 모신 서원으로 1574년에 편액이 내려졌는데 1839년 화재로 소실되어 중건하면서 헌종이 추사의 글씨로 현판을 다시 내려준 것이다. 그래서 현판 한쪽엔

"만력 갑술(1574) 사액 후 266년 되는 기해년에 화재로 불타서 다시 써서 하사하다"라고 그 경위가 쓰여 있다. 기해년은 1839년, 추사 나이 54세 되는 해이다.

중년의 편지 글씨와 해서

한 서예가의 글씨가 변해가는 과정은 무엇보다도 편지 글씨와 해서 작품에 가장 잘 나타난다. 편지란 작품이라는 의식을 갖지 않고 쓴 것이기 때문에 그 서예가의 필법이 거짓 없이 드러나며, 해서 작품에는 그렇게 변화된 결과가 구체적으로 나타나기 때문이다.

추사의 간찰 중에서 연도가 분명한 것들을 대략 5, 6년 단위로 구분해서, 37세(1822), 43세(1828), 48세(1833), 53세(1838)에 쓴 편지들을 비교해보면 그 변화의 흐름을 알 수 있다. 추사의 50대 글씨에 이르면 우리가 추사체의 참멋이라고 생각하는 획의 굳셈과 부드러움의 조화가 능숙히 구사됨을 알 수 있다. 특히 추사는 제주도 귀양 후 여기에다 금석기와 획의 변화를 자유자재로 가하게 된다.

추사의 편지 글씨에는 이처럼 확실한 연도가 표시되어 있어 그 편년을 알 수 있지만 중년에 쓴 해서 작품은 기년이 밝혀진 것이 매우 드물다. 그중 〈묵소거사 자찬(默笑居士自讚)〉이 중년의 대표작으로 삼을 만하다. 이 작품은 근래 최완수에 의해 황산 김유근이 1823~28년 사이에 지은 글임이 밝혀짐으로써 추사의 중년작으로 확정할 수 있게 되었다.(최완수『추사명품』, 현암사 2017)

붉은 바탕의 냉금지(冷金紙)에 행간과 자간을 정확히 맞추어 또박또박 써내려간 단아한 작품이다. 글자마다 부드러움과 힘을 동시에 느끼게 하는 내재적 울림이 있다. 〈묵소거사 자찬〉은 그 내용이 자못 크다.

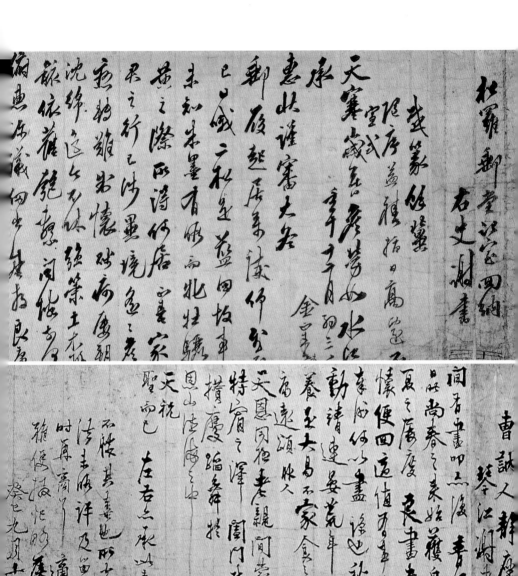

김정희, 〈간찰〉(위) 1822년(37세), 36.5×63.5cm, 개인 소장

김정희, 〈간찰〉(아래) 1833년(48세), 29.0×65.0cm, 개인 소장

이 두 간찰을 비교해보면 추사의 30대와 40대 서체의 변화가 여실히 드러난다.

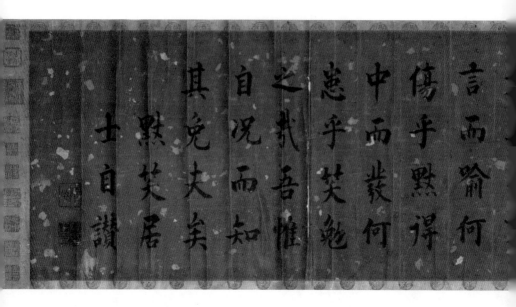

　침묵해야 할 때 침묵하는 것은 때에 맞는 것이요, 웃어야 할 때 웃는 것
은 중용에 가까운 것이다. (…) 인정에 어긋나지 않으니 묵소(默笑)의 뜻이
크도다. 말하지 않고 깨우쳐줄 수 있다면 침묵에 무슨 손상이 있겠으며 중
용을 얻어 말한다면 웃는다 하여 무엇이 걱정일까. 그것에 힘쓸지어다.

　추사 중년의 또 하나의 명작으로는 「제월노사 안게(霽月老師眼偈)」
를 들 수 있다. 해서체이지만 약간의 행서기를 넣어 강약의 리듬과 필
세에 동감을 준 작품이다. 4자 24행의 긴 게송을 장축으로 쓰고 또 그
후기를 작은 글자의 행서로 곁들여 구성 자체가 아름답다. 그 후기를
보면 제월대사가 나이 70세에 갑자기 아나율타병(阿那律陀病)에 걸려
제자들이 걱정하자 추사가 이 게송을 지어주며 산사의 관음전에 걸고

김정희, 〈묵소거사 자찬〉 32.7×136.4cm, 국립중앙박물관 소장, 보물 제1685호 ┃ 추사의 해서체로 필획에 약간의 흘림을 넣어 부드러운 멋을 보여준다. 추사의 유연한 필획이 여실히 드러나는 명작이다.

빌게 했다는 것이다. 아나율타병이란 『능엄경』의 고사에 나오는 병으로, 실명한 것을 말한다. 그래서인지 이 게송은 간절하기만 하다.

산하의 대지 위엔	山河大地
만상이 늘어섰다. (…)	萬象森列
눈이 하나 눈이 두 개	一眼二眼
세 개 네 개 다섯 개라.	三四五眼
그러다가 천 개 되니 (…)	乃至千眼
거울마다 또렷하다.	鏡鏡照徹
갠 하늘에 달이 밝듯	霽空月澄

이렇게 추사는 중년에 들어서면서 자신의 서체에 하나의 틀을 갖추어간다. 그리고 제주도 유배시절 그것을 한 차원 높여 무궁한 변화를 얻는다.

정부인 광산 김씨 묘비

추사가 중년에 남긴 정통적인 예서 작품으로 〈정부인 광산김씨지묘(貞夫人光山金氏之墓)〉라는 비석 전면 글씨가 있다. 이 비석 뒷면에 당시 전주의 명필로 이름났던 창암(蒼巖) 이삼만(李三晚)이 쓴 음기(陰記)를 보면 1833년 추사가 48세의 나이로 규장각 대교를 지낼 때 쓴 글씨임을 알 수 있다.

비석의 앞면에 쓴 묘표인지라 단정하기만 한데 글자 구성과 획의 변화에서 뛰어난 감각을 보여준다. 특히 광(光) 자의 구부린 획과 묘(墓) 자의 흙 토(土)를 처리한 것을 보면 자유자재로운 천부의 자질이 느껴진다. 추사의 글씨는 노년에 들어서면서 더욱 그러한 특질을 발휘

김정희, 〈제월노사 안게〉 126.0×25.7cm, 개인 소장 | 제월대사가 실명하여 제자들이 슬픔에 빠진 것을 보고 위로하는 게송을 써준 것이다. 내용도 뜻이 깊지만 금석기 있는 행서 글씨가 아름답다.

하며 추사체의 아름다움을 한껏 자랑하게 된다. 그러나 그것은 만년에 가서의 일이며 아직은 아니다.

추사의 난초 그림과 『난맹첩』

추사를 굳이 화가로 본다면 난초 그림에 한해서 맞다고 할 수 있다. 추사는 오직 난초 그림에 대해서는 당당한 화론을 제시하면서 제자들에게 끊임없는 장인적 연찬과 수련까지 요구했다.

추사의 중년 난초 그림으로는 간송미술관에 소장된 『난맹첩(蘭盟帖)』이 가장 잘 알려져 있는데 상하 두 책에 난초 그림 16폭이 실려 있다. 『난맹첩』에는 유명한 「사난결(寫蘭訣)」이 별지로 쓰여 있는데,

김정희, 〈정부인 광산김씨지묘〉 묘비 전면 탁본 1833년(48세), 99.0×51.0cm | 예서와 해서를 섞어서 쓴 추사 중년 글씨의 대표적인 비문이다.

이 「사난결」은 훗날 목판으로 찍혀 세상에 널리 유포되기도 했다.

내가 난초 치는 것을 배운 지 30년이 되어서 정사초·조맹견·문징명·진원소·석도·서위 등 여러 옛 그림을 보았고 요즘은 정섭·전탁석처럼 여러 이름난 사람이 그린 것들도 자못 다 볼 수 있기에 이르렀지만 그 백 분의 일도 비슷하지 못했다. (나는) 비로소 옛것을 배우는 것이 가장 어려우며 난초 치는 것이 더욱 어려운데 함부로 가볍게 손대보았던 것을 알았을 뿐이다.

김정희, 『난맹첩』 중 〈세외선향〉 종이에 수묵, 22.8×27.0cm, 간송미술관 소장 ┃ 담묵의 꽃송이와 영지 버섯이 날렵한 난초잎과 어우러져 거친 멋이 들어 있는 작품이다.

『난맹첩』속 난초들은 한결같이 잎이 꺼칠하고, 길게 꺾이거나 짧게 잘리고 또는 굽어 휘기도 해서 어찌 보면 잡초 같은 느낌이 강하다. 형식으로 말하면 예서 쓰는 필법을 이용한 것이고, 내용으로 말하면 곱게 꾸민 연미(娟美)한 아름다움이 아니라 고졸하면서 조야한 멋을 풍기는 난초 그림이다. 이 시절 글씨에 비해 난초 그림에는 추사의 천연스러운 야취가 살아 있어서 어떤 이는 『난맹첩』을 제주도 귀양 이후의 작품으로 감정하기도 한다.

『난맹첩』 작품 중에서도 〈세외선향(世外僊香)〉〈국향군자(國香君子)〉 등은 추사 난초 그림의 정수를 보여준다. 구도가 파격적이고 난

김정희, 『난맹첩』의 〈국향군자〉 종이에 수묵, 23.4×27.6cm, 간송미술관 소장 ┃ 추사는 난초 그림에 대해서는 당당한 화론을 제시하면서 제자들에게 끊임없는 장인적 연찬과 수련까지 요구했다.

초와 화제가 다양한 방식으로 어울린다. 화법으로는 논할 수 없는 그 무엇이 있다. 이에 대해 추사는 아들 상우에게 이렇게 말했다.

난초를 그리는 데 한번 그림의 영역에 빠지면 이는 곧 마귀의 길에 떨어지는 것이니라. (…) 난초를 치는 법은 또한 예서를 쓰는 법과 가까워서 반드시 문자향과 서권기가 있은 다음에야 얻을 수 있다. 또 난 치는 법은 그림 그리는 법식대로 하는 것을 가장 꺼리니 만약 그리는 법식을 쓰려면 일필(一筆)도 하지 않는 것이 좋다.(전집 권2, 상우에게)

김정희, 〈산심일장란〉 종이에 수묵, 28.8×73.2cm, 일암관 ┃ 추사의 난초 그림 중 일찍부터 명작으로 손꼽힌 작품이다. 장년시절의 난초와 비교해보면 그의 필력이 노년에 와서 얼마나 무르익었나 알 수 있다. 난초의 구성은 『근역화휘』의 〈묵란〉과 똑같다.

그래서 추사는 그림 중에서 난초가 가장 어렵다고 했다. 산수·매죽·화훼·물고기 등 각 장르마다 대가가 있지만 유독 난초만은 특별히 소문난 이가 없고, 황공망·문징명 같은 문인화가도 난초를 잘 그리지 못한 것은 바로 이런 어려움 때문이었다는 것이다. 그러면서 원나라의 정사초·조맹견이 난초에서 이름을 얻은 것도 따지고 보면 인품 때문이었다고 했다.

추사가 난초를 파격적으로만 그린 것은 아니었다. "산이 깊어 날이 길고, 인적이 고요한데 향기가 스며드네"라는 화제가 쓰여 있는 〈산심일장란(山深日長蘭)〉은 1938년 서화·골동 비장품 경매전에 공개되어 화제를 모았으나 그후 한동안 소재를 알 수 없었다가, 1971년 제1회 부산경남고미술협회 전시회에 찬조 출품되어 다시 세상에 알려진 작품이다.

화제는 추사가 장년에 그린 〈선면묵란〉과 같은 내용이나 이 난초 그림을 받았다는 정음거사(庭陰居士)가 누구인지는 아직 모르겠다.

낙관을 노감(老艿), 즉 '가시 많은 연꽃'이라고 했는데 이처럼 추사가 때마다 호를 달리한 것이 100개를 헤아린다.

장황장 유명훈

『난맹첩』의 한 폭에는 '거사가 명훈에게 그려주다(居士寫贈茗薰)'라고 쓰여 있는데, 명훈이 누구인지에 대해서는 오랫동안 밝혀지지 않았다. 이를 고문헌 연구가 박철상 씨가 국립중앙박물관 동원기증품에 들어 있는 『완당소독(阮堂小牘)』의 편지 30여 통을 조사하여 명훈이 유명훈(劉命勳)의 자임을 밝혀내었다.(『추사 김정희: 학예일치의 경지』, 국립중앙박물관 2016)

유명훈은 추사의 제자로, 『예림갑을록』에 참가한 형당 유재소의 아버지이고 중인 출신 문인인 박윤묵의 사위이며, 그 자신은 뛰어난 장황장(粧䌙匠), 즉 표구 장인이었다. 그는 추사 작품의 전속 장황장이기도 했다. 유명훈은 평생 서리직 한번 나가보지 못했으니 별다른 이력이 있을 것 같지 않지만, 박철상은 그가 철종 어진의 회장인(繪粧人)으로 참여한 것을 확인했다.

『완당소독』에는 추사가 유명훈에게 장황을 부탁한 내용이 많다.

잘 지내고 있느냐? 나는 아이 걱정으로 속을 태우고 있단다. 그림의 배접이 끝났으면 이번에 보내주기 바란다. 여기에 볼만한 것이 있으니 오늘 내일 새에 꼭 한 번 와서 곁에서 구경하는 것이 좋겠다. 이만 줄인다.

요즘 무슨 일을 하며 지내느냐? (…) 소첩(小帖)을 들여보내니 양화지(洋畵紙)를 배접하고 표지를 만들어 보내는 것이 좋겠다. 칼질도 정밀하

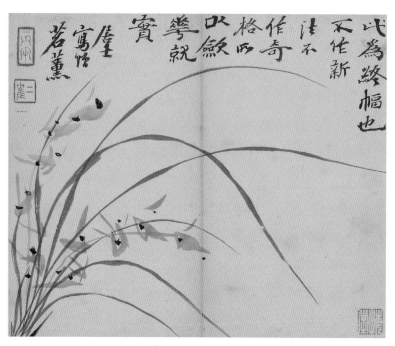

김정희, 『난맹첩』 중 〈염화취실〉 종이에 수묵, 22.8×27.0cm, 간송미술관 소장 | 『난맹첩』의 마지막 화폭으로 화제 끝에 유명훈에게 준다고 쓰여 있다. 유명훈은 표구를 잘하는 장황 장인이었다.

게 잘하기 바란다. 내일 인편에 보내주는 것이 어떠하냐? 이만 줄인다.

편지의 행간을 보면 추사가 유명훈에게 보내는 신뢰와 정이 듬뿍하다. 그렇기에 『난맹첩』 같은 작품을 그에게 선물했던 것이다. 추사에게는 이처럼 제자로 아끼는 장인이 많았다.

붓을 잘 만드는 박혜백, 전각을 잘하는 오규일, 먹동이라고 불린 달준이, 그리고 장황장 유명훈이 그들이다. 그것은 추사의 남다른 제자 사랑이자 장인에 대한 애정이었다.

추사의 제자들

추사는 중년에 청나라 서예를 받아들여 국제적인 지평에서 새로운 서예를 추구하면서 벗과 제자, 심지어는 선배에게까지 영향을 주며 가히 일파를 이루었다. 이재 권돈인, 자하 신위, 눌인 조광진, 우봉 조희룡, 황산 김유근, 초의스님 등이 그와 일파를 이룬 서화가들이었다. 이것이 날이 갈수록 그 세를 확장하여 곧 거대한 바람을 일으키게 되고 그 바람은 가히 '일세를 풍미하는 완당바람'이었다.

추사의 주위에는 어느새 제자들이 모여들기 시작했다. 추사를 찾아와 가르침을 받은 제자들은 대체로 세 유형으로 나뉜다. 첫째 유형은 양반 출신 제자들이다.

이당(怡堂) 조면호(趙冕鎬, 1803~87)

동암(桐庵) 심희순(沈熙淳, 1819~?)

위당(威堂) 신헌(申櫶, 1810~84)

유재(留齋) 남병길(南秉吉, 1820~69)

자기(慈屺) 강위(姜瑋, 1821~84)

석파(石坡) 이하응(李昰應, 1820~98)

둘째 유형은 역관으로 활동한 제자들이다.

우선(藕船) 이상적(李尙迪, 1804~65)

역매(亦梅) 오경석(吳慶錫, 1831~79)

소당(小棠) 김석준(金奭準, 1831~1915)

이 가운데 추사 중년부터 제자였던 이는 이상적뿐이며, 오경석과 김석준은 추사의 과천시절에도 20대의 젊은이였다. 특기할 만한 사항은 추사의 양반 제자와 역관 제자 중에는 유장환·민태호·남병길·강위·오경석 등 개항기 때 진보적 지식인으로 활동한 이들이 많다는 사실이다. 셋째 유형은 중인 출신의 서화가들이다.

우봉(又峯) 조희룡(趙熙龍, 1789~1866)

고람(古藍) 전기(田琦, 1825~54)

소당(小塘) 이재관(李在寬, 1783~1837)

소치(小癡) 허련(許鍊, 1808~93)

희원(希園) 이한철(李漢喆, 1808~?)

혜산(蕙山) 유숙(劉淑, 1827~73)

학석(鶴石) 유재소(劉在韶, 1829~1911)

북산(北山) 김수철(金秀哲, 생몰년 미상)

이들 중에는 도화서 화원도 있지만 고람 전기 같은 한약사도 있고 여항 묵객도 있다. 우봉과 소치를 제외하면 모두 제주 귀양 이후의 제자들이다. 결국 추사 중년의 제자는 우선 이상적, 우봉 조희룡, 소치 허련 정도이다.

우선 이상적

이상적은 대대로 내려오는 역관 집안에서 태어나 자신도 역관이 된 이로, 23세에 역과에 합격한 뒤 총 열두 차례나 연경에 다녀온 중국통이었다. 그는 용모가 수려하고 문체도 아름다워 연경에서도 70여 명의 중국 문인들과 교유했으며, 유희해의『해동금석원』에 서문을 써줄 정도로 학식과 시문에 능했다.

이상적은 이들 중국 인사에게 받은 편지를『해린척소(海鄰尺素)』라는 책으로 묶어 간직했다. 자신의 시문집은『은송당집(恩誦堂集)』이라고 했는데 이는 헌종이 그의 시를 낭송한 은혜에 감격하여 붙인 것이었다.

한편 추사가 제주에서 귀양

〈이상적 초상〉(부분) 비단에 수묵, 간송미술관 소장 | 이상적은 역관으로 추사와 연경 학계를 끊임없이 연결해주었다.

살이하는 동안 정성을 다해 중국에서 책들을 구해준 이상적의 따뜻한 정에 〈세한도〉를 그려 답한 것은 너무도 유명한 이야기이다.

우봉 조희룡

추사의 서화 제자 중 첫째가는 이는 우봉 조희룡이었다. 조희룡은 우봉·호산(壺山)·단로(丹老)·매수(梅叟) 등 여러 호를 두루 사용했으며 중인 출신으로 시·서·화 모두에 능한 명사였다. 그는 헌종의 명을 받아 금강산을 노래한 시를 지어 바치고, 궁중에 〈문향실(聞香室)〉이라는 현판을 쓰기도 했으며, 평생 동안 많은 저술을 남겨『석우망년록(石友忘年錄)』『해외난묵(海外蘭墨)』『일석산방소고(一石山房小稿)』 등의 문집과 중인 열전인『호산외사(壺山外史)』를 찬술했다.

그의 글씨는 추사의 글씨를 빼박은 듯이 똑같아서 어떤 경우에는 둘을 구별할 수 없을 정도였으며, 산수·매화·난초 그림에서 추사 일파의 문인화풍을 대표하는 아름다운 작품을 많이 남겼다. 조희룡은 추사를 스승으로 극진히 모셔 추사가 북청에 유배된 사건에 연루되어 3년간 임자도에서 유배생활을 하기도 했다.

그런데 추사가 조희룡의 예술을 그리 높이 치지 않은 듯한 말을 한 것이 『완당선생전집』에 실려 있다. 서자인 상우에게 보낸 편지에서 다음과 같이 말한 구절인데, 이 때문에 조희룡은 예술적 평가에서 큰 상처를 받았다.

> 조희룡 같은 무리가 나에게서 난 치는 법을 배웠으나 끝내 그림 그리는 법식한 길에서 벗어나지 못하는 것은 가슴속에 문자기(文字氣)가 없는 까닭이다.(전집 권2, 상우에게)

추사가 아들에게 사적으로 한 이 말이 그의 문집에 오르니 이 말이 곧 추사가 조희룡을 평한 공적 비평이 되어, 후세 사람들은 이것을 추사가 조희룡을 평한 정론(正論)으로 알고 있다. 추사가 이 사정을 안다면 조희룡에게 참으로 미안해할 것 같다. 사실 그림으로만 말한다면 우봉은 추사 일파 중 최고의 화가이며, 산수와 매화에서는 추사보다 훨씬 더 나은 면도 있었다.

물론 추사가 조희룡을 실제로 못마땅하게 생각했을 소지는 있다. 무엇보다 조희룡에게는 중인 출신이라는 신분적 약점이 있었다. 또 조희룡이 비록 문인화풍의 그림을 그리고는 있었지만 추사가 보기에는 정작 그 품격을 지탱해줄 학식이 부족했던 것 같다. 학문적·정신적 깊이가 모자라면서 형식만 그럴듯한 것이 추사는 늘 못마땅했는

조희룡, 〈난초〉 종이에 수묵, 23.0×27.0cm, 국립중앙박물관 소장 | 우봉 조희룡은 현대적 감각이 물씬 풍기는 대담한 구도의 난초 그림을 잘 그렸다. 그는 추사에게서 난초 그림을 배웠지만 그의 그림을 보면 청나라 정섭의 영향도 많이 반영되어 있다.

지 모른다.

그리고 또 한 가지, 대개 자기를 흉내 내는 사람은 낮추어보게 되는 인간 본연의 생리적 반응도 있었을 것이다. 아무리 자신을 추종하더라도 뭔가 다른 면을 갖고 따를 때 그를 더 아끼고 대견해하는 법이다. 조희룡은 스승에게 그런 면을 보여주지 못했던 것 같다.

소치 허련

추사가 가장 아낀 제자는 역시 소치 허련이었고, 추사를 스승으로 가장 극진히 모신 제자 역시 그였다. 추사는 소치의 그림을 평하여 "압록강 동쪽에 소치만 한 화가가 없다"라고 했고, 소치는 추사가 제주도에 유배 갔을 때 세 번이나 찾아가서 몇 개월씩 함께 지내곤 했다. 소치가 추사의 제자가 되는 과정은 『소치실록』에 아주 상세히 기록되어 있다.

소치는 진도의 몰락한 양반 출신으로 28세 때인 1835년, 해남 대둔사의 초의선사를 찾아가 서화를 배우면서 입문했다. 소치는 일지암에 기거하면서 대둔사 초입 녹우당에 보존된 공재 윤두서의 그림과 『고씨화보』 같은 화본을 빌려 보면서 그림을 배웠다. 본래 그림에도 높은 재능을 지녔던 초의는 그의 그림을 성심껏 지도해주었다.

소치가 초의 밑에서 그림을 배운 지 4년째 되던 1839년, 소치의 그림을 평해달라는 초의의 부탁에 추사는 "아니, 이와 같이 뛰어난 인재와 어찌 손잡고 함께 오지 못하셨소. (…) 즉각 서울로 올려보내도록 하시오"라고 답했다. 그리하여 그해 8월, 소치는 서울로 올라가 월성위궁 바깥사랑에 기거하며 추사에게 그림을 배우게 되었다.

그렇게 지내던 어느 날 저녁, 추사는 소치에게 문인화의 세계를 이렇게 가르쳤다고 한다.

화도(畫道)라는 것은 참으로 어려운 것이네. 자네는 이미 화격을 터득했다고 생각하는가? 자네가 처음 배운 것이 공재 화첩인 걸로 아네. 우리나라에서 옛 그림을 배우려면 마땅히 공재로부터 시작해야 하겠지. 그러나 그는 신운(神韻)의 경지는 부족하다네. 겸재 정선, 현재 심사정 모두 그림으로 이름을 떨치고 있지만 그들의 화첩에 전하는 것은 한갓 안목만 혼란하게 할 뿐이니 결코 들춰보지 않도록 하게. 자네는 화가의 삼매경에 들어가는 천 리 길에 겨우 세 걸음 옮겨놓은 것과 같네.(『소치실록』)

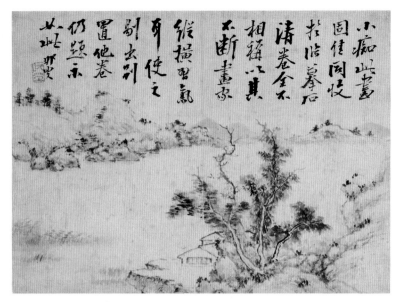

허련, 〈산수도〉 종이에 수묵, 24.8×34.4cm, 삼성미술관 리움 소장 ┃ 소치 허련의 산수화에 추사가 화제를 써서 사제 간의 서화 합작이 되었다. 소치의 그림이 추사의 글씨 덕에 더욱 살아났다.

 이처럼 추사는 영·정조시대에 이룩한 진경산수와 문인화풍을 인정하면서도 그것이 그림의 본령에 다가서지 못한 한계가 있다고 생각했다. 그 대신 추사는 소치에게 청나라 화가가 원말 4대가의 그림을 방작한 그림을 모은 화첩을 주고 폭마다 열 번씩 본떠 그려보라고 했다. 그렇다고 추사가 사대주의에 빠진 것은 아니었다. 정확히 말해서 그는 국적을 떠나 예술 자체의 높은 경지를 지향했던 국제주의자였다.

 소치는 추사의 가르침대로 날마다 추사에게 그림을 그려 바쳤다. 그러다 잘된 그림이 있으면 추사는 찾아오는 손님과 제자 중 그림을 아는 사람에게 한 폭씩 나누어주면서 소치를 칭찬해 마지않았다. 이로 인해 소치의 이름은 곧 장안에 퍼지게 되었고, 추사는 원말 4대가 중 한 사람인 황공망의 호 대치(大癡)를 빌려와 제자에게 소치(小癡)

라는 호를 붙여주었다. 이는 문인화의 본도 속으로 깊이 들어가라는 주문이기도 했다.

다시 일어나는 윤상도 옥사

1840년 6월, 병조참판을 지내고 있던 55세의 추사는 동지부사로 임명되는 감격을 맞았다. 꿈에도 잊지 못할 연경에 30년 만에 다시 가게 된 것이다. 그 옛날 자제군관으로 갔던 추사가 이제는 동지부사가 되어 연경에 가게 됐으니 그 또한 금의환향이었다.

그러나 이 감격은 일장춘몽처럼 사라졌다. 안동 김씨는 아니지만 추사의 저승사자 격인 김우명이 대사간이 되고, 경주 김씨와는 악연이라고 할 수밖에 없는 안동 김씨 김홍근이 대사헌이 되면서 안동 김씨를 주축으로 한 세력이 10년 전 윤상도 사건을 재론하며 이미 돌아가신 부친 김노경을 공격하고 나선 것이다.

6월 30일 대사헌에 임명된 김홍근은 자리에 오른 지 불과 열흘 만인 7월 10일 사직서를 제출하고 '삼가 목욕재계하고 말씀드리는 것'이라며 비장한 분위기를 조성한 다음, 느닷없이 10년 전 김노경과 윤상도의 옥사를 다시 조사해야 한다고 주장하는 상소를 올렸다. 이에 수렴청정하던 대왕대비 순원왕후가 추자도에 위리안치되어 있는 윤상도를 즉시 끌어올려 국문하게 하고 김노경에게도 마땅한 처분을 내리겠다고 하교했다. 이튿날에는 추사와 아우 명희의 관직을 빼앗고, 그 다음날에는 죽은 부친의 관직을 추탈했다.

그런데도 대사헌 김홍근은 계속 배후를 캐야 한다고 주장했다. 이는 정치적 반대세력을 제거할 때 쓰는 상투적인 수법으로, 그들의 공격은 추사 김정희를 겨냥하고 있었다. 최완수는 이 정쟁의 배경을 당시 우의정 조인영, 형조판서 권돈인, 병조참판 김정희 등으로 엮인 반(反) 안동 김씨 세력에 대한 안동 김씨의 공격으로 보았다.

윤상도를 추자도에서 끌어올려 국문한 결과 윤상도는 전 승지 허성이 시켜서 한 일이라 했고, 허성은 김양순의 위협과 사주를 받았다고 자백했다. 아이러니하게도 추사를 줄기차게 모함해온 안동 김씨 김양순이 얽혀든 것이다.

8월 11일 윤상도 부자가 능지처참을 당하자 궁지에 몰린 김양순은 김정희가 시킨 일이라고 추사를 끌어들였다. 이리하여 8월 20일, 예산으로 낙향해 있던 추사가 나포되어 의금부로 압송되었다. 김양순과 김정희의 대질심문에서 김양순의 말이 거짓으로 드러나자 김양순은 다시 죽은 이화면을 끌어들여 그가 다리를 놓았다고 말했다. 이렇게 국문이 계속되는 동안 김양순은 고문 끝에 죽고, 허성 또한 역적모의에 참여한 죄로 죽임을 당하여 결국 김정희만 남아 국문을 받게 되었다.

모두 혹심한 고문에 며칠을 넘기지 못하고 죽음에 이르렀으니 추사의 목숨 또한 경각에 달린 셈이었다. 죽음의 문턱에 들어선 추사를 구해줄 이는 오직 안동 김씨의 실세였던 황산 김유근뿐이었으나, 당시 김유근은 중풍에 걸려 4년째 와병 중이었던 데다 다른 병도 아니고 실어증을 앓고 있어 아무런 도움도 줄 수 없었다. 추사는 꼭 죽을 처지였다.

조인영의 상소와 추사의 유배

이때 우의정 조인영이 추사와의 끊을 수 없는 정리를 생각하여 9월 4일, 정중하고 논리정연한 문장으로 임금에게 상소의 일종인 차자(箚子)를 올렸다. 진실한 벗의 용기 있는 상소였다. 이것이 「국문받는 죄

수 김정희를 참작하여 조처해줄 것을 청하는 글」이다.

> 엎드려 아뢰옵니다. 신은 이번 국문에 대하여 (…) 처음부터 끝까지 이
> 일에 참여하여 진실로 그 정황을 잘 아옵니다. (…)
> 이번에 김정희가 절개를 거스르고 흉악함을 도모한 것은 진실로 끝까
> 지 힐문할 것도 없이 대질시켜 증거를 취해야 할 것이나, 이미 국문에서
> 나온 사례가 없고 신문을 더한다 하더라도 완결을 기약할 수가 없습니다.
> 이 어찌 성스러운 조정이 가련한 사람을 구원해주는 뜻에 맞을 수 있겠습
> 니까. (…) 바라옵건대 전하께서는 빨리 재량하여 처리하옵소서.

조인영의 차자를 받은 대왕대비는 이를 받아들여 다음과 같이 하교
했다.

> 이제 우의정이 올린 글을 보니 옥사의 맥락과 오점이 매우 분명하다.
> 인하여 계속 신문해야 마땅하겠지만 증거 댈 길이 이미 끊어져서 힐문할
> 방도가 없고, 또 행형과 법리를 세세히 말한 것이 실로 공명한 논의이니,
> '그 의심스러운 죄는 가볍게 벌한다'는 뜻에 입각하여 감사(減死)의 법을
> 씀이 마땅하다. 국청(鞫廳)에 수금(囚禁)한 죄인 김정희를 대정현에 위리
> 안치하도록 하라.(『조선왕조실록』 헌종 6년 9월 4일자)

대왕대비의 이런 조치가 내려지자 이튿날 예상대로 대사간 김우명
을 비롯한 삼사가 들고 일어났다. 이들은 합계하여 김정희를 다시 국
문할 것을 요구했다. 그러나 대왕대비의 대답은 단호했다.

전의 차자에 대한 비답에 이미 일렀다. 번거롭게 하지 말라.(『조선왕조
실록』헌종 6년 9월 5일자)

이리하여 추사는 겨우 목숨을 구해 제주도로 귀양을 떠나게 되었
다. 조인영의 도움으로 죽음에서 탈출한 것이다.

君亦且世之滔滔中惟權利之是趨為之
費心費力如此而不以歸之權利乃歸
之海外蕉萃枯槁之人如世之趨權利
者太史公云以權利合者權利盡而交
疏君亦世之滔滔中一人其有超然自拔
於滔滔權利之外不以權利視我耶
太史公之言非耶孔子曰歲寒然後知
松柏之後凋松柏是毋四時而不凋者
歲寒以前一松柏也歲寒以後一松柏
也聖人特稱之於歲寒之後今君之於
我由前而無加焉由後而無損焉由
前之君無可稱由後之君亦可見稱
聖人之特稱非徒為後凋之貞操勁節
而已亦有所感發於歲寒之時者
烏乎西京淳厚之世以汲鄭之賢賓
客與之盛衰如下邳榜門迫切之

阮堂老人書

제 6 장

세한도를 그리며

위리안치라는 형벌

추사에게 내려진 벌은 정확하게 말해서 '대정현에 위리안치하라'였
다. 조선시대 행형제도에서 유형(流刑)은 죄인을 먼 곳에 유배하여 격
리 수용하는 형벌로, 죄질과 죄인의 신분, 유배 장소에 따라 배(配)·적
(謫)·찬(竄)·방(放)·천(遷)·사(徙) 등 이름도 형식도 다양하다. 그중
에서 가장 많이 시행된 것이 천사(遷徙)·부처(付處)·안치(安置) 세 가
지이다.

천사란 '고향에서 천 리 밖으로 강제 이주시키는 것'으로 말 그대로
고향에서 내쫓는 것이다. 부처는 중도부처(中途付處)의 준말로 유배
에 처한 죄인의 정상을 참작하여 귀양지로 가는 도중의 한 곳에서 지
내게 하는 것인데, 대개 고관에게 가해졌다.

안치는 『경국대전』에 의하면 본향(本鄕)안치, 주군(州郡)안치, 사장
(私莊)안치, 자원처(自願處)안치, 절도(絶島)안치, 위리(圍籬)안치 등
으로 나뉜다. 모두 다 주거를 제한하는 연금이다. 본향안치는 죄질이
가벼운 사람을 고향(시골)에 안치하는 것이고, 사장안치는 개인 별장
에, 자원처안치는 스스로 유배지를 택하는 것으로 가벼운 격리·연금
이다. 주군안치는 일정한 지방(주·군·현)을 지정하여 그 안에서만 머
물게 하는 것으로 유배 고을 안에서는 자유로이 왕래하며 활동할 수
있었다. 다산 정약용이 강진에 유배된 것이 주군안치였다.

그러나 절도안치와 위리안치는 대단히 가혹하다. 절도안치는 육지
에서 멀리 떨어진 외딴섬에 안치하는 것으로, 추사의 아버지 김노경

이 절도안치를 명 받아 고금도에 유배된 바 있다. 위리안치된 자는 천극(栫棘) 죄인이라고 해서 집 주위에 가시울타리를 두르고 그 안에서만 살게 했다. 가시 많은 탱자나무 울타리는 남해안과 제주도에 많았기 때문에 위리안치를 명 받으면 그쪽으로 가는 경우가 많았다. 대개는 당쟁으로 인한 정치범들이 이 형을 받았다.

추사는 그 많은 유배지 중에서 절도, 그중에서도 가장 멀고 살기 힘든 원악지(遠惡地)인 제주도, 거기서도 서남쪽으로 80리 더 내려가야 하는 대정현에 위리안치되었으니 곱절로 가혹한 징역이었던 셈이다.

많은 사람이 다산은 귀양살이를 통해 현실을 재발견한 반면 추사는 그러지 못했다고 말한다. 그것은 두 분의 성격과 성향 차이 탓도 있지만 다산은 주군안치였던 데 비해 추사는 위리안치였던 차이도 없지 않다. 대신 추사는 위리안치를 통해 자아를 재발견했다.

유배지로 가는 길

이리하여 추사는 기약 없는 제주도 귀양길을 떠났다. 추사가 위리안치 명을 받은 것은 1840년 9월 4일이다. 유배지로 가는 길은 전주·해남을 거쳐 완도에서 배를 타고 제주 화북진 항구로 들어가 여기서 다시 80리 떨어진 대정현까지 가는 긴 행로였다. 육지 천 리, 바다 천 리의 멀고 먼 길이다. 쉬지 않고 가도 한 달은 걸리는 일정이다.

추사의 유배길에는 의금부 관리인 금오랑이 행형관으로 대정까지 동행했으며, 집에서는 머슴 봉이가 완도까지 따라왔다. 국문을 받은 뒤라 몸은 천근만근 무거워 발이 땅에 잘 붙지 않았고 스산한 가을바람은 유배객의 몸과 마음을 더욱 쓸쓸하게 했다. 추사는 이때의 심정을 벗 권돈인에게 이렇게 말했다.

행실 치고 조상에게 욕이 미치게 하는 것보다 더 추한 것이 없고, 그다음은 몸에 형틀이 채워지고 매를 맞아서 곤욕을 받는 것인데, 나는 이 두 가지를 다 겸했습니다. 40일 동안에 이와 같은 참혹한 독(毒)을 만났으니 고금 천하에 어찌 이런 일이 있겠습니까.(전집 권3, 권돈인에게, 제4신)

전주의 서예가 창암 이삼만

추사의 유배길에 사실을 확인할 수는 없지만 능히 있었을 법한 전설적인 일화 두 개가 전한다. 하나는 전주를 지날 때 그곳의 이름난 서예가 창암(蒼巖) 이삼만(李三晚, 1770~1847)을 만난 얘기다.

창암은 전형적인 시골 서생으로 원교의 필첩을 보고 열심히 글씨를 익혀 스스로 일가를 이룬, 요즘으로 치면 '지방 작가'였다. 호남에서는 그의 예명(藝名)이 확고부동하여, 그는 지리산 천은사의 〈보제루(普濟樓)〉 같은 대폭의 현판도 쓰고 곡성 태안사의 〈배알문(拜謁門)〉 같은 아담한 글씨를 남기기도 했다. 추사가 48세 때 쓴 전주의 〈정부인 광산김씨지묘〉 뒷면이 바로 이삼만의 글씨였다.

창암의 글씨는 속칭 유수체(流水體)라 해서 유연성을 자랑했으나, 그 흐름은 장대한 것이 아니라 정겨운 계곡물 같았다. 그래서 꾸밈없는 천진스러움의 진수를 느낄 수 있다는 것이 특징이라면 특징이었다. 또 그가 쓴 붓은 황모필(黃毛筆)도 못 되고 개꼬리를 훑어 만든 것이라 그의 작품 중에는 먹물이 뚝뚝 떨어져 부실한 경우도 있고, 두꺼운 장지에 돌도장은 고사하고 나무도장, 심지어는 마른 인주에 고구마도장을 찍은 경우도 있다. 창암의 글씨는 좋게 말해서 향색(鄕色)이 짙었고 어떤 면에서는 촌스러웠다.

그런 창암이 귀양길에 지나가는 추사에게 글씨를 보여주며 평을 부탁했다. 그때(1840) 창암은 추사보다 열여섯 살이 더 많은 71세의 노인이었다. 창암의 글씨를 본 추사는 한동안 말이 없다가 이윽고 이렇게 입을 열었다.

"노인장께선 시골에서 글씨로 밥은 먹겠습니다."

추사가 나간 뒤 창암은 속으로 이렇게 말했다고 한다.

'저 사람이 글씨를 잘 아는 것 같지만 조선 붓의 해지는 멋과 조선 종이의 스미는 맛은 잘 모르는 것 같네.'

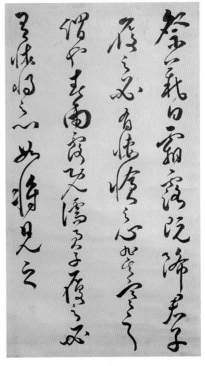

이삼만, 〈이로재기(履露齋記)〉 150.0×60.0cm, 이로재 소장 | 이삼만의 전형적인 '유수체'로 글씨의 흐름이 아주 조용하다. 이로재는 '이슬을 밟는 집'이라는 뜻으로 『예기』에 나오는 효행에 관한 구절이다. 왼쪽 아래편에 흐릿한 도인이 찍혀 있다.

대둔사에서 초의를 만나고서

두 번째 전설은 원교 이광사의 글씨와 관련된 이야기이다. 전주를 떠난 추사는 해남 대둔사로 향했다. 유배길에서 일지암의 초의선사를 만날 수 있다는 것은 작은 기쁨이었다. 이윽고 해남 구림리 장춘동의 10리 숲길을 지나 대둔사에 당도하니 누각 아래로 냇물이 장히 흘렀다. 그 위 현판을 보니 '침계루(枕溪樓)'라 쓰여 있는데 원교 이광사의

대둔사의 대웅보전 | 대둔사(대흥사)의 정전으로 대둔산 산자락에 기대어 있으며 절의 권위와 무게를 느끼게 해주는 당당한 건물이다.

글씨였다. 침계루를 지나 절 마당에서 대웅전을 바라보니 현판의 〈대웅보전(大雄寶殿)〉 네 글자 또한 원교의 글씨였다.

추사는 초의를 만나 차를 나누며 기막힌 억울함과 아픔, 막막한 귀양살이에 대한 걱정을 하소연했다. 그리고 그 와중에 초의에게 이런 부탁을 했다.

"원교의 현판을 떼어 내리고 내 글씨를 달게."

그러고 나서 추사는 지필묵을 가져오게 하여 예의 힘 있고 윤기 나며 멋스러운 글씨로 〈대웅보전〉 네 글자를 써주었다. 붓을 잡은 김에 차를 나누던 선방에 〈무량수각(無量壽閣)〉 현판도 써주었다.

원교의 〈대웅보전〉과 추사의 〈무량수각〉 두 글씨는 두 사람의 서

이광사, 〈대웅보전〉 현판 | 원교 이광사가 신지도에 유배되어 있을 때 쓴 그의 대표적인 현판 글씨로, 유려한 필획의 멋과 힘이 있다.

예 세계가 얼마나 달랐는가를 극명하게 보여준다. 〈무량수각〉은 기름진 획의 예서풍 글씨이고 〈대웅보전〉은 굳센 획에 리듬이 있는 해서체이다. 서예에 낯선 학생들이 알아듣기 쉽게 〈무량수각〉 글씨는 중국요리 '난자완스' 같고, 〈대웅보전〉 글씨는 칼국수 국숫발 같다고 하면 모두들 웃으면서 고개를 끄떡인다.

제주도로 가는 배

해남 대둔사를 떠난 추사 일행은 제주로 가는 배가 출항하는 완도로 갔다. 추사가 동생 명희에게 보낸 편지를 보면 완도에서 제주로 가는 배를 탄 날은 9월 27일이었다.

추사는 마침내 제주로 향하는 배에 올랐다. 보통 7일에서 10일을 잡는 길고 험한 뱃길이었다. 그리 크지 않은 거룻배로 바람에 의지하

김정희, 대둔사 〈무량수각〉 현판 | 대둔사 대웅보전 오른쪽에 있는 선방 건물로, 추사가 제주도로 유배 가면서 써준 현판이다. 예서체의 맛을 한껏 살렸는데 획이 대단히 기름지고 윤기가 있다.

여 망망대해를 헤쳐가는 것이니 모든 것을 하늘에 맡겨야 하는 위험하고 무서운 바닷길이다.

따라서 아무 때나 갈 수 있는 것이 아니라 바람이 항해에 유리할 때까지 기다려야 했다. 노련한 뱃사람들은 그 모든 것을 경험적으로, 거의 동물적 감각으로 판단했다. 드디어 배가 떠났다. 그러나 뱃길은 순탄치 않았다. 제주 가는 배에서 겪은 고난을 추사는 아우에게 보낸 편지에서 이렇게 말했다.

우리 배는 북풍으로 들어갔다가 남풍으로 나오곤 하더니 동풍 또한 나고 드는 데에 모두 유리하여 동풍으로 들어갔는데 풍세가 순조로워 정오 사이에 바다를 거의 삼분의 일이나 건너와버렸네.

그런데 오후엔 풍세가 꽤나 사납고 날카로워 배가 파도를 타고 올라갔다 내려갔다 하므로 금오랑 이하 우리 일행과 배에 탄 초행길 사람들은 모두 뱃멀미가 일어나서 엎어지고 얼굴빛이 변했네. 그러나 나는 다행히 현기증이 나지 않아 진종일 뱃머리에 있으면서 혼자 밥을 먹고 키잡이·선장·뱃사공 등과 고락을 같이하며 차라리 바람을 타고 파도를 헤쳐나가는 기상이 있었네. (⋯)

이리하여 석양 무렵에 곧바로 제주성 화북진 아래 당도했네. 여기가 바로 하선하는 곳인데 구경 나온 제주 사람들이 모두 말하기를 (…) "오늘 풍세가 배를 이토록 빨리 몰고 올 줄은 생각지 못했다"라고 했다네. 그래서 나 또한 이상하게 여겼네.(전집 권2, 아우 명희에게, 제1신)

추사가 풍랑 속에 제주로 건너간 사실은 이내 하나의 전설로 미화되어, 훗날 민규호는 「완당 김공 소전」에서 이렇게 말했다.

제주는 옛 탐라인데 큰 바다가 사이에 끼어 있어 이곳을 건너가려면 보통 열흘에서 한 달 정도가 소요되곤 했다. 그런데 공이 이곳을 건널 적에는 유독 큰 파도 속에서 천둥 벼락까지 만나 죽고 사는 것이 순간에 달린 지경이었다.

배에 탄 사람들은 모두 넋을 잃고 서로 부둥켜안고 통곡했고, 뱃사공도 다리가 떨려 감히 전진하지 못했다. 그러나 공은 뱃머리에 꼼짝 않고 앉아서 소리 높여 시를 읊으니 시 읊는 소리와 파도 소리가 서로 지지 않고 오르내렸다.

공은 인하여 손을 들어 한 곳을 가리키며 "사공아! 힘껏 키를 끌어당겨 저쪽으로 향하라!" 했다. 그러자 항해가 빨라져 마침내 아침에 출발하여 저녁에 제주에 당도하니 제주 사람들이 "날아서 건너온 것 같다"라고 했다.(전집 권수, 완당 김공 소전)

제주 화북진에서

추사가 도착한 화북진은 제주목 관아에서 10리 떨어진 항구로 유배객들은 대개 여기로 들어왔다. 추사 앞엔 우암 송시열, 추사 뒤엔 면암 최익현이 이곳을 거처갔다. 화북진에는 오늘날에도 해신당(海神堂)이라는 사당과 연대(煙臺)가 남아 있어 옛 자취를 엿볼 수 있다. 이 해신당은 1820년에 한상목 목사가 처음 세우고 1841년에 이원조 방어사가 중수한 것으로, 여기에는 추사의 제주 유배 말년에 제주목사로 부임해온 장인식이 1849년에 해신지위(海神之位)라고 쓴 돌 위패가 모셔져 있다. 화북진에 도착한 추사는 우선 배에서 만난 한 아전의 집에서 신세를 졌다.

> 배가 정박한 (…) 화북진 아래 민가에서 유숙했다네. 그리고 이튿날 아침에 성으로 들어가 고한익이라는 아전의 집에 주인 삼아 있었다네. 이 아전은 전직 이방이었다는데 배에서부터 고생을 함께해 왔다네. 매우 좋은 사람인 데다 또 마음과 정성을 다하는 뜻이 있으니 이 또한 곤궁한 처지로서 감동할 만한 일이 아닐 수 없네.(전집 권2, 아우 명희에게, 제1신)

당시 제주는 평온한 섬마을로 큰일이랄 게 별로 없었다. 어쩌다 유배객이 들어오면 그것이 한차례 구경거리였을 뿐이다. 추사 역시 제주 사람들의 구경거리가 되었다. 추사는 「영주 화북진 도중」이라는 시를 지어 이렇게 읊었다.

마을의 아이들이 나를 보고 몰려듦은	村裏兒童聚見那
쫓겨난 신하 생김새가 가증스러워서겠지.	逐臣面目可憎多
마침내 백 번 꺾여 천 번 갈린 곳에 오니	終然百折千磨處
남극성 은혜로운 빛 바다엔 파도 없네.	南極恩光海不波

화북진에서 대정현으로 가자면 애월·한림·한경 마을을 거쳐 갈 수도 있으나 그럴 경우 해안선을 따라 돌아야 하므로 추사 일행은 중산간 마을을 잇는 지름길을 택했다. 이때 추사는 한라산 자락의 이국적인 풍광을 보면서 이렇게 말했다.

(대정으로 가는) 길의 절반은 순전히 돌길이어서 인마(人馬)가 발을 붙이기 어려웠으나, 절반을 지난 뒤부터는 길이 약간 평탄했다네. 그리고 또 밀림 속으로 가게 되어 하늘빛이 겨우 실낱만큼이나 통했는데 모두가 아름다운 수목들로 겨울에도 파랗게 시들지 않는 것들이었고, 간혹 모란꽃처럼 빨간 단풍 숲도 있었는데 이것은 또 육지의 단풍과는 달리 매우 사랑스러웠으나 정해진 일정에 황급한 처지였으니 무슨 아취가 있었겠는가.(전집 권2, 아우 명희에게, 제1신)

그런 쓸쓸한 늦가을의 서정을 안고 추사는 1840년 10월 2일 대정현에 도착했다.

가시울타리를 두르고
추사가 대정현에 와서 처음 유배처로 삼은 곳은 대정읍성 안동네(안성리 1682번지) 송계순의 집이었다.

정군(鄭君)이 먼저 가서 군교(軍校)인 송계순의 집을 얻어 여기에 머물게 되었는데 이 집은 과연 읍 안에서는 약간 나은 집인 데다 꽤나 정갈하게 닦아놓았더라네. 온돌방은 한 칸인데 남쪽으로 향하여 가느다란 툇마루가 있고, 동쪽으로는 작은 부엌이 있으며 부엌 북쪽에는 또 두 칸의 부엌칸이 있고 곳간이 한 칸 있네. 이것이 바깥채라네.

또 안채로 이와 같은 것이 있어 주인은 전처럼 안채를 쓰고 내가 바깥채에 기거하기로 했다네. 다만 바깥채는 이미 절반으로 갈라서 경계를 만들어놓아 손님을 맞이하기 충분하고, 작은 부엌을 장차 온돌방으로 개조한다면 손님이나 하인 무리가 또 거기에 들어가 기거할 수 있을 것인데 이 일은 변통하기가 어렵지 않다고 하네.(같은 글)

추사는 이렇게 마련한 집을 그런대로 편안한 거처로 삼을 수 있었던 듯, 집을 장만하자마자 아내에게 편지를 보내 이렇게 말했다.

대정 유배소에 오니 집은 넉넉히 용신할 만한 데를 얻어 한 칸 방에 마루가 있고 집이 깨끗하여 별도로 도배도 할 것 없이 들었으니 오히려 과한 듯하오. 먹음새는 아직 가지고 온 반찬이 있으니 어찌어찌 견디어갈 것이오.(김일근『언간의 연구』, 건국대학교출판부 1986, 제13신)

그러나 이는 아내를 안심시키기 위한 말이었을 것이다. 이제 가시울타리를 둘러야 했다.

가시울타리를 둘러치는 일은 이 가옥 터의 모양에 따라서 했다네. 마당과 뜨락 사이에서 또한 걸어다니고 밥 먹고 할 수 있으니 거처하는 곳은 내 분수에 지나치다 하겠네. (…) 그 밖의 잡다한 일이야 설령 불편한 점이 있다 하더라도 어찌 그런 것쯤을 감내할 방도가 없겠는가.(전집 권2, 아우 명희에게, 제1신)

대정 추사 적거지 | 대정현 안성리 강도순의 집을 빌려 유배를 살았던 곳이다. 추사가 집으로 보낸 편지에서 말한 것을 바탕으로 복원한 집이다.

이후 추사는 무슨 사연에서인지 거처를 대정현 안성리 강도순의 집으로 옮기고, 또 유배가 끝날 무렵 식수의 불편 때문에 안덕계곡이 있는 대정현 창천리로 한 번 더 옮긴 것으로 전해진다.

제주도 남제주군(오늘날의 서귀포시)에서는 1983년, 추사의 유배지 가운데 그가 가장 오래 거주했던 강도순의 집(안성리 1662번지)을 복원하고 그 앞에 추사 유물 전시관을 세웠다. 고증에 따라 60평 대지에, 제주도 말로 안거리·밖거리·모거리·이문거리·연자마라고 하는 초가 다섯 채를 지었다. 2007년에는 유물전시관을 헐고 승효상이 설계한 제주 추사관을 새로 지었다. 이 건물은 〈세한도〉 그림에 나오는 집을 모델로 했는데 동네 사람들은 무슨 '감자 창고' 같다고 한다. 유배객의 기념관인지라 그런 검박한 분위기를 살린 것이기 때문에 설계자는 이런 평을 오히려 찬사로 받아들이고 있다.

제주 추사관 | 〈세한도〉를 바탕으로 건축가 승효상이 설계한 제주 추사관은 아주 소탈한 분위기를 띠고 있어 동네 사람들은 흡사 감자 창고 같다고 말하곤 한다.

유배지에서 보낸 편지

추사의 기약 없는 귀양살이는 이렇게 시작됐다. 귀양살이의 어려움은 하나둘이 아니었다. 낯선 풍토, 입에 맞지 않는 음식, 잦은 질병으로 추사는 무척 고생했다. 벗 권돈인에게는 학문과 예술에 대해 논의할 상대가 없는 외로움을 하소연하기도 했다.

추사는 그 괴로움과 외로움을 오직 편지로 달랬다. 그는 제주 유배시절에 정말로 많은 편지를 썼다. 추사는 편지를 통해 안부와 소식뿐만 아니라 학문과 사상과 예술을 끊임없이 피력했다. 그래서 추사의 편지들은 단순한 안부편지라 해도 글씨도 글씨려니와 문학성이 대단히 높아 그 자체로 예술성을 갖는다.

추사는 날마다 편지를 간절히 기다렸다. 가족·벗·제자·지인으로부터 날아오는 편지는 얼굴을 대하는 반가움으로 몇 번이고 읽고 또 읽었다고 한다.

만일 그대의 서신이 아니면 무엇으로 이 눈을 열겠는가? 하루가 한 해 같이 긴데 온종일 듣는 것은 단지 참새와 까마귀 소리뿐. 그대 서신을 접하면 마치 쑥대가 무성한 산길에서 담소 소리를 듣는 듯한 기쁨이 있다네.(전집 권4, 장인식에게, 제5신)

편지가 오지 않으면 추사는 더욱 쓸쓸해했고, 뜻밖의 편지를 받으면 기쁨을 감추지 못했다.

새해 초이레에 타운(朶雲, 편지)이 멀리서 건너오니 황홀하기가 마치 희신(喜神)이 강림한 듯합니다. 쓸쓸하고 적막한 이곳에 뜻밖에도 이런 서한이 왔는지라, 몇 번을 반복하여 펼쳐 읽으니 위로되는 마음이 한자리에 마주 앉은 것과 같았습니다.(전집 권2, 신헌에게, 제2신)

추사는 인편만 있으면 급히 소식을 전했다. 추사의 짧은 편지를 보면 "인편이 급하다고 재촉하여 제대로 다 쓰지 못한다"라고 끝맺은 것이 많다. 그러다 제주도에 사정이 생겨 뱃길이 끊길 때면 추사는 더욱 애간장을 태웠다.

아내가 보내준 음식

귀양살이에서 가장 견디기 어려운 것은 음식 문제였다. 제주 유배 시절 추사가 음식을 어떻게 조달했는가는 아내에게 보낸 한글 편지에 생생히 전한다. 추사의 한글 편지는 건국대 김일근 박사가 발굴하여

그의 저서 『언간의 연구』를 통해 모두 40통을 소개함으로써 이 분야
연구는 물론이고 추사의 인간적 면모를 추적하는 데 더없이 좋은 자
료가 되었다.

이 40통의 편지 중 추사가 제주도 유배시절 아내에게 보낸 것이
13통, 며느리에게 보낸 것이 2통이다. 그 내용을 보면 추사는 입이 대
단히 까다로웠음을 알 수 있고, 한편으로는 대갓집 양반들의 호사도
엿볼 수 있다. 제주도로 유배 온 이듬해 여름 추사가 아내에게 보낸 편
지에는 이런 부탁이 들어 있다.

서울서 내려온 장맛이 다 소금꽃이 피어 쓰고 짜서 비위를 면치 못하

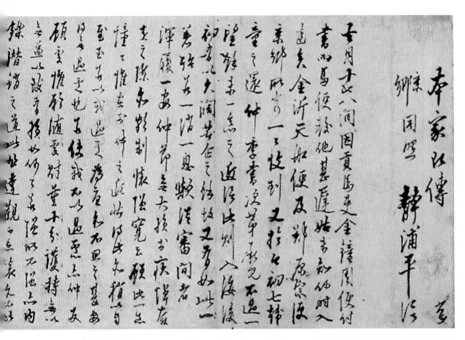

김정희, 〈간찰〉(본가에 보낸 편지) 1842년(57세), 31.8×93.4cm, 부국문화재단 소장 ┃ 추사가 유배된 지 3년째 되던 해에 본가에 보낸 편지로 우리가 추사체라고 말하는 모습에 가까워지고 있음을 볼 수 있다.

오니 하루하루가 민망합니다. 경향(서울집과 시골집)의 장이 어찌되었는 지 빠른 인편을 얻어 내려보내야 견디겠습니다. 서울서 진장(陳醬)을 살 도리가 있으면 다소간 사 보내게 하여주십시오. 변변치 아니한 진장은 얻 어 보내도 부질없습니다. 그곳 윤씨에게 진장이 요사이도 있는지 물어보 십시오.

민어를 연하고 무름한 것으로 가려 사 보내게 하십시오. 내려온 것은 살이 썩어 먹을 길이 없습니다. 겨자는 맛난 것이 있을 것이니 넉넉히 얻 어 보내십시오. 밖으로도 기별했습니다. 가을 뒤의 좋은 것으로 4, 5접이 되든 못 되든 선편에 부치고 어란도 거기서 먹을 만한 것을 구하여 보내 십시오. 1841년 6월 22일.(김일근, 앞의 책, 제24신)

귀양 간 첫해와 이듬해 편지에는 이처럼 밑반찬을 보내달라는 요구가 잦았다. 아내에게 보내는 편지는 간단한 집안 안부와 제사를 제때에 지냈느냐는 물음 외에는 대개 음식에 대한 요구였다. 그러나 한양에서 대정까지는 멀고 먼 길, 여기까지 다른 것도 아닌 음식을 가져온다는 것은 보통 큰일이 아니었다.

일껏 해서 보낸 반찬은 마른 것 외에는 다 상하여 먹을 길이 없습니다. 약식·인절미가 아깝습니다. 쉬 와도 성히 오기 어려운데 일곱 달 만에도 오고 쉬워야 두어 달 만에 오는 것이 어찌 성히 올까보오. 서울서 보낸 김치는 워낙에 소금을 지나치게 한 것이라 맛은 변했으나 그래도 김치에 주린 입이라 견디고 먹습니다. 새우젓만 맛이 변했고 조기젓과 장볶이가 맛이 그리 변하지 않았으니 이상합니다. 미어(微魚)와 산포(散脯)는 관계없는 듯합니다. 어란 같은 것이나 그즈음서 얻기 쉽거든 얻어 보내주십시오.(같은 책, 제15신)

그러고는 김치는 옮기면 또 변하니 보낼 때 아예 그릇에 담아 보내달라고도 했다.(같은 책, 제25신) 귀양지에 앉아서 장을 보내라, 민어를 말려 보내라 하는 것이 민망하게 들릴 수도 있지만 그렇다고 추사가 늘상 집에 대고 큰소리치며 이것저것 보내라고 한 것은 아니었다. "분수에 넘치는 듯하여 마음이 도리어 부끄럽다"라고도 했다.

추사가 제주에서 음식 때문에 고생한 것은 궁벽한 바다 끝 마을인지라 제대로 된 식재료를 살 길이 없었기 때문이다.

산나물은 더러 있나 본데 여기 사람은 순전히 먹지 아니하니 괴이한

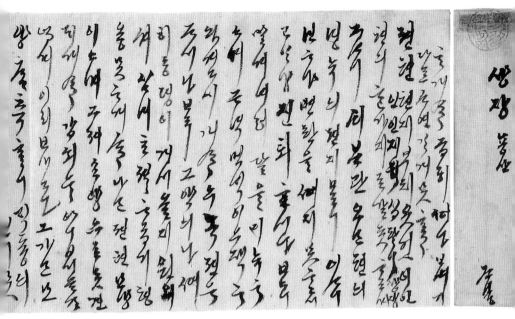

김정희, 〈간찰〉(아내에게 보내는 한글 편지) 1842년(57세), 21.8×35.5cm ┃ 추사는 제주 유배시절 줄곧 아내에게 한글 편지를 보냈다. 현재까지 알려진 것만도 13통이나 된다.

풍속입니다. 고사리, 소로장이, 두릅은 있기에 간혹 얻어먹습니다. 도무지 시(市)도 없고 장(場)도 없사오니 평범한 것도 매매가 없어서 있어도 몰라서 얻어먹기 어렵습니다.(같은 책, 제15신)

여기서 시는 늘 있는 상설 가게를, 장은 5일마다 서는 장마당을 말한다. 이 둘을 합쳐서 상점가를 시장이라고 부르게 된 것이다.

부지런히 오가는 하인과 양봉신

추사의 편지와 음식·옷 등의 물품은 주로 추사 집안의 하인들이 맡아 부리나케 오가며 전달했다. 그의 편지에 나오는 하인들의 이름을 보면, 봉(鳳)이·철(鐵)이·갑쇠[甲金]·무쇠[戊金]·안(安)이·성노(聖奴)·양예(梁隷, 양씨 성의 하인)·차예(車隷)·가예(假隷)·팔룡(八龍)이·경득(庚得)이·용손(龍孫)이 등이다. 역시 대갓집다운 면모가 보인다. 추사는 아무리 하인이라도 한 사람만 계속 데리고 있을 수는 없었던 듯 하인들을 줄곧 교대시켰다.

갑쇠를 바꾸어 보내고 이때부터 묵은해를 보내고는 아쉬운 일이 많아서 경득이를 도로 보내옵니다마는 염려가 무궁합니다.(같은 책, 제30신)

이런 처지에 있던 추사에게 뜻밖에도 구인(救人)이 나타났다. 강경(江鏡, 강릉 경포)과 제주를 오가는 뱃사람 양봉신(梁鳳信)이 선뜻 추사의 귀양살이를 돕겠다고 나선 것이다. 추사는 양봉신을 아우 명희에게 이렇게 소개했다.

강경 배편에 마침 뱃사람 양봉신이란 자가 있어 그가 가끔 내 처소를 출입하여 친해졌는데, 그가 이 서신을 가지고 직접 간다고 하네. 만일 부칠 물건이 있으면 그가 또한 잘 보호해서 가져오겠다고 하니, 그의 뜻이 참으로 감동할 만하고 곤경에 빠진 나에게는 진정 있기 어려운 일이네. 부디 각별히 환대해주는 것이 어떻겠는가. 그리고 만일 부치는 물건이 있는 경우에는 이 사람이 반드시 착오 없이 잘 전할 것이니, 헤아려 처리하는 것이 좋겠네.(전집 권2, 아우 명희에게, 제4신)

이후 양봉신은 추사의 귀양살이를 계속 보필해주었다. 그것은 아내에게 보낸 편지에 양봉신의 얘기가 여러 번 나오는 것으로 알 수 있다.

이를 보면 추사는 인복이 대단하다는 생각이 든다. 스승 박제가를 만난 것, 연경에서 옹방강과 완원을 만난 것, 벗 조인영이 죽음에서 그를 구원한 것, 초의와 권돈인 같은 평생의 지우를 얻은 것 모두가 큰 인복이 아닐 수 없다. 복은 덕으로 인해 받는다고 했으니 추사의 인덕이 인복으로 내린 것이리라.

제주에서도 그 인복은 끊이지 않았다. 제자인 소치 허련이 세 차례나 건너와 수발을 들었고, 강위·박혜백 같은 제자가 유배지로 찾아와 벗해주었으며, 제자인 위당 신헌이 전라우수사로 부임해오면서 도와주었고 나중에는 장인식이라는 지인이 제주목사로 오면서 큰 도움을 주기도 했다. 추사는 제주에 와서도 이곳 문사와 교유하고 제자들을 가르치면서 또 인덕을 쌓았다.

진사 오태직

『완당선생전집』에는 제주도에 사는 오진사에게 보낸 편지가 무려 8통이나 실려 있다. 그 내용을 보면 오진사와의 사귐은 물질적인 것이 아니라 정신적인 것이었음을 알 수 있다. 오진사는 이름이 오태직(吳泰稷, 1807~51)이고 호는 소림(小林)이며, 1834년(순조 34년)에 진사가 되었다. 제주시 교외 산천단 부근에 소림사라는 절이 있는데, 아마도 그곳 사람인 듯하다. 관직을 지내지는 않은 듯하나 제주의 향토 문인으로 『소림시집』(백규상 옮김 『삼오시집(三吳詩集)』, 도서출판제주문화 2004)을 남겼다.

추사가 오진사에게 보낸 편지에는 귀양살이하는 사람 같지 않은 아취가 서려 있다. 마치 격조 높은 담론을 주고받으며 고아한 정서를 교환하는 것 같다.

때마침 수선화를 대하니 아름다운 선비가 몹시 생각났는데 곧바로 값진 서한을 받으니 신의 어울림이 있는 듯하네. 하물며 눈 내리는 추위에 평안하시다니 마음이 흐뭇하구려. 고죽(古竹)은 과연 진기한 물건이로세. 그대의 후한 선물이 아니면 어떻게 얻어볼 수 있겠는가. 졸서(拙書) 한 폭을 인편에 부쳐 보내니 웃고서 받고 물리치지 마시기 바라네.(전집 권4, 오진사에게, 제7신)

오진사는 추사에게 글씨와 글에 대해 가르침을 받고 품평을 듣거나 심지어는 책도 구해보며 대화 상대가 되어주었다.

두 종류의 글씨를 여기까지 보내주어 궁벽하고 황량하며 적막하기만 한 이곳에서는 흔히 있지 않은 묵연을 보게 되니 감사할 뿐이네. (…) 서법도 확실히 아름다워 조맹부의 문안에 들어갔다고 하겠고 구양순에 이르러는 겉모양만 흉내내고 속은 모르는 것이 아니라 제대로 터득한 것이네. (…) 우선 잠깐 두었다가 추후에 돌려보내겠네.(전집 권4, 오진사에게, 제6신)

추사는 이런 식으로 오진사와 끊임없이 서신을 주고받으며 적막강산에서 지적 교환의 기쁨을 누렸다.

끊임없는 질병의 고통

귀양살이 동안 추사는 몸이 계속 편치 않았고 잦은 질병으로 무척 고생했다. 낯선 풍토로 생긴 병이었다. 그의 말대로 '독우(毒雨)·독열(毒熱)·독풍(毒風)'이 심해 병고의 나날을 보냈다. 그래서 추사의 편지에는 아내에게 보내건 동생에게 보내건 벗에게 보내건, 아프다는 소리가 빠진 적이 거의 없을 정도였다. 추사는 무엇보다 풍토의 나쁜 기운, 이른바 장기(瘴氣) 때문에 고생이 심했다.

나의 상태는 일체 이전과 같으나 가래 기침이 크게 더쳐서 그 기침이 급하여 기(氣)가 통하지 않을 때는 혈담(血痰)까지 함께 나오는데 이는 모두 장습(瘴濕)이 빌미가 된 것이네. 게다가 물도 좋지 않아 답답한 기운이 뱃속에 가득 차서 풀리지 않고, 눈이 어른어른한 증세도 더하기만 하고 줄지를 않네. 봄 장기가 또 일찍 발작하여 장기를 견디지 못하는 것이 전보다 더욱 심하니, 아마도 더 이상 견딜 수 없을 듯하네.(전집 권2, 막내 아우 상희에게, 제5신)

추사는 또 입에 혓바늘이 돋고 코에 종기가 나는 풍토병 때문에 제대로 먹지도 못하는 고통을 겪기도 했다. 그럴 때면 절망적으로 고통을 하소연했다.

혀에 난 종기와 콧속에 난 혹이 아직도 이렇게 아파서 5~6개월을 끌어오고 있네. 비록 의학으로는 어떻게 할 수 없는 질병이라 하더라도 어찌 이토록 지루하게 고통을 주는 병이 있단 말인가. 음식물은 점점 더 삼키기가 어려워지고 삼킨 것은 또 체해서 소화가 되지 않으니, 실로 어찌해야 좋을지 모르겠네. (…) 도대체 무슨 업보로 이와 같이 나에게만 심하게 고통을 준단 말인가.(전집 권2, 아우 명희에게, 제3신)

풍토병은 마침내 추사의 피부에까지 미쳤다. 게다가 추사는 눈병까지 앓았다. 추사의 편지 중에는 "눈이 침침하여 제대로 쓰지 못하겠다" "안질이 근자에 더하여 간신히 적는다" "안화(眼花)가 피어 앞이 어른거린다"라는 말이 자주 나온다. 안화는 단순히 눈이 침침하고 눈곱이 끼는 증상을 말한 것도 같지만 어쩌면 백내장이었는지 모를 일이다. 아무튼 추사는 이 안화로 무척 고생했다.

> 천한 이 몸은 입과 코의 괴로운 병이 여러 해를 지났고 또 안화마저 더하여 온몸이 마귀에 시달리지 않는 것이 없으니 한탄한들 어찌하리오. (…) 눈을 감고 손 가는 대로 간신히 적으며 다 베풀지 못하네.(전집 권5, 초의에게, 제24신)

이리하여 추사는 안 아픈 데가 없는 병 덩어리가 되었는데, 약도 의원도 없어 더욱 고통스러웠다.

의사 오창렬

추사는 제주 유배시절에 의사인 오창렬(吳昌烈)과 긴밀히 서신을 나누며 도움을 주고받았다. 오창렬은 호를 대산(大山)이라 했고 벼슬이 과천현감에 이르렀으며, 시를 잘 지은 명류인지라 조희룡의 『호산외사』에도 그 이름이 올라 있다. 오창렬은 일찍이 연경에도 다녀온 적이 있어 추사와 친교가 깊었기 때문에 제주 유배시절에 추사는 그의 약방문에 많이 의지하곤 했다. 그래서인지 추사가 오창렬에게 보낸 편지에는 아픔에 대한 호소가 유난히 심하다.

> 하늘가나 땅 모퉁이나 어디고 다 가물거리고 아득한데 유독 그대에게

만 치우치게 매달리고 매달려 옛 비와 오늘의 구름이 모두 마음속에서 녹고 굴러가고 하여 그칠 새가 없다네. (…)

지금까지 7, 80일을 신음하는 동안 원기가 크게 탈진하여 다시 여지가 없네. 게다가 입과 코의 풍화(風火)는 한결같이 덜함이 없어 하마 3년이나 되었으니 이는 또 무슨 병이란 말인가.

날마다 코 푸는 것을 일로 삼는데 그 굳음이 돌과 같고 입술은 타서 한 점의 윤기도 없으며 눈은 짓물러 눈곱은 너덜너덜하고 사대색신(四大色身, 온몸의 근육과 뼈마디)이 하나도 편한 곳이 없으니 이러고서야 어떻게 오래갈 수 있겠는가.

지황탕(地黃湯)은 보여준 약방문에 의거하여 시험하고 있으나 이 힘으로는 도저히 견디어내기 어려울 것 같네. (…) 천 리 밖의 편지가 날아와도 종이에 가득한 것이 모두 근심 걱정뿐이니 유배객의 가슴이 더욱 촉발되어 스스로 가누기 어려울 지경일세. 정신은 가물거리고 눈은 껄끄러워 간신히 이만 적네.(전집 권4, 오창렬에게)

오창렬의 아들 중에는 전각을 잘하는 소산(小山) 오규일(吳圭一)이 있어 추사는 두 부자와 더욱 가까이 지냈다.

소치의 첫 번째 방문

그렇게 외롭고 괴로운 귀양살이가 시작된 지 넉 달이 지난 1841년 2월, 소치 허련이 대정의 유배처로 찾아왔다. 얼마나 고맙고 반가웠을까. 소치가 추사를 처음 월성위궁에서 만난 것은 1839년 8월이었다. 그로부터 꼭 1년 되는 1840년 8월에 추사가 의금부로 압송된 것이다. 소치는 그때의 심정과 이후 자신의 상황을 이렇게 술회했다.

경자년(1840) 8월 20일 밤중에 추사 선생이 붙잡혀갔습니다. 당시의 두렵던 처지를 어찌 말로 다 표현할 수 있겠습니까? 일이 이렇게 되어 나는 길을 잃고 갈 곳이 없어졌습니다. (…) 이듬해 신축년 2월에 나는 대둔사를 경유하여 제주도에 들어갔습니다. 나는 추사 선생이 위리안치돼 있는 대정으로 찾아가 선생께 절을 올렸습니다. 나도 모르게 가슴이 미어지고 눈물이 앞을 가리었습니다.(『소치실록』)

소치의 절을 받은 추사의 심정은 또 어떠했을까? 이후 소치는 선생의 유배소에 함께 있으면서 시·서·화를 배우며 나날을 보냈다. 추사는 소치를 편애하는 경향이 있다고 비난받기도 하지만 사제 간에 이런 마음의 사랑이 있었던 것이다.

그렇게 추사는 소치와 두 계절을 보냈다. 그러나 대정에 온 지 4개월 만인 6월 8일, 소치는 중부께서 별세하셨다는 부음을 받고 추사와 이별하고 육지로 올라갔다.(같은 책)

양아들 상무

추사에게는 서자 상우가 있을 뿐 적출이 없었다. 그래서 유배 중에 일을 당하면 큰일이다 싶었던지 추사는 유배 온 이듬해(1841) 13촌 조카인 23세의 상무(商懋, 1819~65)를 양자로 들였다.

천륜이 크게 정해져서 조상을 모시는 사당을 의탁할 데가 있게 되었구나. (…) 나는 기왕 이곳에 있으므로 너를 직접 면대해서 가르칠 수 없으니, 너는 오직 너의 병든 모친을 잘 봉양하고, 네 중부(仲父, 명희)의 훈계를 삼가 신중히 받들어 선영을 모시고 어른을 섬기는 도리에 힘써 신중

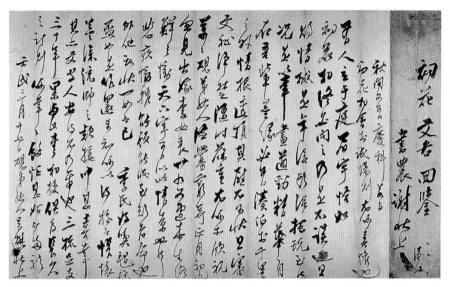

김상무, 〈간찰〉 부국문화재단 소장 | 추사의 양아들 상무의 간찰로 그 글씨를 보면 부친을 많이 닮았다. 초화(初花)는 누구인지 모르지만 소치·신헌·이하응 등과도 교유한 자취가 있다.

하기 바란다. 우리 집에 전해오는 오래된 규범은 바로 직도(直道)로써 행하는 것이니 삼가 이를 굳게 지켜 감히 혹시라도 실추시키지 않기를 조석으로 축수하는 바이다.(전집 권2, 상무에게, 제1신)

상무가 양자로 올 때는 이미 결혼한 상태였다. 그리하여 추사는 한글로 편지를 써 며느리를 격려하고 시아버지의 따뜻한 마음을 전하기도 했다.(김일근, 앞의 책, 제34신)

한편 얼굴도 못 보고 양자와 며느리를 들인 추사는 그 착잡한 심정을 자기 마음을 가장 잘 알아주는 권돈인에게 이렇게 늘어놓았다.

들건대 집사람이 양자 하나를 정했다고 합니다. 이 험난하고 불운한 가운데 또한 가문의 기쁨을 얻었으니 참으로 다행스럽지 않은 것은 아닙니다마는 부자간에 서로 만나볼 수가 없으니 아비는 아비 노릇을 하고 자식은 자식 노릇을 하는 도리가 여기에서 또한 막히게 되었습니다. 높은 하늘과 두꺼운 땅에 이러한 처지가 어디에 또 있겠습니까. 말해보았자 아무 이익도 없는 일이지만 대감이시기에 부질없이 이렇게 말씀드리는 것입니다.(전집 권3, 권돈인에게, 제6신)

양자가 된 상무는 곧 유배지로 와서 양아버지를 찾아뵙고 돌아갔다. 이 사실은 막내아우 상희에게 보낸 편지에서 확인할 수 있다.

효경당(孝經堂) 벼루는 상무가 돌아갈 때 부친 것이다. (…) 황공망의 화축 또한 상무가 갈 때 올려보낸 것이니 함께 찾아보아라.(전집 권2, 막내아우 상희에게, 제7신)

아내의 죽음

1842년, 추사가 유배 온 지 3년째 되는 해 경주 김씨 집안에서 조상들을 모신 사당인 영모암(永慕庵)을 중수하게 되었다. 이때 영모암 편액을 떼어보니 그 뒷면에 증조부 김한신이 쓴 글이 있어 영모암을 세운 경위를 새롭게 알게 되었다. 아우들이 제주도에 있는 형님에게 이 사실을 알렸고, 추사는 증조부의 글을 새겨 걸게 하고 발문을 지어 보냈다. (전집 권6, 영모암 편액 뒷면의 글에 대한 발문)

상무를 양자로 들이고 조상의 사당도 수리하면서 어느 정도 집안이 안정되는 듯했으나 이는 잠깐이었다. 1842년 11월 13일, 아내 예안 이씨가 지병을 이기지 못하고 끝내 세상을 떠나고 말았다. 추사가 그

김정희, 〈영모암 편액 발문〉(부분) 1842년(57세), 크기·소장처 미상 ┃ 1977년 문화재관리국에서 간행한 『추사유묵도록』에 실려 있는 도판을 전재한 것이다. 이 작품은 추사의 제주도 유배시절 해서체를 규명하는 기준작이 된다.

부음을 들은 것은 한 달 뒤인 12월 15일이었다. 그 때문에 11월 18일자 편지에서 추사는 아내가 죽은 것도 모르고 여전히 아내의 병을 걱정했다.

> 그사이 연하여 병환을 떼지 못하시고 매일 밤 더했다 덜했다 하시나 봅니다. (…) 우록정을 자시나 본데 그 약이 빨리 효과가 있기를 멀리 밖에서 간절히 바라는 마음뿐입니다.(김일근, 앞의 책, 제21신)

부음을 들은 추사는 복받치는 감정을 억제하지 못하고 고향을 향해 엎드려 피눈물을 흘리며 오열을 터뜨렸다. 그리고 눈물의 애서문(哀逝文)을 지어 제상에 올리게 했는데 그 제목이 아주 길다.

부인 예안 이씨 애서문. 임인년 11월 13일 부인이 예산의 집에서 일생을 마쳤으나 다음 달 15일 저녁에야 비로소 부고가 바닷가에 전해왔다. 그래서 지아비 김정희는 위패를 설치하여 곡을 하고 생리(生離)와 사별(死別)을 비참히 여긴다. 영영 가서 돌이킬 수 없음을 느끼면서 두어 줄의 글을 엮어 본가에 부치어 이 글이 당도하는 날 제물을 차리고 영궤(靈几) 앞에 고하게 하는 바이다.(전집 권7)

통곡의 제문은 이렇게 이어진다.

어허! 어허! 형틀이 앞에 있고 큰 고개와 큰 바다가 뒤를 따를 적에도 일찍이 내 마음은 흔들리지 않았는데, 지금 부인의 상을 당해서는 놀라고 울렁거리고 얼이 빠지고 혼이 달아나서 아무리 마음을 붙들어매자 해도 길이 없으니 이는 어인 까닭인지요.

어허! 어허! 뭇사람이 다 죽어갈망정 유독 부인만은 죽어서는 안 될 처지가 아니겠소. (…) 예전에 내가 희롱조로 "부인이 만약 죽는다면 내가 먼저 죽는 것이 도리어 낫지 않겠소?"라고 했더니, 부인은 이 말이 내 입에서 나오자 크게 놀라 곧장 귀를 가리고 멀리 달아나서 들으려고 하지 않았지요. (…)

지금 끝내 부인이 먼저 죽고 말았으니 먼저 죽어 가는 것이 무엇이 유쾌하고 만족스러워서 나로 하여금 두 눈만 뻔히 뜨고 홀로 살게 한단 말이오. 푸른 바다와 같이, 긴 하늘과 같이 나의 한은 다함이 없을 따름이외다.

예안 이씨의 죽음은 단순히 아내의 죽음으로 그치는 것이 아니었다. 경주 김씨 월성위 가문의 종갓집 며느리가 세상을 떠났다는 것은 집안에도 큰일이 아닐 수 없었다. 추사는 멀리서 그 걱정과 하소연을 사촌 형 김교희에게 이렇게 털어놓았다.

저의 쌓인 허물과 재앙이 다시 죄 없는 아내에게까지 미쳐 천 리 밖의 바닷가에 부음이 갑자기 이르렀습니다. 그런데 놀랍고 슬픈 것은 오히려 둘째가는 일에 속하고, 40년 가까이 살아온 부부 간의 소중함도 오히려 사사로운 정에 속합니다.

누대의 제사 일체를 전혀 익숙하지 못한 새 며느리와 자식 부부에게만 맡기게 되었는데, 가령 그들의 효행이 뛰어나서 아비의 업을 잇고 가도를 보전할 만하다 하더라도 아직은 우리 집의 규모에 익숙하지 못하여 마음은 비록 이르더라도 나이가 아직 이르지 못했으니, 장차 어찌해야겠습니까. (…) 아무리 생각해보아도 두서가 아득하여 어떻게 해야 좋을지를 모르겠습니다.(전집 권2, 사촌 형 교희에게, 제2신)

추사는 월성위 가문 종손으로서의 소임을 아내가 죽은 마당에도 잊지 않았다. 그는 유배지에서도 자나 깨나 집안의 대소사와 제사를 걱정하고 편지마다 그런 내용을 담았다. 거기에는 점점 몰락해가는 귀족이 갖는 비애의 감정이 절절히 배어 있다.

아내와 사별한 후 추사는 마음이 더욱 쓸쓸해지는 것을 어찌할 줄 몰라 망연자실할 때가 한두 번이 아니었다. 추사는 어느 날 아내의 죽음에 부치는 시를 한 수 지었다. 제목은 '아내의 죽음을 애도함'이다.

어이해야 월로 시켜 저승에 송사하여   那將月姥訟冥司
내세엔 부부가 처지 바꿔 태어날꼬.   來世夫妻易地爲

천 리 바깥에서 나는 죽고 그댄 살아   我死君生千里外

내 맘의 이 슬픔을 그대에게 알게 하리.   使君知我此心悲

월로는 남녀의 인연을 맺어준다는 월하노인(月下老人)을 말한다. 그리고 2년 뒤 아내의 대상이 지나고 추사는 양아들 상무에게 이렇게 편지했다.

어느덧 새해가 이르러서 대상이 언뜻 지나고 보니 너희는 몹시 애통하고 허전하겠거니와 나 또한 여기에서 한 번 곡하고는 (눈물에 젖어) 상복을 벗었단다. (…) 그동안 제삿날과 사당 참배하는 날이 차례로 이를 적이면 멀리서 해마다 슬프고 허전한 마음이 더했단다.(전집 권2, 상무에게, 제2신)

초의스님의 방문

1843년 봄, 일지암의 초의스님이 추사의 상처(喪妻)를 위로하기 위해 바다를 건너왔다. 얼마나 고맙고 반가웠을까. 초의스님은 훗날 「완당 김공 제문(祭文)」에서 "제주에서 반년을 한 지붕에서 지냈다"라고 했다. 그러나 『완당선생전집』에는 초의와 함께 지낸 흔적이 남아 있지 않다. 다만 제주시절에 쓴 것인지 귀양살이에서 풀려난 강상시절에 쓴 것인지 단정할 수 없으나 한 지붕에서 먹고 자고 하던 초의에게 준 것이 틀림없는 시가 몇 편 있다. 그중 「초의에게 주다」라는 시에서는 "한 침상에서 다른 꿈 없는 것이 좋기만 하다"라고 노래했다.

그렇듯 두 사람이 한 지붕 아래에서 함께 지내던 어느 날 밤 책상에서 글을 쓰고 있던 초의를 물끄러미 바라보던 추사가 「우사가 연등을 밝히다」라는 시를 지어 초의에게 주었다. 우사는 일지암의 별칭이

김정희, 〈우사가 연등을 밝히다〉 23.0×36.2cm, 개인 소장 | 『완당선생전집』에도 실려 있는 시로 추사
가 초의에게 써준 것이다. 우사는 초의의 별호이다.

자 초의스님의 별호이다. 이 시는 『완당선생전집』에도 실려 있는 데
다 그 실작품이 남아 있어 필치로 연대를 짐작할 수 있는데, 제주시절
아니면 강상시절의 글씨로 판단된다. 이 작품은 글씨도 아름답거니와
시상도 참으로 은은하게 다가온다.

초의 늙은 스님네가 글씨로 참선하니   艸衣老衲墨參禪
등 그림자 동글동글 먹 그림자 둥글둥글.   燈影心心墨影圓
등불 심지 자르잖고 그대로 놓아두자   不剪燈花留一轉
천연스레 화중련이 높이 솟아오르누나.   天然擎出火中蓮

추사는 초의스님이 곁에 있는 동안 유배생활에 큰 위안을 얻었다.
그러나 초의스님이 마냥 제주에 머물 수는 없었다. 제주에 온 지 어느

덧 6개월이 다 되어 가을로 접어들었을 때 초의가 이제 그만 일지암으로 돌아가겠다고 했다. 추사가 "산중에 무슨 일이 있겠느냐"라며 어린애처럼 붙잡았지만 스님은 기어이 육지로 떠나고 말았다.

초의스님이 육지로 돌아가던 중 말을 잘못 타 살이 벗겨졌다는 소식을 들은 추사가 위로 겸 처방을 내려준 편지에서 둘 사이의 뜨거운 우정을 읽을 수 있다. 추사는 초의만 만나면 언제나 마음이 누그러지고 장난기가 발동하는지 유독 그에게만은 어린애 응석 같은 천진한 모습을 드러내곤 했다.

얼마 전에 듣기로 안마(鞍馬)를 이기지 못하여 볼깃살이 벗겨져나가는 쓰라림을 겪고 있다 하니 자못 염려가 되네. 크게 상처를 입지나 않았는가. 내 말을 듣지 않고 망행(妄行)·망동(妄動)을 했으니 어찌 그에 대한 앙갚음이 없을 수 있겠는가.

사슴 가죽을 아주 얇게 조각을 내고 그 상처의 대소를 헤아려서 적당하게 만들어 쌀밥 풀로 되게 이겨 붙이면 제일 좋다고 하네. 이는 중의 가죽이 사슴 가죽과 통하는 데가 있다는 것일세. 그 가죽을 붙이고서 곧장 몸을 일으켜 꼭 돌아와야만 하네.(전집 권5, 초의에게, 제18신)

추사는 이렇게 농담조로 말했지만 속으로는 꽤나 걱정했던 것 같다. 초의로부터 그만저만하다는 편지를 받은 추사는 반가운 마음으로 답신을 보냈는데, 여기에는 초의를 떠나보낸 뒤의 허전한 마음이 쓸쓸히 녹아 있다.

돌아온 인편에 자네의 편지가 있어 크게 위로가 되었다네. (…) 한 일

년 쭉 머무는 것이 좋았을 것인데 (…) 희극일 뿐일세. 오직 순풍에 뱃길이 여의하길 바라네. 이만.

소치의 두 번째 방문

초의스님이 육지로 올라가기 위해 대정을 떠나 제주성에 당도했을 때 마침 새 제주목사 이용현(李容鉉)이 부임했다. 그때 육지로 갔던 소치 허련이 그를 따라서 다시 제주로 들어왔다.

> 계묘년(1843) 7월에 이용현이 제주목사가 되었습니다. 나는 그때 대둔 사에 있었는데 목사가 지나갈 때 함께 제주로 들어갔습니다. 그리고 나는 계속 그의 막하에 있으면서 끊일 새 없이 추사 선생의 유배지인 대정을 왕래했지요.(『소치실록』)

이후 소치는 제주와 대정을 부지런히 오가며 심부름을 하고 필요한 물품을 구해주며 제자로서 도리를 다했다. 추사는 추사대로 스승으로서 온 정성을 다해 시·서·화를 가르쳤다. 사제 간의 이런 모습은 추사가 육지로 돌아간 초의스님에게 보낸 편지에 여실히 드러난다.

> 허소치는 날마다 곁에 있는 고화(古畫) 명첩(名帖)을 많이 보기 때문에 그런 건지 지난겨울에 비해 또 몇 격이 더 자랐다네. 스님으로 하여금 직접 증명하게 하지 못하는 것이 한이로세. 지금 오백나한의 진영이 실린 수십 책이 있으니 스님이 만약 그것을 보면 반드시 크게 욕심을 낼 걸세. 허소치와 더불어 날마다 마주 앉아 펴보곤 하니 이 즐거움을 어찌 말로 다하리요.(전집 권5, 초의에게, 제18신)

추사의 산수화

소치에게 그림을 가르치면서 아마 추사도 자연스레 그림을 그렸을 것이다. 문헌을 보면 추사는 오숭량이 비문 읽는 모습을 그린 〈추야독비도〉를 그렸던 것 같고, 또 자화상도 그렸다고 한다. 하지만 난초 그림 외의 산수화는 알려진 것이 아주 드물다. 장년 시절의 〈고목한아도〉, 제주시절의 〈영영백운도(英英白雲圖)〉와 〈세한도〉 정도만이 명확한 내력과 연도를 알 수 있는 작품이다.

다만 간송미술관에 소장된 〈산수화〉 두 폭과 〈고사소요도(高士逍遙圖)〉는 제주도 유배시절 추사가 소치에게 그림을 지도하면서 심심풀이로 그린 것이 아닐까 하는 생각이 든다. 옛사람들은 이런 경우를 희작(戲作)이라고 했다.

이 그림들은 모두 정통 문인화풍으로 그려졌다. 갈필의 마른 붓질과 초묵(蕉墨)의 까실까실한 맛이 두드러진다. 〈고사소요도〉는 과연 추사의 그림다운 일격(逸格)이 있고, 원나라 산수화를 방(倣)했다는 화제가 쓰인 〈산수화〉 역시 추사가 지향하던 문자향과 서권기가 흥건히 배어 있다.

나는 추사가 산수화를 즐겨 그리지 않았고 잘 그리지도 못했다고 의심하고 있다. 그의 명작 〈세한도〉도 거기에 서린 고아한 품격이 좋은 것이지 경물을 묘사한 필치의 능숙함을 보여주는 것은 아니다.

일반적으로 화가들이 미적 가치를 추구하는 것과는 반대로, 추사는 격조를 먼저 의식하고 그림을 그린 면이 강하다. 머리와 눈이 너무 앞서서 손의 일이 더 중요한 화가는 되기 힘들었다. 이론이 앞서 눈으로 본 것을 그리는 대신 머리로 그린 것을 손이 따라가게 했을 뿐 노련한 기교를 다하려는 것은 아니었다. 추사는 오히려 그런 기교가 부질없

김정희, 〈고사소요도〉 종이에 수묵, 24.9×29.7cm, 간송미술관 소장 Ⅰ 추사의 산수화 중에서 인물이 묘사된 유일한 그림으로 갈필의 능숙한 구사로 그윽한 분위기가 살아난다.

다고 생각했다.

추사는 이렇게 말한 적이 있다. "기교를 다하지 않고 남김을 두어 조화로움의 경지로 돌아가게 하라." 그리하여 얻어낸 격조라는 추상적인 미적 가치가 추사를 비롯한 문인화가들의 이상이었다. 바로 여기에 문인화가들의 승리와 한계가 동시에 있다.

왕성한 독서열

아프고 외로운 귀양살이에서 추사는 참으로 열심히 책을 읽고 글씨를 쓰며 학예에 열중했다. 조선시대 행형제도에서 유배형이 갖는 미덕은 결과적으로 학자들에게 책을 읽고 예술에 전념할 수 있는 '강제적인 기회'를 제공한다는 점이다. 다산 정약용의 학문은 18년의 유배생활이 낳은 결과였고, 원교 이광사의 글씨도 22년 유배의 산물이었으며, 신영복 선생의 글씨도 19년 감옥생활에서 나왔듯이, 추사 역시 제주도에 유배된 9년간 학문과 예술을 심화시킬 수 있었다.

추사가 책 읽기를 얼마나 좋아했는가는 그의 장서만 보아도 알 수 있다. 추사의 장서는 수만 권이었다고 전한다. 예산 추사고택에 소장되어 있던 이 장서들은 1910년 무렵 화재로 불타고 말았지만 추사가 자필로 쓴 장서 목록이 남아 있어 그 방대한 규모를 어림짐작할 수 있는데, 책 수로 약 7,000을 헤아린다. 실제로 규장각 소장 『복초재 시집(復初齋詩集)』 12책 등에는 추사의 장서인이나 표제가 붙어 있어 그 빛나는 수장을 상상해볼 수 있다.(김약슬 「추사 김정희 장서목록」; 옥영정 「추사가의 장서목록인 「유여관장서」에 관한 연구」)

추사는 집에 있는 책들을 가져다 보고 신간서적도 계속 구해 보았다. 집에 있는 책을 찾아 보내는 일은 주로 막냇동생 상희가 했다.

(이덕무의) 『뇌뇌락락서(磊磊落落書)』는 집에 등사본이 있으니 바라건대 나중에 오는 인편에 찾아 부쳐주는 것이 어떻겠는가. 명나라 말기 유민에 관한 일은 그래도 이 책에서 참고할 만한 것이 있다네. (…) 이번 인편에 부쳐 보내는 것이 어떻겠는가.(전집 권2, 막내아우 상희에게, 제4신)

그뿐만 아니라 추사는 제주도에 앉아서도 여전히 연경 학계의 새로운 동향과 신간서적을 접하고 있었다. 그 심부름은 변함없이 우선 이상적이 해주었다.

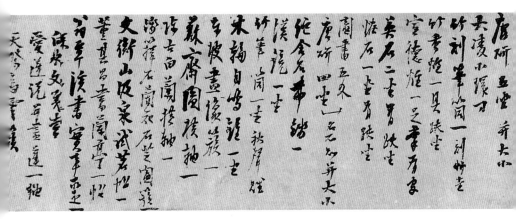

김정희, 〈소장품 목록〉(부분) 11.5×55.5cm, 개인 소장 ┃ 추사가 유배지에서 집안(동생)에 보낸 편지 중 별지로 적은 고서화 목록으로, 이것들을 보내달라고 쓴 것이 아닌가 추정된다.

이상적에게 부탁한 책보퉁이는 어느 때나 부쳐올는지 모르겠네. (…)
의아스럽고 답답하구나.(전집 권2, 막내아우 상희에게, 제2신)

서예 법첩의 연구

추사가 제주도에서 보고 싶어했던 것은 책만이 아니었다. 어떤 면
에서 그는 책보다 화첩과 서첩을 더 보고자 했는지도 모른다.

유석암의 서첩은 꼭 한 번 보고 싶으니 혹 함께 보내줄 수 있겠는가. 그
리고 소동파의 『기정시첩(岐亭詩帖)』도 보내주게. (…) 책장 안에 들어 있
을 듯한데 찾아 부쳐준다면 매우 다행스럽겠지만 세월이 흘러 자네가 찾
아내기 어려울 듯하네. (…)

죽기 전에 예전부터 보고 싶었던 것들을 점차로 가져다가 한 번씩 볼
계획일세. 비록 별도의 경비가 들고 특별히 사람을 부려야 하는 일이라도
따지지 않고 시도하려고 하니 그렇게 헤아려주는 것이 어떻겠는가.(전집

추사의 지적 욕구는 이처럼 엄청스러웠다. 책의 생김새와 누가 언제 빌려갔는지 등을 일일이 지적하면서 책을 찾아달라고 부탁하는 것을 보면 그의 섬세함과 치밀함에 다시 한번 놀라게 된다. 심지어는 책표지에 아무런 표시가 없는 것까지 부탁하기도 했다.

추사의 「반포유고습유 서문」

추사는 비록 귀양살이를 하고 있었지만 그의 문장과 글씨에 대한 명성은 여전하여 귀양 온 지 4년째 되는 1843년 『반포유고습유(伴圃遺稿拾遺)』라는 책의 서문을 부탁받았다. 이 책은 중인 시인 김광익(金光翼)의 시집 『반포유고(伴圃遺稿)』(1813)에 들어 있는 글들로, 그의 아들 김재명이 부친의 유고를 열심히 찾아 120수의 시와 산구 14운을 수습하고 '습유'라는 이름을 붙여 한 책으로 펴낸 것이다.

귀양살이 중 원고 청탁을 받은 추사는 이 효자의 정성을 칭찬한 뒤 옛글을 찾아낸다는 것, 즉 '습유'가 얼마나 중요한 일인가를 강조하는 것으로 그 서문을 삼았는데 그 문장은 해박함이 지나쳐 읽어갈 수도 없을 정도다.

아, 아! 천하의 고서(古書)는 습유가 없음으로 해서 고서로서의 가치도 따라서 없어지고 말았다. (…) 한나라의 경사들의 설(說) 중에서 경(經)의 훈고(訓考)에 도움이 되는 맹씨(孟氏)의 상서(尙書), 공영달(孔穎達) 주(注)의 진문(眞文) (…) 유흠(柳歆)·마융(馬融)·노식(盧植)의 학문이 모두 없어져 전하지 않는다. 전하지 않는 것은 습유가 없었기 때문이다.

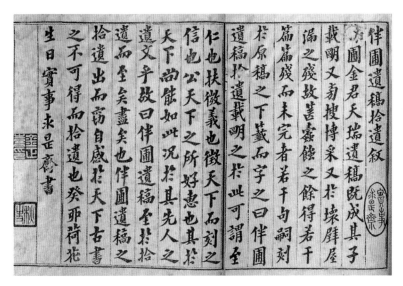

김정희, 「반포유고습유 서문」 1843(58세), 18.7×31.0cm, 목활자본 ┃ 김광익의 시집을 그 아들이 증보해서 펴낸 『반포유고습유』에 쓴 추사의 서문의 글씨는 대단히 단아하면서도 필획에 힘이 있다.

(…) 이지러지고 없어진 것을 지키고 보듬어 실낱같은 자취를 지켜가는 100분의 1일 따름이다. 아, 아! 비통한 일이다.

추사의 박식함이란 이런 것이었다. 혹자는 여기에서 고증학자다운 박학을 볼 수도 있을 것이고, 혹자는 이토록 자기 현시욕 강한 글이 있느냐고 할 것이다. 사실 그것이 이 시절 추사의 두 모습이었다.

한편 추사가 「반포유고습유 서문」의 끝에 붙인 관서(款署)를 보면 아주 낭만적이다.

계묘년 연꽃 생일날 실사구시재가 쓰다.(癸卯 荷花生日 實事求是齋書)

연꽃 생일은 음력 6월 24일로 일명 관련절(觀蓮節)이라고 하며, 실사구시재는 추사의 당호이다. 추사의 어떤 글에서는 '소동파 생일 다음날(12월 20일)'이라는 표현도 나온다. 이 또한 추사 글의 큰 멋이다.

「반포유고습유 서문」은 추사의 제주도 유배시절 글씨를 논함에 아주 좋은 기준작이 된다. 얼핏 보면 옹방강·섭지선의 글씨체와 많이 닮았던 장년 글씨와 비슷하지만 글자에 금석기가 들어가면서 방정하면서도 힘이 넘친다. 이런 변화가 조만간 우리가 추사체라고 부르는 모습으로 발전하게 된다.

백파스님과의 논쟁

「반포유고습유 서문」을 쓴 바로 그해(1843)에 추사는 당대의 대선사인 백파(白坡, 1767~1852)스님과 왕복 서한으로 일대 논쟁을 벌인다. 백파는 율종(律宗)의 계맥을 이은 선사로, 50세 때『선문수경(禪門手鏡)』을 펴낸 바 있다.

백파는 선을 의리선(義理禪)·여래선(如來禪)·조사선(祖師禪)으로 구분하고는 조사선을 우위에 놓으면서 마음의 맑음은 불(佛)의 대기(大機)이고, 마음의 밝음은 법(法)의 대용(大用)이라고 했다. 그리고 그 맑음과 밝음이 어우러지는 조사선의 대기대용(大機大用)이 베풀어지면 세상의 실상과 허상, 드러남과 감추어짐이 함께 작용하는 살활자재(殺活自在)의 경지에 이르게 된다고 주장했다.

백파가『선문수경』을 세상에 내놓자 초의가 이를 반박하고 나섰다. 초의는 교(敎)와 선(禪)은 다른 것이 아니며 조사선이 여래선보다 우위에 있는 것이 아니라 입각처가 선이면 조사선이고 교이면 여래선이 된다면서 '깨달으면 교가 선이 되고 미혹하면 선이 교가 된다'는 유명한 명제를 내세웠다.

이리하여 초의는 조사선·여래선·의리선 외에 격외선(格外禪)을 넣어 선을 넷으로 나눈『선문사변만어(禪門四辨漫語)』를 펴냈다. 이 논쟁의 와중에 '해동의 유마거사'라고 불리던 추사가 끼어들어 백파와 한판 불꽃 튀는 논쟁을 벌이게 된 것이다. 당시 백파는 화엄종의 종장으로 77세, 추사는 58세였다.

「백파 망증 15조」

이 논쟁은 추사가 백파의 오류를 지적해 보낸 편지를 발단으로 두 차례 편지가 오가면서 이루어졌다. 먼저 추사가 백파의 오류를 적어 보낸 편지에 대해 백파가 13가지로 논증한 답신을 보냈다. 이에 추사는 다시 백파의 논지가 잘못됐음을 15가지로 논증했으니 이것이 유명한 「백파 망증 15조(白坡妄證十五條)」이다. 추사의 「백파 망증 15조」는 대단히 공격적인 말투로 감정이 격하여 지나친 극언을 보이기도 한다.

정자(程子)·주자(朱子)·퇴계·율곡의 학설을 원용하여 유불(儒佛) 비유를 일삼으나 무엄하고 기탄없음이 이와 같음을 일찍이 보지 못했노라. 이는 곧 개소리, 쇠소리를 가지고 율음(律音)을 찾는 격이니 이것이 스님의 망증 제2요. (…)

또 스님은 육조(六祖)의 구결(口訣)을 여기저기서 닥치는 대로 망증하여 무식한 육조 혜능을 유식한 혜능으로 만들어놓았으니 혜능인들 그 어찌 마땅히 여기랴. (…) 이것이 스님의 망증 제5요. (…)

원효·보조가 대혜서(大慧書)로 벗을 삼았다고 말했으나 그 어느 책에 이런 말이 쓰여 있던가. (…) 이것이 스님의 망증 제6이오. (…)

스님은 '매양 80여 년 공을 쌓은 나인데 그 누가 나를 넘어설 수 있느냐'고 호언장담하더니 그 공 쌓은 것이 겨우 이것인가. (…) 아무런 심증도 없이 이것저것 주워 보태서 입으로만 지껄이는 그 꼴이 점점 볼만하도다. 이것이 스님의 망증 제12요. (…)

논지의 옳고 그름을 떠나서 안하무인격으로 남을 이렇게 사갈시하는 추사의 논조에 놀라지 않을 수 없다. 마치 「원교필결후」에서 원교를 글씨의 기본도 모르는 자로 몰아친 것이나 창암 이삼만을 한낱 시골 노인네로 무시한 것과 거의 같은 모습이다. 그러고 보니 추사가 처세에서 남에게 공격을 많이 받은 것은 그가 휘두른 날카로운 칼날 때문인 면도 없지 않다. 이때까지만 해도 추사는 그 칼을 감추지 않고 조자룡이 헌 창 쓰듯 휘둘렀다.

「백파 망증 15조」에 대하여 백파가 추사에게 보낸 편지는 전하는 것이 없다. 전하는 말로는 추사의 편지를 읽은 백파가 "그 양반 반딧불로 수미산을 태우려고 덤비는 사람이구먼"이라며 가볍게 받아넘겼다고 한다.

그후 이 「백파 망증 15조」에서 누구의 논지가 옳은가를 따지는 것이 조선시대 선학(禪學) 연구의 큰 과제가 되어 김약슬·고형곤·한기두·최완수·정병삼 등 이 분야 학자들이 한차례 논지를 편 바 있다. 그중 나에게 가장 인상적인 논문은 고형곤 박사의 「추사의 백파 망증 15조에 대하여」(『학술원논문집』 제14집, 1975)이다. 고형곤 박사는 백파와 추사 논지의 옳고 그름을 미세하게 변증하고는 다음과 같은 판결을 내렸다.

뭇 손가락이 달을 가리키되 가리키는 달은 하나뿐이니 불설(佛說)의 경(經)도 또한 하나의 방편인지라 그때마다 다르나 결국은 같은 것인즉 같다면 같고 다르다면 다를 것이 아닌가. 망증 15조는 무승부!

위당 신헌

추사가 백파선사와 일대 논쟁을 벌이던 1843년, 바다 건너 해남에는 추사가 아끼던 제자 중 한 사람인 위당(威堂) 신헌(申櫶, 1810~84)이 전라우수사로 부임해왔다. 신헌은 초명을 관호(觀浩)라 했으며 무관 가문에서 태어나 무관으로 출세했다. 그러나 신헌은 다산과 추사의 문하에 드나들며 실사구시의 학문을 닦아 사람들이 유장(儒將)이라고 칭송할 정도로 높은 학식을 자랑했다.

훗날 신헌은 실학자로서 박규수·강위 같은 개화파 선비들과 교유하고 김정호의 「대동여지도」 제작을 도와주기도 했다. 1849년에는 임금을 호위하는 금위대장에 올라 헌종대왕을 가까이서 모셨으며 나중에는 삼도수군통제사·형조판서·한성부판윤에까지 올랐다. 그는 또 흥선대원군의 신임을 받아 1866년 병인양요 때 총융사가 되었고, 1875년 운요호 사건 때는 병중임에도 불구하고 전권대관에 임명되어 이듬해 강화도조약을 체결했다. 1882년에는 요양 중에 다시 전권대관이 되어 조미(朝美)통상조약을 체결했다.

전라우수사로 왔을 때 34세이던 신헌은 한창 금석학에 심취해 있었고, 추사가 일으킨 서화의 신풍에 따라 개성적인 글씨를 추구하고 있었다. 신헌은 추사에게 전라우수사로 부임했다는 소식을 알리고 여러 물품을 보내주었다. 이에 추사는 감사의 답장을 보냈다.

무서운 진흙 구덩이요 궁벽한 땅인 이곳에까지 세속의 상투적 격식을 탈피하여 (…) 바다 건너까지 사람을 보내서 정성스레 위문해주시는 것이 이와 같이 진지하고 정중할 수 있겠습니까. 생각해보면 이렇게 다 죽어가는 물건이 어떻게 지금 세상에 이런 덕을 입게 되었는지 실로 알 수가 없습니다. (…) 내려주신 여러 가지 물품은 특별하신 생각에서 나온 것임을 잘 알겠습니다. 얼마나 감사한지 모르겠습니다.(전집 권2, 신헌에게, 제1신)

〈신헌 초상〉 | 신헌은 전라우수사로 있으면서 추사의 유배생활을 많이 도와주었다. 신헌은 글씨를 잘 써서 추사 일파로 꼽힌다.

신헌은 수시로 자신이 쓴 시와 글씨를 추사에게 보내 평을 부탁했고 아울러 추사의 글씨도 요구했다.

시와 예서, 해서 등 여러 작품에 대해서는 지금 세상에 이 경지에 이른 사람이 몇이나 되겠습니까. (…) 나도 모르게 옷깃을 여미고 반복하여 소리 내어 읽고는 모두 원본에다 망령된 평을 써서 하나하나 살펴 보존했습니다.

나의 졸렬한 예서에 대해서는 안병(眼病)과 비통(臂痛)이 있는 데다 또 온갖 생각까지 다 식어버렸으니 어느 겨를에 이 일을 착수하겠습니까. 그러나 영감의 애써 요구하시는 뜻을 저버리기 어려워서 옹졸한 지킴을 깨뜨리고 억지로 이렇게 우러러 간신히 시도하고 보니 모양이 너무도 조잡하여 아마 한 번의 웃음거리에도 차지 못할 듯합니다.(같은 글)

신헌에게 소치와 초의를 소개하면서

추사가 신헌과 이렇게 빈번히 서신을 주고받을 때 제주목사 막하에서 일하면서 추사를 무시로 찾아오던 소치가 제주도를 떠나 육지로 가게 되었다. 소치가 대정으로 추사를 찾아와 작별 인사를 드리니 추사는 소치에게 이렇게 말했다.

세상에 자네의 능력을 알아볼 만한 사람은 하나도 없네. 듣자니 신헌 공이 전라우수사가 됐다고 하네. 나와는 친교가 있네. 문장의 솜씨가 높고 인품도 고상하니 찾아가서 뵙게.(『소치실록』)

그러면서 추사는 신헌에게 따로 소치를 소개하는 시를 한 수 짓고는 "이 시는 뜻이 매우 심오하니 시험 삼아 연화세계에 올라가면 혹 알아보는 사람이 있으리라"라는 부기를 달아 보냈다.

자줏빛 제비 날아와서 단청 들보 빙빙 돌며	紫燕飛來繞畫樑
깊은 실상 말하는지 목소리도 낭랑하다.	深談實狀語瑯瑯
천 마디 만 마디를 알아듣는 사람 없자	千言萬語無人會
꾀꼬리를 다시 쫓아 다른 집에 가는구나.	又逐流鶯過別墻

내용인즉 소치를 잘 봐달라는 시였다. 소치가 신헌에게 인사를 올리고 추사가 써준 시를 건네 보이니 신헌은 그것을 찬찬히 읽고는 빙

그레 웃으며 소치를 다정하고 친밀하게 대해주었다고 한다.(『소치실록』) 추사는 그렇게 해놓고도 미덥지 않았던지 확인하는 뜻에서 신헌에게 소치를 칭찬하며 강력하게 추천했다.

허소치는 아직도 그곳에 있습니까. 그는 매우 좋은 사람입니다. 그의 화법은 종래 우리나라 사람들의 고루한 습기를 떨어버렸으니 압록강 동쪽에는 이만한 작가가 없을 것입니다. 그가 다행히 영감께 의탁하여 후하신 비호를 입고 있으니 영감이 아니라면 어떻게 이 사람을 알아주겠습니까. 소치 또한 제자리를 얻은 것입니다.(전집 권2, 신헌에게, 제1신)

그리하여 소치는 전라우수사 신헌 밑에서 일하게 되었으며 부지런히 스승 추사에게 소식과 물품을 전하며 마치 이웃에 사는 듯이 모셨다. 또한 추사는 신헌에게 해남 일지암의 초의스님을 만나보라고 강력히 권했다.

초의스님 또한 남쪽 지방의 이름난 숙학(宿學)으로 총림(叢林) 가운데 흔히 있는 사람이 아닙니다.(같은 글)

그리하여 신헌은 초의스님을 만나보았고 이후 더없이 가까운 사이가 되었다. 추사는 신헌과 끊임없이 서신을 교류했다. 이런 뜨거운 교류는 신헌이 전라우수사 임기를 마치고 서울로 올라가는 1846년 1월까지 3년간 계속되었다.

이렇듯 신헌은 전라우수사로 내려온 뒤 추사·초의·소치 등과 어울려 지내며 자신의 문풍(文風)과 서화를 크게 발전시켰다. 훗날 신헌은 소치가 헌종대왕을 배알할 때 그를 데려가주었고, 초의스님이 입적했을 때 그 비문을 썼다.

〈세한도〉 제작 과정

추사 나이 59세 되던 1844년, 제주도에 유배 온 지 벌써 5년이 되었을 때, 추사는 생애 최고의 명작으로 손꼽히는 〈세한도(歲寒圖)〉를 제작했다. 〈세한도〉는 화제에 쓰여 있듯이 추사가 그의 제자인 우선 이상적에게 그려준 것이다.

이상적은 스승 추사가 귀양살이하는 동안 정성을 다해 연경에서 구해온 책을 보내드렸다. 이에 추사가 그 고마운 마음의 표시로 〈세한도〉를 그려준 것이다. 추사가 〈세한도〉를 그리게 된 결정적인 계기는 귀양살이 4년째인 1843년에 이상적이 계복(桂馥)의 『만학집(晩學集)』과 운경(惲敬)의 『대운산방문고(大雲山房文藁)』를 연경에서 구해 제주도로 보내준 것이었다.

이상적은 이듬해(1844)에 또 하우경(賀耦耕)이 편찬한 『황조경세문편(皇朝經世文編)』이라는 책을 보내주었다. 이 책은 자그마치 120권 79책으로 그 양도 무척 방대했다. 이상적의 이런 정성에 추사는 감격하고 또 감격했다. 그리하여 추사는 이상적의 변함없는 정에 감사하는 뜻으로 〈세한도〉를 그리고 그 발문에 이렇게 적었다.

지난해에는 『만학』과 『대운』 두 문집을 보내주더니 올해에는 우경의 『문편』을 보내왔도다. 이는 모두 세상에 흔히 있는 것도 아니고 천만 리 먼 곳으로부터 사와야 하며, 그것도 여러 해가 걸려야 비로소 얻을 수 있는 것으로 단번에 쉽게 손에 넣을 수 있는 것이 아니다.

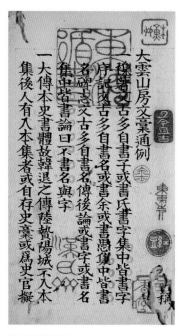

大雲山房文藁通例

標賢又古多自書子或書氏書字集中皆書字
序記文古多自書名或書余或書愚僕中皆書
名碑誌文古多自書名傳後論或書字或書名
集中皆書論曰不書名與字
一大傳本史書體故韓退之傳陸贄陽城不入本
集後人有入本集者或自存史彙或爲史官擬

운경, 『대운산방문고』 속지 24.6×16.6cm, 예산 김정희 종가, 보물547호 | 이상적이 제주에 유배 중인 추사에게 선물한 책으로 추사의 여러 소장인이 찍혀 있다.

게다가 세상은 흐르는 물살처럼 오로지 권세와 이익에만 수없이 찾아가서 부탁하는 것이 상례인데 그대는 많은 고생을 하여 겨우 손에 넣은 그 책들을 권세가에게 기증하지 않고 바다 바깥에 있는 초췌하고 초라한 나에게 보내주었도다. (…)

공자께서 말씀하시기를 "날이 차가워진〔歲寒〕 뒤에야 소나무와 측백나무〔松柏〕가 늦게 시든다는 것을 알게 된다"하셨는데 (…) 지금 그대와 나의 관계는 전이라고 더한 것도 아니요, 후라고 줄어든 것도 아니다. (…) 아, 쓸쓸한 이 마음이여. 완당노인이 쓰다.

〈세한도〉

〈세한도〉는 누구든 추사 예술의 최고 명작이자 우리나라 문인화의 최고봉으로 손꼽는 데 주저함이 없다. 그리하여 〈세한도〉에 대해서는 감히 누구도 작품의 잘되고 못됨을 따지는 것이 불가능할 정도로 신격화되어 있다.

그러나 명작들 중에는 그 과도한 명성과 찬사에 눌려 정작 작품에 대한 올바른 감상을 방해받는 경우가 많다. 〈세한도〉 역시 이 작품이 명작임을 확인하는 것만 가능할 뿐 스스로의 감상 소견을 갖는다는 것은 불가능해져버렸다. 나는 이제까지 30년간 겨우 세 차례의 특별전에서만 실작품을 보았는데 볼 때마다 이런 감정을 피할 수 없었다. 그러나 이제 그의 전기를 쓰자니 감히 이 〈세한도〉에 대해서도 몇 마디 소견을 말하지 않을 수 없다.

우선 지금까지 〈세한도〉에 붙인 여러 문사의 글 중에서 크게 잘못된 부분부터 지적하고 넘어가야겠다. 〈세한도〉에 붙인 찬사 중에는 "대정 추사 적거지에 꼭 〈세한도〉에 나오는 집과 똑같은 건물이 있다"라거나 "〈세한도〉에 나오는 것과 똑같은 소나무가 있다"라는 말이 의외로 많다.

그러나 이는 가장 터무니없는 얘기이다. 〈세한도〉는 결코 그런 실경산수화가 아니다. 그런 소나무는 어디서나 볼 수 있고, 그렇게 생긴 집 역시 제주도뿐 아니라 우리나라 전체에 흔하다. 그러나 우리나라엔 그런 식으로 원창(圓窓)을 낸 집이 없다. 이 그림의 예술적 가치는 실경에 있지 않다. 실경산수로 치자면 이 그림은 0점짜리다.

〈세한도〉는 추사 마음속 이미지를 그린 것으로, 그림에 서려 있는 격조와 문기(文氣)가 생명이다. 추사는 여기서 갈필과 건묵의 능숙한 구사로 문인화의 최고봉을 보여주었던 원나라 황공망이나 예찬 유의 문인화를 따르고 있다.

구도만 본다면 집과 나무를 소략히 배치한 것은 전형적인 예찬의 화법이다. 그러나 필치는 추사 특유의 예서 쓰는 법으로 고졸미를 한껏 풍기고 있음에 이 그림의 매력이 있다.

〈세한도〉는 구도와 묘사력 따위를 따지는 화법만이 아니라 필법과 묵법의 서법까지 보아야 제맛과 제멋과 제 가치를 알 수 있다. 또 '세한도'라는 화제 세 글자와 '우선시상 완당(藕船是賞阮堂)'이라는 낙관이 그림의 구도에 무게와 안정감을 주면서 그림의 격을 끌어올리고 있다.

長毋相忘 長毋相忘

去年以晚學大雲二書寄來今年又以
藕耕文編寄來此皆非世之常有購之
千萬里之遠積有年而得之非一時之
事也且世之滔滔惟權利之是趨爲之
費心費力如此而不以歸之權利乃歸
之海外蕉萃枯槁之人如世之趨權利
者太史公云以權利合者權利盡而交
疏君亦世之滔滔中一人其有超然自
拔於滔滔權利之外不以權利視我那
太史公之言非耶孔子曰歲寒然後知
松柏之後凋松柏是毋四時而不凋者
歲寒以前一松柏也歲寒以後一松柏
也聖人特稱之於歲寒之後今君之於
我由前而無加焉由後而無損焉然由
前之君無可稱由後之君亦可見稱於
聖人也耶聖人之特稱非徒爲後凋之
貞操勁節而已亦有所感發於歲寒之
時者也烏乎西京淳厚之世以汲鄭之
賢賓客與之盛衰如下邳榜門迫切之
極矣悲夫阮堂老人書

이 그림이 우리를 참으로 감격시키는 것은 그림 그 자체보다도 그림에 붙은 아름답고 강인한 추사체의 발문과 소산한 그림의 어울림에 있다. 추사 해서체의 대표작으로 예서의 분위기가 남아 있는 반듯한 이 글씨는 필획이 강하면서도 엄정한 질서를 유지하고 있어서 가슴에 깊이 박히는 울림을 준다.

이 〈세한도〉에서 더욱 감동적인 면은 서화 자체의 순수한 조형미보다도 그 제작 과정에 서린 추사의 처연한 심경이 생생히 살아 있다는 것이다. 그림과 글씨 모두에서 문자향과 서권기를 강조했던 추사의 예술세계가 소략한 그림과 정제된 글씨 속에 흥건히 배어 있다는 것이 이 그림의 본질이다. 〈세한도〉의 진가는 그 제작 경위와 내용, 그림에 붙은 글씨의 아름다움, 그리고 갈필과 건묵이라는 매체 자체의 특

김정희, 〈세한도〉 1844년(59세), 종이에 수묵, 23.3×108.3cm, 손창근 소장, 국보180호 ┃ 추사가 우선 이상적이 변함없이 사제의 의리를 지켜준 것에 대한 고마움을 세한송에 비유하여 그린 그림으로, 그림과 글씨가 조화롭게 어울리면서 고고한 문기를 유감없이 보여주는 명작이다.

성에 있다. 즉 그림과 글씨와 문장이 고매한 문인의 높은 격조를 드러
내는 시너지 효과를 일으키고 있는 것이다.

청유16가의 제와 찬

뜻밖에 추사로부터 이 천하의 명작을 선물받은 이상적은 너무도 기
뻤다. 연경으로 떠나려던 참에 〈세한도〉를 받은 그는 몹시 감격하여
추사에게 깊은 감사의 편지를 보냈다.

삼가 〈세한도〉 한 폭을 받아 읽으니 눈물이 흘러내림도 깨닫지 못했습
니다. 너무나 분수에 넘치게 칭찬해주셨으며 감개가 진실하고 절절했습
니다. (…) 이번 걸음에 이 그림을 갖고 연경에 가서 표구하여 옛 지기 분

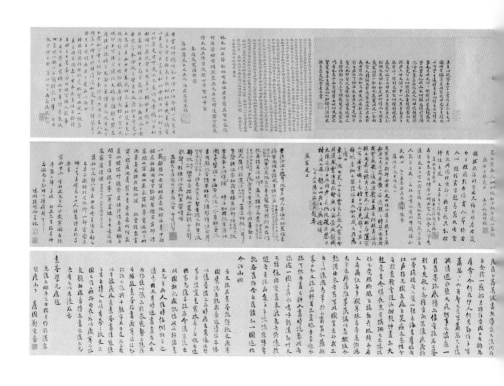

들께 보이고 시문을 청할까 하옵니다. (…) 끝에 있는 조항은 보신 뒤에

불태우시기 바랍니다.(김영호「추사의 붓을 따라 천리를……」)

이상적은 그해 10월 추사가 그려준 〈세한도〉를 가지고 동지사 이정

응 일행을 수행하여 연경에 갔다. 그리고 이듬해(1845) 정월 24일 그

의 벗인 오찬(吳贊)의 장원에서 벌어진 잔치에 초대받았다. 8년 전인

1837년 3월 이상적이 오찬의 처남 장요손(張曜孫)과 시와 술로 만난

적이 있었는데, 이 잔치는 그 재회의 환영연으로 베풀어진 것이었다.

이번 잔치에는 주인 오찬, 주빈 이상적 외에 장요손 등 17명이 참석

〈세한도〉에 붙인 청유16가의 제찬 23.7×1388.95cm ┃ 추사에게 〈세한도〉를 선물받은 이상적은 이를 갖고 연경에 가서 16인의 청나라 학자들에게 제화시를 받아 그림 뒤에 붙여 장황(표구)하였다.

했다. 이 자리에서 이상적이 추사의 〈세한도〉를 좌객들에게 펼쳐보이니 모두 격찬을 아끼지 않으며 다투어 시로 혹은 문장으로 제(題)와 찬(贊)을 붙였다. 이것이 세한도에 붙어 있는 「청유16가(清儒十六家)의 제찬」이다. 그중 장요손의 글을 옮겨본다.

절해고도의 외로운 구름은 대낮에도 어둡고,
외로운 나그네의 우울한 근심에 수염은 푸르지 않네.
야릇한 돌과 큰 나뭇가지 어찌 그리도 마음 활달한가.
산에는 잡목들이 늪에는 풀들이 적어 쓸쓸하구나.

세한도의 소소한 천고의 뜻이여,

뒤늦게 시드는 절개를 맑은 바다에 부친다.

　이렇게 청나라 학자 16인의 제찬을 받은 이상적은 이를 한 권의 횡축으로 만들고 장목(張穆)의 글씨로 표지 제목을 달아 표구를 완성해 돌아왔다.

〈세한도〉 그후

　귀국 후 이상적은 장대한 시화축으로 장정한 것을 추사에게 보고 삼아 또 자랑 삼아 보여주었다. 이에 추사는 이상적에게, 찬을 쓴 16명 중 조진조(趙振祚)는 유봉록(柳逢祿)의 생질로 서로 통할 인연이 없었는데 이렇게 세한시로 만나게 되어 반가웠음을, 나중에 만나거든 전해달라고 했다.(전집 권4, 이상적에게, 제6신)

　이상적은 〈세한도〉를 권돈인에게도 보여주었던 듯하다. 권돈인이 추사의 〈세한도〉 이미지를 본받아 그린 〈세한도〉 한 폭이 전하기 때문이다. 그러나 화제에서도 밝혔듯이 권돈인은 〈세한도〉를 방작한 것이 아니라 이를 세한삼우도(歲寒三友圖)로 바꾸어 송죽매(松竹梅)가 어울리는 모습으로 그렸다.

　권돈인의 〈세한도〉 역시 문인화의 높은 경지를 조형 목표로 하고 있다. 권돈인의 〈세한도〉는 추사의 그것과 똑같이 겨울날의 정취에서 그 뜻을 가져왔으면서도 분위기가 매우 다르다. 추사는 갈필을 많이 구사했지만 권돈인은 윤필(潤筆)을 강조하여 좀더 온후한 느낌을 준다. 이는 사실 두 사람의 성격 차이이기도 했다. 훗날 추사는 권돈인의 〈세한도〉에 다음과 같은 화제를 써주었다.

권돈인, 〈세한도〉 종이에 수묵, 22.1×101.5cm, 국립중앙박물관 소장 | 권돈인이 추사의 〈세한도〉를 본받아 그린 〈세한도〉이다. 권돈인은 〈세한도〉를 송죽매가 어울리는 세한삼우도로 바꾸어 그렸다.

화의(畫意)가 이러해야 형사(形似)의 길을 벗어난 것이 된다. 이러한 의취는 옛날 유명한 화가들 중에도 터득한 자가 극히 적었다. 공(公)의 시뿐만 아니라 그림 또한 높은 경지를 보여준다.

늘상 추사 곁에 있어주었던 소치 또한 추사의 〈세한도〉를 방작한 아담한 산수화를 그렸다. 소치는 이 그림에서 아예 "완당의 필의를 본받았다"라고 밝혔다.

이후에도 소치는 이와 비슷한 산수화를 여러 폭 그렸다. 그러므로 〈세한도〉는 그 연원이 문인화풍의 전통에서 나왔으나 추사에 의해 하나의 새로운 장르로 제시된 셈이다.

〈세한도〉 소장자의 변천 과정

〈세한도〉 장축은 이상적 사후 그의 제자였던 매은(梅隱) 김병선(金秉善)에게 넘어가 그의 아들 소매(小梅) 김준학(金準學)이 이 시를 읽

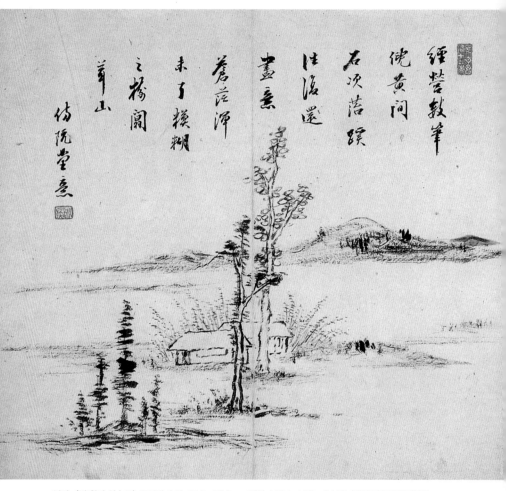

허련, 〈방 완당 산수도〉 종이에 수묵, 31.0×37.0cm, 개인 소장 ┃ 소치는 추사의 〈세한도〉를 방(倣)하여
이처럼 조촐한 분위기의 산수화를 그렸다. 화제에 "완당의 필의를 본받았다"라고 써놓아 이 그림의 뜻이
더욱 살아난다.

으며 공부했던 감상기를 두루마리 끝에 적어놓았다. 그뒤 〈세한도〉는 휘문고등학교 설립자인 민영휘(閔泳徽)의 소유가 되었다가 그의 아들 민규식(閔奎植)이 매물로 내놓아 추사 연구가인 후지쓰카의 손에 들어갔다.

태평양전쟁이 한창이던 1943년 여름, 서예가이자 서화 수집가로 추사 작품의 최고 컬렉터였던 소전(素筌) 손재형(孫在馨)은 전쟁 중에 후지쓰카가 일본으로 돌아가면서 〈세한도〉를 가지고 갈까 걱정하여 후지쓰카를 방문하여 "원하는 대로 다 해드리겠으니 〈세한도〉를 양도해주십사" 하고 부탁했다. 그러나 후지쓰카는 자신도 추사를 존경하므로 이를 고이 간직하겠노라고 거절했다.

이듬해 여름 태평양전쟁이 막바지에 다다르자 후지쓰카는 경성제대를 정년하고 일본으로 귀국했다. 그는 자신의 살림살이와 책은 물론이고 〈세한도〉를 비롯한 추사 관계 서화·전적을 모두 갖고 도쿄로 돌아갔다. 뒤늦게 이 사실을 안 소전은 나라의 보물이 일본으로 넘어가버리고 말았다고 몹시 안타까워하다가 마침내 비장한 각오로 일본으로 건너가 도쿄에 있는 후지쓰카의 집을 찾아갔다.

당시는 미군의 도쿄 공습이 한창인 때였다. 소전은 후지쓰카를 만나 막무가내로 〈세한도〉를 넘겨달라고 졸랐다. 후지쓰카는 단호히 거절했다. 소전은 뜻을 버리지 않고 매일 후지쓰카를 찾아가 졸랐다.

그러다 12월 어느 날 후지쓰카는 마침내 소전의 열정에 굴복하여 맏아들 아키나오에게 당신이 죽으면 소전에게 넘겨주라고 당부했으니 안심하고 어서 본국으로 돌아가라고 했다. 그러나 소전은 여기에 만족하지 않고 바로 양도해준다는 말만 기다리며 묵묵히 그를 바라보기만 했단다.

그러자 후지쓰카는 〈세한도〉를 간직할 자격이 있는 이는 바로 소
전이라며 아키나오를 불러 〈세한도〉를 소전에게 건네줄 것을 명했다.
그는 선비가 아끼던 것을 값으로 따질 수 없으니 어떤 보상도 받지 않
겠다며 잘 보존만 해달라고 했다. 그리하여 소전은 마침내 〈세한도〉
를 가지고 서울로 돌아왔다.

소전은 일본에서 돌아온 뒤 〈세한도〉를 소중히 보관하고 있다가
5년이 지나 어수선한 정국이 가라앉자 조용히 이 사실을 관계자들에
게 알리고 세 명사에게 발문을 받았다. 추사 예술 연구의 제일인자라
할 위창 오세창 선생과 추사 학술 연구의 제일인자였던 위당 정인보,
당시 부통령으로 서예에도 조예가 깊었던 성재 이시영 선생 세 분이
었다. 세 분 모두 〈세한도〉의 감격적인 귀환을 칭송했다.

그러나 훗날 소전 손재형이 국회의원 선거 출마로 선거 자금에 쪼
들리면서 그의 수장품 중 겸재의 〈인왕제색도〉와 〈금강전도〉를 당시
삼성물산 이병철 사장에게, 〈세한도〉는 사채업자에게 저당 잡히고 말
았다. 소전은 끝내 돈을 갚지 못해 소유권을 잃었다. 〈세한도〉는 이후
미술품 수장가인 손세기에게 넘어갔고, 지금은 그의 아들인 손창근
씨 소장으로 국립중앙박물관에 기탁되어 있다.

위창은 〈세한도〉에 발문을 쓰면서 민족의 문화유산을 지키는 소전
의 열정적 행동을 이렇게 칭찬했다.

세계에 전쟁 기운이 가장 높을 때 소전 손재형 군이 홀쩍 대한해협을
건너가 많은 돈을 들여 우리나라의 진귀한 물건 몇 가지를 사들였는데
이 그림 또한 그 가운데 하나이다.
폭탄이 비와 안개처럼 자욱하게 떨어지는 가운데 어려움과 위험을 두

루 겪으면서 겨우 뱃머리를 돌려 돌아왔다. 감탄하노라. 만일 생명보다 더 국보를 아끼는 선비가 아니었다면 어떻게 이런 일을 할 수 있었겠는가. 잘하고 잘했도다.

僕又觔作水
仙谷不易
之以光頴
亂粧被涂
具於一也
煦八刊

제 7 장

수선화를 노래하다

이양선의 출현

추사가 제주에 온 지 6년째 되는 1845년 5월 22일, 제주도에 이양선(異樣船)이 출현했다. 이 '이상한 모양의 배'는 영국 군함 사마랑(Samarang)호로, 해심 측정을 목적으로 우도(牛島)에 정박한 것이었다. 이 이상한 배와 이상하게 생긴 양이(洋夷)를 보고 제주도에서는 마치 외계인이라도 나타난 듯 큰 소란이 일어났다.

지난 20일 이후 영길리(英吉利, 영국)의 배가 정의현 외도(우도)에 와서 정박했는데 (…) 저들의 배는 별다른 일 없이 다만 한 번 지나가는 배였을 뿐이나 이 때문에 제주도 전역에 소요가 일어 지금까지 무려 20여 일 동안이나 진정되지 못하여 제주성은 마치 한차례 난리를 겪은 듯하네.(전집 권2, 아우 명희에게, 제5신)

당시 영의정이던 벗 권돈인은 곧 추사에게 어쩐 일인지 문의해왔다. 이에 추사는 이양선이란 번박(蕃舶), 즉 서양의 배(西蕃)라며 이렇게 답장을 했다.

번박들이 남북으로 출몰하는 것에 대해서는 크게 걱정할 것이 없을 듯합니다. 이들이 1년에 출항하는 선척만도 1만 척에 가까운 숫자가 두루 떠돌아다니는데, 중국에서는 모두 이들을 대수롭잖게 보아 넘깁니다.
최근의 영이(英夷, 영국) 사건(아편전쟁)의 경우는 특히 별도의 사단이 있어 그렇게 되었지만, 우리에게 누가 미칠 것이 못 됩니다. 또 그 10여 척의 배가 과연 영이입니까, 불란서(佛蘭西, 프랑스)입니까, 반아(班呀, 스페인)입니까, 포도아(葡萄亞, 포르투갈)입니까? (…) 어느 나라 배인지는 분간할 수 없으나, 절대 한 나라의 배는 아닐 것입니다. 설령 분간이 된다 하더라도, 정처 없이 언뜻 재빠르게 가버린 것을 또 어떻게 처리하겠습니까? (…) 저의 어리석고 얕은 견식으로는 깊이 근심되는 일이 따로 있으니, 그것은 저 번박에 있지 않고 바로 우리나라 사람들이 공연히 소동을 벌여 심지어 농사를 폐하고 도망을 가는 지경에 이른 데 있습니다.(전집 권3, 권돈인에게, 제32신)

추사의 견문과 지식은 이렇게 넓었다. 추사는 '미리견(米利堅, 아메리카)' 등 서양 열강이 중국에 밀려드는 상황을 알고 있었다. 그리고 청나라 위묵심(魏默深)이 지은 『해국도지(海國圖志)』 같은 책도 이미 읽어보았다.

대체로 위묵심의 학문은 (…) 오로지 실사구시를 주로 삼았으므로 그가 경서를 설명한 것은 다른 학자들과는 크게 다릅니다. 그는 또 군사(軍事)를 담론하기 좋아했습니다. 일찍이 저는 그의 「성수편(城守篇)」이라는 글을 보았는데 (…) 그의 주해론(籌海論)은 (…) 우리 충무공 이순신이 왜적을 멸살시킨 병법이니 저도 모르게 경이롭고 신묘함을 느낍니다.

요즘에 또 공슬인(龔瑟人)이 있어 그 학문의 조예가 위묵심과 서로 비슷하고 또 서로 가까이 지내며 저서도 매우 많다고 하는데, 그의 글을 두루 읽어볼 길이 없어서 한스럽습니다.(전집 권3, 권돈인에게, 제18신)

영국 군함 사마랑호의 해심 측정

당시 조선에서 추사만큼 서양에 대해 잘 아는 학자도 드물었다. 추사는 권돈인에게 국가 시책으로 이렇게 권하기도 했다.

『해국도지』는 필수적인 책으로서 저에게는 마치 다른 집의 보배들과 같습니다. 홍박(紅舶, 서양 배)이 혹 국경을 넘어오는 때가 있을 경우에는 방비함에 어찌 소중히 여기지 않을 수 있겠습니까. (…)

저 같은 사람은 매양 마음이 거칠어서 자세하게 보지 못하니 매우 한스럽습니다. 비록 그 선제(船制)를 다 알 수는 없다 하더라도 이 돛을 다루는 한 가지 기술은 충분히 본떠서 시행할 만한데, 여기에 마음을 두는 사람이 하나도 없단 말입니까.(같은 글)

추사의 경륜하는 안목은 이처럼 넓었다. 그는 학문을 위한 학문이 아니라 경륜을 위한 학문을 온몸으로 익히고 있었다. 이어 추사는 자신도 놀랐던 바 하나를 이렇게 실토했다. 그것은 사마랑호 사람들이 남겨놓고 간 지도였다.

지난번 영이가 남겨둔 지도를 가지고 살펴보건대, 그 지도를 작성한 것이 (…) 대개 최근에 만든 것임은 의심할 여지가 없었습니다. 다른 나라에 대해서는 논할 것도 없이 우선 우리나라만 가지고 보더라도, 중국·일본과의 국경이 매우 상세하여 남회인(南懷仁)의 「곤여전도(坤輿全圖)」에 비할 바가 아니요, 또 중국의 「황여전도(皇輿全圖)」와도 비할 바가 아니었습니다. 그러니 그들이 만일 우리 국경의 동서남북을 수삼 차례 돌지 않았다면 어떻게 이토록 세밀히 그려낼 수 있겠습니까? (…) 정희는 처음

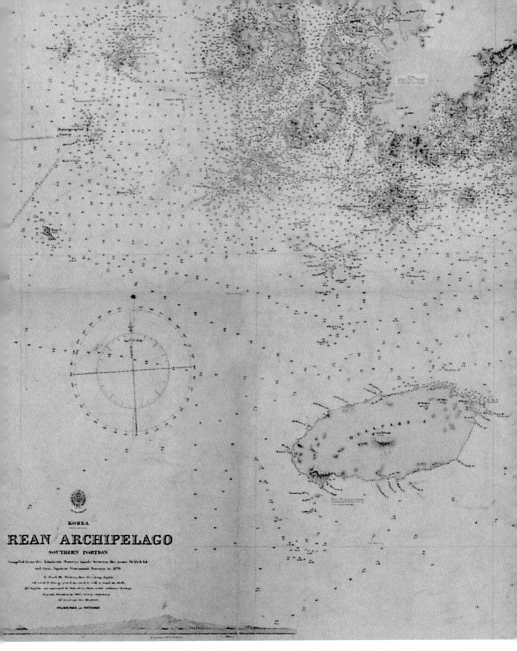

영국에서 제작된 〈제주도 및 한반도 남해안 해심 측량도〉(부분) 1900년판, 100.2×68.7cm, 국립제주박물관 소장 ｜ 영국에서 제작된 이 지도는 뱃길을 위하여 해심을 측량한 지도로, 1845년부터 1877년까지 무려 33년간의 작업 끝에 완성한 것으로 1900년에 찍어낸 수정판 지도이다. 깨알처럼 찍힌 것이 모두 해심을 나타낸 숫자이다.

그 지도를 보고 크게 놀란 나머지 지금까지도 늘 망연자실하는 형편입니다.(전집 권3, 권돈인에게, 제32신)

사마랑호가 해심을 측정한 것은 항해지도를 만들기 위해서였다. 제국주의자들은 식민지 침탈을 위해 이렇게 정확한 지도부터 만들었다. 사마랑호의 출현 이후 영국 배는 끊임없이 우리나라의 해심을 측정하여 1880년에는 완벽한 항해지도를 만들었고, 1900년에는 그 개정판까지 찍어냈다.

나는 이 지도를 보고 추사가 놀란 것보다도 더 큰 충격을 받았다. 지도에 쓰여 있는 주근깨 같은 글씨들이 모두 해심을 나타낸 수치들이었다. 이 지도 한 폭만으로도 제국주의자들이 얼마나 무섭고 지독했는가를 알 수 있고, 그들의 제국주의 정책이 단순히 대포와 총 같은 무력만은 아니었음을 새삼 깨닫게 된다.

20년 전 마침 한 고서 경매에 이 지도 중 하나가 출품되어 내가 이를 구입해두었다가 『완당평전』을 펴낸 후 더 많은 분들이 이 '무시무시한 유물'을 보고 배울 수 있도록 국립제주박물관에 기증하였다.

'불량 패서' 사건과 추사 인식의 한계

추사는 또 최근 청나라에는 영이 사건, 즉 아편전쟁으로 형언하기 어려운 근심이 일어나고 있고, 우리 역관들도 청나라 군대가 큰 규모로 움직이는 것을 보고 덩달아 동요하고 있다고 말했다.

그러나 추사는 영이와 번박의 제국주의적 침략성에 대해서는 꿈에도 생각하지 않았다. 엄청난 역량을 가진 청나라가 한낱 영이·불량·미리견의 공격에 무너지리라곤 상상할 수 없었던 것이다. 중국이 안심이니 우리도 안심이라는 식이었다. 추사는 여전히 청나라가 문명의 이상적 모델이라고 생각하고 있었다. 그것이 추사 인식의 한계였다. 추사는 설혹 번박들이 쳐들어온다 해도 그것은 '먼 장래의 일'이라고 했다. 그러나 그 '먼 장래의 일'이 너무도 빨리 현실로 다가왔다.

영국 배가 떠난 지 꼭 1년 만에 프랑스 함대가 조선에 쳐들어왔다. 1846년 6월 프랑스 군함 3척이 충청도 해역에 나타난 것이다. 이것이 이른바 '불랑(佛朗) 패서(悖書)' 사건이다. 그러나 추사는 아직도 위기를 느끼지 못하고 있었다.

불랑의 패서에 대해서는 다만 천만번 통분할 뿐이네. 그러나 그들이 다시 올 것을 두려워하고 겁내는 것은 가소로운 일이네. 다시 오는 것은 기약할 수 없는 일이거니와, 설령 다시 오는 일이 있더라도 그 배 한 척으로야 어떻게 몇 만 리를 넘어 타국 땅에 와서 소란을 피울 수 있겠는가. (…) 그런데 사교도(邪教徒)들이 서로 화응하여 이 패서를 지어서 위협하는 것은 그 간계가 명약관화한 것이니, 그것이 분통할 일이네.(전집 권2, 막내아우 상희에게, 제8신)

아뿔싸! 추사조차도 한창 서세동진(西勢東進)하던 서구 제국주의의 본질을 모르고 있었으니, 조선에 또 누가 있어 머지않아 일어날 병인양요를 알고 대비했겠는가.

결국 추사가 세상을 떠난 지 10년 뒤에 그 불랑이 다시 쳐들어와 '천주를 내세우는 사교도들과 내통'하여 병인양요를 일으키면서 이후 조선은 걷잡을 수 없는 혼란에 빠지게 된다. 그러나 이것이 어찌 추사 개인의 한계였다고 말할 수 있겠는가. 그것은 당시 조선의 국가 능력

및 국제정세에 대한 인식과 대처 능력이 그뿐이었음을 말해주는 시대적 한계였던 것이다.

추사의 회갑과 아들 상우의 방문

유배 7년째 되는 1846년 6월 3일은 추사의 회갑일이었다. 그런데 이상하게도 이에 대한 기록은 거의 남아 있지 않다. 어느 누가 보낸 편지, 축시(祝詩) 하나 알려진 것이 없다. 아무리 유배 중이라도 회갑을 그냥 지나갔을 리가 없다. 가족의 입장에서는 더욱 그렇다. 이때 추사의 서자 상우가 아들의 도리로서, 그리고 가족을 대표하여 제주도로 내려왔다.

당시 추사가 아들 상우에게 난초 그리기의 시범으로 보여준 〈시우란(示佑蘭)〉에는 다음과 같은 화제가 곁들여 있다.

김정희, 〈시우란〉 종이에 수묵, 22.8×85.0cm, 개인 소장 ┃ 아들 상우에게 난초 그리는 법을 시범 보이려고 그린 작품이다. 그런 때문인지 추사의 난초 그림 중 가장 정법에 가깝고 정성이 가득하다.

난초를 그릴 때는 자기의 마음을 속이지 않는 데서부터 시작해야 한다. 잎 하나, 꽃술 하나라도 마음속에 부끄러움이 없게 된 뒤에라야 남에게 보여줄 만하다. 열 개의 눈이 보고 열 개의 손이 지적하는 것과 같으니 마음은 두렵도다. 이 작은 기예도 반드시 생각을 진실하게 하고 마음을 바르게 하는 데서 출발해야 비로소 시작의 기본을 얻게 될 것이다. 아들 상우에게 써 보인다.

아들에게 모범을 보이려고 했기 때문인지 이 〈시우란〉은 추사의 난초 그림 중 가장 정법(正法)에 가깝고 정성이 가득하다.

이때 상우가 아버지 곁에서 그린 〈소동파 초상〉이 간송미술관에 전하는데, 추사가 '이 소동파 초상에는 일찍이 옹방강이 붙인 제시가 있었다'며 옮겨놓은 시가 적혀 있다. 추사는 이 초상화의 유래를 화제로

김상우, 〈소동파 초상〉 종이에 수묵, 50.2×23.0cm, 간송미술관 소장 ┃ 추사의 아들 상우가 제주도로 내려와 부친과 함께 지낼 때 그린 그림으로 그 여백에 추사는 이 그림의 내력을 자세히 써넣었다.

쓰면서 그 첫 번째 글 끝에 "상우가 해상(제주도)에서 소동파 생일날 (12월 19일) 또다시 모사했다"라고 했다.

이후 상우는 줄곧 아버지를 모시다가 2년 뒤 추사가 해배되었을 때 귀양살이 9년 살림을 7일 만에 다 정리하고 함께 제주를 떠났다.(전집 권2 막내아우 상희에게, 제9신)

손자를 얻은 기쁨

추사가 회갑을 맞이한 그해에는 집안의 애경사가 반복되었다. 양아들 상무가 양어머니 예안 이씨의 상을 당한 데 이어 친어머니 상까지 치르는 아픔을 겪었고, 추사가 귀양 사는 동안 월성위 집안을 봐달라고 부탁했던 사촌 형 김교희가 세상을 떠났다는 기별이 왔다. 남달리 정이 깊었던 사촌 누님의 부음을 접했을 때 추사는 오열을 터뜨리고 말았다.

그러나 인생사에는 슬픔과 기쁨의 기복이 있는 법, 뒤이어 큰 경사가 있었다. 며느리가 아들을 낳았다는 소식이었다. 워낙에 자손이 귀해

양자에 양자로 가문을 이어온 월성위 집안에 이는 대경사였다. 이 소식을 듣자 추사는 기뻐 날뛰듯 좋아하며 아우에게 이렇게 말했다.

> 내 며느리가 아들을 순산했다고 하니 이는 우리 종가에 처음 있는 경사구려. 조종(祖宗)이 돌보시어 가운이 장차 돌아오려고 훌륭한 아이를 먼저 내려주신 것인가. 손자를 안아보는 즐거움으로 말하면 육십 나이에 어찌 기쁘지 않겠는가. (…) 들건대 아이가 섣달 그믐날에 출생했다고 하니, 그날이 바로 하늘이 은택(天恩)을 내려주는 최고의 길일일세. (…) 우리가 날마다 축원하던 것이 '천은'이었으니 아이의 이름은 그대로 '천은' 두 글자로 삼는 것이 매우 좋겠네.(전집 권2, 아우 명희에게, 제3신)

추사는 이렇게 좋아하면서 며느리에게 따로 한글 편지를 써서 "네가 우리 집안에 들어와서 이리도 공이 있고 복이 있다"라고 치하했다.(김일근, 앞의 책, 제34신)

예산 화암사의 〈무량수각〉 현판

추사가 회갑을 맞은 그해(1846) 예산에서는 경주 김씨의 원찰인 화암사 중건이 있었다. 이에 추사는 온 정성을 다해 「오석산 화암사 상량문」을 써서 서울로 올려보냈다. 이와 함께 화암사 본당에 걸 무량수각 현판 글씨와 요사채 누마루에 걸 시경루(詩境樓) 현판 글씨도 써보내주어 지금도 예산 화암사에 보관되어 있다.

이 두 현판 글씨는 추사가 제주도 유배시절에 쓴 것이 확실한 작품으로, 추사체의 변천 과정 연구에 기준작이 된다. 특히 이때 쓴 〈무량수각〉 현판은 귀양 오는 길에 해남 대둔사에서 초의에게 써준 〈무량

김정희, 〈무량수각〉 현판 1846년(61세), 37.0×117.0cm, 수덕사 근역성보관 소장 | 예산 화암사 중수 때 추사가 쓴 것으로 대둔사의 〈무량수각〉과 비교하면 획에 기름기가 빠지고 뼛골의 힘이 드러나는 느낌이다.

수각〉 현판과 같은 글자여서 둘을 비교해보면 귀양 전후 추사 글씨의 변화를 명확히 살필 수 있다.

대둔사의 현판 글씨는 대단히 기름지고 자신감이 넘치며 부티와 윤기가 있는 반면, 화암사의 그것은 기름기가 다 빠지고 메마른 듯하며 순진무구한 원형질이 드러난 차분하고 명상적인 글씨이다. 어찌 보면 군살을 털어낸 듯한 뼛골이 느껴지고 어찌 보면 화강암의 골기가 느껴진다.

박규수가 추사 중년 글씨의 병폐라던 '쓸데없이 기름진' 것이 귀양살이 7년 만에 완전히 빠져버린 것이다. 대둔사의 그것이 국제적 감각이라면 제주도에서 쓴 것에는 서예의 본질적 가치를 추구한 추사의 개성적 체취가 서려 있다. 추사의 글씨는 자신도 모르는 사이에 이렇게나 많이 변해 있었다.

강위의 방문

추사 회갑 당년엔 강위(姜瑋, 1820~84)가 배움을 구하기 위하여 찾아왔다. 강위는 추사의 「실사구시설」을 읽고 '무릎을 치는 탁견'이라는 후기를 썼던 민노행에게 배우다가, 그가 세상을 떠나면서 "너는 이

김정희, 〈시경루〉 현판 1846년(61세), 30.0×100.0cm, 수덕사 근역성보관 소장 ┃ 추사는 제주 유배시절 화암사 중수에 맞추어 누마루에 걸 〈시경루〉 현판도 함께 써 보냈다.

제 추사를 찾아가서 못다 한 공부를 이어가라"라고 유언을 남겨 이곳 제주까지 추사를 찾아온 것이다.(『강위전집』 권4, 「고환당집」)

추사는 막내아우에게 보낸 편지에서 강위가 찾아온 기쁨과 걱정을 이렇게 말했다.

> 강군은 인품도 뛰어나게 아름다워서 말속(末俗)에 있기 드문 사람일세. 다행히 적막한 가운데 함께 있어 다소나마 위안을 얻을 수가 있었다네. 저도 역시 아직 갈 뜻이 없고 계속 이곳에 머물며 겨울을 난다고 하니 먹여 살릴 방도가 심히 걱정일세.(전집 권2, 막내아우 상희에게, 제1신)

이후 강위는 줄곧 제주에서 추사를 모시고 살았고, 훗날 추사가 북청으로 유배되었을 때는 그곳까지 따라갔다. 강위가 개항과 개화에 그렇게 열정적으로 몸을 던진 것도 추사의 영향임이 틀림없다고 생각된다. 하지만 그는 추사가 북청 유배에서 풀려나자 선생께 하직 인사를 올리고는 바람처럼 떠나 방랑생활을 시작했다고 한다. 강위는 호를 자기(慈屺)라 했는데, 『완당선생전집』에 자기에게 주는 시 다섯 수가 실려 있다.

대정향교의 의문당

　유배생활에 점점 익숙해져가면서 추사는 제주에서 제자들을 가르치기 시작했다. 사실 추사를 유배객으로 맞이한 것은 뛰어난 선생을 얻은 것과 같았다. 게다가 추사는 워낙에 제자 사랑이 깊은 타고난 교사였다. 추사는 처음 제주에 왔을 때 본 이곳의 인문(人文)이란 한심함을 넘어 놀라운 것이었다며 이렇게 한탄했다.

　　이곳의 풍토와 인물은 아직 혼돈 상태가 깨쳐지지 않았으니, 그 우둔하고 무지함이 저 일본 (북해도 원주민) 어만(魚蠻)·하이(蝦夷)와 무엇이 다르겠습니까? 그래도 그 가운데 무리를 초월한 기재(奇才)가 있다고 하나 그들이 읽은 것은『통감(通鑑)』『맹자(孟子)』두 종류의 책에 불과할 뿐입니다. (…) 본래 타고난 본성은 남북이 서로 다를 것이 없으나 다만 그들을 인도하여 개발해줄 스승이 없으므로, 슬피 여기고 불쌍히 여겨 이와 같이 탄식하는 것은 바로 이곳을 위해서입니다.(전집 권3, 권돈인에게, 제5신)

　추사는 무척 답답해하면서 제자들을 적극적으로 교육했다. 동생에게 연락해서 그들에게 필요한 책까지 구해주면서 성심으로 가르쳤다. 그 결과 그들을 독려하여 가르친 결실을 얻어 그의 제자로 강사공(姜師孔)·박혜백(朴蕙百)·허숙(許琡)·이시형(李時亨)·김여추(金麗錐)·이한우(李漢雨)·김구오(金九五)·강도순(姜道淳)·강기석(姜琦奭)·김좌겸(金左謙)·홍석호(洪錫祜) 등을 꼽을 수 있게 되었다. 나중에는 강정마을에 사는 김생(金生)에게 '육지 것(북쪽 사람)이라고 별것 아니'라는 칠언율시를 지어주기도 했다.

　또 추사는 제자들에게 무척 자상했다. 일례로 김항진이라는 제자가

제주 대정향교 | 대정향교는 모든 향교가 그렇듯이 대성전, 명륜당, 동재·서재로 구성되어 있다. 단산 아랫자락에 위치한 대정향교에는 여전히 옛 정취가 살아 있다.

관아에 끌려갔을 때, 알아보니 옥살이하는 죄수에게 먹을 것을 준 것 밖에는 죄가 없더라며 현감과 목사에게 선처를 부탁한 편지가 남아 있다.(『추사가 보낸 편지』, 추사박물관 2014)

그뿐만 아니라 추사는 곳곳에 제자들을 추천했다. 양아들 상무에게 제주 유생 이시형을 부탁하기도 했다.

여기 이시형이란 사람은 나이가 젊고 재주가 뛰어난데 결단코 학문을 하고자 하니 그 뜻이 자못 견고하여 막을 수 없어 올려보내니 함께 공부 해보도록 하여라. 비록 그 견문은 넓지 않다 하더라도 만약 갈고닦게 한 다면 족히 (…) 뛰어날 수 있을 것이다.(전집 권2, 상무에게, 제3신)

김정희, 〈의문당〉 현판 1846년(61세), 51.0×24.0cm, 제주 추사관 소장 | 추사는 대정향교의 학생 기숙사인 동재(東齋)에 〈의문당〉이라는 현판을 써주었다. 학생들이 공부하는 곳이 터라 해서체의 정자로 썼다. 액틀에는 가는 무늬가 아름답게 새겨져 있다.

제자들을 항시 챙겨주는 자상한 모습은 추사의 큰 인간적 강점이었으며 추사 역시 그로 인해 적적한 유배생활을 견딜 수 있었다. 추사가 제주에서 제자들을 가르쳤던 자취는 대정향교 동재(東齋)에 걸린 〈의문당(疑問堂)〉 현판에 남아 있다. 동재는 학생들의 기숙사이기 때문에 그렇게 이름 지은 것이다. 추사는 장소에 걸맞은 반듯한 해서로 힘 있게 써내렸다. 현판 뒷면에는 1846년 11월 추사가 쓰고 향원(鄕員) 오재복(吳在福)이 새겼다고 되어 있다. 소박하지만 액틀에 아름다운 무늬를 그려넣은 이 현판은 현재 제주 추사관에 진열되어 있다.

수선화를 노래하며

그러는 사이 추사는 자신도 모르게 제주의 서정에 빠져들고 있었다. 제주의 풍토와 자연을 관조하고 자적하면서 이를 시로 읊조리는 무심한 경지에 이르게 된 것이다. 대정 읍내 한 집에 들어가 방 벽 가득 관에서 온 공문서를 뒤집어 발라놓은 것을 보고는 마치 "시를 뒤집

어보는 것" 같다는 시를 짓기도 했다.(전집 권10, 대정촌사)

추사는 제주도 특유의 연자방아를 보고 「마마(馬磨)」라는 시도 읊었다. 특히 연자방아의 큰 쓰임새를 보면서 일전에 한차례 논쟁을 벌였던 백파스님 생각이 났던지, 그가 말한 대기(大機) 대용(大用)이란 이 연자방아와 같아야 한다고 비유했다.

열 사람이 하는 일을 말 한 마리 거뜬하니	人十能之馬一之
세 집 사는 마을에선 신기하다 자랑하리.	三家村裏詑神奇
대기와 대용이란 원래 이와 같나니	大機大用元如此
종풍 세운 늙은 중을 도리어 비웃노라.	還笑宗風老古錐

추사는 평소 국화를 픽 좋아했다. 그런데 제주도에는 국화꽃이 아주 드물어 9월 9일 중양절에도 호박떡을 만들어 국화 경단을 대신했단다.

제주의 자연과 함께하면서 추사가 진실로 아끼고 사랑한 꽃은 수선화였다. 서울에서는 보기 어려워 어쩌다 중국에 다녀오는 이가 가져온 강남의 수선화만 보아왔고, 또 구하기 힘든 귀물(貴物)인지라 옛날에 평양에서 한 송이 얻은 것은 고려자기 화분에 심어 두릉의 다산 선생에게 선물로 보내기도 했다. 그런 수선화가 제주도에는 지천으로 널려 있었다.

수선화는 과연 천하에 큰 구경거리입니다. 절강성 이남 지역은 어떤지 모르겠습니다마는 이곳에는 촌동네마다 한 치, 한 자쯤의 땅에도 수선화가 없는 곳이 없는데, 화품(花品)이 대단히 커서 한 가지가 많게는 10여 송이에 꽃받침이 8, 9개, 5, 6개에 이릅니다. 그 꽃은 정월 그믐께부터

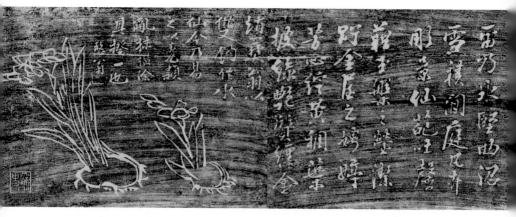

김정희, 〈수선화부〉목탁본 23.5×60.8cm, 개인 소장 ▌추사의 글씨를 탁본으로 만든 것은 아주 많다. 그중 〈수선화부(水仙花賦)〉끝장에는 추사의 수선화 그림이 실려 있다.

2월 초에 피어서 3월에 이르러서는 산과 들, 밭두둑 사이가 마치 흰 구름이 질펀하게 깔려 있는 듯, 흰 눈이 장대하게 쌓여 있는 듯합니다.

그런데 토착민들은 이것이 귀한 줄을 몰라서 소와 말에게 먹이고 또 짓밟아버리며, 또한 그것이 보리밭에 많이 나기 때문에 시골의 장정이나 아이들이 한결같이 호미로 파내어버리는데, 파내도 다시 나곤 하기 때문에 이것을 원수 보듯 하고 있으니, 물(物)이 제자리를 얻지 못함이 이와 같습니다. (…) 보고 만나는 것마다 이렇게 처량한 감회가 일어나서 더욱 눈물이 줄줄 흐르는 것을 금치 못하겠습니다.(전집 권3, 권돈인에게, 제5신)

『완당선생전집』에는 수선화를 노래한 시가 다섯 수 실려 있다. 그 중 한 수를 옮겨본다.

푸른 바다 파란 하늘 얼굴을 활짝 펴니　　　　　碧海靑天一解顔

신선 인연 끝끝내 인색한 것 아니로다.　　　　　仙緣到底未終慳

호미질로 내다 버린 심상한 이 물건을	鋤頭棄擲尋常物
밝은 창가 깨끗한 책상 사이에다 공양하네.	供養窓明几淨間

훗날 추사의 글씨를 탁본으로 찍어 만든 〈수선화부(水仙花賦)〉가 전하는데 여기에는 수선화 그림 한 폭이 실려 있다. 이 그림은 비록 목판화이긴 하지만 청초한 가운데 애수와 적조(寂照)의 아름다움이 넘치는 사랑스러운 작품이다. 제주도 시절에 여러모로 위안이 되었던 그 수선화의 이미지를 담은 것이기에 그처럼 애잔한 그림이 되었다는 생각이 든다. 한편 추사의 제주 유배시 중에서 내가 가장 좋아하는 시는 「시골집(村舍)」이다.

장독대 동쪽 켠에 맨드라미 몇 송이	數朶鷄冠醬瓿東
푸른 호박 넝쿨은 외양간을 올라간다.	南瓜蔓碧上牛宮
세 집 사는 마을에서 꽃 소식 찾자 하니	三家村裏徵花事
일장홍 접시꽃이 활짝 피어 이르렀네.	開到戎葵一丈紅

일장홍은 접시꽃이 한 장(丈, 약 3미터) 높이로 솟아올라 붉은 꽃을 피운다고 해서 생긴 접시꽃의 별칭이다. 이 시를 보면 1행부터 4행까지 이미지를 나열하면서 전체를 하나의 큰 이미지로 만드는 노숙한 경지를 보여준다. 그래서 그 시적 여운이 아주 진하고 길다.

소치의 세 번째 방문과 〈동파입극도〉

회갑 이듬해인 1847년 봄, 소치가 다시 추사 선생을 모시러 내려왔다. 벌써 세 번째 방문이었다. 소치는 1846년 정월 신헌이 전라우수사

임기를 마치고 서울로 올라갈 때 같이 상경하여 안현에 있는 권돈인의 집 등에서 머물다 이곳저곳을 전전한 뒤 다시 제주도로 내려왔다. 스승에게 서화 지도를 받고자 먼 길을 마다하지 않은 것이다.

날마다 허소치에게 시달림을 받아 이 병든 눈과 병든 팔을 애써 견디어가며 만들어놓은 병풍과 서첩이 상자에 차고 바구니에 넘치는데, 이는 다 그림 빚을 나로 하여금 이와 같이 대신 갚게 함이니 도리어 한 번 웃을 뿐이외다.(전집 권5, 초의에게, 제27신)

이때 소치는 〈동파입극도(東坡笠屐圖)〉를 그렸다. 〈동파입극도〉는 소동파가 해남도에서 귀양살이할 때 친구 집에 놀러갔다가 돌아오는 길에 비가 와 농부의 갓(笠)을 빌려 쓰고 나막신(屐)을 끌며 돌아오자 동네 아낙네들이 보고 웃고 동네 개들까지 짖었다는 고사를 이끌어 귀양살이하는 모습을 그린 그림이다.

돌이켜보건대 추사가 연경에 갔을 때 옹방강이 직접 소동파의 작은

허련, 〈동파입극도〉 종이에 담채, 61.0×22.3cm, 개인 소장 | 소치가 그린 〈동파입극도〉 중 하나이다. 권돈인의 제가 있는 작품은 간송미술관에 따로 소장되어 있다.

초상을 모사하여 추사에게 선물로 보낸 적이 있다. 이때만 해도 추사가 사모하는 소동파란 그의 빼어난 문장과 글씨였지, '입극' 차림의 귀양살이 모습이 아니었다. 그런데 제주에 유배 온 후 생각해볼수록 추사는 자신의 처지가 말년의 소동파를 닮았다는 생각이 들었던 모양이다.

영광스럽게도 또 슬프게도, 추사는 이렇게 자신의 처지를 소동파에 비기고 있었다. 어쩌면 동파처럼 객지에서 세상을 떠날지 모른다는 생각도 하면서, 처연히 마음을 비우고 방 한쪽에 〈동파입극도〉를 걸어놓았던 것이다. 추사는 「우작(偶作)」이라는 시에서 "소동파가 혜주에서 밥 먹는 듯 섬 아이 바닷사람 가까워 친하게 지낸다"라고 했다.

간송미술관에 소장된 〈동파입극도〉에는 소치가 그렸다는 낙관이 있고, 그림 위쪽에 권돈인이 "정미년(丁未年, 1847) 초추(7월)에 썼다"라는 긴 화제가 달려 있다. 그때는 소치가 제주도에 있을 때이니 아마도 그가 서울의 권돈인에게 이 그림을 소식 겸 보내준 것 같다.

소치의 〈완당선생 해천일립상〉

소치는 이 〈동파입극도〉를 변안하여 〈완당선생 해천일립상(阮堂先生海天一笠像)〉을 그렸다. 참으로 처연하면서도 탈속한 모습으로 귀양살이하는 추사의 모습이다. 이 초상에는 소치의 낙관도 없고 아무런 제(題)도 없다. 대신 그림 오른쪽 위에 위창 오세창이 '완당선생 해천일립상'이라는 표제를 붙이고 왼쪽 아래에는 '허소치필'이라 쓰고서 자신의 서재인 소낭간실(小琅玕室)이라 낙관한 것이 있다.

이 작품은 일찍이 이가원이 「완당초상소고」(『미술자료』 제7호, 국립박물관 1963)에서 자세히 소개하면서, '혹시 완당이 쓴 화제가 떨어져 나간 것 아닌가 생각한다'는 견해를 밝힌 바 있다. 『완당선생전집』에는 추사가 자신의 작은 초상에 쓴 「자제소조(自題小照)」 두 수가 실려 있는데 두 번째 것에는 '제주에 있을 때' 썼다는 부기가 있다.

옹방강은 "옛 경전 읽는 것을 즐긴다"라고 했고, 완원은 "남이 그렇다고 해서 나 역시 그렇다고 말하지 않는다"라고 했으니 두 분의 말씀이 나의 평생을 다한 것이다. 그런데 어찌하여 바닷가의 삿갓 쓴 사람은 '원우(元祐)의 죄인(소동파)'과 흡사한고.

이가원은 이 두 번째 「자제소조」가 바로 〈완당선생 해천일립상〉의 화제가 아니겠느냐고 추정했다. 작품의 크기가 작은 것으로 보아 〈동파입극도〉처럼 그림 위쪽에 붙어 있던 제가 떨어져나간 것일 수도 있다는 주장이다. 추사가 쓴 첫 번째 「자제소조」는 아주 절묘하다. 실제의 '나'인 시아(是我)와 그림 속의 나인 비아(非我)의 관계를 이야기한 것으로 마치 불가의 게송 같다.

여기 있는 나도 나요	是我亦我
그림 속의 나도 나다.	非我亦我
여기 있는 나도 좋고	是我亦可
그림 속의 나도 좋다.	非我亦可
이 나와 저 나 사이	是非之間
진정한 나는 없네.	無以爲我

허련, 〈완당선생 해천일립상〉 종이에 담채, 51.0×24.0cm, 아모레퍼시픽미술관 소장 ┃ 소치가 〈동파입극도〉를 번안하여 귀양살이하는 추사를 탈속한 모습으로 묘사했다. 소치의 낙관은 없지만 그림 오른쪽 위에 위창 오세창이 '완당선생 해천일립상'이라는 표제를 붙이고 왼쪽 아래에는 '허소치 필'이라 쓰고서 소낭간실(小琅玕室)이라 낙관했다.

阮堂先生海天一笠像

許小痴筆

小琅嬛室弄

제주(帝珠) 구슬 겹겹인데 帝珠重重
그 뉘라 큰 마니 구슬 속에서 실상을 잡아낼까. 誰能執相於大摩尼中
하하. 呵呵

필장 박혜백

제주시절 추사에게 정말로 귀한 제자가 생겼다. 붓 만드는 필장(筆匠) 박혜백(朴蕙百)이다. 박혜백은 제주도 사람으로 계첨(癸詹)이라는 자를 썼다는 것 외에는 알려진 바가 없다.

추사는 동생에게 보낸 편지에서 그의 붓 만드는 솜씨를 이렇게 칭찬했다.

박혜백이 제법 붓 고르는 데 능하여 다람쥐털로 만든 청서필(靑鼠筆)을 늑대털로 만든 낭호필(狼毫筆)보다 더 치면서 스스로 그 묘리를 얻었다고 여겨, 남이 혹 자신의 견해를 그르게 여기더라도 전혀 돌아보지 않았네. 그런데 그가 족제비 꼬리털로 만든 초미필(貂尾筆)을 보고 나서는 이를 대단히 칭찬하여 낭호필·청서필보다 품질이 우수하다고 했으니, 그의 말이 진실로 잘못된 것이 아니네. 그러나 초미필·낭호필보다 더 나은 (…) 중국 호남에서 생산되는 여러 품종의 붓을 두루 보아 그의 안목을 넓히지 못하는 것이 한스럽네.(전집 권2, 막내아우 상희에게, 제7신)

원래 추사는 대단한 완벽주의자이자 스타일리스트였다. 추사는 지필묵 모두에 아주 까다로워 조건이 맞지 않으면 붓을 대지 않았다. 현대미술 개념으로 말하자면 작품을 제작하는 매재(媒材)의 성격을 완전히 장악했기 때문에 지필묵의 성격에 수동적으로 끌려들지 않고 원

김정희의 붓 보물547호 ┃ 추사는 붓에 아주 예민했는데 박혜백이라는 필장이 그를 위해 많은 붓을 만들어주었다.

하는 방향으로 이끌어낼 수 있었던 것이다.

추사는 붓의 종류와 성질을 잘 알았으며 쓰고자 하는 글씨의 성격에 따라 붓을 골라 쓰는 섬세함이 있었다. 추사는 "명필은 붓을 가리지 않는다는 말은 어디에나 해당하는 것이 아니다"라고 했다. 추사는 위당 신헌에게 붓을 선물하면서 이렇게 말했다.

이 붓을 보면 극히 아름답고 털을 고른 것도 정밀하며 거꾸로 박힌 털이나 나쁜 끝이 하나도 없습니다. 이 붓의 제작을 본받아 많이 만들어 쓰시면 다행이겠으며 약간의 붓을 저에게도 보내주시기 바랍니다.(전집 권 2, 신헌에게, 제1신)

사실 이것은 추사만의 유별난 까다로움은 아니었다. 왕희지도 서수필(鼠鬚筆)로 〈난정서〉를 썼다고 한다. 서수필은 쥐수염을 갖고 만든 붓으로 부드러우면서도 힘이 있다. 쥐수염은 길고 빳빳하지만 쥐가 무의식적으로 움직이기 때문에 사뭇 부드럽기도 하다. 특히 큰 배 갑판 밑에 사는 쥐는 갑판 마루에서 삐걱 소리가 날 때마다 수염이 쭈뼛쭈뼛 움직이기 때문에 부드러움과 강함을 고루 갖추고 있다고 한다. 그런 배에서 잡은 쥐의 수염만으로 만든 붓이 일품의 서수필이다. 이 서수필은 하도 유명해서 성호 이익이 『성호사설』에서 자세히 논한 바 있다.

전각가 오규일과 『완당인보』

추사에게는 소산(小山) 오규일(吳圭一)이라는 훌륭한 전각가 제자가 있다. 오규일은 추사에게 약을 지어 보내준 의사 오창렬의 아들이다. 본래 추사는 전각(篆刻)에 대해서도 매우 세심하여 청나라 유식(劉栻)의 인보인 『일석산방인록(一石山房印錄)』을 소장하고 있었다.

본래 전각은 서예의 하나이기도 하다. 추사는 오규일에게 성심으로 전각을 지도했고 오규일은 추사의 지도에 따라 전각에 열중하면서 추사에게 도인을 새겨주었다. 지금 국립중앙박물관에 보관되어 있는 추사의 인장 31과(顆) 중에는 도장 몸체에 '소산각(小山刻)'이라고 새겨진 것들이 있다. 추사는 제주도에서 오규일에게 도장을 새겨달라고 이렇게 부탁했다.

모든 것은 자네 어른(오창렬)에게 보내는 편지에 들어 있으니 따로 덧붙여 말하지 않겠네. 보내준 네 개의 인장과 인니(印泥)로 (그대) 가슴속에 이 바다 밖의 비쩍 말라붙은 신세를 간직하고 있음을 알겠으니 매우

오규일이 새긴 도장 국립중앙박물관 소장 | 이 도장 몸체에는 '소산각(小山刻)'이라는 글씨가 있어 소산 오규일의 솜씨임을 알 수 있다.

고맙네. 인각(印刻)은 더욱 나아간 경지를 보여주네. 얼마 안 가서 (…) 묘 경에 도달하지 않겠는가. 다시금 완당이란 작은 도장 하나를 만들어 인편 에 보내주었으면 하네.(전집 권4, 오규일에게, 제1신)

훗날 오규일은 추사가 강상시절에 그린 〈불이선란〉의 화제에 조연 으로 등장하기도 하고 추사가 북청 유배를 명 받았을 때에는 그의 심 복으로 지목되어 귀양을 가기도 했다.

오규일은 결국 전각가로 대성하여, 우봉 조희룡은 『호산외사』에서 "궁중에 소장된 물건 중에는 그의 손으로 각한 것이 많다"라고 증언했 다. 오규일은 그렇게 전각가로서 최고의 경지에 오른 장한 인물이었 으나 그의 생애는 참으로 비극적으로 끝나고 말았다. 추사가 세상을 떠나고 얼마 안 되어 장님이 되고 만 것이다. 귤산 이유원은 『임하필기(林下筆記)』에서 이렇게 증언했다.

　궁궐의 여러 전각은 거의 다 오소산의 손에서 이루어졌다. 오소산의
각은 처음에는 순정(純正)하고 귀중한 맛이 있어 점점 점입가경을 이루
었다. (…) 그렇게 하기를 10년이 못 되어 오소산은 눈이 멀었다.

　추사의 도인을 집대성한 『완당인보(阮堂印譜)』 1책이 있다. 이 인보
는 필장 박혜백이 엮은 것으로, 추사의 도인이 무려 180개나 들어 있
다. 위창 오세창은 『근역인수(槿域印藪)』를 편집하면서 추사의 도인
70개를 수록했는데 『근역인수』 편집을 마치고 얼마 안 되어 박혜백
소장의 『완당인보』가 나타났다. 이에 위창은 그 책에 서문을 쓰면서,
"자세히 살펴보니 모두 180개인데 완당의 도인은 청나라의 유식과 우
리나라의 소산 오규일과 소정(小貞) 한응기(韓應耆)가 새긴 것이 있
었다"라고 했다.

제주목사 장인식

　1848년 3월, 제주에 유배 온 지 9년째 되는 봄날, 추사에게 뜻밖에
반가운 소식이 날아왔다. 평소 잘 알고 지내던 장인식(張寅植)이 제주
목사 겸 방어사로 부임해온 것이다. 대개 장병사라는 별칭으로 불리
었던 그는 부임하자마자 추사의 유배지로 자신의 부임 소식과 함께
선물을 보냈다. 추사는 그 반가움과 고마움을 이렇게 적어 보냈다.

　명성이 매우 가까우니 비록 당장에 손을 잡고 즐기지는 못하나마 의지
와 믿음을 지닌 것 같아서 마음 든든하오. (…) 어찌 이곳에서 영감과 서

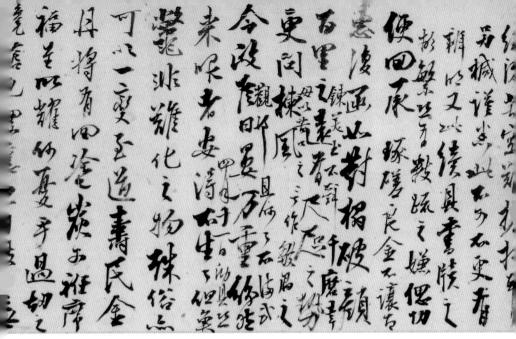

김정희, 〈간찰〉(장인식에게 보낸 편지) 28.5×47.7cm, 개인 소장 ┃ 장인식은 제주목사로 부임해 온 이후 추사가 해배될 때까지 9개월간 추사를 정성으로 돌보아주었다. 『완당선생전집』에는 추사가 그에게 보낸 편지가 20여 통이나 실려 있다.

로 만날 것을 생각이나 했겠소.

바로 곧 편지를 받아 큰 바다를 무사히 잘 건너신 줄 알았거니와 정무에 임하여 체력이 두루 안길하신지요. 구구한 마음 멀리서 빌어 마지않사외다. (…) 누인(累人)은 원한을 안고 비통을 머금은 지가 벌써 9년인데도 이제껏 버티고 있으니 돌이라 할지 나무라 할지 모르겠소. 천지가 아득하기만 하니 이 무슨 인간의 삶인지요? (…)

보내주신 여러 물품은 특별히 정념을 쏟아 써늘한 주방에 따스한 기가 돌게 하여주었으니 (…) 머리를 들고 백 번 천 번 사례하며 나머지는 모두 미루고 미처 갖추지 못하옵니다.(전집 권4, 장인식에게, 제1신)

이때부터 추사는 장인식과 긴밀하게 편지로 연락하며 음식과 물품 등의 도움을 받았고, 장인식은 장인식대로 추사에게 글씨를 받으며 즐겁게 교유했다. 추사는 장인식이 부임한 바로 그해 12월에 마침내 풀려났으니 두 사람이 제주도에서 함께한 기간은 불과 9개월밖에 되지 않았다. 하지만 장인식에게 보낸 편지는 『완당선생전집』에 실려 있는 것만 20통이나 되고 그 외에도 세간에 더 많이 남아 있으니 열흘이 멀다 하고 부지런히 편지가 오간 것이다.

장인식은 추사에게 매달 물품을 보내주었다. 추사는 그것을 월례(月禮)라 했는데, 월례를 받을 때마다 눈물겨운 감사와 함께 귀양살이의 여러 부탁을 덧붙였다. 그렇게 신세 지는 데 이력이 붙으면서 추사는 뒤에 월례를 받으면서 유머까지 넣어 말했다.

보내주신 선물, 부끄럼 없이 그저 달게 먹을 뿐입니다. 비록 맛 좋은 술과 음식이 있어도 먹어주지 않으면 사람들이 천하게 여길지 누가 알겠습니까? 아하! 우습다! 약과·찹쌀을 함께 보내주어 그 철저한 성의와 염려에 천만 감사할 뿐입니다. 눈이 어두워 이만.(〈간찰(장인식에게)〉, 동산방)

장인식에게 보낸 추사의 편지 중에는 대단히 서정적인 인사말이 오가는 아름다운 글이 많다. 서울로 보내는 편지야 소식과 부탁으로 채우기 급급했지만 장인식에게 보내는 편지는 일상의 편지였기 때문에 여유롭고 멋진 글귀로 시작하곤 했던 것이다.

한 번 비 내리고 한 번 바람 부는 사이에 봄이 떠나는 길을 재촉하여 하마 푸른 잎은 살이 찌고 붉은 꽃은 여위어감을 깨닫게 되니 여러모로 마음이 산란하여 걷잡지 못하겠습니다.(전집 권4, 장인식에게, 제2신)

추사 제주 유배 기간 제주목사·대정현감 임면 사항

목사	판관	대정현감
방어사 구재룡(具載龍) 1839년(헌종 5) 3월~1841년(헌종 7) 3월 임기 중 1840년 9월 추사가 유배옴. 영국 군함이 가파도에서 소를 약탈해가는 사건으로 파직됨.	김최선(金最善) 1839년(헌종 5) 8월 ~1842년(헌종 8) 2월	고성규(高性規) 1841년(헌종 7) 3월 ~1841년(헌종 7) 6월 파직됨.
방어사 이원조(李源祚) 1841(헌종 7) 윤3월~1843년(헌종 9) 6월 2년 3개월 임기를 마치고 사임.	김현복(金鉉復) 1842년(헌종 8) 2월 ~1844년(헌종 10) 8월	안윤항(安允沆) 1841년(헌종 7) 7월 ~1842년(헌종 8) 8월 사임함.
방어사 이용현(李容鉉) 1843년(헌종 9) 6월~1844년(헌종 10) 8월 진상물의 문제로 파직됨.	송익렬(宋益烈) 1844년(헌종 10) 8월 ~1846년(헌종 12) 7월 파직됨.	지약연(池若淵) 1842년(헌종 8) 9월 ~1845년(헌종 11) 2월
방어사 권직(權溭) 1844년(헌종 10) 12월~1846년(헌종 12) 2월 환해장성을 수축함. 부임 1년 2개월 만에 승지로 발령받아 떠남.	탁종술(卓宗述) 1846년(헌종 12) 7월 ~1848년(헌종 14) 8월 장령으로 감.	한정일(韓挺馹) 1845년(헌종 11) 2월 ~1847년(헌종 13) 8월
방어사 이의식(李宜植) 1846년(헌종 12) 2월~1848년(헌종 14) 3월 제주성 북쪽 수구를 둘러쌓고 천일정을 세움. 2년 1개월 임기를 마치고 떠남.	강재의(姜在毅) 1848년(헌종 14) 8월 ~1851년(철종 2) 2월.	김시원(金始遠) 1847년(헌종 13) 8월 ~1850년(철종 1) 2월
방어사 장인식(張寅植) 1848년(헌종 14) 3월~1850년(철종 1) 6월 임기 중 추사 해배되어 풀려남. 화북진에 해신당을 세움. 삼성사에 승보당을 세워 재생(학생)을 둠. 2년 3개월 임기를 마치고 떠남.		원석중(元錫重) 1850년(철종 1) 2월 ~1852년(철종 3) 8월

* 김봉옥 『증보 제주통사』(세림 2000)에서 발췌.

그런 중 한여름 더위와 모기 때문에 고생하면서 쓴 편지에는 체념적 유머가 넘쳐, 두 사람 사이의 마음 오감이 얼마나 가까웠는가를 느끼게 해준다.

하늘나라 도리천은 어떤지 모르겠습니다만 이 세상에 과연 더위 없는 하늘과 모기 없는 땅은 없는지요. 더위도 무척 심하지만 모기가 더욱 심하군요. 병영의 청사에도 모기가 많다는데 하물며 이 게딱지 굴 같고 달팽이 집 같은 데는 어떠하겠습니까. 옛날 모기는 그래도 예(禮)를 알았는데 지금 모기는 예를 알지 못하여 늙은이에게 마구 덤벼드니 역시 지금 모기는 옛날 모기와 같지 못해서인가요.(전집 권4, 장인식에게, 제9신)

그런 훈훈한 교유 속에 제주목사 장인식은 추사가 해배되어 육지로 떠나는 것까지 성심껏 돌보아준다. 장인식은 추사와 만나면서 추사 일파가 되었다. 제주목사 겸 방어사로 근무하면서 그가 세운 비석으로 해신당비(海神堂碑)와 오현단비(五賢壇碑)가 있는데, 그 서체에 추사의 영향이 그득히 풍기고 있다.

제주 읍내 귤림서원에 다녀와서

그때나 지금이나 육지 사람에게 제주의 자연은 대단히 아름답고 매혹적이고 사랑스러웠던 모양이다. 추사는 이 자연의 아름다움을 벗 권돈인에게 전하면서 맘껏 노닐지 못함을 하소연했다.

한라산 주위 400리에 널려 있는 아름답고 진기한 밀감·등자·귤·유자 등은 사람마다 모두 아는 바이거니와, 이 밖에 푸른빛이 어우러진 기이한 나무와 아름다운 꽃들은 거의 다 겨울에도 푸르른 식물로 모두 이름도 알 수 없는 것들인데, 여기에 나무하고 마소 먹이는 것을 금하지 않으니, 매우 애석한 일입니다. 가령 나막신 신고 지팡이 끌고서 이곳저곳을 탐방한다면 반드시 기이한 구경거리와 들을 것들이 있으련마는 이 위리안치된 생

제주의 우암 송시열 적거 유허비 | 오늘날의 오현단에는 우암 송시열의 유허비가 따로 세워져 있다. 추사는 촌로들에게 우암이 여든 넘은 늙은 유배객이면서도 세상을 떠난 당년까지 생강을 심었다는 이야기를 듣고, 이 비 앞에서 감회가 일어 애잔한 시를 한 수 읊었다.

활로 어떻게 그런 놀이를 할 수 있겠습니까.(전집 권3, 권돈인에게, 제5신)

추사는 제주도에 유배되어 있으면서도 이런 제주의 자연과 문화 유적을 답사하는 기쁨을 누릴 수 없었다. 위리안치를 명 받았기 때문에 제주까지는 고사하고 원칙적으로는 대정 읍내에도 나갈 수 없었던 것이다. 추사와 함께 몇 년간을 제주에서 지낸 강위는 「수성사(壽星詞)」라는 시를 지으면서 "달팽이집에서 10년간 가부좌를 트셨다네"라고 했다.(강위『고환당문초』)

그러나 세상사에는 융통·변칙·관용·예외가 있는 법, 추사는 아마도 제주목사 장인식의 아량으로 모처럼 제주읍까지 여행하며 보고 싶은 유적들을 답사할 기회를 얻었다. 귀양살이 중의 화려한 외출이었다.

추사는 제주성에 와서 훗날 오현단(五賢壇)이라 불린 귤림서원(橘林書院)에 찾아갔다. 귤림서원은 1871년(고종 8년) 서원철폐령으로 훼철되었고 그 이듬해에 오현단이 설립되었다. 오현단은 제주와 인연이 있던 다섯 학자의 넋을 기린 제단으로, 지금도 오현의 위패를 상징하는 높이 한 자 반의 작은 비석 다섯 토막이 한 자 간격으로 배열되어 있다.(양진건 『제주 유배길에서 추사를 만나다』, 푸른역사 2011)

귤림서원 내에는 우암 송시열 적거 유허비가 있다. 추사는 촌로들에게 우암이 여든 넘은 늙은 유배객이면서도 죽던 당년까지 생강을 심었다는 이야기를 듣고는 그 감회를 이렇게 읊었다.(전집 권10, 우암 유허비)

길 가던 이 조그만 비석 앞에 말 내리니	行人下馬短碑前
김환심의 집안에 옛 자취 전해오네.	金煥心家舊躅傳
귤림에서 한 잔 술에 뜻 밝히던 그때 일로	一酌橘林明志事
이제껏 눈물 떨궈 해마다 생강 심네.	至今彈淚種薑年

추사는 평소 역사지리에 깊은 관심을 가졌던 만큼 삼별초 유적에 대해서도 알고 있었다. 실제로 추사는 일찍이 「임소에 가는 탐라백을 작별하다」라는 시에서 고려 충렬왕 때 원나라가 다루가치(達魯花赤)를 두고 통치했다고 하는데 이를 찾아보라며 이렇게 읊은 적이 있다.

옛날엔 담모라 하고 탐부로도 불렀더니	耼牟於古亦耽浮
유리성 텅텅 비어 바다머리 둘러 있네.	儒李城空枕海頭
구한의 풍토지를 채우려 들려거든	要足九韓風土志
노화(다루하치)의 남긴 자취 찾아야만 하리라.	魯花遺蹟若爲求

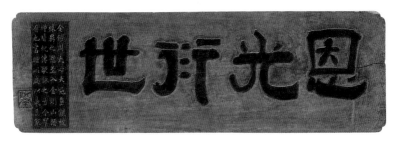

김정희, 〈은광연세〉 편액 31.0×98.0cm, 김만덕기념관 소장 ❘ 추사는 김만덕의 선행에 대해 듣고는 그의 양손자에게 〈은광연세〉라는 편액을 써주었다. '은혜의 빛이 온 세상에 뻗어나간다'라는 뜻이다.

그러나 추사 당시에는 항몽유적지인 항파두리 토성의 자취조차 찾기 힘들었을 것이다.

만덕 할머니와 〈은광연세〉

추사는 제주에 와서 '만덕 할머니' 김만덕(金萬德, 1739~1812)의 선행에 대해 듣고는 그의 양손(養孫)인 김종주(金鍾周)에게 〈은광연세(恩光衍世)〉라는 편액을 써주었다. '은혜의 빛이 온 세상에 뻗어나간다'라는 뜻이다.(양진건, 앞의 책)

김만덕에 대해서는 번암 채제공이 쓴 「만덕전(傳)」에 상세하다. 만덕은 본래 양갓집 딸이었으나 어려서 부모를 잃고 기생에게 의탁해 살다 나이 스무 살이 넘어서 다시 양민으로 돌아왔는데, 재화를 늘리는 수완이 좋아서 40대가 되면서 자못 부자로 이름이 났다.

1795년(정조 19년) 제주에 큰 기근이 들어 백성들이 죽어가기에 만덕은 천금을 내어 육지에서 쌀을 사와 그 10분의 1로 친족을 살리고 나머지는 모두 관청에 실어 보냈다. 제주목사가 그 사실을 조정에 아뢰니, 정조 임금은 만덕의 소원을 들어주겠다고 했고, 만덕은 금강산 유람을 이야기하여 소원대로 금강산을 탐승했다. 서울에 왔을 때 김만덕은 일약 유명인사가 되어 이가환, 박제가 등이 시를 지어 칭송했는데, 이것이 한 권의 첩으로 만들어지자 다산은 여기에 발문을 지어주었다.(『여유당전서』「시문집」제14권)

김만덕은 제주로 돌아와 살다가 1812년 74세로 세상을 떠났다. 생전의 유언에 따라 제주성이 한눈에 조감되는 사라봉에 묻혔고, 사후에도 '만덕 할머니'로 불리며 도민들의 추앙을 받았다. 추사가 써준 이 〈은광연세〉 글씨는 제주시절 추사의 서풍을 그대로 보여주며, 그 편액은 집안 대대로 내려오다가 2010년 후손에 국립제주박물관에 기탁됐다가 2016년 김만덕기념관으로 옮겨졌다.

한라산 등반과 귤중옥

추사는 이렇게 한차례 제주읍을 답사했고 또 한라산도 등반했다. 벗 권돈인에게 보낸 편지에서 추사는 한라산에서 감로수를 발견하고 어린아이처럼 즐거워하면서 한 사발 보내주지 못하는 것이 아쉽다며 감로수 나무에 대해 예의 박식함을 늘어놓기도 했다.(전집 권3, 권돈인에게, 제10신)

이렇게 점점 제주의 자연과 서정에 젖어들면서 추사는 마침내 자신의 당호를 귤중옥(橘中屋)이라 짓고 그 뜻을 이렇게 말했다.

매화·대나무·연꽃·국화는 어디에나 있지만 귤만은 오직 내 고을의 전유물이다. 겉과 속이 다 깨끗하고 빛깔은 푸르고 누런데 우뚝한 지조와 꽃답고 향기로운 덕은 다른 것들과 비교할 바가 아니므로 나는 그로써 내 집의 액호(額號)를 삼는다.(전집 권6, 귤중옥서)

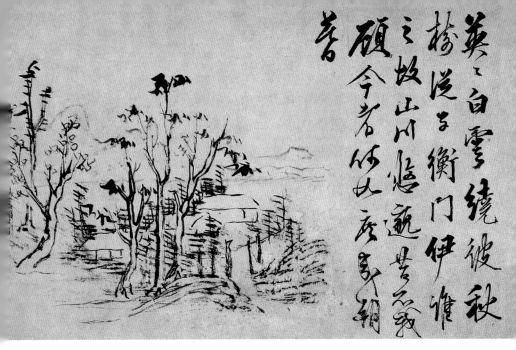

김정희, 〈추수백운도〉 종이에 수묵, 23.5×38.0cm, 개인 소장 ┃ 추사가 제주에서 유배 살던 집을 그린 것으로 짐작되는 산수화이다. 멀리 있는 벗을 그리워하며 지은 시를 화제로 붙였다. 추사는 이 집을 '귤중옥'이라고 했다.

　양진건 교수는 이 귤중옥이 바로 추사 2차 적거지인 강도순의 집 (오늘날 복원된 추사적거지)이며 수성초당(壽星草堂)이라고도 불렀다 고 고증했다.

　추사가 제주시절에 그린 〈추수백운도(秋樹白雲圖)〉는 혹 귤중옥을 그린 것이 아닌가 생각하게 한다. 이 그림은 고담한 문기가 살아 있는 아름다운 작품으로 멀리 있는 벗을 그리워하는 시를 화제로 붙였으 며 그 글씨 또한 제주시절의 서풍을 엿보게 한다. 안대회 교수는 이 그 림의 화제가 황산 김유근의 『황산유고』에 '추수백운도에 부치다'라는 제목으로 실려 있음을 확인한 바 있다. 그러나 화제가 황산이 아니라 추사의 글씨인 것을 보면 추사가 세상을 떠난 옛 친구를 그리워하며 그린 것인지도 모르겠다. 그래서 그런지 이 그림에는 유배객의 답답하고 울적한 심사보다는 허허로운 시정이 서려 있어, 추사가 유배생활에서 마음의 여유를 찾아가는 모습으로 다가온다.

헌종의 추사 글씨 요구

추사가 귀양살이한 지 8년째 되던 해(1847) 뜻밖에도 헌종이 추사에게 글씨를 써 올리라고 명을 내렸다. 그때의 벅찬 심정을 추사는 막내아우에게 이렇게 말했다.

> 죄는 극에 달하고 과실은 산처럼 쌓인 이 무례한 죄인이 어떻게 오늘날 이런 일을 만날 수 있단 말인가. 다만 감격의 눈물이 얼굴을 덮어 흐를 뿐이요, 말이나 글로 표현할 수 있는 것이 아니네. 더구나 나의 졸렬한 글씨를 특별히 생각하시어 종이까지 내려보내셨으니, 임금의 은혜에 해신, 산신이 모두 진동을 하네.(전집 권2, 막내아우 상희에게, 제7신)

그러나 그때 추사는 몸이 아파 제대로 글씨를 쓸 수 없는 상태였다. 그래도 임금의 명인지라 간신히 몇 작품을 마치고는 임금의 명대로 다하지 못한 사정을 아우에게 이렇게 말했다.

> 근래에는 안질이 더 심해져 도저히 붓대를 잡고 글씨를 쓸 수도 없었으나 왕령(王靈)이 이르러 할 수 없이 15~16일간 공력을 들여 겨우 편액 셋과 권축(卷軸) 셋을 써놓았을 뿐이네. 나머지 두 권축에 대해서는 이렇게 흐린 눈으로는 도저히 계속해서 써낼 방도가 없어 부득이 올리지 못하게 되었는지라 오규일에게 보낸 편지에 사실대로 다 진술했네. 천만번 송구스러움은 잘 알지만, 인력으로 안 되는 것을 어쩔 수가 없었네.(같은 글)

추사가 이때 헌종의 명을 받고 쓴 세 개의 편액 중 하나는 〈목련리각(木連理閣)〉이었다. 추사는 그 내용에 대해서 이렇게 말했다.

네 글자 편액에 대해서는 달리 넣을 만한 글자가 없어 고심하다가 (⋯) '목련리각' 네 글자를 써서 올렸네. 그에 관한 자세한 내용은 오규일에게 보낸 편지에 들어 있으므로 거듭 언급하지 않겠네.(같은 글)

〈목련리각〉에서 목련리란 두 가지가 이어져 하나가 되는 나무를 말하는데, 제왕의 덕이 천하에 넘쳐흐르면 목련리가 생겨난다고 한다. 추사는 이어서 동생에게 "『홍두시첩(紅豆詩帖)』 아래에 몇 자를 써서 올린 것은 감히 잠언(箴言)의 뜻을 붙인 것"이라고 했다. 홍두란 일찍이 옹수곤이 아호로 삼은 것으로, 이별할 때 잊지 말자는 징표로 상사수(想思樹) 나무의 선홍색 열매를 주곤 한 데서 유래했다. 결국 추사는 헌종에게 작품을 써 올리면서 그렇게 임금의 은혜를 기대하고 있었던 것이다.

그리고 추사는 나머지 두 편액을 전한시대 예서체로 썼다며 이렇게 말했다.

두 편액은 전한의 옛 법칙대로 써서 제법 웅장하고 기걸한 힘이 있어 병중에 쓴 것 같지 않았네. 이는 곧 왕령이 이른 곳에 신명의 도움이 있었던 듯하고 나의 졸렬한 필력으로 능히 이룬 바가 아니니, 이 뜻도 오규일에게 따로 언급하여주게.(같은 글)

추사가 그렇게 공들여 써서 헌종에게 바쳤다는 세 개의 편액은 현재 전하지 않는다. 아무튼 헌종은 이처럼 추사의 글씨를 좋아했던, 사실상 추사 일파의 서예가였다.

창덕궁 낙선재의 추사 현판

추사의 귀양살이에 대한 증언은 소치 허련이 헌종을 만나서 한 이야기에 생생히 들어 있다. 추사가 제주 유배 마지막 해를 보내고 있던 1848년, 헌종은 신헌에게 명하여 소치로 하여금 소치 자신의 그림과 추사의 글씨 몇 점을 갖고 궁궐로 들어오도록 했다. 당시 소치는 그해 8월 전라도 고부에서 열린 감시(監試)에 합격했고, 또 10월에 열린 무과에도 입격하여 신분적으로도 어엿해져 있었다.

그리하여 소치는 1849년 1월 15일 헌종을 배알하기 위해 창덕궁 낙선재로 들어갔다. 추사가 막 귀양에서 풀려나 육지로 올라오고 있을 때였다. 소치는 창덕궁 낙선재에서 본 추사의 현판에 대해 이렇게 증언했다.

기유년 정월 15일, 나는 비로소 입시했습니다. (…) 낙선재에 들어가니 바로 임금께서 평상시 거처하시는 곳으로, 좌우의 현판 글씨는 완당 선생의 것이 많더군요. 향천(香泉)·연경루(研經樓)·유재(留齋)·자이당(自怡堂)·고조당(古藻堂)이 있었고, 낙선재 뒤에는 또 평원정(平遠亭)이 있었습니다.(『소치실록』)

소치가 보았다는 그 현판들은 지금은 낙선재에 걸려 있지 않다. 그렇지만 낙선재의 당호는 섭지선의 글씨이고, 주련은 옹방강의 글씨라 그 분위기만은 엿볼 수 있다. 낙선재에 있던 현판 글씨 중 일부는 국립

섭지선, 〈낙선재〉 현판 국립고궁박물관 소장 | 창덕궁 낙선재에 걸려 있는 이 현판은 추사의 벗인 섭지선의 글씨이다. 낙선재에 걸려 있는 주련은 옹방강의 글씨이다.

고궁박물관에 전하고, 일부는 밖으로 흘러나갔는데, 소치가 보았다는 현판 가운데 〈유재(留齋)〉는 좀 특별한 사정이 있었는지 『소치실록』의 부기에 이렇게 쓰여 있다.

> 〈유재〉는 완당이 제주에 있을 때에 써서 현판으로 새겼는데 바다를 건너다 떨어뜨려 떠내려간 것을 일본에서 찾아온 것임.

유재는 추사의 제자 남병길(南秉吉)의 호이다. 남병길은 훗날 추사의 편지글을 모은 『완당척독』과 시집인 『담연재시고』를 펴낸 분으로 벼슬이 이조참판에 이르렀다. 〈유재〉 현판은 예서체로 '유재' 두 글자를 힘 있고 아름답고 멋지게 대자로 쓰고 그 곁에 작은 글씨로 뜻풀이를 덧붙여 구성이 아주 멋지다. 그 뜻풀이를 보면 사람의 가슴을 울리는 깊은 감동이 있다.

> 기교를 다하지 않고 남김을 두어 조화로움으로 돌아가게 하고, 녹봉을 다하지 않고 남김을 두어 조정으로 돌아가게 하고, 재물을 다하지 않고 남김을 두어 백성에게 돌아가게 하고, 내 복을 다하지 않고 남김을 두어

김정희, 〈유재〉현판 32.7×103.4cm, 개인 소장 ┃ 추사가 제자인 남병길의 호인 '유재'를 써준 현판이다. 그 글씨와 내용의 풀이가 모두 아름답기 때문인지 모각본이 여럿 있다.

자손에게 돌아가게 하라.(留不盡之巧以還造化 留不盡之祿以還朝廷 留不盡之財以還百姓 留不盡之福以還子孫)

그런 남김의 정신으로 인생을 살고 예술에 임한다면 가히 도(道)의 경지에 이르렀다고 할 수 있을 것이다.

소치의 헌종대왕 배알

소치는 헌종과 함께 황대치의 산수화, 소동파의 진품첩 등을 완상하고 또 임금이 보는 자리에서 그림을 그리기도 했다. 그리고 임금의 자상한 물음에 하나씩 대답했는데 대개는 추사의 소식을 묻는 것이었다.

"그대가 세 번 제주에 들어갈 때 바다의 파도 속으로 왕래하는 것이 어렵지 않더냐?"

"하늘과 맞닿은 큰 바다를 거룻배로 왕래한다는 것은 삶과 죽음의 갈림길에서 운명을 하늘에 맡겨버리는 것입니다."

"배의 꼬리에 빈 바가지를 매어단 것은 무엇인가?"

"아마 전복 따는 해녀의 목에 걸어놓은 바가지일 것입니다."

"김완당의 귀양살이는 어떠하던가?"

"(…) 탱자나무 가시울타리 안에, 벽에는 도배도 하지 않은 방에서 북창(北窓)을 향해 꿇어앉아 고무래 정(丁) 자 모양으로 좌장(坐杖)에 몸을 의지하고 있습니다. 밤낮 마음 놓고 편히 자지도 못하여 밤에도 늘 등잔불을 끄지 않습니다. 숨이 경각에 달려 얼마 보전하지 못할 것같이 생각되었습니다."

"먹는 것은 어떠한가?"

"생선 등속이 없지 아니하나 비린내가 위를 상하게 하는 것을 싫어합니다. 혹 멀리 본가에서 반찬을 보내옵니다마는 모두가 너무 짜서 오래두고 비위를 맞출 수는 없습니다."

"무엇을 하며 날을 보내는가?"

"마을 아이들 서넛이 와서 배우므로 글씨도 가르쳐줍니다. 만일 이런 것도 없으면 너무 적막하여 견디지 못할 것입니다."(『소치실록』)

추사의 유배생활을 이처럼 생생히 증언한 경우는 없다.

제주시절의 추사 글씨

추사는 제주도 유배시절에 많은 사람으로부터 작품을 부탁받아 정말로 많은 글씨를 써주었다. 종이와 먹이 넉넉지 않아 맘껏 시필(試筆)하기 어려운 때도 있었고 몸이 아파 편지조차 못 쓸 때도 있었는데, 부탁한 사람들은 그런 사정을 모르고 재촉만 하니 답답한 것은 추사 쪽이었다. 한번은 추사가 막내아우에게 종이도 제대로 보내지 않고 글씨 독촉을 한다고 꾸지람하듯 말한 적도 있다. 그중 가장 괴로운 것은 팔이 아프고 눈이 침침해 괴로운데도 독촉을 받는 것이었다.

김정희, 〈일로향실〉현판 32.0×120.0cm, 대흥사 성보박물관 소장 | 추사가 초의스님의 일지암에 써준 현판으로, '화로 하나 있는 다실'이라는 뜻이다. 뜻도 좋고 글씨도 아름다워 추사 현판 중 명품으로 손꼽히는데, 제주시절의 작품으로 추정된다.

이렇게 앓는 수일 사이에는 도저히 팔 힘을 쓸 수 없으니 편액 글자는 (…) 조금만 늦춰 잡고 용서하면 어떻겠소.(전집 권4, 장인식에게, 제10신)

유감스럽게도 확실한 간기가 밝혀진 제주시절의 본격 서예 작품은 아직까지 알려진 것이 없다. 확실히 알 수 있는 것은 예산 화암사에 써준 〈무량수각〉과 〈시경루〉 같은 나무 현판들뿐이다.

추사가 초의스님의 일지암에 써준 〈일로향실(一爐香室)〉 현판도 제주시절 작품으로 보인다. 추사가 초의에게 보낸 편지에서 "허소치가 가져간 향실 편액은 잘 받아 걸었는가"(전집 권5, 초의에게, 제23신)라고 한 것이 바로 이 현판일 것으로 추정되기 때문이다. 이 현판 글씨들은 한나라 예서에 뿌리를 두고 입고출신한 작품들로, 한결같이 고졸하면서도 힘이 있다.

그런 중 일제강점기에 열린 경성의 여흥 민씨 소장품 경매전에 출품된 추사의 예서 대련 〈가주검괘(家住劍挂)〉에 "제주 모가 구장(濟州某家舊藏)"이라고 표기된 것이 있어 눈에 띈다. 당대의 수장가였던 민

김정희, 〈가주검괴〉 각폭 135.5×36.5cm, 소장처 미상 ┃ 예서의 맛이 들어 있는 멋스러운 대련으로 제주시절 작품으로 추정된다. 일제강점기 경성의 여흥 민씨 소장품 경매전 때 출품됐던 작품이다.

영환·민영익·민영휘 등을 배출한 경성 여흥 민씨 집안에서 제주시절 추사가 남긴 작품을 소장했다면 어느 정도는 믿을 수 있다.

집은 북두칠성 첫째 별 아래에 있고 　家住北斗魁星下

검은 남쪽 창 오른편(月角)에 걸려 있네. 　劍挂南窓月角頭

이 대구는 『기구속문(耆舊續聞)』이라는 책에 도교의 신선 여동빈(呂洞賓)의 칠언절구로 소개된 것이다. 글씨의 골격은 예서에 기본을 두었지만 조형적 변형을 가하여 예스러운 멋과 현대적 조형미를 동시에 보여준다. 추사의 제주시절 작품으로 능히 있을 작품이다.

추사 글씨의 변화

서체의 기본은 해서와 행서인데 유배 이후 추사의 간찰 서체에 큰 변화가 생기기 시작했다. 점점 금석기와 예서의 맛이 들어가면서 필획에 강약의 리듬이 강하게 드러나기 시작한 것이다.

그 좋은 예를 우리는 추사가 회갑 무렵에 쓴 간찰에서 볼 수 있다. 이 편지의 글씨들은 한마디로 해서·행서·예서의 필법이 서로 뒤엉켜 있는 듯하다. 그럼에도 아무 잘못이 없고 오히려 필획의 군센 느낌만 강하게 다가온다.

추사의 제주시절 행서 작품으로는 〈증인 오언고시(贈人五言古詩)〉가 있다. 누군가에게 써준 이 오언고시는 비록 관기는 없지만 내용으로 보아 제주 유배시절 글씨가 틀림없다. 글씨도 의미가 크지만 시 자체에 유배객의 처연한 심사가 아련히 드러난다.

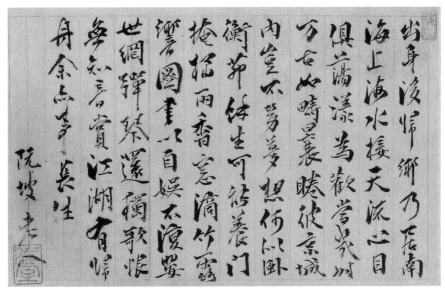

김정희, 〈증인 오언고시〉 22.6×33.3cm, 개인 소장 ┃ "저 서울을 바라보니 꿈인들 어찌 괴롭지 않으리"
라는 구절로 보아 귀양시절 작품으로 추정되며, 글씨와 시 모두에 애잔한 아름다움이 있다.

출신한 뒤 고향에 돌아와서는	出身後歸鄕
남쪽 바닷가에 살고 있다네.	乃居南海上
바닷물 하늘에 닿아 흐르고 (…)	海水接天流
만고는 마치 엊그제 같네.	萬古如疇曩
저 멀리 서울 땅을 바라보니	睠彼京城內
꿈속인들 어이해 괴롭잖으랴.	豈不勞夢想
귤 비의 향기 속에 문을 닫으니	門掩橘雨香
창에는 죽로 소리 울린다.	窓滴竹露響

글씨의 뼈대야 귀양 전과 크게 다르지 않지만 획의 삐침, 뻗음, 내리
그음이 구양순체의 힘 있는 결구를 넘어 비문 글씨의 굵고 묵직한 필

획을 느끼게 한다. 이른바 금석기가 살아나고 있는 것이다. 그리하여 추사의 글씨는, 골격은 힘 있고 필획은 울림이 강하다. 이것이 우리가 말하는 추사체이다.

박규수의 추사체 성립론

이제 우리는 제주 유배시절 완성돼가는 추사체의 특질을 보면서 이 책의 서장에서 인용한 바 있는 박규수의 평을 다시 한번 상기해보고 자 한다.

완당의 글씨는 어려서부터 늙을 때까지 그 서법이 여러 차례 바뀌었 다. 어렸을 적에는 오직 동기창에 뜻을 두었고, 중세에는 옹방강을 좇아 노닐면서 열심히 그의 글씨를 본받아 너무 기름지고 획이 두껍고 골기가 적다는 흠이 있었다. 그리고 나서 소동파와 미불을 따르면서 더욱 굳세고 힘차지더니 (…) 드디어는 구양순의 신수를 얻게 되었다.

만년에 바다를 건너갔다 돌아온 다음부터는 구속받고 본뜨는 경향이 다시는 없게 되고 (…) 대가들의 장점을 모아서 스스로 일가를 이루게 되 니 신(神)이 오는 듯, 기(氣)가 오는 듯, 바다의 조수가 밀려오는 듯했다.

다만 문장가들만 그렇게 생각한 것이 아니었다. 그런데 이것을 알지 못하는 자들은 혹은 호방하고 제멋대로 방자하다고 생각하며, 그것이 근 엄의 극치임을 모르더라. 그래서 나는 후생 소년들에게 추사의 글씨를 가 볍고 쉽게 배워서는 안 된다고 한 것이다.

청명 선생의 추사체론

이번에는 제주도에서 추사체가 확립되는 과정과 한국 서예사의 흐름 속 추사체의 위치에 대해 살펴보고자 한다. 이 문제에 관해서는 청명 임창순의 「한국 서예사에 있어서 추사의 위치」(『한국의 미 17: 추사 김정희』, 중앙일보사 1985) 이상의 논문이 없다. 청명 선생은 추사가 연경에 가서 옹방강과 완원을 만난 후의 서예에 대해 이렇게 설명했다.

완당은 "내가 어렸을 적부터 글씨를 써보려는 의욕을 가졌는데 24세에 북경에 들어가서 여러 명가를 만나서 그 이론을 들었다" 했고, "그들의 서법이 우리가 배우던 것과 크게 달랐으며 한나라·위나라 이래 수천 종의 금석을 보았다"라는 말을 썼다. 물론 여러 명가를 만난 것은 사실이나 직접 지도를 받은 사람은 첩학(帖學)과 금석의 대가인 옹방강이다. 옹방강은 젊은 완당을 기특히 여기고 서법을 강론해주었을 뿐 아니라 자신이 소장한 많은 법첩과 비본을 일일이 보이고 자신의 해박한 지식으로 서법의 원류를 설명하며 "글씨는 북비(北碑)부터 배워야 하며 북비를 배우기 위해서는 당의 구양순, 그중에도 〈화도사비(化度寺碑)〉부터 들어가는 것이 가장 좋은 길"이라고 자기의 경험과 주장을 설파해주었다.
그리하여 곧 그의 제자가 되었고 학문과 서법에서 모두 옹방강을 따르게 된 것이다. 이것이 그가 글씨의 도를 깨치게 된 시작이다.

이것이 바로 추사가 "왕희지는 구양순을 통하여 들어간다"라고 주장한 내력이다. 청명 선생은 이어 추사가 전한시대 예서를 본받으며 발전하는 과정을 다음과 같이 설명했다.

그러나 천재적 예술인인 완당이 여기에 만족할 리는 없다. 그는 서법의 원류를 거슬러 올라가 (…) 예서의 근원이 전서에서 왔다는 데까지 거슬러 올라갔다. 마침내 완당은 예서를 쓰기 시작했고 후한시대 예서가 파임과 삐침으로 외형미가 두드러진 데에 불만을 가지고 다시 전한시대 예서에서 본령을 찾으려 했다. (…)

그러므로 완당의 임서(臨書)는 옛것을 그대로 모방하는 것이 아니라 자기의 필법으로 쓴 것이다. (…) 이 예서 쓰는 법은 그대로 행서와 초서에도 응용되었다.

이어서 청명 선생은 청조의 학예가 어찌해서 추사에 의해 결실을 맺게 되고, 왜 추사체가 제주도 귀양살이에서 이루어지게 되었는가를 다음과 같이 해석했다.

청조의 학문이 수입된 후 박제가, 신위 같은 사람이 일으키지 못한 서법의 혁신을 완당은 어떻게 대담한 시도로 성공시켰는가? (…)

첫째 앞사람들에 비하여 완당은 보다 더 풍부한 자료와 그 원류에 대한 깊은 연구를 쌓은 동시에 끊임없는 임모에서 배태된 것이니 곧 서학(書學)의 길을 터득해 가지고 거기에 그의 천부적 창의력이 합해져 새로운 경지를 개척한 것이다.

다음으로 또 중요한 것은 그의 사회적 불우이다. 그의 새로운 스타일의 서체는 유배생활을 하는 중에 완성되었다. 울분과 불평을 토로하며 험준하면서도 일변 해학적인 면을 갖춘 그의 서체는 험난했던 그의 생애 속에서 만들어진 것이다.

만일 조정에 들어가서 높은 지위를 지키며 부귀와 안일 속에서 태평한 세월을 보냈다면 글씨의 변화가 생겼다 할지라도 꼭 이런 형태로 되지는 않았을 것이다.

동주 선생의 추사체론

이쯤에서 추사체의 특질에 관한 논의를 끝맺을 수도 있으나 그래도 의문으로 남는 것이 하나 있다. 그것은 유배지에서 마음을 다스린 결과가 하필이면 왜 사람들이 괴(怪)라고까지 말하는 형태로 나타났느냐 하는 것이다.

평소 이 문제를 곰곰이 생각하던 나는 1990년 동주 이용희 선생이 연세대학교 백주년기념관에서 한국미술사 연속 특강을 하셨을 때 넌지시 이에 대해 여쭌 적이 있다. 그때 동주 선생은 "아마도 이런 것이 겠지요"라며 얼핏 떠오르는 생각을 말씀하셨다. 나는 그 말을 듣는 순간 내심 '무릎을 치게 하는 탁견'이라고 감탄했다.

그러나 동주 선생의 그때 강의를 묶은 책 『우리 옛그림의 아름다움』(시공사 1996)에는 그 말이 실려 있지 않다. 선생은 이미 세상을 떠나셨으니 이 말씀을 인용해도 좋으냐고 여쭐 길도 없고 그렇다고 이 말을 내 소견으로 돌릴 수도 없어서, 선생님의 영혼의 허락을 얻어 그때의 녹음테이프에 담긴 내용을 여기에 그대로 옮겨놓는다.

많이 썼을 거예요. 아마도 심심해서 쓰고, 화가 나서 쓰고, 쓰고 싶어 쓰고, 마음 달래려고 쓰고. (…) 그 실력과 그 학식에 그렇게 써댔으니 일가를 이루지 않고 어떻게 되겠어요. (…) 제주도에서도 왕이건 친구건 제자건 관리건 주문이 있기는 했지만 그 정도는 별로 문제되지 않았고, 오직 자기 자신을 위해서 쓸 수 있었다는 계기가 추사체의 비밀이겠죠.

자기 자신만을 위하여 썼다는 것. 울적한 심사를 달래려고 썼건 그걸 쏟아내려고 썼건, 원래 예술로서 글씨란 남을 위하여, 혹은 남에게 보여주기 위해서 쓰는 것인데 이제는 그런 제3의 계기를 차단해버린 셈이죠.

즉 자기 멋대로, 맘대로 해도 누가 뭐랄 사람도 없고, 부끄러울 것도 없었던 것이죠. 그러니까 그런 특이하고 괴이한 개성이 나온 거 아니겠어요.

청명 선생과 동주 선생 같은 석학들의 말씀에는 이처럼 평범한 얘기 중에도 사안의 핵심을 꿰뚫는 깊은 통찰이 깔려 있다.

마침내 유배에서 풀려나다

제주 유배생활도 어언 9년째 접어든 1848년 어느 날이었다. 곧 풀려날 것 같은 예감이 추사를 스치고 지나갔다. 추사는 막내아우에게 보낸 편지에서 이렇게 말했다.

새해가 되고 보니 해상에 머무른 지가 꼭 9년이 되었네. 가는 것은 굽히고 오는 것은 펴지는 법이라, 굽히고 펴짐이 서로 감응하는 이치는 어긋나지 않는가 보네. 더구나 지금은 나라에 큰 경사가 거듭 이르고 성효(聖孝)가 더욱 빛나서, 온 나라 백성들이 기뻐하여 춤을 추고 큰 은덕이 사방에 미치니, 비록 나같이 험난한 곤경에 빠진 사람도 빛나는 천일(天日) 가운데서 벗어나지 않는지라 묵묵히 기도하여 마지않네.(전집 권2, 막내아우 상희에게, 제6신)

나라의 거듭되는 큰 경사란 대왕대비(순원왕후)의 육순과 왕대비(신정왕후)의 망오(望五), 효명세자의 익종(翼宗) 추상존호 등을 말한다. 대사면령이 내릴 것이란 기대를 해볼 만했다. 아닌 게 아니라 예감대로 그해 겨울 12월 6일, 추사는 마침내 귀양에서 풀려나게 되었다. 햇수로 9년, 만으로 8년 3개월 만의 석방이었다. 추사가 제주도 귀양에서 풀려난 일은 『조선왕조실록』에 다음과 같이 간단히 적혀 있다.

하교하기를 "김정희를 석방하라" 했다. (『조선왕조실록』 헌종 14년 12월 6일자)

이 기쁜 해배 소식이 추사에게 전해진 것은 보름가량 뒤인 12월 19일이었고, 특별히 보낸 인편이 섣달 그믐날에 또 왔다. 이제 추사는 제주도를 떠나 고향의 가족들에게 돌아갈 수 있게 됐다.

그러나 집의 자식이나 아우들에게서는 별다른 소식이 없어서, 추사는 9년 귀양살이 살림을 어떻게 정리해야 할지 몰라 기다리다가 해를 넘기도록 제주를 떠나지 못했다. 다행히 함께 있던 아들 상우가 꼼꼼하게 정리를 잘해서 추사는 설 쇠고 정월 초이레에 귀양 살던 집을 떠나 제주목으로 향했다. 추사는 막내아우에게 그간의 사정을 황급히 적어 보냈다.

기쁜 소식이 온 것은 섣달 19일 (…) 특별히 보낸 인편은 섣달 그믐날에 왔는데, 작은아우, 막내아우의 편지를 연달아 받아보았으나 이 기쁜 소식은 한 자도 언급이 없어 이 마음 몹시 타서 발광이 나려 하고 갈수록 더욱 몸 둘 바를 모르겠네. (…)

(섣달 그믐날의) 두 번째 서신이 온 뒤로는 예전 처소에 더 이상 오래 머물 수가 없어서 속히 돌아갈 행장을 꾸리는데, 애들의 정성스럽고 자상한 보살핌과 철규(노비)의 부지런한 주선으로 7일 이내에 9년 묵은 온갖 잡다한 일을 다 처리했다네. 그리하여 이달 7일에는 대정에서 출발하여 본주(本州, 제주목)로 향하다가 본주 아래 김리(金吏, 아전 김씨)의 집에서 하

룻밤을 묵고 (…) 지금(1월 8일)은 포구로 내려와 순풍을 기다리고 있는데 아직 정한 계획이 없네.(전집 권2, 막내아우 상희에게, 제9신)

추사는 그렇게 제주목에 도착하여 육지로 가는 배의 출항을 기다렸다. 그러나 출선(出船)은 바람이 많아도 안 되고 없어도 안 되는 것이 당시 사정이었다. 아무리 조급증이 나도 하늘의 바람에 내맡길 수밖에 없었다. 추사는 아우에게 보낸 편지에서 이렇게 말했다.

반드시 여러 사람의 의견이 서로 맞은 다음에야 배가 뜰 수 있다네. 듣자 하니 오늘 저녁에는 바람이 있을 것이라고 하는데 잠시 바람이 있다고 해서 함부로 움직여서는 안 된다고도 하니 내 맘대로 할 수도 없는 일인지라 민망하고 절박할 뿐이네. (…) 이렇게 오늘 저녁의 바람도 기약할 수 없어 팔룡이에게 편선(便船)을 이용하여 먼저 가도록 했는데 과연 어떻게 되었는지 모르겠네. (…) 대략 이렇게 몇 자를 적어 부친다마는 이제 어느 날에나 다시 편지가 있을지 모르겠네.(같은 글)

남해 용왕에게 드리는 제문

얼마나 간절하고 애타는 일이었겠는가. 얼마나 빨리, 그리고 무사히 육지로 건너가고 싶었겠는가. 추사는 안타까운 마음에서 해신당에 제사를 지내며 남해 용왕에게 비는 간절한 제문을 지어 바쳤다. 추사의 이 제문은 아주 평범한 글로, 문체에 긴밀하고 아름다운 맛이 전혀 없다. 운율도 상징도 없다. 오직 신령님께 도와달라는 애원밖에 없다.

소생은 십 년을 귀양살이하여 몸과 머리털이 깨끗하지 못해 감히 당돌

제주 화북진의 해신당 | 제주목사 장인식이 중건한 사당으로, 사당 안에는 그가 '해신지위'라고 쓴 돌 위 패가 모셔져 있다. 추사는 해신에게 간절한 마음으로 제문을 바치며 출항할 수 있게 해달라고 빌었다.

하게 신명(神明) 앞에 나아가지 못하고 삼가 고기와 술을 갖추어 아무개를 시켜 정성을 다해 바다의 신 묘당(廟堂)에 빌며 고합니다.

높은 사람 바다를 지나니 모든 신이 영험을 드날릴지어다. (…) 옛날 귀양 올 때는 잡귀의 도움을 얻었고 이제는 은혜를 입어 풀려나게 됐도다. 빛나는 왕의 영험한 뜻은 신 또한 거역 못 하리니 상서로운 바람, 일편 범주에 천 리 파란이 잠잠하여다오. 탈 없이 잘 건너기는 오직 바다 신에 달렸사옵기 감히 엷은 정성 올리오니 신이여, 강림하여주옵소서.

다시 읽어보아도 그저 도와달라는 말밖에 없다. 사실 당시의 추사가 도와달라는 말 외에 무슨 말을 하겠는가. 그 어떤 수식이나 문학적 장치가 없기 때문에 오히려 더 절절하게 다가온다. 추사는 그렇게 하고도 불안했는지 제단에서 내려와 다시 남해 신께 드리는 제문을 바

대둔사 일지암 | 초의스님이 있었던 일지암은 한국 지성사의 빛나는 유적이다. 추사는 해배되어 올라가는 길에 여기에 들러 초의스님과 회포를 풀었다.

쳤다. 이러한 절절함에 바다 신도 감동했음인가. 추사는 마침내 돛단배에 몸을 싣고 바다 건너 완도로 가는 데 성공했다.

일로향실의 초의스님

무사히 바다를 건너 이제 막 완도에 도착한 추사에게 초의스님의 편지를 들고 찾아온 스님이 있었다. 추사는 편지를 읽어보고는 바로 답장을 써서 그 스님 편에 부쳤다.

이미 걸음을 내디디면서 만사를 제쳐두고 스님의 선방에서 묵어가려고 했는데 바로 한 스님이 소매 속에 간직하고 온 서한을 받으니 너무도 반가워서 마치 침을 잘 맞고 난 감응이 있는 듯하오. (…) 내일이라도 곧 산에 올라가 손을 마주 잡고 쾌히 옛일을 이야기하고 싶은 생각이오. (…)

이광사, 〈대웅보전〉 현판 해남 대둔사(대흥사) | 추사는 귀양 가는 길에 떼어내라고 했던 이 현판을 해배되어 돌아가면서 자신의 것을 떼어내고 다시 원교의 현판을 걸라고 하여 지금도 대웅보전에 걸려 있다.

나는 어제 돛단배 하나로 소완도에 당도했고 지금 또 순풍을 만났으니 이는 자못 귀신의 도움이 있는 듯하오.(전집 권5, 초의에게, 제30신)

추사는 그렇게 해남 대둔사로 가서 초의스님을 만났다. 깊은 겨울 밤, 제주도에 있을 때 써준 〈일로향실〉이라는 현판이 붙은 선방에서 문자 그대로 화로 하나를 끼고 마주 앉아 긴 회포를 풀었다. 그런데 이 상하게 『완당선생전집』에도 『초의선집』에도 이때 읊은 시나 기록은 없다. 다만 증명할 길 없는 일화 하나가 전한다.

"여보게 초의, 내가 지난번 제주에 가면서 떼어내라고 한 원교의 〈대웅보전〉 현판 혹시 지금도 있나?"

"그거, 어딘가 헛간 구석에 있겠지. 나는 잘 버리지 않는 성미니까."

"그걸 다시 좀 보게 해줄 수 있겠나?"

초의는 동자승을 시켜 현판을 가져오게 했다. 추사는 한동안 원교의 〈대웅보전〉 현판을 말없이 바라보았다. 그리고 오랜 침묵 끝에 추사는 초의를 바라보며 말문을 열었다.

"여보게 초의, 이 현판을 다시 달고 내 글씨를 떼어내게. 그때는 내가 잘못 보았네.

그리하여 지금 대흥사 대웅보전엔 원교 이광사의 현판이 걸려 있다는 것이다.

추사는 속으로 생각했다. '원교는 원교대로 한 생(生)이 있고, 나름의 성취가 있었음을 그때는 왜 몰랐을까. 내가 원교의 시절에 태어났으면 원교만 한 글씨를 썼을 것인가. 사실 원교가 왕희지를 따른 것 자체야 잘못이 없지 않은가. 세상이 의심하지 않는데 어떻게 원교만이 그것이 왕희지의 진품이 아니라고 말할 수 있었겠는가.'

구암사의 백파스님

일로향실에서 하룻밤을 자고 난 이튿날 아침, 추사는 서둘러 가야 한다며 짐을 챙겼고 초의는 더 묵어가라며 소매를 잡았다.

"그렇게 빨리 가야 할 이치가 무어란 말인가. 지금 떠나면 우리가 또 언제 만날지 기약이나 있을 것인가. 왜, 무슨 약조라도 있나?"

"있네. 보름날 정읍 조월리 중장터에서 백파를 만나자고 서한을 보내놓았다네."

"백파를?"

"그때 「망증 15조」를 쓰면서 격했던 것을 사과드려야지."

"그렇다면 어여 가게나. 정읍이라면 여기서 족히 300리이니 사흘 안에
가기 바쁠 걸세."

그리하여 추사는 정읍을 향해 떠났다. 그때 백파스님은 순창 구암
사에 계셨다. 구암사는 정읍 내장산 내장사에서 백양사로 넘어가는
산 중턱 백학봉 아래 덕흥마을 못미처 있는 작은 암자로, 당시에는 순
창 땅이었다. 백파스님은 선운사를 떠난 뒤 줄곧 이 적막산중에서 선
(禪)을 강론하고 있었다. 당시 스님은 83세였고, 4년 뒤인 1852년 이
곳에서 세상을 떠나자 다비하여 작은 승탑을 세워둔 것이 지금도 남
아 있다.

추사가 구암사로 전갈을 보내 백파스님을 뵙고자 했던 곳은 정읍
입암면 조월리 중장터였다. 조선시대에는 억불정책으로 스님을 천인
취급하여 허가 없이 도성·읍성 안에 들어오지 못하게 했다. 그래서 스
님들은 필요한 물품이나 옷가지, 불구(佛具)와 차(茶) 등을 교환하는
장터를 곳곳에 두었다. 그 대표적인 곳이 화순 도암면의 운주사, 나주
다도면의 불회사, 화순 이양면의 쌍봉사 갈림길에 있는 중장터 삼거
리인데, 이곳 조월리에도 고창 선운사, 장성 백양사, 김제 금산사 같은
절이 많아 장이 섰다. 중장터의 장날은 매달 보름이었다. 스님들이 장
을 보고 돌아가려면 밤을 새워 산길을 걸어야 했으므로 달빛이 좋은
보름날을 택한 것이다.

일지암을 떠나 영암까지는 일없이 잘 왔는데, 일이 꼬이려고 그랬

백파선사 승탑 | 순창 구암사의 조촐한 승탑밭 한쪽에 백파선사 승탑이 있다.

는지 나주, 남평을 지나면서 흩뿌리던 눈이 그예 폭설이 되어 지척을 가리지 못해 하룻길을 지체하고 말았다. 추사는 걱정이 되었으나 큰 눈이 있으면 장날이 하루 이틀 지체되는 것이 상례였고, 또 그런 날씨엔 더 기다려주는 것이 그 시절의 양해 사항이었다. 그러나 장성고개를 넘어 정읍을 내려다보면서 추사는 자신도 모르게 아뿔싸 소리를 지르고 말았다. 여기서부터는 눈이라곤 흔적도 찾아볼 수 없었던 것이다.

한편 정월 보름날 조월리 중장터에서 마냥 기다리던 백파스님은 찬바람 속에 한나절을 다 보내고 이튿날 보름달이 다시 뜰 즈음 구암사로 발길을 돌리지 않을 수 없었다. 헛걸음한 백파는 조월리 중장터를 쓸쓸히 떠나면서 "신(信) 없는 사람이로군"이라고 한마디 했다는 것이다.

하루 늦게 조월리에 다다른 추사는 전날 백파스님이 종일 기다리다

갔다는 말을 듣고는 구암사 쪽을 바라보며 큰절을 올리고 전주로 향했다고 한다. 이리하여 추사는 살아생전 백파를 끝내 만나보지 못했고, 이것이 마음의 빛이 되어 훗날 선운사의 백파선사 비문을 지어 그 빛을 갚았다.

이 이야기는 오래전부터 고창 선운사에 전해 내려오던 것으로, 시인 이흥우 선생이 1969년 8월, 최순우 선생과 함께 선운사에 갔다가 당시 71세의 주지 운기(雲起)스님에게 들은 것을 『박물관신문』(제4호, 1970. 10)에 '선운사의 추사 삽화'라는 제목으로 소개했다.

창암 이삼만의 묘비를 찾아

전주에 온 추사는 창암 이삼만을 찾았다. 제주로 내려가던 때 그의 글씨를 모질게 비판한 것을 사죄하고 싶어서였다. 전주성에 들어서면서 추사는 먼저 창암의 집을 묻기 위해 어느 집에 들렀다. 그러자 그 집 주인이 창암 선생은 2년 전인 1847년에 돌아가셨다며 무슨 일로 찾느냐고 되물었다. 이에 추사가 앞뒤 얘기를 늘어놓으니 주인은 자신이 바로 창암에게 글씨를 배운 제자라면서 제집에서 하룻밤을 묵어가게 했다. 저녁 후 주인은 추사에게 시키지도 않은 얘기를 많이도 늘어놓았다.

"그때 대감께서 평하고 돌아간 뒤 우리 선생님은 대감을 좀 서운해하면서 대감은 조선 붓의 거친 듯 천연스러운 맛은 모른다고 하셨어요. 그런데도 대감의 말씀 중 이 말은 서가(書家)라면 반드시 새겨야 할 필결(筆訣)이라며 제게 써주신 것이 있답니다."

창암 이삼만 묘 | 추사가 이삼만을 찾아 전주에 갔으나 이삼만은 죽고 없어, 그의 제자에게 묘비를 써주 었다고 한다. 그러나 현재의 묘비는 추사의 글씨가 아니다.

주인은 문갑을 열고는 잘 접은 절첩(折帖)을 추사 앞에 펴 보였다.

글씨는 한(漢)나라·위(魏)나라를 모범으로 삼아야지, 진(晉)나라를 따르면 아마 예뻐지기만 할까 두렵다.

글을 다 읽고 난 추사는 조용히 눈을 감고 생각에 잠겼다. '이런 순박하기 그지없는 아름다운 분에게 내가 왜 그랬던가.' 이날 밤 추사는 좀처럼 잠을 이룰 수 없었다. 누운 채로 가만히 눈을 떠보니 보름을 갓 지난 밝은 달빛이 창을 뚫고 환하게 비치고 있었다. 추사는 문득 일어 나 앉아 먹을 갈고 종이를 편 다음 한 호흡 고르고 붓을 들어 죽은 창암을 위해 묘비문을 썼다. '명필 창암 완산이공삼만지묘(名筆蒼巖完山李公三晩之墓)'라는 묘표를 쓰고 다음과 같은 묘문(墓文)도 써내렸다.

여기 한 생을 글씨를 위해 살다 간 어질고 위대한 서가가 누워 있으니 후생들아, 감히 이 무덤을 훼손하지 말지어다.

이튿날 추사는 이 묘비문을 집 주인에게 주고 한양으로 떠났다고 한다.

1998년 여름, 전주에서 '창암 이삼만 유묵전'이 열렸다. 첫 대규모 유작전이었다. 나는 당연히 이 전시회를 보러 갔다. 그리고 거기서 나의 벗이자 학문적 도반으로 당시 전남대에 있던 이태호 교수를 만나 함께 작품을 감상하고 창암의 묘소를 찾아갔다.

창암의 묘소는 완주군 구이면 태봉초등학교 동쪽 기슭, 속칭 아랫잣골에 있었다. 우리는 객지인인지라 온다라미술관의 김인철 전 관장과 우리 문화에 관심이 많은 전북대 정기운 교수를 앞세워 찾아갔다.

어떻게 해서 갔는지 다시는 찾아갈 수 없을 것 같은 곳에 창암의 묘소가 있었다. 묘표에 '명필 창암 완산이공삼만지묘'라 쓰여 있었지만 추사의 글씨는 아니었다. 그러나 나는 이 전설이 사실이라고 믿고 싶어하면서 추사를 대신하여 창암의 묘소에 큰절을 올렸다.

제 8 장

강상 江上 의
칠십이구초당에서

추사 생애의 시대구분

추사의 일생은 보통 다섯 단계로 나누어 이야기한다.

① 1786~1809년(1~24세): 출생부터 연경에 다녀오기까지 청년 수업기.

② 1809~19년(24~34세): 대과에 합격하기까지 10년간의 학예 연찬기.

③ 1819~40년(34~55세): 출세해서 관직에 있는 21년간의 중년기.

④ 1840~49년(55~64세): 8년 3개월간의 제주 유배기.

⑤ 1849~56년(64~71세): 해배 후 서거까지 8년간의 만년기.

이제 우리는 추사의 만년기로 들어간다. 그런데 추사는 제주도 귀양에서 풀려난 지 2년 반 만에 다시 북청으로 유배되어 1년간 귀양살이를 하고 돌아온다. 이 때문에 북청 유배까지를 추사 유배기의 연장으로 보고, 과천으로 돌아와 만년을 보내는 마지막 4년은 흔히 과천시절이라고 한다.

제주도에서 돌아온 뒤의 2년 반과 북청 유배 1년은 오랫동안 추사 일생의 편년에서 거의 공백이었고 심지어는 어디에서 살았는지조차 확인되지 않았다. 그러나 귀양에서 돌아온 추사가 자리 잡은 곳은 용산의 '강상(江上)'이었으며, 바로 이곳에서 수많은 명작을 남겼다. 추사체가 제주도에서 성립되었다는 것이 정설이지만, 정작 추사체다운 본격적인 작품이 구사되는 것은 해배 이후 '강상시절'부터라고 해야 더 정확할 정도이다. 추사 글씨 중 최고 명작의 하나로 꼽히는 〈잔서완

한강변 용산의 옛 모습 | 1895년에 찍은 용산의 옛 모습으로 언덕 위에 정자(동그라미)가 보인다. 이곳이 추사가 '칠십이구초당'이라 이름 지은 일휴정으로 그는 이 강변에서 살았다.

석루〉, 거의 신품의 경지로 평가받는 〈불이선란〉, 제자들이 벌인 서화 경진대회의 출품작 비평서인 『예림갑을록』 등이 모두 이 시절의 소산이다. 사실상 이 시절에 추사의 예술이 만개하기 시작했다.

나는 이제 비어 있는 2년 반을 '강상시절'이라 명명하며 추사 만년기의 편년을 다시 세워본다.

① 1849~51년(64~66세): 해배 후 용산에 살던 2년 반의 강상시절

② 1851~52년(66~67세): 북청에 1년간 유배된 북청 유배시절

③ 1852~56년(67~71세): 해배 후 서거까지 4년의 과천시절

강상에서

추사가 해배의 명을 받은 것은 1848년 12월이었고, 제주도를 떠난 것은 이듬해인 1849년 1월이었으며, 다시 돌아온 집은 예산의 향저였

다. 추사의 제주도 유배시절 집안은 만신창이가 될 수밖에 없었다.

추사 유배 후 가족들은 경제적 어려움을 이기지 못해 월성위궁을 팔고 명희는 용산으로, 상희는 금호 별서로 집을 옮겼다. 남에게 넘어간 월성위궁 자리에는 일제강점기에 동양척식주식회사의 관사들이 들어서, 1936년에 제작된 『대경성부대관(大京城府大觀)』에서는 그 흔적조차 찾을 수 없다.

예산 고향집으로 막 돌아왔을 때 추사의 모습은, 이 무렵 추사를 찾아와 위로하고 물질적으로 도움을 준 제자 홍현보에게 보낸 편지에 잘 나타나 있다.

천한 이 몸은 고향에 돌아와 엎드렸으니 오직 임금님의 은택을 노래하고 읊조릴 따름이네. (…) 먼 길을 거쳐 오느라 수륙(水陸)의 남은 피로가 겹치고 겹쳐 졸연간 떨치고 일어날 수가 없네. 모두가 노쇠한 탓이니 민망할 뿐이네.(전집 권4, 홍현보에게, 제2신)

이로부터 몇 달 뒤, 추사는 "매화 열매 익어가는 비 많은 계절", 그러니까 6월경 삼호(三湖)라는 곳에 새 삶의 터전을 마련했다고 했다.

다녀간 흔적이 채 가시기도 전에 편지가 뒤미처 날아오니 서운했던 마음이 반가움으로 뒤바뀌었네그려. (…) 근간에 작은 집 한 칸을 삼호에 장만하여 시골에 있는 여러 식구가 모여 지낼 수 있게 되었으니 다행스러운 일이 아님은 아니나, 이는 거의 맨바닥에 내긋고 생땅에 다리를 세운 격이니 (…) 생각하면 어처구니없는 일이라 웃음만 절로 나네.(전집 권4, 홍현보에게, 제3신)

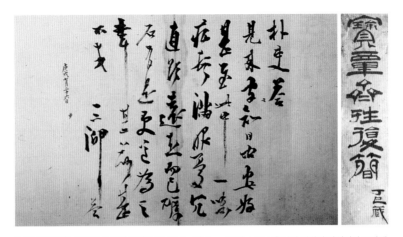

『보담재 왕복간』표지와 추사의 〈간찰〉 각 32.0×48.2cm, 개인 소장 ┃ 추사의 제자인 박정진이 보담재,
즉 추사에게 받은 편지를 첩으로 묶은 것이다. 추사의 강상시절과 과천시절 편지로만 엮었는데 그중에
'삼묘'라고 낙관된 것이 많다.

이 무렵 추사는 권돈인이나 초의스님에게 보낸 편지에도 "삼호의
강상에 머물고 있다"라고 했다. 강상이란 강 언덕이라는 뜻이다. 그렇
다면 '삼호의 강상'은 어디일까?

박정진에게 보낸 편지

추사의 강상시절은 문인인 박정진(朴鼎鎭)이 추사에게 받은 편지
14통을 묶어 꾸민 『보담재 왕복간(寶覃齋往復簡)』이라는 간찰첩을 통
해 명확히 확인할 수 있다. 박정진은 사람이 매우 꼼꼼했는지 고맙게
도 편지마다 받은 연도와 날짜를 정자로 또렷이 기록해놓았다. 이 서
간집은 추사가 제주에서 풀려난 이듬해인 1849년 8월 21일부터 세상
을 떠난 1856년 4월 25일까지 오간 14통의 편지를 담고 있다. 그런데
이 간찰첩 첫장과 끝장에는 누군가(이름이 지워졌음) 쓴 발문이 다음과
같이 붙어 있다.

(박정진은) 김(정희) 참판 영감이 노량 일휴정, 마포, 과천 등 세 곳에 있을 때 오고 간 편지를 수습하여 표구를 잘해서 오래 보존되도록 했다.

여기서 과천은 북청 귀양 뒤의 거처임이 확실하고, 노량 일휴정은 노량진이 건너다보이는, 오늘날 서부 이촌동에 있던 정자이다. 옛날에는 강북 쪽에서 한강을 말할 때 호수 호(湖) 자를 써서 동호(東湖)·서호(西湖, 지금의 서강)라 하고, 노량진 건너 쪽은 노호(鷺湖)라고 불렀다.

박정진의 간찰첩에 실린 추사의 강상시절 편지를 보면 추사가 관지(款識)로 삼묘(三泖) 혹은 삼호(三湖)라고 적었는데, 삼호는 마포(麻浦)를 말한다. 마포는 우리말로 삼개라 불렸다. 이 삼개를 한자로 운치 있게 쓰면서 삼호로 바꾼 것이다. 추사는 삼호를 삼묘(三泖)에 비겨 부르기도 했다. 삼묘란 중국 강소성에 있는 큰 호수로, 상묘·중묘·하묘로 나뉘어 삼묘라 하며, 그냥 묘호(泖湖)라고도 부른다.

이 시기 추사의 서예 작품 중에는 삼묘라고 낙관한 것이 많다. 추사는 강상시절 어느 기쁘게 맑은 날을 「삼묘희청(三泖喜晴)」이라는 시로 이렇게 노래했다.

요순의 빛난 하늘 통쾌하게 바라보니	快覩堯釀舜郁天
큰 강물 앞 태평스레 기상이 걷혔구나.	太平霽象大江前
세상이 이처럼 맑은 줄은 알았지만	元知世界淸如此
하루아침 침침해져 십 년을 저당 잡혔다네.	一日霪霾抵十年

누추하기 그지없었지만 추사는 유배에서 풀려나 강상에 사는 것을

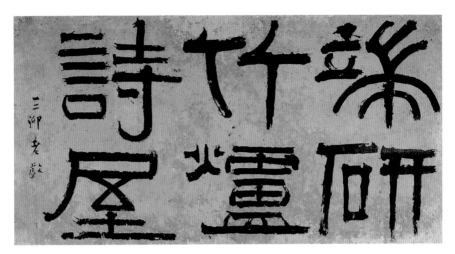

김정희, 〈단연 죽로 시옥〉 81.0×180.0cm, 영남대 박물관 소장 ┃ 강상시절에 전서 맛을 지닌 예서로 쓴 명작이다. 낙관을 '삼묘노희(三泖老戱)'라고 했다. 삼묘는 추사가 강상에 살 때 별칭으로 삼은 별호이다.

요순시대에 비기며 자족하고 있었던 것이다.

삼묘라고 낙관된 현판으로는 〈단연 죽로 시옥(端研竹爐詩屋)〉이라 는 명작이 있다. 단계(端溪)벼루와 차 끓이는 대나무 화로, 그리고 시 를 지을 수 있는 작은 집, 이 셋만으로 자족하겠다는 조촐한 선비의 마음을 말한 것이다.

이 글씨는 기본이 예서체이지만 자획의 운용에는 전서기가 많이 남 아 있다. 글자의 디자인은 대단히 멋스럽고, 획의 흐름에서 리듬조차 감지된다. 화로 로(爐) 자를 쓰면서 불 화(火) 변을 아주 작게 붙인 것에 서, 이때부터 추사가 글자 구성에 점점 대담해지고 있음을 알 수 있다. 예산 화암사의 〈시경〉 암각 글씨도 이 무렵에 새긴 것으로 추정된다.

추사의 아호와 문자도장

여기서 우리는 잠시 추사의 호(號)에 대해 알아볼 필요가 있다. 추사는 그때그때의 상황과 심정, 서정에 따라 새로 아호를 짓고 그것으로 낙관하곤 했다. 강상시절에 쓴 호만 하더라도 노호(鷺湖)·묘호(泖湖)·삼묘(三泖)·삼호(三湖) 등이 있다. 이런 식으로 추사가 사용한 아호와 낙관, 도인에 쓰인 글귀는 무려 200개나 된다. 그래서 어떤 아호로 낙관했느냐는 추사 작품의 편년에 아주 중요한 근거가 된다.

추사 아호의 기본은 역시 추사(秋史)와 완당(阮堂)이다. 서재 이름을 이끌어 쓸 때는 보담재(寶覃齋)·실사구시재(實事求是齋)·예당(禮堂)·시암(詩庵)·수졸산방(守拙山房)·고연재(古硯齋)라고 했고, 옹방강의 서재에 있던 〈소봉래각〉을 본받아 예산 뒷산에 소봉래(小蓬萊)라고 새기고 이를 호로 사용한 경우도 있다. 차와의 인연에서 승련(勝蓮)·승설노인(勝雪老人)·고다노인(苦茶老人)이라고도 했다.

자신을 지칭해서 동해서생(東海書生)·동해유생(東海儒生)·동이지인(東夷之人)·동해둔사(東海遁士)라 쓰기도 하고, 고계림인(古雞林人)이라고도 했다. 나중엔 그저 과천 사는 늙은이라고 노과(老果)라고 하다가 70세 때는 과칠십(果七十)이라고 하더니 이듬해 71세에는 칠십일과(七十一果)라고 했다.

쓸모없다고 해서 무용도인(無用道人), 유마거사가 자신을 병거사(病居士)라고 했던 것을 빌려 병거사라고도 했다. 소동파의 고사를 따라 백반거사(白飯居士)라고 한 데서는 유머와 함께 허허로움이 느껴진다. 백반거사는 소동파가 벗 유공보에게 "나는 동생과 과거 공부를 할 때 매일 삼백(三白)을 먹었는데 맛이 매우 좋아서 이후로는 세상에 따로 팔진미(八珍味)가 있다는 말을 믿지 않는다" 하므로, 유공보가 삼백이 무엇이냐고 묻자, 동파는 "한 줌 소금과 생무 한 접시, 백반 한 그릇이다"라고 대답했다는 데서 유래한 이야기이다.

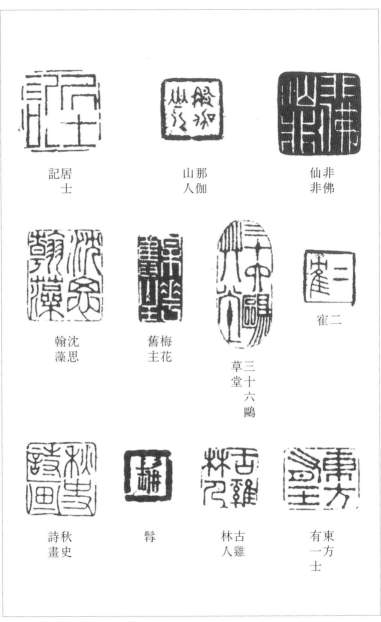

記居
士

山那
人伽

仙非
非佛

翰沈
藻思

舊梅
主花

草三
堂十
六
鷗

崔二

詩秋
畫史

髥

林古
人雞

有東
一方
士

『**완당인보**』 | 추사의 호는 100개가 넘고 또 문자도장으로 사용한 것을 합치면 200개 가까이 된다. 그중에는 추사의 예술정신을 상징하는 도장이 많다.

또 늙고 수염이 많이 나면서 늙을 노(老) 자와 구레나룻 염(髥) 자, 늙은이 옹(翁) 자와 늙은이 수(叟) 자를 종횡으로 혼용하여 노완(老阮)·나수(那叟)·나옹(那翁)·노파(老坡)·염완(髥阮)·노사(老史)라고도 했다. 그런가 하면 가시 많은 오래된 연꽃이라는 노감(老茨), 묵(墨, 문예)이 있는 집이라는 묵장(墨莊), 갈매기가 있다는 구경(鷗竟), 아름다운 향기라는 만향(曼香) 등으로도 낙관했으며, 나가산인(那伽山人)이라는 알 듯 모를 듯한 호도 있다. 글자에서 소리만 남기고 뜻을 뒤집어 전혀 다른 아호를 만든 것도 있는데, 그 대표적인 것이 노호(老湖)이다. 이는 바로 노호(鷺湖)를 고쳐 부른 것이다.

추사는 또 여느 문인들과 마찬가지로 한장인(閑章印) 또는 사구인(詞句印)이라 불리는 문자도장을 곁들여 사용했다. 산수 속에서 시정을 발한다는 방정구학(放情丘壑), 매화나무의 옛 주인이라는 매화구주(梅花舊主), 시와 문장[翰藻]을 깊이 생각한다는 침사한조(沈思翰藻), 천하의 선비와 즐거이 교유한다는 낙교천하사(樂交天下士), 잘되고 못되고를 가름할 수 없다고 불계공졸(不計工拙)이라고도 했고, 호기 있게 동해제일통유(東海第一通儒)라는 표현도 썼다.

불교와의 인연을 나타낸 정선(靜禪)·불노(佛奴)·천축고선생(天竺古先生)·비불선비(非佛仙非) 등 선미(禪味) 넘치는 도인도 만들어 사용했다. 이외에도 석감(石敢)·단파(檀波)·이학(二隺) 등 그 의미를 다 파악하지 못한 도인도 많다. 홍한주의 『지수염필』에는 추사의 서재에서 〈상하삼천년(上下三千年) 종횡십만리(縱橫十萬里)〉라는 편액을 본 적이 있었다며 그 글의 내력을 이렇게 증언했다.

추사는 평소에 스스로 호를 많이 지었다. 어릴 때 그 거실에 편액을 달

김정희, 〈소창다명〉 현판 탁본 38.5×136.5cm, 부여문화원 소장 | '작은 창으로 밝은 빛이 많이 들어오니, 나로 하여금 오랫동안 앉아 있게 하네'라는 뜻의 현판이다. 추사는 이 조용하면서도 명상적인 구절을 글자마다 멋을 더하여 디자인하듯 구성하였다.

았는데 '상하삼천년 종횡십만리의 방'이라고 하여 나는 항상 그 말을 기이하게 생각했다. 그러다 훗날 어느 글을 보는데 (…) 청나라 염약거가 황종희의 제문을 쓰면서 '상하오백년 종횡일만리'로 박학하고 정밀한 학자를 세 사람 들 수 있는데 그중 한 분이 황종희 선생이라고 했다.

500년이 3천 년, 1만 리가 10만 리로 늘어난 것이다. 이처럼 추사는 소싯적부터 자부심이 대단했음을 알 만하다.

칠십이구초당과 〈소창다명〉

추사는 특이하게 칠십이구초당(七十二鷗草堂)이라는 낙관도 사용했다. 칠십이구초당이란 '72마리 흰 갈매기가 날아드는 초당'이라는 뜻이다. 그런데 왜 72마리인가? 어떤 도록에는 '칠십이구초당 주인'이라는 관지가 들어 있는 작품을 '72세, 1857년작'이라고 써놓기도 했다. 그러나 추사는 1856년 71세에 세상을 떠났다. 이 72마리 흰 갈매기의 뜻은 홍한주가 『지수염필』에서 속 시원히 알려준다.

추사가 근년에 잠시 용산 강상에 살 때 그 편액을 정자에 달기를 '칠십
이구정(七十二鷗亭)'이라고 했다. 이를 본 사람이 괴이하게 여겨 "어찌하
여 72마리 흰 갈매기입니까?" 했더니 추사가 웃으면서 대답하기를 옛사
람이 사물이 많음을 가리킬 때 대개 72라고 했다는 것이다. (…) 이는 다
많다는 말이지 그 숫자를 가리키는 것이 아니라고 했다.

이제 내가 강상에 있자 하니 흰 갈매기가 많이 날아드는 것을 보게 되
어 나 또한 '칠십이구'로 정자의 이름을 삼으려 한다. 어찌 괴하다고 하겠
는가. 추사의 말에는 참으로 판연한 데가 있도다.

칠십이구초당이라고 낙관한 작품으로는 〈소창다명(小窓多明)〉 현
판이 있다. '작은 창으로 밝은 빛이 많이 들어오니, 나로 하여금 오랫
동안 앉아 있게 하네'라는 뜻이다.

김정희, 〈잔서완석루〉 31.8×137.8cm, 손창근 소장 ┃ 추사체의 멋과 개성을 가장 잘 보여주는 명작으로 손꼽힌다. 윗줄은 가지런히 맞추고 내리긋는 획은 커튼 자락처럼 분방하게 휘날리는 파격을 보여준다.

글 내용이 조용하고 편안한 만큼이나 글씨에도 조촐한 분위기가 있다. 행서 맛을 가미한 예서체로, 글자마다 파격이 드러난다. 작을 소(小)자는 콧수염처럼 돌아갔고 밝을 명(明)자의 날 일(日)변은 큰데 달 월(月)은 작고 획이 삐뚜름하다. 앉을 좌(坐) 자를 쓰면서 흙 토(土) 위에 네모 두 개를 그려 마치 땅에 앉은 궁둥이처럼 표현한 데에서는 웃음이 절로 난다. 이처럼 추사체의 멋으로서 '괴'가 곳곳에 드러나 있다.

〈잔서완석루〉

칠십이구초당에 이어 '삼십육구주인(三十六鷗主人)'이라고 쓴 것도 있다. 추측건대 그때는 강상에 흰 갈매기가 반 정도로 적게 날아들었던 모양이다. 그런 탓에 칠십이구초당이라고 쓰는 대신 반을 깎아 삼십육구라고 한 것 같다. 삼십육구주인이라고 낙관한 작품으로는 유명한 〈잔서완석루(殘書頑石樓)〉가 있다. 서화와 금석을 사랑하는 사람의 서재에 걸림 직한 내용으로, 풀이하자면 '해진 책과 볼품없는 돌이 있는 집'쯤 된다. 이 작품은 추사 서예의 최고봉으로까지 평가받는 명작 중의 명작으로, 중후하면서도 호쾌하고 그 구성이 멋스러우면서도 기발하다. 이에 대해 청명 임창순 선생은 다음과 같이 평했다.(임창순, 앞의 논문)

이 글씨에는 전서·예서·해서·행서의 필법이 다 갖추어 있음을 볼 수 있다. 경쾌한 운필이 아니라 오히려 중후한 맛을 풍긴다. 글씨 전체의 구도를 보면 위쪽은 가로획을 살려 가지런함을 나타냈고, 아래쪽은 여러 가지 형태의 세로획을 들쭉날쭉하게 써서, 고르지 않지만 전체의 조화는 잘 이루어져 있다. 이런 구도는 일찍이 다른 서예가들이 상상조차 할 수 없었던 새로운 형태다.

궁핍한 살림과 황간현감의 도움

노호의 강상에서 추사의 삶은 무척 어려웠다. 유배생활 10년에 피폐해진 집안 살림을 건사하기 힘들어 너무도 궁핍한 모습이다. 추사는 제자 홍현보에게 이렇게 하소연했다.

막바지 섣달에 말 없이 앉아 있자니 마치 원숭이가 찻잔을 대하듯 (멀뚱하기만) 했는데, 갑자기 보내온 편지를 받으니 안색이 달아오름을 느끼겠고 또 들기러기가 사람을 본 것 같은 (날아갈 듯한) 기분이네. (…)
설을 가까이 둔 한차례 추위는 유난히 심하여 강기슭의 얼음 기둥과 설차(雪車)가 다시금 살갗을 에는 듯하여 따뜻한 옷과 따뜻한 털방석으

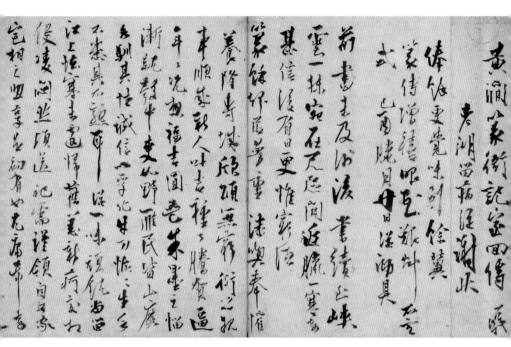

김정희, 〈간찰〉(황간현감께 보내는 편지) 1849년(64세), 34.0×56.5cm, 제주 추사관 소장 ┃ 황간현감으로 있던 고종사촌 홍익주에게 보낸 편지로 여러 물품을 보내준 것에 대해 감사하는 내용이다. 노호(老湖)라고 낙관되어 강상시절 작품임을 알 수 있다.

로도 막아낼 도리가 없을 것 같은데 하물며 종이창과 밑바닥까지 거칠고 쓸쓸한 대자리에서야 어떻겠는가. (…) 천한 이 몸은 여전히 일컬을 만한 것도 없이 강상에서 설을 지내는데 다만 묵은 병이 침범해올 따름이네.

보내준 여러 물품에 마음 써주는 것이 너무도 감사할 뿐일세. 눈이 침침하여 간신히 적네. 그대 위해 기쁘고 길한 일이 더하기를 비네.(전집 권 4, 홍현보에게, 제1신)

추사는 친척 가운데 충청도 황간현감을 지낸 분으로부터도 줄곧 큰 도움을 받았다. 이분이 누구인지 오랫동안 궁금했는데 김영복 님의 가르침으로 그가 추사의 고종사촌 홍익주(洪翊周)임을 알았다. 홍익주는 추사에게 받은 편지 13통을 묶어 첩으로 꾸몄는데 그중 1849년 12월 20일자로 보낸 편지 겉봉에 노호(老湖)라고 되어 있다. 편지의 내용은 제수(祭需)를 보내준 것에 대한 추사의 눈물겨운 감사였다.

연말이 다가와서 그런지 추위가 특히 심합니다. (…) 지방에 수령으로 계시면서 부모님 모시고 잘 지내신다고 하니 부러움이 끝이 없습니다. (…) 행정을 보는 어려움도 점점 익숙해지리라 봅니다. 하급 관리는 들판의 기러기 같고, 백성들은 산의 사슴과도 같습니다. 제각각 그 성질을 길들여야 하는데 진실과 신뢰, 그리고 믿음으로 교화해야 합니다. (…)

저는 여전히 고루하게 지내면서 아직도 강상에 머물고 있는데 추위가 심하고 (…) 고질병과 새롭게 얻은 병이 교대로 침범하니 딱한 노릇입니다.

근래에 보내주신 제수는 삼가 잘 받았습니다. 강상에서 지낸 이래로 제사에 쓸 음식을 도움받는 것은 이번이 처음이라 더욱 보기 드문 일이고 놀랍습니다. (…) 이것들이 다 당신의 봉록에서 나왔다고 하니 더욱 뜻이 각별함을 알겠습니다. (…) 눈이 침침하여 글쓰기가 힘듭니다.

홍익주는 이후 경기도 광주판관으로 자리를 옮기고서도 계속 추사의 살림을 도와주었다.

강상의 서정

추사는 경제적으로 그렇게 곤궁했다. 그러나 추사에게는 여전히 벗이 있고 책이 있고 시·서·화가 있었으니 마음까지 가난하거나 쓸쓸한 것은 아니었다. 추사가 사용한 문자도장 중에 '예에서 노닐다'라는 공

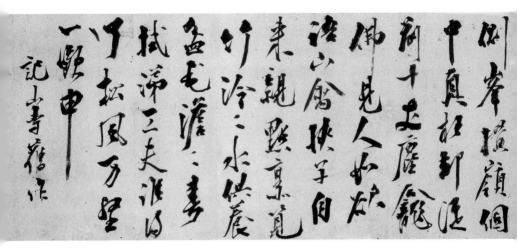

김정희, 〈산사구작〉 24.0×60.5cm, 개인 소장 ┃ 추사가 전에 지은 「산사」라는 시를 쓴 작품으로 칠십이
구당으로 낙관되어 있다. 강상시절 추사 행서체의 멋을 볼 수 있다.

자님 말씀에서 따온 '유어예(遊於藝)'라는 도인이 있다. 추사는 그처
럼 예술 속에 노니는 여유 있는 모습도 보였다.

　강상의 칠십이구초당에서 유유히 흐르는 한강과 훨훨 나는 흰 갈매
기를 바라보며 유배생활로 피폐해진 육신을 조섭하고 독서와 시·서·
화로 나날을 보내고 있었을 추사의 모습을 떠올리면, 높은 벼슬에 올
라 정쟁에 휘말려 급박하게 살던 때보다 오히려 더 그림같이 여겨진
다면 남의 얘기라 쉽게 말한다 하려나? 추사의 「강촌에서 책을 읽다」
라는 시에는 그런 편안함과 조용함이 있다.

잉어 바람 다급하고 기러기 연기 빗기자	鯉魚風急雁烟斜
옆 늘어선 버드나무 네댓 집을 가렸네.	數柳橫遮四五家
어인 일로 소라 등잔 등불 아래 놓여서	底事枯蚌燈火底
어부 노래 안 들리고 책 읽는 소리 많네.	漁歌也小讀聲多

강상으로 돌아온 추사는 여전히 불심을 고이 간직하여 어디 조용한 절이라도 찾아가 마음을 의탁하고 싶어했다. 그러나 당장은 가족을 버리고 떠날 처지가 못 되었다. 그럴수록 추사는 더욱 산사가 그리웠는지 강상시절 전에 지은 「산사」라는 시를 옮겨 쓰고 칠십이구당이라고 낙관한 작품이 하나 전한다. 서체도 완연히 추사체이고 자획에 강약이 있으며 글의 흐름에도 리듬이 있다.

혼허스님과 은해사 현판

강상에서 지내던 어느 날 혼허(混虛)스님이 추사를 찾아왔다. 혼허는 시승(詩僧)이었다. 『완당선생전집』에 「혼허에게 주다」라는 시가 3수나 실려 있을 정도로 둘은 가까운 사이였다.

혼허스님이 강상으로 찾아온 것은 영천 은해사(銀海寺)의 현판 글씨를 써달라고 부탁하기 위해서였다. 팔공산의 대찰인 은해사는 큰 화재로 극락전을 제외한 1,000여 칸의 절간이 모두 불타버린 탓에 3년여의 불사 끝에 갓 중건을 마친 상태였다. 이에 추사는 일주문의 〈은해사〉, 본당의 〈대웅전〉, 종각의 〈보화루(寶華樓)〉, 불광각의 〈불광〉 등을 써주었다.(혼허 「은해사 중건기」) 현재는 통도사에 걸려 있는 추사의 〈일로향각(一爐香閣)〉 현판도 본래는 은해사에 있던 것이라고 한다.(이학래 「은해사 연혁변」) 이리하여 은해사는 강상시절 추사 글씨의 옥외 전시장이라 할 만한 곳이 되었다.

영남대 시절 나는 학생들을 데리고 은해사에 자주 갔다. 학교에서 가깝기도 했지만 역시 추사의 글씨가 나를 부른 탓이었다. 은해사에 갈 때마다 나는 일주문에 걸린 〈은해사〉 현판을 보면서 항시 추사가 왜 저렇게 몽당빗자루로 쓴 것 같은 글씨를 썼을까 의아해하며 사진

김정희, 은해사 〈대웅전〉 현판 100.0×230.0cm, 은해사 성보박물관 소장 | 추사의 절 집 현판 중 봉은사 〈판전〉과 함께 대표작으로 손꼽을 만하다. 글자의 구성에 파격이 있지만 전혀 이상하지 않고 오히려 강한 힘을 보여준다.

한 장 찍어두지 않았다.

그러다 2002년 영남대를 떠나면서 다시 한번 은해사를 찾았더니 그 현판이 보이지 않았다. 그사이 일주문을 크게 중수하면서 현판을 교체한 것이다. 허망한 마음에 절집 안으로 발길을 돌리는데, 함께 갔던 제자 중 논문 지도 때마다 내게 야단을 맞던 한 녀석이 "샘이 자꾸 뭐라고 하니까 추사 선생이 듣기 싫어서 감춰버린 거 아니에요?"라며 평소 나의 까다로움을 은근슬쩍 공격하는 것이었다. 뜻밖의 고수였다. 이후 그 제자와 더 친해졌고 더 이상 까다롭게 대하지 않았다.

은해사 절마당으로 들어가 〈대웅전〉 현판과 마주하면 '과연 추사로구나' 하는 감탄과 함께 절로 무릎을 치게 된다. 훗날 쓴 서울 봉은사의 〈대웅전〉 현판은 이보다 말년 추사체의 멋이 더 서려 있었지만 근래에 칠을 다시 하면서 글자의 획 맛을 죽여 더 이상 추사체의 면모를 전하지 못하니, 추사의 절집 편액 중에서는 은해사 〈대웅전〉을 머리로 삼을 만하다.

현재 〈보화루〉 현판은 절 위쪽 암자인 백흥암 만세루에 걸려 있고 〈불광〉은 성보박물관에 보관되어 있다. 이 가운데 '불광'은 높이 170센티미터, 길이 150센티미터로 추사의 글씨 중 가장 대자이다.

권돈인의 번상촌장

강상으로 돌아온 추사는 다시 벗이나 제자들과 학예를 즐기며 나날을 보냈다. 추사의 평생지기는 역시 권돈인이었다. 추사 해배 당시 권돈인은 영의정이었다. 그러나 1849년 6월 6일 헌종이 갑자기 세상을 떠나고 철종이 즉위하면서 판중추부사로 물러났다가 이듬해 4월 다시 영의정에 올랐다.

권돈인에게는 미아리고개 너머 번리(樊里, 강북구 번동)에 번상촌장(樊上村庄)이라는 당호의 별서가 있었다. 그런데 어느 날 권돈인이 옥적(玉笛, 옥피리)을 하나 얻어 추사에게 보여주었다. 추사는 이것이 금관가야의 유물일 수 있다며 아예 '금관옥적(金官玉笛)'이라 이름 짓는 것이 어떠냐고 제안하고, 실제로 한번 불어보게 하라며 이렇게 말했다.

율(律)과 성(聲)은 서로 다르니, 율은 곧 황종(黃鍾)·대려(大呂) 등의 십이율이고, 성은 궁상각치우(宮商角徵羽) 오성입니다. 이 때문에 황종의 궁과 대려의 상이 서로 돌아가는 것인데, 성민이가 또한 이런 묘리를 깊이 알 수 있을지 모르겠습니다마는 시험 삼아 한번 착안해보시는 것이 매우 좋겠습니다.(전집 권3, 권돈인에게, 제32신)

그래서 성민이가 그 옥피리를 실제로 불어보았는지는 알 수 없으나

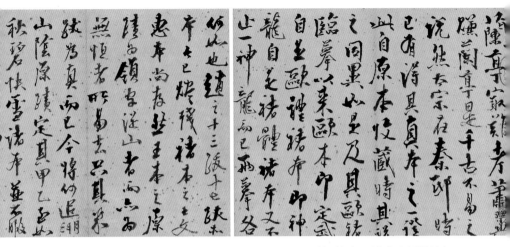

김정희, 「계첩고」(첫면과 끝면) 1849년(64세), 각 27.0×33.9cm, 간송미술관 소장 ▮ 추사가 권돈인의
옥적산방에서 왕희지의 〈난정서〉에 대한 견해를 피력한 글이다.

이후 권돈인의 별서는 옥적산방이라고 불렸다. 강상시절 추사는 이
옥적산방에 놀러가 함께 글씨도 쓰고 그림도 그리며 서화한담을 즐겼
다. 실제로 이 시절 추사의 서예 작품 중에는 '옥적산방에서 그려 번상
촌장에게 준다'는 작품이 있다.

　추사가 권돈인의 옥적산방에서 쓴 글 가운데 널리 알려진 것으로
「계첩고(禊帖攷)」가 있다. 「계첩고」는 왕희지의 『난정계첩(蘭亭禊帖)』
에 대해 고찰한 논고로 총 12면으로 꾸며진 서첩인데, 그 말미에 "기유
(己酉, 1849) 초동(初冬)에 옥적산방에서 쓰다"라고 쓰여 있다.

추사·이재 합벽축

　일본 교토의 고려미술관에는 추사와 이재 권돈인의 〈합벽 산수축
(合璧山水軸)〉이 소장되어 있다. 이 축은 모두 3단으로 윗단은 추사가
쓴 서문, 가운뎃단은 권돈인의 〈산수도〉, 아랫단은 추사의 〈추산죽수

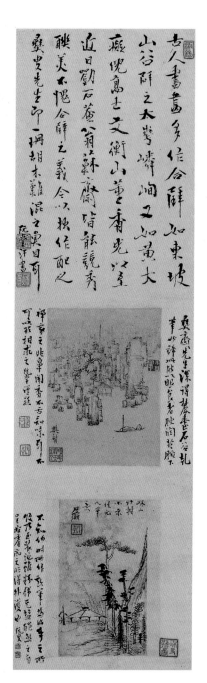

소경(秋山竹樹小景)〉으로 꾸며
져 있다. 또 권돈인과 추사의 그
림 옆에는 추사의 화평(畵評)이
붙어 있다. 추사는 화평에서 "권
돈인과 한자리에 그림을 꾸미려
니 진땀이 난다"라고 겸손을 떨
었다.

추사는 자신의 그림 위에 '원
나라 사람의 회화적 이상을 따
랐다'는 뜻으로 '작원인필의(作
元人筆意)'라고 써넣었고, 권돈
인의 산수화를 평하는 글에는
'형상 밖의 아름다움을 추구했
다'며 이렇게 적었다.

이재 선생은 원나라 왕몽·황공
망의 마른 붓의 묘리를 깊이 이해
했다. 이 작품은 안목 있는 자라면
모름지기 팔뚝 아래엔 윤택함이 있
음을 볼 것이다. 이는 선가에서 코

김정희·권돈인, 〈합벽 산수축〉 종이에 수묵,
92.7×25.1cm, 일본 고려미술관 소장 ▮ 추사와
권돈인의 산수화가 한 폭의 족자로 표구되었다.
이런 것을 합벽(合璧)이라고 하는데 추사는 권
돈인과 한자리에 그림을 꾸미려니 진땀이 난다
며 겸손을 보였다.

가 아닌 것으로 향기를 맡고 혀가 아닌 것으로 맛을 본다는 것이니, 형상으로 드러난 것에서 찾으면 안 되는 것이다.

두 작품 모두 전형적인 문인화풍의 산수화이다. 사실 남종문인화를 평가하는 데는 조형 외적인 요소가 많이 개입된다. 묘사력이나 데생력 같은 것이 아니라 오직 필과 묵의 운용, 그리고 인품과 교양 여하를 따지니 평가 기준이 관념적일 수밖에 없다. 인위적 기교를 넘어 손과 정신이 분리되지 않은 상태에서 나오는 고고한 예술을 추구하는 것이다. 그래서 "코가 아닌 것으로 향기를 맡고 혀가 아닌 것으로 맛을 보라"고 한 것이다.

두 작품을 보면 역시 권돈인의 그림보다 추사 그림의 울림이 더 강하다. 권돈인은 담담한 먹맛이 있는 만큼 조용하고 차분하지만, 추사는 거친 붓맛이 있는 만큼 야취가 일어난다. 그러니까 권돈인 쪽에 더 인간적인 분위기가 있고 추사 쪽에는 선미(禪味)가 더 있다고 하겠다. 이는 두 분의 인품과 성격 차이이기도 하다.

이 작품에는 많은 도서 낙관이 들어 있는데 이때 권돈인은 '번염(樊髥)'으로 낙관했기 때문에 번상촌장에서 두 분이 나란히 앉아 그리고 합벽으로 꾸민 것으로 보인다.

〈선면 지란병분〉

권돈인은 추사의 분신인 양 글씨도 빼닮았고 아호도 비슷하게 써서 가끔 혼동을 일으키기도 한다. 추사가 염(髥)이라 하자 권돈인은 '나도 수염이다'라는 뜻으로 우염(又髥)이라고 했고, 말년에 추사가 과지초당(瓜地草堂)이라 하자 자신은 '오색과지초당 주인(五色瓜地草堂

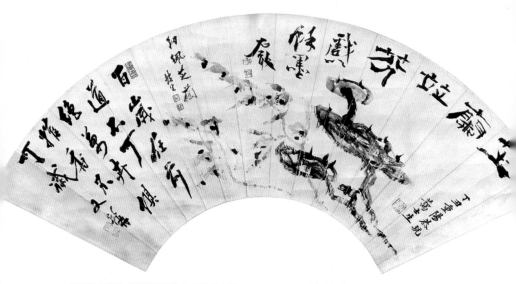

김정희·권돈인, 〈선면 지란병분〉 종이에 수묵, 17.4×54.0cm, 간송미술관 소장 ┃ 추사와 권돈인의 합작품이다. 중국제 고급 부채에 스스럼없는 필치로 영지버섯과 난초를 그리고 특유의 예서풍 글씨를 썼다. 왼쪽 여백엔 권돈인이 유려한 필치로 화제를 써넣었다.

主人)'이라고 했다. 그런 사이인지라 추사의 그림에 권돈인이 화제를 쓴 것과 권돈인의 그림에 추사가 화제를 쓴 것이 많다.

추사의 〈선면 지란병분(芝蘭竝芬)〉은 추사와 권돈인의 합작품이다. 추사는 중국제 고급 부채에 스스럼없는 필치로 영지버섯과 난초 꽃을 그려넣고 특유의 예서풍 글씨로 '영지와 난초가 함께 향기를 발한다'는 뜻으로 '지란병분'이라 하고는, '쓰다 남은 먹으로 그려보았다'라고 적어넣었다. 권돈인은 그 왼쪽 여백에 다음과 같은 화제를 유려한 필치로 써내려갔다.

백 년이 앞에 있어도 도는 끊어지지 않고   百歲在前道不可絶
온갖 풀 다 꺾어도 향기는 스러지지 않네.   萬卉俱摧香不可滅

이 화제를 쓰면서 권돈인이 '우염'이라 낙관한 것을 보면 이 역시 번상촌장에서 그린 것으로 추정된다. 이 〈선면 지란병분〉은 온통 먹으로 어우러진 추상미가 돋보이는 명품이라 할 만하다. 추사의 그림과 글씨는 대단히 분방하고 어지러운 반면 권돈인의 글씨는 가지런하여 더 잘 어울린다. 여기에다 훗날 흥선대원군 이하응이 "영지와 난초를 몸에 패물처럼 차네"라고 감상기를 썼고, 애사(靄士) 홍우길(洪祐吉)은 "정축년 중양절에 공경하는 마음으로 감상했다"고 써넣었다. 이리하여 이 작품에는 네 명사의 필적이 한 화면에 어우러져 있다.

소치에게 보낸 편지

강상에서의 한 해를 그렇게 보내고 이듬해(1850) 가을로 접어들면서 추사는 가장 사랑하는 제자 소치에게 편지를 보냈다.

여름이 지난 뒤로 그리운 회포가 더욱 망망하던 차에 문득 그대의 편지가 내 손에 전해졌네. (…) 천한 이 몸은 한결같이 둔하고 답답하기가 그대와 함께 (제주도에) 있을 때와 다름없다네. 다만 삼호 위에 집 한 채를 얻어 가족들이 모두 모여 작은아우와 동쪽 머리, 서쪽 머리에서 단란히 살게 되었네. 막내아우는 아직도 옛 곳에 살며 합하지 못한 것이 참으로 민망할 따름이네.

보내준 여러 물품은 특별히 성의 있는 것이라 여겨져 참으로 고맙네. 또한 긴요하게 쓸 물건들이라, 바로 눈앞의 요행이 아님을 알겠네. 눈이 침침하여 길게 쓰지 못하고 이만 줄이네.

경술년(1850) 7월 16일 병든 완당[病阮].

이 편지는 『완당선생전집』에 실려 있지 않다. 사실 『완당선생전집』에는 소치에게 보낸 편지가 단 한 통도 없는데 참으로 이상한 일이다. 나는 이 편지를 영남대 도서관 고서실 동빈문고에 소장된 『잡시문초(雜詩文抄)』에서 보았다. 추사의 막내아우 금미 김상희가 베껴놓은 이 육필첩의 겉봉에는 "허선달(許先達)에게. 칠십이구초당 답장(謝書)"이라고 쓰여 있다. 이 편지에는 또 별지로 다음과 같은 부탁이 들어 있다.

부채는 이미 철이 지났으나 기왕에 가지고 있던 것이라 지금 보내니 받아주기 바라네. 초의는 편히 계시는지? 올해 들어서는 편지 한 통도 없네. 세속과 인연을 끊어서 그런 건지 탄식스러울 뿐이네. (…) 새로 수확한 구기자 두 근만 보내줄 수 있겠는가?

소치는 추사의 부탁을 다 들어주었고 이에 추사는 구기자를 잘 받았다는 편지를 보냈다. 이 편지의 겉봉에는 "진읍(珍邑, 진도)의 허선달에게 삼묘가 보내는 답장"이라고 쓰여 있다.

유산 정학연과의 만남과 〈보정산방〉

강상시절 추사는 유산(酉山) 정학연(丁學淵, 1783~1859)과 그의 동생 운포(耘逋) 정학유(丁學游, 1786~1855)와 자주 교유했다. 유산 정학연은 추사보다 초의와 더 친했고 추사의 동생인 명희·상희와도 가깝게 지냈다. 정학연 형제와 한창 어울릴 수 있을 때 추사는 제주도에서 귀양살이를 했기 때문에 마음은 있어도 깊이 사귈 수 없었다. 그러나 추사가 강상으로 돌아오면서 일휴정에서 그들과 만나 한가한 마음으로 함께 시를 짓고 글씨를 쓰며 친교를 맺었던 것이다.

김정희, 〈보정산방〉 현판 30.0×115.0cm, 강진 다산초당 ┃ 추사의 현판 글씨 중 디자인 감각이 가장 잘 살아 있는 명품이다. '보정산방'이란 '정약용을 보배롭게 생각하는 집'이라는 뜻으로 원본 글씨가 따로 전한다.

바로 이 무렵으로 짐작되는바, 한동안 편지로만 소식과 물품을 전하던 소치가 마침내 강상의 추사를 뵈러 진도에서 올라왔다. 그렇게 소치와 함께 지내던 어느 날 유산 정학연이 찾아와 함께 어울리게 되었다. 이 사실은 『소치실록』에 다음과 같이 기록되어 있다.

내가 초의암에 있을 때 유산공의 높은 이름을 자주 들었습니다. 진실로 한번 알고 지내기를 바랐는데, 우연히 노호에 있는 일휴정에서 추사공 형제가 모인 자리에서 만나 뵈었습니다. 유산공은 전에 알던 사람처럼 나를 기쁘게 대했습니다. 온화한 말씨와 문아(文雅)스러운 모습은 진실로 기쁜 마음으로 순종하게 했습니다.(『소치실록』)

이번에는 다산의 강진 유배시절 제자인 윤종진이 찾아와서 추사에게 당호를 하나 지어주십사 부탁했다. 이에 추사는 단정한 예서체로 '보정산방(寶丁山房)'이라고 써주었다. 보정산방이란 '정약용을 보배롭게 생각하는 집'이라는 뜻이다. 옹방강이 소동파를 존경하여 자신의 서재를 '보소재'라 이름 짓고, 추사가 또 담계 옹방강을 사모하여 자신의 서재를 '보담재'라고 한 데서 따온 것이다.

〈보정산방〉은 예서체에 전서의 단정한 멋을 가미한, 정말로 아름답고 사랑스러운 글씨이다. 글자 구성에서도 변화가 구사되어 낱낱 글씨에 현대적인 디자인의 멋이 들어 있는데, 마치 그림 구도를 잡듯이 글자 배치의 묘를 살려, 고무래 정(丁) 자는 아래 획을 길게 늘어뜨려 운치 있게 꼬부리면서 뫼 산(山) 자는 위쪽으로 바짝 올려 납작하게 처리함으로써 그 멋을 한껏 뽐내고 있다. 이는 강진의 다산이 낮기 때문이었다고도 한다. 이처럼 추사의 글씨는 점점 자유자재롭게 변화하는 추사체의 진면목을 보여주기 시작한다. 입고에서 출신으로 나아간 것이다.

초의스님에게 보낸 편지

강상에서 외로움을 느끼던 추사는 이번에는 초의스님이 보고 싶어 편지를 보냈다.

읍내 인편으로부터 스님의 편지를 받게 되니 (스님이 사는) 산중이나 (내가 사는) 강상이나 역시 다른 세상이 아니고 한 하늘 밑이라 (…) 하겠는데 어찌하여 지난날은 그렇게도 동떨어졌는지요. 세밑의 추위는 벼룻물을 얼리고 따순 술도 얼릴 만하나 (스님이 계신) 남방에는 들판에서도 이런 일은 없을 것 같은데 더구나 초암(草庵)에서 (이런 추위를) 이해하겠소. (…) 이 몸은 변함없이 강상에 있으니 설을 지내고 봄이 오면 다시 호남에 갈 신과 지팡이를 매만질 듯하오. (…)

추신: 새 차는 어찌하여 돌샘, 솔바람 사이에서 혼자만 마시며 도무지

먼 사람 생각은 아니하는 건가. 몽둥이 서른 대를 아프게 맞아야 하겠군, 하하하. 새 책력을 부쳐 보내니 대밭 속에서도 날짜 가는 것이나 알고 지내시오.(전집 권5, 초의에게, 제32신)

추사는 초의에게 다시 편지를 보냈다.(전집 권5, 초의에게, 제33신) 그런데도 초의로부터 답장이 없자 추사는 다시 응석을 부리는 편지를 보냈다.

편지를 보냈지만 한 번도 답은 보지 못하니 아마도 산중에는 반드시 바쁜 일이 없을 줄 상상되는데 혹시 나 같은 세속 사람과는 어울리고 싶지 않아서인가. (…) 달갑게 둘로 갈라진 사람이 되겠다는 건가. (…) 나는 스님이 보고 싶지도 않고 또한 스님의 편지도 보고 싶지 않으나 다만 차의 인연만은 차마 끊어버리지도 못하고 쉽사리 부수어버리지도 못하여 또 차를 재촉하니, 편지도 보낼 필요 없고 다만 두 해의 쌓인 빚을 한꺼번에 챙겨 보내되 다시 지체하거나 빗나감이 없도록 하는 게 좋을 거요.(전집 권5, 초의에게, 제34신)

그해 겨울 초의는 결국 오지 않았고, 해를 넘겨 새봄이 왔다. 여기서 큰 궁금증이 든다. 오늘날까지 초의가 추사에게 보낸 편지는 한 통도 알려진 것이 없기 때문이다. 국립중앙박물관 이홍근 기증 유물 가운데『나가묵연첩(那迦墨緣帖)』에는 추사가 초의에게 보낸 17통의 편지가 들어 있다. 그런가 하면 2011년 K옥션 가을 경매에 초의가 추사의 편지를 모아 아주 정성스레 표구한 두 권의 간찰첩이 출품되어 관계자들을 놀라게 한 바 있다.

「벽해타운」 표지와 편지 첩 크기 22.5×35.0cm, 개인 소장 ┃ '푸른 바다 건너온 편지'라는 뜻의 '벽해타운(碧海朵雲)'이라는 표제 하에, 초의스님에게 보낸 2통의 편지가 묶인 간찰첩이다.

하나는 '푸른 바다 건너온 편지'라는 뜻의 '벽해타운(碧海朵雲)'이라는 표제 아래 2통의 편지를 묶은 것이고, 다른 하나는 '상자 속에서 꺼낸 편지'라는 뜻의 '주상운타(注箱雲朵)'라는 표제 아래 9통의 편지와 초의선사의 발문을 묶은 것이다.

초의가 손수 꾸민 이 두 간찰첩은 추사와 초의 두 분의 관계를 넘어서는 한국 지성사의 기념비적 유물이라고 할 수 있다. 그런데 초의가 추사에게 보낸 편지는 왜 나타나지 않을까? 어디엔가 있는 것일까, 아니면 이미 망실된 것일까?

강상에 온 초의스님

추사의 이런 애절한 간청에 못 이겨 초의는 결국 강상으로 찾아왔다. 그리고 추사가 못 가게 붙드는 바람에 이듬해까지 추사 곁에서 벗해주며 같이 지냈다. 그것은 훗날 초의가 추사의 제문을 지으면서 이렇게 말한 구절에서 확인할 수 있다.

제주에서는 반년을 함께 지냈고 용호(蓉湖)에서는 두 해를 같이 살았는데 (…) 정담을 나눌 제면 그대는 실로 봄바람과 같고 따스한 햇살과도 같았지요.(「완당 김공 제문」, 『초의선집』)

그러나 문집에는 이들이 함께한 자취가 별로 남아 있지 않다. 하나의 아이러니이다. 만나지 않았을 때는 못 만났다는 사실이 편지에 남아 있어 확인이 되는데, 두 해 동안 무엇을 하며 지냈는가는 글로 남은 것이 없는 셈이다.

그러나 『완당선생전집』에 실린 「초의에게 주다」 「희롱조로 초의에게 써서 주다」 「초의에게 보이다」 「초의선사가 머물다」 등의 시들은 대개 이 시절의 작품으로 보인다. 그중 「은어를 쥐에게 도둑맞고 초의에게 보이다」는 유머와 인정이 오가는 재미있는 시이다.

오십 마리 은어는 가시조차 향기로워	五十銀條針生花
강가 정자 어부의 집에서 온 것일세. (…)	來自江亭漁子家
썰렁하던 부엌 사람 기쁜 빛이 가득하니	冷落廚人喜動色
밥상에 귀한 음식 어지러이 오르겠네.	將見食單登珍錯
밤중에 틈을 타서 기운찬 쥐란 놈이	夜來穴隙壯哉鼠
죄다 훔쳐 달아나서 하나도 안 남았네.	儵盡了無遺寸許
쥐의 기호 사람과 비슷한 줄 몰랐더니	不知鼠嗜與人似
회가 동해 생선 맛이 좋은 줄 능히 아네.	拖腸能解魚之美
쥐가 먹든 사람 먹든 그게 그거 아니겠나.	鼠食人食將無同

평등하게 볼작시면 이치는 공평하리.　　　　　平等觀來理則公

초의노사가 마침 곁에 있었지만　　　　　　　草衣老師適在傍

저는 홀로 채식하니 그러려니 보는구나.　　　彼自茹素看尋常

　　그러던 초의가 그만 일지암으로 돌아가게 되었다. 이에 추사는 석
별의 정을 다하여 주희의 시구 하나를 써주었다.(주희 「아호사화육자수
시(鵝湖寺和陸子壽詩)」)

옛 배운 것 따져보아 꼼꼼함을 더하고　　　　舊學商量加邃密

새 지식은 배양하여 도리어 깊어지라.　　　　新知培養轉深沈

초의가 돌아가므로 이를 써서 준다.　　　　　艸衣之歸書此贈行

　　이 책의 서장에 실려 있는 이 작품은 추사 특유의 개성적인 예서 글
씨로 그의 강상시절 서체를 잘 보여주고 있다.

　　확실한 근거는 없지만 나는 추사의 〈다반향초(茶半香初)〉라는 작품
도 강상시절에 초의를 위해 써준 글씨로 추정한다.

고요히 앉은 곳, 차를 마시다가 향을 처음 사르고　　靜坐處 茶半香初

오묘한 작용 일 때, 물 흐르고 꽃이 핀다.　　　　　妙用時 水流花開

　　추사가 알고 있는 초의스님, 그분의 정(靜)과 동(動)은 정녕 '다반
향초' 같고 '수류화개' 같았다. 그런 분이 벗이 되어 해를 넘겨 곁에 있
었으니 강상시절 추사는 결코 외롭지 않았을 것이다.

김정희, 〈다반향초〉 크기·소장처 미상 ┃ '차를 마시다가 향을 처음 사르다'라는 뜻의 이 현판 글씨는 해서에 행서법을 곁들인 단정한 작품이다. 추사가 초의에게 준 작품으로 추정된다.

전한시대 예서의 임모

이제 추사는 다시 학문과 예술에 전념하게 된다. 그런데 여기서도 하나의 의문 내지 궁금증이 생긴다. 1849년 10월 13일 추사가 스승으로 모신 완원이 타계했는데, 추사는 이 사실을 알았는지 몰랐는지 완원 선생께 바치는 제문(祭文)이 보이지 않는다는 점이다. 나는 언젠가는 이것이 나타날 것으로 기대하고 있다.

추사가 완원으로부터 받은 가장 큰 감화는 「북비남첩론」이었다. 그래서 추사는 북비, 특히 한나라 비문의 예서를 열심히 임모했다. 추사가 한나라 비문을 얼마나 열심히 본받았는가는 〈배잠기공비(裴岑紀功碑)〉 구륵본(鉤勒本)에 잘 나타나 있다. 구륵본이란 비문의 글씨를 탁본하는 대신 글자의 테두리를 정확히 옮겨 그리고 바탕을 먹으로 칠하는 것이다.

〈배잠기공비〉 구륵본의 유래에 대해서는 추사가 별도로 쓴 제기(題記)에 아주 자세히 설명되어 있는데, 간단히 말해서 서역 돈황(敦煌) 태수 배잠의 공덕을 기린 기공비로, 기원후 137년에 세워진 것이다.

그런데 추사는 후한시대보다 전한시대 예서를 좋아했다. 후한시대

惟漢永和二年八月，敦煌太守雲中裴岑，將郡兵三千人，誅呼衍王等，斬馘部眾，克敵全師，除西域之災，蠲四郡之害，邊竟艾安，振威到此，立海祠以表萬世。

예서에는 삐침과 파임에 멋이 있는 반면, 전한시대 예서에는 아직 전서체의 엄정한 분위기가 남아 있어 질박하면서도 자획에 뼛골이 살아 있는 힘이 느껴진다. 서예사에서는 이를 '유전입예(由篆入隷)', 즉 '전서법에 연유해서 예서로 들어간다'고 했다.

그러나 전한시대 비문은 아주 드물기 때문에 추사는 비문 대신 동경(銅鏡)에 새겨진 글씨를 열심히 익혔다. 그중 가장 잘 알려진 것이 〈임한경명(臨漢鏡銘)〉이다.

이런 자세로 고전 중의 고전을 무수히 임모하면서 추사는 마침내 한나라 때 예서를 집대성한 『한예자원(漢隷字源)』에 수록된 309개의 비문 글씨를 모두 임모하고는 이렇게 말했다.

　　　팔뚝 아래 309비를 갖추다.(腕下三百九碑)

그렇다고 장인적 수련에만 집중한 것은 아니었다. 추사는 정신적 수양과 학술적 노력이 뒷받침되어야 참된 경지에 이를 수 있다고 했다.

　　예서 쓰는 법은 가슴속에 청고고아(淸高古雅)한 뜻이 들어 있지 않으면 손에서 나올 수 없고, 청고고아한 뜻은 가슴속에 문자향과 서권기가 들어 있지 않으면 능히 팔뚝과 손끝에 발현되지 않는다. (…) 모름지기 가슴속에 먼저 문자향과 서권기를 갖추는 것이 예서 쓰는 법의 기본이며 그것이 예서를 쓰는 신결(神訣)이다.(전집 권7, 잡저, 상우에게 써서 보이다)

〈배잠기공비〉 구록본 130.0×50.0cm, 개인 소장 | 기원후 137년 돈황 태수 배잠의 공덕을 기린 비문을 글자대로 그려 탁본처럼 만든 것이다. 추사는 옹방강의 석묵서루에서 나온 이 구록본 족자에 이 비문의 유래와 가치에 대해 자세히 적어넣었다.

김정희, 〈임한경명〉 각면 26.6×15.5cm, 국립중앙박물관 소장 ┃ 추사가 전한시대 동경에 새겨진 글씨를 임모한 작품이다. 추사는 같은 예서라도 후한시대보다 전서기가 더 살아 있는 전한시대의 예서를 좋아했다.

추사의 장인적 수련과 연찬

추사는 지독한 완벽주의자였고 철저한 장인정신의 소유자였다. 추사가 글씨를 쓸 때 얼마나 피눈물 나는 장인적 수련과 연찬을 보였는가는 상상을 초월한다. 추사는 훗날 벗 권돈인에게 보낸 편지에서 다음과 같이 술회했다.

내 글씨엔 아직 부족함이 많지만 칠십 평생에 나는 벼루 열 개를 밑창 냈고, 붓 일천 자루를 몽당붓으로 만들었다네.

그런 수련 속에서 추사체가 나온 것이다. 추사는 석파 이하응, 역매 오경석 같은 제자에게도 이렇게 말하며 수련을 강조했다.

하늘이 총명을 주는 것은 귀천이나 상하나 남북에 한정되어 있지 아니하니 오직 확충하여 모질게 정채(精彩)를 쏟아나가면 구천구백구십구 분은 도달할 수 있다. 그렇다고 그 나머지 일 분이 인력(人力) 바깥에 있는 것도 아니니 끝까지 노력해야만 하는 거라네.(전집 권4, 오경석에게, 제1신)

오늘날 우리는 2퍼센트 부족을 말하지만, 추사는 0.01퍼센트의 부족도 허락하지 않았다. 무엇을 하든 끝까지 최선을 다해야 한다는 신념을, 추사는 「아이들의 시권 뒤에 제하다」(전집 권6)에서 이렇게 말했다.

가장 주의할 것은 마음이 거칠어도 안 되며 또 빨리 하려 해도 안 되며, 맨손으로 용을 잡으려는 식은 절대로 안 된다는 것이다. 으르렁거리는 사자는 코끼리를 잡을 때도 전력을 다하지만 토끼를 잡을 때도 전력을 다하는 법이다.

나는 추사가 이렇게 말한 것이 무척 반갑고 고마웠다. 특출할 것 없는 모든 인생에 주는 희망의 메시지이자 각성제이기 때문이다.

추사의 지필묵

추사는 완벽주의자였던 만큼 지필묵에도 엄청나게 까다로웠다. 붓에 대해서는 제주도 유배시절 필장 박혜백을 가르친 부분에서 확인한 바 있는데, 종이의 선택에도 매우 섬세하게 신경 썼다. 그는 좋은 붓과 좋은 종이를 만나면 글씨를 쓰고 싶다고 했다.

추사는 수시로 좋은 종이를 구해두었고 또 주위 사람들에게 서슴없이 요구했다. 붓에 잘 맞는 종이, 먹을 잘 받는 종이를 그때그때 면밀히 검토해보곤 했다. 조건이 조금이라도 맞지 않으면 글씨를 쓰지 않았다.

편액의 종이는 너무 딱딱하여 약한 붓으로는 갑자기 먹이 내려가지 않으므로 곧 받들어 써 올리지 못합니다. 대개 붓과 종이가 서로 맞아야만 비로소 붓을 잡을 수 있으며 역시 억지로는 못하는 것이외다.(전집 권5, 어떤 이에게)

보내준 종이는 명반수(明礬水)를 너무 들여서 붓을 구사하기에 적당하지 않으니, 도리어 이곳 종이만 못하네. 아무리 각본(刻本)이라도 반드시 좋은 종이라야 쓸 수 있다네.(전집 권2, 막내아우 상희에게, 제7신)

혹시 서너 본의 좋은 시전지(詩箋紙)를 얻으면 마땅히 힘써 병든 팔을 시험해보겠네. 두꺼운 백로지(白露紙) 같은 것도 좋으나 반드시 숙지(熟紙)라야만 쓸 수 있을 걸세.(전집 권4, 오규일에게, 제1신)

추사의 유작들을 보면 평범한 종이에 쓴 작품은 거의 없다. 추사가 좋은 종이를 얼마나 애용했는가는 화려한 중국제 시전지에 쓴 〈연식첩(淵植帖)〉이라는 작품만 보아도 알 수 있다.
추사는 먹과 벼루에도 여간 섬세한 것이 아니었다. 특히 먹에 대해서 아주 확고한 지론이 있어 아예 「묵법변(墨法辨)」이라는 별도의 논문을 쓸 정도였다.

서예가에게는 먹이 제일이다. 무릇 글씨를 쓸 때 붓을 사용하는 것은 곧 붓으로 먹을 골고루 칠하는 데 지나지 않는다. 종이와 벼루가 모두 먹

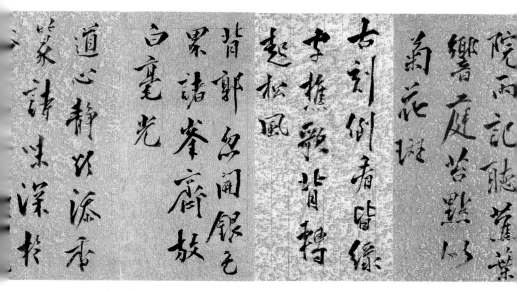

김정희, 〈연식첩〉각 23.1×12.1cm, 개인 소장 ┃ 추사가 연식이라는 이에게 행서로 써준 연구 모음이다. 아름다운 화전지를 보고 흥이 일어 거침없이 써내려간 것 같다.

을 도와서 서로 제 기능을 나타내는 것이니, 종이가 아니면 먹을 받을 데가 없고, 벼루가 아니면 먹을 갈 수가 없다. 먹을 가는 것은 바로 먹빛이 곱게 피어오르게 하는 것이니 이 한 단계에 끝나는 것이 아니요, 먹의 숨을 잘 죽이면서도 곱게 갈 수 없는 것은 벼루가 좋지 않기 때문이니 반드시 먼저 벼루부터 고른 후에 글씨를 쓸 수 있다. 벼루와 먹이 아니면 글씨를 쓸 수가 없으니, 종이는 먹에 대해서도 역시 벼루와 같은 임무를 가지고 있다.(전집 권1, 묵법변)

추사는 우리나라 서가들은 먹의 중요성을 잘못 알고 있다고 개탄하면서 "먹물은 깊이 배고 빛은 짙게 빛나서 모든 붓털이 한꺼번에 힘을 쓴다"라며 묵법과 필법을 아울러야 한다고 강조했다. 이는 남조 제나라의 왕승건(王僧虔)이 쓴 『필의찬(筆意贊)』에 나오는 말이다. 그런 묵법의 이해 때문인지 추사의 유작들은 종이와 먹이 일치하는 조화로움을 보이며 오늘날까지도 생생한 빛을 유지하고 있다.

먹에 대해서도 이렇게 섬세한 감각을 갖고 있었으니 누구나 좋은 것을 갖기 원하는 벼루에 대해서는 말할 것도 없다.

봉연(鳳硯)을 일부러 사람을 시켜 보내주시니 감사하외다. 즉시 손수 먹을 갈아 시험하여보니 역시 가품(佳品)이외다. 돌의 질은 (충남 대천에서 나오는) 남포석(藍浦石)보다 나은 면이 있고, 살짝 먹을 거역하는 듯하면서도 자못 발묵(潑墨)의 묘가 있으니, 두어 날만 더 시험해보고 보내 드리겠소. 벼루 제작은 누가 했지요? 절대 속품(俗品)은 아니외다.(전집 권4, 심희순에게, 제10신)

추사는 어느 날 심희순에게 단계벼루 하나를 빌려주면서 이렇게 설명했다.

이 벼루가 바로 단계석(端溪石)이며 벼루 만든 식도 극히 고아(古雅)하니 반드시 유명한 솜씨의 제작입니다. (…)

벼루의 면이 살짝 오목하니 이른바 '옛 벼루는 살짝 오목해야 먹이 많이 모인다'라는 것은 실제 얘기외다. (…)

아우는 이 벼루를 얻은 뒤로 노상 좌우에 두었는데 지금 영감을 위해 꺼낸 거요. 영감은 과시 눈 밝고 세심한 사람이니 아마도 인정할 거외다.(전집 권4, 심희순에게, 제16신)

『예림갑을록』

추사는 작품에서만 완벽을 취한 것이 아니라 사회적 실천에도 최선을 다했다. 일찍이 추사는 "알면 말하지 않은 것이 없고, 말하면 다하지 않은 것이 없다"라고 했다.(전집 권4, 오규일에게, 제2신) 사회적·정치적 실천이 차단된 강상시절 이런 자세는 제자들을 가르치는 데에서 나타났다. 더욱이 추사의 제자 사랑은 남달랐다.

추사 나이 64세 때인 1849년 여름, 제자들이 추사 앞에서 그림을 그리고 글씨를 써서 선생에게 품평을 받는 장대한 서화 경진대회가 열렸다. 이때 추사가 평한 것을 고람 전기가 일일이 받아써서 한 권의 책으로 만든 것이 유명한 『예림갑을록(藝林甲乙錄)』이다.

이 서화 경진대회는 아마도 우봉 조희룡이 "우리 선생님께 서화를 지도받자"고 주동하여 열린 것으로 추정된다. 우봉으로 말할 것 같으면 가장 충실하고 능력 있는 추사체의 전도사였다. 우봉이 지은 『석우망년록』과 『해외난묵』같은 저서에는 추사에 대한 존경심과 그에게 배운 바가 곳곳에 담겨 있다. 우봉은 추사보다 세 살 아래였기 때문에 제자라기보다 추종자인 면이 더 강하다. 중인으로서 다른 중인 출신 서화가들 사이에 완당바람을 불러일으킨 이가 바로 우봉이며, 훗날 중인 출신의 명사들의 전기인 『호산외사』를 펴내기도 했다.

이 경진대회 자리에서는 제자들이 글씨 8명, 그림 8명으로 나뉘어 번갈아 지도와 품평을 받았다. 그것이 '묵진(墨陣) 8인'과 '화루(畫壘) 8인'이다 진(陣)과 누(壘) 모두 진지를 의미하니 이들은 서화의 병사(兵士)로 출전한 셈이다. 묵진 8인은 6월 20일, 6월 28일, 7월 7일, 7월 14일 나흘간 품평을 받았고, 화루 8인은 6월 24일, 6월 29일, 7월 9일 사흘간 품평을 받았다.

묵진 8인	화루 8인
미파(渼坡) 김계술(金繼述)	북산(北山) 김수철(金秀哲)
송남(松南) 이형태(李亨泰)	희원(希園) 이한철(李漢喆)
우범(雨帆) 유상(柳湘)	소치(小癡) 허련(許鍊)
소정(小貞) 한응기(韓應耆)	고람(古藍) 전기(田琦)
고람(古藍) 전기(田琦)	하석(霞石) 박인석(朴寅碩)
이산(耳山) 이계옥(李啓沃)	혜산(蕙山) 유숙(劉淑)
학석(鶴石) 유재소(柳在韶)	자산(蔗山) 조중묵(趙重默)
우당(藕堂) 윤광석(尹光錫)	학석(鶴石) 유재소(劉在韶)

고람 전기와 학석 유재소는 묵진과 화루에 모두 참석했으니 실제 참가자는 14명이다. 이때 이들의 나이를 보면 이한철과 허련은 42세로 연장자에 속했고, 전기는 25세, 유숙은 23세, 유재소는 21세로 모두 소장 서화가였다.

『예림갑을록』 묵진 8인

묵진은 대련과 편액, 해서를 시험문제로 출제하여 쓰게 하고 추사가 각 답안지에 코멘트를 다는 식으로 진행되었다. 편액의 출제는 '매화시경(梅華詩境)' 같은 4자구였고, 대련은 송나라 시인 담용지(譚用之)의 시구에서 따온 서정적인 대구였다.

우아한 흥 높이 더해 소나무는 천 척이요	高添雅興松千尺
맑은 수양 고요히 길러 대나무가 몇 그루라.	靜養清修竹數竿

묵진 8인이 제출한 작품에 추사가 등수를 매기며 평했는데, 대단히 실질적이고 교육적인 지도였다. 추사가 제자들의 작품을 평한 내용은 그 자체가 추사 자신의 예술론이기도 했다. 그중 유상과 전기에 대한 평에서 핵심적인 부분만 소개하면 다음과 같다.

유상 이 글씨는 매양 붓을 대는 곳마다 두서가 없으니, 이는 대가의 가르침을 듣지 못하고 또 옛 법의 뜻을 깨닫지 못했기 때문이다. 다만 붓의 놀림은 자못 뛰어나다.

전기 대구 중 한 줄은 가장 뛰어나고 아름다우니 과연 법기(法氣)라고 일러도 좋을 것이다. 왼쪽 한 줄은 너무 정리되지 않아 표준에 들어가지 못했으니, 이것은 분행(分行)과 포백(布白)에 일찍이 주의하지 않아서 이렇게 비뚤어지고 잘못되어서 수습할 수 없는 지경에까지 이르게 된 것이다. 자(自) 자의 위 삐침이 너무 제멋대로여서 전혀 먹을 아끼는 뜻이 없고, 제6·7자는 아래위에 갈구리하고 돌리고 꺾은 것이 도무지 제자리에 맞는 것이 없다. 그러나 이 오른쪽 한 줄을 잘 썼기 때문에 가장 상등(上等)으로 뽑아놓은 것이다.

『예림갑을록』 화루 8인

화루 8인은 매번 '가을 산 깊은 곳(秋山深處)' '천 리 길 가을 서정(千里秋懷)' 같은 화제를 정하여 반절 크기의 축으로 그리게 했다. 이에 추사가 등수를 매기며 평한 내용을 보면 그가 실작품 지도에도 얼마나 능했는지 알 수 있다. 역시 그중 일부만 정리하면 다음과 같다.

전기 쓸쓸하고 간략하고 담박하여 자못 원나라 사람의 풍치를 갖추었다. 그러나 요즈음에 갈필 쓰기를 좋아하는 이는 석도(石濤)와 운수평(惲壽平)만 한 사람이 없으니 다시 이 두 사람을 따라서 배우면 가히 문인화의 정수를 얻을 수가 있을 것이요, 한갓 그 껍데기만 취한다면 누가 그렇게 하지 못하겠는가.

유숙 그림에는 반드시 손님과 주인이 있어야 하니 이를 뒤집어놓을 수는 없다. 그런데 이 그림은 자세히 보면 누가 주인이고 누가 손님인지

『예림갑을록』 화루에 참가한 8인의 작품 1849년, 종이에 수묵, 각 73.0×34.0cm, 삼성미술관 리움 소장 | 오른쪽부터 조중묵, 박인석, 김수철, 유재소, 유숙, 전기, 허련, 이한철 작품순으로 꾸민 병풍으로 추사의 화평을 우봉 조희룡이 쓴 것으로 보인다. 병풍 위로는 위창 오세창의 글이 따로 들어 있다.

알 수 없게 되었으니, 붓놀림은 비록 재미있는 곳이 있으나 부득이 제2등에 놓지 않을 수 없다.

　　김수철　배치가 대단히 익숙하고 붓놀림 또한 막힘이 없다. 다만 색칠을 할 때에 세밀하지 못하고 또 우산 받치고 가는 사람은 조금 환쟁이 그림같이 되었다.

　　『예림갑을록』을 읽다 보면 추사가 자상하게 지도하는 모습이 아련히 떠오르면서 그가 어떤 그림에 그런 평을 했는지 그 실제 작품이 무척 궁금해진다. 다행히 삼성미술관 리움에 『예림갑을록』 화루 8인의 작품에 우봉 조희룡이 화제시를 써놓은 팔곡병풍이 있어 저간의 상황을 엿볼 수 있다.

고람 전기의 『예림갑을록』 후기

『예림갑을록』은 고람 전기가 일일이 받아써두어 서화의 지침으로 삼다가 그해 9월 학석 유재소와 함께 선생의 가르침을 동료들과 돌려보고자 책으로 꾸민 것이다. 고람 전기가 쓴 책의 발문을 보면 추사가 이들에게 얼마나 고마운 은사였는가가 절절히 배어 있다.

가을 하늘 높고 기운이 맑아 차를 마시며 시를 읊다가 옛 광주리 속에서 완당 선생님의 글씨와 그림을 품평한 것을 찾아내었다. (…)

하나하나 읽어보니 말씀은 간결하나 뜻이 원대하여 경계하고 가르치심이 지성스럽다. 얻은 자로 하여금 부르르 떨며 정진하게 하고 잃은 자로 하여금 두려워 고치게 하는 것이 있다. 근원과 끝을 연구해 풀어내고 바르고 그른 것을 가리어 바로잡으셨으니 모두 그 잘못된 길을 벗어나 바른 문을 두드리게 하고자 하심이었다. (…)

우리 선생님께서 내려주심이 너무 많지 않은가. 드디어 유재소에게 기록하게 하고 몇 마디 말로 머리말을 삼아 동호인에게 보여준다.

때는 기유년(1849) 중양절(9월 9일) 이후라. 이초당(二艸堂) 국화 그림자가 쓸쓸한 아래에서 쓰다.(오세창『근역서화징』전기 항목, 계명구락부 1928)

『예림갑을록』의 묵진 8인과 화루 8인은 이런 스승의 가르침을 가슴

김정희, 〈일금십연재〉 종이 현판 30.3×125.5cm, 일암관 소장 ❘ 추사의 작품 중 보기 드문 종이 현판이다. 글씨를 오려 두꺼운 종이판에 붙였는데 그로 인해 글씨가 더욱 선명히 도드라져 보인다. 아주 단정히 쓴 글씨이지만 획마다 강철을 뚫을 듯한 붓의 힘이 느껴진다.

에 새기며 서화에 열중했다. 결국 이들은 문자향과 서권기가 가득한 문인화풍 그림과 입고출신의 서체를 추구하는 완당바람의 주역으로 성장했다.

〈일금십연재〉〈사서루〉

강상시절 추사의 글씨로 생각되는 간찰과 서예 작품은 30여 점을 헤아릴 수 있다. 강상시절 추사 글씨를 보면 전한시대 예서체를 기본으로 여기에 행서 또는 전서의 맛을 가미하여 흔히 말하는 추사체의 파격적인 개성미가 완연히 드러남을 실감할 수 있다. 어느 경우든 글자의 구성에는 대담한 디자인적 변형이 있다.

〈일금십연재(一琴十研齋)〉는 비록 종이 현판으로 남아 있는 작품이지만 참으로 조용하고 얌전한 글씨라는 감탄이 절로 나온다. '거문고 하나에 벼루 열 개가 있는 서재'라는 뜻에 걸맞게 단아하면서도 멋스럽다. 변화가 없는 듯 보이지만 변화가 있고, 필획의 뻗고 내려그은 힘이 그대로 살아 있다. 더욱이 한 일(一) 자를 위쪽에 바짝 붙이는 대담한 구성에서 현대적 세련미조차 느껴진다.

김정희, 〈사서루〉 26.0×73.0cm, 개인 소장 ┃ 추사 글씨의 멋을 유감없이 보여주는 명작으로 글자 구성이 거의 현대 디자인 수준이다. 추사의 자재로운 글자 구성과 힘찬 필획을 동시에 느낄 수 있다.

〈사서루(賜書樓)〉는 임금에게 책을 하사받은 것을 기념하여 지은 서재 이름으로, 유득공의 아들 유본학(柳本學)의 「사서루기(賜書樓記)」에 근거하여 추사가 유본학에게 써준 것으로 추정된다.(박철상 『서재에 살다』, 문학동네 2014)

이 작품 역시 예서체의 중후한 골격을 기본으로 행서의 자율적인 변형을 가한 작품으로, 글씨의 머릿줄을 가지런히 하고 하단을 자유롭게 풀어주어 힘과 변화를 동시에 보여주고 있다. 특히 내리긋는 획은 모두 기둥뿌리처럼 튼튼하게 하고 가로로 삐친 획은 서까래 같은 기분까지 내었다. 추사 글씨의 탁월한 조형미는 여기서 절정에 이른 느낌이다. 이른바 개성으로서 '괴'의 미학을 획득한 것이다.

서지환의 글씨 요구

강상시절 추사는 무수한 작품을 남겼다. 그는 제주도 유배시절 못지않은 창작열을 불태웠다. 어떤 면에서는 유배시절보다 창작 여건이 좋았다. 지필묵의 사정이 훨씬 좋았고, 참고할 수 있는 자료도 풍부했다.

강상시절에도 주위의 글씨 요구는 끊이지 않았다. 그런 중 서지환(徐志渙)이라는 이에게 글씨를 써준 얘기는 퍽 재미있다. 이 글은 정신차리고 끝까지 잘 읽어야 제 뜻을 놓치지 않는다.

어느 날 서지환이라는 사람이 찾아와 말하기를, "송나라 탁계순(卓契順)이라는 사람이 혜주에 유배된 소동파를 찾아가 뵙고 돌아갈 때 글씨를 요구하면서, '그 옛날 당나라 때 채명원(蔡明遠)이 안진경의 글씨를 갖고 있어서 세상에서 이름을 얻었듯이 저도 공의 글씨를 얻는다면 이름이 묻히지 않을 것이니 이로써 만족하겠습니다'라고 말하여 소동파가 기꺼이 〈귀거래사(歸去來辭)〉를 써주었듯이, 저도 선생님의 글씨를 하나 받아 세상에 이름을 남기고 싶습니다"라며 청했다.

얼마나 애교 있고 정직한 청탁인가! 추사는 서지환에게 글씨를 한 폭 써주며 이렇게 덧붙였다.

지금 서지환이 천 리 길 멀리 와서 용산 집으로 나를 방문하여 (…) 탁계순의 고사를 이끌어 글씨를 요구하니 내 써주기는 써준다. 그러나 내 글씨로 인해 (그대의) 이름이 세상에 전해지고 전해지지 못하는 것은 (내게) 따질 게 아니다.(전집 권7, 서지환에게 써주다)

결국 서지환은 추사의 글씨 하나를 받아 세상에 이름을 남긴 셈인데, 아직 그가 받은 작품은 세상에 알려지지 않았다. 어서 그 작품이 발견되어 서지환의 작은 소망이 제대로 이루어지기를 바란다.

추사체의 특질, 괴(怪)

추사체는 이렇게 완성되었다. 이제 추사체의 본질에 대해 다시 한 번 확인해볼 때이다. 추사체의 특질을 가장 정확하고 논리적으로 설파한 글은 역시 이 책의 서장에서 인용한 유최진의 추사체론이다. 여기서 다시 한번 새겨본다.

추사의 글씨에 대하여 잘 알지 못하는 자들은 괴기(怪奇)한 글씨라 할 것이요, 알긴 알아도 대충 아는 자들은 황홀하여 그 실마리를 종잡을 수 없을 것이다. 원래 글씨의 묘를 참으로 깨달은 서예가란 법도를 떠나지 않으면서 또한 법도에 구속받지 않는 법이다.

글자의 획이 혹은 살지고 혹은 가늘며 혹은 메마르고 혹은 기름지면서 험악하고 괴이하여 얼핏 보면 옆으로 삐쳐나가고 종횡으로 비비고 바른 것 같지만, 거기에 아무런 잘못이 없다. (…) 마음을 격동시키고 눈을 놀라게 하여 이치를 따져본다는 게 불가하다.

서법에 충실하면서 그것을 뛰어넘은 글씨, 그래서 얼핏 보기에는 괴이하나 본질을 보면 내면의 울림이 있는 글씨, 그것이 추사체이다. 그래서 우스갯소리로 "못 쓰면 추사체라고 우긴다"라는 말까지 생겨났다. 이것을 추사 동시대 사람들은 '괴(怪)'라고 했다. 추사도 세상 사람들이 자신의 글씨를 그렇게 말한다는 사실을 잘 알고 있었다. 추사는 영초(穎樵) 김병학(金炳學)에게 이런 편지를 보내기도 했다.

마침 '봉래(蓬萊)' 두 글자의 대자 편액이 있는데 제가 걸기에는 너무도 무미하고 또 전해 보일 만한 자도 따로 없기에 받들어 영감께 부치오니 이 뜻을 깊이 살피어주실는지요? 근자에 들으니 졸서가 세상 눈에 크게 괴하게 보인다고 하는데 이 글씨를 혹시 괴하다고 헐뜯지나 않을지 모르겠소. 이는 영감이 결정하실 일이외다. 웃고 또 웃으며 이만 갖추지 못하옵니다.(전집 권4, 김병학에게, 제2신)

본래 괴하다는 것은 결코 좋은 소리가 아니다. 더욱이 추사는 글씨가 고(古)하고 졸(拙)할지언정 기(奇)하거나 괴하면 안 된다고 주장해왔다. 그런데도 사람마다 자신의 글씨를 괴하다고 하는 데 대한 곤혹스러움을 추사는 이렇게 말했다.

요구해온 서체는 본시 처음부터 일정한 법칙이 없고 붓이 팔목을 따라 변하여 괴와 기(氣)가 섞여 나와서 이것이 금체(今體)인지 고체(古體)인지 나 역시 알지 못하며, 보는 사람들이 비웃건 꾸지람하건 그것은 그들에게 달린 것이외다. 해명해서 조롱을 면할 수도 없거니와 괴하지 않으면 글씨가 되지 않는 걸 어떡하나요.(전집 권5, 어떤 이에게)

개성으로서의 괴(怪)

그리하여 추사는 마침내 괴의 가치를 역으로 옹호하고 나섰다. 삼성미술관 리움에서 소장하고 있는 〈주광단전(珠光丹篆)〉이라는 대련의 협서에서 추사는 이렇게 당당히 말했다.

구양순은 괴하고 저수량은 아름답다.(歐怪褚姸)

김정희, 〈주광단전〉 각폭 125.5×26.8cm, 삼성미술관 리움 소장 ▎추사의 행서가 스스럼없이 변화하고 있음을 보여주는 작품이다. 추사는 자신의 글씨가 '괴'하다는 평을 의식한 듯, 협서에서 '따지고 보면 구양순도 괴가 아니고 저수량도 괴가 아니냐'라며 괴론을 펴고 있다.

일찍이 청명 임창순 선생은 이 구절을 지적하여 "대체로 구양순은 강방엄정(剛方嚴正)하다고 보는 것이 상식인데 추사가 구양순의 글씨에서 괴를 발견한 것은 특이한 관점"으로 추사체 연구에 매우 중요한 말이라고 했다.

구양순도 역시 괴를 면치 못했으니 구양순과 더불어 함께 괴하다고 불린다면 사람들의 말을 두려워할 게 뭐 있으리까. (…) 다만 그 괴한 것이 마치 옛날에 굴원이 온 세상이 다 취한 속에 홀로 깨어 있었다는 격이니 누가 깨어 있고 누가 취해 있나를 잘 분별할 일이오. 아! 본시 괴를 가식하고자 한다면 참으로 괴이한 일이지요.(전집 권5, 어떤 이에게)

서양미술사에서 예술가의 개성이 극단적으로 나타난 '괴'로 말하자면 스페인의 건축가 안토니 가우디(Antoni Gaudi)를 빼놓을 수 없다. 가우디의 건축은 정말로 괴의 극치라 할 만하다. 바르셀로나에 있는 그의 미완성 대표작 성가족 성당(Sagrada Familia)은 외형과 디테일 모두에서 보통 사람의 상상력을 뛰어넘는, 도깨비 솜씨 같은 기발하고 괴이한 건축이다.

그런데 가우디의 건축을 보면 괴는 괴로되 그것을 뛰어넘는 무언가가 건축 곳곳에 서려 있다. 건축 전문가가 아닌 나는 그 미지의 매력이 무엇인지를 읽어낼 힘이 없었다. 가우디 건축을 괴이한 눈요깃거리가 아닌 건축의 고전으로 만드는 힘은 어디에 있을까? 20여 년 전 건축가들과 함께한 유럽 건축 답사 중 가우디의 성가족 성당에서 건축가 서혜림 씨에게 이에 대해 넌지시 물었더니, 그는 정색하고서 "가우디의 본질은 형태가 아니라 구조입니다"라고 힘주어 말했다.

가우디의 성가족 성당에는 땅속에 깊이 뿌리내려 강하게 박힌 형상을 하늘을 향해 심은 듯한 구조의 견실함이 있다는 것이었다. 바로 그것이었다. 추사의 글씨를 가우디의 건축에 비유하자면, 추사체의 본질은 형태의 괴가 아니라 필획과 글씨 구성의 힘에 있는 것이다. 명작은 그렇게 명작으로 통하고, 대가는 대가로 통한다.

강상으로 찾아온 석파 이하응

강상시절 추사는 또 한번 뜻하지 않은 귀인의 선물과 편지를 받았다. 훗날 흥선대원군이 된 석파 이하응이 보낸 것이었다. 둘의 만남은 추사가 귀양에서 풀려나 강상에 머문 첫해, 추사 64세, 석파 30세 때 이루어졌다.

석파는 영조의 현손으로 남연군의 아들인데, 남연군의 양어머니 남양 홍씨가 추사 양어머니(김노영의 아내)의 친동생이었다. 그러므로 남연군과 추사는 이종사촌이 되고, 석파에게 추사는 5촌 아저씨가 된다. 그래서 추사는 석파에게 편지를 쓸 때면 '친척 되는 사람'이라는 뜻으로 척종(戚從)·척생(戚生)이라고 했다.

석파가 훗날 대원군이 된 것은 추사가 세상을 떠나고 7년 뒤, 고종이 즉위한 1863년이었으므로 이들이 만난 것은 석파가 안동 김씨의 감시로부터 호신하기 위해 파락호로 위장할 때였다. 석파는 농묵(弄墨)이나 하면서 안동 김씨를 더욱 안심시키고자 했다. 석파는 우선 생활이 곤궁한 추사에게 여러 물품을 보내주었다. 이에 추사는 눈물겹도록 감사하는 글을 올렸다.

떠나 있으나 늘 생각은 있었습니다. 더구나 우리 외가 사람이 이렇게

이하응, 『난맹첩』 중 〈난화〉 크기·소장처 미상 | 석파 이하응은 추사의 『난맹첩』을 본받아 그대로 임모하면서 난초 그리는 법을 익혔다. 여기에 실린 난초 그림 역시 추사의 『난맹첩』과 똑같은 구도에 똑같은 필치로 되어 있다.

몰락함을 특별히 염려해주시고 (…) 뜻밖에 위문해주신 성대한 은혜가 너무도 크고 뛰어나서 서신을 손에 쥐고는 가슴이 뭉클하여 스스로 마음을 진정할 수 없었습니다.(전집 권2, 석파에게, 제1신)

그리고 해를 넘겨 석파는 추사에게 난초를 그려보려고 하니 『난보(蘭譜)』를 하나 보내달라고 했다. 이에 추사는 『난보』 한 권을 보내주며 난초를 그리는 자세에 대해 진지한 가르침을 내렸다.

난화(蘭畫) 한 권에 대해서는 망령되이 제기(題記)한 것이 있어 이에 부쳐 올리오니 거두어주시겠습니까? 대체로 이 일은 비록 하나의 하찮은 기예이지만, 전심하여 공부하는 것은 성인에게 들어가는 문의 격물치지(格物致知)의 학문과 다를 바가 없습니다. (…)

그리고 심지어 가슴속에 5,000권의 서책을 담는 일이나 팔목 아래 금강저(金剛杵)를 휘두르는 일(명필이 되는 일)도 모두 여기로 말미암아 들어가는 것입니다.(전집 권2, 석파에게, 제2신)

이때 추사가 보낸 『난보』란 혹시 추사가 40대에 그려놓은 『난맹첩(蘭盟帖)』이 아니었을까 생각한다. 20년 전 나는 석파의 『난맹첩』을 감정받은 일이 있는데 이 작품은 추사 『난맹첩』의 10폭 그림과 4폭 제발을 그대로 방작한 것이었고 "신해년(1851) 12월 노천(老泉) 방윤명(方允明)에게 준다"라고 명확히 기록되어 있었다.

이 화첩은 현재까지 알려진, 연대가 확실한 석파의 난초 그림 중 가장 이른 것으로, 이것만 보아서는 석파 난초의 특징이 전혀 나타나지 않고 오직 추사의 거친 듯 유연한 난초잎 묘사만이 구사되어 있다. 석파는 이렇게 추사에게 난초를 배우고자 했으나 얼마 안 있어 추사가 북청으로 유배 가는 바람에 교습을 중단할 수밖에 없었다.

〈증 번상촌장 묵란〉 〈향조암란〉

화가로서 추사의 본령은 역시 난초 그림에 있다고 할 수 있다. 추사는 말끝마다 "난초를 그리지 않은 지 20년이 되었다"라고 했는데 이는 『난맹첩』을 그린 40대부터 제주도 유배시절 아들에게 〈시우란〉을 그려주기까지의 20년을 말하는 것으로 보인다.

추사는 제주도 유배에서 풀려나기 넉 달 전인 1848년 8월 권돈인에게 〈증 번상촌장 묵란〉을 그려보낸 바 있다. 이 난초 그림은 잎과 꽃

김정희, 〈증 번상촌장 묵란〉 종이에 수묵, 1848년(63세), 32.2×41.8cm, 개인 소장 ┃ 추사가 권돈인에게 그려준 난초 그림이다. 번상촌장은 서울 미아리고개 너머 번리에 있던 권돈인의 별장 이름이다.

이 아름답다기보다 거친 듯 야취를 풍기는 잡초처럼 그려졌다. 그럼에도 유려한 곡선미를 자랑하는 대개의 난초 그림과는 전혀 다른 미감을 자랑한다. 그리고 추사체를 방불케 하는 권돈인의 화제는 원래 제자리에 쓰인 것처럼 자연스럽다.

강상시절로 오면 추사의 난초 그림은 더욱 파격의 묘를 추구한다. 〈향조암란(香祖庵蘭)〉은 한 줄기 긴 난엽이 화면 왼쪽 상단에서 대각선으로 세 번 꺾어지는 삼전법(三轉法)으로 뻗어내린다. 잎 몇 가닥과 꽃 두어 송이만 소박하게 그린 이 담묵의 난초 그림은 여백의 미가 일품이고, 또 오른쪽에 짙고 강한 금석기의 해서체로 쓴 화제가 그림과 더없이 잘 어울리는 명품이다. 현대 화가가 그린 작품보다 더 현대적

김정희, 〈향조암란〉 26.7×33.2cm, 개인 소장 ㅣ 추사의 난초 그림 중 공간 구성의 멋이 잘 구사된 아름다운 작품이다. 난초의 구도뿐만 아니라 화면 오른편에 두 줄로 내려쓴 화제의 글씨도 거친 듯 멋이 넘친다.

인 감각이 나타났다고 할 만하다. 화제의 내용은 "난초는 모든 향기의 원조다. 동기창은 그가 거주하는 집에 향조암이라고 써붙였다"이다.

〈불이선란〉

이런 추사의 난초 그림이 거의 입신의 경지로, 거의 극단적인 파격으로 추구된 작품은 '부작란(不作蘭)'이라고도 불리는 〈불이선란(不二禪蘭)〉이다.

추사가 난초를 그릴 때면 대개 그랬듯이 이 작품은 오른쪽 아래에서 대각선 방향으로 뻗어오른 꺾이고 굽고 휘고 구부러진 담묵의 난엽 열두어 줄기에, 화심(花心)만 농묵으로 강조한 아주 간결한 구도이다. 대지를 나타내는 풀이나 돌도 그려넣지 않았고, 난초 그림에 늘 나오는, 잎과 잎이 어우러져 맵시 있게 만드는 이른바 '봉의 눈' '메뚜기 배' 같은 형상도 없다. 거친 풀포기 같은 조야한 멋과 그로 인한 스산한 분위기가 감돌 뿐이다.

추사는 오히려 바로 이 그림에서 자신이 추구했던 난초 그림의 이상을 비로소 구현한 듯한 대만족을 느꼈다. 그는 그런 기쁨과 자랑을 한껏 담아 제시를 썼다. 이 제시는 글씨 자체도 파격이지만 화제를 왼쪽에서 시작하는 정판교식 역행법(逆行法)을 사용하여 그 또한 파격이다.

난초 그림 안 그린 지 스무 해나 되었는데	不作蘭畫二十年
어쩌다 그려보니 본성 속의 천연일세.	偶然寫出性中天
문 닫고 찾고 찾고 다시 찾고 찾은 곳	閉門覓覓尋尋處
이게 바로 유마의 불이선이로구나.	此是維摩不二禪

불이선이란 『유마경(維摩經)』 「불이법문품(不二法門品)」에 나오는 내용으로, 모든 보살이 저마다 선열(禪悅)에 들어가는 상황을 설명하는데 마지막의 유마만은 아무 말도 하지 않아 이에 모든 보살들이 말과 글로 설명할 수 없는 것이 진정한 법이라고 감탄했다는 내용이다. 추사는 그렇게 말 그대로 자화자찬하고서도 성에 차지 않았던가 보다. 그의 파격적인 화제는 계속 이어진다.

만약 누군가가 강요한다면 또 구실을 만들고 비야리성(毘耶離城)에 있던 유마의 말 없는 대답으로 거절하겠다. 만향(曼香).

그러고는 그 오른쪽 아래 난 잎이 꺾이며 만든 여백에 이렇게 적었다.

초서와 예서, 기자(奇字)의 법으로 그렸으니 세상 사람들이 어찌 이를 알아보며, 어찌 이를 좋아할 수 있으랴. 구경(漚竟)이 또 제하다.

추사의 넘치는 희열을 옆에서 보는 듯한 기분이 든다. 추사는 이어서 또 왼쪽 하단에 화제를 달았다.

처음에 달준에게 주려고 그린 것이다. 이런 그림은 한 번이나 그릴 일이지, 두 번 그려서는 안 될 것이다. 선객노인(仙客老人).

여기서 말하는 달준은 추사를 가까이서 모신 이로, 혹자는 먹을 갈아올린 먹동이었다고도 한다. 추사가 달준에게 글씨를 써준 것이 몇 편 전하는데 말투에 공경의 뜻이 전혀 없이 편하게 대하는 쪽이었다. 어쨌거나 추사는 나중에 시기를 달리해서 또 한번 제를 달았다.

오소산이 이를 보고 얼른 빼앗아가니 가소롭다.

오소산은 전각가 오규일을 말하는데, 이쯤 되면 이 작품에 대한 추사의 자부심과 기쁨이 어느 정도였는지 알 만하다.
〈불이선란〉에는 예외적으로 낙관이 많이 찍혀 있어 명작이라는 징

김정희, 〈불이선란〉 종이에 수묵, 55.0×31.1cm, 손창근 소장 ┃ 추사의 난초 그림이 파격을 넘어 '불이선'의 경지에 다다른 불계공졸(不計工拙)의 명화이다. 추사 스스로 말했듯이 이런 작품은 우연히 나오는 것이지, 억지로 여러 번 그릴 것이 아니다.

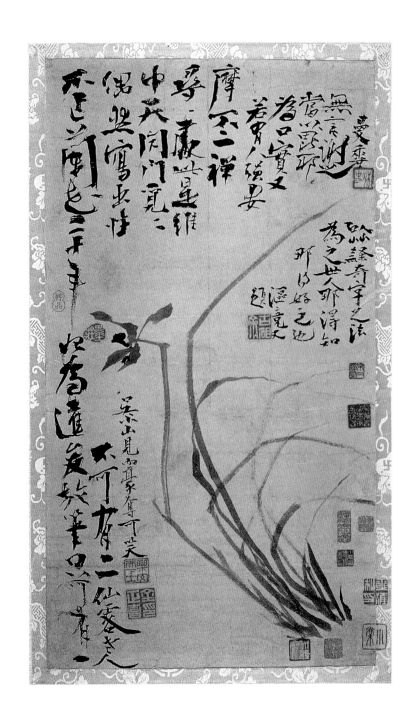

표를 더 얻은 듯한 분위기도 있다. 이 작품에 찍힌 인장 중 추사(秋史)·고연재(古硯齋)·김정희인(金正喜印)·묵장(墨莊)·낙교천하사(樂交天下士) 등은 추사의 도인으로 추사가 직접 찍은 것이다. 그러나 오른쪽 아래에 찍혀 있는 9개와 왼쪽 위편의 호리병 도장은 후대 감식가들의 감상인(鑑賞印)이다. 그중 불이선실(不二禪室)·물락속안(勿落俗眼)·신품(神品) 등은 장택상(張澤相)의 도인이다.

장택상은 일제강점기부터 고서화 및 도자기 소장가로 이름 높았고 안목도 상당했던 것으로 평가받는다. 그랬기에 〈불이선란〉 같은 천하의 명작을 소장할 수 있었던 것이다. 그러나 해방 후 정치를 시작하면서 정치자금을 마련하기 위해 소장품을 팔기 시작하여 상당수는 이화여대 박물관으로 들어갔고, 이 작품은 〈세한도〉를 소장하고 있던 손세기에게 넘어갔다. 한편 장택상 사후 유족들이 그의 유품을 영남대 박물관에 기증함으로써 장택상이 사용하던 이 감상인 3점은 지금 영남대 박물관 '창랑기증실'에 전시되어 있다.

헌종의 죽음과 다시 일어나는 정쟁

추사는 이렇게 시·서·화와 벗들과의 교유 속에 조용히 자적하며 지내고 있었다. 더 이상 정치에 간여하는 일도 없었고 또 그럴 처지도 못됐다. 그럼에도 추사는 정쟁에 휘말리며 다시 유배길에 오르게 된다.

추사가 해배되어 강상으로 돌아온 해는 1849년, 헌종 15년이었는데 공교롭게도 헌종은 바로 그해에 스물셋의 젊은 나이로 갑자기 세상을 떠났다. 헌종은 불과 여덟 살에 임금이 되어 할머니 순원왕후의 섭정을 통해 통치 수업을 받다가 비로소 홀로 서게 된 순간 세상을 떠난 것이다. 어지간히도 박복하고 박명한 임금이었다.

헌종의 급서는 추사와 권돈인에게 큰 충격이 아닐 수 없었다. 추사가 제주도로 귀양 갈 당시 정국은 안동 김씨인 순원왕후(순조의 비, 안동 김씨)를 등에 업고 김흥근·김좌근 등 김조순 가문으로 대표되는 장동의 안동 김씨들이 주도해갔다. 그러다 헌종 친정체제로 전환되면서 신정왕후(헌종의 어머니, 풍양 조씨) 쪽의 조인영·조만영, 그리고 권돈인·이학수 등 반(反) 안동 김씨 세력에 힘이 실렸다. 그리하여 권돈인은 이때 영의정을 지냈고 추사 또한 그런 정치 상황에서 해배되었다. 그런데 헌종이 갑자기 세상을 떠난 것이다.

안동 김씨의 반격으로 헌종의 대통을 은언군(恩彦君, 사도세자의 작은아들)의 손자인 19살 원범(元範, 철종)이 잇게 되면서 왕통(王統)과 왕가의 가통(家統)에 혼선이 생기게 되었다. 이는 결국 헌종의 3년상이 끝나면서 아주 곤란한 문제를 야기했다.

진종의 조천 문제

역대 임금의 신주를 모신 종묘 정전에는 태조와 왕의 부·조·증조·고조 네 분의 신위를 모시고 대가 바뀌면 고조의 신주를 영녕전으로 옮긴다. 이를 조천(祧遷)이라고 한다. 그런데 철종의 즉위로 '왕통을 따를 것이냐, 가통을 따를 것이냐' 하는 골치 아픈 일이 생겼다.

영조 다음 왕은 정조였지만, 사도세자의 형이 진종(眞宗)으로 추존되었기 때문에 왕통으로 따지면 진종은 철종의 5대조가 되고 가통으로 따지면 4대조가 된다. 이로써 '진종의 위패를 조천해야 하는가, 말아야 하는가' 하는 문제가 생겨난 것이다.

이 일을 맡은 예조에서는 1851년(철종 2년) 5월 18일, 이 골치 아프고 미묘한 문제를 책임지지 않으려고 "위패를 옮기는 일은 그 사체(事

體)가 엄중하니 청컨대 전·현직 대신 및 유현(儒賢)에게 문의하여 결정하고 거행하소서"라고 상주하니 왕은 그렇게 하라고 허가를 내렸다.

이로부터 스무 날이 지난 6월 9일 예조에서 그 여론 수집 상황을 보고한 것이『철종실록』에 상세하게 실려 있는데, 역시 안동 김씨 세력과 반 안동 김씨 세력의 입장이 달랐다. 영부사 정원용으로 대표되는 안동 김씨 세력은 진종의 위패는 당연히 영녕전으로 옮겨야 한다고 주장했다. 이에 반해 반 안동 김씨 세력의 대표 격인 권돈인은 진종은 우리 임금(철종)의 고조에 해당하니 지금 위패를 옮기는 것은 제사가 다 끝나지도 않았는데 옮기는 셈이므로 불가하다고 했다.

왕과 대왕대비도 골치 아프긴 마찬가지였는지 예조의 보고에 비답하기를 "이는 중대한 전례(典禮)이니 2품 이상 현직 유신(儒臣)들의 의견을 다시 받으라"라고 했다. 그리하여 엿새 뒤인 6월 15일 예조에서 다시 그 결과를 보고하니 대왕대비는 "제왕가는 승통(承統)을 중히 여김이 고금의 통례이다"라며 결국 안동 김씨 쪽의 손을 들어주어 진종의 위패를 영녕전으로 옮기라고 지시했다.

이렇게 한판의 예송(禮訟)이 끝났다. 한마디로 권돈인이 파워게임에서 밀리고 만 것이다. 조정에서 논쟁이 일어나면 진 쪽은 어떤 식으로든 당하는 것이 고금의 정치판 생리이다. 권돈인은 이후 혹독한 여론몰이를 당한다. 대왕대비의 전교가 내린 이튿날인 6월 16일, 성균관의 거재유생(居齋儒生, 기숙사에 기거하는 학생)들이 권당(捲堂, 수업 거부)하면서 소회(所懷, 성명서)를 내어 권돈인의 처벌을 요구했다. 이때 대왕대비는 권돈인을 철저히 비호해주었다.

영의정 권돈인의 소견은 단지 예론(禮論)을 정밀히 고찰해본 데서 나온 것이지, 어찌 다른 뜻이 있겠는가? 이제 한마디 말이 맞지 않다고 하여 이처럼 배척한다면 고금의 예론을 논한 사람은 모두 옳지 못한 죄과로 돌아간단 말이냐? (…) 갑자기 권당하는 것은 천만 유감이니 속히 들어가라.(『조선왕조실록』 철종 2년 6월 16일자)

그러나 사태는 수습되지 않았다. 이틀 뒤인 6월 18일부터 "아! 저 권돈인의 죄를 어찌 다 주벌하겠습니까?"로 시작하는 상소가 봇물 터지듯 일어난다. 그러나 왕과 대왕대비는 권돈인을 한껏 비호했다. 그럼에도 불구하고 바로 그날, 이번에는 사간원과 사헌부 양사에서 연명하여 상소하고 나왔다. 이에 대한 비답은 여전히 "다시는 번거롭게 하지 말라!"였다.

여론은 좀처럼 수그러들지 않았다. 그 이튿날인 6월 19일부터 6월 25일까지 7일간 상소가 그야말로 벌떼처럼 일어나 왕은 대사간과 대사헌을 교체하면서까지 완강히 버텼지만 신임 대사간과 대사헌조차 취임과 동시에 상소를 올리는 바람에 결국 안동 김씨 세력의 힘에 굴복하고 만다.

중도부처되는 권돈인

이리하여 대왕대비가 나서서 사태를 수습하는데, 권돈인에게 향리(鄕里)로 방축(放逐)하는 문외출송(門外出送)의 명을 내렸다. 이때 대왕대비가 마음 상하여 하교한 내용은 참으로 안타까운 심정이 잘 드러난 명문이다.

부인(婦人)인 내가 어찌 주공(周公)의 예(禮)를 알겠는가? 다만 상식으로 미루어보건대 종묘의 숫자가 이미 찼다는 논의는 예(禮)이며, 친속을 조천하지 못한다는 논의는 정(情)이다. 예는 정에서 말미암아 나오고, 정은 예에서 말미암아 나오는 것이 자연의 이치이다. 그런즉 오늘날의 일은 정과 예가 다 행해져 잘못되지 않아야 한다.

전 영의정 권돈인의 논의가 임금과 국가를 등진 것이 무엇이 있기에 성토하고 나열하기를 그처럼 망측하게 하여 곧바로 불경죄로 돌리는가. (…) 경들이 "엄중하기 더할 수 없다"라고 하기에 여러 번 생각하여 정한 율(문외출송)을 억지로 따르기는 하겠다. 그러나 이와 같이 처분한 후에 만일 다시 과격한 논의를 내어 그칠 줄 모르는 자가 있다면 내 앞에 있는 왕가의 보검(권한)을 헛되이 시험하지 않을 것이다.(『조선왕조실록』 철종 2년 6월 25일자)

그러나 안동 김씨 세력의 공격은 그치지 않았다. 왕가의 보검까지 내세우며 다시는 논의하지 말라는 대왕대비의 전교가 있던 이틀 뒤부터 다시 삼사가 연계하여 잇따라 상소를 올렸다. 왕가의 보검은 그렇게 무딘 것이었다.

6월 27일 삼사 합계로 권돈인의 중도부처를 요구한 것을 시작으로 열흘간 권돈인의 처벌을 가중하라는 요구가 이어졌다. 임금은 상소 올린 자를 삭직하고 대사간·대사헌을 바꾸었으며, 상소한 자 일곱 명을 유배 보낼 서류를 꾸미라 명하며 완강히 버티었다. 그러자 이번에는 권돈인 처벌을 요구했던 일곱 유신의 유배를 취소해달라고 요구했다. 오늘날 시위를 하다가 앞장선 사람이 구속되면 뒷사람은 구속자 석방을 요구하며 데모하는 것과 똑같은 형상이었다.

추사 형제와 제자들의 유배형

임금이 이렇게 강하게 나오자 정국이 겨우 진정되는가 싶었으나 7월 12일 추사의 저승사자인 김우명과 인척 되는 교리 김회명(金會明)이 이번에는 권돈인의 배후에 김정희가 있다며 추사를 끌어들여 일을 키우고 상소를 올렸다.

대왕대비는 사태가 점점 더 심각해지는 것을 느꼈던지 이튿날인 7월 13일 "방축한 죄인 권돈인에게 중도부처의 벌을 가중하여 시행하라"라고 명하며 사태가 번지는 것을 막았다. 그리하여 권돈인은 낭천현(狼川縣, 강원도 화천군)에 중도부처되었다. 안동 김씨 세력이 왕과 대왕대비의 주장을 또 꺾은 것이다.

왕은 또다시 대사헌과 대사간을 교체했다. 그러나 불은 꺼지지 않고 김정희까지 처벌하라는 상소가 잇따랐다. 왕의 권위를 알 만했다. 7월 15일, 양사에서 연차하여 추사의 처벌을 요구했다. 이튿날에는 삼사가, 7월 21일에는 다시 양사에서 합계하여 이렇게 상소했다.

> 아! 통탄스럽습니다. 김정희는 약간의 재예(才藝)는 있으나 한결같이 정도(正道)를 등지고 상도(常道)를 어지럽혔으며 억측하는 데는 공교했지만 나라를 흉하게 하고 집안에 화를 끼치는 데서 벗어나지 못했습니다. (…)
>
> 몇 해 전에 사면을 받아 풀려났으면 마땅히 조용히 살다가 죽어야 함에도 방종하며 거리낌이 없었습니다. 삼형제가 강상에 살면서 성안에 출몰하여 묘당의 사문에 간여하지 않은 바가 없었습니다. 권돈인을 은밀히 종용하여 추탈된 제 아비를 역적의 이름에서 벗어나게 하려 했고, 이번 조천의 예론에 감히 간섭하여 형 김정희는 와주(窩主, 우두머리)가 되고 아우 명희·상희는 사령(使令)이 되어 돌아다니며 유세했습니다. (…)

거기에다 오규일과 조희룡 부자는 그 액속(掖屬, 궂은일을 도맡아 하는 사람)이 되어, 하나는 권돈인의 수족으로, 하나는 김정희의 심복으로 삼 엄한 곳을 출입하고 어두운 밤에 왕래하며 긴밀하게 준비한 것은 무엇이 겠습니까?(『조선왕조실록』 철종 2년 7월 21일자)

이 상소문의 행간을 보면 반대파들이 추사를 보는 눈에 얼마나 적 개심이 가득했는가를 여실히 알 수 있다. 추사로서는 참으로 억울하 고 어처구니없는 일이었다. 그날도 임금은 윤허하지 않았다. 그러나 이튿날(7월 22일) 다시 양사에서 합계하여 재차 요구하니 왕은 결국 또 굴복하고 다음과 같은 조처를 내린다.

김정희의 일은 매우 애석하다마는 그가 만약 근신했다면 어찌 찾아낼 만한 형적이 있었겠는가? 평소 개전하지 않는 습성을 미루어 알 수 있으 니, 북청부(北靑府)에 원찬(遠竄)하고, 김명희·김상희는 향리로 추방하 라. 오규일과 조희룡 두 사람은 두 집안의 수족과 복심이 되었다는 말을 자주 들었으니 아울러 한차례 엄형하여 절도(絕島)에 정배하라. 조희룡 의 아들은 거론할 것이 없다.(『조선왕조실록』 철종 2년 7월 22일자)

6월 16일에 시작된 진종 위패의 조천을 둘러싼 당쟁은 장장 36일 만에 이렇게 안동 김씨의 완승으로 끝났다. 결국 추사 집안은 어이없 이 풍비박산 나고, 추사는 또다시 기약 없는 귀양길에 오르게 되었다. 추사의 나이 이미 예순여섯, 제 몸 하나 조섭하기 힘든 병약한 처지인 데 이번에는 삭풍이 몰아치는 북녘 땅 찬 하늘 아래로 금오랑을 따라 끌려가게 된 것이다. 게다가 아우 둘마저 향리로 방축되고 애제자 조희룡은 임자도로, 오규일은 고금도로 귀양 가게 되었다.(『승정원일기』 철종 2년 7월 23일자) 추사는 귀양을 떠나며 통한의 오열을 터뜨렸다.

"하늘이여! 나는 도대체 어떤 존재란 말입니까!"

채제공의 예언을 생각하며

추사를 유배지로 내몬 반대파들의 상소문을 보면 그가 추구한 파격은 상도를 벗어난 것이고, 확고한 자기주장은 억측이며, 아버지의 삭직을 구제하려는 효행은 정치적 모략이었고, 자신을 드러내는 것은 방종으로 비쳤음을 알 수 있다. 그러나 추사에게 잘못이 있다면 남다른 개성과 자신감을 가졌다는 것인데, 만약 그게 없었다면 오늘의 추사가 있을 수 있겠는가.

추사를 이해하지 못하거나 존경하지 않는 입장에서는 〈불이선란〉의 화제에 나타난 추사의 희열과 자부심 같은 것이 오만으로만 보였던 것이다. 예술가의 개성이란 인격자의 평상심과는 정녕 통할 수 없는 것인가 보다. 그러니 참으로 어려운 것이 빼어난 자, 개성이 강한 자, 능력 있는 자의 처신이라고 할 수밖에 없다.

돌이켜 생각해보니 옛날 채제공이 추사 일곱 살 때 미래를 예견하면서 만약 추사가 학문에 열중하면 대성하겠지만 예술의 길로 들어서면 파란을 면치 못할 것이라고 한 말은 진실로 이런 상황을 뜻한 것이었으리라. 학자는 개성을 드러내지 않아도 되지만 예술가는 개성을 드러내야 대성할 수 있다. 그렇게 추구하는 개성은 예술만이 아니라 그의 사회적 처신에서도 자연히 드러나니 그것이 시기와 질투를 사고 말았던 것이다. 채제공의 예언에는 진실로 그런 인생론이 들어 있었다.

一水機前付〻行見講之小浪喜
遇雨月沒頂至夜陰〻視以年一晚
而行十未民二十八人如乎小〻又又不住計
中〻大〻冊日好川〻哉與留一日又兩又至
〻前出陸不滿三〻源而廿二買兩
而薪霞又以限陽舍頭而救此原
非意无罣依有大小具不川陰頭
寺〻沙〻具晏〻而半溫〻〻二十一行

제 9 장

북청의 찬 하늘 아래

머나먼 북청 유배길

추사가 북청 유배를 명 받은 것은 1851년(철종 2년) 7월 22일이었다. 어렵사리 강상에 터를 잡고 힘든 삶 속에서도 마음을 잃지 않고 독서와 서화로 '유어예(遊於藝)'하던 추사로서는 날벼락 같은 일이었다. 게다가 죄 없는 두 아우마저 향리로 방축되고 제자 조희룡과 오규일이 귀양형을 받았으니, 추사의 아픔과 슬픔이 어떠했겠는가. 그때의 심정을 추사는 몇 달 뒤 권돈인에게 보낸 편지에서 이렇게 말하며 가슴 아파했다.

나는 동쪽에서 꾸고 서쪽에서 얻어 북청으로 떠날 여비를 겨우 마련했지만 아우 명희와 상희는 그 가난한 살림에 어디에서 돈이라도 마련하기나 했는지 모르겠습니다.(전집 권3, 권돈인에게, 제26신)

추사의 귀양길은 함흥을 거쳐 북청에 이르는 길이었다. 추사는 그 귀양길에도 함흥 만세교(萬歲橋)를 지나며 마음속에 감회가 일어 시를 지어 이렇게 읊었다.(전집 권 10, 만세교를 지나며)

진흥왕 북수하던 그해를 생각자니	緬憶眞興北狩年
한 누각 앞 비단 깃발 날리며 솟았으리.	飛騰綺麗一樓前
긴 다리 지는 해를 고개 돌려 바라보니	長橋落日堪廻首
몇 가닥 구름 안개 그 어디쯤일런가.	數抹雲烟若個邊

함흥 만세교(1940년대) | 추사는 귀양살이하러 가면서도 함흥 만세교를 지나며 진흥왕이 북방을 순수하던 때를 생각하는 시를 지었다.

유배객의 시가 아니라 황초령 진흥왕 순수비를 생각하는 답사객의 영사시(詠史詩) 같다. 함흥에서 북청을 가자면 홍원을 거쳐야 하는데 함흥과 홍원을 가르는 고갯마루가 함관령(咸關嶺)이다. 추사는 또 「함관령을 넘어가며」라는 시 한 수를 읊었다.

추사가 서울을 떠나 북청에 당도하기까지의 과정은 그해 윤8월 초이틀에 향리로 추방된 동생에게 보낸 장찰에 드러나 있다.

요즈음 몸은 편안하고 아우들은 (어린것들을) 왼쪽에 끼고 오른쪽에 끌며 마을에 안착했는지? 비바람에 떠돌며 마음이 황망하고 행동이 급박하여 일을 도와줄 계책 하나 없이 천 리나 떨어진 변방에서 헛된 생각만 할 뿐 전혀 도움이 될 방법이 없으니 이 무슨 꼴이란 말이냐.

우리는 (8월) 12일에 (회양을) 출발하여 물이 가로막은 곳과 지극히 위험한 지역을 어렵게 건넜다네. 작은 시내가 어깨를 넘고 이마까지 잠기는 깊은 물도 평지처럼 지나왔는데, 큰 내는 무릇 28곳이나 건넜고, 보통 소소한 냇물은 일일이 셀 수도 없네.

20일에 비로소 함흥에 도착하여 하루를 머물렀는데, 또 비가 내려 더 나아갈 수가 없었다네. 갈 길이 사흘 일정밖에 되지 아니하여 22일엔 비를 무릅쓰고 나아갔는데, 곳곳에 물이 불어 길을 막았네.

26일에 비로소 이곳에 이르렀는데, (북청) 읍과의 거리는 5리 남짓 남았다네. 큰 내는 배로 건너고 작은 내는 어렵게 건너 일행이 동문(東門) 안 배씨(裵氏) 집에 다다라 지금 병영(兵營)의 조치를 기다리고 있네.

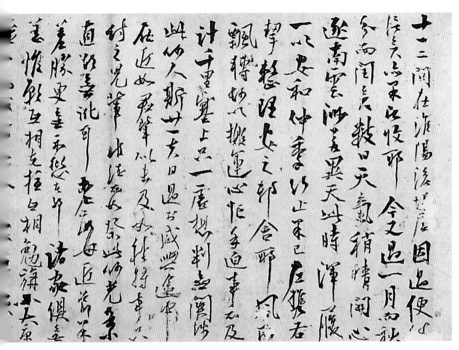

김정희, 〈간찰〉 1851년(66세), 22.8×84.5cm, 명지대 박물관 소장 ┃ 추사가 북청에 귀양 갈 때 북청 병영의 조치를 기다리며 집으로 보낸 편지로 북청에 오기까지의 전 과정이 들어 있는 귀한 간찰이다.

(…) 신해년 윤8월 초이틀 귀양살이하는 큰형이.

그렇게 한 달 걸려 간신히 귀양지 북청의 성문 밖에 도착하여 그곳 병영에 유배객 신고를 마치고 이 편지를 쓴 것이다. 생각하자니 노 추사의 신세가 너무도 쓸쓸하고 딱하기만 하다.

자작나무 굴피집

천신만고 끝에 북청에 들어와 추사가 서둘러 마련한 귀양살이 집은 '북청 성동(城東)의 화피옥(樺皮屋)'이었다.(전집 권3, 권돈인에게, 제26신)

화피옥이란 지붕을 자작나무 껍데기를 이어붙여 지은 너와집이다.

그가 살아야 할 집이 북청 읍성 동쪽 언덕배기 어디쯤의 너와집이었다니, 애처롭도다, 유배객 추사여! 유난히도 추위를 타서 한강의 찬바람도 견디기 힘들어했던 당신이 어떻게 저 북녘 땅 찬 하늘의 추위를 자작나무 껍데기 너와집에서 이겨낼 것인가!

게딱지만 한 화피옥이라도 비를 막고 바람을 가릴 거처를 마련한 추사는 우선 똑같이 유배객 신세가 된 벗 권돈인에게 위로와 안부의 편지를 보냈다.

삼가 모르겠습니다마는 어느 날에 황급히 재를 넘어가시었고, 머무를 곳에 대한 방편은 이전에 계신 곳과 다르지 않고, 물도 맑고 시원하고, 풍토 또한 유순합니까? (…) 저는 28일의 홍수에 막히고 30일의 비바람을 겪고 나서 이곳 읍성 동쪽의 굴피집에 도달하여 겨우 남은 목숨을 지탱하고 있습니다. 원기가 이미 손상되었으니, 또 무엇을 바라며 또 무엇에 연연하겠습니까? 그러니 동백산중(桐栢山中)에 들어가 나란히 밭 갈자던 옛 약속은 아마도 산과 계곡의 조롱거리만 될 듯합니다.(전집 권3, 권돈인에게, 제26신)

동암 심희순에게 보낸 편지

추사의 북청 유배는 제주도 귀양살이와는 여러 가지로 달랐다. 위리안치가 아니라 주군안치인지라 고을 안을 돌아다닐 수 있는 작은 자유가 있었다. 더욱이 북청은 대정과 달리 북방의 큰 고을이므로 여러모로 편리했다. 또 제자인 강위와 철서(鐵胥)라는 하인이 따라왔다. 그러나 귀양살이는 어쩔 수 없는 귀양살이였다.

유배생활의 큰 어려움 중 하나는 역시 외로움이었다. 추사는 또다시 벗과 제자들에게 끊임없이 서신을 보냈다. 마음 터놓을 벗에게는 맺혀 있는 심사를 울컥 쏟으며 한풀이하곤 했다. 그런 하소연의 대상으로는 권돈인과 초의가 제격이었는데 권돈인은 유배 중이어서 교신할 처지가 못 되고 초의에게 보내자니 해남까지 가는 인편을 구하기가 쉽지 않았다. 북청 유배시절 추사에게 편지로 큰 위안이 된 이는 강상시절부터 가깝게 지내던 동암(桐庵) 심희순(沈熙淳)이었다.

『완당선생전집』에는 심희순에게 보낸 편지가 30통이나 실려 있다. 그중에는 북청시절에 보낸 것이 특히 많다.

북으로 온 이후에 어느 곳에서 온들 혼을 녹이지 아니하리오마는 유독 영감께 유달리 간절하다오. 요즘 같은 말세에 (…) 영감을 만나 노년의 경지를 즐기며 차츰 흐뭇하고 윤택함을 얻어 적막하고 고고한 몸이 평생을 저버리지 않게 되었다고 생각했는데, 귀신에게 거슬림을 쌓은 탓으로 유리되고 낭패되어 영감과 작별하고 또 천 리 변방의 요새 밖에 오게 되었으니 이 어쩐 일이오.

이 유배객은 (자작나무 껍데기) 화피옥에서 밤마다 누워 죄를 참회하며 지냅니다. 지금 바닷물은 넘실대고 하늬바람이 끊임없이 불어오니 강루(江樓)에서 팔목을 붙잡고 노닐던 옛일을 회고하면 그런 즐거움은 다시 갖기 어려울 듯하다는 생각이 듭니다.

그렇다면 그 경치가 사치스러운 것입니까? 이 몸의 소원이 분에 넘치는 것입니까? 이는 궁한 사람으로서 감히 받아 누리지 못할 것이었던가요? 아니면 그저 귀신이 비웃고 야유하기에 족할 뿐이었던가요?(전집 권 4, 심희순에게, 제12신)

추사가 심희순에게 늘어놓은 이런 하소연을 보면 인간은 자신의 고뇌와 아픔을 누군가에게는 풀면서 사는 것이 필요하다는 생각이 든다. 추사가 초의에게, 권돈인에게, 제주시절 장인식에게, 북청시절 심희순에게, 그리고 과천시절 조면호에게 보낸 편지는 정신적·육체적 고통에서 스스로 벗어나는 좋은 계기였을 것이다. 추사에게 그럴 수 있는 벗과 제자가 늘 있었다는 것은 그의 따뜻한 인간관계에서 얻은 인복이었다고 할 수 있다.

함경감사 침계 윤정현

그렇게 유배의 나날을 보내던 어느 날 추사에게 뜻밖의 좋은 소식이 날아왔다. 침계(梣溪) 윤정현(尹定鉉)이 함경감사로 부임해온 것이다. 윤정현은 추사의 후배이자 제자로 벼슬도 높았다. 그가 함경감사로 부임하라는 명을 받은 것은 1851년 9월 16일로, 추사가 귀양 온지 불과 한 달도 안 된 시점이다.

윤정현은 본관이 남원으로 문신인 석재 윤행임의 아들이다. 1843년 51세에 과거에 합격하여 뒤늦게 출사했으나 곧바로 규장각 대교, 성균관 대사성, 황해감사를 거쳐 1849년 병조판서에 올라 과거 급제 6년 만에 판서가 되는 파격적인 출세를 보였다. 윤정현은 문장과 글씨가 뛰어났고 금석학에도 조예가 깊었다. 그래서 추사와는 자연히 가까워졌다.

추사와 윤정현의 관계는 무엇보다도 추사가 윤정현의 호를 써준 〈침계〉 현판 글씨에서 확연히 엿볼 수 있다. 지금 간송미술관에 소장되어 있는 이 작품은 예서 맛이 들어 있는 육조체의 준경하면서도 멋스러운 자태와 삐침과 파임의 미묘한 울림, 금석문이 지닌 고졸하면서도 정제된 맛을 유감없이 보여주는 명작이다. 이 작품은 글씨도 글씨려니와 이 글씨를 부탁받고 완성하기까지 추사가 예술적으로 얼마나 고뇌했는가를 고백한 부분이 더욱 감명스럽다.

침계, 이 두 글자를 부탁받고 예서로 쓰고자 했으나 한나라 비문에서 첫째 글자를 찾을 수 없어서 감히 함부로 쓰지 못

〈침계 윤정현 초상〉(부분), 이한철 | 함경감사로 부임해온 윤정현은 추사의 부탁으로 황초령비를 다시 찾아냈다.

하고 마음속에 두고 잊지 못한 것이 이미 30년이 되었다. 요사이 자못 북조(北朝) 금석문을 많이 읽는데 모두 해서와 예서의 합체로 쓰여 있다. 수나라·당나라 이후의 (…) 비석들은 그것이 더욱 심하다. 그래서 그런 원리로 써내었으니 이제야 평소에 품었던 뜻을 쾌히 갚을 수 있게 되었다.

부탁받은 지 30년 만이란다! 윤정현과 추사는 이렇게 오래도록 가까운 사이였다. 이런 윤정현이 함경감사로 함흥에 왔다는 것은 북청 유배객 추사에게 보통 힘이 아니었을 것이며, 또 실질적으로 큰 도움이 되었을 것이 분명하다. 나는 추사가 이 〈침계〉라는 횡액 작품을 북청 유배시절 아니면 해배되어 한양으로 돌아가는 길에 함흥에서 쓴 것이 아닐까 생각한다.

김정희, 〈침계〉 42.8×122.7cm, 간송미술관 소장 ┃ 추사의 횡액 글씨 중 명품으로 손꼽히는 기념비적인 작품이다. 윤정현을 위해 이 글씨를 쓰기로 마음먹은 지 30년 만에 비로소 예서 맛이 서린 육조풍의 해서로 썼다고 한다.

황초령 진흥왕 순수비

추사는 침계 윤정현이 함경감사로 있는 동안 황초령비를 다시 한번 찾아보게 할 참이었다. 추사는 20년 전(1832년, 47세 때) 권돈인이 함경감사로 부임해갔을 때 황초령비를 찾아보게 하여 마침내 비석 조각을 발견하여 그 탁본을 얻어보고 「진흥2비고」를 저술한 바 있다. 그러나 권돈인은 당시 이 비를 추사의 뜻대로 보존하지 못했다. 그래서 추사는 항시 그것이 마음에 걸렸는데 침계 윤정현이 마침 함경감사로 부임한 것이다.

황초령비를 다시 원위치에 복원할 절호의 기회를 맞은 것이다. 이때 추사와 윤정현이 주고받았을 간찰이 아직 발견되지 않아 그 정확한 정황은 알 수 없으나, 육당 최남선은 모든 정황으로 보아 "김정희의 극성에 가까운 열정과 그 집요함을 잘 알고 있는 윤정현이 받들어 시행한 것"으로 믿어 의심치 않았다.

어쨌거나 윤정현은 이 비를 다시 찾아냈다. 그리고 이 비를 원위치인 황초령 고갯마루까지 올리지는 못하고 황초령 아래 중령진(中嶺鎭)까지 옮겨 세우고 거기에 비각을 지어 보호하도록 조치했다.

황초령비를 비각에 안전하게 옮긴 윤정현은 그 옆에 작은 이건비(移建碑)를 세워 이렇게 적었다.

이는 신라 진흥왕비로 동북쪽을 정계(定界)한 것이다. 옛날에 황초령에 있었는데 빗돌 위아래가 떨어져나가 글자로 남은 것이 185자이다. 이제 중령으로 옮기며 풍우로부터 보호하고자 (비각을 지어) 보호벽 속에 집어넣되 원터인 황초령과 멀지 않은 곳에 자리를 정하여 비를 세운 목적인 강계의 표시가 시대의 흐름에 따라 잘못 전해지지 않도록 했다. (…)
진흥 무자년(568) 뒤 1284년 되는 임자년(1852) 추8월 관찰사 윤정현쓰다.

이 이건비에 대하여 일본인 금석학자 가쓰라기 스에지(葛城末治)는 문장과 글씨가 확연히 추사의 솜씨여서 아마도 추사가 써주었으나 유배객 신분인지라 윤정현의 이름으로 세웠을 것이라고 단정했다.(葛城末治『朝鮮金石攷』, 大阪星號書店 1935) 결국 추사가 이 비를 찾아 고심한 지 20년 만에 황초령비 비각을 원위치에서 멀지 않은 중령진에세워 일단의 완결을 보게 되었다. 이렇게 모든 것을 마친 윤정현은 추사에게 이 비각에 현판 글씨를 하나 써줄 것을 청했다. 이에 추사는 황초령비의 글씨체와 어울리는, 금석기 홍건히 넘치는 예서체 글을 써주며 현판으로 만들어 달게 했다. 저 유명한 〈진흥북수고경(眞興北狩古竟)〉이다.

황초령비 이건비 탁본(왼쪽, 서울대학교박물관 소장)과 황초령 진흥왕 순수비(오른쪽) ㅣ 윤정현이 세운 황 초령비 이건비는 추사가 쓴 것으로 추정되며, 실제 황초령비는 현재 함흥력사박물관에 소장되어 있다.

 2자 3행으로 쓰인 이 글씨는 장쾌한 기상과 대담한 글자 변형을 보 여준다. 글씨의 구성은 스스럼없고 천연스러워 마치 추사가 숨 한번 고르고 단숨에 써내려간 듯한 힘과 동세를 동시에 느끼게 한다. 그러 면서도 운필은 서법에 맞고 형태는 보이지 않는 질서로 잘 짜여 흐트 러짐이 없다. 이것이 바로 추사체의 진면목이다.

 윤정현 시절에도 찾지 못했던 또 한 조각의 비편은 1931년, 이 고을 사람 엄재춘(嚴在春)에 의해 개울에서 발견되어 보철되었다. 그러나 비의 오른쪽 윗부분은 아직도 발견되지 않았다. 원비가 있던 동네는 한동안 진흥리(眞興里)라고 불리다가 현재는 북한에서 '수전노동자

황초령 진흥왕 순수비 비각의 옛 모습 | 황초령비는 오랫동안 이와 같은 모습으로 비각에 모셔져 있었고, 비각 머리기둥에는 추사가 쓴 〈진흥북수고경〉 현판이 걸려 있었다.

구'로 불리며, 이 비는 훗날 육당 최남선이 발견한 마운령 진흥왕 순수비와 함께 함흥본궁에 있는 함흥력사박물관으로 옮겨졌다.

순흥으로 이배되는 권돈인

황초령비 재발견은 북청 유배시절 추사에게 크게 기쁜 소식이었을 것이다. 그러나 좋은 소식 뒤에는 나쁜 소식이 기다린다더니 참으로 분통 터지는 소식이 하나 날아왔다. 중도부처되어 있던 권돈인이 또 한차례의 정쟁 끝에 결국 1851년(철종 2년) 10월 12일, 경상도 순흥(順興)으로 이배(移配)되었다는 소식이었다.

이 일은 그해 9월 9일, 전라도 유생들이 "권돈인이 진종의 천묘를 불가하다고 한 것은 옛 선현을 모욕한 것으로, 그는 한마디로 사문난적(斯文亂賊)이요, 나라의 흉적이니 빨리 해당되는 율을 시행하십시오"라고 상소하면서 들고 일어났다.

이에 임금은 "대관(大官)에게 중도부처란 가벼운 형벌이 아니다. (…) 너희는 돌아가 공부나 열심히 해라"라고 비답을 내렸다. 이 일은 그렇게 끝났다. 그러나 이는 하나의 전조였을 뿐이다.

10월 2일 유생 신희조의 상소를 시작으로 10월 5일에는 대사헌 오취선, 정언 홍종서가 상소했고, 10월 7일에는 양사가 합계하고 홍문관이 연차하며 권돈인 문제를 끈질기게 물고 늘어졌다.

그때마다 임금은 "번거롭게 하지 말라" "이미 대답했다" 등으로 물리쳤는데, 10월 10~12일 연 사흘간 다시 삼사가 합계하여 권돈인의 처벌을 요구하니 왕도 어쩔 수 없이 "한결같이 버티는 것은 사림(士林)과 대각(臺閣)에 대한 대우가 아니라 들어준다"라며 권돈인을 경상도 순흥에 유배하도록 했다.

참으로 막강한 안동 김씨 세력이고 딱한 임금이다. 그러나 삼사는 이에 만족하지 않고 더 먼 변방으로 보낼 것을 재차 요구하는데 임금은 "금방 조치를 내렸는데 나로 하여금 빈말을 하게 만들려느냐" 하고 호령함으로써 겨우 체통을 유지했다. 이리하여 권돈인은 문외출송에서 낭천 중도부처로, 그리고 다시 순흥 유배로, 그 죄도 아닌 죄 예송(禮訟)의 말값을 치렀다. 이 소식을 들은 추사는 위로의 글을 올리면서 귀양살이에는 책 읽으며 경전에 주석을 달거나 약방문을 초록하는 일이 무료를 달래기 좋다고 하고 인근의 유적도 답사해보라며 이렇게 말했다.

백운동(소수서원)과 부석사의 좋은 경치는 조용히 탐방할 만하거니와 문성공(文成公) 안향(安珦)의 향기로운 기풍은 떠도는 먼지까지 쓸어버릴 만하고, 신재(愼齋) 주세붕(周世鵬)의 뛰어난 기상은 이끼 낀 벽, 갈라진 틈새의 요괴까지도 제압할 만하니 (…) 지난 옛일을 추모할 만하지 않습니까.(전집 권3, 권돈인에게, 제26신)

처지로 말할 것 같으면 몇 곱절 더 어려운 추사가 유배지 사정이 훨씬 좋은 권돈인을 오히려 위로하는 모습을 보면 추사가 권돈인을 좋아함도 좋아함이지만 그의 따뜻한 인간애가 새삼 느껴진다. 그리고 이를 보면 추사는 확실히 답사 체질이었다. 추사는 답사가 실사구시적 자세에서 역사를 대하는 기본 태도라고 생각했던 것 같다.

독서와 유배객의 서정

추사는 북청 유배시절에도 제주 유배 때와 마찬가지로 집에서 많은 책을 가져다 보았고 또 수시로 집에 있는 책을 찾아서 보내줄 것을 요구했다. 그런데 이때도 어느 구석에 무엇이 있다고 말하는 추사의 치밀함과, 도무지 그 말을 알아듣지 못하는 집안사람들의 어려움이 항시 교차했다. 뛰어난 분 모시고 사는 주위 사람들의 괴로움을 상상하고도 남을 정도이다.

당공첩(唐空帖, 중국제 백지 서첩) 세 권은 그대로 도착했으나, 이 책이 세 권만이 아닌데 다만 세 권이라고 말한 것은 대단히 괴이하고 의아스럽네. 당공첩과 한데 두었던 중국 부채는 과연 아무 탈 없이 숫자대로 다 있다던가? 또 10권 1갑으로 된, 지금 여기에 온 것과 같은 공첩이 강상루

(江上樓) 가운데 쪽 종이로 바른 긴 문갑에 들어 있는데, 이것 또한 수장해두었다던가?(전집 권2, 막내아우 상희에게, 제4신)

천 리 밖에서 집안 구석구석까지 말하며 책을 찾다니 참으로 치밀하기도 하다. 추사는 이렇게 집으로부터 벗으로부터, 멀고 가까운 소식, 좋거나 나쁜 소식을 접하며 귀양생활에 점점 익숙해갔다. 자신의 딱한 신세를 평범한 일상사인 양 말할 정도가 되면서 쓸쓸한 편지글이 오히려 엷은 애조로 읽히기도 한다.

습기 찬 하늘에 오랜 비는 마치 미인이 한 번 성내면 쉽사리 풀어지기 어려움과 같구려. 눈앞에 해가 반짝하면 비록 잠시의 기쁨은 있으나 서쪽 구름은 오히려 뭉쳐 있습니다. 유배객은 여전히 달팽이껍질 속에서 더위도 마시고 습기도 마시곤 하니 가련한 신세라오.(전집 권5, 어떤 이에게)

북청시절의 시

추사는 북청시절에 서정시를 적지 않게 지었다. 위리안치와 군현안치의 차이인지, 연륜의 차이인지, 처음과 두 번째의 차이인지 모르지만 사물을 보는 시각이 상당히 너그럽고 편안해졌음을 확인할 수 있다.

추사의 예술이 만년에 이를수록 단순하고 담백하며 거짓 없고 꾸밈 없는 평범성으로 귀착된 사실을 생각할 때, 그런 인생과 예술의 득도는 어쩌면 제주 유배에서 시작하여 북청에서 심화된 것이 아닌가 생각된다. 추사가 북청시절에 지은 많은 시 가운데 「봉선화」는 아주 사랑스러운 서정시로 그 조용한 관조에서 선미(禪味)조차 느끼게 한다.

수수밭 가운데 몇 칸의 오막살이	紅穄稞中屋數椽
촌부자 지나가다 문득 기뻐하누나.	村夫子過便欣然
평생에 붙드는 힘 모자람 부끄러워	平生媿乏操持力
오색의 꽃 공으로 선(禪)을 깨뜨리려네.	五色花毬欲破禪

이제 더 이상 사리를 따지고 치열하게 대결하던 그 옛날의 추사가 아니었다. 오히려 세상을 너그럽게 받아들이고, 출세가 얼마나 부질없으며 자연인으로 자연 속에 파묻혀 사는 것이 얼마나 큰 가치인가를 발견하기에 이른 것이다.

늙은 유배객의 이런 처연한 심정은 생을 마감할 준비를 해야 하는 노년의 달관에서 나왔는지도 모른다. 추사는 흙과 함께 사는 평민의 행복을 이렇게 노래했다. 「울 밖에서 봄갈이를 보고 부질없이 써서 보서에게 보이다」라는 시이다.

봄이 온 서쪽 밭에 봄이 사랑스러워	春及西疇春可憐
비바람 때에 맞아 크게 풍년 들겠구나.	風風雨雨大宜年
여섯 나라 황금 인장 그것을 비웃노니	笑他六國黃金印
성 동편 두 이랑 밭 그보다 안 넓으리.	未博城東二頃田

『완당선생전집』에는 「토성마을 사람에게 부쳐」라는 시도 실려 있다. 북청의 풍습이 강남과 다르지 않음을 조용히 노래한 시이다.

어촌은 즐거워서 쾌활한 한 해인데	漁樂村嬰快活年
보리 익을 시절에 분룡의 비 넉넉하다.	分龍雨足麥涼天

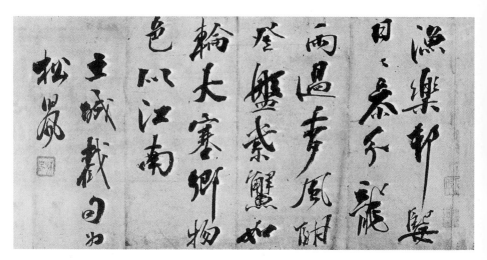

김정희, 〈토성절구〉 시고 크기·소장처 미상 ┃ 추사가 송서라는 이를 위해 써준 작품으로 북청시절 행서체를 알아보는 데 귀중한 자료이다. 이 시는 『완당선생전집』에 자구를 달리하여 실려 있다.

| 지방 풍속 어이해 강남처럼 좋으랴만 | 土風爭似江南好 |
| 바퀴만 한 붉은 게를 값도 아니 따진다네. | 紫蟹如輪不計錢 |

송서(松鼠)라는 사람을 위해 바로 이 시를 써준 〈토성절구(土城截句)〉라는 작품이 전하고 있어 추사의 북청시절 글씨를 알아보는 데 귀중한 자료가 된다.

북청의 벗과 제자들

북청 유배시절에도 추사는 그곳의 수많은 문사와 만나 학문과 예술과 서정을 교유하며 지냈다. 또 제주 유배 때와 마찬가지로 북청의 숨은 인재를 열심히 서울로 추천해 올렸다.

그 인사가 얼마나 되고 또 그 이름이 무엇인지는 확실히 알 수 없지만 추사가 이 시절에 쓴 글이나 해배 뒤 그곳으로 보낸 편지에 나오는 인물을 열거해보면, 요선 유치전·자기 강위 말고도 윤질부(尹質夫)·윤생원(尹生員)·홍보서(洪寶書)·김우민(金于民)·박영자(朴榮滋) 등이 있다.

그런가 하면 금강산을 기행하고 「동행산수기(東行山水記)」라는 명문을 남긴 어당 이상수는 스승인 침계 윤정현을 뵈러 함흥에 왔다가 북청까지 추사를 찾아와 귀양살이를 위문하고 가기도 했다.

요선 유치전

북청 유배시절 추사가 가장 좋아한 이는 요선(堯仙) 유치전(兪致佺)이었다. 본래 추사는 편애가 심한 편이어서 제주시절에는 소치를 그렇게 끼고돌며 상찬하더니 북청시절엔 요선에게 그 이상의 정과 존경을 보냈다. 어쩌면 요선이 외가 쪽 기계 유씨라 더했는지도 모른다. 추사의 「차요선(次堯仙)」(전집 권10)이라는 시에는 장문의 서(序)가 붙어 있는데 이를 보면 그에게 얼마나 반했나를 알 수 있다.

> 요선이 「중홍정 감흥(中紅亭感興)」이라는 절구 두 수를 남겼는데, 시의 생각이 침울한 곳도 있고 청묘한 곳도 있고 환영이 일어날 듯 영롱한 곳도 있어 비록 삼매에 들어간 작품이라도 이보다 나을 수는 없다.

극찬 중의 극찬이니 과연 그가 누구이고 그 시가 무엇인지 도리어 궁금해지는데, 서울대 국문과 김명호 교수의 가르침으로 유치전에 대해 많은 사실을 알게 됐다. 훗날 유치전은 서울을 다녀가며 소당 김석준 등 추사 제자들과 묵연을 맺었다. 추사의 생질사위인 이당 조면호

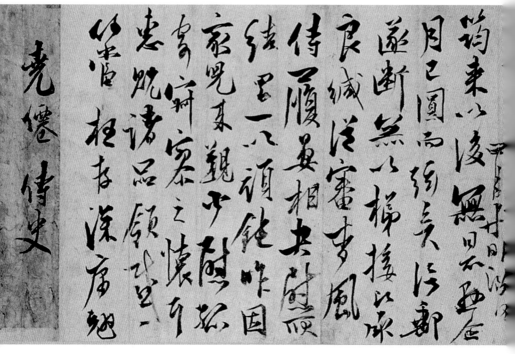

김정희, 〈간찰〉(유치전에게 보낸 편지) 19.5×34.5cm, 과천 추사박물관 소장 ┃ 추사가 북청의 인재라고 말한 유치전에게 보낸 편지이다. 추사가 유치전에게 써준 서첩에 박규수의 유명한 '추사체 변천론'이 실려 있다.

의 『옥수집(玉垂集)』에는 그와 긴밀하게 교유한 글들이 실려 있다. 어느 날 조면호는 유치전과 헤어지면서 송별시 한 수를 짓고 그 앞에 다음과 같은 글을 붙였다.

청해(靑海, 북청)의 유요선은 기계 유씨라는 명망 있는 집안 사람인데 흐르고 흘러 북녘 땅 밖으로 떨어진 분이다. 완당노인이 올빼미를 노래한 시를 지으면서 말하기를 "늘 마음을 의지했다"라고 한다. 그의 풍신을 보니 아름답고 위엄과 절도가 있어 이렇게 묻혀 지내는 것이 정말 아까웠

다.(『옥수집』권17, 유요선과 이별하며 드리는 글)

추사가 이렇게 좋아한 유치전이었는데 좋은 글씨 하나 써주지 않았을 리 없다. 유치전은 그때 추사의 묵첩을 하나 소장하게 되었는데 훗날 박규수가 이 서첩을 보고 발문을 지어 붙였으니 「제유요선소장 추사유묵발(題兪堯仙所藏秋史遺墨跋)」이라는 글이며, 이것이 내가 몇 차례 인용한 박규수의 '추사체 변천론' 바로 그 글이다.

윤질부라는 인재

추사는 북청에서 질부(質夫)라는 자를 가진 윤 아무개를 만나보고는 어떻게 궁벽진 변방에 이런 인재가 있었는가 놀랐다고 한다.『완당선생전집』에 현부(賢夫)로 나와 있지만 편지 원본에 의해 질부로 확인되었다. 추사는 윤질부의 글씨가 뛰어난 것이 엉터리 교본이 아니라 훌륭한 고전의 진본을 익혀서 깨우쳤기 때문이라고 했다.

윤생의 글씨를 보니 놀라움과 즐거움을 금치 못하여 이것을 써 보내노라. 윤생은 옛날 숙신의 석노(石砮)를 간직하고 있으니 그것만으로도 이미 속물들의 글씨에 보이는 시고 썩은 기운을 털어버리기에 족하거늘, 하물며 그것에 겸하여 송나라 대관 연간(휘종 때)의 옛 동전 서체를 임모하며 연습하니 다시 더 할 말이 없다.(전집 권7, 잡저, 윤질부에게)

북청에서 청동기시대 숙신의 돌화살촉을 갖고 있다는 것은 능히 이해할 만한 일이지만 어떻게 송나라 휘종 때 동전을 갖고 있었을까 의아스러울 수 있다. 북송이 여진족의 금나라에 의해 멸망했을 때 황

실 사람들 중 다수가 만주 땅으로 끌려가 거기에서 죽었다고 했으니
그들의 무덤에 부장되었던 북송 화폐가 발굴, 도굴되었던 모양이다.

숙신의 돌화살촉

추사는 북청 곳곳에서 발견되던 '석노'라는 돌화살촉을 고증하여
그것을 숙신의 유물이라고 판정했다. 이는 정확한 고증이다. 요즘 고
고학과 미술사식으로 말하면 이는 청동기시대 유물로 대개 기원전
5세기 무렵, 즉 고조선 말기이니 그때의 북청 지역이라면 당연히 숙
신의 유물이다.

이에 추사는 북청시절의 역작으로 평가되는 「석노시(石砮詩)」를 지
어 돌화살촉을 노래했다. 시의 앞머리에서는 "돌도끼와 돌화살촉이
매양 청해 토성에서 나오는데 이곳 사람들이 토성을 숙신의 옛 물건

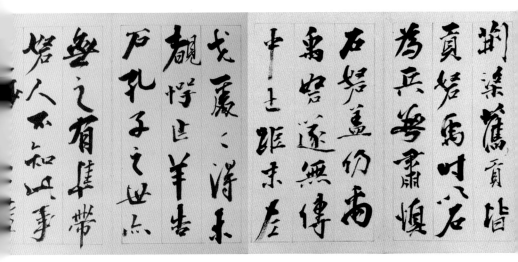

김정희, 『노설첩』 중 「석노시」(부분) 1855년(70세), 각 22.1×12.8cm, 전체 154.0cm, 일본 교토대 도서관 소장 | 추사는 북청 토성에서 출토된 돌화살촉을 노래한 「석노시」를 여러 작품으로 남겼다. 그중 하나가 과천시절 백설조를 노래한 시와 함께 일본에 전하는 『노설첩』에 실려 있다.

이라고 하기에 이 시를 짓는다"고 했다. 워낙 긴 시인지라 한껏 줄여 보았다.

대저 이 돌도끼와 돌화살촉은 (…)	大抵石斧並石鏃
돌의 성질 예리하고 금강처럼 단단하네. (…)	石性銛利當金剛
이 도끼와 살촉은 숙신 물건 분명하니	此斧此鏃斷爲肅愼物
다시금 동이가 큰 활 잘 쏨 떠올리네.	更想東夷能大弓
토성의 옛 자취 어디인지 알 수 없고 (…)	土城舊蹟殊未定
돌은 말을 못 하고 새긴 글도 없으니	石不自言又不款
야뢰산의 산빛만 홀로 자욱하도다. (…)	耶賴山色空濛濛

「석노시」는 북청 유배시절을 대표하는 시이자 글씨이다. 추사는 누

가 행서 글씨를 요구해오면 이것을 많이 써주었던 듯, 그 본이 여럿 전하고 또 목각으로 된 것도 있다.

그중 삼성미술관 리움 소장 「석노시」는 긴 두루마리에 오세창이 쓴 표제와 여러 명사의 발문과 시가 들어 있어 「석노시」 가운데 대표작으로 평가받는다.

그런데 근래에 「석노시」의 또 다른 원본이 일본 교토대 부속도서관 다니무라 문고(谷村文庫)에 소장된 『노설첩(笤舌帖)』에 실려 있는 것이 확인되었다.

『노설첩』은 총 24면에 달하는 중국제 서첩으로, 추사가 자작시인 「석노시」와 또 다른 명시 「백설조를 노래하다(詠百舌鳥)」를 친필로 쓴 것이다. 장황(표구)도 당시의 것이고 '김정희인'이라는 소장인도 찍혀 있는데 표지의 제첨(題籤)에 '을묘년(1855) 중추'로 되어 있다. 따라서 『노설첩』은 추사의 70세 때 작품으로, 북청시절과 과천시절을 대표하는 시 두 편이 친필로 쓰인 대단히 귀중한 서첩이라고 할 만하다.

추사의 민족적 자부심과 북방의식

추사는 금석학자답게 답사를 좋아했다. 북청에 유배 와서도 그 천성을 속이지 못하고 금석학자·고고학자답게 유물을 찾아가서 살피고 논증했으며 또 시인답게 그것을 시로 읊곤 했다.

더욱이 북청은 옛 숙신 땅이자 발해의 땅이기도 했기 때문에 관심이 높았다. 추사는 자신의 집이 있는 북청 읍성 동쪽이 곧 대조영의 발해 5경 15부 중 남경(南京)쯤임을 늘 의식하고 있었다. 그래서 어느 여름날 지은 시 「성동피서(城東避暑)」는 첫 행부터 대조영으로 시작된다.

발해의 남경 땅에 저녁놀이 비치니	大氏南京夕照紅
산천은 웅장하던 패권구도 기억하네.	山川猶記覇圖雄
지팡이 하나 짚고 한가롭게 거닐며	一筇只管漫閒境
버들 물결 솔바람에 더위를 흩는다네.	散暑松濤柳浪中

추사는 여러 면에서 뛰어난 역사지리학자였다. 직접 논문으로 발표한 것은 없지만 『완당선생전집』곳곳에 이 방면에 대한 뛰어난 학식이 드러나 있다. 그중 한 예를 일찍이 벗 권돈인이 갑산에 유배되었을 때 허천 지역에 대해 말한 것에서 볼 수 있었다.

대부분의 역사지리학자들이 그렇듯이 추사에게도 강한 민족의식이 있었다. 추사는 흔히 청나라 학자들과의 깊은 교유 때문에 국제적 감각의 지식인, 심지어는 모화주의적 분위기에 젖어 있던 지식인으로만 인식되고 있다. 나 또한 한동안 그렇게 생각했지만, 실제로 그는 민족적 자부심이 대단히 강하고 우리 민족의 대륙적 기상과 북방적 기질을 사뭇 동경해온 분이었다.

그런 사실은 그가 읊은 영사시 모두에 조선의 북진(北進)과 강국(强國)에의 희망이 들어 있음에서 엿볼 수 있다. 귀양 오면서 함흥 만세교에서 읊은 시의 첫 구절이 "진흥왕 북수하던 그해"였던 것도 그런 기상의 표현이다.

나는 어느 개인 소장가의 집에서 추사가 장중한 예서체로 '발해(渤海)' 두 글자를 쓴 대작 현판을 본 적이 있다. 그 사진이 없어 여기에 소개하지 못하는 것이 못내 아쉽고 미안하기만 하다. 추사는 이곳 북청에 와서도 계속 그런 북진의 기상을 노래했다. 「연무당(鍊武堂)」이라는 시에서는 고려시대 윤관 장군을 이렇게 회상하고 있다.

물고기 새 바람 구름 화각의 동편인데	魚鳥風雲畫閣東
육성 가는 한 줄기 길 보루 머리 통해 있네.	六城一路堠頭通
남은 산 남은 물은 선춘령의 자취여서	殘山剩水先春迹
서글피 그 옛날 윤관 장군 생각하네.	惆悵當年尹侍中

선춘령은 두만강 가까이 있는 고개로, 윤관 장군이 여기서 더 북쪽으로 국토를 확장하여 공험진(公嶮鎭)에 성을 쌓고서 고려의 국경을 표시한 비석을 세웠다는 곳이다. 추사는 어느 날 종성(鍾城)군수를 만나 그를 보내는 송별시를 지으면서 이 공험비를 노래하고 그 내력을 부기에 이렇게 적어놓았다.

공험비는 사람들이 긁어버렸으나 돌부리에는 아직도 '고려지경(高麗之境)'이란 네 글자가 남아 있다.

이런 사실은 『고려사』 「윤관전」에 나오며, 『세종실록지리지』에는 내용을 약간 달리하여 실려 있다. 이처럼 추사의 북방의식과 민족의식은 북청시절에 더욱 명확히 발현되었다.

해배

추사는 벗들과 어울리고, 제자들을 가르치고, 유적지를 답사하고, 시를 짓고, 글씨를 쓰고, 금석을 연구하며 북청 유배생활을 편안한 마음으로 보내고 있었다. 새해를 맞으면서 추사는 무슨 예감을 얻었는지 아니면 귀양살이에서 풀려나고픈 간절한 소망이 넘쳐서였는지, 무언가 상서로운 일이 있을 것 같다는 얘기를 편지에 담았다.

새해 뒤에 변방 달은 벌써 반달이 되었소. 새로운 복을 많이 받아 모든 것이 화창하고 무성하리라는 생각이 드오.(전집 권5, 어떤 이에게)

그렇게 날짜를 꼽아가며 풀려나기만 기다리던 추사에게 드디어 해배의 명이 내렸다. 1852년(철종 3년) 8월 13일이었다. 『일성록』에 의하면, 임금이 권돈인과 김정희를 석방하라는 전교를 내리자 승정원에서 즉시 반대하는 계를 올렸다고 한다. 이에 대해 임금은 "승정원은 삼사와 다르다. 즉시 반포하라"라고 명했다.

이에 정말로 삼사가 들끓고 일어났다. 승정원 좌부승지 홍순목 등이 권돈인과 김정희를 석방하도록 한 전교를 철회할 것을 청했고, 홍문관과 양사에서도 차자를 올려 철회를 요구했으며, 교리 조문화는 전교의 부당함을 간했다.

이런 상소는 유배 갈 때와 마찬가지로 약 보름간 계속되었다. 그러나 왕은 이번에는 끝까지 들어주지 않았다. 『조선왕조실록』 철종 3년 9월 3일자에는 이 사건이 완전히 종결되었음을 알리는 다음과 같은 기사가 실려 있다.

삼사에서 합계했던 권돈인의 일을 정계(停啓)하고, 양사에서 합계했던 김정희의 일을 정계했다.(『조선왕조실록』 철종 3년 9월 3일자)

이 기쁜 해배 소식을 추사에게 제일 먼저 전해준 것은 가족이 아니라 석파 이하응이었다. 석파는 이 소식을 전하려고 일부러 사자까지 보냈다. 그만큼 추사의 해배를 기다려왔던 것이다. 이에 추사는 뜨거운 감사의 답장을 올렸다.

은연중 생각하고 있던 가운데 인편으로 편지를 보내면서 은교(恩教, 임금의 석방 지시)를 받들어 싸서 보내신 것이 엿새 만에 당도하여 집의 서신보다 먼저 왔는지라, 너무도 감격한 나머지 놀라서 넘어질 지경입니다. 평소에 이 몸을 생각하는 마음이 하늘에 사무쳐서 아프거나 가려움이 서로 관계된 바가 없었다면 어떻게 이런 은혜를 입을 수 있겠습니까. (…) 저는 귀양살이 밥을 싫도록 먹었는데, 이제 살아서 돌아가게 되면 또한 존안을 받들어 뵐 날이 있을 줄 압니다.(전집 권2, 석파에게, 제3신)

과지초당으로 돌아가며

이리하여 추사는 꽉 찬 1년간의 북청 유배생활을 청산하고 과천으로 돌아왔다. 집으로 돌아오자마자 곧바로 권돈인에게 편지를 썼다. 똑같이 귀양살이에서 풀려나는 처지였지만 해배 과정에서 권돈인의 음덕을 입은 것에 대해 감사의 뜻부터 올렸다.

산과 바다 같은 큰 은혜에 대하여 하느님께 축원하고 성상께 축수하되 온 나라가 한목소리로 아울러 칭송하는 바입니다. (…) 그동안 대인(大人)을 따라다니며 노닐다가 이내 헤어졌던 이 사람은 스스로 슬픔과 즐거움, 헤어지고 만나는 데 고뇌를 겪으면서 마치 꿈틀대는 하찮은 벌레가 불빛을 보며 붙좇듯이 대인에게 의탁하여 영광을 함께하는 행복을 누려왔는데, 다시 대감께 힘입어 살아서 돌아왔고 이어 시골에 들어앉아 어부와 나무꾼들과 다시 인연을 맺게 되었으니 이게 누구의 혜택이겠습니까.(전집 권3, 권돈인에게, 제27신)

사실 위안을 보낼라치면 권돈인이 추사에게 보내야 했다. 추사의 귀양살이는 권돈인의 예송에 휘말린 애꿎은 유배였기 때문이다. 아마도 추사는 권돈인이 가지고 있을 미안한 마음을 이렇게 미리 지워준 것이 아닐까 싶다. 추사에겐 그런 인정과 의리가 깊이 배어 있었다.

이어서 추사는 그간 권돈인의 안부를 세세히 묻고 못다 한 정을 늘어놓으면서 갑자기 속 깊이 묻어두려 했던 한(恨)이 울컥 솟아나왔는지 "소인이 새로 입은 은혜는 비록 깊으나 지난날의 원통함은 아직도 남아 있으므로, 유배에서 풀려 돌아왔다고 해도 아직 스스로 살아 있는 사람이라고 자처할 수 없습니다" 하고는 북청으로 귀양 오면서 하늘에 대고 했던 그 비명을 다시 한번 외쳤다.

"하늘이여! 대저 나는 어떤 사람이란 말입니까!"

추사에게 다시는 그런 곤욕의 풍파가 없었다. 이제 추사는 과지초당에서 71세로 세상을 떠날 때까지 생의 마지막 4년을 조용히 보내면서 무수한 명작을 남기게 된다.

又舉有道皆出疾綠

鴻涯邈跡巢許絕軌

匪斯舒翼天衢高峙

芳烈奮於百古今聞

顯怊無窮

節臨郭有道碑
癸丑春初老陀

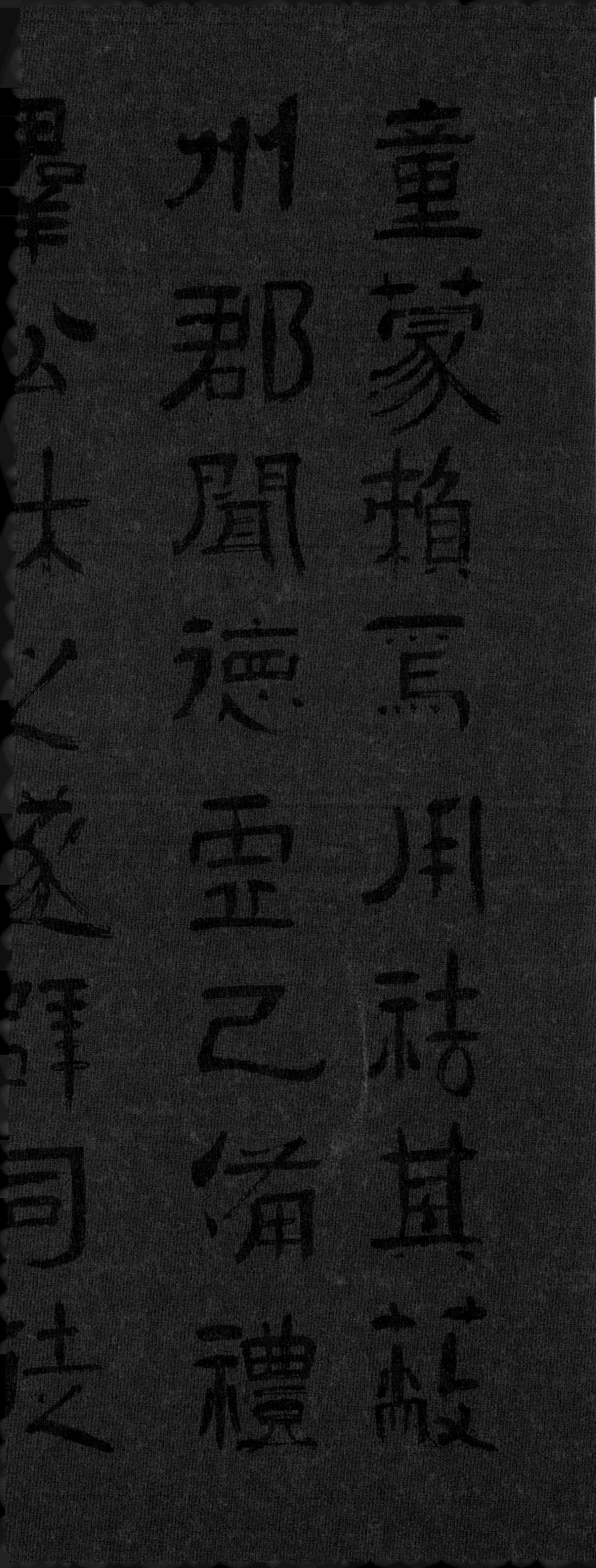

제 10 장

과지초당과 봉은사를 오가며

67~71세

1852~56년

과천 주암리 돌무께의 과지초당

추사가 북청 유배에서 풀려 돌아온 집은 용산의 강상이 아니라 과천의 과지초당(瓜地草堂)이었다. 추사를 인도해온 아전 최씨가 돌아가는 편에 북청의 벗에게 보낸 10월 18일자 편지에서 알 수 있다.

먼 포구에서 이별한 뒤 (…) 남쪽으로 걷고 또 걸어 (…) 이달(10월) 초아흐렛날 비로소 과천 집에 당도했습니다. 그 다행스러움이란 비할 데 없는데, 친척들과 정든 대화를 나누자니 다시 세상에 태어나 만나는 것만 같습니다. 아전 최씨가 돌아간다기에 이와 같이 간략히 알려드립니다. (…) 임자년 10월 18일 노완(老阮).(「추사의 편지」, 『박물관신문』, 1976년 1·2월호)

추사가 북청으로 귀양 갈 때 애꿎은 동생들도 향리(鄕里)로 추방되었기 때문에 온 가족이 강상을 떠날 수밖에 없었다. 그리하여 두 동생은 예산 향저로 내려갔고 추사의 두 아들은 이곳 과천의 별서로 이사했던 것 같다.

추사의 부친 김노경은 살아생전 한창 잘나가던 시절에 과천에 별서를 마련하고 이를 과우(果寓)라고 불렀다. 1824년 그러니까 추사가 나이 39세로 규장각 대교를 지내고 있을 때, 부친 김노경은 59세로 대사헌·이조판서 등 요직을 두루 거쳐 한성판윤으로 있으면서 이곳에 야산과 밭을 구입하고 과지초당까지 지었다.

과지초당 자리에서 바라본 옥녀봉 | 주암동 과지초당이 있는 마을 아래쪽에서 남쪽을 바라보면 옥녀봉이 이름처럼 아름답게 솟아 있다. 30년 전 내가 찾아갔을 때만 해도 마을 한쪽에는 여전히 참외밭이 많았다.

나는 평소 과지초당을 오이밭 한쪽의 초당쯤으로 생각해왔다. 그런데 30여 년 전 여름 추사의 발자취를 느껴볼 양으로 돌무께 아래위 동네를 휘돌아다녀보니 노란 참외밭이 아주 많았다. 순간 과지초당은 혹시 참외밭이 아닐까 하는 생각이 들었다.

추사 부자는 간혹 이 과지초당 별장을 즐겼던 것 같다. 그러다 1837년 3월 30일 김노경이 72세의 나이로 세상을 떠나자 추사는 선친의 묘소를 바로 이곳 과지초당 뒷산에 마련했다. 효자 중 효자였던 추사는 여막에서 3년상을 치렀다. 그리고 제주도 귀양살이에서 돌아와 강상에 살 때 선친의 묘소에 다녀간 것이 마지막이었는데 이제 이렇게 과지초당에 터를 잡은 것이다.

取魚肩塘水
老屋三間
可避風雨
欄注離騷
青튼山屋
夏日漫拈
無次耶八試
腕為逵俊

과지초당의 우물

과지초당은 오늘날 경기도 과천시 주암동(注岩洞), 옛 지명으로는 준리(蹲里), 속칭 돌무께에 있다. 쉽게 말해 과천 경마장 뒤쪽이다. 경마장이 생기기 전만 해도 과지초당 가는 길엔 한갓진 시골의 분위기가 있었다.

실제로 추사에 심취했던 시인 김구용 선생은 40여 년 전 과지초당이 주암리 돌무께 우물 자리에 있다는 사실만 알고 시외버스를 타고 찾아갔다고 한다. 때는 가을날, 가랑비가 내리고 있었다.

실개천으로 들어섰다. (⋯) 두 다리 사이 같은 좁은 골에 감나무 우거진 몇몇 집들이 소위 동네를 이루고 있었다. 바가지에 알밤을 따 담은 아이에게 우물 있는 곳이 어디냐고 물었더니 바로 저기라며 안내한다. 벼에 가려 보이지는 않으나 우물인 것만은 확실했다.(「백화실일기」, 『박물관신문』 1975년 11월호; 『구용일기』 1975년 9월 28일자, 솔출판사 2000)

김정희, 〈시첩〉 29.0×145.7cm, 청관재 소장 ┃ 추사가 달준에게 써준다며 '청관산옥'이라고 낙관하였다. 청관산옥은 '청계산과 관악산 사이에 있는 집'이라는 뜻이다.

지세로 말하자면 과지초당은 청계산 옥녀봉 북쪽자락 아랫마을이다. 그래서 추사는 과천 집을 '청계산과 관악산 사이의 집'이라는 뜻에서 청관산옥(靑冠山屋)이라고 불렀다. 청관산옥이라고 낙관한 대표적인 작품이 달준에게 써준 시첩이다.

달준은 곁에서 먹을 갈아준 먹동이로 알려져 있는데 추사에게서 〈불이선란〉도 받고 또 이런 〈시첩〉도 받았으니 추사가 퍽 아끼던 인물이었나 보다. 글씨는 금석기가 완연한 반듯한 해서체로 추사체의 힘과 멋이 흔연히 배어 있다. 추사는 "청관산옥에서 여름날 한가하게 운을받아 지으며 무료해서 써본 것"이라고 했는데 시의 마지막 구절이 당시의 심정을 말해주듯 처연하다.

낡은 집 세 칸이면	老屋三間
비바람 막을 만해.	可避風雨
빈산 속 한 선비는	空山一士

홀로 이소경에 주를 다네.　　　　　獨注離騷

과천으로 돌아온 추사는 이렇게 처연하고 담담해 보였다. 한 시절 세상을 울리는 학식과 지위와 가세를 풍미했던 추사가 남쪽으로 유배 가고 북쪽에서 귀양살이하면서 이제는 이렇게 평범 속으로 잠입해 들어간 것이다. 몰락한 귀족의 비애감 같기도 하고 불교적 의미의 비움 같기도 하다.

옮겨진 김노경의 묘

추사의 아버지 김노경의 묘소는 청계산 옥녀봉 중턱 검단이라는 곳에 있었다. 돌무께 마을에서 걸어서 반 시간 남짓 걸리는 제법 높은 곳이다. 그러나 1970년대 초 과천에 서울랜드가 세워지면서 김노경의 무덤은 예산으로 옮겨졌다.

김노경 묘에는 아직도 묘비가 없는데 나는 이 김노경의 묘비에 미련이 있다. 서예가의 명작들이 비문에 많이 남아 있듯 추사도 〈정부인 광산김씨지묘(貞夫人光山金氏之墓)〉(1833, 전주), 추사 11대 할머니 〈숙인 상산황씨지묘(淑人尙山黃氏之墓)〉(1849, 서산), 〈김복규(金福奎)·김기종(金箕鍾) 효자 정려비〉(1855, 임실), 〈백파선사비〉(1855, 고창 선운사) 등 명비를 많이 남겼기 때문이다.

만약에 추사가 부친의 묘비를 썼다면 또 얼마나 멋진 것이었을까. 본래 자식은 아버지의 묘비를 쓰지 않는 법이다. 그러나 복권된 경우는 다르다. 그러나 김노경이 복권된 때는 추사가 죽고 6개월이 흐른 1857년 4월 3일이었다. 복권이 될 양이면 6개월만 일찍 될 것이지…… 내가 이런 아쉬움을 얘기하니 영남대 시절 제자 중 나의 다른

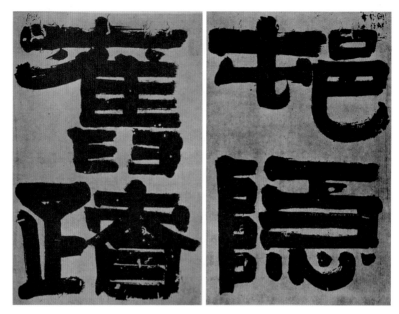

김정희, 〈촌은구적〉 크기·소장처 미상 ┃ 『조선서도정화』에 실려 있는 이 글씨는 추사의 엄정한 필획을 구사한 명작으로 권돈인에게 써준 〈퇴촌〉도 이런 글씨가 아니었을까 생각된다.

면은 안 닮고 이죽거리기 잘하는 것만 닮은 녀석이 이렇게 골렸다.

"샘, 추사가 나중에 복권되면 세울라고 미리 써뒀을 순 없어예? 그라믄 미리 써둔 게 있을 끼라고 샘이 그만 확 예언해두어예. 그러다 언젠가 나타나기만 하믄 샘의 예견이 탁월하다고 안 하겠어예."

"그랬다가 안 나오면 어떡하나?"

"그라믄 계에속 찾겠지예."

퇴촌의 권돈인

추사는 다시 벗들과 교유하기 시작했다. 평생 동지이자 지기는 역

시 권돈인이었다. 추사와 함께 유배에서 풀려난 권돈인은 이후 경기
도 광주 퇴촌에 새집을 마련하고 한동안 여기에서 지냈다. 추사는 권
돈인이 퇴촌에 새 별서를 마련하고 자리 잡은 것을 축하하며 〈퇴촌(退
邨)〉이라는 현판 글씨를 써서 보내주었다. 추사는 이 〈퇴촌〉 두 글자
가 마음에 꼭 들었던 모양이다.

　　퇴촌, 두 큰 예서를 팔을 억지로 놀려 써서 바치오니, 글씨를 쓰기 위한
　것이 아닙니다. 필획 사이에 뜻을 붙였으니 이해하여 받아들여주시고 공
　졸(工拙)을 따지지 마시기 바랍니다. (…)
　　제 글씨가 매우 졸렬하기만 하더니, 이제서야 속서는 면했음을 알겠습
　니다.(전집 권3, 권돈인에게, 제27신)

　추사가 이렇게 스스로 명작이라고 자부했던 〈퇴촌〉 현판은 남아 있
지 않다. 나는 추사의 작품 중에서 〈촌은구적(邨隱舊蹟)〉이라는 예서
글씨를 볼 때면 혹시 〈퇴촌〉이라는 작품이 이와 비슷하지 않았을까
생각하곤 한다.
　명작 〈퇴촌〉의 행방은 알 수 없지만, 이 무렵 추사가 마찬가지로 권
돈인을 위해 쓰고 '과산(果山) 김정희'라고 낙관한 행서 대련 〈만수일
장(万樹一莊)〉 또한 그에 준하는 명작이다.

　　일만 그루 기이한 꽃, 천 이랑의 작약 꽃밭　　万樹琪花千圃藥
　　장원 가득 키 큰 대에 책상 절반 책이로다.　　一莊修竹半牀書

이 연구(聯句)는 청나라 서예가 장조(張照)가 춘우당(春雨堂)에 쓴

김정희, 〈만수일장〉 각 128.1×28.6cm, 간송미술관 소장 ┃ 추사가 권돈인에게 써준 대련으로 권돈인을 영의정[相國]으로 호칭하고, 자신을 과산(果山)이라고 한 것으로 미루어 과천시절 작품임을 알 수 있다.

시에서 따온 것이다. 고급 종이에 윤기 나는 먹으로 차분하게 써내린 이 대련은, 행서는 행서로되 획의 운용에 예서의 필법이 간간이 섞인 과감한 변화가 있다. 누구든 이처럼 새로운 시도를 할 때면 그것을 이해해주는 사람을 찾아 평도 듣고 격려도 받고 싶어한다. 추사에겐 권돈인이 있었다.

이곳에 온 후로는 자못 조용히 연구를 하여 안력(眼力)이 깊이 미친 곳이 있기는 하나, 다만 곁에서 나의 예봉을 발전시켜줄 사람이 없는지라 수시로 책을 덮고 혼자 웃곤 할 뿐입니다. 그러니 어떻게 하면 대감께 한 번 비평을 받을 수 있을지 모르겠습니다.(전집 권3, 권돈인에게, 제33신)

확실히 권돈인은 추사 예술의 훌륭한 '스파링 파트너'였다.

두릉의 정학연과 정학유

과천시절 추사는 다산 정약용의 아들인 유산 정학연, 운포 정학유와 친교를 이어갔다. 마침 회혼(回婚, 결혼 60주년)을 맞이한 정학연에게 추사는 축하의 편지를 보냈다.

북방에 있을 때에 보내주신 두 통의 편지는 돌아와서도 소매 속에 품고 있습니다. 비록 즉시 감사의 답을 보내진 못했지만 이 마음이 위로는 이마, 아래로는 발끝까지 사무치는 것을 어떻게 다 헤아려주시겠습니까.
오늘(회혼날) 이후로는 선생이 세상을 다시 사는 새 일월이니 다시는 늙었다거니 병들었다거니 칭하는 것은 옳지 않습니다. 머지않아 누추한 집에서 촛불을 켜고 추위를 녹이며 예전 일과 묵은 꿈을 깨뜨리길 빌며

이만 줄입니다.(전집 권4, 정학연에게)

　그러던 어느 날 추사는 여유당으로 정학연을 찾아갔다. 다산 정약용의 생가인 여유당은 양수리 아래쪽 두릉(오늘날의 남양주시 조안면 능내리)이라고 불리는 큰 강마을에 있었다. 여유당은 상당히 큰 대갓집이었으나 불행하게도 홍수에 떠내려가 1986년에 그중 20칸만 복원되었다. 여유당 뒤에는 다산 정약용의 묘소가 있고 그 곁으로 실학박물관이 세워졌다.

　추사가 여유당에 당도하여 앞을 내다보니 강마을의 탁 트인 시야가 시원하게 다가왔다. 강 건너 남쪽으로 보이는 마을은 당시 나라에서 운영하는 백자 가마가 있던 분원(分院)이고, 그 옆 산자락은 권돈인의 별서가 있는 퇴촌이다. 이에 추사는 감회가 일어 시를 읊었다.

들판 느낌 싹 가시고 산골 느낌 다가오니	野意全收峽意來
푸른 유리 맷돌이 양편 산을 돌아든다.	碧琉璃碾兩山廻
가마 연기 한 줄기가 허공으로 곧게 솟아	窯烟一道盤空直
사립문이 강가 쪽에 열린 줄을 알겠네.	易識蓽門江上開

　그렇게 추사는 과천과 퇴촌과 두릉을 오가며 권돈인과 정학연·정학유 형제와 교유했는데, 그가 70세 되던 1855년, 운포 정학유가 죽었다는 기별이 뒤늦게 왔다. 추사는 벗 운포를 위해 곡하고는 옛 감회에 젖어 슬픈 추도시 한 수를 지어 바쳤다.(전집 권10, 두강에서 유산과 운포를 위해 짓다) 한편 정학연은 추사 사후에도 추사의 막냇동생 김상희와 가까이 지냈다.

김정희, 〈도덕신선〉 32.2×117.5cm, 개인 소장 ▎추사의 이 횡액에는 "침계 상서를 받들어 칭송함"이라는 제가 있어 윤정현이 판서가 된 것을 축하하며 써준 글임을 알 수 있다. 굳센 글씨로 획의 운용에 능숙한 변형이 있다.

침계 윤정현과 북청의 벗들

추사가 과지초당으로 내려온 지 얼마 안 된 12월 29일, 북청 귀양 시절 뒤를 보아주던 침계 윤정현이 함경감사 임기를 마치고 돌아오자 추사는 축하와 함께 감사의 편지를 보냈다.

내직으로 옮기기 위해 무성한 산림으로부터 행장을 꾸려 이미 돌아오셨을 듯한데, 그렇다고 능히 남은 고민이 없고 남은 그리움이 없겠습니까. 저는 관악산 아래 돌아와 숨어 지내면서 어부와 나무꾼을 형제 삼아 꿈같이 서로 마주하니, 말년의 온갖 감회가 창자 사이에 밀물처럼 끓어오르지만 이것은 전혀 남에게 말할 것이 못 됩니다. 내려주신 물품들로 이 썰렁한 주방을 가득 채웠으니, 참으로 감사합니다.(전집 권2, 윤정현에게)

그리고 그가 이조판서가 되었을 때 추사는 이를 축하하여 〈도덕신선(道德神僊)〉이라는 횡액 글씨를 선물하면서 "침계 상서(판서)를 받들어 칭송함"이라는 제(題)까지 써주었다.

석파 이하응의 난초 그림

추사가 귀양에서 풀려난 것을 누구 못지않게 좋아한 이는 석파 이하응이었다. 그는 추사의 강상시절에 『난보』를 얻어 막 난초 그림에 취미를 붙이고 있었다. 그런 지 얼마 안 되어 추사가 북청에 유배되는 바람에 석파의 난초 그림 교습은 중단될 수밖에 없었다. 그 아쉬움이 컸던지 추사에게 해배 소식을 제일 먼저 전해준 이가 바로 석파였다. 추사는 석파에게 계속 안부편지를 보냈다.

새해의 서신은 기쁘기가 지난해보다 더하니, 해가 기쁨의 결과가 되는 것인지 기쁨이 해 때문에 이루어진 것인지 모르겠습니다. (…) 척종(戚從)은 실낱같은 목숨을 구차하게 지탱하면서 헛되이 또 1년이 지났으니, 이것이 도대체 어찌 사람이란 말입니까. 외로운 그림자가 추하기만 합니다.(전집 권2, 석파에게, 제4신)

추사는 스승으로서 석파의 난초 그림에 대해 묻기도 했다.

수일 이래로 천기(天氣)가 비로소 아름다우니, 정히 이때가 난을 칠 만한 기후입니다. 붓을 몇 자루나 소모하셨는지, 바람결에 우러러 생각합니다. 갖추지 못합니다.(전집 권2, 석파에게, 제7신)

그러던 어느 날 석파는 자신이 그린 난초 그림을 추사에게 보내 품평을 부탁했다. 이에 추사는 석파의 멋진 난초 그림을 보고 감격하여 "이 늙은이도 의당 손을 오므려야 하겠습니다. 압록강 동쪽에는 이만한 작품이 없습니다. 이는 내가 좋아하는 이의 면전에서 아첨하는 말

김정희, 〈노안당〉 현판 종이·나무, 73.0×225.3cm ┃ 흥선대원군이 거처하던 운현궁 사랑채에 걸려 있는 이 현판은 추사 사후 그의 글씨를 집자하여 만든 것이다.

이 아닙니다"라며 칭찬을 아끼지 않았다. 그리하여 마침내 석파가 자신의 난초 그림을 화첩으로 꾸며 여기에 제를 써달라고 부탁하자 추사는 다음과 같이 평했다. 이것이 유명한 「제 석파난권(題石坡蘭卷)」이다.

난초 그림의 뛰어난 화품이란 형사(形寫)에 있는 것도 아니고 지름길이 있는 것도 아니다. 또 화법만 가지고 들어가는 것은 절대 금물이며, 많이 그린 후라야 가능하다. 당장에 부처를 이룰 수는 없는 것이며 또 맨손으로 용을 잡으려 해서는 안 되는 것이다.

아무리 구천구백구십구 분까지 이르렀다 해도 나머지 일 분만은 원만하게 성취하기 어렵다. 이 마지막 일 분은 웬만한 인력으로는 가능한 것이 아니다. 그렇다고 이것이 인력 밖에서 나오는 것도 아니다. 석파가 (…) 더 나아갈 것은 다만 이 일 분의 공(工)이다.(전집 권6, 석파 난권에 쓰다)

잘 그리긴 했으나 0.01퍼센트의 부족을 채울 때까지 노력하라는 뜻이다. 이렇게 석파는 난초 그림에 전념하여 단군갑자 이래 최고가는

476

난초 그림 대가가 되었다. 석파와의 교유는 추사가 세상을 떠날 때까지 계속되었다. 석파는 운현궁 사랑채에 〈노안당(老安堂)〉이라는 현판을 추사의 글자로 집자해 걸며 스승을 사모하는 마음을 간직했다.

초의스님이 보고 싶습니다

추사는 언제나 그랬듯이 과천에 와서도 초의스님을 사무치게 그리워하며 '보고 싶으니 빨리 와주십사' 하고 응석을 부리듯 편지를 띄웠다. 그중 가장 애틋한 사연이 담긴 것이 지금 아모레퍼시픽미술관에 소장된 다음의 편지이다.

북청에서 돌아오니 스님과의 거리가 가까워진 듯한데 그래도 천 리나 되는 먼 길입니다. (…) 스님은 산속에서 초목과 벗하며 살아온 분이니 세속에 찌든 이 몸보다는 건강이 좋을 것입니다. 상좌를 데리고 지팡이를 날리며 한번 찾아주시지 않겠습니까. (…) 큰 눈이 내리고 차를 마침 받게 되어 눈을 끓여 차 맛을 품평해보는데 스님과 함께하지 못함이 한스러울 뿐입니다. (…) 요즘 송나라 때 만든 소룡단(小龍團)이라는 차를 하나 얻었습니다. 이것은 아주 특이한 보물입니다. 이렇게 볼만한 것이 한두 가지가 아닙니다. 이런데도 오지 않으시겠습니까. (…) 소동파의 생일날(12월 19일) 과천 사람이.

추사가 이 편지에서 이야기한 소룡단은 용단승설이라는 떡차를 말한다. 흥선대원군이 가야사 탑을 허물고 남연군 묘를 쓸 당시, 이 탑 속에서 700년 묵은 용단승설 떡차 네 개가 나왔고, 그중 하나가 우선 이상적을 거쳐 추사에게 넘어왔다고 한다. 이 일은 이상적의 「기용단

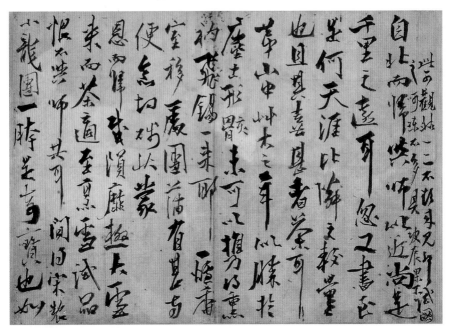

김정희, 〈초의에게 보내는 편지〉 28.5×48.5cm, 아모레퍼시픽미술관 소장 ┃ 북청에서 돌아온 추사가 초의스님에게 보고 싶으니 빨리 와달라고 간청하는 편지글이다. 내용도 좋지만 글씨 또한 유려한 서찰이다.

승설」이란 시에 남아 있고, 『매천야록』에도 실려 있다.(정민『새로 쓰는 조선의 차 문화』, 김영사 2011)

　그러나 초의는 좀처럼 추사를 보러 과지초당에 오지 않았고 그토록 갈구하는 차도 제때에 보내주지 않았다. 그럴 때면 추사는 초의를 더욱 다그치듯 서신을 보냈다. 그렇게 목이 빠지게 기다렸지만 초의는 추사 생전에 과지초당에 찾아오지 않았다.

스님들과의 교유

　추사는 과천시절에 스님들과의 만남이 더욱 잦았고 또 교유 범위도 넓었다. 그 스님들의 이름 스무 개는 금방 헤아릴 수 있다. 추사와 스님들과의 만남에서 빼놓을 수 없는 것은 역시 차이다. 그래서 추사는 불가불 조선차의 원산지 격인 쌍계사 스님들과도 인연을 맺었다.

> 만허(晩虛)가 쌍계사 육조탑(六祖塔) 아래 거주하는데 차를 만드는 솜씨가 절묘했다. 그 차를 가지고 와서 맛보이는데 비록 용정(龍井)의 두강(杜綱)으로도 더할 수 없으니 향적주(香積廚) 중에도 아마 이러한 무상의 묘미는 없을 듯하다.(전집 권10, 만허에게 희증하다)

추사는 불심이 돈독하여 염불신앙을 강조하기도 했다. 그는 되다 만 중들이 기도는 아니하고 헛된 화두나 꺼내는 것을 호되게 비판하면서 태허(太虛)스님의 염불 수행에 큰 박수를 보냈다. 심지어 추사는 불화 보시까지 했다. 직지사 성보박물관에 소장되어 있는, 추사가 영하(映河)스님에게 보낸 편지를 보면 그가 관음탱을 보내주는 얘기가 나온다.

> 들에는 꽃이 피고 새가 우니 만물이 한결같이 봄기운을 띠고 있어 사람으로 하여금 비단결 같은 꿈을 꾸게 하는군요. (…) 관음탱을 수습하여 오늘내일 중에 표구가 다 될 것 같으니 스님을 한번 보내서 가져가십시오.

추사는 불가의 게송도 잘 지었다. 율봉스님의 시적게를 지어 금강산 마하연에 새겨두었고, 제월대사가 실명하게 되어 제자들이 안타까워하므로 안게(眼偈)를 지어준 적도 있다. 또 무주(无住)스님에게는 사경게(寫經偈)를 지어주었고, 향훈(香薰)스님에게는 견향게(見香偈)를 지어주었다. 그런가 하면 우담(優曇)스님의 복숭아뼈에 난 종기가

김정희, 〈소요암〉 현판 탁본 32.2×125.5cm, 개인 소장 ┃ 고창 부안면의 암자에 있는 현판을 탁본한 것으로, 추사 현판 글씨의 멋을 한껏 즐길 수 있다.

빨리 낫게 해달라는 게를 지어 보내기도 했다. 그런 게송 가운데 연담(蓮潭)스님의 사리탑에 명(銘)으로 쓴 게송은 참으로 묘미 있는 글이다. 연담은 18세기의 학승(學僧)으로 이름은 유일(有一)이고, 자는 무이(無二)였다. 추사는 이 이름의 뜻을 게송으로 풀어 엮었다.

연담 유일대사는	蓮潭大師
비만 있고 명은 없네.	有碑無銘
유일은 있지만	有是有一
무이는 없는 격.	無是無二
없을 것은 있으면서	有非是有
있을 것은 없는 게라.	無非是無
있고 없는 그 너머가	有無之外
문자의 반야일레.	文字般若
또렷하고 명백하니	的的明明
스님의 진면목이 절로 드러남일세.	是惟師之眞面自呈

김정희, 〈자묘암〉 현판 탁본 27.0×86.0cm ┃ 자묘암은 동학사 정전과 판도방 사이에 있는 암자로 현판 글씨가 아리땁기 그지없다. 글씨의 기본은 저수량체에 두고 있어 필획이 아름답다.

이 시절 추사는 여전히 불가(佛家)의 요구를 받아 절집 암자의 현판 글씨를 써주었다. 그중 대표적인 것이 고창 부안면의 〈소요암(逍遙庵)〉과 계룡산 동학사의 〈자묘암(慈妙庵)〉이다.

〈소요암〉 현판의 탁본을 보면 글씨에 기름기는 모두 빠지고 금석기만 서려 있어 쇳조각을 보는 듯한 차가움이 느껴진다. 사실 그럴 때 추사의 글씨는 더욱 추사다웠다.

동학사 자묘암은 정전과 판도방 사이에 있는 암자로, 현재는 객실로 쓰이고 있다. 〈자묘암〉은 매우 아리따운 글씨로 어쩐지 당나라 저수량의 글씨 맛을 느끼게 한다.

저수량의 글씨는 참으로 맵시 있는 것으로 유명하다. 『서단(書斷)』을 보면 옛날 어떤 사람이 저수량의 글씨를 평해 "매우 아리따운 정취를 얻음이 신선의 집과 대궐의 봄 동산을 그윽하게 비추면서 어여쁜 미인이 얇은 비단을 걸치고 나풀거리는 것 같다"라고 하면서 "그렇다고 해서 화장기가 느껴지는 것은 아니다"라고 한 평이 전한다. 글씨를 예쁘고 아름답게 쓰자면 추사는 미상불 이렇게 쓸 수도 있었던 것이다.

이당 조면호

추사는 과천시절 외로움을 심하게 탄 것 같다. 이 시절 초사(茶士)라는 산중의 도사에게 보낸 시고(詩稿)를 보면 이때의 심정이 잘 드러난다.

멀리서 한 잔 술을 따라	欲持一瓢酒
비바람 치는 밤을 위로하고 싶네.	遠慰風雨夕
낙엽이 공산에 가득한데	落葉滿空山
어디서 그대 자취 찾을까.	何處尋行迹

그러던 중 생질사위인 이당 조면호가 과천으로 이사 오겠다는 기별을 보내왔다. 추사는 좋아서 어쩔 줄 몰라 하며 즉시 편지를 보냈다.

듣건대 닭·개와 책들을 강 건너로 옮겨올 뜻이 있다 하니, 이웃을 맺는 기쁨을 이룰 수 있겠기에 날마다 그 소식만을 기다린다네. (…) 서로 담소를 나눌 수도 있고, 논둑 밭둑을 거닐면서 두 지팡이가 머리를 나란히 하고 두 나막신이 앞축을 나란히 할 수도 있을 것이 아닌가. (…) 산빛은 밥을 지어 먹을 만하고 시냇물은 떠 마실 만도 하다네. (…) 늙은이는 심사가 매우 초조하고 갈급함을 느낀다네.(전집 권2, 조면호에게, 제2신)

이렇게 좋아서 날뛰는 모습을 보고 있자니 그가 그간 얼마나 외로웠는가를 알 것만 같다. 조면호는 이후 추사를 모시고 함께 절에 가기도 하면서 추사의 벗이 되어주었고, 추사는 조면호에게 많은 글씨를 써주었다.

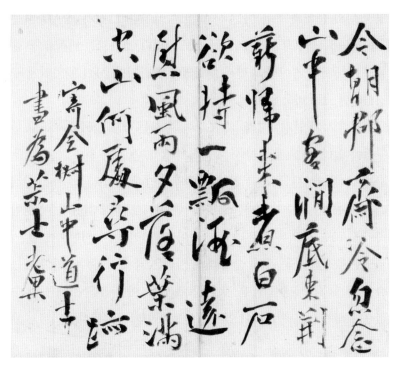

김정희, 〈시고〉 30.0×34.0cm │ 당나라 위응물(韋應物)의 시를 옮겨써서 초사(茶士)라는 분에게 준 작품인데 노과(老果)라고 낙관되어 있어 과천시절 추사의 필치를 여실히 보여준다.

바둑과 술

추사는 잡기로 장기와 바둑을 좀 두었던 것 같다. 안춘근의 조사에 따르면 우리나라에서 가장 오래된 박보(博譜, 장기 책)는 추사의 필사본이라고 했으니 알 만한 일이다.(안춘근 「한국 박보장기 서지고」, 『도서』 제11호, 1968년 7월, 을유문화사)

『완당선생전집』에는 바둑에 관한 시가 모두 세 편 실려 있다. 그중 「바둑을 읊다」는 소동파의 시 가운데 "한가하게 바둑 두는 소리가 고송유수(古松流水) 속에 들리네"라는 구절을 이끌어 노래한 것이다. 분명 바둑의 운치와 흥을 아는 사람이 쓴 시이다. 그런가 하면 추사는 「자연석 바둑돌」(전집 권9)이라는 시도 지었다. <u>스스로</u>는 바둑을 둘 줄 몰라 곁에서 구경이나 하면서 재미있어 했다지만, 사실 재미있게 구경했다면 그는 바둑을 아는 사람이다.

한편 추사가 연경에 갔을 때 조강이 "추사는 술도 잘하고…"라고 한 구절이 있다. 이로 보아 추사는 젊어서 술도 좀 한 듯하다. 실제로 추사는 한 편지에서 "자네 선친이 나에게 초엽배(蕉葉杯) 석 잔을 권했을 때 자네 집 법주가 매우 독하여 나는 마시고 바로 취했네. 이 일이 하마 3, 40년 전 일이라네"라고 한 적이 있다.(전집 권5, 어떤 이에게)

또한 추사의 유묵 중에 술에 대해 써놓은 글이 있어 추사가 한때는 술을 즐기다가 나중에 끊은 것을 알 수 있다. 이 작품은 소재를 알 수 없으나 내가 필사해둔 것이 있어서 원문과 함께 옮겨둔다.

내가 술을 마실 줄 모르잖으나	非余不飮酒
조금만 마시면 문득 울적해.	稍飮氣輒悵
이 때문에 술을 아예 끊어버리고	以此斷杯勺
술은 다 등한하게 놓아버렸지.	酒兵任閒曠

이런 것을 보면 추사는 장기·바둑·술 같은 취미나 잡기의 맛은 알았지만 거기에 빠지지는 않았던 것 같다. 추사에게 진짜 취미가 있다면 그것은 오직 독서와 글씨 쓰기였던 것이다.

공부한다는 것의 행복

칠십이구초당 시절 글씨 중에 '일독 이호색 삼음주(一讀二好色三飮

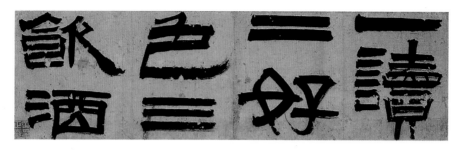

김정희, 〈일독 이호색 삼음주〉 21.0×73.0cm, 개인 소장 ❙ 칠십이구초당 시절의 글씨로 첫째는 독서,
둘째는 여자, 셋째는 술이라고 쓴 내용이 퍽 재미있다. 글씨 또한 단아한 가운데 흥취가 엿보인다.

酒)'라는 재미있는 현판이 있다. 첫째는 독서(공부), 둘째는 여자, 셋째
는 술이라는 뜻이다. 추사 특유의 전서기와 글자 구성의 멋이 느껴지
고 단아한 가운데 흥취가 엿보인다. 본래 이 글귀는 청나라 장조(張
潮)가 편찬한 『소대총서(昭代叢書)』별집 중 「오어(悟語)」편에 나오는
것으로, 이런 글을 썼다는 사실에서 추사가 고지식한 선비만은 아니
었고 어떤 면에서는 인간의 쾌락을 솔직히 표현했다는 생각이 든다.

어쨌거나 추사의 취미는 첫째가 독서였다. 만년에 벗들과 여유롭게
노닐고 즐기면서 살았다고 해서 그가 삶의 긴장을 놓은 것은 아니었
다. 죽는 그 순간까지 학문과 예술에 대한 추사의 열정은 식지 않았다.
추사의 만년을 건강하게 지켜준 것은 공부하는 행복, 제자를 가르치
는 즐거움, 예술에 전념하는 열정이었다. 그중 공부하는 행복이 제일
컸다고 한다. 추사의 과천시절 자작시 중에 이런 것이 있다.

한평생 마음 잡아 지니던 힘도　　　　　　　平生操持力
한 생각의 잘못을 대적 못 하리.　　　　　　不敵一念非
지나온 세상살이 30년 동안　　　　　　　　閱世三十年

김정희, 〈경구〉 17.0×51.0cm, 개인 소장 ┃ 추사가 자신의 일생을 되돌아보며 쓴 경구로, '세상살이 30년에 공부한다는 것이 복임을 알았다'는 구절을 동학들에게 강조하고 싶다고 했다.

배움이 복인 줄을 이제 알았네.　　　　　　　方知學爲福

추사는 이 시 끝에 셋째, 넷째 구절은 특히 동학(同學)들에게 꼭 전하고 싶다고 별도로 부기까지 달아놓았다.

그렇다고 추사가 공부만 좋아했던 것은 아니다. 추사는 놀기도 좋아했다. 다만 노는 방법이 우리와 달랐을 뿐이다. 어느 날 벗에게 보낸 편지에는 낭만적 자적(自適)을 하늘에 대고 소리치듯 독백조로 외친 것이 있다.

나는 천성이 노는 것을 즐거워하여 (…) 늘 좋은 놀이를 만나거나 좋은 반려를 만나면 낮 놀이가 부족하여 밤까지 계속했으며, 근심과 걱정을 하도 많이 겪어서 삶과 죽음까지 깨우쳐 통했으니 처자나 집안일 따위는 마음에 걸릴 것도 없이 오직 대나무 한 포기, 돌 한 덩이, 꽃 한 송이, 풀 한 포기라도 진실로 마음 붙일 만한 곳이 있다면 거기에서 세상을 마칠 생각을 가졌지요.

하물며 이른 봄과 늦봄 사이의 강마을 경치는 더욱 아름다워, 꽃은 비로소 봉오리가 터지고 새들은 다 둥지를 벗어나며 하늘은 엷은 청색을 띠고 물은 짙은 초록을 지으면서 만 그루 복사꽃이 붉고 천 그루 배꽃이 희게 다투어 벌어지고 백 리 들판의 보리는 푸르고 누렇게 펼쳐졌는데, 나는 이따금 홀로 그 속을 거닐며 짐짓 들까치를 설레게 하고 왕왕 노래를 부르며 흰 구름을 뚫고 가곤 했지요.

간혹 옛 벗을 만나면 그윽하고 먼 데를 마음껏 구경하고 (…) 낮에는 역사책을 읽고 새벽에는 경전을 공부하며 해가 기울도록 벗을 붙들고 밤중이면 귀신과 얘기하며 밤낮의 구경을 다하여 흠뻑 젖어드는 흥취를 실컷 푼다면 그 즐거움이 거의 죽음을 잊을 만도 하지 않겠소.(전집 권5, 어떤 이에게)

추사도 노는 것을 좋아했다는 것이 내게 얼마나 큰 위안이 되었는지 모른다. 그러나 이 글을 자세히 읽어보면 이런 낭만적 독백은 사실 외로움의 다른 표현이기도 했다.

제자들을 가르치며

과천시절 추사는 공부하는 즐거움과 함께 가르치는 즐거움도 누렸다. 추사는 여전히 선생 대접을 받으며 가르칠 수 있다는 것이 즐겁고 행복하다고 말했다.

젊어서 훈고(訓詁)를 탐독하고 시 짓는 것을 대략 알고 있어 폐백으로 가져온 따오기는 뜰 방에 가득하고 잘 모르는 글자를 묻는 술은 마루에 꽉 찼다오. (…) 가끔은 북쪽 벽에 기대앉아 스승의 예를 받기도 하니 이 얼마나 다행이오.(전집 권5, 어떤 이에게)

추사는 과천시절에도 아이들을 가르쳤다. 그런 모습은 추사의 시 「홀로 앉아 벽을 사이한 여러 소년에게 보이다」에 아주 아련하게 그려져 있다. 이 시의 상황을 유추해보자면, 아마도 아이들이 공부가 끝나자마자 옆방으로 몰려가 신나게 놀며 떠들었나 보다. 이에 추사는 거기에 어울릴 수 없는 자신을 생각하니 갑자기 소외감이 들어 요샛말로 '왕따'가 된 기분이었던 모양이다.

눈썹 깔아 소년 섬김 감히 하지 못하니	未敢低眉事少年
혼자 남아 어느새 참선객 됐네그려.	單丁忽作法昌禪
동쪽 방의 떠들썩함 어인 일로 저러한가	東房喧笑緣何劇
즐거운 일 눈앞에 가득한 줄 알겠네.	嬉好知應滿在前

노년의 외로움이 깊으니 이런 시가 나오지 않겠는가. 추사는 아마도 그 소년들을 볼수록 자신의 손자 생각이 났을 것이다. 『산림경제(山林經濟)』를 보면 인간이 지닐 수 있는 수많은 즐거움 중에서 빼놓을 수 없는 것이 손자와 노는 즐거움, '농손락(弄孫樂)'이라고 했다. 그러나 추사는 불행하게도 어린 손자와 놀 기회가 없었다. 제주 유배시절 양아들 상무가 아들을 낳아 기뻐 날뛰면서 천은(天恩)이라는 이름을 지어주었다고 했는데 일찍 죽었는지 족보에 올라 있지 않고 서자

상우가 첫아들 덕제(悳濟)를 낳은 것도 서거 이듬해인 1857년의 일이었다.

그래서인지 추사는 소년들과 노는 것을 더욱 좋아했다. 어느 날 추사는 아이들과 꽃구경을 갔다. 이때 지은 시는 본문보다 제목이 길어졌는데, 제목도 시도 모두 즐겁다.

황년(荒年)에 술을 금하니 마을 소년이 모두 떡을 사가지고 꽃구경을 갔다. 오늘따라 바람이 심하여 홀로 앉았자니 너무도 무료해 붓에 먹을 묻혀 창졸간에 썼는데 바람과 떡 소리에만 치우쳤다.

이 늙은이 바람 피해 문밖을 못 나서고	老者避風不出門
저들은 기운 넘쳐 기세가 등등하다.	任渠村氣一騰騫
와당만 한 큰 떡을 주머니에 가득 담고	瓦當大餠囊無澀
꽃 앞에 둘러앉아 입 터지게 삼키겠지.	環坐花前滿口呑

제자들의 물음도 계속되었다. 추사는 제자 중에 단전(丹邮)이라는 이가 보내온 「관악산 시(冠嶽山詩)」를 보고는 빼어난 시구에 크게 기뻐하며 그 시권(詩卷)에 붙이는 글을 써주었다. 『완당선생전집』에 실려 있는 「단전의 관악산 시에 제하다」가 그것인데, 그 실작품도 전해진다.

관악산 시의 제4구인 "몇 천 년을 한결같이 푸르렀도다(一碧幾千年)"라는 구절은 아주 웅장하고 기발하여 사람들이 이해하기도 쉽고 또 가능할 수도 있다. (⋯)

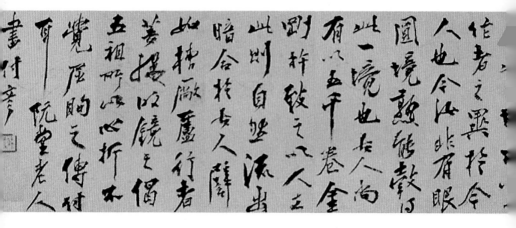

　　지금 네가 안목이 원만하고 익숙한 경지를 가지고 있지 않으면서도 능히 이 한 경지를 터득했단 말이냐. 옛사람은 오히려 오천 권, 금강저를 가지고야 인공(人工)으로써 이루었는데 너는 자연히 흘러나와서 암암리에 옛사람과 합치되었구나.(전집 권6, 단전의 관악산 시에 제하다)

　　이런 식으로 추사는 제자를 가르치고 격려하며 스승으로서의 보람을 느끼고 있었다.

소당 김석준

　　과천시절 추사가 가장 사랑한 제자는 소당(小棠) 김석준(金奭準, 1831~1915)이다. 김석준의 본관은 선산, 자는 희보(姬保)이며, 특히 손가락으로 쓰는 지두서(指頭書)에 능해 스스로 묵지도인(墨指道人)이라고 했다. 본래 역관 집안 출신으로 소당 또한 가업을 이어받았다.

　　김석준은 본래 동갑인 역매 오경석과 함께 이상적의 문하생이었는

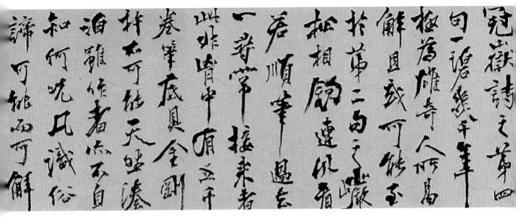

김정희, 〈단전의 관악산 시에 제하다〉 22.2×121.3cm, 개인 소장 ┃ 단전이라는 제자가 쓴 「관악산 시」의 시구가 빼어남을 보고 반가움에 써준 발문으로 『완당선생전집』에도 실려 있다.

데 선생을 따라 추사의 과천 집을 드나들며 어울리게 된 것이다. 김석
준은 영민하고 품성이 좋았던지 친구들도 많이 따르고 스승들에게도
총애를 받았다. 그리하여 이상적은 그의 시를 점정(點定)해주었고, 추
사는 직접 글씨와 시를 지도해주었을 뿐만 아니라 아끼는 책과 서첩
도 원 없이 빌려주었다.

　추사는 어느 시에서 "책은 빌려주는 사람도 돌려주는 사람도 바보"
라고 했는데, 김석준에게만은 예외였다. 추사는 그에게 아끼는 벼루와
애장하던 청나라 옹·유·양·왕의 『양동서 서첩』을 빌려주기도 했다.
추사는 정말로 김석준을 사랑했다.

　그대가 오니 꽉 찬 것 같았는데 그대가 가니 텅 빈 것 같네. (…) 떠난
뒤 근황은 어떠한가. 어떤 책을 보며, 어떤 법서를 임모하며, 누구와 만나
며, 어떤 차를 마시며, 어떤 향을 피우며, 어떤 그림을 평하며, 또 무엇을
마시고 먹고 하는가.

비바람이 으스스하고 산천은 아득히 멀고 한 줄기 파란 등불은 사람을 비추어 잠 못 들게 하는데, 이때에 어떤 말을 주고받으며 어떤 꿈을 꾸다 깨며 어떤 생각을 하고 있는가. 역시 청계산, 관악산 속에서 자리를 마주하고 베개를 나란히 하고 누워서 닭 울음을 세던 그때와 같은가. (…)

천한 이 몸은 그대 있을 때와 같아서 모든 것이 한 치의 자람도 없으며 초목의 낡은 나이 갈수록 더욱 뻔뻔스러워만지니 온갖 추태는 남이 보면 당연히 침을 뱉을 것이라, 그대 같은 깊은 애정이 아니라면 더불어 같이하기

김석준, 〈지두 해서 대련〉 각 129.5×32.0cm, 개인 소장 | 추사의 과천시절 애제자인 소당 김석준의 지두(指頭) 글씨이다.

도 어려울 걸세. 그래서 그림자를 돌아보고 스스로 웃는다네. 열흘 이내에 다시 만나자는 기약은 부디 단단히 기억해두게. 모두 뒤로 미루고, 이만.(전집 권4, 김석준에게, 제1신)

세상에 연서도 이런 연서가 있을까. 김석준에 대한 사랑이 문구마다 절절하다. 게다가 추사는 김석준의 시와 글씨 모두를 아주 높이 평

가했다. 추사의 과천시절 김석준은 겨우 20대 초반이었는데, 추사는 "새벽녘에 온 꾀꼬리가 깊은 생각을 지녔다"라는 소당의 시구는 벌써 당나라 시인 사공도(司空圖)의 풍류와 맞먹을 정도라고 극찬을 아끼지 않았다.(전집 권4, 오경석에게, 제3신) 아울러 그의 글씨에 대해서는 안진경의 진수를 얻어낸 최고의 경지라고까지 평했다.(전집 권7, 잡저, 김석준에게 써서 보여주다)

그리하여 추사는 불과 20대였던 소당 김석준의 초상화에 붙이는 글에서, 그의 얼굴보다 글씨가 그의 모습을 더 잘 보여주리라며 극찬하는 화상찬을 써주었다.(전집 권6, 소당의 작은 초상화에 제하다)

이쯤 되면 김석준에 대한 추사의 사랑은 거의 편애에 가깝다고 할 만하다. 옛날에는 소치를 그렇게 끼고돌더니 그 애정이 이제 김석준에게 내린 것이다. 이렇게 사랑하는 제자이고 보니 추사는 누구보다도 김석준을 위하여 많은 글씨를 써주었다. 다른 사람의 부탁은 잘 들어주지 않아도 김석준의 청이라면 뭐든지 들어줄 정도였다. 그래서 사람들은 김석준을 통해 추사의 글씨를 구하기도 했다.

열 개의 대련은 마침 좋은 벼루가 생겨 하인을 세워놓고 쾌히 붓을 휘둘러댔으니 늙은 사람으로서 이와 같이 쉽게 할 수는 없는데, 이는 그대의 청이기 때문인가. (…) 소첩(小帖)과 소축(小軸)은 천천히 생각해보겠네. (…) 다만 그대의 낯을 보아 한번 시험은 해보겠으나 과연 어떻게 될지는 모르겠네.(전집 권4, 김석준에게, 제3신)

그렇게 해서 김석준이 받아간 글씨가 상자로 하나였다고 한다.

소당이 (…) 나의 글씨 대자, 소자를 막론하고 모두 거두어들여 상자로 하나 가득 찼는데도 오히려 부족함을 느껴 또 아이 종의 어깨를 벌겋게 부어오르게 했다. 그후 한 달이 지나서 또 지팡이와 신발을 챙겨가지고 청계산중으로 나를 따라와 다시 (요구하기에) (…) 또 글씨를 쓰기 시작했다.(전집 권7, 김석준에게 써서 보여주다)

이 글을 보면서 나는 혹시 추사가 김석준을 통해 글씨를 팔아 생계를 유지했던 것이 아닌가 생각해보기도 했다. 그렇지 않고서야 어인 일로 대자, 소자를 한 궤짝씩 써주었을까. 위창 오세창의 외손자로 소설가이자 언론인이었던 조용만은 외할아버지 위창에게 듣기로 실제로 역매와 소당이 과천시절 추사의 수족 역할을 했다고 증언했다.

천재의 외로움에 대하여

추사의 곁에는 항상 이런 애제자가 한 명 이상 있었다. 제주시절의 허소치, 강상시절의 조면호, 북청시절의 유치전, 그리고 과천시절의 김석준. 왜 그랬을까? 나는 이렇게 이해한다. 본래 창작자는 외로움을 깊이 타는 법이다. 열정이 강한 예술가일수록 그 외로움의 깊이는 더하다. 온 정열을 달구어 망아(忘我)의 경지에서 하나의 작품을 완성하고 나면 육신은 파김치처럼 흐느적거리고 정신은 공허해진다. 관객들이 돌아간 뒤의 텅 빈 무대만큼이나 허전하다.

더욱이 창작자들은 세평에 시달리고 그것에 무척 신경 쓰기도 한다. 그래서 그 불안감을 씻어줄 격려와 칭찬을 원한다. 발표 전에 측근에게 작품을 보여주는 것은 비평을 바라서가 아니라 위안을 얻으려는 경우가 많다. 실제로 우리가 아는 열정적인 예술가들에게는 대개 그 외로움을 받아줄 대상이 하나씩은 있었다.

동서고금을 막론하고 수많은 열정적인 예술가가 거의 집착에 가까운 사랑을 순애보처럼 간직하고 살았던 것도 사실은 병적인 외로움의 다른 표현이 아니었을까. 그런 사랑이 없었다면 그들은 그 힘든 창작의 외로움을 이겨내지 못했을지도 모른다. 그랬다면 그런 명곡·명화·명작은 나오지 못했을 것이다.

과천시절 추사는 바로 그런 애정을 김석준에게 쏟았고 그로 인해 원숙한 경지의 작품을 무수히 창조했다. 그러니 어쩌면 소당 김석준은 한 시대의 역관이자 서예가로서, 또 여항문학의 대표 주자로서 훌륭한 시와 글씨를 많이 남긴 공보다 추사의 만년 명작들을 무수히 도출해낸 공로가 더 크다고 할 수도 있겠다.

금강안

추사는 열 가지, 백 가지 방면에서 모두 뛰어났다. 그래서 후세 사람들은 '그가 가장 잘한 것은 글씨다' '아니다, 글씨에 가려 시가 뛰어남을 모르고 있다' '아니다, 추사는 시와 글씨 같은 예술이 아니라 금석학·고증학에 더 뛰어났다' '아니다, 추사의 학문과 예술은 모두 선학(禪學)에서 연유한 것이니 그것이 추사의 참모습이다' 등등 논자에 따라 추사를 달리 보고 또 달리 말한다. 그런 중 홍한주는 『지수염필』에서 또 이렇게 말한다.

추사의 재능은 감상(鑑賞)이 가장 뛰어났고, 글씨가 그다음이며, 시문이 또 그다음이다.

여기서 감상이란 미술품 감식을 의미한다. 추사는 미술 감상법에 대해 이렇게 말했다.

> 서화를 감상하는 데는 금강역사 같은 눈과 혹독한 세관 같은 손끝이 있어야 그 진가를 다 가려낼 수 있습니다.(전집 권3, 권돈인에게, 제33신)

이것이 그 유명한 '금강안(金剛眼) 혹리수(酷吏手)'이다. 미술 감상은 결코 한가한 여흥으로 이루어질 수 없다는 이 가르침은 미술사의 경구로 삼을 만하다. 추사의 눈은 정말로 금강안이었다. 그는 중국 회화사와 서예사를 완전히 꿰뚫고 있었으며 낱낱 작품의 질을 실수 없이 가려냈다. 권돈인이 원나라 황공망의 〈천지석벽도(天池石壁圖)〉를 감정해달라고 의뢰했을 때, 추사가 이 작품의 질과 내력, 문헌자료와의 비교와 이 작품에 대한 자신의 소견을 명쾌하게 말한 것은 지금 보아도 훌륭한 논문이다.

추사는 서화뿐만 아니라 지필묵·벼루 등 문방구는 물론이고 모든 고미술품 감정에서도 일가를 이루었다. 이와 관련하여 예산에 있는 추사의 묘비에는 다음과 같은 전설적인 이야기가 적혀 있다.

> 어떤 사람이 작은 칼을 하나 구해 완당에게 바치니 선생이 천 냥을 상으로 주면서 '이는 옛날 옥도(玉刀)'라고 했다. 훗날 제자 김석준에게 연경에 가서 이것을 팔아 책을 사오게 하니 책 만 권 값을 받았다고 한다.

추사는 자신이 감정한 작품에는 '추사상관(秋史賞觀)' '추사심정(秋史審定)' '추사진장(秋史珍藏)' 등의 감상인을 찍었다. 그는 정녕 현대

역매 오경석·위창 오세창·동주 이용희 | 추사의 금강안은 역매, 위창, 동주로 이어졌다.

적 의미의 빼어난 미술사가였다. 그것도 국내가 아니라 중국, 당시로
서는 세계 미술사에 통달한 당대의 금강안이었다.

역매 오경석과 위창 오세창

미술사가로서 추사의 안목은 역매(亦梅) 오경석(吳慶錫, 1831~79)에
게 전수되었다. 오경석은 우선 이상적의 제자로, 1846년 16세 때 역
과에 합격하여 23세 때인 1853년에 처음 연경에 통역관으로 따라간
뒤, 49세로 세상을 떠날 때까지 26년간 무려 13차례나 중국에 다녀왔
다. 생의 반을 중국 다녀오는 데 보낸 것이다.

추사가 과천에 있을 때 오경석은 겨우 20대 초반이었다. 오경석은
중인이지만 추사는 그의 영민함을 알아보고 곧 제자로 삼은 듯, 그에
게 서화·금석의 감정을 가르친 자취가 과천 곳곳에 남아 있다.

고비는 원주 홍법사에 있는 반절비(半折碑)의 잔자(殘字) 한 본인데

당 태종의 글씨를 집자한 것으로, 중국에서 전하는 것이 다 이 속에 들어 있어 옹방강·기윤 같은 분들이 모두 소중히 여기는 것이라네.

　숙신의 석노(돌화살촉)는 지난번에 이군이 거두어가버려 남은 것이라 곤 하나도 없으니 결코 그대에게 감추고 아끼는 것은 아닐세.(전집 권4, 오경석에게, 제2신)

　훗날 오경석은 개화운동을 펼치는 틈틈이 연구한 금석 관계 자료를 모아 『삼한금석록(三韓金石錄)』을 펴냈다. 그의 개화사상은 김옥균·유길준 등 양반 자제들에게 전해졌고, 서화 연구는 아들 위창(葦滄) 오세창(吳世昌, 1864~1953)에게 전수됐다.

　위창은 민족대표 33인의 한 분으로, 육당 최남선이 쓴 「기미독립선언서」를 마지막으로 감수할 정도로 권위 있는 구학문의 마지막 선비였다. 그때 위창은 육당의 초고를 검토하던 중 그 유명한 "무릇 기하(幾何)이며" 시리즈 가운데 "아(我) 생존권이 박탈됨이 무릇 기하이며"라는 구절을 보고 "박탈은 능동태이므로 피동태로 쓸 때는 박상(剝喪)으로 해야 한다"고 하고 육당에게 일갈하기를 "요즘 젊은 애들은 한문을 잘 몰라서 큰일"이라 했다고 한다.

　위창의 서화사 연구는 한국미술사 불후의 고전인 『근역서화징(槿域書畫徵)』(1928)으로 맺어졌다. 위창은 또 간송 전형필 선생의 고서화를 감정해주어 오늘날 간송컬렉션이 빛나게 하는 데 결정적인 기여를 했다. 위창은 결국 아버지 역매를 통하여 추사의 금강안을 이어받은 셈이다.

　이런 사실은 듣기에 따라 퍽 옛날 얘기 같지만 꼭 그렇지만도 않다. 1990년 동주 이용희 선생이 연세대 백주년기념관에서 추사에 대해

강의하실 때의 일이다. 동주 선생은 "추사는 성격이 아주 까다로웠대요. 까다로워도 보통 까다로운 게 아니었대요"라며 추사의 인간상을 풀어나가셨다. 강의가 끝난 다음 나는 동주 선생에게 그 얘기가 어느 책에 나오느냐고 여쭈었는데 동주 선생의 대답은 뜻밖에 간단했다.

"위창 노인이 역매 어른에게 그렇게 들었대요."

순간, 추사가 꼭 옆집에 살다 돌아가신 할아버지처럼 느껴졌다. 150년 전, 200년 전 그분의 모습을 세 분 걸러 직접 들을 수 있을 줄은 몰랐다. 결국 추사의 금강안은 역매 오경석, 위창 오세창, 동주 이용희로 이어져 내려왔던 것이다.

연경 학계 소식

추사는 만년까지 연경 학계와의 교류를 끊지 않았다. 이는 참으로 놀랍고 존경스러운 일이었다. 과천으로 돌아온 지 얼마 되지 않았을 때 이상적이 연경에 간다는 소식을 들은 추사는 급히 부탁의 편지를 써 보냈다.

아우가 중국에 간다고 들었는데 전부터 부탁했던 오중륜(吳仲倫)의 문집을 나를 위하여 구해줄 수 있는지요? 반씨(潘氏) 집을 내왕하는 사람들에게 물으면 모르는 사람은 없을 듯하오. 조진조와는 소식을 전할 수 있을는지요?(전집 권4, 이상적에게, 제2신)

몇 달이 지나 해가 바뀌고 봄이 되어 이상적이 중국에서 돌아왔다는 소식이 들리자마자 추사는 또 편지를 보냈다.

아우는 그사이에 잘 돌아왔는지요? 탕씨(湯氏)·고씨(顧氏)는 둘 다 원
만하여 늙은 눈으로 하여금 몽매함을 깨우쳐 죽음에 가까운 나이로 "아
침에 도를 들으면 저녁에 죽어도 좋다"는 소원을 이룰 수 있게 되었는지?
(…) 과연 어떻게 되었는지요?(전집 권4, 이상적에게, 제4신)

이조락의 천의무봉한 서풍

과천시절 우선 이상적에게 보낸 편지 중 겉봉에 「우선 추신(追申)」
이라 쓰인 편지에는 다음과 같은 부탁이 들어 있다.

이조락의 글은 세상에 알려졌을 것으로 보이니 이것도 함께 알아봐주
시기 바랍니다. (…) 위묵심 등을 배출한 분이니 그냥 넘기지 마시기 바랍
니다.

이조락(李兆洛, 1769~1841)은 1805년에 진사가 되어 관리생활을
하다가 7년 만에 그만두고 강음서원(江陰書院)에서 20년 동안 강의
하며 인재 양성에 전념했다. 그는 5만 권에 이르는 장서를 꼼꼼히 읽
은 박학을 바탕으로 고증에 뛰어나서 『황조문전(皇朝文典)』을 편찬하
기도 했다. 유고시집으로 『양일재문집(養一齋文集)』이 있다.

이조락은 김노경, 김명희와 긴밀히 교유하여 아버지 등석여의 묘지
명을 김노경에게 부탁하기도 했던 등전밀의 스승이었다. 그런 이조락
이기에 추사가 큰 관심을 보였던 것이다.

이때 이상적이 추사에게 이조락에 관한 어떤 자료를 보내주었는지

는 확인되지 않지만, 추사가 이조락의 글씨에 감동을 받아 썼다는 〈단광옥기(丹光玉氣)〉라는 대련이 전한다.

붉은빛 동굴 나와 밝은 달과 한 가지요   丹光出洞如明月
옥 기운 하늘로 솟아 흰 구름이 되었네.   玉氣上天爲白雲

이신기(조락) 선생의 이 대련은 필의가 우아한 가운데 방정한 것이 서예가들이 구구하게 규칙과 격에 매여 있는 것과 달리 하늘 밖의 이미지가 환하게 나온 것 같다. 나는 졸렬하고 누추해서 비슷하게 베끼지도 못한다. 계축년(1853) 봄 하순에 시골에는 풀이 향기롭고 가래나무와 모든 매화가 꽃을 피워 우연히 글씨가 쓰고 싶어졌는데 성립(惺立)이 이 종이를 가지고 와서 써달라고 하기에 느긋이 어지럽게 썼다. 승설노인.

이조락의 서풍은 사실상 추사가 추구하던 예술세계와 통하는 것이었다. 게다가 협서에서 말했듯이 글씨가 쓰고 싶었는데 우연히 누가 좋은 종이를 가져와 격식에 구애받지 않고 스스럼없는 이조락 선생의 서풍을 따라 쓴 것인지라, 이 작품에는 아무 거리낌 없이 붓이 가는 대로 쓴 것 같은 천의무봉한 자연스러움이 서려 있다.

이 대구는 뜻이 고아해서 청나라 말기의 포세신(包世臣), 고옹(高邕), 역순정(易順鼎) 등 역대 서가들이 간혹 글자를 바꾸어 작품으로 남긴 것이 전해지고 있으며, 고옹의 글씨를 새긴 비가 산서성 태원시의 비림에 있다. 이들의 작품과 비교하면 추사 글씨의 국제성과 뛰어난 개성이 더 확연히 드러난다.

김정희, 〈단광옥기〉 1853년(68세), 132.4×31.7cm, 개인 소장 ┃ 추사가
격식에 얽매이지 않은 이조락의 글씨를 보고 우연히 글씨를 쓰고 싶은 생각
이 나서 썼다고 한다. 그런 만큼 이 글씨 또한 천연스러운 멋이 느껴진다.

추사의 국제적 인기

추사의 글씨는 인기도 대단하여 마침내 사람들이 이를 시장에서 구입하기에 이르렀다. 추사의 시 중에는 다음과 같은 사연을 적은 긴 제목의 시가 있다.

모씨가 시중에 굴러다니는 내 글씨를 발견하고 구입하여 수장했다는 말을 들으니 나도 모르게 웃음이 터져 입 안에 든 밥알이 벌

청나라 서예가들의 《단광옥기》 | 《단광옥기》는 명구여서 후대 서예가들이 자구를 약간 달리하여 대련으로 남기곤 했다. 왼쪽은 포세신, 오른쪽은 역순정의 작품이다.

나오듯 튀어나왔다. 그래서 붓을 내갈겨 쓰며 부끄러움을 기록함과 동시에 서도를 약술하고 또 이로써 열심히 노력할 것을 다짐한다.(전집 권9)

이는 국내에서만 벌어진 일이 아니다. 이미 청나라 연경에서는 추사의 글씨를 갖고자 하는 문인·학자들이 줄을 이어 이상적·오경석·김석준 등 역관으로 떠나는 제자들의 어깨가 무거웠고, 과지초당을 드나드는 발길이 바빴다. 이 위대한 서예가의 소문은 마침내 일본에까지 전해졌다.

일본 사람이 글씨를 청해왔는데 먼 데 사람의 정중한 뜻을 저버릴 수도 없는 일일세. 다만 팔이 강하고 붓이 건장할 때는 조금만 정력을 허비하면 마칠 수 있었는데 이렇게 여지없이 쇠퇴하니 예전에 산사(山寺)나 강사(江寺)에 있을 때와는 비교할 수 없고, 또 그대 같은 사람이 곁에서

도와주고 거들어주어야만 흥이 나서 가로 긋고 내리쓰고 할 텐데, 적적한 마을, 창에 햇빛마저 들어오지 아니하고 안력은 몹시 달리고 필력 역시 줄어드네. 지금 만약 급히 쓰려고 하더라도 아무래도 억지로 만들어낼 수는 없을 것 같네.(전집 권4, 양문원에게, 제2신)

이는 어쩌다 있었던 일도 아니다. 추사의 글씨를 청나라 사람, 일본 사람들이 구입해간다는 증언은 상유현(尙有鉉)의 「추사방현기(秋史訪見記)」에도 아주 구체적으로 나온다.

우리나라 근세 명필은 추사 김정희를 제일로 꼽는다. 사람들이 다 그 체를 좋아하고 그 첩(帖)을 귀중히 여긴다. 청나라 사람들이 그 글씨를 많이 사기 시작하고 일본 사람도 또 많이 거두어 요즈음은 갈수록 귀해져 첩 하나의 값이 백여 원에 이르는 것도 있다. 내 얕은 안목으로는 그리 귀히 여길 만한 무엇이 있어 그런지 알 수 없다.

그러면서 상유현은 의형제를 맺고 친하게 지내던 상헌(桑軒) 탕조현(湯肇賢)의 말을 빌려 아래와 같이 증언했다. 탕조현은 원세개와 함께 조선에 왔던 청나라 문관이다.

청나라 사람 중 완당 공의 글씨를 사는 자는 글씨를 아는 서가들이었다. 그러나 오직 공의 예서만 구하고 행서·초서는 귀하게 여기지 아니했다. 얼마 전 탕상헌과 공의 글씨를 담론한 적이 있다. 탕은 "완당의 행서와 초서는 편획(偏劃)이 있어 서예가는 취하지 않는다"라고 말했다. (…) 그러나 예서는 예스러운 기가 많고 법식에 부합하여 참으로 해동의 대가였다. 이를 중국에 두어도 족히 대가라 칭할 만했다. 완당노인의 글씨는 (…) 넉넉히 정판교와 다툴 만하다. 완당과 정판교는 다 중국과 동국의 기괴한 글자의 대가요, 비조다.

행서·초서에 편획이 많다는 평은 출신(出新)이 너무 자유롭다는 뜻이며, 예서에 옛 비의 맛이 있음을 말한 것은 곧 추사체의 입고(入古)가 확실하다는 말이다.

정조경의 〈문복도〉

연경에서도 추사의 명성은 끊이지 않았다. 1853년 68세의 추사는 정조경(程祖慶)이라는 중국 문인으로부터 그림 한 폭을 선물받았다. 정조경은 금석과 서화에 능한 학자였다. 전각가로 유명한 정정로(程庭鷺)의 아들인 그는 가학을 이어받아 『오군금석목(吳郡金石目)』 같은 저서를 남기기도 했다. 특히 그는 추사의 제자인 오경석과 가까이 지냈다.

정조경이 추사에게 보낸 그림의 상단엔 '문복도(抆腹圖)'라는 제목이 쓰여 있다. '문복'이란 배를 어루만지는 편안한 모습을 일컫는 것으로, 편안한 자세로 서 있는 추사에게 정조경이 인사드리는 모습이다. 정조경은 화폭 상단에 다음과 같은 글을 써서 올렸다.

나는 비록 아직 완당 선생의 얼굴을 대하지는 못했으나 문장과 학문을 존경하여 사모한 지 오래되었습니다. 인하여 이 그림을 그려 바치오니 그림이 혹 즐길 만하면 마땅히 수염 한 번 쓰다듬으시고 한바탕 웃어주십시오. 함풍 3년(1853) 추7월 강남 정조경.

이런 영광이 추사에게 있었던 것이다. 참으로 대단한 일이다. 돌이 켜보건대 우리나라 학자와 예술가로 세계 무대에서 이처럼 높은 성과와 인기를 얻어낸 이가 추사 외에 또 누가 있었던가.

노과시절의 괴(怪)·졸(拙)·허(虛)

과천시절 추사는 지금 남아 있는 것을 헤아릴 수 없을 정도로 많은 글씨를 썼다. 특히 과천시절에는 낙관할 때 명백히 이 시절 작품임을 알려주는 노과(老果)·과파(果坡)·과형(果兄)·과산(果山)·과농(果農)·청관산인(靑冠山人)·과칠십(果七十)·칠십일과(七十一果) 등을 사용했기 때문에 실수 없이 가려낼 수 있다. 여기에 간찰까지 더하면 그 숫자는 자못 방대해진다. 게다가 원숙한 노경의 명작들이 이 시기에 쏟아져나왔으니, 추사의 예술은 과천에서 결실을 맺었다고 할 수 있다.

추사 스스로가 "과천시절로 들어서면서 비로소 허물을 벗었다"고 권돈인에게 자신감을 표했으며, 그 경지를 '잘되고 못되고를 가리지 않는다'는 뜻의 '불계공졸'이라고 했다. 이것이야말로 추사체의 본령을 말해주는 한마디이다. 이 경지를 위해 그가 얼마나 애써왔던가.

강상시절 추사가 글씨에서 새롭게 발견한 경지는 '괴(怪)'의 가치, 즉 개성의 구현이었다. 그런데 과천으로 돌아온 지금 추사는 졸(拙)함을 말하고 있다. 기교를 드러내는 것이 아니라 오히려 그것을 감추고 졸함을 존중한다는 것이니, 이는 곧 노자가 말한 대교약졸(大巧若拙), 즉 '큰 재주는 졸해 보인다'는 의미의 '졸'이다. 그러니까 추사 글씨의

정조경, 〈문복도〉 1853년, 94.5×26.2cm, 개인 소장 | 추사 68세 때인 1853년 청나라 문인 정조경이 추사에게 인사드리는 그림을 그려 보내준 것이다. 정조경은 금석과 서화에 능한 학자로, 추사의 제자인 오경석과 가까이 지냈다. '문복'이란 배를 어루만지는 편안한 모습을 일컫는 말이다. 추사의 국제적 명성을 단적으로 보여주는 기념비적 작품이다.

山守
房拙

김정희의 도인 '수졸산방' | '졸한 것을 지키는 산방'이라는 뜻으로 추사의 이 도장은 지금 국립중앙박물관에 소장되어 있다.

본질은 '괴와 졸의 만남'이라고 할 만하다. 추사가 언제부턴가 사용하기 시작한 '불계공졸'과 '수졸산방(守拙山房)'이라는 도장이 이를 뒷받침하고 있다.

추사는 이렇게 졸의 가치를 찾으면서 괴의 부정적 측면을 극복해냈다. 본래 추사 글씨의 괴란 괴 자체를 추구해서 나타난 것이 절대로 아니었다. 추사는 그런 작위적인 괴를 오히려 경멸했다.

요새 사람들의 속된 글씨를 보면 모두 객기 부리는 것만을 숭상하여 초서에 이르러서는 마침내 하나의 부적을 만들고 마는 실정이다.(전집 권 7, 김석준에게 써서 보여주다)

그러면 어떻게 하라는 것인가? 추사는 그 괴가 결코 의식적인 것이 아니라 자연스럽게 우러나온 개성이어야 한다고 말한다. 추사는 이를 '허화(虛和)'라고 했다.

어떤 이는 추사체를 기(氣)의 글씨라고 말하기도 한다. 또 기는 기로되 뒤에 운(韻)이 따르는, 주기후운(主氣後韻)이라고도 했다. 유최진이 추사체를 설명하여 괴상하다고 한 것은 '기'를 말함이고, 그럼에도 불구하고 아무런 잘못이 없다고 한 것은 '운'이 있기 때문이다. 그렇게 해서 얻어낸 경지가 곧 '허화'이다. 추사는 이를 이렇게 설명했다.

요즘 사람들이 써낸 글씨를 보니 다 능히 허화하지 못하고 사뭇 악착한 뜻만 많아서 별로 나아간 경지가 없으니 한탄스러운 일일세. 이 글씨에서 가장 귀하게 여기는 것은 바로 허화한 곳에 있으니, 이는 인력으로 이르러 갈 바가 아니요 반드시 일종의 천품(天品)을 갖추어야만 능한 것이네.(전집 권4, 김석준에게, 제4신)

추사는 그 허화의 경지를 늘 동경해왔다. 추사는 왕휘지(王徽之)가 벗 대규(戴逵)를 만나러 갔던 고사를 빌려 허화로움의 가치를 아주 적절히 설명했다. 왕희지의 다섯째 아들인 왕휘지는 산음에 살 때 하루는 눈이 그치고 달빛이 밝고 맑아 섬계에 사는 벗 대규를 보러 달빛을 타고 밤새워 찾아갔다가, 정작 대규의 집이 바라보이는 강가에 다다라서는 그냥 돌아와버렸단다. 사람들이 그 까닭을 물으니 "흥을 타고 갔다가 흥이 다하여 돌아왔을 뿐이다. 어찌 꼭 만나봐야 그 흥이 있겠는가"라고 했단다. 바로 그런 '기'와 '흥'이, 넉넉한 비움[虛] 속에서 나와야 한다는 것이다.

옛사람이 글씨를 쓴다는 것은 바로 저절로 쓰고 싶어서 쓴 것이다. 글씨를 쓸 만한 때는 이를테면 왕휘지의 산음설도(山陰雪棹)에서 흥을 타고 갔다가 흥이 다하면 돌아오는 그 기분인 것이다. (…) 그런데 지금 글씨를 청하는 자들은 산음에 눈이 오고 안 오고를 헤아리지 않고, 왕휘지를 강요하여 곧장 대규의 집으로 향해 가는 식이니 어찌 답답하지 않겠는가.(전집 권8, 잡지)

추사가 만년에 강조하는 그 허화로움과 고졸함의 가치는 그의 글씨에 남김 없이 반영되어 있다.

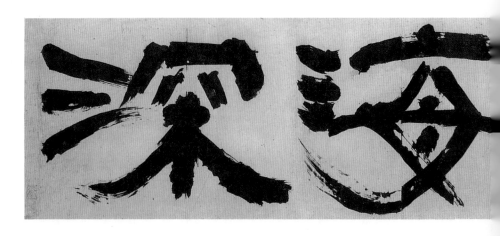

〈산숭해심 유천희해〉

추사 과천시절의 대표작 중 하나로 반드시 꼽히는 〈산숭해심(山崇海深) 유천희해(遊天戲海)〉는 과연 불계공졸의 명작이다. 이 작품은 높이 42센티미터, 길이 420센티미터로 은해사의 '불광(佛光)' 현판을 제외하면 현존하는 추사 작품 중 가장 크다. 여기서는 전서·행서·예

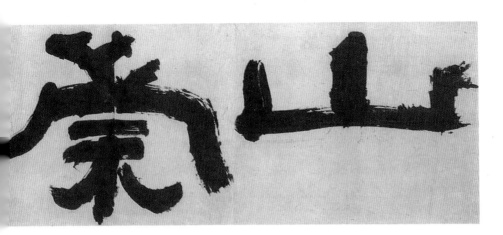

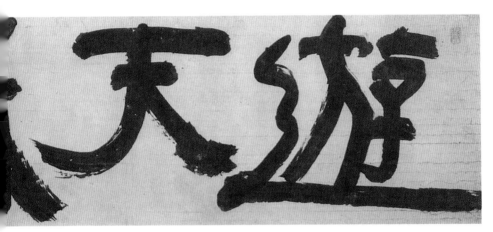

김정희, 〈산숭해심 유천희해〉 각폭 42.0×207.0cm, 삼성미술관 리움 소장 ❙ 본래 한 작품이었으나 따로 떼어 주인을 달리하다가 나중에 다시 합쳐진, 추사의 기념비적 명작이다. 추사의 글씨가 얼마나 웅혼한 기상으로 넘쳤는지 여실히 보여준다.

서가 함께 어우러져 보는 이의 눈을 사로잡아 홀리는 듯한 귀기(鬼氣)까지 느껴진다.

　‘산은 높고 바다는 깊네’라는 뜻의 ‘산숭해심’은 옹방강이 실사구시 정신을 풀이한 글의 한 구절이다. 당시 함흥 지락정(知樂亭)에도 누군가가 쓴 ‘산해숭심’이라는 편액이 있었는데 이 글씨 또한 기괴하기로 유명했던 모양이다. 추사는 북청 귀양에서 돌아오는 길에 이 글씨를 보고는 권돈인에게 다음과 같은 소감을 말했다.

> 함흥을 지나다가 지락정에 올라 〈산해숭심〉 액을 쳐다보니 글자가 심히 기걸하고 웅장하더군요. 예전에 연지(蓮池)의 박정승이 구태여 해(海) 자를 지적하여 말을 했으나 이는 전혀 예서법을 깨치지 못한 것이니 아연히 크게 웃을 수밖에 또 있겠소.(전집 권3, 권돈인에게, 제27신)

'유천희해', '하늘에서 놀고 바다에서 노닌다'는 이 글은 원래 '운학 유천(雲鶴遊天) 군홍희해(群鴻戲海)', 즉 '구름과 학이 하늘에서 노닐고 갈매기 떼가 바다에서 노닌다'라는 구절에서 나온 것으로, 양무제가 종요(鍾繇)의 글씨를 평한 말이다. 특히 이 구절은 『삼희당법첩(三希堂法帖)』의 맨 첫머리에 실려 있어서 서가들이 즐겨 써왔다.

〈산숭해심〉과 〈유천희해〉는 본래 한 작품이던 것인데, 1957년 3월 대한고미술협회가 주관한 경매전에서 〈산숭해심〉은 애호가인 심상준이 55만 환에, 〈유천희해〉는 소전 손재형이 121만 환에 낙찰한 것으로 기록되어 있다. 〈산숭해심〉은 낙관이 없어서 반값이었던 셈이다. 그리하여 이 작품은 오랫동안 이산가족이 되었다가 뒤에 두 점 모두 삼성미술관 리움에서 소장하게 되면서 다시 상봉했다.

〈계산무진〉〈사야〉

〈계산무진〉은 의도적으로 험준하고 깊은 계곡의 느낌을 나타내려는 듯 상상을 초월하는 변화를 꾀했다. 추사의 글씨를 보면서 괴를 말하는 사람은 바로 이런 글씨를 염두에 둔 것이리라. 그러나 그 괴라는 것

김정희, 〈계산무진〉 62.5×165.5cm, 간송미술관 소장 ▮ 추사의 작품 중 글씨의 구성 자체가 파격적이고 대담한 명작이다. '계산은 끝이 없네'라는 뜻으로 계산 김수근을 위해 써준 글씨이다.

이 조금도 어색하지 않고 오히려 웅장함을 느끼게 한다.

　이 글씨는 계산(溪山) 김수근(金洙根)에게 써준 것이다. 김수근은 안동 김씨로 문과에 급제하여 벼슬이 판서에 이른 분으로 철종 때의 대신 김병학(金炳學)과 김병국(金炳國)의 아버지이다.

　추사는 김수근과는 그리 가까이 지낸 것 같지 않지만 그의 아들 병학이 추사의 글씨를 좋아하여 잘 따랐다. 이런 정황으로 볼 때 〈계산무진〉은 김병학의 부탁을 받아 써준 것으로 생각된다.

　〈사야(史野)〉라는 편액은 추사가 예조판서 권대긍(權大肯)에게 써준 것이다. '사야'는 『논어』에서 올곧은 군자의 모습을 일컬은 표현으로 '세련됨과 거침'이라는 뜻이다. 워낙에 대자인지라 웅혼한 힘이 절로 가득한데 크고 작음, 굵고 가늚을 대담하게 혼용한 글자 구성에서

김정희, 〈사야〉 37.5×92.5cm, 간송미술관 소장 ▎추사의 현판 글씨 중 웅혼한 힘을 느끼게 해주는 명작이다. '사야'란 『논어』에 나오는 군자의 모습으로 '세련됨과 거침'이라는 뜻이다.

강한 울림이 일어난다. 이 글씨는 예서와 해서, 행서의 필법을 섞어서 썼기 때문에 서체로 말하자면 추사체라고 할 수밖에 없다.

추사는 이처럼 한 작품 안에 전·예·해·행·초서를 섞어 쓰기를 잘했다. 추사 스스로 옛 대가의 글씨를 보면 이처럼 서체를 종횡으로 구사한 예가 많았다고 했으며, 추사 글씨의 괴는 그런 각체의 능숙한 혼용에서 오는 경우가 많았다.

〈곽유도비 임서〉〈명선〉〈차호호공〉

추사는 제자들에게 옛 비를 열심히 임모할 것을 누누이 강조했는데 68세 때 이를 몸소 실천한 8폭 병풍의 대작이 있어 큰 감동을 준다. 계축년(1853)에 쓴 〈곽유도비 임서(郭有道碑臨書)〉가 그것이다. 이를 보면 위대한 예술가의 장인적 성실성에 절로 고개가 숙여진다. 글자 하나의 크기가 어린애 머리만 하니, '늙고 병든 추사가 이 글씨를 쓰는 데 얼마나 힘들었을까' 그 수고로움을 생각하지 않을 수 없다. 더욱이 엄정한 글씨임에도 글자마다 편하고 순후한 멋이 너무도 짙게 배어 있어 〈산숭해심 유천희해〉 같은 개성적인 작품과는 달리 사람

김정희, 〈곽유도비 임서〉 병풍 1853년(68세), 각폭 102.0×32.0cm, 영남대 박물관 소장 | 추사가 유명한 후한시대 비인 곽유도비를 충실히 임모한 대작이다.

의 가슴을 차분히 가라앉히며 허화한 곳으로 이끌어준다.

곽유도비는 후한시대인 169년에 세워진 곽태(郭泰)의 비이다. 곽태는 유도(有道)라는 관리 등용제도에 따라 추천되었으나 벼슬에 나아가지 않았기 때문에 곽유도라고 불렸다. 산동성 제령(濟寧)에 있는 이 비는 비문의 글씨가 하도 아름다워 채옹(蔡邕, 132~192)의 글씨라고 말해지기도 한다. 추사는 바로 저 아름답고 준경한 글씨를 정성껏 임모하여 이 장대한 병풍을 완성한 것이다.

추사가 이처럼 옛 비의 글씨를 임서하거나 그 필의를 빌려 쓴 작품 중에는 명작이 많다. 아마도 추사 스스로는 자신의 열정적인 기(氣)를 컨트롤하기 힘들었으나 고전적 명비를 임모하는 과정에서 나온 운(韻)과 격조(格調)가 이를 받쳐주었기 때문이 아닐까 싶다.

김정희, 〈명선〉 115.2×57.8cm, 간송미술관 소장 | 추사가 차를 보내준 초의에게 감사하며 써 보낸 것으로 한나라 백석신군비의 필의로 쓴 것이다. 추사 글씨의 입고출신 정신을 잘 보여주는 기념비적인 작품이다.

추사의 또 다른 명작 〈명선(茗禪)〉은 백석신군비(白石神君碑)의 필의만 빌려온 작품인지라 〈곽유도비 임서〉보다도 추사의 개성이 확연히 드러난다. 이 작품은 초의가 보내준 차에 대한 답례로 쓴 것으로 협서에 이렇게 쓰여 있다.(정민은 '명선'을 추사가 초의에게 준 호라고 보았고, 최완수는 이 작품을 제주 유배 이전 글씨로 추정했다.)

〈백석신군비〉 탁본 183년 | 유명한 후한시대 비문으로 하북성 직례현 백석산의 산신을 칭송한 비이다.

초의가 스스로 만든 차를 보내왔는데 몽정차나 노아차 못지않았다. 이 글씨를 써서 보답하는데 백석신군비의 필의로 쓴다.

백석신군비는 후한시대인 183년 하북성 직례의 원씨(元氏)마을 백석산(白石山) 산신의 덕을 칭송하기 위해 세운 비로, 지금은 원씨현 봉룡산 천불동의 한비당(漢碑堂)에 보호되어 있다. 이 비문의 글씨는 위아래로 조금 긴 형태이지만 포치가 정연하여 지순한 느낌을 준다. 혹자는 한나라 비문치고는 골기가 너무 적다며 남북조시대에 재각(再刻)한 것으로 보기도 한다.

그러나 추사는 이 글씨에 순후하면서도 예스러운 멋이 넘쳐, 졸한 가운데 교(巧)한 맛이 숨어 있음에 착안하여 '명선' 두 글자를 쓴 것이다. 명(茗)은 차(茶)의 다른 말로, 명선은 다선일치(茶禪一致)의 준말

김정희, 〈차호호공〉 각 135.7×30.3cm, 간송미술관 소장 ┃ 추사가 서촉 지방 비문의 예서법으로 썼다고 했다. 전서의 맛이 살아 있는 예서체인지라 변화가 적고 가는 획을 구사하여 고졸한 멋이 풍긴다.

이 된다. 중후하고 졸한 멋의 〈명선〉 두 글자 양옆에는 작고 가늘며 흐름이 경쾌한 행서가 곁들여 있어 그 구성미도 가히 일품이다.

동인 인형(桐人仁兄)에게 써준다는 관지가 들어 있는 〈차호호공(且呼好共)〉은 서촉 지방 예서를 본받아 쓴 것이다. 동인은 추사의 제자 이근수(李根洙)의 호이다.

장차 밝은 달을 또 불러서 세 벗을 이루었고	且呼明月成三友
매화 함께 한 산에 사는 것이 좋구나.	好共梅花住一山

이 대구는 청나라 서예·전각가인 오희재(吳熙載)의 시구에서 따온 것으로, 글씨는 전서의 맛이 풍기는 예서체이다. 이 같은 작품에서 우리는 추사 나름으로 재해석한 추사체의 한 전형을 볼 수 있다. 실로 명작이라 할 만한 작품이다.

〈화법서세〉

추사의 천의무봉한, 파격적이고 아름다운 글씨를 말할 때면 누구든 먼저 손꼽는 명품이 〈화법서세(畵法書勢)〉이다.(최완수 선생은 이를 강상시절 작품으로 비정한 바 있다.)

장강 일만 리가 화법 속에 다 들었고	畵法有長江萬里
글씨 기세 외론 솔의 한 가지와 꼭 같구나.	書勢如孤松一枝

이 대련의 문구는 그 자체로도 멋진 예술론이지만, 만약 고전에 근거한 대구라면, 화법은 송나라 하규(夏珪)의 〈장강만리도〉에서, 서법

김정희, 〈화법서세〉 각 129.3×30.8cm, 간송미술관 소장 ┃ 추사의 글씨 중 구성에 한껏 멋이 있는 명품으로 그 내용은 예술의 정신성을 장강일만 리와 외로운 소나무 가지에 비유한 것이다. 협서의 내용 또한 예술의 품격은 정신에 있음을 강조하고 있다.

은 남조 양나라의 원앙(袁昂)이 『고금서평(古今書評)』에서 후한시대 초서의 대가 최원(崔瑗)의 글씨를 평가하며 '험준한 봉우리에 지는 해, 외로운 소나무 한 가지 같다(如危峯阻日, 孤松一枝)'라고 한 것에서 집구한 것일 수도 있다.

글씨의 골격은 예서이지만 낱낱 획의 구사에는 해서법과 행서법이 섞여 있다. 능숙한 변형이 아니라면 글씨가 기괴하고 말았을 텐데 추사의 능숙함은 그것을 오히려 변화의 아름다움으로 끌어올렸다.

이 대련의 협서는 요즘의 서화가들이 정신은 갖추지 못하고 형태만 흉내내고 있음을 비판한 글이다.

근자에 마른 붓과 밭은 먹을 가지고서 억지로 원나라 사람의 황한(荒寒)하고 간솔(簡率)한 것을 만들어내는 자들은 모두 자신을 속이고 나아가서는 남을 속이는 것이다. 왕유·이사훈·이소도·조영양·조맹부 같은 이들은 다 청록(靑綠)으로 장점을 보였으니 대개 품격의 높낮음은 자취에 있지 않고 뜻에 있는 것이다. 그 뜻을 아는 자는 비록 청록·이금(泥金)이라도 역시 좋으며 글씨도 역시 그러하다.

사람들은 소박하고 고졸한 것을 좋아한다면서 형식에 그것을 나타내려고 하지만 비록 화려한 냉금지에 쓰더라도 진실로 그 정신을 담는다면 문자향 서권기가 드러나는 예술로서 성공할 수 있다는 것이다.

동양 서예사에서 추사체의 위치

이 시점에서 추사의 글씨, 이른바 추사체의 서예사적 위상을 정리해보고 싶다. 우리는 보통 조선시대 4대 명필로 안평대군 이용, 봉래

양사언, 석봉 한호, 추사 김정희를 꼽는다. 우리나라 역사상 4대 명필로는 신라의 김생, 고려의 탄연, 조선 전기의 안평대군, 조선 후기의 김정희를 꼽는다. 여기서 한 명만 꼽으라면 누구일까? 나의 소견으로는 추사 김정희이다.

그러나 추사체의 위상은 그렇게 우리 서예사에서만 따질 일이 아니다. 중국 서예사를 아우르는 동양 서예사라는 틀에서 그 위치를 가늠해볼 때 더욱 명확해진다. 일찍이 양헌은 『평서첩』에서 중국 서예사를 각 시대의 미적 목표로 극명하게 요약한 바 있다.

진나라는 운(韻)을 숭상하고 　　　　　　晉尚韻

당나라는 법(法)을 숭상하고 　　　　　　唐尚法

송나라는 의(意)를 숭상하고 　　　　　　宋尚意

원나라·명나라는 태(態)를 숭상했다. 　　元明尚態

그러면 추사 살아생전에 청나라의 글씨는 무엇을 숭상했는가? 청나라는 학(學)을 숭상했다. '청상학(淸尚學)'이다. 그들은 고전을 배우고 익히면서 개성을 창출할 것을 지향했다.

청나라 서예가 지향하는 예술적 이상을 가장 훌륭히 수행해낸 서예가로는 흔히 정섭·유용·등석여·이병수 등을 꼽는다. 그러나 그 누구하나로는 청대의 서예를 대표하지 못한다. 입고가 강한 이는 출신이 약했고, 출신이 강한 이는 입고가 약했다. 이를 감당할 수 있었던 서예가는 오직 추사 김정희뿐이다. 다만 그가 조선 땅에서 살았다는 이유로 중국 서예사에서 빠졌을 뿐, 동양 서예사 차원이라면 당연히 추사가 그 위치를 차지하고도 남는다. 이와 관련하여 2017년 예술의전당 서예박물관에서 열린 「동아시아 필묵의 힘」 국제학술포럼에서 중국 국가개방대학 서화교육원의 우리구(吳篴谷) 연구원이 "추사가 중국인이었다면 아마도 청나라를 대표하는 서예가로 꼽혔을 것"이라고 말한 바 있다.

다시 정리하여 동양 서예사의 대맥에서 말한다면, 진나라에 왕희지·왕헌지가 있고, 당나라에 구양순·저수량이 있고, 송나라에 소동파·미불이 있고, 원나라에 조맹부, 명나라에 동기창이 있다면, 청나라 시대에는 추사 김정희가 있었다. 이는 후지쓰카 지카시가 "청조학 연구의 제1인자는 추사 김정희이다"라고 갈파한 것과 같은 연장선에 있는 것이다.

만년의 시와 서정

추사의 과천생활이란 평범의 연속이었다. 가족과 함께 생활하고, 독서하고, 연구하고, 제자를 가르치고, 글씨를 쓰고, 벗들을 찾아가고, 벗의 방문을 받고…… 그 이상이 없는 매우 담담하고 조용한 나날이었다. 귀공자로 태어나 빼어난 기량으로 학문과 예술에서 명성을 날리던 젊은 추사나, 가문에 힘입어 출세가도를 달리며 '완당바람'을 일으키던 중년의 추사나, 제주와 북청으로 귀양 가서 외로운 나날을 보내던 유배시절의 추사와는 다른 만년의 고적한 삶이다.

바로 그런 일상 속에서 추사는 오히려 평범성과 보편성의 가치를 몸으로 깨달으며 자신의 인생과 예술 모두를 원숙한 경지로 마무리해 갔다. 이는 북청에서 돌아온 지 얼마 안 되어 지은 「촌집의 벽에 제하다」(전집 권10)라는 시에서 아주 잘 드러난다. 이 시를 짓게 된 사연이 길고도 가슴 뭉클한 감동을 준다.

길가의 마을 집이 옥수수밭 가운데 있는데 두 늙은 영감 할멈이 희희낙락하게 지낸다. 그래서 영감 나이가 몇이냐 물었더니 일흔 살이라 한다. 서울에 올라가보았느냐 하니 평생 관(官)에는 들어가본 적이 없다고 했다. 무얼 먹고 사는가 물으니 옥수수를 먹는다 했다. 마냥 남북으로 떠다니며 비바람에 휘날리던 신세라 노인을 보면서 나도 모르게 망연자실했다.

한 그루 대머리 버들 몇 칸의 초가집에	禿柳一株屋數椽
백발의 영감 할멈 두 사람만 호젓해라.	翁婆白髮兩蕭然
석 자가 넘지 않는 시냇가 길옆에서	未過三尺溪邊路
옥수수 갈바람에 칠십 년을 보냈다오.	玉薥西風七十年

추사의 이런 모습은 개똥지빠귀를 노래한 〈백설조를 노래하다(詠百舌鳥)〉라는 시축에 잘 나타나 있다. 높이 27센티미터, 길이 357센티미터의 장권으로 유려한 필치와 능숙한 행간 구성, 점과 획 하나하나에서 쇳조각을 오려낸 듯한 강한 기상과 삭풍이 몰아치는 듯한 매서운 필세를 느끼게 하는 명작 중의 명작이다.

개똥지빠귀는 들 가운데서 기운 드높고 마을 꽃 움트고 버들잎 물결치려 한다. 작은 창에 비친 해 그도 좋거늘 자고 먹고 날며 울기 애쓰지 마라. (…) 개똥지빠귀는 동짓날에 비로소 소리를 내고 하짓날에는 드디어 소리가 들어가니 이것은 양조(陽鳥)이다. (…) 옛사람들은 이런 뜻은 하나도 언급하지 않고 도리어 그 많은 것만을 조롱했다.(최완수 『추사정화』, 지식산업사 1983)

김정희, 〈백설조를 노래하다(詠百舌鳥)〉(첫면과 끝면) 27.6×357.0cm ┃ 개똥지빠귀를 노래한 시축으로 내용도 허허롭고 선미 넘치지만 글씨 또한 천연스러운 변화를 보여주는 걸작이다.

「석노시」에서도 언급했듯이, 이 시의 또 다른 원본이 『노설첩(弩舌帖)』(교토대학교 다니무라 문고)에 들어 있는 것이 근래에 알려졌다. 이 『노설첩』은 추사 70세 때인 1855년에 꾸며진 것이다.

추사는 어느새 자신에게 주어진 그 쓸쓸한 삶의 조건에 익숙해져 있었다. 이제 그는 거부할 수 없는 노년의 삶에서 편안히 자적하는 여유조차 갖는다. 과천시절 어느 해 봄이었다. 추사는 빗속에 젖은 복사꽃을 보며 쓸쓸한 자신의 신세를 노래했는데, 여기서는 애잔한 슬픔조차 일어난다. 「과우즉사(果寓卽事)」(전집 권9)라는 시이다.

뜨락에 복사꽃 울고 있으니	庭畔桃花泣
어이해 보슬비 속에 우는가.	胡爲細雨中
주인은 병든 지 하마 오래라	主人沈病久
봄바람에 웃지도 감히 못하네.	不敢笑春風

추사는 이런 외로움과 낭만적 자적, 그리고 처연한 생의 관조 속에

서 인생의 중요한 가치를 깨달았으니 그것은 평범성·보편성의 가치와 관용의 미덕이었다. 그것이 바로 귀양살이 10년이 그에게 선물한 더없이 값진 가르침이었다.

추사의 열정과 관용

나는 여기서 추사의 열정과 관용에 대해 다시 한번 깊이 생각해본다. 추사는 기질적으로 대단히 열정적인 분이었다. 그의 왕성한 지식욕과 창작열은 그런 기질이 가장 긍정적으로, 아름답고 위대하게 나타난 부분이다. 상상을 초월하는 박학과 그 양이 얼마였는지 알 수 없는 서예 작품이 이런 열정의 소산이다.

추사는 그 불같은 내적 열정 때문에 모르는 것이 있으면 그냥 넘어가지 못했고 궁금한 것이 있으면 끝까지 알아내고야 말았다. 진흥왕 순수비를 찾아내는 집념, 후배 윤정현에게 30년 만에 써준 〈침계〉라는 작품, 완원의 『황청경해』 1,408권을 끝내 구하고야 마는 것도 그런 열정의 소산이다.

추사는 또 자신이 하고자 하는 일에서는 반드시 최고여야 한다는 철저한 완벽주의였다. 조금이라도 부실하거나 불성실한 것을 참지 못했다. 그는 벼루 열 개가 뚫어지도록 글씨를 쓰는 엄청난 훈련을 쌓은 사람답게 제자들에게 구천구백구십구 분을 얻더라도 나머지 일 분까지 놓치지 말아야 한다고 당당하게 가르쳤다. 그는 "대가는 붓의 좋고 나쁨을 가리지 않는다는 말은 진실로 잘못된 말"이라며 붓도 양질의 것을 찾아 썼다. 일껏 써놓은 저서를 몇 차례 불태웠다는 것도 이런 완벽주의의 소산이다.

또 추사는 자신이 체득한 학예의 성과를 세상에 널리 퍼뜨리고, 세상을 위해 애쓰는 것으로 학자의 사명 또는 지식인의 사회적 책무를 다하고자 했다. 그는 소동파의 아버지 소순이 했던 말을 끌어와서 "알면 말하지 않은 것이 없고, 말하면 다하지 않은 것이 없다"라고까지 했다.(전집 권4, 오규일에게, 제2신)

그리하여 추사는 자신이 추구하는 학문과 예술을 함께할 수많은 벗과 제자들로 '추사 일파'의 '완당바람'을 일으켰다. 그런 열정으로 학문과 예술에 임했던 사람은 '조선 천지 상하 삼천 년'에 다시없었고, '종횡 십만 리' 중국에도 드물었다.

한편 추사의 열정에는 치명적인 약점이 있었다. 젊은 시절에는 관용의 미덕이 부족했다는 점이다. 매사에 시시비비를 확실하게 따져야 했고, '알면 말하지 않을 수 없다'는 성미 때문에 결국 수많은 적을 만들어 끝내는 남쪽으로 귀양 가고 북쪽으로 유배 가는 고초를 겪어야 했다.

불같은 열정에 너그러운 관용이 곁들여질 때 비로소 그윽한 경지에 다다를 수 있는 것이다. 만약 관용의 미덕을 곁들이지 못했다면 추사의 뜨거운 열정과 개성도 결국은 한낱 기(奇)와 괴(怪)에 머물고 말았을 것이요, 끝 모르고 치솟던 기개도 어느 정도 높이에서 허리째 부러지고 말았을지도 모른다. 추사는 그 관용의 미덕을 귀양살이 10년에 배웠고, 그것이 비로소 과천시절 예술에 나타나게 된 것이다.

사실 관용과 보편성은 기본적인 인생의 자세일 텐데 그것은 알아도 행하기가 어려운 법이다. 개성을 갖기는 차라리 쉬워도 그것을 받쳐줄 관용과 보편성을 얻기는 매우 어렵다.

나 또한 이렇게 말하면서도 아주 작은 일에서조차 이를 잘 실천하지 못한다. 영남대 시절 보령 성주사터 답사길에 대천 무창포 해수욕장에서 학생들과 하룻밤 묵어가던 날이었다. 아침 바다를 산책하다가 문득 야무진 석질에 무늬가 아름답고 형태도 기이한 주먹만 한 돌들이 보여 그중에서도 특이한 것을 여러 개 골라놓고는 어느 것이 가장 좋은가 품석(品石)하고 있었다. 그때 평소 책 읽고 발표하는 것은 둔해도 작품 보는 감각만은 뛰어나다고 생각해온 미술대학 출신의 수빈이라는 학생이 눈웃음으로 아침인사를 대신하고는 내 곁에 와서 앉았다. 나는 옳다 싶어 어느 것이 제일 좋으냐고 물었고 그는 여지없이 1등, 2등을 잘라 말했다. 내가 그의 판단대로 두 개를 한 손에 하나씩 쥐고 일어나려 하니 그는 내게 반문하듯 이렇게 물었다.

"샘, 그렇게 기이한 것만 갖고 가면 오랫동안 즐길 수 없잖아예."
"그러면 평범한 것을 가져가란 말이냐?"
"어데예(아니요), 그러니까 곁들여야지예."

바로 그것이다. 곁들여야 한다. 개성과 보편성, 열정과 관용은 서로 곁들여야 하는 것이다.

북청의 윤생원에게 보낸 편지

추사는 여전히 제자들과 교유했다. 북청 유배시절에 아까운 인재라고 칭찬했던 요선 유치전, 윤질부와도 교유했고 북청의 제자들에게도 편지를 보내곤 했다. 그중 갑인년(1854), 추사 나이 69세에 윤생원(윤질부와는 다른 인물임)에게 보낸 다음의 편지는 아주 간단한 안부편지에 불과하지만 간기가 확실하고, 또 필치가 굳세면서 활달하여 그의 만년 글씨를 연구하는 기준작이 된다.

김정희, 〈윤생원에게 보내는 편지〉 1854년(69세), 27.8×47.5cm, 개인 소장 ┃ 추사의 간찰 중 69세에 썼다는 확실한 간기가 있는 편지로 과천시절 추사체의 힘과 멋을 여실히 엿볼 수 있다.

북쪽 구름이 아득한데 해를 보내고도 편지를 받지 못하니 우울하기가 마치 밤털을 씹은 것 같았는데 김초시가 와서 비로소 반가운 편지를 받았고 아울러 윤질부의 편지도 얻으니 가슴 가득히 흐뭇하네. (…) 나의 모습은 여전히 낡은 집에서 어리석게 나머지 한 가닥을 간신히 버틸 뿐이라네.

추사의 이 편지는 그 자체가 하나의 서예 작품이라고 할 수 있는데 흔히 추사체라고 말하는 것의 진면목은 이런 글씨에서 만날 수 있다.

과칠십

1855년, 70세가 된 추사는 호를 과칠십(果七十)이라고 했다. 70세의 과천 사람이라는 뜻이다. 이제는 아호에서도 평범하고 무심한 경지가 느껴진다. 그래서인지 이 시절 추사는 시에서 더욱 일상적인 것

김정희, 〈칠석시〉 1855년(70세), 17.8×47.9cm, 개인 소장 ┃ '칠석에 여러 소년과 노닐면서 화답한 시를 부질없이 여기에 쓴다'라는 시로 내용도 내용이지만 추사체의 멋과 아름다움이 들어 있는 사랑스러운 가품이다.

들을 노래했다. 일례로 추사는 '칠석에 여러 소년과 노닐면서 화답한 시를 부질없이 여기에 쓴다'라는 제목의 작품을 남겼는데, 단정한 필치로 쓴 이 선면 작품은 그 내용도 내용이지만 추사체의 멋과 아름다움이 들어 있는 사랑스러운 가품이다. 그러나 추사는 이때부터 노환이 점점 심해져 편지마다 자신의 늙어가는 모습을 한탄한다.

　해가 바뀐 뒤에도 한 번 만나기가 이렇게 더디고 근일에는 왕래하는 인편마저 들쭉날쭉하여 회답마저 이렇게 늘어지니 매양 병중에 고개를 쳐들고 생각하면 영감에게는 정이 잊히지를 않는구려. 마른 나무, 차가운 재도 다 녹아나고 다 닦여버리지 않아서 그렇단 말입니까. 붓을 쥐고 애달파할 따름이외다. (…) 이 몸은 초목의 낡은 나이가 칠순이 꽉 찼으니

온갖 추한 꼴이 다 드러나서 사람을 대하면 부끄럽고 두려울 뿐이오.(전집 권4, 심희순에게, 제16신)

이런 상태에서도 추사는 기력이 생기면 글씨를 썼다. 과칠십이라 낙관된 〈산중당유객(山中黨留客)〉 시첩은 추사의 건필을 유감없이 보여준다. 이 무렵 추사는 한차례 대사를 치르게 된다. 양자 상무가 상처하여 새 부인을 맞아들이게 된 것이다. 이때 추사가 쓴 〈혼서지(婚書紙)〉는 예산 종가에 쭉 전해내려와 지금 충청남도 유형문화재 제44호로 지정되어 있다.

5촌 조카 민태호와 민규호

후지쓰카 기증 유물 중에는 추사가 과칠십 시절에 고모의 손자(5촌 조카)인 민태호(閔台鎬, 1834~84)에게 보낸 편지 5통이 들어 있는데 모두 인왕산 아래 매동(梅洞)으로 보낸 편지로 그중 한 통을 보면 다음과 같다.

머리 한 번 돌리는 사이 어느덧 녹음이 우거졌구나. 하나하나 쌓아가는 공부도 변하는 사물을 보며 한층 가다듬고 있는지 모르겠다. (…) 여기 사는 김련백은 일찍부터 아는 사이로 속세의 부류가 아닌데 그의 아들이 글공부를 위해 너희와 함께 어울리게 해달라는 부탁이 왔다. (…) 책상머리 가까이서 서로 어울린다면 나도 이롭고 남도 이로운 좋은 인연이 될 것이다.

그런 민태호가 초시에 합격하자 추사는 그를 축하하면서도 그 정도

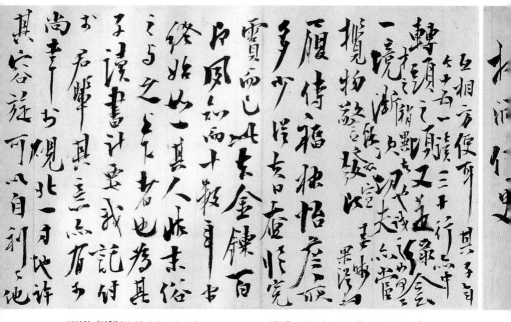

김정희, 〈간찰〉(민태호에게 보낸 편지) 24.0×38.5cm, 과천 추사박물관 소장 ┃ 추사가 말년에 5촌 조카인 민태호에게 보낸 편지로 과칠십시절 그의 삶과 글씨체를 잘 보여준다.

로 만족할 네가 아니라며 공부에 더 박차를 가하라고 격려했다. 또 민태호가 책을 싸들고 산사로 들어갔다는 소식을 접하고는 "부족함 없이 독파했느냐" 하고 물으면서 예서 쓰는 법을 말한 『예변(隸辨)』을 찾는 대로 보내줄 테니 익혀보라고도 했다. 이런 모습은 추사의 조카 사랑이 제자 사랑만큼이나 끔찍했음을 감동적으로 전해준다.

이 편지 중엔 추사가 자신을 "일흔 먹은 추한 몰골"이라고 말한 구절도 있지만 내용도 글씨도 추사 70세 때의 아름다운 작품을 보는 듯 대단히 매력적인 간찰이다.

훗날 민태호는 딸을 순종의 비로 들임으로써 임금의 장인이 되었다가 갑신정변 때 개화파에게 피살되고 말았다. 그의 동생인 황사(黃史)

민규호(閔奎鎬, 1836~78)가 「완당 김공 소전」을 쓰게 된 데에는 이런 집안 내력이 있었던 것이다.

〈백파선사비문〉

추사는 과칠십 시절 〈백파선사비문〉이라는 기념비적 명작을 남겼다. 1855년 어느 봄날, 정읍 백양사의 설두스님과 백암스님이 과지초당으로 찾아와 3년 전에 돌아가신 백파스님의 비문을 지어달라고 청했다. 이에 추사는 비의 이름을 '화엄종주 백파대율사 대기대용지비(華嚴宗主白坡大律師大機大用之碑)'라 짓고 뒷면에는 그 뜻을 유려한 행서체로 정중하면서 도도하게 써내려갔다.

우리나라에는 근세에 율사로서 일종(一宗)을 이룬 이가 없었는데 오직 백파스님만이 이에 해당할 만하다. 그 때문에 율사라고 썼다. 대기와 대용, 이는 바로 백파스님이 팔십 년 동안 늘 강조한 사항이다.

혹자는 스님이 기(機)·용(用)·살(殺)·활(活)에 지리하게 천착했다고 하나 이는 절대 그렇지 않다. 무릇 세상의 사물을 대함에서 살·활·기·용이 아닌 게 없으니 비록 불경이 팔만이라고 하나 어느 한 가지 살·활·기·용의 밖으로 벗어난 것이 없다.

그런데 사람들이 그 뜻을 알지 못하고 망령되이 살·활·기·용을 들어 백파가 고집한 착상(着相)이라고 하는 것은 하루살이가 느티나무를 흔드는 격이다. 그러니 어찌 백파를 안다 할 수 있으랴.

예전에 나는 백파와 편지를 주고받으며 논변한 적이 있는데 이를 갖고 세상사람들이 함부로 이러쿵저러쿵하는 것과는 크게 다르다. 이에 대해서는 오직 백파와 나만이 아는 것이니 아무리 만 가지 방법으로 입이 닳게 말한다 해도 사람들이 알아듣지 못할 것이다. 어찌하면 다시 스님을 일으켜 서로 마주 앉아 한 번 웃을 수 있으리요.

그러니 지금 백파의 비면 글자를 지으면서 만약 대기대용, 이 네 글자를 대서·특서하지 않는다면 족히 백파의 비가 되지 못할 것이다.

추사는 백파스님의 비문을 쓰면서 앞면에는 해서체 큰 글씨로 비의 이름을 쓰고, 뒷면에는 비의 이름을 풀이하는 글을 행서체 작은 글씨로 채웠다. 통상 앞면은 전서, 뒷면은 해서로 쓰는 것이니 이 자체가 파격인데, 결국 이 비문 글씨는 추사 만년 해서·행서 금석문의 최고 걸작이 되었다.

추사는 백파스님의 비문을 써주면서 이를 부탁하러 온 백파의 제자에게 따로 〈백벽(百蘗)〉이라는 횡액을 써서 선물했다. '백벽'이란 '백장스님은 대기를 얻었고, 황벽스님은 대용을 얻었다고 했으니 백장과 황벽을 모두 얻는 것은 곧 대기대용을 두루 갖추는 셈'이라는 뜻이다. 이 작품 또한 내용과 글씨 모두에서 추사 70세의 대표작으로 손꼽을 만한 명작이다.

추사는 또 백파의 제자들에게 평소 아끼던 〈달마대사 초상〉을 선물로 주었다. 사람들이 이 달마상이 꼭 백파스님 같다고들 했던 것이다. 추사는 이 달마상을 백파의 영정으로 알고 조석으로 공양하라고 주면서 다음과 같은 게송까지 써 붙였다.(전집 권6, 백파상찬)

멀리 보면 달마 같고	遠望似達磨
가까이 보자 백파일세.	近看卽白坡
차별 있음 가지고서	以有差別

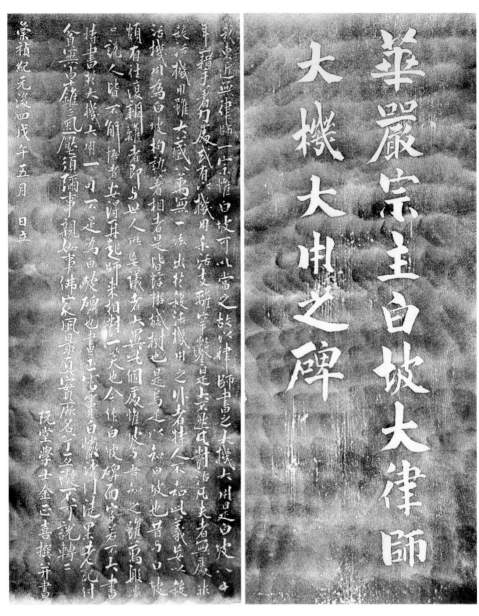

김정희, 〈백파선사비문〉 앞면(오른쪽)과 뒷면(왼쪽) 탁본 1855년(70세), 각 123.5×50.5cm, 부여문화원 소장 ┃ 추사는 백파선사의 비문을 쓰면서 앞면은 해서체로 '화엄종주 백파대율사 대기대용지비'라고 쓰고 뒷면은 행서체로 썼다.

김정희, 〈백벽〉 37.0×95.0cm, 개인 소장 ┃ 추사가 백파스님의 제자인 설두스님에게 써준 글씨로 백장은 대기를 얻었고 황벽은 대용을 얻었으니 '백벽'을 따르면 '대기대용'을 얻는다는 뜻이다.

불이문에 들었구려.	入不二門
흐르는 물 오늘이요	流水今日
밝은 달은 전신일세.	明月前身

『완당선생전집』을 보면 추사가 〈백파선사비문〉을 다시 한번 쓴 〈우일본(又一本)〉의 전문이 실려 있다. 그러나 이 〈우일본〉 원본의 소재는 알 수 없고 먹으로 테두리를 두른 구륵본만이 전하는데 이 또한 과칠십 노 추사의 필력을 유감없이 보여준다. 그 원본은 과연 지금 어디에 있을까.

칠십일과의 명작들

과칠십에서 한 살 더 먹은 71세가 되자 추사는 자신의 호를 '칠십일과(七十一果)'라 했다. 그리고 바로 그해(1856) 10월 10일, 추사는 세상을 떠났다. 그해 정월은 유난히도 추웠던 모양이다.

추사는 그 모진 추위 속에서 병과 씨름하며 사는 자신의 처지를 벗 권돈인에게 이렇게 하소연했다.

정희는 무슨 까닭인지도 모른 채 세월을 마치 도공의 물레처럼 쉽게쉽게 돌려버리고 (…) 실낱같은 생명이 아직 남아 있기는 하나 쓸모없기는 닭갈비보다 심하고 험난하기는 양장(羊腸)보다 더한 지경이니 이를 어쩌겠습니까? (…) 늘 남을 시켜 받아쓰게 하다가 오늘은 대단히 힘을 들여 얼어붙은 붓을 입김으로 불어 녹여서 이와 같이 정성껏 써서 올립니다.(전집 권3, 권돈인에게, 제33신)

들을수록 딱하기만 하다. 그런데 이 편지대로라면 추사의 과천시절 편지에는 대필이 있었음을 알 수 있다. 아닌 게 아니라 아우·아들·제자 모두 추사와 방불하게 썼으니 받는 이도 몰랐을지 모른다. 후대의 금강안들에게는 이것까지 가려내야 하는 일거리가 생긴 셈이다.

이 무렵 추사는 몸만 아프고 괴로운 것이 아니었다. 남달리 우애가 깊었던 아우 명희가 사경을 헤매는 중병을 앓다가 결국 그해 4월, 69세의 나이로 세상을 떠나고 말았다. 추사가 죽기 6개월 전의 일이었다.

육신이 병으로 고통받고, 사랑하는 아우를 먼저 저세상으로 보내는 아픔을 당했음에도 추사는 삶을 체념하거나 긴장을 풀지 않았다. 오히려 죽는 그날까지 열정적으로 책을 읽고 글씨를 썼다. 심지어는 연경에 갔던 이상적이 돌아왔다는 소식을 듣고 궁금증을 이기지 못하여 언 손을 호호 불며 편지를 쓴 적도 있었다.

오늘은 어제와 같은데 어찌하여 금년은 작년과 다른지요? 해는 다름이 없는데 사람이 스스로 달리 여기는 것인지요? (…) 해 바뀐 뒤 추위는 더욱 심하니 이는 노인이 쇠약하여 능히 이겨내지 못하는 건가요? (…) 연경 소식도 이미 당도했고 모두들 태평한지요? 멀리서 바라는 마음 더욱 간절하외다.(전집 권4, 이상적에게, 제1신)

마지막까지 이런 정열이 살아 있어 추사는 칠십일과 시절 그 병중에도 해서·행서·초서·예서·전서 각 장르에서 최후의 명작들을 남겼으니 '칠십일과 병중작(病中作)'이라는 말의 숙연함을 우리는 결코 가볍게 지나갈 수가 없다.

〈산호가 비취병〉

추사가 칠십일과라고 낙관한 작품으로는 현재 알려진 것이 대여섯 점 정도 된다. 그런데 그 유작들이 전·예·해·행·초서 각 체로 남아 있어 우연치고는 너무도 신기하다는 생각조차 든다. 칠십일과로 낙관한 〈산호가 비취병(珊瑚架翡翠甁)〉은 북청시절 애제자였던 요선 유치전에게 써준 행서 작품으로 스스럼없고 허허로운 칠십 노경을 보여준다.

짝 없는 채색 붓은 산호로 된 붓걸이에	無雙彩筆珊瑚架
으뜸가는 명화일랑 비취 화병 꽂아야지.	第一名花翡翠甁

평지 절간에서 산을 바라보니 심히 기이한 것이 마치 미우인(米友仁)의 〈청효도(淸曉圖)〉 같다. 신운이 감도는 것이 마치 빛나는 것만 같다. 팔뚝을 들고 요선을 위해 쓰다.

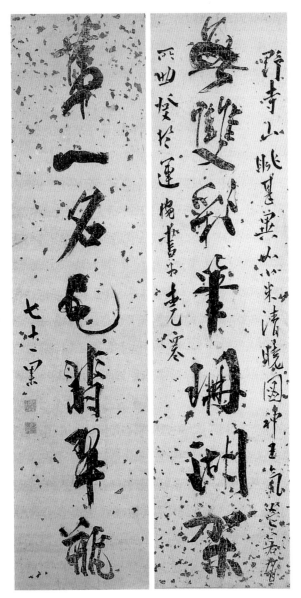

김정희, 〈산호가 비취병〉 1856년(71세), 각 137.0×33.3cm, 일암관 소장 |
추사가 칠십일과로 낙관한 행서 대련으로, 아름다운 산호 붓걸이와 청자병
을 노래하고 있다. 북청시절의 제자 유치전이 찾아오자 반가움에 선물로 써
준 것이다.

화제로 보아 이 작품은 봉은사에서 수도산(修道山)을 바라보고 쓴 것으로, 최고급 종이에 맘먹고 쓴 글씨 같다. 스스럼없는 필치로 써내려간 이 작품에는 만년에 이조락의 글씨에서 감명받은 평범성이 있다.

〈대팽고회〉

역시 칠십일과라고 낙관한 〈대팽고회(大烹高會)〉는 추사 인생의 종착점이 어디였는가를 말해주는 명작 중의 명작이다. 글의 내용과 글씨 형식 모두에서 그렇다.

두부와 오이 생강 나물을 크게 삶아	大烹豆腐瓜薑菜
부부와 아들딸과 손자까지 다 모였네.	高會夫妻兒女孫

이렇게 평범한 것의 가치를 극대화하고는 자신이 그렇게 말한 심정을 협서로 다음과 같이 적어놓았다.

이것은 촌 늙은이의 제일가는 즐거움이다. 비록 허리춤에 말〔斗〕만 한 큰 황금도장을 차고 밥상 앞에 시중드는 여인이 수백 명 있다 하더라도 능히 이런 맛을 누릴 수 있는 사람이 몇이나 될까.

나는 오랫동안 이 명구를 추사가 지은 문장으로 생각해왔는데, 전거를 찾아보니 이 대구는 명말 청초의 시인 동리(東里) 오종잠(吳宗潛)이 「중추가연(中秋家宴)」에서 "대팽두부과가채(大烹豆腐瓜茄菜) 고회형처아녀손(高會荊妻兒女孫)"이라 읊은 구절에서 나온 것이었다. 이 대구는 청나라 양제창(楊際昌)이 『국조시화(國朝詩話)』에서 소개할

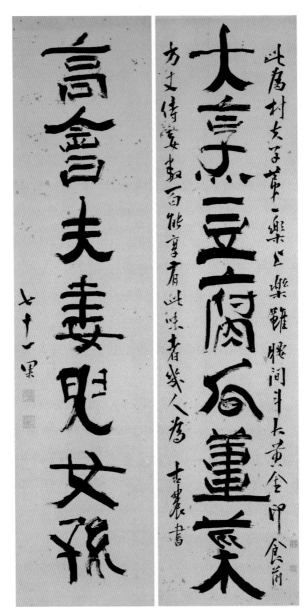

김정희, 〈대팽고회〉 1856년(71세), 129.5×31.9cm, 간송미술관 소장 ┃ 청나라 오종잠의 명구를 옮겨 쓴 것으로 글 내용과 글씨 모두가 추사의 예술이 평범성에로 회귀하는 모습을 보여주는 최말년의 작품이다.

정도로 널리 알려진 명구여서 역대 서가들이 대련으로 즐겨 써온 모양이다. 이조락의 〈단광옥기〉에서도 알 수 있듯이 서가들은 이런 명구를 작품으로 만들 때 글자를 조금 변형하기도 하는데, 추사는 가지 가(茄)를 생강 강(薑) 자로, 형처(荊妻)를 부처(夫妻)로 바꾸어 썼다.

글씨 또한 글의 내용만큼이나 소박하고 욕심 없고 꾸밈없는 순후함으로 가득하다. 그러나 글씨의 골격에는 옛 비문의 고졸함이 뼛속까지 배어 있다. 그러니 엄청난 기교임에도 그 기교가 드러나지 않고 그저 천연스럽고 순박하게만 보이는 것이다.

〈대팽고회〉는 1940년 무렵 경매에 출품되었다. 그때 간송 전형필 선생은 무슨 수를 써서라도 이 작품을 살 생각이었다. 당시 낙찰 예정가는 100원 정도였다고 한다. 그런데 만주에서 사업을 하던 일본인 수집가도 이 작품을 꼭 사겠노라고 경쟁이 붙었고 그 일본인이 경매가를 300원으로 올리자 간송은 아예 1000원을 불러 마침내 낙찰되었다. 지금은 간송미술관에 소장되어 있다. 당시 쌀 한 섬에 3원이었다고 한다. 본래 최고의 명품은 '값이 없는 것(priceless)'이다. 만사에서 2등과 3등 사이는 한 등 차이지만 1등과 2등 사이는 몇 등 차이인지 알 수 없다. 그것이 천 원이라면 천 원이고 1억 달러라면 1억 달러인 것이다. 간송은 이 작품이야말로 값으로 따질 수 없는 귀중한 문화유산임을 알았던 것이다.

〈대팽고회〉의 협서에는 행농(杏農)을 위해 써준다고 적혀 있다. 행농은 유기환(兪麒煥)으로 알려져 있는데 아직 누구인지 확인하지 못했다. 최완수 선생은 행농을 유치욱(兪致旭)이라고 했고, 김약슬 선생은 「추사의 선학변」에서 유기환은 추사가 만년에 사랑한 제자였다고 증언한 바 있다. 전하는 말에 의하면 추사가 "머리 위에 있는 서궤(書

김정희, 〈**부람난취**〉 28.5×128.0cm, 개인 소장 ▍'아지랑이 피어오르는 봄날의 푸른 산'이라는 뜻으로 추사는 이 글씨를 행농에게 써주며 노격(老隔)이라고 낙관하였다.

櫃)를 행농에게 전하라"라고 유언하여 유기환이 훗날 이를 받아 열어 보니 여기에는 〈대팽고회〉 〈부람난취(浮嵐煖翠)〉 등 추사 선생의 작품이 가득 들어 있었다고 한다.

여기서 '부람난취'란 송나라 황정견의 글에 나오는 구절로 '아지랑이 피어오르는 봄날의 푸른 산'이라는 뜻이다. 이 글씨는 아지랑이가 피어오르는 듯한 가벼운 운필로, 매우 아름다우면서 천연스러운 정취가 깃들어 있다.

몇 해 전 나는 인사동 낙원표구 이효우 대표의 배려로 이태호 교수와 함께 추사가 계축년(1853년, 68세)에 쓴 또다른 〈대팽고회〉 대련을 본 적이 있는데 이 작품에는 〈단광옥기〉의 협서와 똑같이 이조락의 글씨를 본받아 '우연욕서'한 것이라고 쓰여 있었다. 71세 때 쓴 대련과 비교하면 중후한 느낌을 주는 명작이라고 생각했다. 그러나 소장가가 적당한 기회에 전시회를 통해 공개하겠다고 하여 여기에는 싣지 못했다.

〈해붕대사 화상찬〉

1856년 5월, 그러니까 추사가 세상을 떠나기 5개월 전 어느 날, 전혀 모르는 스님 한 분이 추사에게 편지를 보내왔다. 편지의 내용은, 자신은 호운(浩雲)이라는 중으로 해붕대사의 문도인데 스님의 영정을 만들었으니 거기에 화상찬을 하나 써달라는 부탁이었다.

편지를 받고 추사는 까마득한 40년 전 일을 떠올렸다. 추사가 30세 되던 1815년 겨울이었다. 해붕스님이 수락산 학림암에 있을 때 추사는 산사로 스님을 찾아가 하룻밤을 지새며 공각(空覺)에 대해 일대 격론을 벌인 적이 있었다. 이때 마침 초의가 해붕스님을 모시고 있어 두 사람은 그렇게 만났던 것이다.

추사는 호운스님에게 써주겠다며 답장을 보냈다. 이 편지는 추사의 행초서 중 가장 휘갈겨 쓴 글씨로, 어떤 거리낌도 어떤 욕심도 없이 필법의 달인만이 보여줄 수 있는 능숙함이 유감없이 구현된 추사의 간찰 중 최고 명품이다.

평생에 알지도 못하는 사람이 홀연 서신을 보내오니 대단히 기이한 일이다. 해붕노사(老師)의 문하라 하니 인연이 될 만하여 생소한 손님이 불쑥 나타난 것은 아니다. 해붕노사는 나의 옛 벗이다. 그 뒤를 잇는 제자가 없다고 들었는데 아직도 영정을 만들어 공양하는 사람이 있는가. 영정을 만드는 일은 나의 뜻에 맞지는 않으나 신병을 무릅쓰고 글을 써 보낸다. 여타 경우라면 평생에 알지도 못하는 사람에게 어떻게 찬(贊)을 써줄 수 있겠는가. 내 마음껏 써내지는 못한 것 같다. 병세가 심하여 이만 줄인다.

이리하여 추사는 생의 마지막 기력과 정성을 다하여 〈해붕대사 화상찬〉을 직접 짓고 써주었다.

해붕대사가 말하는 공(空)은 오온개공(五蘊皆空)의 공이 아니라 공즉

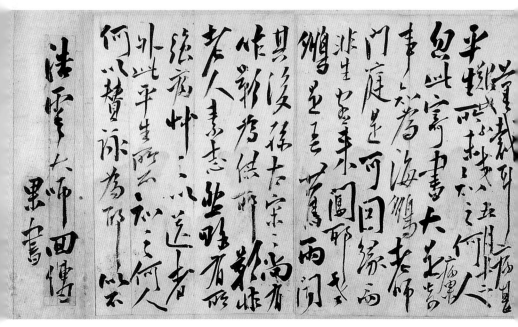

김정희, 〈간찰〉(호운스님에게 보내는 편지) 1856년(71세), 28.0×56.0cm, 청관재 소장 ┃ 〈해붕대사 화상 찬〉을 부탁한 호운스님에게 보낸 회신이다. 현재까지 알려진 추사의 마지막 간찰로 파도가 치듯 조수가 밀려오듯 하는 추사체의 기(氣)가 역력히 느껴진다.

시색(空卽是色)의 공이다. 혹자는 스님을 공의 종(宗)이라고도 하나 그렇지가 않다. 혹자는 또 진공(眞空)이라고 하는데 이는 그럴듯하게 들린다. 그러나 진(眞)이 공(空)을 얽맨다면 그 또한 해붕의 공이 아니다.

해붕의 공은 곧 해붕의 공일 뿐이다. (⋯) 지금도 생각나는 것은, 눈이 가늘고 검어서 푸른 눈동자가 사람을 꿰뚫는 듯한 해붕의 모습이다. 그는 비록 재가 되었지만 푸른 눈동자는 아직도 살아 있다.

30년이 지난 지금 쓰는 이 글을 보고서 껄껄 웃는 모습이 삼각산과 도봉산 사이에서 뷀 때처럼 역력하구나.

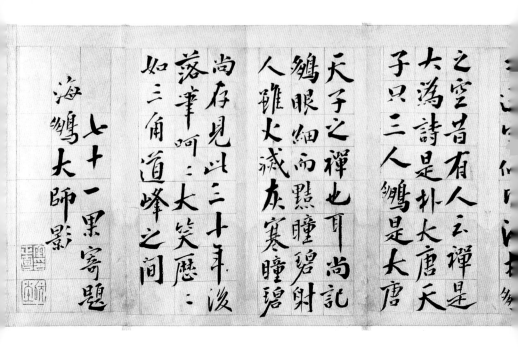

海鵬大師影

七十一果寄題

如三角道峰之間

尚存見此三十年後

落筆呵二大笑應二

天子之禪也耳尚記

鵶眼細而點瞳碧射

人雛火滅灰寒瞳碧

之空昔有人云禪是

大鵶詩是朴太唐天

子只三人鵶是太唐

이 글에선 선게(禪偈)를 방불케 하는 오묘한 선미(禪味)조차 느껴진다. 특히 이 글은 한문으로 읽을 때 나는 '공…공…공…' 소리의 리듬감 때문에 더욱 절묘하다.

이 글은 『완당선생전집』에 실려 있지만 몇 살 때 글인지는 밝혀져 있지 않다. 우리 시대의 드문 미술애호가인 고 청관재 조재진 사장이 이 글의 원본을 소장하게 되어 직접 볼 기회를 얻었는데, 놀랍게도 '칠십일과'로 낙관되어 있었다.

게다가 이 작품에는 추사가 호운스님에게 〈해붕대사 화상찬〉을 주면서 쓴 편지와, 훗날 초의스님이 이 화상찬을 보고 깊은 감회에 젖어 지은 단아한 필치의 발문이 함께 붙어 있었다.

海鵬之空芎非五蘊
皆空之空即空即是
色之空人或謂之空
宗非也不在於宗又
或謂之真空似然矣
空即鵬之空空生大
又迷鵬之空也鵬之
吾又恐真之累其空
覺是鵬之錯餘鵬之
獨造獨透又在錯餘
中當時一庵栗峰華
長喬庵諸名宿各有

김정희, 〈해붕대사 화상찬〉 1856년(71세), 28.0×102.0cm, 청관재 소장 ┃ 추사는 세상을 떠나기 5개월 전, 해붕대사의 화상찬을 정성을 다해 반듯한 해서체로 썼다.

〈해붕대사 화상찬〉은 추사의 해서체 중 최고의 명작이자 추사의 예술이 어디까지 올랐는가를 말해주는 기준작이 될 만하다.

봉은사에서 권돈인에게 작품을 보내며

추사가 만년에 과천 집과 봉은사를 오가며 어떤 생활을 했는가는 권돈인이 칠순을 넘긴 고령에 금강산을 다녀온 뒤 보낸 장문의 편지 속에 아주 넉넉히 나타나 있다. 『완당선생전집』 중 권돈인에게 보낸 제21신은 대단히 긴 편지인데 자신의 처량한 신세에 대해 한참 얘기하고는 봉은사에 가서 글씨 쓴 얘기를 소식 겸 늘어놓았다.

昔茲乙亥陪老和尚結臘於水落山之崔林菴一日院堂
披雪叅訪與老師大論覺之能所生經宿臨飯書壹
偈於老師行軸曰君從宅外我向宅中坐宅外何
所齊宅中元無火可想也蘇而傳之燈齊浩
寒雨公咸豐丙辰之貴景贊果州之丙舍越
五年辛酉秋雲師為海表忠主管齊司莅住之
日懷景贊永示徇蓋知徇之素所愍欵於 老師
而不暫忿之故乃寢舊盧新莊黃成以歸
八月初十日 艸衣意徇和南謹識

초의, 〈해붕대사 화상찬 발문〉 28.2×23.0cm, 청관재 소장 | 초의스님은 추사가 쓴 〈해붕대사 화상찬〉을 정성스레 표구하고 표장까지 해 거기에 발문을 지어 붙였다. 초의스님의 자상함과 조용한 성품이 그대로 나타나 있다.

달포 전의 절 행차 때에는 대감을 방문하지 않고 절을 향해 용감하게 곧바로 가니, 소나무 사이로 비치는 햇살이 불상을 환히 밝히고 있었습니다. 이때 향등(香燈)을 켜고 승려 서넛이 충분히 먹을 갈고 종이를 펴고 하는 일을 도와주어 장시간 써서 병풍 글씨와 대련이 가득 쌓였습니다. 이렇게 3, 4일 동안 멋대로 마구 붓을 휘둘러 답답함을 일체 시원하게 풀

었습니다.(전집 권3, 권돈인에게, 제21신)

추사는 이렇게 쓴 글씨 중 하나를 나무 현판에 새겨 선물하며 자기 글씨의 괴함을 변명하듯 이렇게 말했다.

졸자(拙字)의 모본(模本)에 대해서는 박군(박혜백)이 이미 공정을 마쳤으므로, 이에 감히 원본과 아울러 바칩니다. 또 내가 세한(歲寒) 한 편을 써서 묵은 맹약을 펴기는 했으나, 글자의 모양이 세속의 법식에 들지 않았으니 또 한 가지 비방을 얻게 될까 염려됩니다. 그러나 혹 대감께서 보시고 나무라지 않으시며, 산신령께서도 꾸짖지 않으시기만을 바랍니다. 지난날 벽에 낙서한 것도 이미 많은데, 부처님 머리에 똥 바르는 것이 무어 해로울 게 있겠습니까.

상유현의 「추사방현기」

추사의 살아생전 모습을 생생하게 전해주는 글은 아주 드물다. 그런데 정말로 진기하게도 추사가 세상을 떠나기 5개월 전에 상유현이라는 분이 쓴 「추사방현기(秋史訪見記)」가 있어서 우리는 추사의 고고한 마지막 모습을 생생히 그려볼 수 있다.

이는 김약슬 선생이 인사동 고서점에서 처음 발견하여 그것이 흘러나온 말죽거리(양재동)를 찾아가 상유현의 글임을 밝혀내고 그의 후손을 만나 전후 사정을 소상히 알아낸 다음, 당시 을유문화사에서 간행하고 있던 잡지 『도서(圖書)』 제10호(1966)에 소개하여 비로소 세상의 빛을 보게 된 것이다.

김약슬 선생은 일찍이 「추사의 선학변」이라는 중후한 논문으로 추사 연구에 크게 기여한 분인데, 선생이 이 글을 찾아내는 과정은 추사가 무장사 비편을 찾아내는 것 못지않은 감동을 준다. 추사를 연구하다 보면 추사의 그런 모습을 배우는 것인가, 아니면 그런 분이기에 추사를 연구하는 것인가 하는 생각이 들 때가 많다.

상유현(尙有鉉, 1844~1923)은 본관이 목천(木川), 호가 명교(明橋)이며, 한의사의 아들로 평생 관직을 가진 적은 없으나 본래 공부하는 것을 좋아하고 또 조선 팔도를 안 다닌 데 없이 유람했으며 20년간 중국을 출입하며 청나라 사람 탕상헌과 의형제를 맺기도 했다. 그의 생업이 무엇이었는지는 밝혀지지 않았으나 손자 상철(尙喆) 역시 한약방을 했다는 사실로 미루어보아 그 역시 가업을 이어받은 것으로 추정된다. 그는 『전수만록(顚手漫錄)』이라는 저서를 남겼는데, 그 속에 「추사방현기」가 들어 있다. 그는 글머리에 추사 선생을 찾아가게 된 경위를 이렇게 밝혔다.

내가 젊었을 때 병진년(1856) 봄과 여름 사이에 간암(硼菴)·어당(峿堂)·단번(檀樊) 세 어른이 과천의 반곡(盤谷)에 계신 식암(寔庵) 선생 댁에 와 주무시고 봉은사에 가셨다. 추사 선생을 뵈러 간 그때 선생은 절에 머무르고 있었다. 식암공도 같이 갔고 나도 모시고 따라갔다.

여기서 과천에 사는 식암 선생이 누구인지는 아직 밝혀지지 않았지만 간암은 이인석(李寅碩, 1821~58)으로, 침계의 외조카이다. 어당은 북청에서 유배 중인 추사를 찾아갔던 이상수(李象秀, 1820~82)이고, 단번은 윤치조(尹致祖, 1819~?)이다. 이들은 모두 봉서(鳳棲) 유신환(兪莘煥, 1801~59)의 제자들이다. 그러므로 상유현은 추사의 손자 제자쯤 되

봉은사의 옛 모습(1920년대) | 1939년 화재 이전 봉은사의 가람 배치를 볼 수 있다. 그때만 해도 봉은사는 경기도 광주의 조용한 산사였다. 추사는 여기서 노년의 한때를 보냈다.

는 셈이다.

그런데 당시 상유현은 불과 13세였다. 이 글은 훗날 그가 예순이 되었을 때 썼다는데 13세 때의 일을 이렇게 생생히 기록해놓았다는 것이 신비롭기만 하다. 상유현은 먼저 추사가 머물던 봉은사 방의 모습부터 아주 정밀하게 기록해놓았다.

가옥 안을 보니 화문석을 폈고, 자리 위에 꽃담요를 폈고, 담요 앞에 큰 책상을 놓고, 책상 위에는 벼루 한 개가 뚜껑이 덮인 채 놓여 있고, 곁에 푸른 유리 필세(筆洗)가 있고, 또 발이 높은 작은 향로가 있어 향 연기가 피어오르고 있었다.

또 필통이 두 개 있는데, 하나는 크고 붉으며, 하나는 작고 희었다. 큰 필통에는 큰 붓이 서너 개 꽂혀 있고, 작은 필통에는 작은 붓이 여덟아홉

개 꽂혀 있었다. 그 사이에 백옥으로 만든 인주합 한 개와 청옥 문진 한 개가 놓여 있었다.

책상에는 또 큰 벼루 한 개가 있어 먹을 갈아 오목한 못을 채웠고, 왼편에 목반 하나가 있어 도장 수십 방이 크기가 고르지 않게 놓여 있고, 바른편에 붉은 대나무로 만든 작은 탁자가 한 개 있는데, 단 위에는 비단과 종이가 가득 꽂혀 있었다.

오늘날 예산의 추사고택 사랑채를 추사 생전의 분위기로 재현해놓은 것은 대개 이 글에 따른 것이다. 이어 상유현은 그의 인상을 더없이 섬세하게 묘사했다.

방 가운데 노인 한 분이 앉아 계셨는데, 신체가 작고 수염은 희기가 눈 같고 많지도 적지도 않았다. 눈동자는 밝기가 칠같이 빛나고, 머리카락이 없고, 중들이 쓰는 대로 짠 둥근 모자를 썼으며, 푸른 모시, 소매 넓은 두루마기를 걸쳤다. (…) 젊고 붉은 기가 얼굴에 가득했고, 팔은 약하고 손가락은 가늘어 섬세하기 아녀자 같고, 손에 한 줄 염주를 쥐고 만지며 굴리고 있었다. 제공들은 배례(拜禮)를 했다. 몸을 굽혀 답하고 맞는데, 그가 추사 선생인 줄 가히 알 수 있었다.

여기서 우리는 비로소 추사의 모습을 생생하게 떠올릴 수 있으며, 그 정갈한 성격과 분위기도 느낄 수 있다. 상유현의 예리한 눈은 마침내 추사가 이미 써놓은 서예 작품에까지 이르러 "동편 가장자리 불탁(佛卓) 아래 옥색 화전(華牋) 서련(書聯) 세 짝을 펴놓고 방금 볕에 쬐어 먹 마르기를 기다리고 계셨다"라며 석 점 대련의 내용까지 기록해놓았으니, 상유현 또한 당대의 금강안이었다.

봄바람 같은 큰 아량은 만물 능히 포용하고　　春風大雅能容物
가을 물 같은 문장 티끌에도 물들잖네.　　　　秋水文章不染塵

냇가 문엔 푸른 이끼 어린 사슴 길들이고　　　碉戶蒼苔馴子鹿
돌밭에 봄비 내려 인삼을 심는구나.　　　　　石田春雨種人蔘

노국(문언박 文彦博)의 만년은 오히려 씩씩했고　潞國晚年猶矍鑠
여단(呂端)은 큰일을 대충하지 않았다네.　　　呂端大事不糊塗

〈춘풍추수(春風秋水)〉 대련은 현재 간송미술관에 소장된 바로 그 작품이 아닌가 생각되는데, 추사의 작품으로는 예외적으로 해서의 단정함과 행서의 편안함이 함께 어우러져 봄바람같이 온화하고 가을 물살처럼 맑은 기상을 일으킨다. 주황빛 냉금지가 아름답게 빛나고 먹빛의 광택이 아직도 남아 있어 많은 팬들의 사랑과 상찬을 받고 있다. 이 대련은 일찍이 등석여가 예서와 전서의 맛을 살린 작품이 있고 추사가 행서로 쓴 작품도 전해지고 있어, 추사가 이를 해서로 다시 방작한 것으로 보인다. 그러나 등석여와 달리 추사는 해서와 행서 맛을 더 살려 완연히 다른 작품으로 만들었다.

상유현의 「추사방현기」는 이윽고 추사의 목소리를 전해준다. 추사는 찾아온 여러 사람에게 침계 윤정현의 안부를 물었다.

"그래, 침계공은 기거가 편하시냐?"

김정희, 〈춘풍추수〉 각 130.5×29.0cm, 간송미술관 소장 ┃ 상유현은 봉은사로 추사를 찾아뵈었을 때 방 한쪽에 있는 추사의 작품 석점을 보았다고 한다. 『등석여 작품집』에 똑같은 대련이 있어 추사와 등석여의 관계를 엿볼 수 있다.

등석여, 〈춘풍추수〉 | 『등석여 작품집』에 실려 있는 것으로 추사와 등석여의 필치 차이를 한눈에 보여준다.

이 대목을 읽는 순간, 나는 기록문학가로서 상유현이라는 분의 탁월함에 다시 한번 감탄했다. 상유현은 평범한 인사말 한마디까지 기록할 줄 아는 뛰어난 문필가였다. 김약슬 선생도 귓가에 추사의 육성이 들리는 듯한 환상조차 일어났다고 했다. 상유현은 이어 추사가 이때 스님들과 똑같이 발우공양 하고 계셨던 모습을 상세하게 기록했고, 이어서 자화참회(刺火懺悔)하는 모습까지 증언했다.

늙은 스님 한 분이 댓가지를 하나 가지고 들어왔다. 그리고 댓가지 끝에 작은 종이통 하나를 매달았다. 통 가운데에는 바늘과 같은 까스랑이(針芒)가 있었다.(베 올을 초칠해 짧게 자른 것이다) 한 개를 골라 공의 바른팔 근육 위에 곧추세웠다. 작은 스님이 석유황에 불을 붙여 가지고 와서 까스랑이 끝에 붙였다. 타는 것이 촛불 같았으나 바로 꺼졌다.

나로서는 평생 처음 보는 일이었다. 스님이 나간 후 공들에게 물었다. "그 하시는 것은 무슨 뜻이고, 무슨 법이며, 뭐라고 부릅니까?"

어당 이상수 선생이 말씀하기를 "이는 불경에 있으니 자화참회가 곧 이것이라. 또 수계라고도 부른다. 무릇 중이 되면 비로소 삭발한다. 스승의 계를 받을 때도 이와 같다. 이는 모두 더러운 것을 사르어버리고 귀의 청정(歸依淸淨)하는 맹세이니 불법은 그러하니라" 하였다.

나는 처음으로 이 일을 보았고 또 이 말을 들으니, 비록 말하지는 않았으나 심히 의아스럽고 괴이하다는 생각이 들었다. 말하자면 추사처럼 높고 귀한 분이 어찌 이렇게 불심(佛心)에 미망되었는지 늘 의심했다.

추사는 그때 실제로 불교에 크게 '미망'되어 있었다. 나이 71세, 늙고 병들어 자신의 그림자를 보는 것조차 부끄럽게 여겼다는 노 추사. 몇 달 뒤 세상을 떠난 그에게 불교가 그렇듯 절실히 다가온 것은 어쩌면 당연한 일일지도 모른다.

절필, 봉은사 〈판전〉

1856년 10월, 추사는 그때도 봉은사에 있었다. 당시 봉은사에서는 영기(永奇)스님이 『화엄경 수소 연의초(華嚴經隨疏演義抄)』 80권을 손으로 베껴 쓰고 이를 목판으로 찍어 인출하는 작업을 하고 있었다. 그전부터 봉은사의 불경 인출 작업을 지켜보아왔던 추사는 일찍이 권돈인에게 보낸 편지에서 이렇게 말한 바 있다.

또 한 명의 승려 영기는 자칭 남호(南湖)라는 자로서, 연전에 『아미타경』과 『무량경』을 판각하여 이미 강상에 전달했던 자이니, 아마 처음 보는 사람은 아닐 듯합니다.

이 두 승려가 대원(大願)을 발하여 『화엄경』을 간행하려 하고 있으니, 그 뜻이 또한 가상합니다. (전집 권3, 권돈인에게, 제21신)

김정희, 〈판전〉 현판 1856년(71세), 65.5×191.0cm, 봉은사 ▎봉은사 경판전의 이 현판은 결국 추사의 절필이 되었다. 이 작품을 쓴 지 3일 뒤에 추사가 세상을 떠났다고 한다.

마침내 이 화엄경 판이 완성되어 경판전을 짓고 보관하게 되자 봉은사에서 그 현판 글씨를 추사에게 부탁한 것이다. 그때가 9월 말이었다. 추사는 병든 몸임에도 불구하고 어린애 몸통만 한 크기로 〈판전(板殿)〉 두 글자를 욕심 없는 필치로 완성했다. 그리고 그 옆에 '칠십일과 병중작(七十一果 病中作)'이라고 낙관했다. 즉 '71세 된 과천 사람이 병중에 쓰다'라는 뜻으로, 이 글씨가 결국 추사의 절필(絶筆)이다.

〈판전〉 글씨를 보면 추사체의 졸함이 극치에 달해 있다. 어린아이 글씨 같기도 하고 땅바닥에 지팡이로 쓴 것처럼 졸한 멋이 천연스럽다. 이쯤 되면 불계공졸도 뛰어넘은 경지라고나 할까, 아니면 극과 극은 만난다고나 할까. 나로서는 감히 비평의 대상으로 삼을 수조차 없는 신령스러운 작품이다.

봉은사 판전의 현판 액틀에는 작은 글씨로 누군가가 써놓은 오래된 글씨가 하나 있었다. 그 내용은 추사가 이 글씨를 쓰고 난 사흘 뒤에 세상을 떠났다는 것이다. 그것이 추사의 최후이다.

이 대작은 아무리 봐도 사흘 뒤 세상을 떠날 병든 노인이 감당할 글씨가 아니다. 그렇다면 생의 마지막 힘을 〈판전〉 두 자를 쓰는 데 바쳤다는 얘기도 된다. 추사는 전장에 쓰러진 장군처럼 글씨와 함께 장렬히 세상을 떠난 것이다.

나는 이 〈판전〉 글씨를 늘상 보며 살아왔다. 지금 사는 집이 봉은사와 가까워 일없이 산책 삼아 가는 일도 많다. 그것이 인연이 되어 나의 집사람은 봉은사 법륜보살도 지냈고 돌아가신 선친의 사십구재도 여기서 지냈다. 10년 전부터 매달 열리는 고전강독회 모임도 봉은사 선불당에서 시작했다. 봉은사는 내게 그런 곳이다.

30여 년 전의 일이다. 어느 날 틈을 내어 이 글씨를 다시 보러 봉은사에 갔는데 그날은 〈판전〉 글씨가 아주 어린애 글씨처럼 보였다. 왠지 추사가 여덟 살 때 부친에게 보낸 편지 글씨와 대단히 닮았다는 느낌이 들었다. 글자의 구성도 그렇거니와 획의 뻗침도 그렇게 느껴졌다. 참으로 신기한 느낌이었다.

인간은 그렇게 원초로 돌아가는 것인가. 그런 생각에 잠겨 좀처럼 봉은사를 떠나지 못했다. 그 바람에 그날 동주 선생을 찾아뵙기로 한 약속에 늦고 말았다. 나는 지각을 용서받기 위해 봉은사 〈판전〉 글씨를 보다가 꼭 추사 여덟 살 때 글씨 같다는 생각이 들어 거기에 취해 오래 머물다 늦었다고 말씀드렸다. 그러자 동주 선생은 한참 생각하시더니 이런 말씀을 하셨다.

"우리 아버님은 아흔여섯에 세상을 떠나셨어요. 본래 아버님은 어려서 경주와 대구에서 자랐기 때문에 경상도 사투리를 썼는데 젊어서 서울로

558

올라와 사시면서 경상도 말투는 다 없어지고 서울말을 하게 되어 사람들은 서울 사람인 줄로만 알았죠. 그런데 돌아가시던 그해 어느 날부터 갑자기 아버님이 경상도 사투리를 다시 쓰기 시작하셨어요. 그러고는 얼마 안 되어 운명하셨죠."

또 하나의 전설적인 얘기가 있다. 흔히 이승만 대통령은 유언을 남기지 못하고 죽은 것으로 알려져 있지만 진실은 그렇지 않다. 이승만은 하와이에 망명했을 당시 부인 프란체스카와 쓸쓸히 지냈다. 그들은 항시 영어로 대화했다. 프란체스카가 한국어를 할 줄 몰랐기 때문이다. 그런데 이승만은 운명할 때 침상에 누워 프란체스카를 바라보며 힘들여 유언을 남겼는데 한국어로 말했다고 한다. 그러나 프란체스카가 한마디도 알아듣지 못해, 그 유언은 세상에 전해질 수 없었다.

그렇게 본연의 모습으로 돌아가는 것이 자연의 법칙이다. 그렇다면 추사의 〈판전〉 글씨도 정녕 그런 근원으로의 회귀였던가? 나는 그렇게 생각한다. 그러나 그것은 자연스러운 회귀는 아니었을 것이다. 추사는 그렇게 모든 것을 버리고 원초의 모습으로 돌아갔지만 그의 필획엔 어쩔 수 없이 단련된 기량이 남았다. 그것이 이른바 뛰어난 솜씨는 어리숙해 보인다는 '대교약졸(大巧若拙)'의 미학일 것이다.

"나무(南無) 추사거사 마하살."

"산은 높고 바다는 깊네"

제자들의 애도와 추모

병진년(1856) 10월 10일 추사가 세상을 떠나자 가족들은 선생의 묘소를 예산 추사고택 옆에 모시고 두 부인(한산 이씨, 예안 이씨)을 합장했다. 제자들은 앞다투어 선생의 영전에 당도하여 통곡했고 멀리서 보내온 애도의 제문들이 답지했다.

먼저 우봉 조희룡은 "조희룡이 재배하고 삼가 만사(輓詞)를 드리나이다"라며 공경의 뜻을 올리고 "글자의 향기는 매화로 피어나리"라고 했다. 우선 이상적은 "공이 귀양살이하실 적에 〈세한도〉와 〈묵란〉 몇 폭을 그려서 보내주신 적이 있다"라는 회상의 부기를 적어놓고 「김추사 시랑께 만사를 바칩니다」라는 글로 스승의 죽음을 애도했다.

제주도와 북청의 유배지까지 따라와 선생을 모시고 학문을 배워 개화파 인사가 된 자기 강위는 「김정희 선생님께 드리는 제문」을 바쳤고, 만년의 애제자였던 소당 김석준은 만사를 지으면서 스승을 잃은 슬픔과 스승께 받은 은혜를 말했다.

권돈인의 화상찬과 추모시

추사의 평생지기 권돈인은 추사 사후 뒷일을 모두 감당해주었다. 추사가 세상을 떠나고 6개월이 지난 1857년 4월 3일, 마침내 아버지 김노경과 함께 억울한 누명을 벗고 복권된다. 이에 권돈인은 "공이 세상을 떠나고 (…) 억울한 누명을 벗고 관직을 회복하라는 명이 있었다"라며 이렇게 읊었다.

추사 김정희 묘소 | 예산 추사고택 오른쪽 언덕자락 추사의 묘소에는 후손 김승렬이 쓴 묘비가 세워져 있다.

죽도록 원통한 일 세상사람 탄식했고	寃業終天衆所欷
청산에 뼈를 묻고 형제들 돌아가네.	靑山埋骨弟兄歸
모르겠네, 캄캄한 저승 계신 그분은	不知泉下冥冥者
임금의 이 말씀을 읽을 수나 있을는지.	能讀君王綍出辭

권돈인은 또 추사의 제자 희원 이한철에게 흑단령을 입은 추사의 초상을 그리게 하고 다음과 같은 화상찬을 썼다.

선비의 집안 학술이 날로 피폐하더니 선생은 마침내 대들보를 올려놓았습니다. 외로운 중에도 훈고(訓詁)로 모든 학파를 두루 꿰뚫고 (학문의) 근본은 깊은 경학(九經)에 닿았으며 가슴속에 얻은 것을 은밀히 뽑아내어 천 년을 두고 문장과 예술의 으뜸이 되었습니다. 예스럽고도 미묘하여 아무도 오르지 못한 영역을 열어놓았으니 그 이치는 확연히 옳았으며, 두루 법도를 밝혔으며, 굳건한 의지로 행실을 바꾸지 않았습니다. (…)

슬프다! 선생이시여! 캄캄한 밤의 밝은 달, 비 온 뒤의 밝은 햇살, 상쾌한 바람 같은 존재이시여! 순수하고 아름다운 옥과 같은 인격이시여! 실사구시 하는 학문은 산처럼 높고 바다처럼 깊습니다(山海崇深). (…) 공자님 말씀에 "세상이 받아주지 않은 다음에야 참다운 군자의 모습을 볼 수 있다"라고 하시더니 선생이야말로 그러하셨습니다.

1857년 초여름 권돈인은 추사의 영정을 예산 향저에 봉안하고 〈추사영실(秋史影室)〉이라는 현판을 새겨 걸어놓고 쓸쓸히 집으로 돌아가는데, 죽은 옛 친구를 생각하는 감회를 이기지 못하여 「그대의 모습을 그려보려고 했으나 그리기가 어려워 시로 읊는다」라는 애절한 시를 써서 그의 아들 상무에게 주었다.

고요한 그대 생각 불러본들 소용 있나 (…)	寂寂思君喚奈何
모두 다 한 찰나의 꿈이 되어 사라지리.	都付夢騰一刹那
산해숭심이 고증의 대문인데	山海崇深攷古門
경전 연구 사실 밝힘 이제 다시 누가 있나.	窮經覈實復誰存

초의스님의 제문

추사가 그렇게 보고 싶어했던 벗 초의는 장례에 참석하지 않았다.

〈김정희 초상〉, 이한철 1857년, 비단에 채색, 131.5×57.7cm, 국립중앙박물관, 보물 제547호 | 추사가 서거하자 권돈인은 희원 이한철에게 추사의 초상화를 그리게 하고 초상화 윗면에 고인을 기리는 찬문을 직접 썼다. 이 초상화는 본래 추사영실에 봉안되어 있었으나 현재는 국립중앙박물관에서 보관하고 있다.

秋史先生真像贊幷序

六藝之家學街日歐先
生嘗起骨退孤僻高話
讀貫百氏而根柢九經
家軸方寸而橫探千畫
為大雅之冠見皆古微
之清遠理囿邈起而室
壽隨果全秋山不修惺
閤善八明堂呈高之准
互儒衍俊持師資美少
力之關富泉智之涯
詞枝偶儒之儔薇先生
有至隨今桑之圖美昧
道之陂嗚呼先生率
朗月光風粋王臺食室
辛書見山海際浪大門
道之泰而過了岸子仲
尼曰不富無浪見君子
元祖賢友人櫂髮口謹述

秋史金石像

권돈인, 〈추사영실〉 35.0×120.5cm, 간송미술관 소장 ┃ 권돈인은 추사의 아들 상무가 추사영실 세우는 일을 도왔으며 그 현판을 직접 썼다.

당시 스님은 도성 안이나 사람이 많이 모이는 속세에는 몸을 잘 드러내지 않았기 때문이다. 그런 이유로 초의는 추사와 그렇게 가까웠어도 추사의 장례에 가지 않았고, 대신 추사 사후 2년이 되는 1858년 대상을 앞두고 홀로 찾아와 통곡의 제문을 바친다. 이 글은 그토록 말 없던 초의가 추사에게 남긴 유일한 목소리이다.

　　무오년 2월 청명일에 방외(方外)의 친구 초의는 한 잔의 술을 올리고서 완당 선생 영전에 고하나이다. 엎드려 생각건대, 좋은 환경에 태어나서 어찌 굳이 좋은 때를 가리려 했나이까. 신령스러운 서기로서 어두운 세상에 따랐으면 그게 곧 밝은 세상이었을 텐데, 이를 어기고 보니 기린과 봉황도 땔나무나 하고 풀이나 베는 나무꾼의 고초를 겪은 것입니다. (…)
　　슬프다! 선생은 천도(天道)와 인도(人道)를 닦아 여러 학문을 체득하시고, 글씨 또한 조화를 이루어 왕희지·왕헌지의 필법을 능가하고, 시문(詩文)에 뛰어나 세월의 영화를 휩쓸고, 금석(金石)에서는 작은 것과 큰 것을 모두 규명하여 중국에까지 이름을 떨치셨나이다. 달이 밝으면 구름이 끼고, 꽃이 고우면 비가 내립니다. (…)

슬프다! 선생이시여, 42년의 깊은 우정을 잊지 말고 저세상에서는 오랫동안 인연을 맺읍시다. 생전에는 자주 만나지 못했지만, 도에 대해 담론할 제면 그대는 마치 폭우나 우레처럼 당당했고, 정담을 나눌 제면 그대는 실로 봄바람과 같고 따스한 햇살과도 같았지요.

손수 달인 차를 함께 나누며, 슬픈 소식을 들으면 그대는 눈물을 뿌려 옷깃을 적시곤 했지요. 생전에 말하던 그대 모습 지금도 거울처럼 또렷하여 그대 잃은 나의 슬픔 이루 다 헤아릴 수 없나이다.

슬프다! 노란 국화꽃이 찬 눈에 스러졌는데 어쩌다 나는 이다지 늦게 선생의 영전에 당도했는가. 선생의 빠른 별세를 원망하나니, 땅에 떨어진 꽃은 바람에 날리고 나무는 달그림자 끝에 외롭습니다.

선생이시여! 이제는 영원히 회포를 끊고 몸을 바꿔 시비의 문을 벗어나서 환희지(歡喜地)에서 자유로이 거니시겠지요. 연꽃을 손에 쥐고 안양(安養)을 왕래하시며 거침없이 흰 구름 타고 저세상으로 가셨으니 누가 감히 막을 수 있겠습니까. 가벼운 몸으로 부디 편안히 가시옵소서. 흠향하소서.(「완당 김공 제문」, 『초의선집』)

소치의 묘소 참배와 이하응의 회고시

어인 노릇인지 추사 사후 경주 김씨 월성위 집안은 몰락하여간다. 그 쓸쓸한 과정을 홍한주는 『지수염필』에서 이렇게 말했다.

(추사는) 향년 71세로 과천 집에서 세상을 떠났다. 작은 동생 산천 김명희는 그보다 몇 달 전에 향년 70세로 죽었고, 막냇동생 금미 김상희는 올봄(1863)에 68세로 죽었는데, 모두 아들이 없어 그 대를 잇지 못했으며 문장 또한 뒤가 끊어졌으니 슬픈 일이다.

추사 사후 제자들은 선생의 업적을 기리기 위하여 문집을 편찬하기 시작했다. 흩어진 시 원고와 각자가 받은 편지들을 일일이 모아 돌아가신 지 11년 되었을 때 제자 남병길이 『담연재시고』와 『완당척독』(1867)을 펴냈고, 그 이듬해에는 제자 민규호가 여기에 소(疏)·기(記)·발(跋) 등 문(文)을 더하여 『완당집』(1868)을 펴냈다.

그리고 세월이 많이 흘러서도 제자들은 선생을 잊지 않고 추모했다. 제자 소치는 선생 사후 22년이나 지난 1878년에도 선생을 잊지 않고 묘소를 찾아가 제자의 도리를 다했다.

나는 완당공의 묘소를 물어 찾아가 무덤 앞에 엎드려 절했습니다. 6월 초사흘은 완당 선생의 생신이었지요. 나는 주머니를 털어서 죽순과 포 등 제수를 마련했습니다. 제문을 지어 삼가 선생의 영정 아래 바치니, 평생토록 마음속에 품고 있던 회포를 조금이나마 풀 수 있었지요.(『소치실록』)

흥선대원군이 된 석파 이하응은 어느 날 과천을 지나며 「과천도중」이라는 시를 짓고 "노완(老阮) 고선생(古先生)을 깊이 사모하노라"라는 시구로 맺으면서 선생을 회상했다.(『석파만음(石坡漫吟)』) 또 말년의 애제자였던 소당 김석준은 『속회인시록(續懷人詩錄)』에서 선생의 모습을 아련히 회상했다.

『조선왕조실록』의 졸기

제자들만 선생을 기린 것은 아니었다. 역사가들도 추사의 학예가 세상에 끼친 공을 잊지 않았다. 추사 사후 8년이 되어 『철종실록』이 편찬될 때(1864~65) 사관(史官)들은 1856년 10월 10일 기사를 쓰면서 이날 추사가 세상을 떠난 것을 잊지 않고 그의 삶을 평가하는 '졸기'를 다음과 같이 기록했다.

철종 7년, 10월 10일 갑오. 전 참판 김정희가 죽었다. 김정희는 이조판서 김노경의 아들로 총명하고 기억력이 투철하여 여러 가지 책을 널리 읽었으며, 금석문과 그림과 역사에 깊이 통달했고, 초서·해서·전서·예서에서 참다운 경지를 신기하게 깨달았다.

때로는 하지 않아도 될 일을 잘했으나 사람들은 그것을 비판할 수 없었으며, 그의 작은아우 김명희와 더불어 훈지처럼 서로 화답하여 울연히 당세의 대가가 되었다.

젊어서부터 영특한 이름을 드날렸으나 중도에 가화를 만나 남쪽으로 귀양 가고 북쪽으로 유배 가며 온갖 풍상을 다 겪고, 혹은 세상의 쓰임을 당하고 혹은 세상의 버림을 받으며 나아가기도 하고 또는 물러나기도 했으니 세상에선 (그를) 송나라의 소동파에 비교하기도 했다.

『철종실록』 편찬자 중에 어떤 분이 있어서 벼슬이 겨우 참판에 이른 추사를 잊지 않고 이렇게 그의 학문과 예술과 인간을 정사(正史)에 기록했을까. 나는 그것을 고마워하며 집필자 명단을 찾아보았다. 그 중 내 눈에 가장 먼저 들어온 이름은 환재 박규수였다.

산은 높고 바다는 깊네
추사의 묘소 앞에는 선생의 학문처럼 품이 넓고 선생의 예술처럼 아름다운 다복솔〔盤松〕이 한 그루 서 있다. 그래서 추사의 묘소를 찾는 이들은 누구나 저 다복솔이 선생의 화신이라고 생각했다. 그러나

추사 묘소 앞의 다복솔 | 30여 년 전만 해도 추사 무덤 앞의 다복솔은 열두 줄기가 넉넉하게 뻗은 아름다운 모습이었다.

지금으로부터 30여 년 전 어느 해 눈이 무척 많이 온 날 다복솔 열두 가지 중 아홉이 설해목(雪害木)으로 부러져나가 세 줄기만 남았고, 지금은 오직 두 줄기가 그 옛날을 간신히 지키고 있다.

그 옛날의 다복솔을 모르는 사람들은 지금 저 두 가닥의 가녀린 소나무만 보고도 곧잘 그 아름다움을 말하고 있으니, 오늘날 우리가 선생을 대함이 꼭 그러하다는 쓸쓸한 생각을 지울 수 없다. 위당 정인보 선생은 일찍이 『완당선생전집』의 서문을 쓰면서 다음과 같은 엄중한 경고를 내린 바 있다.

아! 선비가 옛사람을 본받아 외로이 학문을 닦아서 이미 널리 배움으로 말미암아 깊은 경지에 이르렀는데도 묻혀버리고 세상에 알려지지 않는다면 응당 한(恨)이 되지 않을 수 없다. 그러나 만약 무식한 사람들에

추사 묘소 앞 다복솔의 현재 모습 | 추사 무덤 앞의 다복솔은 30여 년 전 설해를 입어 늘어진 가지들이 다 잘려나갔고 현재는 두 줄기만 남아 있다.

게 전파되어 참으로 알아주는 것이 기대될 수 없는 경우라면 도리어 영원히 묻혀서 그 깊은 아름다움을 잘 보전하여 무식한 자들의 입에 의해 수다스럽게 더럽혀지지 않는 것이 오히려 더 나을 것이다.

『추사 김정희』의 집필을 끝낸 이 순간 만에 하나 내 글이 그런 것은 아닌지 두렵다. 진실로 추사 김정희 선생의 예술과 학문은 높고 깊기만 하다.

산숭해심(山崇海深)―산은 높고 바다는 깊네.

후기

『완당평전』에서 『추사 김정희』로

추사 김정희에 도전하기 위하여

1988년, 내 나이 40세 때 추사 김정희에 도전해보고자 성균관대 박사과정에 입학했다. 조선시대 서화사를 전공한 이상 추사 김정희는 어차피 넘어야 할 산이었다. 추사의 예술은 '학예일치의 경지'인바 내게는 예술보다도 학문세계에 대한 공부가 더 절실히 필요했다. 그리하여 동양철학과로 들어가 상허 안병주 선생의 지도를 받았다.

이후 5년간 나는 추사와 관계되는 것이라면 문헌이든 작품이든 보이는 대로 모았다. 그렇게 모은 복사 자료가 상자 몇 개를 가득 채웠다. 그러나 추사 관계 자료를 섭렵하면 할수록 오히려 추사 김정희는 박사학위 논문으로 쓸 수 없다는 생각이 들었다. 그 이유는 『완당선생전집』의 부실 때문이었다.

추사의 학문세계를 밝히자면 당연히 그의 문집인 『완당선생전집』에서 출발하지 않으면 안 된다. 그러나 추사는 살아생전 자신의 글을 책으로 펴낸 일이 없다. 이에 대해 「완당 김공 소전」에서는 "공은 저술하기를 좋아하지 않아서 젊은 시절에 엮어놓은 것들은 두 차례에 걸쳐 다 불태워버렸기 때문에 현재 세상에 전하는 것은 평범하게 왕복했던 서신에 불과한 것이다"라고 했다.

추사 사후 10여 년 후에 제자들이 여기저기 흩어져 있던 글들을 모아 『완당집』을 간행했으나 막상 그 문집을 보면 학자다운 논문은 몇 편 되지 않고 대개는 지인들에게 보낸 편지인 간찰(簡札)이나 시(詩) 또는 잡저(雜著)로 구성되어 있다. 다른 문인이 그만한 저술을 펴냈다면 그런대로 대단하다고 할지 몰라도 추사라는 거대한 상에 비춰보면 그 문집은 대단히 부실하다고 말할 수밖에 없다.

게다가 『완당선생전집』에는 후학들의 실수로 추사의 글이 아닌 것을 잘못 끼워넣은 것이 많다. 「북비남첩론(北碑南帖論)」 같은 글은 추사가 스승인 완원의 글을 메모해놓은 것이다. 후지쓰카는 『완당선생전집』에서 모두 일곱 편의 글이 추사의 글이 아님을 고증했다. 이쯤 되면 『완당선생전집』은 마땅히 개정·보완하여 새로 편찬해야 한다. 그러나 그것은 나 개인이 감당할 수 있는 일이 아니었다.

간찰, 시, 잡저의 행간에 들어 있는 의미를 살펴 그의 작가상과 인간상을 말하는 전기라면 몰라도 연구 논문으로는 불가능하다고 생각했다. 결국 나는 박사학위 논문으로 추사 김정희론을 포기했다. 상허 선생은 내 심정을 충분히 이해해주시며 본디 내 전공인 '조선시대 화론 연구'로 학위 논문을 제출하고 졸업 후에 그간의 추사 연구를 평전으로 저술해보라고 하셨다. 외국 같으면 그런 저술을 갖고 학위를 심사할 수도 있으나 우리나라 학제에서는 그것이 허용되지 않으니 학위를 마친 뒤 꼭 쓰라는 것이었다.

그리하여 나는 다시 5년간 「조선시대 화론 연구」를 준비하여 1998년, 입학한 지 10년 만에 박사학위를 마쳤다. 졸업한 그해 봄부터 추사 김정희 평전을 『역사비평』에 2년간 연재하고 2002년에 『완당평전』(전 3권)을 도서출판 학고재에서 펴냈다.

『완당평전』의 출간

『완당평전』이 출간되자 출판·독서계에서 큰 반응이 일어났다. 역시 추사에 대한 대중의 관심이 컸고 어려운 학술서가 아니라 일대기로 펼친 전기라는 점에서 주목받았던 것 같다. 과분한 찬사도 받았다. 이 책으로 2003년 제18회 만해문학상도 수상했다. 그러나 한편으로는 『완당평전』의 오류에 대한 혹독한 비판도 뒤따랐다. 사실 그것은 이미 예상했던 것이었다. 나는 『완당평전』후기에서 이런 말을 해두었다.

그러나 한편으론 두렵기만 하다. 얼마나 많은 오류가 있고, 내가 미처 섭렵하지 못한 숨은 자료는 또 얼마나 될까? 더욱이 세상에는 완당에 대해 일가견을 갖고 있는 숨은 실력자들이 얼마나 많던가. 이들이 마치 무림계의 고수처럼 혜성같이 등장하여 나의 허를 찌르면 나는 어떻게 살아남을 수 있을까?

그러나 나는 그 모든 비판과 가르침과 꾸짖음을 남김 없이 수용하여 판을 바꿀 때마다 고쳐나가기로 마음먹고 있다. 그로 인하여 『완당평전』이 누더기가 되고 나 자신은 만신창이가 될지라도 완당의 삶과 예술과 학문이 좀더 완벽하게 복원될 수 있는 길이 열린다면 그런 계기를 제공했다는 사실만으로 만족할 것이다.

이후 나는 약속대로 그런 비판과 질정을 모두 받아들여 판을 바꿀 때마다 수정해오다가 어느 시점에선가 책을 절판시켰다. 완전히 절판시키기는 아깝다는 출판사의 권유로 한 권으로 축약한 『김정희: 알기 쉽게 간추린 완당평전』을 펴내기도 했지만 이마저도 곧 절판시켰다. 그러나 내가 책을 절판시킨 이유는 오류에 대한 지적 때문이 아니었다. 『완당평전』이후 추사에 관계된 자료들이 쏟아져나오기 시작했기 때문이었다.

때마침 2006년은 추사 서거 150주년이 되는 해였기 때문에 전에 없이 많은 추사 관계 전시회가 열리며 무수한 새 자료들이 공개되었다. 특히 후지쓰카 아키나오가 부친이 소장하고 있던 책과 자료를 과천에 기증하여 추사기념관을 세운 것은 추사 연구의 새로운 장을 열었다. 과천문화원에서 열린 후지쓰카 자료의 귀환식에서 나는 "만약에 이 자료를 일찍 볼 수 있었다면 오히려『완당평전』을 펴낼 수 없었을 것"이라고 했다. 2010년엔 제주 추사관이 새로 문을 열었다.

학문적 성과도 축적되어 추사의 〈대팽고회〉〈오악육경〉〈단광옥기〉 같은 명구(名句)들이 기실은 추사의 창작이 아니라 고전 또는 명현의 문장에서 집구(集句)한 것이라는 사실이 밝혀졌다. 이 점은 추사 창작의 결함이 아니라 오히려 그의 학술적 견문과 독서 범위가 얼마나 넓었는지를 말해주는 것이기도 했다.

모든 연구 여건이 내가『완당평전』을 집필할 때와는 달라졌다. 새로 발굴된 그 많은 자료를 다시 섭렵하여 내용을 보완한 개정판을 낸다는 것은 엄두를 낼 수 없는 일이었다. 그래서『완당평전』은 자기 생명을 다한 책으로 치부했던 것이다.

전기문학으로서의 『추사 김정희』

그렇다고 내가 추사 김정희의 학문과 예술에 대한 관심을 아주 끊은 것은 아니었다. 나는 기회 있을 때마다 '추사 김정희의 삶과 예술'이라는 주제로 강연하곤 했다. 책을 절판시킨 대신 강연으로 대중들에게 추사 김정희의 인간상과 작가상을 열심히 '전도'했다. 나의 강연에 공감한 이들은 한결같이 『완당평전』 개정판이 언제 나오느냐고 물었다. 그때마다 '아마도 못 낼 것 같다'고 대답하면 한편으로는 의아해하고 한편으로는 실망스러운 빛을 보이곤 했다.

그러다 지난 2017년 겨울이었다. 나는 그다지 나이를 의식하지 않고 살아왔는데 어느덧 칠순을 앞두고 있었다. 지나온 세월의 행적을 돌이켜보면서 그간 미결로 남겨놓은 일들을 생각하게 되었다. 그중 가장 마음에 걸리는 것이 『완당평전』이었다. 그러나 아무리 생각해보아도 새로 발굴된 추사 관계 자료들을 조사하여 『완당평전』을 보완하는 작업에 몰두할 시간은 있을 것 같지 않았다.

한편으로는 곰곰이 생각해보니 『완당평전』의 성격은 학술인 동시에 문학인데 지금 당장 보완하기 힘든 것은 학술의 문제이지 문학의 문제는 아니었다. 새로운 자료가 아무리 많아도 내가 그려낸 추사 김정희의 인간상과 작가상은 변하지 않는다. 그렇다면 『완당평전』을 전기문학으로 개고하는 것이 어떨까 하는 생각이 들었다. 사실 예술가의 전기는 나의 학문적 과제였다. 나는 이미 조선시대 화가 여덟 명의 전기를 집필하여 『화인열전』(역사비평사 2001) 두 책으로 펴낸 바 있다.(이 책 또한 보완을 위해 절판시켜놓은 상태이다.)

그 생각을 하면서 나는 머릿속이 홀가분해지는 것을 느꼈다. 학술적 정확성을 위해서는 자료를 제시할 때마다 출처를 밝히고 고증해야 하지만 문학으로 임한다 생각하니 그런 주석과 고증은 오히려 독서를 방해하는 군더더기였다. 방증을 위해 제시했던 자료들도 미련 없이 털어버릴 수 있었다. 편지나 화제(畫題)도 직역이 아니라 쉬운 문체로 의역할 수 있으니 글의 흐름이 한결 편해졌다.

그로 인해 역시 추사의 학문과 예술은 논문 형태보다 전기로 기술

되는 것이 유리하다는 생각을 갖게 되었다. 그렇다고 내가 이 책의 학술적 가치를 완전히 포기한 것은 아니다. 방점을 학술에서 문학으로 바꾸었을 뿐이다. 비유가 될지 모르겠으나 임어당(林語堂)의 『소동파 평전』처럼 전공자가 읽으면 학술이고 일반 독자가 읽으면 문학이 되기를 희망하고 있다.

추사 김정희의 인간상

『추사 김정희』를 전기로 다듬은 이상 나는 그를 위한 변명 몇 마디를 하지 않을 수 없다. 그것은 추사의 작가상이 아니라 인간상에 대한 이야기이다. 우선 추사는 간혹 오만할 정도로 자신만만했고 성격도 대단히 까다로웠다고 비판받곤 한다. 젊은 시절 그에게는 그런 면이 없지 않았다.

그러나 이는 추사의 철저한 완벽주의에서 나온 면이 강하다. 그는 자기를 실현하기 위해 언제나 최선을 다했다. 사람들은 추사 김정희의 타고난 천재성을 곧잘 칭송하지만 추사 자신은 그렇게 말하지 않았다.

내 글씨엔 아직 부족함이 많지만 나는 칠십 평생에 벼루 열 개를 밑창 냈고, 붓 일천 자루를 몽당붓으로 만들었다.

아무리 구천구백구십구 분까지 이르렀다 해도 나머지 일 분만은 원만하게 성취하기 어렵다. 그렇다고 이것이 인력 밖에서 나오는 것도 아니다.

그의 까다로움은 결코 인간적 결함이 아니었다. 사람들은 추사의 이런 점을 잘 알고 있었기 때문에 『조선왕조실록』의 졸기에서 "때로는 하지 않아도 될 일을 잘했으나 사람들은 그것을 비판할 수 없었다"라고 한 것이었다.

또 추사는 인생을 대단히 적극적으로 살았다. 그는 "알면 말하지 않은 것이 없고, 말하면 다하지 않은 것이 없다"라고 했다. 그런 자세로 학문과 예술을 완성해가는 모습이 그를 위인의 반열에 올려놓은 것이다. 그러나 바로 그런 열정 때문에 세파에 휘둘리며 제주도로 북청으로 10년간 유배되는 아픔을 겪어야 했다. 하지만 긴 귀양살이를 하면서 그는 마침내 인생에서 관용의 미덕을 깨닫고, 용산의 강상과 과천에서 궁핍하게 살면서 평범성에로 귀의하는 완성된 인격을 보여준다. 그런 인생의 반전이 있음으로 해서 추사라는 인간상에 더욱 인간적인 존경을 보내게 된다.

또 하나는 추사를, 중국을 사모한 모화주의자 또는 사대주의자로 보는 관점이다. 이는 겸재 정선, 단원 김홍도 등의 진경산수와 속화가 이룩한 조선화풍을 중국식 문인화풍으로 돌변시킨 '완당바람'에 대한 비판이었다. 특히 민족주의 기류가 일어난 1960, 70년대에 이런 비판이 제기되었다.

그러나 이는 그렇게 단정적으로 말할 수 없다. 겸재와 단원이 살던 18세기와 추사가 살던 19세기는 시대적 과제가 달랐다. 추사 당년엔 이미 진경산수와 속화가 매너리즘에 빠져 어떤 창의력도 보여주지 못하고 있었다. 이러한 때 추사는 예술적 본령으로 돌아가서 새로운 문인화풍을 일으킨 것이었다. 청나라의 고증학적 학예를 따른 것은 모화사상이라기보다 그 나름의 근대화였고 세계화였다. 비유하자면 우리 근현대미술사에서 선전, 국전의 진부한 관학파 화풍이 화단을 지배하고 있을 때 서구 모더니즘을 도입하며 추상미술 운동을 일으킨 것과 비슷한 것이었다.

한류가 흘러가고 있는 오늘의 시점에서 보자면 그가 200년 전에 그 열악한 조건 속에서도 세계를 무대로 학문과 예술을 전개하여 '청조학 연구의 제일인자'라는 평가를 받았다는 점에서 오히려 민족적 자랑을 느낀다. 그런 분이었기에 나는 추사에 대한 존경의 염을 잃지 않고 그의 일대기를 『추사 김정희: 산은 높고 바다는 깊네』로 다시 펴내게 된 것이다.

감사의 글

『완당평전』을 개고하여 『추사 김정희』를 다시 펴내기까지 많은 분들의 신세를 졌다. 우선 『완당평전』을 펴낼 당시 정밀하게 교열을 보아주셨던 정해렴 선생님, 출간되자마자 자진해서 서평을 써주셨던 김지하 시인과 고(故) 이윤기 선생, 그리고 제18회 만해문학상을 주신 심사위원분들께 감사드린다. 그리고 서울대 김명호 교수와 한양대 정민 교수의 동학(同學)으로서 우정 어린 지적과 박철상 님의 오류에 대한 공개적인 서평, 이 모두는 『추사 김정희』를 펴내는 데 너무도 귀한 지침이었다.

『추사 김정희』를 개고하면서 역시 김명호 교수와 정민 교수의 가르침을 받았다. 특히 한시 번역은 전적으로 정민 교수의 도움으로 이루어졌다. 그리고 판독이 난해한 추사의 편지는 한국고간찰연구회 회원들의 힘을 많이 빌렸다.

『추사 김정희』의 초고가 완성된 뒤에는 국사편찬위원회의 김현영 선생, 문우서림의 김영복 선생, 국립고궁박물관의 신민규 연구원, 그리고 이름을 밝히지 말아달라는 한 분이 미리 읽어주시고 새빨갛게 의견을 표시하여 넘겨주셨다. 이에 힘입어 마침내 원고를 마무리할 수 있었다.

그러나 미술사에 관한 저술은 원고가 끝났다고 다 끝나는 게 아니다. 이후 도판 작업이 기다리고 있다. 『완당평전』에 사용한 사진 도판은 15년도 더 지난 것이기에 처음부터 다시 시작해야 했다. 국립중앙박물관, 간송미술관, 삼성미술관 리움, 부산박물관, 영남대 박물관, 과천 추사박물관, 제주 추사관 등 국·공·사립 박물관의 협조에 감사드리며, 개인 소장가분들의 여전한 배려에도 감사드린다. 또 서울옥션, K옥션, 마이아트옥션에 출품되었던 작품들의 이미지를 제공받는 도움도 얻었다. 이 도판 작업은 명지대 한국미술사연구소의 박효정 연구원이 수고해주었다.

편집 교열은 창비 교양출판부 황혜숙 부장과 최란경 대리가, 북디자인은 디자인 비따의 김지선 실장과 노혜지 과장, 이차희 대리가 맡아주었다. 언제나 이분들의 도움과 신세가 있다는 것이 고맙고 든든하다. 그리고 나의 저술에 끝까지 믿음을 보여주는 창비의 백낙청 선생님과 강일우 사장께도 감사드린다.

2018년 4월

유 홍 준

참고문헌

* 추사 관계 참고문헌은 워낙 방대하여 이 책에 인용된 것과 『완당평전』(2002)
  이후에 발표된 저서와 논문을 중심으로 목록을 작성하였다.

1. 추사 김정희 저서

김정희(金正喜) 『담연재시고(覃揅齋詩藁)』 7권 2책, 남병길 편, 1867.
_____ 『완당척독(阮堂尺牘)』 2권 2책, 남병길 편, 1867.
_____ 『완당집(阮堂集)』 5권 5책, 남상길(남병길) 편, 1869.
_____ 『완당선생전집(阮堂先生全集)』 10권 2책, 김익환 편, 영생당 1934.
_____ 『국역 완당전집 1』, 임정기·신호열 역, 민족문화추진회 편, 솔출판사 1996.
_____ 『추사 김정희 시 전집』, 정후수 역, 풀빛 1999.
_____ 『동고문존(東古文存)』(청나라 천양각총서) 1879.
_____ 『완당전집』(전3권), 추사연구회 편, 과천문화원 2005.
김정희·김경연 『동리우담(東籬偶談)』(청나라 학재총서) 1880.

2. 추사 관련 문집

강위(姜瑋)   『강위전집(姜瑋全集)』, 한국학문헌연구소 편, 아세아문화사 1978.
강효석(姜斅錫) 편, 『대동기문(大東奇聞)』, 이민수 역, 명문당 2000.
김상희(金相喜) 『잡시문초(雜詩文抄)』, 영남대학교 도서관 동빈문고.
김석준(金奭準) 『속회인시록(續懷人詩錄)』(이조후기여항문학총서 제5권), 여강출판사 1986.
김천서(金天瑞) 『반포유고습유(伴圃遺稿拾遺)』(이조후기여항문학총서 제2권), 여강출판사 1986.
박규수(朴珪壽) 『박규수전집(朴珪壽全集)』, 한국학문헌연구소 편, 아세아문화사 1978.
박제가(朴齊家) 『정유각전집(貞蕤閣全集)』, 여강출판사 1986.
박장엄(朴長馣) 편, 『호저집(縞紵集)』, 서벽 외사 해외 수일본(栖碧外史海外蒐佚本) 제32-1권,
                아세아문화사 1984.
박지원(朴趾源) 『연암집(燕巖集)』, 경인문화사 1974.
신위(申緯)   『신위전집(申緯全集)』;손팔주 『신위연구』, 태학사 1983.
오경석(吳慶錫) 편, 『삼한금석록(三韓金石錄)』, 아세아문화사 1981.
오태직(吳泰稷) 외, 『삼오시집(三吳詩集)』, 백규상 역, 제주문화 2004.
유득공(柳得恭) 『21도회고시(二十一都懷古詩)』, 한남서림 1917.
유척기(兪拓基) 『지수재집(知守齋集)』 15권 8책, 유치익 편, 1878.
유최진(柳最鎭) 『초산잡저(樵山雜著)』(이조후기여항문학총서 제6권), 여강출판사 1991.
이상수(李象秀) 『어당집(峿堂集)』, 서울대학교 규장각한국학연구소 소장본, 1923.

이상적(李尙迪) 『은송당속집(恩誦堂續集)』(이조후기여항문학총서 제7권), 여강출판사 1991.

이진수(李璡秀) 『청하자운관유고(靑霞紫雲館遺稿)』 7권 6책, 필사본, 국립중앙도서관 소장본.

이익(李瀷)   『성호사설(星湖僿說)』;『국역 성호사설』, 민족문화추진회 편, 경인문화사 1978.

이하응(李昰應) 『대원군서독(大院君書牘)』, 사진판, 서울대학교 중앙도서관 소장본.

장의순(張意恂) 『초의선집(艸衣選集)』, 임종욱 역, 동문선 1993.

정약용(丁若鏞) 『다산시정선(茶山詩精選)』, 박석무·정해렴 편역, 현대실학사 2001.

조면호(趙冕鎬) 『옥수선생집(玉垂先生集)』, 서울대학교 규장각한국학연구소 소장본, 1935.

조인영(趙寅永) 『운석집(雲石集)』 20권 10책, 서울대학교 규장각한국학연구소 소장본, 1868.

조희룡(趙熙龍) 『조희룡전집(趙熙龍全集)』, 실시학사 고전문학연구회 역, 한길아트 1999.

허유(許維)   『소치실록(小癡實錄)』, 김영호 역, 서문당 1976.

홍대용(洪大容) 『을병연행록』;『산해관 잠긴 문을 한 손으로 밀치도다: 홍대용의 북경 여행기 〈을병
         연행록〉』, 김태준·박성순 역, 돌베개 2001.

홍양호(洪良浩) 『이계집(耳溪集)』 37권 17책, 홍경모 편, 1843.

홍한주(洪翰周) 『지수염필(智水拈筆)』, 이우성 편, 아세아문화사 1984.

3. 추사 관련 연구 논문

강관식(姜寬植) 「조선 후기 남종화풍의 흐름」, 『간송문화』 제39호, 한국민족미술연구소 1990.

강영주   「조선시대 묵란화 연구」, 고려대학교 박사학위논문 2017.

고재식(高宰植) 「추사 김정희 글씨의 조형분석 시론」, 『추사연구』 제6호, 추사연구회 2008.

고재욱(高在旭) 「김정희의 실학사상과 청대 고증학」, 『태동고전연구』 제10집, 한림대 1993.

고형곤(高亨坤) 「추사의 백파 망증 15조에 대하여」, 『학술원논문집』 인문사회과학편 제14집,
         대한민국학술원 1975.

김구용(金丘庸) 「백화실일기(白華室日記)」, 『박물관신문』 1975년 11월호.

김근수(金根洙) 「금석과 안록에 대하여」, 『한국학』 제18집, 한국학연구소 1978.

김봉옥(金奉玉) 「추사 김정희의 유배서간 연구」, 제주대학교 석사학위논문 1991.

김상기(金庠基) 「김추사의 일문과 오난설과의 문학적 교환에 대하여」, 『이병도박사화갑기념논총』,
         일조각 1956.

김약슬(金約瑟) 「추사의 선학변(禪學辨)」, 『불교학논문집』, 백성욱박사송수기념사업위원회 편,
         동국대학교 1959.

───────── 「추사방현기(秋史訪見記)」, 『도서(圖書)』 제10호, 을유문화사 1966.

김영호(金泳鎬) 「추사의 붓을 따라 천리를……」(「추사 연보의 총정리: 위대한 유산, 추사 김정희편」),
         『문학사상』 제50호, 1976.

김일근(金一根) 「추사 김정희의 인간면의 고찰: 그의 친필 언간을 통하여」, 『성곡논총』 제14집, 성
         곡학술문화재단 1983.

문일평(文一平) 「서도대가 김추사」, 『호암전집 2: 조선문화예술』, 조광사 1946.

박정애(朴貞愛) 「조선왕조시대 묵란화의 연구」, 홍익대학교 석사학위논문 1983.

박철상(朴徹庠) 「『완당평전』 무엇이 문제인가?」, 『문헌과 해석』 통권 21호, 2002년 겨울호, 태학사.

박종화(朴鍾和) 「김정희 선생 제주 이후 서찰」, 『도서』 제1호, 을유문화사 1960. 4.

서경요(徐坰遙) 「김완당의 학예와 존고정신(存古精神)」, 『한국학보』 제4권 2호, 일지사 1978.

—————— 「청유(淸儒) 완원(阮元)의 박학정신(樸學精神)」, 『동양철학연구』 제2집, 동양철학연구회 1981.

신영훈(申榮勳) 「추사 김정희 선생 고택(古宅) 중수기」, 『문화재』 제11호, 문화재관리국 1977.

양순필(梁淳珌) 「추사의 제주유배 한시」, 『제주대 논문집: 인문학편』 제14집, 제주대학교 1982.

—————— 「추사의 제주 유배언간(流配諺簡) 연구: 그 연기(年紀)의 재구(再構)와 내용분석을 중심으로」, 『제주대 논문집: 인문학편』 제15집, 제주대학교 1983.

옥영정(玉泳晸) 「추사가(秋史家)의 장서목록인 〈유여관장서(留餘觀藏書)〉에 관한 연구」, 『경북대학교 문헌정보학과 창립 20주년 기념논문집』, 경북대학교 출판부 1994.

유홍준(兪弘濬) 「추사 김정희 필(筆) 〈운외몽중(雲外夢重)〉첩 고증」, 『인문연구』 제18집, 영남대학교 인문과학연구소 1997.

이가원(李家源) 「완당초상소고(阮堂肖像小攷): 특히 해천일립상(海天一笠像)에 대하여」, 『미술자료』 제7호, 국립중앙박물관 1963.

—————— 「추사와 그의 석인(石印): 완당인 43방(方)을 애장하면서」, 『문학사상』 제15권 제7호, 문학사상사 1986.

이동주(李東洲) 「완당바람: 우리나라의 옛 그림」, 『아세아』 제1권 제5호, 월간아세아사 1969.

이병도(李丙燾) 「완당 선생 약전」, 『완당 김정희 선생 100주기 추념 유작전람회』, 국립박물관·진단학회 1956.

이우성(李佑成) 「김추사 및 중인층의 성령론」, 『한국한문학연구』 제5집, 한국한문학회 1980.

이을호(李乙浩) 「추사의 고증학」, 『한국학』 제18집, 한국학연구소 1978.

이태호(李泰浩) 「추사 김정희의 예술론과 회화세계」, 『추사 김정희의 예술세계』 학술세미나 자료집, 제주전통문화연구소 2000.

이흥우(李興雨) 「선운사의 추사 삽화(揷畵)」, 『박물관신문』 제4호, 1970년 10월호.

임창순(任昌淳) 「한국 서예사에 있어서 추사의 위치」, 『한국의 미 17: 추사 김정희』, 중앙일보사 1985.

자하산인 「추사와 백파의 대화」, 『법륜』 제26호~제29호, 법륜사 1970.

—————— 「추사와 백파의 대화」, 『법륜』 제29호~제31호, 법륜사 1970~71.

전해종(全海宗) 「청조 학술과 완당: 완당의 경학에 대한 시론적 검토」, 『대동문화연구』 제1집, 성균관대학교 대동문화연구원 1963.

—————— 「서예 금석학의 거장 김정희」, 『한국의 인간상』 제4권, 신구문화사 1965.

정병삼(鄭炳三) 「추사의 불교학(佛敎學)」, 『간송문화』 제24호, 한국민족미술연구소 1983.

정후수(鄭後洙) 「이상적 시문학 연구」, 동국대학교 박사학위논문 1989.

최남선(崔南善) 「신라 진흥왕의 재래2비(在來二碑)와 신출현(新出現)의 마운령비(磨雲嶺碑)」, 『청구학총(靑丘學叢)』 제2호, 대판옥호서점 1930.

최완수(崔完秀) 「추사의 학문과 예술」,『추사집』, 현암사 1976.

_____ 「김추사의 금석학(金石學)」,『김추사 연구초』, 지식산업사 1976.

_____ 「추사서파고(秋史書派考)」,『간송문화』 제19호, 한국민족미술연구소 1980.

_____ 「추사실기(秋史實記)」,『한국의 미 17: 추사 김정희』, 중앙일보사 1985.

한기두(韓基斗) 「백파와 초의시대 선(禪)의 논쟁점」,『숭산박길진박사화갑기념 한국불교사상사』, 원불교사상연구원 1975.

허영환(許英桓) 「한국 묵란화에 관한 연구」,『문화재』 제12호, 문화재관리국 1979.

4. 추사 관련 사항 및 관련 인물 연구논문

김명호(金明昊) 「박지원(朴趾源)과 유한준(兪漢雋)」,『한국학보』 제12권 3호, 일지사 1986.

_____ 「박규수의 금석서화론」,『한문학보』 제1집, 우리한문학회 1999.

_____ 「옥수 조면호의〈서사잡절(西事雜絶)〉전후편에 대하여」,『고전문학연구』 제20집 별쇄본, 한국고전문학연구회 2001.

박지선(朴智鮮) 「김창업의 노가재연행일기(老稼齋燕行日記) 연구」, 고려대학교 박사학위논문 1995.

박태근(朴泰根) 「북경에서 꽃핀 동서 우정」,『시사월간WIN』 1996. 3.

박현규(朴現圭) 「조선·청조 학술 교류의 산물인『해동금석존고(海東金石存攷)』고인본(藁印本) 발굴 및 검출」,『서지학보』 제18호, 한국서지학회 1996.

_____ 「청 유희해와 조선 문인들과의 교유고」,『중국학보』 제36호, 한국중국학회 1996.

_____ 「동리우담(東籬偶談)의 편저자 문제」,『대동한문학』 제12집, 대동한문학회 2000.

송재소(宋載邵) 「박제가의 문학관」,『한국한문학연구』 제5집, 한국한문학연구회 1980.

안춘근(安春根) 「한국 박보장기 서지고」,『도서』 제11호, 1968. 11.

안휘준(安輝濬) 「조선왕조 말기의 회화」,『한국근대회화 100년전』, 국립중앙박물관 1987.

유재학(柳在學) 「완원(阮元)의 남북서파론(南北書派論)에 관한 연구」, 영남대학교 석사학위논문 1984.

이가원(李家源) 「조·청(朝淸)의 문학적 교환」,『한국한문학연구』 제5집, 한국한문학연구회 1980.

이수미(李秀美) 「조희룡 회화의 연구」, 서울대학교 석사학위논문 1991.

이완우(李完雨) 「이광사 서예 연구」, 충남대학교 석사학위논문 1989.

이우성(李佑成) 「실학연구 서설」, 역사학회 편『실학연구입문』, 일조각 1973.

임창순(任昌淳) 「한국의 금석과 서예」,『백산학보』 제3호, 백산학회 1967.

_____ 「한국서예개관」,『한국의 미 6: 서예』, 중앙일보사 1985.

_____ 「해제『두당척소(杜堂尺素)』」,『서지학보』 제3호, 한국서지학회 1990.

정양완(鄭良婉) 「이광사론(李匡師論)」, 정양완 외『조선후기한문학작가론』, 집문당 1994.

정인보(鄭寅普) 「다산 선생의 생애와 업적」,『담원국학산고』, 문교사 1955.

조병희(趙炳喜) 「창암 이삼만 서도와 생애」,『창암 이삼만 유묵첩』, 전주문화방송 1988.

최완수(崔完秀) 「비파서고(碑派書考)」,『간송문화』 제27호, 한국민족미술연구소 1984.

5. 추사 관련 단행본

강명관(姜明官) 『조선후기여항문학연구』, 창작과비평사 1997.

강희진(姜熙鎭) 『추사 김정희』, 명문당 2015.

김명호(金明昊) 『박지원(朴趾源) 문학연구』, 성균관대학교 출판부 2001.

─────── 『환재 박규수 연구』, 창비 2008.

김약슬(金約瑟) 『금석학의 태두, 김정희』, 박영사 1967.

김용태(金龍泰) 『19세기 조선 한시사의 탐색』, 돌베개 2008.

김일근(金一根) 『언간(諺簡)의 연구: 한글서간의 연구와 자료집성』(3訂版), 건국대학교 출판부 1991.

김태준(金泰俊) 『홍대용 평전』, 민음사 1987.

박철상(朴徹庠) 『서재에 살다: 조선 지식인 24인의 서재 이야기』, 문학동네 2014.

─────── 『나는 옛것이 좋아 때론 깨진 빗돌을 찾아다녔다』, 너머북스 2015.

손팔주(孫八洲) 『신위연구』, 태학사 1983.

송재소(宋載邵) 『다산시 연구』, 창작과비평사 1986; 창비, 2014.

안휘준(安輝濬) 『한국 회화의 전통』, 문예출판사 1988.

양순필(梁淳珌) 『제주 유배문학 연구』, 제주문화 1992.

양진건(梁鎭健) 『제주 유배길에서 추사를 만나다』, 푸른역사 2011.

이능화(李能和) 『조선불교통사』, 윤재영 역, 박영사 1980.

이동주(李東洲) 『한국회화소사』, 서문당 1972.

─────── 『우리나라의 옛 그림』, 박영사 1975; 학고재 1995.

─────── 『한국회화사론(韓國繪畵史論)』, 열화당 1987.

이성무(李成茂) 『조선시대 당쟁사』 2, 동방미디어 2000.

이우성(李佑成) 『한국의 역사상』, 창작과비평사 1982.

임창순(任昌淳) 편, 『한국금석집성』, 일지사 1984.

임형택(林熒澤) 『한국문학사의 시각』, 창작과비평사 1984.

─────── 『전환기의 동아시아 문학』, 창작과비평사 1985.

전해종(全海宗) 『한·중관계사연구』, 일조각 1970.

정민(鄭珉) 『다산의 재발견』, 휴머니스트 2011.

정옥자(鄭玉子) 『조선 후기 지성사』, 일지사 1991.

조선미(趙善美) 『한국의 초상화』, 돌베개 2009.

조동원(趙東元) 『한국금석문대계』(전6권), 원광대학교 출판부 1979~93.

진재교(陳在教) 『이계 홍양호 문학 연구』, 성균관대학교 대동문화연구원 1999.

최남선(崔南善) 『육당 최남선 전집』(전15권), 현암사 1975.

최순우(崔淳雨) 『최순우 전집』(전5권), 학고재 1992.

한상권(韓相權) 『조선 후기 사회와 소원제도』, 일조각 1996.

한신대박물관 『과천 관련 추사 김정희 연구 보고서』, 한신대학교 박물관·과천시 1996.

황수영(黃壽永) 편 『한국 금석유문(金石遺文)』, 일지사 1976.

6. 학술지

『한국학』 제18집(추사특집), 한국학연구소, 1978.
『추사연구』 제1집~제10집, 추사연구회 2004~2010.

7. 일본어 논저

近藤光男 『청조고증학(淸朝考證學)의 연구』, 東京 研文出版 1987.
今西龍 『대동금석서(大東金石書)』, 京城帝大法大學部 1931.
內藤虎次郎 「신라진흥왕순경비고(巡境碑攷)」, 『藝文』 제2권 4호, 1911.
稻葉岩吉 「황초령 신라 진흥왕 단비(斷碑)의 출현」, 『청구학총(靑丘學叢)』 제9호, 大阪屋號書店
        1932.
후지쓰카 지카시(藤塚鄰) 『청조 문화 동전의 연구(淸朝文化東傳の研究)』, 후지쓰카 아키나오(藤塚明
        道) 편, 國書刊行會 1975.
_____ 『추사 김정희 또 다른 얼굴』, 박희영 역, 아카데미하우스 1994.
_____ 『추사 김정희 연구: 청조 문화 동전의 연구』, 윤철규 외 역, 과천문화원 2009.
末松保和 「진흥왕 마운령비의 발견」, 『朝鮮』 제176호, 조선총독부 1930.
木下鐵矢 『청조 고증학과 그 시대(淸朝考證學とその時代)』, 東京 創文社 1996.
히다이 코(比田井鴻) 『조선서도청화(朝鮮書道菁華)』(전5권), 東京書學院後援會 1931. ;복간본, 동양
        서도연구회 역, 서울: 문선각 1975.
池內宏 『고적조사특별보고 제6책: 진흥왕 무자순경비와 신라의 동북경』, 조선총독부 1929.
葛城末治 『朝鮮金石攷』, 大板屋號書店 1935.

8. 도록

간송미술관, 『간송문화(澗松文華)』
        제19호 서예5 추사서파, 한국민족미술연구회 1980.
        제24호 서화1 추사묵연, 한국민족미술연구회 1983.
        제30호 서예7 추사탄신 200주년 기념호, 한국민족미술연구회 1986.
        제60호 서화 6 추사와 그 학파, 한국민족미술연구회 2001.
        제71호 서화 8 추사 백오십주기 기념호, 한국민족미술연구회 2006.
        제83호 회화 54 명청시대회화, 한국민족미술연구회 2012.
        제87호 서화 9 추사정화, 한국민족미술연구회 2014.
과천시 추사박물관 도록
        『추사의 삶과 교유』, 추사박물관 2013.
        『추사박물관 개관도록』, 추사박물관 2014.
        『추사가 보낸 편지』, 추사박물관 2014.

『추사의 편지와 그림』 추사박물관 2014.

『추사금석』, 추사박물관 2016.

『추사 가문의 글씨』 추사박물관 2017.

『고서화 이강호장(李康灝藏)』, 신세계미술관 1978.

『구한말(舊韓末)의 그림』, 학고재 1989.

『남종화의 거장: 소치 허련 200년』, 국립광주박물관 2008.

『동원 이홍근 수집 명품선: 회화편』, 한국고고미술연구소 1997.

『담헌 홍대용』, 천안박물관 2012.

『만남과 헤어짐의 미학: 조선시대 계회도와 전별시』, 유홍준·이태호 편, 학고재 2000.

『박물관 도록』, 명지대학교 박물관 편, 명지대학교 박물관 1996.

『박물관 도록』, 원광대학교 박물관 편, 원광대학교 박물관 1996.

『박물관 도록』, 성균관대학교 박물관 편, 성균관대학교 출판부 1983.

『사진으로 보는 북한 국보유적』, 국립문화재연구소 2007.

『비완(秘玩) 고미술 정품전』, 인우회 1994.

『붓 천 자루와 벼루 열 개를 모두 닳아 없애고』, 과천문화원 2005.

『사동화랑(寺洞畵廊) 서화전』, 사동화랑 1980.

『산은 높고 바다는 깊네』, 제주특별자치도 문화재과 편, 제주특별자치도 2006.

『서안비림(西安碑林)』, 연세대학교 박물관 1998.

『서울대학교 박물관 소장 한국전통회화』, 서울대학교 박물관 1993.

『서울 600년 고궁의 현판』, 예술의전당 1994.

『선문대학교 박물관 명품도록 II 회화편』, 선문대학교 박물관 편, 선문대학교 출판부 2000.

『조선시대 소치 허련전』, 대림화랑 1986.

『숭실대 부설 한국기독교 박물관』, 숭실대학교 박물관 1986.

『19세기 문인들의 서화』, 열화당 1988.

『영남대학교 박물관』, 영남대학교 박물관 1999.

『예학명과 중국 양자강 유역 석각』, 연세대학교 박물관 1996.

『한국의 명비고탁: 옛 탁본의 아름다움, 그리고 우리 역사』, 예술의전당 1998.

『완당과 완당바람: 추사 김정희와 그의 친구들』, 동산방화랑 편, 동산방·학고재 2002.

『완당 김정희 선생 100주기 추념 유작전람회』, 국립중앙박물관·진단학회 1956.

『완당 김정희 선생 유묵·유품 전람회 목록』, 경성(京城) 미쓰코시(三越) 갤러리 1932.

『완당진묵(阮堂眞墨) 제1집』, 이원재 편, 규문각 1981.

『원교 이광사전』, 예술의전당 1994.

『유현재선(幽玄齋選) 한국 고서화 도록』, 교토: 유현재 1996.

『임옥미술관』, 순천제일대학교 2000.

『시 서 화 삼절 자하 신위 회고전』, 예술의전당 1991.

『제2회 과천향토사료전: 과천 금석문 탁본전』, 과천문화원 편, 과천시 1999.

『조선금석총람(朝鮮金石總覽)』, 조선총독부 편, 아세아문화사 1976.

『조선명보전람회도록(朝鮮名寶展覽會圖錄)』, 경성부민관(京城府民館) 1938.

『조선시대 서화감상전: 안목과 안복』, 공화랑 2009.

『조선시대 서화명품도록』, 덕원미술관 1992.

『조선 후기 그림과 글씨』, 이태호·유홍준 편, 학고재 1992.

『조선 후기 서예전』, 예술의전당 1990.

『창암 이삼만 유묵첩』, 전주문화방송 1988.

『추사 김정희 명작전』, 예술의전당 1992.

『추사 김정희: 학예 일치의 경지』, 국립중앙박물관 2006.

『추사를 보는 열 개의 눈: 추사 김정희 연행(燕行) 200주년 기념 전시회』, 화봉문고 2010.

『추사 선생 100주년 기념제』, 대구 미국공보원 1956.

『추사와 그 유파(流派): 대림화랑 이전기념전』, 대림화랑 1991.

『추사정화(秋史精華)』, 간송미술관 편, 지식산업사 1983.

『추사 자료의 귀향』, 과천문화원 2008.

『고미술동호인 추사 탄생 200주년 기념전』, 고미술동호인 편, 백악미술관 1986.

『통문관주인 산기 이겸로 선생 기증 한중일 서예·고문헌 자료』, 예술의전당 2002.

『한국 근대회화 백년』, 국립중앙박물관 1987.

『한국 금석문 대전』, 예술의전당 1989.

『한국 서예 이천년』, 예술의전당 2000.

『한국 서예: 국립중앙박물관소장 조선시대서적』, 국립중앙박물관 1980.

『한국의 인장(印章)』, 국립민속박물관 1987.

『한글 서예 변천전』, 예술의전당 1991.

『한·중·일 명필 서예총서 4: 완당 김정희 필첩』, 송원문화사 1975.

『해국(海國)에 먹물은 깊고: 제주 추사관 개관전』, 제주특별자치도 2010.

『해동역대(海東歷代) 명가필보(名家筆譜)』, 백두용 편, 한남서림 1926.

『해외소장 한국문화재: 일본 소장 4』, 한국국제교류재단 1997.

『허소치전(許小癡展)』, 신세계미술관 1981.

『호고재(好古齋) 개관기념 특별 전시회』, 호고재 1982.

『호남의 전통회화』, 국립광주박물관 1984.

『호림박물관 명품선집 2』, 호림박물관 1999.

『호암미술관 명품도록』, 호암미술관 1982.

추사 김정희 연보

	추사	관계 인물
1세	1786년, 정조 10, 병오, 건륭(乾隆) 51 6월 3일 예산 향저에서 출생. 김노경(金魯敬, 21세)의 장자. 어머니(21세) 는 유준주(俞駿柱)의 딸 기계 유씨.	첫 부인 한산 이씨 출생.
3세	1788년, 정조 12, 무신, 건륭 53	9월 20일 동생 명희(命喜) 출생.
5세	1790년, 정조 14, 경술, 건륭 55	2월 20일 백부 김노영(金魯永, 44세), 연행. 3월 조부 김이주(金頤柱, 61세), 형조판서. 3월 백부 김노영, 호조참판. 여름, 박제가(41세), 2·3차 연행.
6세	1791년, 정조 15, 신해, 건륭 56 박제가, 추사의 「입춘첩」을 보고 이 아이를 가르치고 싶다고 함.	3월 백부 김노영, 대사헌.
7세	1792년, 정조 16, 임자, 건륭 57 채제공(73세), 추사의 「입춘첩」을 보고 명 필이 될 것임을 예언.	9월 백부 김노영, 형조참판.
8세	1793년, 정조 17, 계축, 건륭 58 추사, 김노영의 양자로 들어감. * 기년 간찰: 〈아버지에게 보내는 편지〉	2월 백부 김노영, 개성유수.
9세	1794년, 정조 18, 갑인, 건륭 59	1월 9일 김노영, 유배됨. 7월 18일 막냇동생 상희(相喜) 출생.
11세	1796년, 정조 20, 병진, 가경(嘉慶) 원년	8월 8일 조모 해평 윤씨 사망.
12세	1797년, 정조 21, 정사, 가경 2	7월 4일 양부 김노영 사망(51세). 12월 26일 조부 김이주 사망(68세).
14세	1799년, 정조 23, 기미, 가경 4 추사, 3년상 복중.	
15세	1800년, 정조 24, 경신, 가경 5 한산 이씨를 아내로 맞음.	6월 정조 사망. 7월 4일 순조 즉위. 대왕대비 정순왕후 경 주 김씨(추사의 12촌 대고모), 수렴청정 시작.

	추사	관계 인물
16세	1801년, 순조 원년, 신유, 가경 6	2월 박제가, 4차 연행. 2월 26일 정약용, 유배됨. 8월 21일 추사 어머니 기계 유씨 사망(36세). 9월 16일 박제가, 종성에 유배됨.
17세	1802년, 순조 2, 임술, 가경 7	9월 6일 순원왕후 왕비로 책봉됨.
19세	1804년, 순조 4, 갑자, 가경 9	1월 10일 정순왕후 수렴청정 거둠. 2월 24일 박제가, 유배에서 풀려남.
20세	1805년, 순조 5, 을축, 가경 10 2월 12일 부인 한산 이씨 사망(20세).	1월 12일 정순왕후 사망(61세). 10월 28일 김노경, 문과에 급제함. 박제가 사망(56세).
21세	1806년, 순조 6, 병인, 가경 11	5월 정변이 일어나 경주 김씨 가화(家禍)를 당함. 정순왕후의 재종오라버니 김관주는 죽고, 친오라버니 김구주는 관직이 추삭됨. 8월 1일 양어머니 남양 홍씨 사망.
22세	1807년, 순조 7, 정묘, 가경 12 추사, 3년상 복중.	1월 김노경, 통정대부.
23세	1808년, 순조 8, 무진, 가경 13 예안 이씨(당시 21세)를 아내로 맞아들임.	
24세	1809년, 순조 9, 기사, 가경 14 11월 9일 추사, 생원시험에 급제함. 자제군관 자격으로 동지사 연행에 합류함.	9월 김노경, 호조참판. 10월 28일 김노경, 동지부사로 연경 출발.
25세	1810년, 순조 10, 경오, 가경 15 1월, 완원(阮元, 47세)을 찾아뵙고 『연경실집』 『13경주소교감기』 등을 기증받음. 1월 29일 추사, 옹방강(78세)을 찾아뵙고 석묵서루를 열람함. 2월 1일 완원·옹수곤 등이 모여 추사의 전별연을 베풀고 주학년의 〈추사전별연도〉와 시를 묶은 『전별시첩』을 만들어줌. * 기년 작품: 〈송나양봉시(送羅兩峯詩)〉	3월 17일 동지사 환국 입조함. 10월 완원, 국사관(國史館) 총집(總輯)이 됨.
26세	1811년, 순조 11, 신미, 가경 16 * 기년 작품: 〈조용진 입연 전별시〉	9월 8일 옹수배 사망(48세).

	추사	관계 인물
27세	**1812년, 순조 12, 임신, 가경 17**	7월 18일 신위, 서장관으로 연경에 감.
	1월 24일, 추사, 조용진 편에 옹방강에게 예물을 보냄. 옹방강은 〈시암〉 편액과 행서 대련 등을 답례로 보내고, 옹수곤『시첩』과 〈홍두산장〉 편액을 보냄. 12월 옹방강, 구양수·황정견과 자신의 초상을 추사에게 보내옴.	10월 22일 동지정사 심상규(沈象奎) 연경으로 출발함. 추사의 소개로 옹방강을 만남.
	* 기년 작품: 〈자하 선생 입연 송별시〉	
28세	**1813년, 순조 13, 계유, 가경 18**	6월 김노경, 비변사 제조.
		종형 김교희(金敎喜, 33세)·재종형 김도희 (金道喜, 31세)·권돈인(31세), 문과에 급제함.
29세	**1814년, 순조 14, 갑술, 가경 19**	
	* 기년 작품: 『계당서첩(溪堂書帖)』	
30세	**1815년, 순조 15, 을해, 가경 20**	8월 28일 옹수곤 사망(30세).
	10월 14일 옹방강이 추사의 경학 질의 편지에 답신을 보냄. 수락산에서 해붕대사와 초의를 만남.	10월 11일 옹방강이 추사에게 섭지선(37세)을 소개하여 편지로 사귀게 함. 10월 24일 조인영, 자제군관으로 연행.
31세	**1816년, 순조 16, 병자, 가경 21**	10월 27일 옹방강, 편지와 함께 자신의 『복초재시집』 보내옴.
	7월 김경연과 함께 북한산 순수비를 확인함. 추사, 「실사구시설(實事求是說)」을 지음.	11월 김노경, 경상감사.
	* 기년 작품: 〈이위정기(以威亭記)〉	
32세	**1817년, 순조 17, 정축, 가경 22**	10월 27일 옹방강, 장찰로 경학을 지도함.
	4월 29일 경주 무장사 답사. 6월 8일 조인영과 북한산비를 다시 찾아감. 7월 12일 서자 상우(商佑) 출생.	섭지선, 〈희평석경〉 등을 보내옴. 10월 완원, 양광총독이 됨.
	* 기년 작품: 〈송석원(松石園)〉 바위 글씨	
33세	**1818년, 순조 18, 무인, 가경 23**	1월 26일 옹방강 사망(86세).
	* 기년 작품: 〈가야산 해인사 중건 상량문〉, 〈상촌선생 비각기사〉(김노경 찬)	8월 16일 정약용, 귀양에서 풀림.
34세	**1819년, 순조 19, 기묘, 가경 24**	3월 김노경, 예조판서.
	4월 25일 추사, 문과에 급제함. 10월 14일 섭지선이 여러 탁본을 보내옴.	조인영(38세), 문과에 급제함. 7월 26일 김경연, 서장관으로 연행. 10월 24일 권돈인 서장관으로 연행.
35세	**1820년, 순조 20, 경진, 가경 25**	9월 김노경, 홍문관 제학.

추사	관계 인물
초의·김재원·김경연·김유근과 금호동 별 서에서 교유함. 섭지선이 동지사 편에 서화를 보내옴. ＊기년 작품:『동몽선습』	11월 7일 김경연 사망.

36세	**1821년, 순조 21, 신사, 도광(道光) 원년**	
	섭지선이 나빙의 그림 등을 보내옴.	

37세	**1822년, 순조 22, 임오, 도광 2**	10월 20일 김노경, 동지정사로 연경에 감.
	＊기년 간찰:〈조광진에게〉	아우 명희가 자제군관으로 수행.

38세	**1823년, 순조 23, 계미, 도광 3**	등전밀(29세), 김노경에게 등석여 묘지명
	8월 5일 추사, 규장각 대교(待敎)가 됨. 추사, 오숭량에게〈연화박사〉 대련 보냄. 섭지선,〈곽유도비 임모본〉 등을 보내옴.	찬술을 부탁함. 3월 김노경, 이조판서. 9월 신위, 대사간.

39세	**1824년, 순조 24, 갑신, 도광 4**	오숭량, 김명희에게 편지를 보내어 추사
	추사 집안, 과천에 별서로 과지초당(瓜地草 堂)을 마련함. 추사, 오숭량에게〈난설도〉를 그려 보냄.	의 집구 솜씨를 칭송함. 2월 등전밀, 김노경에게 추사의 글씨를 보내달라고 부탁함.

40세	**1825년, 순조 25, 을유, 도광 5**	등전밀, 등석여의 제자이자 자신의 스승
	1월 29일 오숭량,〈미산속수〉 대련과 부인 장금추가 그린〈매화도〉 등을 보내옴.	인 이조락의 대련을 김노경에게 보내고 묘지명을 빨리 완성해달라고 함.

41세	**1826년, 순조 26, 병술, 도광 6**	11월 김노경, 판의금부사가 됨.
	2월 20일 추사, 충청우도 암행어사가 됨. 3월 25일 오숭량 회갑. 추사, 동지사 편에 축하 글과 시 보냄. 6월 25일 암행어사로 비인현감 김우명을 봉고파직함. ＊기년 간찰:〈부친 회갑 초대〉	12월 17일 김노경 회갑. 종매형 이학수, 이조참판이 됨.

42세	**1827년, 순조 27, 정해, 도광 7**	2월 18일 효명세자(19세) 대리청정을 시
	추사, 섭지선에게 고비 탁본을 보냄. 섭지선이〈악양루도〉 등을 보내옴. 1월 28일 오숭량, 김노경 회갑 축하 글과 〈산수도〉를 보내고, 자신의「기유 16도 소 서」에 제시를 부탁함. 5월 17일 추사, 의정부 검상(檢詳). 10월 4일 추사, 예조참의. ＊기년 작품:『운외몽중(雲外夢中)첩』	작함. 4월 27일 김유근, 평안감사 부임 도중 서 흥에서 퇴임 관리 장씨에게 습격받아 간 신히 죽음을 모면함. 4월 김노경, 판의금부사. 8월 권돈인, 예조참판. 12월 조인영, 예조참판.

	추사	관계 인물
43세	1828년, 순조 28, 무자, 도광 8	7월 김노경, 평안감사가 됨.
	오숭량, 추사의 「기유16도에 제하다」를 받고 자작 시집과 부인이 그린 〈화훼도〉를 보내옴.	완원, 『황청경해』 1,408권 400책 완각함.
44세	1829년 순조 29, 기축, 도광 9	4월 16일 유장환 서장관으로 연경에 감.
	1월 20일 섭지선, 옹방강의 손자 옹인달의 편지를 동봉. 옹인달은 추사를 의부(義父)라 칭하며 옹방강 책을 보내옴.	
	추사, 완원의 아들 완상생에게 『황청경해』 구입을 요구함.	
	추사, 규장각 대교 겸 시강원 보덕이 됨.	
	* 기년 작품: 〈죽재화서〉	
45세	1830년 순조 30, 경인, 도광 10	8월 27일 부사과 김우명이 김노경을 탄핵함.
	6월 20일 추사, 동부승지가 됨.	10월 8일 김노경 고금도 유배됨.
	10월 29일 유희해, 아우 김명희에게 고비 탁본 여러 폭을 보내오고, 조인영에게 『해동금석원(海東金石苑)』의 제사(題辭)를 부탁함.	섭지선이 친상으로 비운 사이 옹인달의 방탕으로 석묵서루 서화 진적이 모두 산일됨.
46세	1831년 순조 31, 신묘, 도광 11	1월 23일 이상적, 유희해의 『해동금석원』 권수에 제시를 씀.
47세	1832년 순조 32, 임진, 도광 12	10월 권돈인, 함경감사.
	2월 19일, 9월 6일, 부친 김노경의 억울함을 호소하기 위해 꽹과리를 치며 격쟁함.	
	추사, 「진흥2비고」를 저술함.	
48세	1833년 순조 33, 계사, 도광 13	9월 22일 김노경, 유배에서 풀려남.
	* 기년 작품: 〈정부인 광산김씨지묘〉	
	* 기년 간찰: 〈조광진에게〉	
49세	1834년, 순조 34, 갑오, 도광 14	8월 24일 권돈인, 함경감사를 그만둠.
		11월 18일 헌종 즉위.
		주학년 사망(75세). 오숭량 사망(69세).
50세	1835년, 헌종 원년, 을미, 도광 15	7월 19일 김노경, 판의금부사.
		12월 7일 권돈인, 진하 겸 사은정사로 연행.
		허련, 초의를 일지암으로 찾아옴.
51세	1836년, 헌종 2, 병신, 도광 16	2월 22일 정약용 사망(75세).
	4월 6일 추사, 성균관 대사성.	4월 조인영, 예조판서.
	7월 9일 추사, 병조참판이 됨.	6월 신위, 대사간.

추사	관계 인물
52세 1837년, 헌종 3, 정유, 도광 17	3월 30일 생부 김노경 사망(72세). 7월 4일 권돈인, 병조판서.
53세 1838년, 헌종 4, 무술, 도광 18 * 기년 간찰: 〈조광진에게〉	8월 20일 권돈인 이름으로 왕희손에게 보낸 장찰이 『해외묵연』으로 만들어짐.
54세 1839년, 헌종 5, 기해, 도광 19 5월 25일 추사, 형조참판이 됨. 8월 허련, 월성위궁으로 추사를 찾아옴. * 기년 작품: 〈옥산서원〉 현판(경주 옥산서원)	6월 17일 김우명, 대사간. 7월 16일 권돈인, 이조판서. 10월 21일 조인영, 우의정.
55세 1840년, 헌종 6, 경자, 도광 20 6월 추사, 동지부사에 임명됨. 8월 초 추사, 예산 향저로 내려감. 8월 20일 추사, 예산 향저에서 끌려옴. 9월 4일 추사, 우의정 조인영의 상소로 목숨을 건지고 제주(대정)에 위리안치됨. * 기년 작품: 〈모질도〉〈무량수각〉(대흥사)	7월 10일 김홍근, 죽은 김노경을 탄핵함. 7월 12일 김노경, 생전의 벼슬 박탈당함. 8월 11일 윤상도 부자, 능지처참됨. 8월 27일 김양순 장살됨. 12월 17일 김유근 사망(56세). 12월 25일 헌종(14세) 친정 시작됨.
56세 1841년, 헌종 7, 신축, 도광 21 2월 허련, 제주도로 추사를 찾아옴. 6월 8일 허련, 중부상을 당해 제주도를 떠남. 상무(商懋)를 양자로 들임.	1월 10일 이학수, 김노경의 일당이라고 추자도에 유배됨. 1월 권돈인, 이조판서. 4월 조인영, 영의정.
57세 1842년, 헌종 8, 임인, 도광 22 12월 15일 부인의 부고를 받고 「애서문(哀逝文)」을 지음. * 기년 작품: 〈영모암 편액 발문〉 * 기년 간찰: 〈장동 본가에 보내는 편지〉 * 기년 간찰: 〈아내에게 보내는 한글 편지〉	11월 권돈인, 우의정. 11월 13일 부인 예안 이씨 사망(55세).
58세 1843년, 헌종 9, 계묘, 도광 23 7월 허련, 제주목사 이용현 막하로 들어와 추사 유배를 도와줌. 추사, 백파선사와 토론을 벌임.	10월 권돈인, 좌의정.
59세 1844년, 헌종 10, 갑진, 도광 24 추사, 전라우수사 신헌에게 허련을 소개. * 기년 작품: 〈세한도(歲寒圖)〉	1월 이상적, 『황조경세문편』 120권을 구하여 추사에게 보냄. 봄, 허련, 육지로 돌아감.
60세 1845년, 헌종 11, 을사, 도광 25 1월 22일 이상적, 〈세한도〉에 청나라 16인 문인의 제사(題辭)를 받음.	1월 권돈인, 영의정. 5월 22일 영국 군함 사마랑호, 제주도 우도에 와서 정박함.

	추사	관계 인물
61세	1846년, 헌종 12, 병오, 도광 26 6월 3일 추사 회갑. 〈화암사 상량문〉 지음. ＊기년 작품: 예산 화암사 〈무량수각〉 〈시경루〉 　편액, 대정향교 〈의문당〉	1월 허련, 신헌 귀경에 수행하여 상경, 권 돈인의 집에 기숙함. 강위(27세), 제주로 추사를 찾아와 배움.
62세	1847년, 헌종 13, 정미, 도광 27 봄 허련, 추사를 찾아 세 번째로 제주도에 옴.	8월 3일 왕희손 사망(62세).
63세	1848년, 헌종 14, 무신, 도광 28 12월 6일 추사, 유배에서 풀려남. ＊기년 작품: 〈증 번상촌장 묵란〉	8월 헌종, 허련에게 추사의 글씨를 가지 고 입시하라는 명을 신헌에게 내림.
64세	1849년, 헌종 15, 기유, 도광 29 1월 추사, 용산의 강상(江上)에 머묾. ＊기년 작품: 「계첩고」 ＊기년 간찰: 〈황간현감에게 보내는 편지〉 　〈박정진에게 보내는 편지〉	1월 허련, 헌종 알현. 6월 9일 철종(19세)이 추대되고 순원왕후 의 수렴청정이 시작됨. 10월 13일 완원 사망(86세).
65세	1850년, 철종 원년, 경술, 도광 30	12월 6일 조인영 사망(69세).
66세	1851년, 철종 2, 신해, 함풍(咸豊) 원년 6~7월 『예림갑을록』 시연회 열림 7월 22일 추사, 함경도 북청에 유배됨. 동생 김상희는 과천으로 방축됨. ＊기년 간찰: 〈집으로 보낸 편지〉	7월 13일 권돈인, 낭천에 중도부처됨. 9월 16일 윤정현, 함경감사가 됨. 10월 12일 권돈인, 순흥에 유배됨. 조희룡, 오규일 유배.
67세	1852년, 철종 3, 임자, 함풍 2 8월 13일 추사, 유배에서 풀려남. ＊기년 작품: 〈석노시〉 〈진흥북수고경〉	12월 15일 윤정현, 함경감사를 그만둠.
68세	1853년, 철종 4, 계축, 함풍 3 ＊기년 작품: 〈곽유도비 임서〉 병풍	12월 29일 윤정현, 이조판서. 정조경 〈문복도〉 건네옴.
69세	1854년, 철종 5, 갑인, 함풍 4 ＊기년 작품: 『가정유예첩(家庭游藝帖)』 ＊기년 간찰: 〈윤생원에게 보내는 편지〉	고람 전기 사망(30세).
70세	1855년, 철종 6, 을묘, 함풍 5 봄 허련, 과천 과지초당으로 추사를 찾아옴. ＊기년 작품: 〈백파선사비문〉 〈효자 김복규비〉 　〈칠석시〉	

	추사	관계 인물
71세	1856년, 철종 7, 병진, 함풍 6	
	봄, 상유현, 봉은사로 추사를 찾아뵙고 훗날 「추사방현기」를 씀.	
	10월 7일 봉은사의 〈판전(板殿)〉 현판을 씀.	
	10월 10일 추사 서거.	
	* 기년 간찰: 〈호운스님에게 보낸 편지〉	
	* 기년 작품: 〈해붕대사 화상찬〉 〈산호가 비취병〉 〈대팽고회〉 대련, 〈판전〉	
사후 1년	1857년, 철종 8, 정사, 함풍 7	1월 4일 신헌, 유배에서 풀려남.
	4월 3일, 추사 부친과 함께 사면, 복권됨.	
	10월 권돈인이 추사영실에 초상화 봉안.	
사후 2년	1858년, 철종 9, 무오, 함풍 8	
	2월 22일 초의, 추사 궤연에 제문 바침.	
사후 11년	1867년, 고종 4, 정묘	
	문인 남병길이 『완당척독』 2권 2책과 『담연재시고』 7권 2책을 간행함.	
사후 12년	1868년, 고종 5, 무진	
	남병길·민규호가 『완당집』 5권 5책을 간행함.	

1932년 10월 「완당 김정희 선생 유묵유품 전람회」(서울 미쓰코시 갤러리).

1934년 족손 김익환(金翊煥)이 『완당선생전집』(10권)을 간행.

1956년(서거 100주년) 12월 「완당 김정희 선생 100주기 추념 유작전람회」(진단학회 주최, 국립박물관).

12월 「추사 선생 100주년 기념 유작 전시회」(대구 미국공보원 도서실).

1986년(탄신 200주년) 9월 「추사 탄생 200주년 기념전」(고미술동호인, 백악미술관).

1996년 민족문화추진회 『국역 완당전집』 완간.

제1권(1995), 제2권(1988), 제3권(1986), 제4권(1996).

2006년(서거 150주년) 후지쓰카 지카시 유품 과천문화원 기증.

『추사 김정희: 학예일치의 경지―서거 150주년 특별전』, 국립중앙박물관, 2006.

2009년(추사 연행 200주년) 『김정희와 한중묵연』 과천문화원.

2010년 제주 추사관 개관.

2013년 과천 추사박물관 개관.

사진 제공 및 유물 소장처

간송미술관	84(왼쪽·오른쪽), 112, 154, 160, 220~21, 224, 227, 273, 308, 383, 386, 441~42, 471, 513~14, 516, 518, 520, 541, 554, 566면
고려대학교 박물관	282면
과천 추사박물관	35, 53, 96, 102~103, 185, 452, 532면
국립고궁박물관	107, 339면
국립제주박물관	303면
국립중앙박물관	94, 165, 206, 212, 216~17, 229, 293, 325, 398, 565면
명지대학교 박물관	436~37면
명지대학교 LG연암문고	98면
부국문화재단	150, 252~53, 263면
부산시립박물관	209면
부여문화원	130, 373, 535면
북경대학교 도서관	55면
삼성미술관 리움	200, 210, 231, 406~407, 414, 510~11면
상해박물관	555면
서울대학교 박물관	191, 444면(왼쪽)
선문대학교 박물관	142면(위)
소치연구회	11면
손창근	21, 288~89, 374~75, 423면
순천제일대학 임옥미술관	139면
숭실대학교 한국기독교박물관	68면
아모레퍼시픽미술관	126, 321, 478면
영남대학교 박물관	369, 515면
영천 은해사 성보박물관	381면
예산 김정희 종가	286면
예산 수덕사 근역성보관	310~11면
예산 화암사	129면(왼쪽·오른쪽)
이로재	241면
일본 고려미술관	384면
일본 교토대학교 도서관 다니무라 문고	454~55면
일본 덴리대학교 도서관	28, 30면
일암관	222, 409, 539면
제주 추사관	163, 176, 314, 377면
청관재	466~67, 545~48면
통문관	148, 155면
합천 해인사 성보박물관	122~23면
해남 대흥사 성보박물관	342면

산은 높고 바다는 깊네

추사 김정희

초판 1쇄 발행 2018년 4월 20일
초판 7쇄 발행 2024년 6월 20일

지은이   유홍준
펴낸이   염종선
책임편집   황혜숙 최란경
디자인   디자인 비따 김지선 이차희 노혜지
펴낸곳   (주)창비
등록   1986년 8월 5일 제85호
주소   10881 경기도 파주시 회동길 184
전화   031-955-3333
팩시밀리   영업 031-955-3399 편집 031-955-3400
홈페이지   www.changbi.com
전자우편   nonfic@changbi.com

© 유홍준 2018
ISBN 978-89-364-7560-4 03810

* 이 책 내용의 전부 또는 일부를 재사용하려면 반드시 지은이와 창비 양측의 동의를 받아야 합니다.
* 이 책에 수록된 사진은 대부분 저작권자의 사용 허가를 받았으나, 일부 저작권자를 찾지 못한 경우는 확인되는 대로 허가 절차를 밟겠습니다.
* 책값은 뒤표지에 표시되어 있습니다.